2026

가천대
논술고사

기출문제 + 실전모의고사

인문계열

가천대 논술고사

기출문제＋실전모의고사
[인문계열]

인쇄일 2025년 8월 1일 2판 1쇄 인쇄
발행일 2025년 8월 5일 2판 1쇄 발행
등 록 제17-269호
판 권 시스컴 2025

발행처 시스컴 출판사
발행인 송인식
지은이 타임논술연구소

ISBN 979-11-6941-683-2 13800
정 가 20,000원

주소 서울시 금천구 가산디지털1로 225, 514호(가산포휴) | **홈페이지** www.siscom.co.kr
E-mail siscombooks@naver.com | **전화** 02)866-9311 | **Fax** 02)866-9312

그동안 내신 모의고사 3등급 이하의 학생들이 대학에 입학하기 위한 도구로써 활용했던 대입적성검사가 폐지되고 가칭 약술형 논술고사가 새로운 대안으로 떠올랐다. 약술형 논술고사는 400~1,000자의 서술을 요구하는 상위권 대학의 작문형 논술고사가 아니라, 한두 어절이나 30~40자 이내의 한 문장 또는 빈칸 채우기 등의 단답형 논술고사이다.

약술형 논술고사는 학생들의 시험 준비부담을 덜기 위해 고교 교과과정 내에서 또는 EBS 수능연계 교재를 중심으로 출제되므로, 학생들은 별도의 사교육 부담 없이 학교 수업과 정기고사의 단답형 주관식 시험을 충실하게 준비하고, 아울러 EBS 연계 교재를 꼼꼼히 학습한다면 좋은 성과를 얻을 수 있다.

본 도서는 약술형 논술고사를 통해 대학 입학의 관문을 두드리는 학생들에게 각 대학에서 시행하는 약술형 논술고사의 출제경향과 문제흐름을 익힐 수 있도록 다음과 같은 특징들을 갖고 출간되었다.

실제 시험 유형을 대비한 4개년 기출문제

각 대학에서 시행한 최신 4개년 기출문제를 수록하여 학생들이 각 대학들의 논술시험 특징을 파악하고 엉뚱한 시험 범위와 잘못된 공부 방법으로 시간을 낭비하지 않도록 유도하였다.

기출유형과 100% 똑 닮은 실전모의고사

각 대학별 약술형 논술 유형을 철저히 분석하여 실제 시험과 문제 스타일이니 출제방시이 똑 닮은 싱크로율 100%의 실전문제 총 5회분을 수록하였다.

직관적인 문항 정보 파악을 위한 정답 및 해설

모범답안, 바른해설, 채점기준에서부터 예상 소요 시간과 배점에 이르기까지 수록된 문제에 대한 직관적인 문항 정보를 파악할 수 있도록 하였다.

부디 이 책이 학생들의 대학 진학에 조금이나마 도움이 되길 바라며, 아울러 수험생들의 충실한 길잡이가 되기를 기원한다.

●● 2026학년도 **약술형 논술대학**

※ 전형일정 및 입시요강 등은 학교 측의 입장에 따라 변경 가능하므로, 추후 공지되는 변경사항을 각 대학교 홈페이지에서 반드시 확인하시기 바랍니다.

[전형기초]

대학	모집인원	시험과목	시간	문항수	전형방법	수능 최저
가천대	1,009명 (의예6명)	국어+수학	80분	인문: 국어9+수학6 자연: 국어6+수학9	논술100	○
강남대 [신설]	359명	국어+수학	60분	인문: 국어8+수학2 공학: 국어3+수학7 자유전공: 국어5+수학5	학생20+논술80	X
고려대 (세종)	203명	인문: 국어+사탐 자연: 수학(미적분)	120분	인문: 통합국어2 자연: 수학6	논술100	○
국민대 [신설]	226명	국어+수학 (자연: 미적분)	90분	인문: 국어8+수학2 자연: 국어2+수학8	논술100	○
삼육대	148명	국어+수학	80분	인문: 국어9+수학6 자연: 국어6+수학9	논술100	○
상명대	101명	국어+수학	60분	인문: 국어8+수학2 자연: 국어2+수학8	학생10+논술90	X
서경대	173명	국어+수학	60분	공통: 국어4+수학4	학생10+논술90	X
수원대	441명	국어+수학	80분	인문: 국어10+수학5 자연: 국어5+수학10	학생40+논술60	X
신한대	107명	국어+수학	80분	인문: 국어9+수학6 자연: 국어6+수학9	학생10+논술90	X
을지대	251명	국어+수학	70분	공통: 국어7+수학7	학생20+논술80	X
한국공학대	280명	수학1+수학2	80분	수학9	학생20+논술80	X
한국 기술교대	150명	수학1+수학2	80분	수학10	논술100	X
한국외대 (글로벌)	69명	수학1+수학2	90분	자연: 수학7	논술100	○
한신대	237명	국어+수학	80분	인문: 국어10+수학5 자연: 국어5+수학10	학생40+논술60	X
홍익대 (세종)	122명	수학1+수학2	70분	수학7	학생10+논술90	○

●● 2026학년도 가천대 논술전형

[전형일정]

구분		일시	비고
원서접수		2025. 9. 8(월) ~ 12(금) 18:00	본 대학 입학처 홈페이지
서류제출마감		2025. 09. 13(토) 13:00까지	원서접수 사이트에서 제출
고사장 확인		2025. 11. 11(화)	• 본 대학 입학처 홈페이지에서 논술 일정을 반드시 확인 • 고사일은 원서접수 마감 후 지원자 수에 의해 변경 가능 • 세부 일정은 개별통지를 하지 않으므로 지원자가 반드시 확인 • 논술 시 본인임을 확인할 수 있는 신분증(주민등록증, 운전면허증, 여권 등) 및 수험표 지참
시험일	의예과	2025. 11. 23(일)	
	인문계열, 간호학과, 클라우드공학과, 바이오로직스학과	2025. 11. 24(월)	
	자연계열	2025. 11. 25(화)	
합격자 발표		2025. 12. 12(금)	

[지원자격]

고교졸업(예정)자 또는 법령에 따라 이와 같은 수준 이상의 학력이 있다고 인정되는 사람

[선발원칙]

논술고사 성적의 총점 순으로 선발합니다(수능최저학력기준을 충족한 자).

[수능최저학력기준]

모집단위	반영영역	최저학력기준
인문계열, 자연계열	국어, 수학, 영어, 사회/과학탐구(1과목)	1개 영역 3등급 이내
바이오로직스학과	국어, 수학, 영어, 사회/과학탐구(1과목)	2개 영역 등급 합 5 이내
클라우드공학과	국어, 수학(기하, 미적분), 영어, 과학탐구(2과목)	2개 영역 등급 합 4 이내 (과학탐구 적용 시 2과목 평균, 소수점 절사)
의예과	국어, 수학(기하, 미적분), 영어, 과학탐구(2과목)	2개 영역 등급 합 4 이내 (과학탐구 적용 시 2과목 평균, 소수점 절사)

[원서접수 방법]

인터넷 원서접수 시 사진 업로드를 위하여 본인의 증명사진 파일(jpg, gif 파일형식)을 준비하시기 바랍니다.
[최근 3개월 내 사진으로 인물 위 배경이 있는 사진 또는 스냅사진은 사용이 불가함]

---

1. 원서접수 사이트 접속
가천대학교 입학처 홈페이지 접속 → 입학원서 접수 대행기관

▼

2. 회원가입 및 로그인
본인 명의로 회원가입

▼

3. 유의사항 확인
유의사항을 반드시 확인하여야 하며, 미확인으로 인한 책임은 지원자에게 있음

▼

4. 원서작성
① 모집요강을 참고하여 전형유형, 지원학과/전공 등을 선택하여 입력
② 모든 사항을 빠짐없이 정확하게 입력 및 확인(학생부 온라인 제공 동의)

▼

5. 전형료 결제
전형료 결제 후에는 입학원서 기재 사항을 수정하거나 원서접수를 취소할 수 없으며, 전형료는 반환하지 않음

▼

6. 수험표 확인
접수가 완료된 것을 원서와 수험표를 통해 직접 확인

▼

7. 서류 제출(해당자만)
온라인 원서접수 사이트를 통해 제출
각각의 제출 서류를 저용량 PDF로 합본하여 한 개의 문서로 제출해야 합니다.

---

1. 원서 및 서류제출은 온라인으로 접수합니다.
2. 본 대학에 원서를 접수하면 해당 전형과 관련된 학교생활기록부 및 수능성적 자료 온라인 제공에 동의하는 것으로 간주합니다.
3. 장애인복지법 제32조에 의하여 장애인등록을 필하고, 각종 장애 또는 지체로 인하여 입학전형 진행과정에서 지원이 필요한 경우 사전 요청바랍니다.
4. 장애학생의 지원 및 선발에 대한 차별은 없으며, 입학 시 본교의 장애학생지원에 관한 규정을 적용합니다.
※ 본 대학교는 원서접수 대행기관을 통해 원서접수를 위탁 처리하고, 수집한 개인정보(성명, 주민등록번호, 이메일 주소, 계좌번호, 평가자료 등)를 입학전형 목적 이외의 용도로 사용하지 않습니다. (단, 최종합격자의 개인정보는 본 대학교의 학적부 생성, 학생증 발급 등을 위한 자료로 활용하므로 원서접수 시 개인정보의 수집, 이용에 대한 지원자의 동의가 필요합니다.)

[시험개요]

특징	가천대학교 논술고사는 본교에 지원한 수험생들이 고등학교 교육과정을 통하여, 대학교육에 필요한 수학능력을 갖추었는지 평가합니다. 그러므로 평소 학교 교육과 대학수학능력시험을 성실하게 공부한 학생이라면 별도의 준비가 없어도 가천대학교 논술 전형에 대비할 수 있습니다.
출제방향	학생들의 수험준비 부담 완화를 위하여 EBS 수능연계 교재를 중심으로 고등학교 정기고사 서술·논술형 문항의 난이도로 출제할 예정입니다.
준비방법	사교육의 도움을 받기보다는 학교 수업과 정기고사의 서술·논술형을 충실하게 준비하는 것이 좋으며, EBS연계 교재를 꼼꼼하게 공부한다면 좋은 성과를 얻을 수 있을 것입니다.

[평가방법]

[인문계열/자연계열]

계열	문항수		배점	총점	고사시간	답안지 형식
	국어	수학				
인문	9	6	각 문항 10점	150점 + 850점(기본점수)	80분	노트 형식의 답안지 작성
자연	6	9				

[의예과]

모집단위	과목	문항수	배점	총점	고사시간	답안지 형식
의예과	수학	8	문항별 배점 상이	150점 + 850점(기본점수)	80분	노트 형식의 답안지 작성

※ 논술고사는 대학수학능력시험 이후에 실시합니다.

[출제범위 및 평가기준]

[인문계열/자연계열]

구분	출제범위	비고
국어	1학년 국어 문학, 독서, 화법, 작문, 문법 영역	• 문항에서 요구하는 조건에 충실한 답안 • 제시문의 핵심 내용을 정확하게 표현한 답안
수학	수학Ⅰ 수학Ⅱ	• 문제에 필요한 개념과 원리에 대한 정확한 서술 • 정확한 용어, 기호를 사용한 표현

[의예과]

구분	출제범위	비고
수학	수학Ⅰ 수학Ⅱ 미적분	• 문제에 필요한 개념과 원리에 대한 정확한 서술 • 정확한 용어, 기호를 사용한 표현 • 수학적 사고력을 고려하여 평가

[모집단위 및 모집인원]

계열	모집단위		모집인원	계열	모집단위		모집인원
인문	경영학과		45	자연	신소재공학과		14
	회계세무학과		16		바이오나노학과		14
	관광경영학과		13		식품생명공학과		14
	의료산업경영학과		13		식품영양학과		12
자연	금융·빅데이터학부		26		생명과학과		15
인문	미디어커뮤니케이션학과		8		반도체물리학과		13
	경제학과		15		화학과		14
	응용통계학과		13		전자공학과	반도체 대학	73
	사회복지학과		12		반도체공학과		
	유아교육학과		15		시스템반도체학과		16
	심리학과		10		클라우드공학과		7
	패션산업학과		12		인공지능학과		45
	한국어문학과	AI인문 대학	71		컴퓨터공학과		41
	영미어문학과				스마트보안학과		18
	중국어문학과				전기공학과		20
	일본어문학과				스마트시티학과		16
	유럽어문학과				의공학과		14
	법학과	법과 대학	45		간호학과		77
	경찰행정학과				치위생학과		9
	행정학과				응급구조학과		6
자연	도시계획·조경학부		21		물리치료학과		8
	건축학부		15		방사선학과		8
	건축공학과		15		운동재활학과		13
	화공생명베터리공학부		57		의예과		6
	기계공학부		56		바이오로직스학과		28
	스마트팩토리학과		16	합계			1,009
	건설환경공학과		14				

[합격자 발표]

합격자 발표	수능일 이전 : 2025. 11. 08(토)
	수능일 이후 : 2025. 12. 12(금)
충원합격자 발표	2025. 12. 18(목) ~ 23(화)

1. 합격자 및 충원합격자 발표는 본 대학 입학처 홈페이지를 통해 확인하실 수 있습니다.
2. 유의사항
   - 합격자 및 충원합격자는 반드시 지정된 기간 내에 등록하여야 합니다(미등록 시 불합격 처리함).
   - 합격자 및 충원합격자 중 본 대학에 등록 후 입학을 포기하고자 하는 자는 본 대학 입학처 홈페이지에서 등록 포기를 신청해야 합니다.
   - 합격자 명단 미확인으로 인한 모든 불이익은 지원자에게 있으므로 반드시 본인이 직접 확인하여야 합니다.
   - 충원합격자 통지기간 [2025. 12. 18.(목) ~ 23.(화) 18:00] 중 연락 두절로 합격 통지가 불가능할 경우 충원 대상에서 제외됩니다. 또한 어떠한 사유로도 이의를 제기할 수 없으며, 본 대학교는 이에 대한 책임을 지지 않습니다.

[합격자 등록]

1. 등록기간(문서등록)
   - 최초합격자 : 2025. 12. 15.(월) ~ 17.(수) 16:00까지
   - 충원합격자 : 2025. 12. 18.(목) ~ 24.(수) 16:00까지
2. 문서등록 방법
   - 본대학 홈페이지에서 정해진 절차에 따라 인터넷을 통해 등록(문서등록)해야 합니다(등록예치금 납부 없음).
3. 최종등록금 납부
   - 2026. 02. 02.(월) ~ 04.(수) 16:00까지
4. 유의사항
   - 수시모집 합격자는 대학, 교육대학, 산업대학, 전문대학에서 시행하는 정시모집, 추가모집에 지원할 수 없습니다.
   - 수시모집 합격자 중 환불하여 입학을 포기하여도 위의 사항과 같이 정시모집, 추가모집에 지원할 수 없습니다.
   - 위의 사항을 위반하여 정시모집, 추가모집 대학에 지원해 입학하여도 추후 입학이 취소되며, 또한 정시모집, 추가모집에 불합격하여도 지원한 사실로 인하여 수시모집 입학이 취소될 수 있습니다.
   - 동일 모집단위 중복합격자는 먼저 합격된 전형에 합격한 것으로 처리합니다(별도 통보 없음).

[제출서류]

구분	제출서류
국내 고교 졸업(예정)자	제출서류 없음 (단, 학생부 온라인 제공 비동의자는 학교생활기록부 제출)
검정고시 합격자	제출서류 없음 (단, 온라인 제공 비동의자는 검정고시 합격증명서 및 성적증명서 제출)
외국 고교 졸업자	외국 고등학교 졸업증명서 및 성적증명서 제출 (아포스티유 확인 또는 고등학교 소재국의 한국 영사관에서 영사확인을 받은 후 제출)

1. 인터넷 원서접수 사이트에서 제출
2. 각각의 제출서류를 저용량 PDF문서로 합본하여 하나의 문서로 제출
   ※ 업로드 방법 예시(파일명은 자유롭게 작성 가능)
   • 원본 서류를 사진으로 찍은 후 PDF로 만들어 업로드
   • 원본 서류를 스캔하여 PDF로 만들어 업로드
   • 원본 서류를 PDF로 받아 업로드(암호화된 경우 암호 해제 후 업로드)

[동점자 처리기준]

가. 인문계열 / 자연계열
   1. 논술 성적 우수자
      ① 인문: 국어 성적 우수자 / 자연: 수학 성적 우수자
      ② 논술 문항별 만점이 많은 자
      ③ 논술 문항별 0점이 적은 자
   2. 수능 영역별 등급 합 우수자
   3. 교과 성적 우수자(학생부우수자 전형 기준)

나. 의예과
   1. 논술 성적 우수자
      ① 논술 문항별 만점이 많은 자
      ② 논술 문항별 0점이 적은 자
   2. 수능 영역별 등급 합 우수자
   3. 교과 성적 우수자(학생부우수자 전형 기준)

 Study plan

[인문계열]

영 역			날 짜	시 간
PART 1 기출문제	2025학년도	기출문제		
		모의고사		
	2024학년도	기출문제		
		모의고사		
	2023학년도	기출문제		
		모의고사		
	2022학년도	기출문제		
		모의고사		
PART 2 실전모의고사	제 1 회	국어		
		수학		
	제 2 회	국어		
		수학		
	제 3 회	국어		
		수학		
	제 4 회	국어		
		수학		
	제 5 회	국어		
		수학		

●● 구성과 특징

기출문제 실제 시험 유형을 대비한 4개년 기출문제

각 대학에서 시행한 모의 또는 기출문제를 수록하여 학생들이 각 대학들의 논술시험 특징을 파악하고
엉뚱한 시험범위와 잘못된 공부 방법으로 시간을 낭비하지 않도록 유도하였다.

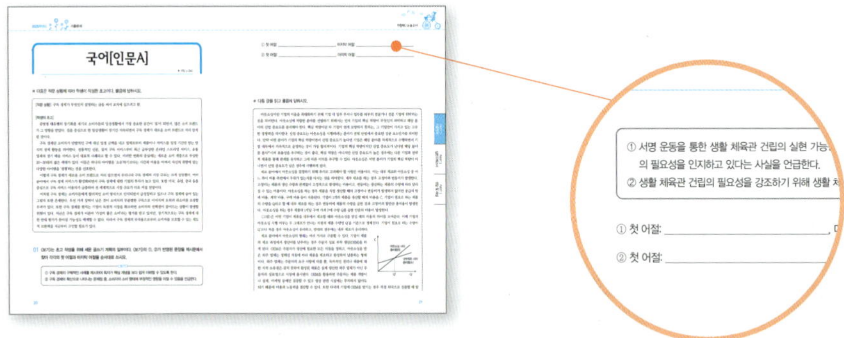

실전모의고사 기출유형과 100% 똑 닮은 실전문제

각 대학별 약술형 논술 유형을 철저히 분석하여
실제 시험과 문제 스타일이나 출제방식이 똑 닮
은 싱크로율 100%의 실전문제 총5회분을 수록
하였다.

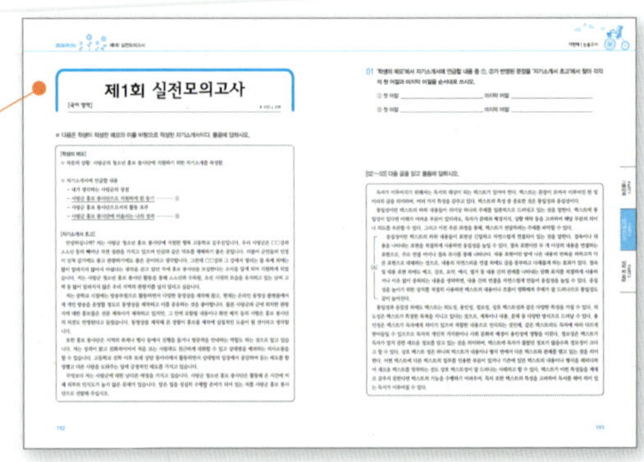

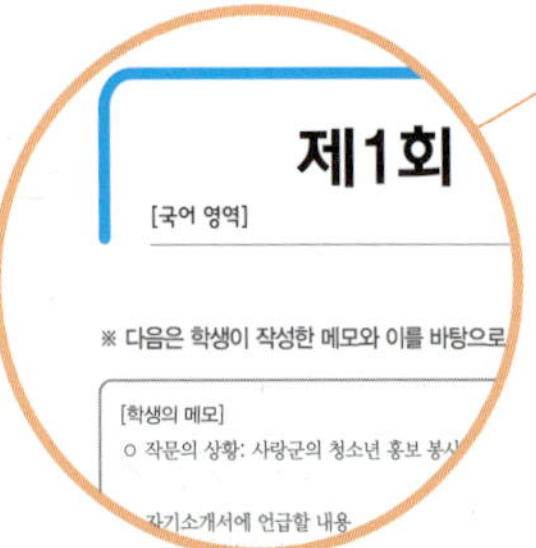

정답 및 해설

직관적인 문항 정보 파악을 위한 정답 및 해설

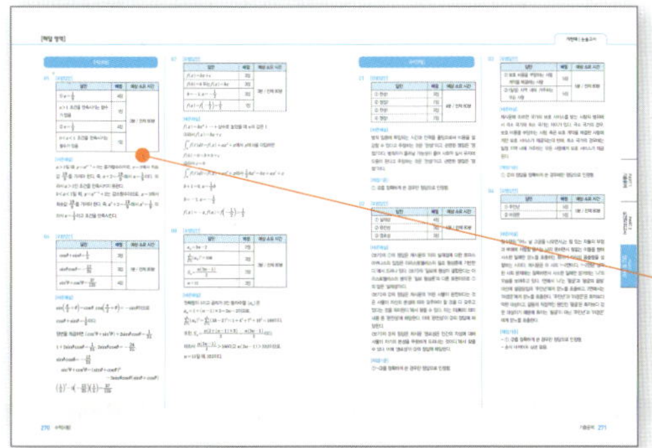

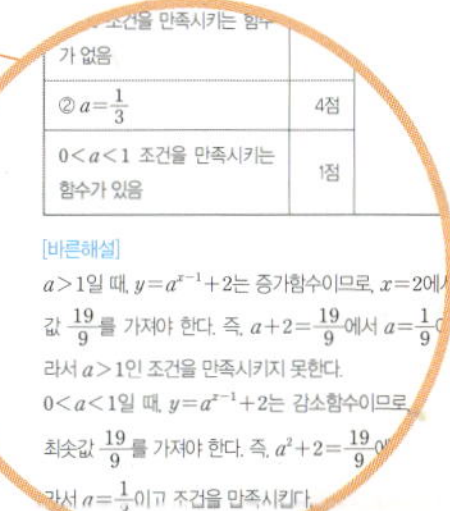

모범답안, 바른해설, 채점기준에서부터 예상 소요 시간과 배점에 이르기까지 수록된 문제에 대한 직관적인 문항 정보를 파악할 수 있도록 하였다.

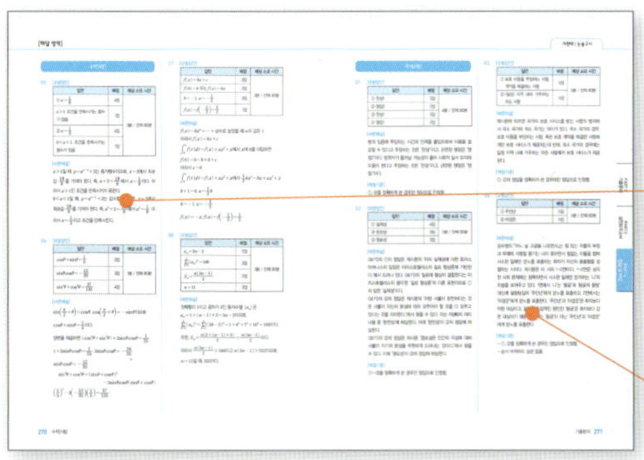

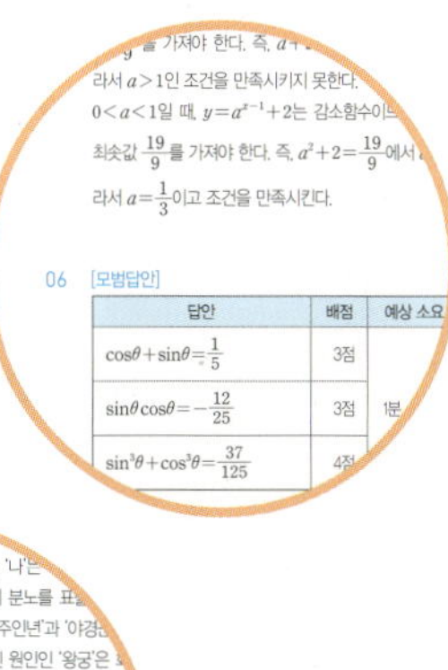

[4개년 기출문제]

PART 1 기출문제			문제	해설
	2025학년도	기출문제	20	260
		모의고사	50	269
	2024학년도	기출문제	66	273
		모의고사	96	281
	2023학년도	기출문제	112	286
		모의고사	138	292
	2022학년도	기출문제	154	297
		모의고사	182	306

CONTENTS

[실전모의고사 5회분]

시스컴은
여러분을
응원합니다

PART **1**

기출문제

2025학년도
가천대
논술 기출문제

인문A 인문B

국어[인문A]

▶ 해답 p.260

※ 다음은 작문 상황에 따라 학생이 작성한 초고이다. 물음에 답하시오.

[작문 상황]: 구독 경제가 무엇인지 설명하는 글을 써서 교지에 실으려고 함.

[학생의 초고]

　감염병 대유행의 장기화를 계기로 소비자들의 일상생활에서 가장 중요한 공간이 '집'이 되면서, 많은 소비 트렌드가 그 영향을 받았다. 집을 중심으로 한 일상생활이 장기간 지속되면서 구독 경제가 새로운 소비 트렌드로 자리 잡게 된 것이다.

　구독 경제란 소비자가 단발적인 구매 대신 일정 금액을 내고 업체로부터 제품이나 서비스를 일정 기간만 받는 방식의 경제 활동을 의미한다. 전통적인 신문, 잡지 구독 서비스부터 최근 급부상한 온라인 스트리밍 서비스, 유통 업계의 정기 배송 서비스 등이 대표적 사례라고 할 수 있다. 이러한 변화의 중심에는 새로운 소비 계층으로 부상한 20~30대의 젊은 세대가 있다. 이들은 하나의 아이템을 '소유'하기보다는 시간과 비용을 아껴서 자신의 취향에 맞는 다양한 아이템을 '경험'하는 것을 선호한다.

　이렇게 구독 경제가 새로운 소비 트렌드로 자리 잡으면서 우리나라 구독 경제의 시장 규모는 크게 성장했다. 여러 분야에서 구독 경제 서비스가 활성화되면서 구독 경제에 대한 기업의 투자가 늘고 있다. 또한 미국, 유럽, 중국 등을 중심으로 구독 서비스 이용자가 급증하며 전 세계적으로 시장 규모가 더욱 커질 전망이다.

　이처럼 구독 경제는 소비자들에게 합리적인 소비 방식으로 인식되면서 급성장하고 있으나 구독 경제에 숨어 있는 그림자 또한 존재한다. 우선 가격 장벽이 낮은 것이 소비자의 무분별한 구독으로 이어지며 오히려 과소비를 조장할 우려가 있다. 또한 구독 경제를 펼치는 기업이 독점적 시장을 확보하면 소비자의 선택권이 줄어드는 상황이 빌생할 위험이 있다. 지금은 구독 경제가 이른바 '가성비 좋은 소비'라는 평가를 받고 있지만, 장기적으로는 구독 경제에 대한 반대 평가가 쏟아질 가능성도 배제할 수 없다. 따라서 구독 경제의 부작용으로부터 소비자를 보호할 수 있는 제도적 보완책을 지금부터 고민할 필요가 있다.

01 〈보기〉는 초고 작성을 위해 세운 글쓰기 계획의 일부이다. 〈보기〉의 ①, ②가 반영된 문장을 제시문에서 찾아 각각의 첫 어절과 마지막 어절을 순서대로 쓰시오.

─〈 보기 〉─

① 구독 경제의 구체적인 사례를 제시하여 독자가 핵심 개념을 보다 쉽게 이해할 수 있도록 한다.
② 구독 경제의 확산으로 나타나는 문제점 중, 소비자의 소비 행태에 부정적인 영향을 미칠 수 있음을 언급한다.

① 첫 어절: _________________________ , 마지막 어절: _________________________

② 첫 어절: _________________________ , 마지막 어절: _________________________

※ 다음 글을 읽고 물음에 답하시오.

아웃소싱이란 기업의 이윤을 최대화하기 위해 기업 내 일부 부서나 업무를 외부의 전문가나 전문 기업에 위탁하는 것을 의미한다. 아웃소싱에 적합한 분야를 선별하기 위해서는 먼저 기업의 핵심 역량이 무엇인지 파악하고 해당 분야의 산업 중요도를 분석해야 한다. 핵심 역량이란 타 기업이 쉽게 모방하지 못하는, 그 기업만이 가지고 있는 고유한 경쟁력을 의미한다. 산업 중요도는 아웃소싱을 시행하려는 분야가 전체 산업에서 중요한 성공 요소인가를 의미한다. 만약 어떤 분야가 기업의 핵심 역량이면서 산업 중요도가 높다면 기업은 해당 분야를 자체적으로 수행하면서 기업 내부에서 지속적으로 운영하는 것이 가장 합리적이다. 기업의 핵심 역량이지만 산업 중요도가 낮다면 해당 분야를 분사*시켜 효율성을 추구하는 것이 좋다. 핵심 역량은 아니지만 산업 중요도가 높은 경우에는 다른 기업과 전략적 제휴를 통해 관계를 유지하고 그에 따른 이익을 추구할 수 있다. 아웃소싱은 어떤 분야가 기업의 핵심 역량이 아니면서 산업 중요도가 낮은 경우에 시행하게 된다.

제조 분야에서 아웃소싱을 결정하기 위해 추가로 고려해야 할 사항은 비용이다. 이는 내부 제조와 아웃소싱 중 어느 쪽이 비용 측면에서 우위가 있는지를 따지는 것을 의미한다. 내부 제조를 하는 경우 고정비와 변동비가 발생한다. 고정비는 제품의 생산 수량과 관계없이 고정적으로 발생하는 비용이고, 변동비는 생산하는 제품의 수량에 따라 달라질 수 있는 비용이다. 아웃소싱을 하는 경우 제품을 직접 생산할 때의 고정비나 변동비가 발생하지 않지만 공급자 탐색 비용, 계약 비용, 구매 비용 등이 지출된다. 기업이 1개의 제품을 생산할 때의 비용을 C, 기업이 필요로 하는 제품의 수량을 Q라고 할 때 내부 제조를 하는 경우 변동비에 제품의 수량을 곱한 것과 고정비의 합만큼 총비용이 발생한다. 아웃소싱을 하는 경우 제품의 1개당 구매 가격 P에 수량 Q를 곱한 만큼의 비용이 발생한다.

〈그림〉은 어떤 기업이 제품을 내부에서 제조할 때와 아웃소싱을 맡길 때의 비용의 차이를 보여준다. 이때 기업의 아웃소싱 시행 여부는 두 그래프가 만나는 지점의 제품 수량인 Q′을 기준으로 정해진다. 기업이 필요로 하는 수량이 Q′보다 적을 경우 아웃소싱이 유리하고, 반대의 경우에는 내부 제조가 유리하다.

제조 분야에서 아웃소싱의 형태는 여러 가지로 구분할 수 있다. 기업이 제품의 제조 과정에서 생산비를 낮추려는 경우 주문자 상표 부착 생산(OEM)을 하게 된다. OEM은 주문자가 생산에 필요한 모든 지침을 정하고, 아웃소싱을 받은 외주 업체는 정해진 지침에 따라 제품을 제조하고 완성하여 납품하는 형태이다. 외주 업체는 주문자의 요구 사항에 따를 뿐, 독자적인 권리나 제품에 대한 지적 소유권은 갖지 못하며 완성된 제품은 실제 생산한 외주 업체가 아닌 주문자의 상표명으로 시장에 출시된다. OEM을 활용하면 주문자는 제품 개발이나 설계, 마케팅 등에만 집중할 수 있고 생산 관련 시설에는 투자하지 않아도 되기 때문에 비용과 노동력을 절감할 수 있다. 또한 타국의 기업에 OEM을 맡기는 경우 직접 외국으로 진출할 때 발

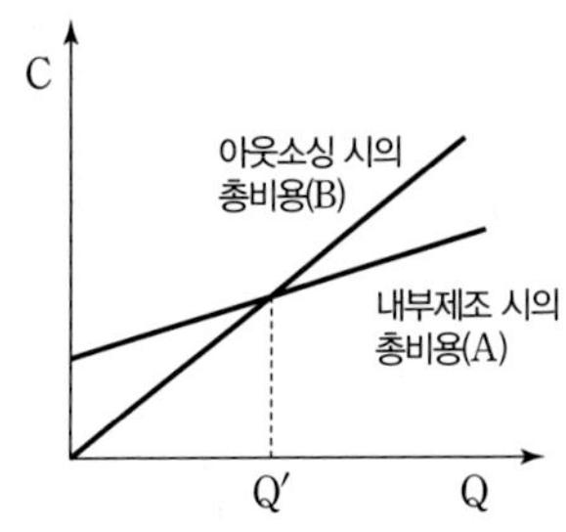

생하는 공장 설립 비용, 물류비용 등을 줄일 수 있고, 외국의 값싼 노동력을 활용하는 것도 가능하다. 외주 업체는 다른 절차를 신경 쓰지 않고 생산에만 집중할 수 있고, 지속적인 경험으로 기술력을 향상시켜 경쟁력을 높이는 것도 가능하다.

시간이 흐르면서 외주 업체의 경험이 축적되고 제조 경쟁력을 가지게 되는 경우 아웃소싱의 형태가 달라질 수 있다. 주문자가 모든 지침을 다 정하지 않고 큰 범위 내에서 개괄적인 지침을 정해 주면 외주 업체가 이에 따라 상세 설계를 완성하고 필요하다면 주문자가 지시한 설계나 규격까지도 변경할 수 있는 것이다. 이를 제조업자 개발 생산(ODM)이라고 한다. ODM은 OEM에 비해 외주 업체의 생산 관련 권한과 자유도가 높고, 외주 업체는 주문자와의 협의에 따라 제품에 대한 지적 재산권을 공유할 수도 있지만 제품은 주문자의 상표명으로 출시된다. 주문자는 제품 생산에 대한 모든 지침을 완전히 완성하지 않아도 되어 시간과 비용을 절약할 수 있고, 외주 업체의 전문성을 적극적으로 활용할 수 있다는 장점이 있다.

*분사: 본사에서 갈리어 그 아래에 속하여 있는 하부 기관이나 사업체.

02 〈보기〉는 제시문을 읽고 실시한 탐구활동이다. 〈보기〉의 ①, ②에 들어갈 적절한 말을 〈조건〉에 맞게 쓰시오.

〈보기〉

- 제시문의 〈그림〉에서 A가 B보다 더 위에서 시작하는 이유는 아웃소싱 시와 달리 내부 제조 시에는 (①).
- 제품의 내부 제조 시 다른 비용은 달라지지 않으면서 고정비만 줄어든다면, 제시문의 〈그림〉에서 Q'의 위치는 (②) 이동하게 된다.

〈조건〉

①은 '-기 때문이다'의 형식으로, ②는 '-(으)로'의 형식으로 작성할 것
①은 12자 이내로, ②는 6자 이내로 작성할 것(단, 띄어쓰기와 문장부호는 글자 수에서 제외함)

① ______________________________

② ______________________________

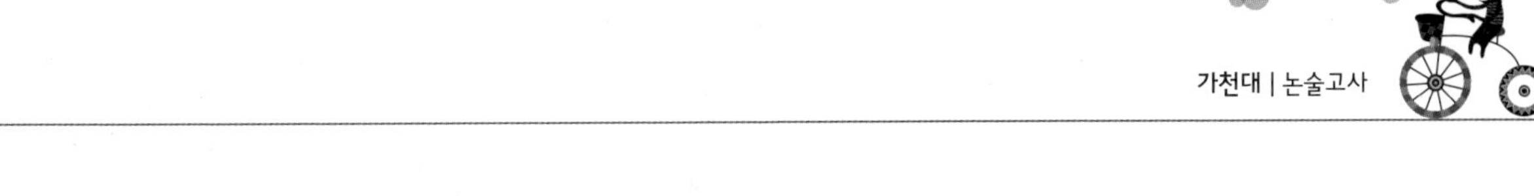

※ 다음 글을 읽고 물음에 답하시오.

　사회철학자 노직은 생명과 자유, 재산에 대한 권리 등 개인의 권리는 국가 권력 등이 위협해서는 안 되는 절대적인 것이라고 보았다. 하지만 그는 자연 상태에서는 개인이 타인의 권리를 침해할 수도 있으므로 개인의 권리를 보호할 수 있는 최소한의 권력을 지닌 국가가 필요하다고 보았다. 노직은 ㉠자연 상태에서 최소 국가에 이르는 일련의 과정을 분석하여 가장 정당한 국가가 무엇인지를 설명하였다. 노직은 국가가 강제력의 독점과 모든 사람에 대한 보호 서비스 공급이라는 두 요건을 갖추어야 한다고 보았다. 이때 강제력은 부당한 침해를 처벌할 수 있는 권력을 뜻한다.

　자연 상태에 놓인 개인들은 권리 침해와 이로 인한 분쟁을 방지하기 위해 자발적으로 '보호 협회'를 결성하고 협동을 통해 서로를 보호한다. 하지만 협회에 속한 모든 사람이 보호받기 위해서는 회원들이 항상 대기 상태에 있어야 하는 불편을 겪게 된다. 이러한 문제를 해결하기 위해 '상업적 보호 협회'가 탄생하게 되는데, 사람들은 협회에 대가를 지불하고 보호 서비스를 받게 된다. 이 협회는 회원과 사적으로 계약된 상태이므로 계약 당사자들만을 보호한다. 상업적 보호 협회들이 여러 개 생겨나면 이들끼리 경쟁을 하게 되고 그 결과 일정 지역 안에서 보호를 지배적으로 행사하는 '지배적 보호 협회'가 형성될 수 있다. 이 협회는 지배적인 위치에 있기는 하지만 다른 협회가 권력을 행사하는 것을 막을 수는 없기에 권력을 독점하고 있지는 않다. 따라서 이 협회는 노직이 생각하는 국가의 두 가지 요건을 모두 갖추지 못한 상태이다. 그런데 한 협회가 권력의 독점을 주장하며 사법 조직을 설립함으로써 한 지역 내에서 독점적인 보호를 행사하는 형태로 발전할 수 있는데, 노직은 이를 '극소 국가'라 하였다. 극소 국가는 권력의 독점이라는 요건은 충족하지만 극소 국가의 보호 비용을 부담하는 자는 보호하고 그렇지 않은 자는 보호에서 제외하므로 노직이 생각하는 국가의 수준에는 여전히 이르지 못한다.

　노직은 극소 국가가 국가에 자발적으로 가담하지 않고 있는 지역 내 개인들을 흡수하여 일정 지역 내에 거주하는 모든 이에게 보호를 제공하는 '최소 국가'로 나아간다고 보았다. 최소 국가는 국가에 자발적으로 가담하지 않는 독립인들이 타인에게 해를 끼치는 행위를 금지하는 대신 보호라는 보상을 제공한다. 노직은 무정부 상태보다는 나은 국가, 그러나 최소의 보호 능력 이상으로 확장되지 않은 국가를 이상적인 국가로 보았다.

03 〈보기〉는 제시문을 읽고 ㉠의 일부를 표로 정리한 것이다. 〈보기〉의 ①, ②에 들어갈 적절한 말을 제시문에서 찾아 쓰시오.

〈보기〉

	강제력의 독점 여부	보호 서비스 공급 대상의 범위
보호 협회	비독점	보호 협회 가입자
(①)	독점	지역 내 거주자 중 보호 서비스 비용 지불자
(②)	독점	지역 내 모든 거주자

① ＿＿＿＿＿＿＿＿＿＿＿＿＿＿＿＿＿＿＿＿＿

② ＿＿＿＿＿＿＿＿＿＿＿＿＿＿＿＿＿＿＿＿＿

[04~05] 다음 글을 읽고 물음에 답하시오.

형법상 범죄가 성립하려면 행위자의 행위가 구성 요건에 해당해야 하며 위법성과 유책성을 갖추어야 한다. 여기서 구성 요건이란, 형법상 금지되는 행위가 무엇인가를 추상적·일반적으로 기술해 놓은 것을 말한다. 자신이 하는 행위가 구성 요건에 해당함을 알고도 그 행위를 의도적으로 실현한 경우를 '고의'라고 하고, 자신의 행위가 타인의 법익*을 해칠 것임을 몰랐더라도 사회적으로 요구되는 주의 의무를 준수하지 못한 것을 '과실'이라고 한다. 자동차 운전자가 보복 운전의 목적으로 앞차를 뒤에서 들이받아 추돌 사고를 낸 경우라면 ⓐㅤ에 의한 범죄 행위에 해당할 수 있다. 한편 운전자가 수면 부족으로 피로한 상태에서 졸음운전을 하다 앞차를 뒤에서 들이받는 사고를 낸 경우에는 ⓒㅤ에 의한 범죄 행위에 해당할 수 있다. 의도적인 규범 불복종인 고의에 비해서 과실은 불법성이나 책임의 정도가 약한 것으로 간주된다. 그래서 우리나라는 원칙적으로 고의범*만을 처벌하되, '정상적으로 기울여야 할 주의를 게을리하여 죄의 성립 요소인 사실을 인식하지 못한 행위는 법률에 특별한 규정이 있는 경우에만 처벌한다.'라고 명시한 형법 제14조에 따라 법률에 특별한 규정이 있는 경우에만 예외적으로 과실범*을 처벌하고 있다.

형법 제14조는 과실의 개념 요소로 '주의를 게을리'함을 명시적으로 밝히고 있다. 이는 행위자가 자신의 부주의, 즉 주의 의무 불이행으로 인해 예견하거나 피할 수 있었던 법익 침해의 결과를 초래한 경우를 이른다. 달리 말하면, 행위자가 ⓒㅤ을/를 다하였더라도 결과가 발생하였으리라고 인정되는 경우에는 과실범이 성립하지 않는다. 이처럼 과실범의 본질은 주의 의무 위반에 있다. 따라서 과실범의 성립 요건을 검토하는 과정에서 일차적으로 그 행위와 관련된 주의 의무의 규정을 확인할 필요가 있다. 예를 들어, 도로 교통법 제31조 제1항에서는 '모든 차 또는 노면 전차의 운전자는 다음 각 호의 어느 하나에 해당하는 곳에서는 서행하여야 한다.'라고 주의 의무를 규정하면서 세부 항목 중 제4호로 '가파른 비탈길의 내리막'을 명시하였다. 즉 규정에 명시된 장소에서 주행 중인 모든 운전자는 서행해야 할 의무가 있으므로, 운전자가 도로에 사람이 있다는 것을 인식하지 못하여 ⓔㅤ이/가 인정되지 않더라도 가파른 비탈길의 내리막에서 감속하지 않고 주행하다가 교통사고로 사람을 다치게 한 경우라면 과실범으로 인정될 수 있다.

한편, 법문에서는 '정상적으로 기울여야 할 주의'라는 개념을 통해 사회생활에서 요구하는 일정한 주의 의무가 있음을 밝혔으나, 그 수준과 정도에 대해 무엇을 표준으로 삼을 것인지를 명시하지는 않았다. ⓐ주의 의무의 표준에 대한 견해로 객관설과 주관설 등이 있다. 객관설은 사회 일반인의 주의 능력을 기준으로 하여 주의 의무 위반이 유무를 판단하려는 견해로, '평균인 표준설'이라고도 한다. 이는 주의 의무의 척도가 추상적·객관적이어야 한다는 것을 전제하므로, 과실 유무와 과실의 경중을 판단할 때 행위자의 구체적인 사정이 아니라 일반적인 사람들이 취할 수 있는 주의의 정도를 표준으로 삼는다. 단, 의료나 운전 등과 같이 전문화된 업무와 관련된 행위는 동일한 업무와 직종에 종사하는 사람들을 표준으로 삼는다. 반면, 주관설은 행위자 개인의 주의 능력을 기준으로 하여 주의 의무 위반 여부를 판단하려는 견해로 '행위자 표준설'이라고도 한다. 귀책의 근거가 행위자의 주관적인 요소에 있으므로, 주의 의무의 척도로 행위자 개개인의 주의력을 표준으로 하는 구체적 과실을 상정한다. 이는 법 규범이 개인에게 불가능한 것을 요구할 수 없음을 전제한다. 우리나라는 평균인 표준설을 따르는 것이 통설이다.

평균인 표준설은 법 규범의 선도적·예방적 기능을 강화하고, 과실로 인한 사고가 대량으로 발생하는 영역에서 행위자가 준수해야 할 주의 의무가 정형화·표준화되어 적용되도록 만든다는 장점이 있다. 하지만 이는 사회 구성원에게 일상에서 남다른 주의를 기울이면서 살아가도록 강요하므로 정상적인 사회생활을 영위하는 것을 어렵게 만들 수 있다. 그래서 과실의 주의 의무를 제한하기 위해 등장한 것이 바로 '허용된 위험' 이론이다. 행위자가 구성 요건에 해당하는 결과를 피하기 위한 조치를 충분히 했다면, 비록 그 행위가 중대한 피해를 초래하더라도 행위자에게 과실 책임을 지울 수 없다는 것이다. 도로 교통법이나 의료법에서는 위험의 발생 빈도가 높은 영역에 대해 사회생활상 요구되는 주의 의무 기준을 명문화한 규정이 있는데, 규정에 명시된 기준을 충족했는지에 따라 구성 요건의 배제 여부가 결정된다. 예를 들어 의료법에서는 의사가 환자에게 수술 전 지켜야 할 주의 사항이나 의료 행위에 대한 부작용에 대해 구체적으로 설명할 의무가 있다고 명시했다. 이러한 명문화된 기준에 따라 행위자가 필요한 안전 조치를 했다면 주의 의무를 다한 것이므로, 그 행위가 법익을 침해했더라도 과실범으로 처벌할 수 없다.

*법익: 형법에서 침해가 금지되는 개인이나 공동체의 이익 또는 가치.

*고의범: 죄를 범할 의사를 가지고 저지른 범죄. 또는 그런 범인.

*과실범: 부주의로 인하여, 어떤 결과의 발생을 미리 내다보지 못함으로써 성립하는 범죄. 또는 그런 죄를 저지른 사람.

ㄱ: _______________________________

ㄴ: _______________________________

ㄷ: _______________________________

ㄹ: _______________________________

PART 1 기출문제

PART 2 실전모의고사

PART 3 정답 및 해설

05 〈보기2〉는 제시문을 읽고 〈보기1〉의 사례를 이해한 것이다. 〈보기2〉의 ①~③에 들어갈 적절한 말을 제시문에서 찾아 쓰시오.

---〈보기1〉---

의사인 '갑'에게 수술을 받던 중에 환자 '을'이 과다 출혈로 사망했다. 조사 결과, 평소 고혈압을 앓던 '을'이 지속적으로 먹던 아스피린을 수술을 앞두고도 복용한 것이다. 아스피린은 혈소판의 응고를 막아 지혈을 방해하는 약물로 과다 출혈이 우려되는 수술을 앞두고 의사가 환자에게 일정 기간 복용 중단을 지시해야 하는 약물 중 하나이다.

---〈보기2〉---

〈보기1〉에서 '갑'의 과실 유무와 과실의 경중에 대한 판단 기준과 결과는 제시문의 ⓐ에 대해 어떤 견해를 취하는가에 따라 달라진다. '갑'의 과실 유무와 과실의 경중을 판단할 때 (①)의 관점에서는 '갑' 개인의 주의력을 표준으로 삼는다. 반면, (②)의 관점에서는 의료 업무와 직종에 종사하는 사람들의 주의력을 표준으로 삼는다. 그리고 (③)의 관점에서는 '갑'의 과실 책임 인정 여부에 '갑'이 '을'에게 수술 전 일정 기간 아스피린의 복용 중단을 지시했는가 그렇지 않은가가 중요한 요소이다.

① ________________________________

② ________________________________

③ ________________________________

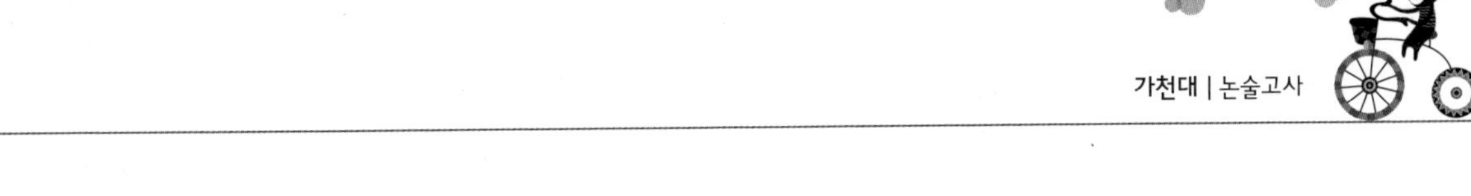

06 〈보기 1〉은 수업 시간의 대화 내용이다. 〈보기 1〉의 ①~③에 들어갈 적절한 말을 〈보기 2〉에서 찾아 쓰시오.

〈보기 1〉

선생님: 지금까지 음운 변동의 종류를 살펴봤어요. 이제부터는 다음 문장의 밑줄 친 부분을 발음할 때, 각각 어떤 음운 변동이 일어나는지 이야기해 볼까요?

- 나는 요즘 채소를 자주 ㉠먹는다.
- 휴일이라 공원에 ㉡가서 여유 있는 시간을 보냈다.
- 아이가 울고불고 ㉢난리가 났다.
- 안개가 ㉣걷히자 아름다운 광경이 펼쳐졌다.

학생 1: ㉠은 비음화가 일어난 예에 해당해요.

학생 2: ㉡에서는 (　①　)이/가 일어났어요.

학생 3: ㉢은 (　②　)이/가 일어난 예로 볼 수 있어요.

학생 4: ㉣에서는 거센소리되기와 (　③　)이/가 일어났어요.

선생님: 네, 맞아요. 모두 실제 예에서 어떤 음운 변동이 일어나는지를 잘 찾았어요.

〈보기 2〉

비음화, 유음화, 된소리되기, 구개음화, 두음 법칙, 모음 탈락, 거센소리되기

① __________________________________

② __________________________________

③ __________________________________

[07~08] 다음 글을 읽고 물음에 답하시오.

헌사한 조화옹이 산천을 빚어낼 때
낙은암(樂隱岩) 깊은 골을 날 위하여 삼겨시니
산봉우리도 빼어나고 경치도 뛰어나다
어와 주인옹이 명리(名利)에 뜻이 없어
진세를 하직하고 암혈에 깃들이니
내 생애 담백한들 분수이니 상관하랴

(중략)

옥류폭(玉流瀑) 노한 물살 돌을 박차 떨어지니
합포의 명월주를 옥반에 굴리는 듯
은고리 수정렴을 난간에 걸었는 듯
티끌 묻은 긴 갓끈을 탁영호(濯纓湖)에 씻어 내니
귀 씻던 옛 할아비* 자네 혼자 높을쏘냐
반곡천(盤谷川) 긴긴 굽이 초당을 둘렀으니
드넓은 저 강물아 세상으로 가지 마라
연사*에 막대 짚어 무릉계(武陵溪) 내려가니
양안의 나는 도화(桃花) 붉은 안개 자욱하다
물 위에 뜬 꽃을 손으로 건진 뜻은
춘광을 누설하여 세간에 전할셰라
단구(丹丘)를 넘어 들어 자연뢰(紫煙瀨) 지나가니
향로봉 남은 안개 햇빛에 비치었다
구변담(鷗邊潭) 고인 물이 거울처럼 맑구나
속세 잊은 저 백구(白鷗)야 너와 나와 벗이 되어
물가에 노닐면서 세상을 잊자꾸나
청학동(靑鶴洞) 좁은 길로 선부연(仙釜淵) 찾아가니
반고씨 적 생긴 가마 제작도 공교하다
형산에 만든 솥을 뉘라서 옮겨 왔나
석간에 걸린 폭포 상하연에 떨어지니
공연한 벼락 소리 대낮에 들리는고
계산*에 취한 흥이 해 지는 줄 잊었는데
쌍계암(雙溪庵) 먼 북소리 갈 길을 재촉하네
퉁소에 봄을 담아 유교(柳橋)로 돌아드니
서산(西山)의 상쾌한 기운 사의당*에 이어졌네
어와 우리 형님 환정*이 전혀 없어
공명을 사양하고 삼족와*로 돌아오니
재앙의 남은 물결 신변에 미칠쏘냐

긴 베개 높이 베고 두 노인이 나란히 누워
슬하의 모든 자손 차례로 늘어서니
먹으나 못 먹으나 이 아니 즐거운가
아마도 수석에 소요하여 남은 세월 마치리라

– 남도진, 「낙은별곡」

*귀 씻던 옛 할아비: 중국 요임금 시절의 은사인 허유
*연사: 안개가 낀 모래사장 또는 물가
*계산: 시내와 산
*사의당: 남도진의 형인 남도규의 서재 당호(堂號)
*환정: 벼슬을 하고 싶어 하는 마음
*삼족와: 남도진의 형인 남도규의 서재 당호

07 〈보기〉는 제시문에 대한 설명의 일부이다. 〈보기〉의 ㉠과 ㉡에 해당하는 행을 제시문에서 찾아 각각의 첫 어절과 마지막 어절을 순서대로 쓰시오.

〈보기〉

　18세기 강호 가사인 「낙은별곡」에서는 이전 강호 가사에 흔히 나타나는, 자연물에 도덕적 이상을 투영하거나 벼슬에 미련을 보이는 태도는 찾을 수 없다. 이 작품의 작가는 한양을 벗어나 한양에서 가까운 한적하고 아름다운 장소를 골라 거주한 것으로 알려져 있다. ㉠화자는 설의적 표현을 통해 그곳에서의 소박한 생활에 불만을 가지기보다는 그것이 자신에게 맞는 삶이라고 하며, 이를 수용하는 삶의 태도를 드러낸다. 또한 작품에는 세속적 명리에 뜻을 두지 않고 마음 맞는 사람들과 어울려 자연 속에서 소박하게 풍류를 즐기는 삶의 모습이 제시되고 있다. 그리고 가문의 화목 추구라는 가치를 형의 가족과 자기 가족이 모여 사는 구체적인 모습을 통해 나타내고 있다. 이는 자연을 삶의 공간으로 인식하고 가족의 행복과 가문의 화목 등 현실적 가치를 지향하는 화자의 삶의 태도가 드러나는 것으로 이해할 수 있다. ㉡화자는 이러한 삶의 태도를 가지고 여생을 살아가고자 하는 소망과 다짐을 표현하고 있다.

① ㉠에 해당하는 행 – 첫 어절: ＿＿＿＿＿＿＿＿＿＿, 마지막 어절: ＿＿＿＿＿＿＿＿＿＿

② ㉡에 해당하는 행 – 첫 어절: ＿＿＿＿＿＿＿＿＿＿, 마지막 어절: ＿＿＿＿＿＿＿＿＿＿

08 〈보기〉는 제시문을 읽고 '장소의 이동'에 따른 '화자의 경험과 생각'을 정리한 것의 일부이다. 〈보기〉의 ①, ②에 들어갈 적절한 단어를 제시문에서 찾아 쓰시오.

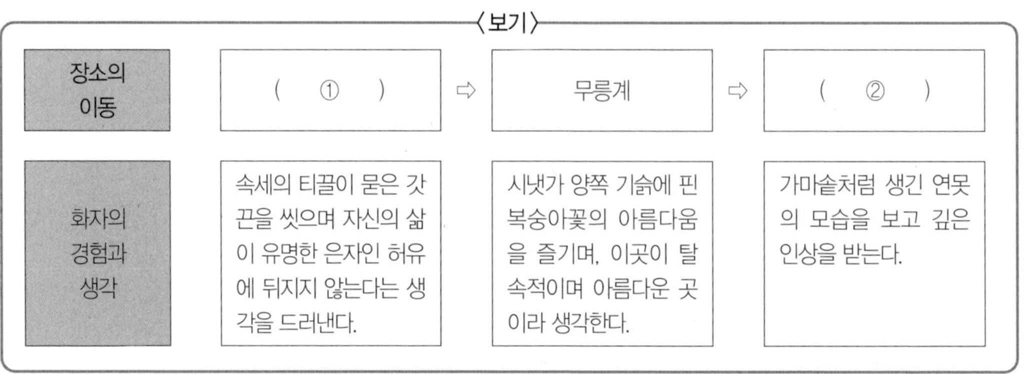

※ 다음 글을 읽고 물음에 답하시오.

　　모든 것이 순조로이 해결되어 가고 학교에 들어가시게 되었다 하오니 얼마나 반가운지 모르겠습니다. 과거 반년간의 쓰라린 체험이 오늘의 신생을 위한 커다란 준비 시기이셨던 것을 생각하면, 그동안 나의 행동이 부끄럽지 않을 수 없습니다마는, 한편으로는 내 생애에 있어서도, 다만 젊은 한때의 유흥 기분만에 그치지 아니하였던 것을 감사하며 기뻐합니다. 그러나 뒷날에 달콤하고 아름다운 추억으로 남아 있으리라고 생각할 뿐이라면 이렇게 섭섭한 일도 없고, 당신은 또 자기를 모욕하였다고 노하실지도 모르나, 언제까지 그런 기쁨과 행복에 잠겨 있도록 이 몸을 안온하고 자유롭게 내버려두지 않으니 어찌하겠습니까. 나도 스스로를 구하지 않으면 아니 될 책임을 느끼고, 또 스스로의 길을 찾아가야 할 의무를 깨달아야 할 때가 닥쳐오는가 싶습니다. …… 지금 내 주위는 마치 공동묘지 같습니다. 생활력을 잃은 백의(白衣)의 백성과, 백주에 횡행하는 이매망량(魑魅魍魎)* 같은 존재가 뒤덮은 이 무덤 속에 들어앉은 나로서 어찌 '꽃의 서울'에 호흡하고 춤추기를 바라겠습니까. 눈에 보이는 것, 귀에 들리는 것이 하나나 내 마음을 부드럽게 어루만져 주고 용기와 희망을 돋우어 주는 것은 없으니, 이러다가는 이 약한 나에게 찾아올 것은 질식밖에 없을 것이외다. 그러나 그것은 장미꽃 송이 속에 파묻히어 향기에 도취한 행복한 질식이 아니라, 대기에서 절연된 무덤 속에서 화석(化石) 되어 가는 구더기의 몸부림치는 질식입니다. 우선 이 질식에서 벗어나야 하겠습니다. ……

　　소학교 선생님이 사벨(환도)을 차고 교단에 오르는 나라가 있는 것을 보셨습니까? 나는 그런 나라의 백성이외다. 고민하고 오뇌하는 사람을 존경하시고 편을 들어 주신다는 그 말씀은 반갑고 고맙기 짝이 없습니다. 그러나 스스로 내성(內省)하는 고민이요 오뇌가 아니라, 발길과 채찍 밑에 부대끼면서도 숨이 죽어 엎디어 있는 거세된 존재에게도 존경과 동정을 느끼시나요? 하도 못생겼으면 가엾다가도 화가 나고 미운증이 나는 법입넨다. 혹은 연민의 정이 있을지 모르나, 연민은 아무것도 구하는 길은 못 됩니다. …… 이제 구주의 천지는 그 참혹한 살육의 피비린내가 걷히고 휴전 조약이 성립되었다 하지 않습니까. 부질없는 총칼을 거두고 제법 인류의 신생(新生)을 생각하려는 것 같습니다. 그러나 이 땅의 소학교 교원의 허리에서 그 장난감 칼을 떼어 놓을 날은 언제일지? 숨이 막힙니다. ……

우리 문학의 도(徒)는 자유롭고 진실된 생활을 찾아가고, 이것을 세우는 것이 그 본령인가 합니다. 우리의 교유, 우리의 우정이 이것으로 맺어지지 않는다면 거짓말입니다. 이 나라 백성의, 그리고 당신의 동포의, 진실된 생활을 찾아 나가는 자각과 발분을 위하여 싸우는 신념 없이는 우리의 우정도 헛소리입니다. ……

나는 형님이 떠날 제 초상에 쓰고 남은 것이라고, 동경 갈 노자와 함께 책값이며 용돈으로 내놓고 간 삼백 원 속에서 백 원을 이 편지와 함께 부쳐 주었다. 혹시는 다른 의미나 있는 줄로 오해할 것이 성가시기도 하나, 동경에서 떠날 제 선사받은 것도 있으려니와, 정자의 새출발을 축하하는 의미라고 한마디 쓰고, 다소 부조가 될까 하여 보낸 것이다. 실상은 동경 가는 길에 들르지 않겠다는 결심을 다시 하였기 때문에, 아주 이것으로 마감을 하여 버리고, 나도 이 기회에 가뜬한 몸이 되고 싶었던 것이다.

– 염상섭, 「만세전」

*이매망량(魑魅魍魎): 온갖 도깨비. 산천, 목석의 정령에서 생겨난다고 함.

09 〈보기〉는 제시문에 대한 해설의 일부이다. 〈보기〉의 ①, ②에 들어갈 적절한 문장을 제시문에서 찾아 각각의 첫 어절과 마지막 어절을 순서대로 쓰시오.

〈보기〉

이 작품은 일제 강점기 지식인의 내면과 식민지 현실에 대한 인식을 형상화하고 있는 중편 소설로, 작품의 제목에서 드러나듯이 3·1 운동 직전의 암울한 시대 상황을 배경으로 하고 있다. 작품의 '나'는 동경에서 서울로 향하는 과정에서, 일제의 침탈을 당하면서도 여전히 전근대적인 가치관에서 벗어나지 못하고 있는 조선 백성의 모습을 목격하고 민족이 처한 현실을 희망이 없는 '공동묘지'로 규정한다.

'나'는 이러한 조선의 현실에 크나큰 절망감을 느낀다. 이 소설에서는 '나'가 느끼는 절망감과 고통이 다양한 표현을 통해 드러나고 있다. 그중 '(①)'에서는 '나'가 느끼는 고통이 '숨막힘'과 같은 것으로 표현되는데, 여기에서는 긍정적 상황의 '숨막힘'과 부정적 상황의 '숨막힘'을 대조하며 '나'가 느끼는 절망감을 더욱 부각하고 있다. 이와 같은 '나'의 고통과 절망감은 자신 역시 식민 지배를 받는 무기력한 민족의 일원일 수밖에 없다는 인식으로 이어진다. '(②)'에서는 무력을 의미하는 환유적 소재를 통해 조선을 지배하는 일본의 폭압성을 드러냄과 동시에, 문제 해결을 위한 적극적 성찰로 나아가지 못하고 무기력한 태도로 살아가는 조선 민중과 자신에 대한 자조적 인식이 편지 수신자를 향한 질문의 형식으로 표현되고 있다.

① 첫 어절: __________________________, 마지막 어절: __________________________

② 첫 어절: __________________________, 마지막 어절: __________________________

수학[인문A]

▶ 해답 p.262

10 1이 아닌 두 양수 a, $b(a \neq b)$가 $\log_a b - \log_b a = 0$을 만족시킬 때, $9a + 25b$의 최솟값을 m이라 하고, 이때의 a의 값을 α라 하자. m과 α의 값을 구하는 과정을 서술하시오.

11 첫째항이 2이고 공차가 3인 등차수열 $\{a_n\}$에 대하여 첫째항부터 제n항까지의 합이 S_n일 때, $13S_n > \sum_{k=1}^{6} (a_k)^3$을 만족시키는 자연수 n의 최솟값을 구하는 과정을 서술하시오.

12 양의 실수 t에 대하여 함수 $y=t-|2x|$의 그래프와 함수 $y=x^2$의 그래프로 둘러싸인 부분의 넓이를 $S(t)$라 할 때, $\displaystyle\lim_{t\to\infty}\dfrac{\sqrt{t}\,S(t)}{t^2}$의 값을 구하는 과정을 서술하시오.

13 실수 t에 대하여 직선 $y=t$가 곡선 $y=|x^2-2x|+x$와 만나는 점의 개수를 $f(t)$라 하자. 최고차항의 계수가 1인 삼차함수 $g(t)$에 대하여 함수 $f(t)g(t)$가 실수 전체의 집합에서 연속일 때, $f(1)+g(1)$의 값을 구하는 과정을 서술하시오.

14 최고차항의 계수가 $-\dfrac{1}{2}$이고 $x=8$에서 최댓값을 갖는 이차함수 $f(x)$에 대하여 함수 $g(x)$를

$$g(x)=\begin{cases} f(x) & (x\le a) \\ \left|f(x+1)-f(x)-\dfrac{7}{2}\right| & (x>a) \end{cases}$$

라 하자.

함수 $g(x)$가 실수 전체의 집합에서 미분가능할 때, $f(a)$의 값을 구하는 과정을 서술하시오(단, a는 상수이다).

15 함수 $f(x)$
$$=2\sin^2\!\left(\dfrac{3}{2}\pi-x\right)-2\cos\!\left(\dfrac{\pi}{2}-x\right)+5$$

의 최댓값이 α이고 최솟값이 β일 때, $\alpha\beta$의 값을 구하는 과정을 서술하시오.

국어[인문B]

▶ 해답 p.264

※ (가)는 박물관 해설사의 한글 점자 안내이고, (나)는 해설사가 안내 시 활용한 자료이다. 물음에 답하시오.

(가)

　안녕하세요? 박물관 해설사 ○○○입니다. 이곳은 점자의 날을 기념한 특별 코너입니다. 한글 점자가 갖는 기본 원리를 설명해 드릴게요. 화면의 자료를 같이 봐 주시기 바랍니다. 한글 점자는 3행 2열로 왼쪽 위에서 아래로 1-2-3점, 오른쪽 위에서 아래로 4-5-6점의 번호를 붙여 각각의 문자 기호에 따라 점이 찍히는 번호가 정해져요. 초성은 기본점을 지정하여 기본점 외에 점을 추가하여 표현해요. ㄱ, ㄴ, ㄷ은 4점을, ㄹ, ㅁ, ㅂ은 5점을, ㅅ, ㅈ, ㅊ은 6점을, ㅋ, ㅌ은 1, 2점을 ㅍ, ㅎ은 4, 5점을 각각 기본점으로 사용해요. 이 밖에도 초성에서는 'ㅇ'을 따로 표기하지 않습니다. 쉽게 배우고 익힐 수 있도록 하기 위한 것이라 할 수 있죠. 한글 점자는 초·중·종성을 풀어 쓰는 특성 때문에, 초성과 종성의 구분이 필요합니다. 종성은 초성의 점형을 좌우 또는 상하로 평행하게 이동시켜 표현합니다.

(나)

[자료 1]

한글 점자에서 점의 위치 번호	상	1	●	4	●
	중	2	●	5	●
	하	3	●	6	●
		좌		우	

[자료 2]

초성	ㄱ	ㄴ	ㄷ	ㄹ	ㅁ	ㅂ	ㅅ	ㅈ	ㅊ	ㅋ	ㅌ	ㅍ	ㅎ
	○● ○○ ○○	●● ○○ ○○	○● ●○ ○○	○○ ○● ○○	●○ ○● ○○	○● ○● ○○	○○ ○○ ○●	○● ○○ ○●	○○ ○● ○●	●● ●○ ○○	●○ ●● ○○	●● ○● ○○	○● ●● ○○

[자료 3]

초성	ㄱ	ㄴ	ㄷ	ㄹ	ㅁ	ㅂ	ㅅ	ㅇ	ㅈ	ㅊ	ㅋ	ㅌ	ㅍ	ㅎ
	●○ ○○ ○○	○○ ●● ○○	○○ ○● ●○	○○ ●○ ○○	○○ ●○ ○●	●○ ●○ ○○	○○ ○○ ●○	○○ ●● ●●	●○ ○○ ●○	○○ ●○ ●○	○○ ●● ●○	○○ ●○ ●●	○○ ●● ○●	○○ ○● ●●

01 〈보기1〉은 (가)의 해설사가 (나)의 자료를 활용한 방법을 정리한 것이다. 〈보기1〉에 들어갈 적절한 말을
〈보기2〉에서 찾아 쓰시오.

〈보기 1〉
- (①)와/과 (②)을/를 가리키며, 한글 초성 점자의 점형과 제자 원리를 설명한다.
- (③)와/과 (④)을/를 가리키며, 한글 'ㅇ'에 대한 점자 표기가 초성과 종성에서 다른 것을 설명한다.

〈보기 2〉
자료 1, 자료 2, 자료 3

① _____________   ② _____________   ③ _____________   ④ _____________

[02~03] 다음 글을 읽고 물음에 답하시오.

생태학에서는 식물 군집이나 조류 군집처럼 일정한 공간 내에 존재하는 모든 종의 무리를 군집이라고 정의한다. 군집에 대해 이해하고 분석하는 데 있어 가장 단순한 척도는 군집 내에서 일정한 면적 안에 있는 종의 수, 즉 종 풍부도이다. 그러나 군집을 구성하고 있는 각 종의 개체 수가 모두 동일한 것은 아니기 때문에 종 풍부도만으로 군집의 특성을 설명하기는 어렵다. 이를 보완하기 위해 특정한 표본구에 있는 모든 개체 수를 헤아리고 각 종이 차지하는 개체 수를 따져 각 종이 차지하는 비율을 구하는데 이 척도를 상대 풍부도라고 한다. 풍부노 서열 그래프는 각 종의 상대 풍부도를 서열화하여 나타낸 것이다. 가장 풍부한 종부터 x축의 원점에서 가장 가까운 위치에 표시되고 축에는 각 종의 상대 풍부도가 표현된다. 이 과정을 가장 희귀한 종까지 반복하여 얻어진 그래프가 풍부도 서열 곡선이다. 풍부도 서열 곡선에서 곡선의 길이가 길수록 군집에 나타나는 종의 수가 많다는 뜻이며, 곡선의 기울기가 완만할수록 종간 개체 수 배분이 균등하다는 뜻이다.

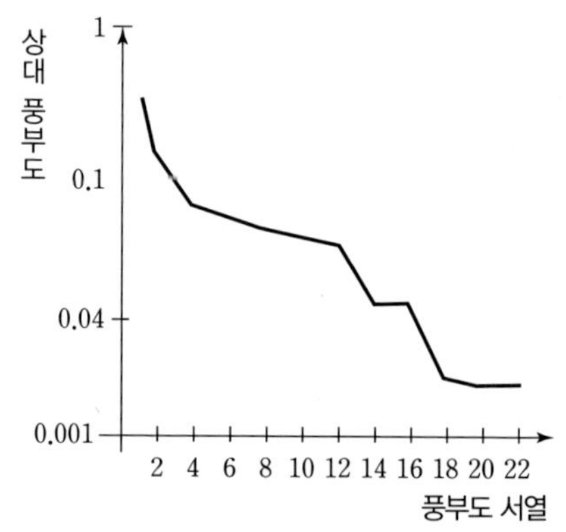

풍부도 서열 그래프

풍부도 서열 그래프는 군집의 생물학적 구조를 파악하는데 사용될 수 있지만 군집에서 관찰된 차이를 정량화하는 수단이 되지는 못한다. 이에 생태학자들은 다양도 지수라는 것을 개발하여 사용하는데, 그중 하나가 심슨 지수이다. 심슨 지수란 한 표본에서 임의로 추출된 두 개체가 같은 종일 확률을 모든 종에 대해 계산한 뒤 더한 값이다. 심슨 지수는 0부터 1까지의 값을 가지며 다양도가 낮을수록 값이 커, 한 표본에 한 종만 있는 경우는 다양도가 0이고 심슨 지수는 1이다. 심슨 지수의 역수를 취하여 다양도를 나타내기도 하는데, 심슨 지수의 역수를 심슨 역지수라고 부른

다. 이 지수는 다양도 지수 가운데 가장 많이 사용된다.

 심슨 지수는 우점도의 척도로도 사용된다. 대부분의 군집은 상대 풍부도가 높은 몇몇 흔한 종들로 구성되어 있는데, 군집에서 한 종 또는 소수의 종이 우세할 때 이들 종이 우점했다고 한다. 우점도는 다양도와 반대되는 말이기 때문에 우점도의 척도로 심슨 지수가 사용되는 것이다. 일반적으로 우점하는 종은 군집 내 다른 종을 희생시켜 그 지위에 오르기 때문에 이들은 주어진 환경 조건하에서 우세한 경쟁자라고 할 수 있다. 그렇다고 우점종이 군집에 가장 큰 영향을 주는 종이라고 말할 수는 없다. 풍부도에 비하여 군집에 큰 영향을 주는 핵심종이 있을 수 있기 때문이다. 예를 들어 아프리카 남부 사바나에 서식하는 코끼리는 우점종은 아니지만 많은 양의 관목과 교목 등의 식물을 섭취하고 뿌리를 뽑아 버리기 때문에 사바나의 식물 생장에 크게 영향을 미치는 핵심종이다. 군집에서 중요한 위치를 차지하는 핵심종을 제거하면 군집의 종 풍부도, 다양도 등이 크게 변화하기 때문에 핵심종의 군집에 대한 효과는 상대 풍부도에 비례하지 않는다.

02 〈보기1〉은 어떤 지역의 두 식물 군집 A와 B의 생물학적 구조를 분석한 풍부도 서열 그래프이고, 〈보기2〉는 제시문을 바탕으로 〈보기1〉을 이해한 것이다. 〈보기2〉의 ①, ②에 들어갈 적절한 말을 쓰시오.

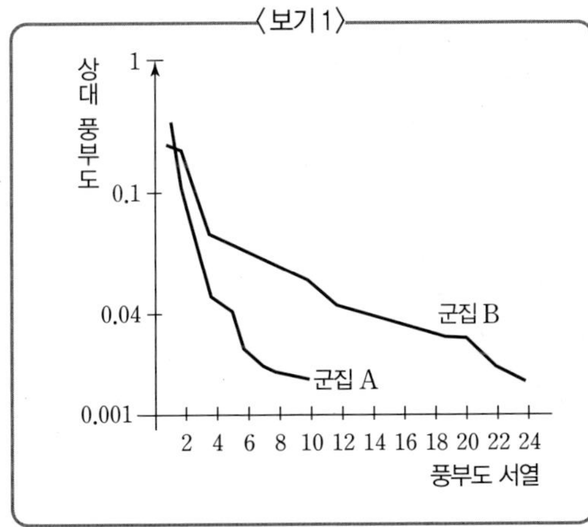

〈보기2〉

• '군집 A'와 '군집 B' 중, 종의 수가 더 많은 것은 '군집 (①)'이다.
• '군집 A'와 '군집 B' 중, 종간 개체 수 배분이 더 균등한 것은 '군집 (②)'이다.

① _______________________

② _______________________

03 〈보기1〉은 어떤 지역의 두 삼림 군집 [삼림Ⅰ], [삼림Ⅱ] 내 수목의 종 구성을 표로 나타낸 것이고, 〈보기2〉는 제시문을 바탕으로 〈보기1〉을 이해한 것이다. 〈보기2〉의 ①~③에 들어갈 적절한 말을 〈조건〉에 맞게 쓰시오.

〈 보기 1 〉

[삼림Ⅰ]

종	개체 수	상대 풍부도(%)
튤립나무	122	44.5
사사프라스나무	107	39.0
검은벚나무	12	4.4
목련	11	4.0
⋮	⋮	⋮
사탕단풍나무	1	0.4

[사림Ⅱ]

종	개체 수	상대 풍부도(%)
튤립나무	112	43.8
백참나무	36	14.1
큰떡갈나무	17	6.6
사탕단풍나무	14	5.4
⋮	⋮	⋮
가죽나무	1	0.39

※ [삼림Ⅰ]은 10종, [삼림Ⅱ]는 24종으로 구성되어 있다.

〈 보기 2 〉

- [삼림Ⅰ]이 [삼림Ⅱ]보다 다양도는 (　①　), 심슨 지수는 (　②　).
- [삼림Ⅱ]에서 튤립나무를 제거하면, [삼림Ⅱ]의 심슨 역지수는 (　③　).

〈 조건 〉

- ①은 '–고'의 형식으로, ②, ③은 '–다'의 형식으로 작성할 것.
- ①, ②는 2자로, ③은 4자 이내로 작성할 것(단, 띄어쓰기와 문장부호는 글자 수에서 제외함).

① _______________________________________

② _______________________________________

③ _______________________________________

※ 다음 글을 읽고 물음에 답하시오.

국제 통화 기금(IMF)은 국가 간 거래가 늘어나는 상황에서 국제 통화 및 금융 제도의 안정을 도모하기 위한 국제 금융 기구이다. IMF는 가입을 희망하는 나라가 가입 신청서를 제출하면 신청국의 경제 규모나 교역량 등에 따라 출자 할당액인 쿼터(quota)와 납입 방법을 결정하고 이사회의 승인을 거쳐 총회에 회부되면 총회에서 가입을 결정한다. 회원국이 된 국가는 쿼터 지분만큼의 투표권을 가지게 된다.

IMF에서는 국제 금융 위기 예방을 위한 감시 활동 등을 하지만, 가장 중요한 기능은 금융 위기 국가에 대한 금융 지원이다. IMF의 금융 지원은 주로 쿼터 납입금을 활용하며 필요할 경우 회원국 또는 비회원국 및 민간으로부터 재원을 차입하기도 한다. 쿼터 납입금은 IMF의 가장 기본적인 융자 재원이며, IMF의 재원 중 90% 정도를 차지하는데, 쿼터 납입금으로 가맹국은 할당액의 25%를 금으로, 나머지 75%를 자국 통화로 납입해야 했다. 금으로 납입한 부분은 '골드 트랑슈'라고 하여 납입한 회원국이 특별한 조건 없이 인출할 수 있었지만, 신용도가 떨어지는 회원국의 통화는 융자 재원으로 사용하기 어려웠다. 국제 거래를 위해서는 금이나 달러화와 교환해야 했는데, 금의 경우 수량이 한정되어 충분히 공급되기 어려우며, 달러화의 공급에는 한계가 있었다. 달러화가 전 세계에 공급되기 위해서는 미국의 국제 수지가 계속 적자 상태가 되어야 하며, 그럴 경우 달러화의 신용도가 떨어지는 문제가 있었다.

이런 문제를 해결하기 위해 1970년에 채택된 것이 특별 인출권(SDR)이다. SDR은 IMF 회원국이 담보 없이 외화를 인출할 수 있는 권리로, 금과 달러에 이은 제3의 국제 통화로 간주되고 있다. SDR은 추가 출자 없이 회원국의 합의에 의해 발행 총액이 결정되며, 회원국의 쿼터에 비례하여 배정된다. 자국의 국제 수지가 악화돼 외화가 부족할 때 SDR을 외화와 교환하고, 대신 외화를 제공한 회원국에게 이자를 지급한다. 과거 금으로 채웠던 골드 트랑슈는 금 본위제가 해체된 이후에는 금이나 달러화 외에 SDR로도 채울 수 있게 되면서 '리저브 트랑슈'로 불리게 되었다.

04 〈보기〉는 제시문을 이해한 내용이다. 〈보기〉의 ①~③에 들어갈 적절한 말을 제시문에서 찾아 쓰시오.

─〈보기〉─

• SDR이 채택된 이유는, IMF의 쿼터 납입금이 금과 (①)(으)로 구성되던 시기에 (①)을/를 IMF의 금융 지원 재원으로 사용하기 어려운 문제가 있었기 때문이다.

• IMF 회원국이 IMF의 금융 지원으로 IMF로부터 외화를 인출할 때, 리저브 트랑슈에서 인출하는 경우의 인출 한도는 자국의 납입금이 그 범위가 되지만, (②)을/를 사용하는 경우의 인출 한도는 자국의 납입금과 상관없이 회원국의 합의에 의해 결정된다.

• 금 본위제가 해체된 이후 골드 트랑슈가 리저브 트랑슈로 바뀌게 된 것은 IMF에서 회원국이 행사할 수 있는 권리였던 SDR이 (③)(으)로서의 지위를 획득하였기 때문에 가능한 일이었다.

① ___________________________

② ___________________________

③ ___________________________

※ 다음 글을 읽고 물음에 답하시오.

　　서구 철학에서 ㉠코나투스는 수천 년에 걸쳐 정의되었다. 고대 그리스의 스토아학파는 코나투스를 생명체의 자기 보존의 욕망으로 보았으며, 살아있는 생명체는 스스로에 대한 애착과 보존 의지를 가지는 동시에 죽음으로부터 멀어지기를 원한다고 하였다. 하지만 스토아학파는 코나투스를 모든 생명체가 가지는 것이 아니라 동물만이 가지는 특성이라고 하였다. 이후 중세의 스콜라 철학에서는 동물뿐만 아니라 모든 자연적 사물이 코나투스를 가지고 있으며, 이에 따라 모든 유기적 생명체는 자신의 실존을 지속하려는 욕망을 갖는다고 보았다. 중세 이후 르네상스 철학자들은 코나투스가 자기 보존에 대한 욕망이라는 기존의 견해를 받아들이면서, 코나투스를 유기적 생명체뿐만 아니라 무기물도 가진 속성이라고 하였다.

　　근대 철학자들은 코나투스의 기존 의미를 받아들이면서도, 코나투스를 물체의 운동에 적용하여 자연을 이해하는 데 활용하였다. 무기물도 코나투스를 가지고 있다는 인식을 이어받아 이를 물체의 운동에 적용한 것이다. 데카르트는 어떤 물체가 현재의 상태를 유지하고자 하는 속성을 코나투스에 의한 것이라고 보았다. 데카르트는 이전 학자들과 달리 코나투스에 담긴 생물학적인 함축적 의미를 제외하고 어떤 물체의 상태를 기술하는 중립적인 표현으로만 코나투스를 사용하였다. 홉스도 물체의 운동을 이해하기 위한 방법으로 코나투스를 활용하였다. 홉스는 코나투스를 인간이 알기 어려운 단위에서 벌어지는 물체의 운동이라고 말하였고, 우리가 관찰하는 모든 운동은 코나투스의 집합이라고 하였다. 홉스는 걷기나 말하기 같은 인간의 움직임도 코나투스에 의한 것이라고 보았는데, 이러한 관점에 따르면 심장을 통한 혈액의 순환 등 인체의 자기 보존을 위한 생명 운동 역시 코나투스에 의한 것이 된다. 즉 홉스에 따르면 코나투스는 어떠한 방향으로 향하기 위한 노력이며 인간의 자기 보존 욕망도 생존이라는 방향성을 갖는 노력이라고 할 수 있다.

05 〈보기〉는 제시문을 읽고 ㉠을 정리한 것의 일부이다. 〈보기〉의 ①~③에 들어갈 적절한 말을 제시문에서 찾아 쓰시오.

〈보기〉

철학의 흐름		㉠에 대한 인식의 변화	
그리스 스토아학파		생명체 중 동물이 지닌 특성	
중세 스콜라 철학		모든 유기적 생명체가 지닌 특성	
(①) 철학		유기적 생명체와 무기물이 지닌 특성	
근대 철학	데카르트	물체의 운동에 코나투스의 의미를 적용	어떤 물체의 상태를 기술하는 (③)인 표현으로만 사용
	(②)		물체의 모든 운동을 코나투스의 집합으로 이해

① ____________________　　② ____________________　　③ ____________________

※ 다음 글을 읽고 물음에 답하시오.

양 원수가 귀 기울여 들으니 어찌 그 곡조를 모르리오? 여러 장수를 돌아보며,

"옛적에 장자방이 계명산에 올라 퉁소를 불어 초나라 병사들을 흩어지게 했는데, 알지 못하겠도다.

이곳에서 어떤 사람이 능히 이 곡조를 아는고? 내가 어렸을 때 옥피리를 배워 몇 곡조를 기억하니, 이제 마땅히 한 곡조를 시험해 삼군의 처량한 마음을 진정시키리라."

상자에서 옥피리를 꺼내어 장막을 높이 걷고 책상에 기대어 한 곡을 부니, 그 소리가 화평하고 호방해, 마치 봄 물결이 천 리 장강에 흐르는 듯하고, 삼월의 화창한 바람이 아름다운 나무에 불어오는 듯해, 한 번 불매 처량한 마음이 기쁘게 풀어지고, 두 번 불매 호탕한 마음이 저절로 생겨나 군중이 자연히 평온해지더라. 양 원수가 또 음률을 바꾸어 한 곡을 부니, 그 소리가 웅장하고 너그러워 도문의 협객이 축에 맞춰 노래하는 듯하고, 변방에 출전하는 장군이 철기를 울리는 듯하더라. 막하 삼군이 기세가 늠름해져 북을 치고 칼춤을 추며 다시 한번 싸우길 원하니, 양 원수가 웃으며 옥피리 불기를 그치고 다시 군막으로 들어가 몸을 뒤척이며 생각하되,

'내가 천하를 두루 다니며 인재를 다 보지는 못했으나, 오랑캐 땅에 이렇게 뛰어난 인재가 있을 줄 어찌 알았으리오? 남만 장수의 무예와 병법을 보니, 참으로 이 나라의 선비 가운데 그와 견줄 사람이 없고 천하의 기재이거늘, 이 밤 옥피리 역시 평범한 사람이 불 수 있는 바가 아니로다. 이는 하늘이 우리 명나라를 돕지 않고 조물주가 나의 큰 공로를 시기해 인재를 내어 남만 왕을 도움이로다.'

잠을 이루지 못하다 군막으로 소사마를 다시 불러 묻기를,

"장군이 어제 진중에서 남만 장수의 용모를 자세히 보았는가?"

소사마가 대답하길,

"가시덤불 속 꽃다운 풀이 분명하고, 기와 조각 속 보석이 완연하니, 잠깐 보았으나 어찌 잊을 수 있으리이까? 당돌한 기상은 이 시대의 영웅이요, 아리따운 태도는 천고의 가인이라. 연약한 허리와 가느다란 눈썹은 남자의 풍모가 적으나, 빼어난 용모와 용맹한 기상 역시 여자의 자태가 아니니, 대개 남자로 논한다면 고금에 없는 인재요, 여자로 논한다면 나라와 성을 기울게 할 미인일까 하나이다."

양 원수가 듣고 묵묵히 말이 없더라. 이때 홍랑이 사부의 명으로 남만 왕을 도우러 왔으나 또한 부모의 나라를 저버리지 못해, 조용히 옥피리를 불어 장자방이 초나라 병사인 강동의 자제들을 흩어지게 한 술법을 본받고자 함이거늘, 뜻밖에 명나라 진영 안에서도 옥피리로 화답하니, 비록 곡조는 다르나 음률에 차이가 나지 않고, 기상은 현격하게 다르나 뜻에 다름이 없어, 마치 아침 햇살에 빛깔 고운 봉황 암수가 화답함과 같더라. 홍랑이 옥피리 불기를 멈추고 망연자실해 고개를 숙이고 오래 생각하길,

'백운 도사께서 말씀하시길, 이 옥피리가 본디 한 쌍으로 한 개는 문창성*에게 있으니 그대가 고국에 돌아갈 기회가 이 옥피리에 달려 있노라 하셨거늘, 명나라 원수가 어찌 문창성의 성정이 아니리오? 그러나 하늘이 옥피리를 만들되 어찌 한 쌍을 만들었으며, 이미 한 쌍이 있다면 어찌 남북에서 그 짝을 잃게 하여 서로 만남이 이같이 더딘고?'

또 생각하길,

'이 옥피리가 짝이 있다면, 그것을 부는 사람이 분명 짝이 될지라. 하늘이 내려다보시고 밝은 달이 비추시니, 강남 홍의 짝이 될 사람은 양 공자 한 분이라. 혹시 조물주가 도우시고 보살께서 자비를 베푸시어 우리 양 공자께서 이제 명나라 진영의 도원수가 되어 오신 것인가? 내가 어제 진영 앞에서 병법을 보았고 오늘 달빛 아래 다시 옥피리 소리를 들으니, 이 세상에 둘도 없는 인재라. 내가 마땅히 내일 도전해 원수의 용모를 자세히 보리라.'

– 남영로, 「옥루몽」

*문창성: 양창곡이 인간 세계에 태어나기 전 선계에서 신선일 때 이름.

06 〈보기〉는 제시문에 대한 해설의 일부이다. 〈보기〉의 ㉠, ㉡에 해당하는 문장을 제시문에서 찾아 각각의 첫 어절과 마지막 어절을 순서대로 쓰시오.

〈보기〉

　　고전 소설 「옥루몽」은 천상계의 선관 '문창성'이 꿈 속에서 '양창곡'으로 태어나 영웅적 모습으로 '원수'의 벼슬에 올라 부귀영화를 누리다가 다시 천상계로 돌아가는 '현실–꿈–현실'의 환몽 구조를 취하는 작품이다. 이 작품에는 주인공 '양창곡'의 영웅적 모습이 다양한 방법을 통해 제시되고 있다. 예를 들어 제시문에서는 ㉠'양창곡'이 옥피리를 부는 장면에서 과장법, 열거법 등이 활용되며 '양창곡'의 비범한 능력이 드러나는데, '양창곡'의 옥피리 소리를 듣고 병사들은 심리적 안정감을 갖게 된다. 그리고 이어지는 '양창곡'의 또 다른 옥피리 소리에 병사들의 사기가 진작되는 모습이 나타난다. 한편 「옥루몽」은 여성 영웅이 등장하는 특징이 있는 작품이다. 「옥루몽」에는 '강남홍'이 여성 영웅으로 등장하는데, 제시문에서는 '강남홍'의 이러한 영웅적 면모가 다른 등장 인물의 대화를 통해 나타나는 부분이 있다. ㉡이 대화에서는 비유적 표현과 설의적 표현을 통해 '강남홍'의 전체적인 인상이 먼저 언급된다. 그리고 이어지는 '강남홍'의 구체적인 외양 묘사를 통해 '강남홍'의 영웅으로서의 비범함이 드러나고 있다.

① ㉠에 해당하는 문장

　　첫 어절: _______________________, 마지막 어절: _______________________

② ㉡에 해당하는 문장

　　첫 어절: _______________________, 마지막 어절: _______________________

※ 다음 글을 읽고 물음에 답하시오.

밤의 식료품 가게
케케묵은 먼지 속에
죽어서 하루 더 손때 묻고
터무니없이 하루 더 기다리는
북어들,
북어들의 일 개 분대가
나란히 꼬챙이에 꿰어져 있었다.
나는 죽음이 꿰뚫은 대가리를 말한 셈이다.
한 쾌의 혀가
자갈처럼 죄다 딱딱했다.

나는 말의 변비증을 앓는 사람들과
무덤 속의 벙어리를 말한 셈이다.
말라붙고 짜부라진 눈,
북어들의 빳빳한 지느러미.
막대기 같은 생각
빛나지 않는 막대기 같은 사람들이
가슴에 싱싱한 지느러미를 달고
헤엄쳐 갈 데 없는 사람들이
불쌍하다고 생각하는 순간,
느닷없이
북어들이 커다랗게 입을 벌리고
거봐, 너도 북어지 너도 북어지 너도 북어지
귀가 먹먹하도록 부르짖고 있었다.

– 최승호, 「북어」

07 〈보기〉는 제시문에 대한 해설의 일부이다. 〈보기〉의 ①, ②에 들어갈 말을 제시문에서 찾아 쓰시오.

〈보기〉

　　최승호의 「북어」는 밤의 식료품 가게에 놓여 있는 북어의 말라비틀어진 모습을 통해 비판적으로 생각하고 말하는 능력을 잃어버린 현대인들을 비판하는 시이다. 화자는 나란히 꿰어진 북어를 보다가 북어의 모습에서 현대인의 모습을 발견하고 이에 연민을 느끼게 된다. 이 시에는 화자의 이러한 인식을 바탕으로 한 현대인의 속성이 투영된 북어의 이미지가 다양하게 나타난다. 특히 신체 이미지인 '(　①　)'은/는 비판적으로 말하는 능력을 잃어버린 현대인의 속성이 북어의 모습과 중첩되어 형상화된 시어이다. 말하는 능력을 잃어버린 채 무기력하게 살아가는 현대인의 모습은 화자에게 병 또는 불구의 이미지로 인식된다. 그러던 중 문득 화자는 자신 또한 다른 사람들과 다를 바 없다는 생각을 하게 되고, 이러한 생각은 자신과 북어의 동일시로 나타난다. 이와 같은 화자의 인식은 시행 '(　②　)'에 잘 드러난다. 이 부분에서 시상의 반전이 일어나 비판의 주체였던 화자는 비판의 대상이 된다.

① ________________________________

② ________________________________

※ 다음 글을 읽고 물음에 답하시오.

　어린 시절 가장 많이 받은 질문. "너 커서 뭐가 될래?"

　내 꿈은 계절마다 바뀌어서, 지금은 기억조차 가물가물하다. 하지만 초등학교 시절까지 가장 오래 간직했던 꿈은, 부끄럽지만 피아니스트였다. 피아니스트의 삶이 어떤 건지는 잘 몰랐지만 나는 그저 피아노가 좋았다. (중략) 피아노를 '잘 쳐서' 좋은 것이 아니라, '그냥 좋아서' 좋아했다. 특출한 재능이 있는 것은 아니었다.

　꿈의 불꽃이 타오르기 시작한 순간은 이상하게도 잘 기억나지 않는데, 꿈의 불꽃이 사그라지던 순간은 정확히 기억난다. 어린 시절 우리 집에서 같이 살던 이모와 수다를 떨다가, 내가 피아니스트의 꿈을 꾸는 것이 부모님께 부담이 될 수 있다는 사실을 깨닫게 된 것이다. (중략) 조숙한 척만 했지 전혀 철들지 못했던 초등학생에게 이 사실은 커다란 충격이었다. 그때부터 나는 피아노 연습을 게을리하기 시작했다.

　그 이후로도 나는 꿈을 여러 번 포기했다. 때로는 성적이 모자라서, 때로는 사람들의 평가가 두려워서, 때로는 그저 꿈만 꾸는 것이 싫증 나서 수도 없이 꿈을 포기했다. 내 꿈의 역사는 '포기의 역사'였다. 그런데 그 수많은 꿈을 포기하며 살아가다 보니, 정말 인정하기 싫지만 나의 진짜 문제를 알게 되었다. 실패가 두려워 한 번도 제대로 된 도전을 해 보지 못했다는 것을. 아무리 이모의 말이 충격적이었더라도, 내가 피아노를 좀 더 뜨겁게 사랑했더라면, 좀 더 세상과 싸워 볼 용기가 있었다면, 그렇게 쉽게 포기하진 않았을 것이다.

　나는 달걀로 바위를 치는 심정으로, 자신의 꿈을 향해 도전하며 처절하게 실패하는 사람들을 마음속 깊이 질투하고 존경한다. 이제야 알았기 때문이다. 포기의 역사보다는 실패의 역사가 아름답다는 것을. 제대로 부딪쳐 보지도 않은 채 포기하는 것보다는, 멋지게 도전하고 처참하게 실패하는 사람들이 훨씬 많은 것을 배운다는 것을. 꿈을 이루는 데 실패하더라도, 삶에서 실패하는 것은 아님을.

　얼마 전 내 소중한 벗이 불쑥 물었다. "넌 왜 그렇게 매사에 자신감이 없냐?"

　나는 아무렇지도 않다는 듯 적당히 둘러대긴 했지만, 그 말이 오랫동안 아팠다. 가슴에 날카로운 사금파리*가 박힌 것처럼, 시리게 아팠다. 내 삶의 치명적인 허점을 건드리는 말이었기 때문이었다. 나를 오래 알아 온 사람만이 알아볼 수 있는 내 아픔이었기 때문이다.

　나는 이제야 깨닫는다. 피아노를 포기한 것이 문제가 아니라, 그때부터 '포기하는 버릇'을 가슴 깊이 내면화한 것이 문제라는 것을. 도전하기 전에, 미리 온갖 잔머리를 굴려 내 인생을 머릿속으로 그려 보고, 안 되겠구나 싶어 지레 포기하는 것.

　아주 어릴 때부터 나도 모르게 생긴 버릇이라 쉽게 고칠 수도 없있다.

　내게 주어진 현실을 실제 상황보다 훨씬 나쁘게 인식하는 것. 내가 가진 것을 실제보다 훨씬 작게 생각하는 버릇. (중략) 그것은 금속에 슬기 시작한 '녹' 같다. 처음에는 아주 하찮아 보이지만 나중에는 가득 덮인 녹 때문에 원래 모습조차 알 수 없게 되어 버리는. 나는 진로에 대한 공포 때문에, 미래에 대한 비관 때문에, 나의 원래 모습마저 잃어버린 것 같았다.

　나의 글을 읽는 젊은이들은 나 같은 실수를 반복하지 말았으면 한다. 진로를 생각할 때 '실현 가능성'부터 생각하지 말았으면 한다. 진로를 생각할 때 곧바로 '직업'과 연결하지도 말았으면 한다. 미래를 생각할 때 생활의 안정을 1순위로 하지 말았으면 좋겠다.

　하지만 이런 건 괜찮다. 예컨대, 내가 얼마나 그 꿈에 몰두해 있을 수 있는지 실험해 보는 것. 밥 먹는 것도 잊고, 잠자는 것도 잊고, 약속 시각도 잊고, 무언가에 몰두해 본 적이 있는가. 그게 바로 우리들의 가슴을 뛰게 하는 것이다.

– 정여울, 「그때 알았더라면 좋았을 것들」

*사금파리: 사기그릇의 깨어진 작은 조각.

08 〈보기〉는 제시문에 대한 해설의 일부이다. 〈보기〉의 ①, ②에 들어갈 적절한 말을 제시문에서 찾아 쓰시오.

〈보기〉

　　이 작품은 꿈을 포기하는 습관을 가졌던 자신의 아픈 경험을 솔직하게 이야기하고, 이러한 경험을 통해 얻게 된 깨달음을 젊은이들에 대한 당부의 형식으로 전하고 있다. 이 작품에서는 글쓴이의 심리와 정서를 효과적으로 표현하기 위한 다양한 이미지들이 활용되고 있다. '(　①　)'은/는 날카로운 외형과 이로부터 연상되는 섬뜩한 촉각적 이미지를 환기하며 글쓴이가 느낀 심리적 고통을 감각적으로 형상화하는 기능을 한다. 그리고 처음에는 작지만 그대로 놔두면 걷잡을 수 없이 퍼지는 속성을 가진 '(　②　)'은/는 꿈을 쉽게 포기하는 행동이 거듭되다 보면, 그것이 결국 자신의 삶을 결정하는 내면화된 습성이 되어 버린다는 글쓴이의 깨달음을 시각적으로 형상화하는 소재이다.

① _______________________________

② _______________________________

PART 1 기출문제
PART 2 실전모의고사
PART 3 정답 및 해설

09 〈보기1〉은 '한글 맞춤법'의 일부이고, 〈보기2〉는 〈보기1〉을 실제 사례에 적용한 탐구활동이다. 〈보기2〉의 ①～③에 들어갈 적절한 말 또는 숫자를 쓰시오.

〈보기1〉

[제6항] 'ㄷ, ㅌ' 받침 뒤에 종속적 관계를 가진 '-이(-)'나 '-히-'가 올 적에는 그 'ㄷ, ㅌ'이 'ㅈ, ㅊ'으로 소리 나더라도 'ㄷ, ㅌ'으로 적는다.

[제11항] 한자음 '랴, 려, 례, 료, 류, 리'가 단어의 첫머리에 올 적에는, 두음 법칙에 따라 '야, 여, 예, 요, 유, 이'로 적는다.

[붙임 1] 단어의 첫머리 이외의 경우에는 본음대로 적는다. 다만, 모음이나 'ㄴ' 받침 뒤에 이어지는 '렬, 률'은 '열, 율'로 적는다.

[제13항] 한 단어 안에서 같은 음절이나 비슷한 음절이 겹쳐 나는 부분은 같은 글자로 적는다.

[제19항] 어간에 '-이'나 '-음/-ㅁ'이 붙어서 명사로 된 것과 '-이'나 '-히'가 붙어서 부사로 된 것은 그 어간의 원형을 밝히어 적는다.

[제40항] 어간의 끝음절 '하'의 'ㅏ'가 줄고 'ㅎ'이 다음 음절의 첫소리와 어울려 거센소리로 될 적에는 거센소리로 적는다.

〈보기2〉

• '한글 맞춤법' 제11항 및 제11항 [붙임 1]을 참고하면 '성공율/성공률' 중 올바른 표기는 '(　①　)'이다.

• '한글 맞춤법' 제13항을 참고하면 '짭짤하다/짭잘하다' 중 올바른 표기는 '(　②　)'이다.

• '한글 맞춤법' 제(　③　)항을 참고하면 '간편게/간편케' 중 올바른 표기는 '간편케'이다.

① _______________　　② _______________　　③ _______________

수학[인문B]

▶ 해설 p.266

10 정의역이 $\left\{x \mid \log_5 \dfrac{1}{3} \leq x \leq 2\right\}$인 함수 $y = 25^x - 3 \times 5^{x+2} + 10$이 $x = \alpha$에서 최댓값 M을 갖고 $x = \beta$에서 최솟값 m을 가질 때, α, β, M, m의 값을 구하는 과정을 서술하시오.

11 양의 실수 전체의 집합에서 정의된 함수 $f(x) = \displaystyle\sum_{k=1}^{45} \dfrac{\sqrt{x+k+45} - \sqrt{x+k}}{x\sqrt{x}}$에 대하여 $g(x)$는 $\displaystyle\lim_{x \to \infty} f(x)g(x) = 2025$를 만족시키는 이차함수이다. 방정식 $g(x) = 0$의 서로 다른 두 실근 α, β가 $\alpha + \beta = 25$, $\alpha\beta = 5$를 만족시킬 때, $g(x)$의 최솟값을 구하는 과정을 서술하시오.

12 다음 조건을 만족시키는 모든 다항함수 $f(x)$ 에 대하여 모든 $f(1)$의 값의 합을 구하는 과정을 서술하시오.

> 모든 실수 x에 대하여
> $$f(x) = 5x^4 + x^2 \int_{-1}^{1} f(t)\,dt - \left| \int_{0}^{1} f(t)\,dt \right|$$
> 이다.

13 첫째항이 1이고 공차가 자연수인 등차수열 $\{a_n\}$에 대하여

$$\sum_{k=1}^{21} \frac{a_{k+1} - a_k}{\sqrt{a_{k+1}} + \sqrt{a_k}}$$의 값이 50 이하의 자연수

가 되도록 하는 공차들의 집합을 A라 하자. 집합 A의 모든 원소의 개수를 α, 모든 원소의 합을 β라 할 때, α와 β의 값을 구하는 과정을 서술하시오.

14 그림과 같이 사각형 ABCD가 한 원에 내접하고 $\overline{AD}=\overline{CD}=3$, $\overline{BC}=8$, $\angle BAD=\dfrac{2}{3}\pi$ 일 때, $\sin(\angle ADC)$의 값을 구하는 과정을 서술하시오.

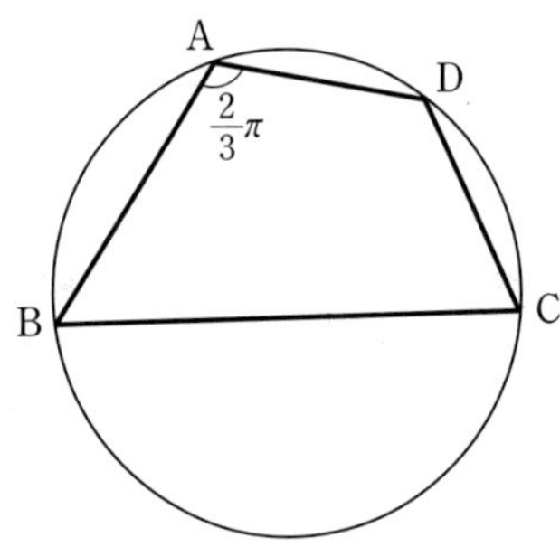

15 함수

$$f(x)=\begin{cases} ax+b & (x\le -1) \\ x^2-2x+2 & (-1<x<3) \\ x^3-3x^2+cx+d & (x\ge 3) \end{cases}$$

가 실수 전체의 집합에서 미분가능할 때, 함수 $g(x)=ax^3+(b+t)x^2+cx+d$가 극값을 가지도록 하는 실수 t의 범위를 구하는 과정을 서술하시오.

2025학년도 가천대 논술 모의고사

A형   B형

국어[A형]

2025학년도 모의고사

▶ 해답 p.269

※ 다음은 학생이 대학 학과 게시판에 올린 글이다. 물음에 답하시오.

제목: 문화재학과에 대해 궁금한 점이 있습니다.

　안녕하세요. 저는 ○○ 대학교 문화재학과 진학을 희망하는 □□ 고등학교 2학년 △△△입니다. 진로와 관련하여 궁금한 점이 있어 학과 게시판에 글을 남깁니다. 저는 얼마 전까지만 해도 진로에 대한 구체적인 계획이 없어 고민이 많았습니다. 그러던 중 얼마 전 부모님께서 초등학생인 동생과 민속 박물관 견학을 계획하셨고, 저에게 동행을 권유하셨습니다. 사실 이번 나들이 전까지 문화재에 별 관심이 없었고, 문화재는 그저 옛것 또는 낡은 것이라는 생각을 하고 있었기 때문에, 민속 박물관 견학에 별 기대가 없었습니다. 하지만 민속 박물관 견학을 계기로 우리 문화재에 대한 생각이 긍정적으로 바뀌게 되었습니다. 특히 박물관과 뒤뜰에는 무인석이 하나 있었는데, 그 생생한 모습 때문인지 마치 시간을 거슬러 과거로 돌아간 듯한 느낌을 받았습니다. 다만 박물관이 설립된 지 꽤 오래되었고 개인 소장품을 전시한 곳이다 보니 소중한 문화재의 관리가 제대로 이루어지고 있지 않은 것 같아서 아쉬웠습니다. 박물관 견학을 계기로 문화재에 관심을 갖게 되었으며, 담임 선생님과 부모님의 조언을 듣고 문화재학과에 진학하기로 결심했습니다. 저는 문화재학과에 진학하여 문화재와 관련된 전문가가 되고 싶지만 문화재학과 졸업 이후 어떤 진로가 있을지 막연한 생각이 들어, 재학생과 졸업생 분들의 조언을 듣고자 이렇게 글을 올립니다. 끝까지 읽어 주셔서 감사합니다.

01 〈보기〉는 제시문을 작성하기 전에 학생이 수립한 글쓰기 계획의 일부이다. 〈보기〉의 ①, ②가 반영된 문장을 제시문에서 찾아 각각의 첫 어절과 마지막 어절을 순서대로 쓰시오.

〈보기〉
① 박물관 견학에서 살펴본 구체적인 문화재를 제시하면서 박물관 견학을 통해 얻은 인상적인 경험을 전달한다.
② 현재의 희망 진로를 언급한 후, 이와 관련하여 게시판 문의를 통해 알고 싶은 내용을 추가적으로 설명한다.

① 첫 어절: ＿＿＿＿＿＿＿＿＿＿＿, 마지막 어절: ＿＿＿＿＿＿＿＿＿＿＿

② 첫 어절: ＿＿＿＿＿＿＿＿＿＿＿, 마지막 어절: ＿＿＿＿＿＿＿＿＿＿＿

※ 다음 글을 읽고 물음에 답하시오.

서구 철학에서 ㉠코나투스는 수천 년에 걸쳐 정의되었다. 고대 그리스의 스토아학파는 코나투스를 생명체의 자기 보존의 욕망으로 보았으며, 살아있는 생명체는 스스로에 대한 애착과 보존 의지를 가지는 동시에 죽음으로부터 멀어지기를 원한다고 하였다. 하지만 스토아학파는 코나투스를 모든 생명체가 가지는 것이 아니라 동물만이 가지는 특성이라고 하였다. 이후 중세의 스콜라 철학에서는 동물뿐만 아니라 모든 자연적 사물이 코나투스를 가지고 있으며, 이에 따라 모든 유기적 생명체는 자신의 실존을 지속하려는 욕망을 갖는다고 보았다. 중세 이후 르네상스 철학자들은 코나투스가 자기 보존에 대한 욕망이라는 기존의 견해를 받아들이면서, 코나투스를 유기적 생명체뿐만 아니라 무기물도 가진 속성이라고 하였다.

근대 철학자들은 코나투스의 기존 의미를 받아들이면서도, 코나투스를 물체의 운동에 적용하여 자연을 이해하는 데 활용하였다. 무기물도 코나투스를 가지고 있다는 인식을 이어받아 이를 물체의 운동에 적용한 것이다. 데카르트는 어떤 물체가 현재의 상태를 유지하고자 하는 속성을 코나투스에 의한 것이라고 보았다. 데카르트는 이전 학자들과 달리 코나투스에 담긴 생물학적인 함축적 의미를 제외하고 어떤 물체의 상태를 기술하는 중립적인 표현으로만 코나투스를 사용하였다. 홉스도 물체의 운동을 이해하기 위한 방법으로 코나투스를 활용하였다. 홉스는 코나투스를 인간이 알기 어려운 단위에서 벌어지는 물체의 운동이라고 말하였고, 우리가 관찰하는 모든 운동은 코나투스의 집합이라고 하였다. 홉스는 걷기나 말하기 같은 인간의 움직임도 코나투스에 의한 것이라고 보았는데, 이러한 관점에 따르면 심장을 통한 혈액의 순환 등 인체의 자기 보존을 위한 생명 운동 역시 코나투스에 의한 것이 된다. 즉 홉스에 따르면 코나투스는 어떠한 방향으로 향하기 위한 노력이며 인간의 자기 보전 욕망도 생존이라는 방향성을 갖는 노력이라고 할 수 있다.

PART 1 기출문제 · PART 2 실전모의고사 · PART 3 정답 및 해설

02 〈보기〉는 제시문을 읽고 ㉠을 정리한 것이다. 〈보기〉의 ①~③에 들어갈 적절한 말을 제시문에서 찾아 쓰시오.

〈보기〉

철학 사조		㉠에 대한 인식의 변화
그리스 스토아학파	자기 보존의 욕망	생명체 중 (①)이/가 지니는 특성
중세 스콜라 철학		모든 유기적 생명체가 지닌 특성
르네상스 철학		유기적 생명체와 (②)이/가 지니는 특성
근대 철학 (③)	물체의 운동에도 코나투스의 의미를 적용	코나투스에 담긴 생물학적 함축을 제외
근대 철학 홉스		모든 물체의 운동을 코나투스의 집합으로 이해

① ______________   ② ______________   ③ ______________

※ 다음 글을 읽고 물음에 답하시오.

우리는 흔히 사회 과학 내에서 합리적 행위의 영역은 경제학이, 비합리적 행위의 영역은 사회학이 담당하는 것으로 여긴다. 그러나 사회학 이론가인 ㉠제임스 콜먼은 이러한 통념이 사실이 아니라는 것을 입증하고자 하였다. 또한 그는 사회학에서 인간의 행위를 수학적으로나 경제학적으로 접근하여 설명하지 않는다는 점, 경제학에서 경제적 행위나 현상을 분석할 때에 사회 구조의 영향을 간과한다는 점 등에 대해 날카로운 비판을 던졌다. 콜먼이 경제학과의 긴밀한 연관 속에서 사회학을 연구하고자 하였음을 가장 잘 보여주는 것은 그의 합리적 선택 이론이다.

합리적 선택 이론에서는 인간의 행위를 모형화하기 위한 틀을 제시한다. 콜먼에 의하면 인간 행위는 행위자 개인의 효용을 증대한다는 단일한 목적으로 이루어진다. 합리적 선택 이론에서 각 행위자는 목적 지향적이어서 자신이 보유한 초기 자원, 그것에 대한 통제 정도를 이용하여 자신의 효용을 최대화하는 존재로 가정된다. 여기서 자원에는 시간, 돈, 노력, 물리적 장비, 인력뿐만 아니라 정보, 지식, 기술 등이 포함된다. 그런데 행위자가 관심 있는 자원, 즉 이해관계를 가지고 있는 자원을 타인이 통제하고 있을 수도 있고 타인의 관심 있는 자원을 자신이 통제하고 있을 수도 있다. 콜먼은 자원에 대한 통제 상황에서 행위에 대한 효용을 함수를 통해 표현하였는데, 이 함수에서 행위에 대한 효용은 행위자가 가지고 있는 자원과 그것에 대한 통제 정도를 지수로 하여 계산한 값이다.

콜먼은 이러한 경제학적 접근에 그치지 않고 인간의 행위나 현상을 사회 구조와 관련지어 설명하였다. 콜먼은 행위자들 사이에 더 이상의 행위가 일어나지 않는다면 그것은 사회적 균형 상태에 도달한 것인데, 우리가 목도하는 빈부의 격차와 같은 사회적 상황도 사회적 균형 상태의 하나라고 하였다. 그러면서 그는 사회적 균형 상태에서 나타나는 행위자의 권리 배분과 권리 이양, 그리고 이것으로부터 파생하는 신뢰 및 권위 관계 등에 주목하고, 사회적 균형 상태는 자원의 초기 배분 상태에 절대적으로 의존한다는 점을 강조하였다. 주어진 자원의 상태가 행위자의 행위가 이루어진 이후의 균형적 결과에 결정적으로 영향을 미친다는 것이다. 이를 시장에서의 배분과 관련지어 말하자면, 완전 경쟁 시장이라는 전제하에 시장을 통한 배분은 자원의 초기 불평등 상태를 유지하게 하는 경향이 있다는 말로 설명할 수 있다.

03 〈보기〉는 제시문을 읽고 ㉠의 견해를 정리한 것이다. 〈보기〉의 ①, ②에 들어갈 적절한 말을 쓰시오.

〈보기〉

- 합리적 선택 이론에서 행위자는 자신이 원하는 모든 자원을 자유롭게 활용할 수 (①   )
- 완전 경쟁 시장에서 정부의 적극적 개입이나 사회 구조적 혁명 등이 없이 인간의 행위만으로 자원 배분의 불평등 정도를 해소할 수 (②   )

① ______________________________   ② ______________________________

※ 다음 글을 읽고 물음에 답하시오.

[A]
　　그분의 망가진 부분이 육신보다는 정신이었다는 걸 알아차린 건 그 후였다. 우리는 그걸 서서히 알아차리게 됐다. 처음엔 아이들 이름을 헷갈려 부르는 정도였다. 노인들이 흔히 그러는 걸 봐 온지라 대수롭지 않게 알았다. 그러나 바로 가르쳐 드려도 믿지를 않고 한사코 자기가 옳다고 주장하는 건 묘하게 신경에 거슬렸다. 숫제 치지도외*하기로 했다. 어쩌면 나는 그럴 기화*로 그때까지도 그분이 한사코 움켜쥐고 있던 살림 권리를 빼앗을 수 있어서 은근히 기뻤는지도 모르겠다. 그러니까 그분의 노망을 근심하는 소리는 집 안에서보다 집 밖에서 먼저 났다. 오래간만에 고모님을 뵈러 온 당신 조카한테 당신 누구요? 하며 낯선 얼굴을 해서 조카를 당황하게 하더니 어찌어찌해서 그가 조카라는 걸 알아보고 나서 아이가 몇이냐고 물었다. 아들이 둘이라고 하자 아이구 대견해라 일찌거니 농사 잘 지었구나라고 정상적인 대답을 했다. 그러나 곧 똑같은 질문을 하고 똑같은 덕담을 했다. 똑같은 질문은 한없이 되풀이됐다. 그는 내가 애써 차려 준 점심을 뜨는 둥 마는 둥 진저리를 치며 달아나 버렸다. 그렇게 해서 그분의 노망났다는 소문은 그분의 친정 쪽으로부터 먼저 퍼졌다.

　집에서도 같은 말의 되풀이가 점점 심해졌다. 그 대신 그분이 주된 관심사에서 제외된 어휘는 급속도로 잊혀지는 것 같았다. 쌀 씻어 놓았냐? 빨래 걷었냐? 장독 덮었냐? 빗장 걸었냐? 등 주로 의식주에 관한 기본적인 관심이 온종일 되풀이되는 대화 내용이었다. 하루 이틀도 아니고 허구한 날 같은 말에 같은 대꾸를 해야 된다는 것도 쉬운 일은 아니었다. 더구나 그 빈도가 하루하루 잦아지고 있었다. "쌀 씻어 놓았냐?" "네" "쌀 씻어 놓아라. 저녁때 다 됐다." "네, 씻어 놓았다니까요." "쌀 씻어 놓았냐?" "씻어 놓았대두요." "쌀 씻어 놓았냐?" "쌀 안 씻어 놓으면 밥 못할까 봐 그러세요. 진지 안 굶길 테니 제발 조용히 좀 계세요." 이렇게 짜증이 나게 마련이었다. 그렇다고 그 줄기찬 바보 같은 질문이 조금이라도 뜸해지거나 위축되는 것도 아니었다. 남들은 몇 년씩 똥오줌 싸는 노인도 있는데 그만하면 곱게 난 망령이라고 나를 위로했지만 나는 온종일 달달 볶이고 있는 것처럼 신경이 피로했다. 차라리 똥오줌 치는 게 온종일 같은 말 대꾸하는 것보다 덜 지겨울 것 같았다.

[중략 부분 줄거리] 시어머니의 치매는 갈수록 심해지고, 그에 따라 '나'의 피로와 시어머니에 대한 증오도 커진다. 견딜 수 없을 만큼이 되어 '나'는 시어머니를 시설에 맡기고자 하고, 남편과 함께 시설을 찾아 한 시골 마을을 찾아간다.

[B]
　　"라면이라도 하나 끓여 달랠까요?" / "당신 시장하오?"
　　"아뇨, 당신 술안주 하게요." / "안주는 무슨……."
　　나는 주인을 찾아 가게 터 뒤로 돌아갔다. 좀 떨어진 데 초가가 보였다. 초가 지붕 위엔 방금 떠오른 보름달처럼 풍만하고 잘생긴 박이 서너 덩이 의젓하게 자리 잡고 있었다.
　　"여보, 저 박 좀 봐요. 해산 바가지 했으면 좋겠네."
　　나는 생뚱한 목소리로 환성을 질렀다.
　　"해산 바가지?"
　　남편이 멍청하게 물었다.
　　"그래요. 해산 바가지요."

　실로 오래간만에 기쁨과 평화와 삶에 대한 믿음이 샘물처럼 괴어 오는 걸 느꼈다.

　내가 첫애를 뱄을 때 시어머님은 해산달을 짚어 보고 섣달이구나, 좋을 때다, 곧 해가 길어지면서 기저귀가 잘 마를 테니, 하시더니 그해 가을 일부러 사람을 시켜 시골에 가서 해산 바가지를 구해 오게 했다.

　"잘생기고, 여물게 굳고, 정한 데서 자란 햇바가지여야 하네. 첫 손자 첫국밥 지을 미역 빨고 쌀 씻을 소중한 바가지니까."

　　이러면서 후한 값가지 미리 쳐주는 것이었다. 글 때의 그분은 너무 경건해 보여 나도 덩달아서 아기를 가졌다는 데 대한 경건한 기쁨을 느꼈었다. 이윽고 정말 잘 굳고 잘생기고 정갈한 두 짝의 바가지가 당도했고, 시어머니는 그걸 신령한 물건인 양 선반 위에 고이 모셔 놓았다. 또 손수 장에 나가 보얀 젖빛 사발도 한 쌍을 사다가 선반에 얹어 두었다. 그건 해산 사발이라고 했다.

– 박완서, 「해산 바가지」

*치지도외(置之度外): 내버려두고 문제 삼지 않음.

*기화(奇貨): 뜻밖의 이익을 얻을 수 있는 물건, 또는 그런 기회.

04 〈보기 2〉는 〈보기 1〉을 바탕으로 제시문을 감상한 것이다. 〈보기 2〉의 ①~③에 들어갈 적절한 말을 〈보기 1〉에서 찾아 쓰시오.

〈보기 1〉

　　소설에서 독자에게 주제를 효과적으로 전달하기 위해서는 '서술자'의 위치와 이야기 전달 방식을 고민해야 한다. 서술자의 위치는 서술자가 이야기의 내부에 위치하는 경우와 이야기의 외부에 위치하는 경우로 구별된다. 한편 서술자가 사건이나 인물을 제시하는 방식은 말하기와 보여주기로 나뉜다. 전자는 서술자가 자신의 목소리로 사건, 인물의 성격, 상황을 설명·해설·요약·논평하는 방식이고, 후자는 서술자가 인물의 말로 사건을 제시하거나 심리를 묘사하는 방식이다.

〈보기 2〉

　　「해산 바가지」에서 서술자는 이야기의 (　①　)에 위치하고 있다. 이 작품의 서술자가 독자에게 사건이나 인물을 제시하는 방식은 장면에 따라 보여주기가 사용되기도 하고 말하기가 사용되기도 한다. 예를 들어 [A]에서는 (　②　)의 방식이 사용되고, [B]에서는 (　③　)의 방식이 사용되고 있다.

①　_______________________________

②　_______________________________

③　_______________________________

수학[A형]

▶ 해답 p.270

05 정의역이 $\{x \mid 2 \leq x \leq 3\}$인 함수 $y = a^{x-1} + 2 \, (a > 0, \ a \neq 1)$의 최솟값이 $\dfrac{19}{9}$이다. (단, a는 상수)

① $a > 1$일 때 위 조건을 만족시키는 함수가 존재하는지 서술하시오.

② $0 < a < 1$일 때 위 조건을 만족시키는 함수가 존재하는지 서술하시오.

06 $\sin\left(\dfrac{\pi}{2} + \theta\right) - \cos\left(\dfrac{\pi}{2} + \theta\right) = \dfrac{1}{5}$일 때, $\sin^3\theta + \cos^3\theta$의 값을 구하는 과정을 서술하시오.

07 다항함수 $f(x)$가 모든 실수 x에 대하여

$$\int_0^x f(t)\,dt = f(x) + ax^2 + x$$

를 만족시킬 때, $f(a)$의 값을 구하는 과정을 서술하시오. (단, a는 상수)

08 첫째항이 1이고 공차가 3인 등차수열 $\{a_n\}$에 대하여 첫째항부터 제 n항까지의 합이 S_n일 때, $S_n > \sum_{k=1}^{4} (a_k)^2$을 만족시키는 자연수 n의 최솟값을 구하는 과정을 서술하시오.

2025학년도 모의고사

국어[B형]

▶ 해답 p.271

※ 다음은 수업 중 학생들이 실시한 토론의 일부이다. 물음에 답하시오.

사회자: 이번 시간에는 죄를 지은 사람이 본인의 죄를 인정하고 수사에 협조하면 형량을 감경해 주는 제도인 플리바게닝에 대해 토론하도록 하겠습니다.

찬성1: 저희는 플리바게닝을 도입해야 한다고 생각합니다. 플리바게닝이 도입된다면 형량을 감경받기 위해 자신이 지은 죄를 인정하는 경우가 늘어날 것이므로 범죄자가 아무런 처벌도 없이 풀려날 가능성이 줄어들어 사회 질서 유지에 도움이 될 것입니다. 또한 범죄를 입증하기 위해 투입되는 인력과 시간을 줄일 수 있으므로 범죄 수사 및 형량 선고 과정에서 발생하는 경제적 비용을 절감할 수 있습니다.

반대2: 플리바게닝을 도입하는 것이 사회 질서 유지에 도움이 된다고 하셨나요?

찬성1: 네, 맞습니다.

반대2: 만약 범죄자가 법적인 처벌을 받는 대신에 수사 협조라는 수단을 통행 형량을 흥정하게 된다면 법에 근거해야 하는 사회적 질서가 흔들리게 되지 않을까요?

찬성1: 아닙니다. 수사 협조에 따른 형량 감경 정도를 법률적으로 규정해 두기 때문에 플리바게닝으로 인해 사회 질서가 흔들릴 염려는 없습니다.

사회자: 이번에는 반대 측에서 입론해 주시길 바랍니다.

반대1: 저희는 플리바게닝을 도입해서는 안 된다고 생각합니다. 먼저, 수사의 편의를 추구하고자 적법한 범죄 입증 과정 없이 범죄에 대한 처벌을 결정하는 것은 사회적 질서를 훼손할 수 있습니다. 또한 범죄자가 허위 진술을 하면 잘못된 수사로 이어지고, 잘못된 수사를 바로잡기 위한 비용이 추가로 발생하게 될 것입니다.

01 〈보기1〉은 교사가 토론 전에 소개한 토론의 쟁점이고, 〈보기2〉는 청중들이 〈보기1〉을 바탕으로 토론 과정을 이해한 내용의 일부이다. 〈보기2〉의 밑줄 친 ⓛ과 ⓒ이 ⊙과 같은 형식이 되도록 ①, ②, ③, ④에 들어갈 적절한 말을 쓰시오.

〈 보기1 〉

[쟁점1] 플리바게닝은 사회적 질서 유지에 도움이 되는가?
[쟁점2] 플리바게닝은 범죄 수사에 투입되는 경제적 비용을 절감할 수 있는가?

─────〈보기 2〉─────

- ㉠'반대1'은 '쟁점1'과 관련하여, 적법한 범죄 입증 절차 없이 범죄자에 대한 처벌이 결정되므로 사회적 질서 유지에 도움이 되지 않는다고 주장하는군.
- ㉡'(①)'은/는 '(②)'와/과 관련하여, 범죄 입증에 투입되는 시간과 인력을 줄임으로써 비용을 절감할 수 있다고 주장하는군.
- ㉢'(③)'은/는 '(④)'와/과 관련하여, 범죄자가 풀려날 가능성이 줄어 사회적 질서 유지에 도움이 된다고 주장하는군.

① ＿＿＿＿＿＿＿＿　② ＿＿＿＿＿＿＿＿　③ ＿＿＿＿＿＿＿＿　④ ＿＿＿＿＿＿＿＿

※ 다음 글을 읽고 물음에 답하시오.

중세 스콜라 철학을 집대성한 신학자인 토마스 아퀴나스는 ㉠미(美)를 무언가를 바라볼 때 즐거움을 주는 어떤 것이라고 보았다. 그에 따르면, 예술 작품이 아름다운 것은 그것을 만든 인간 자신이 아름답기 때문이므로, 예술 작품의 미와 인간의 미는 위계가 다르다. 즉 예술 작품의 미는 인간의 미가 반영된 것에 불과하다. 하지만 그는 예술 작품의 미가 인간으로부터 비롯되었지만 인간 본성은 본래 신으로부터 유래한 것이기 때문에, 예술 작품의 미를 인간이 만든 것은 아니라고 보았다. 신학자인 토마스 아퀴나스에게 있어, 자연과 인간을 포함하여 존재하는 모든 것을 아름답게 하는 궁극적 원인, 즉 '미 자체'는 세계를 창조한 신이기 때문이다. 따라서 미는 인간의 주관적 정신 작용에 의존하지 않으며 신이 창조한 세계에 객관적으로 존재한다. 어떤 사물이 아름답다면 주관에 의해 미가 인식되기 이전에 미가 이미 그 자체로 실재한다는 것이다.

미의 실재성에 대한 토마스 아퀴나스의 입장은 아리스토텔레스의 질료 형상론에 기반한다. 질료 형상론에서 질료란 무언가로 만들어질 수 있는 가능태로, 어떤 사물이 다른 사물과 구별되도록 하는 사물의 본성, 즉 형상을 받아들여 세계 속에 존재하는 현실태가 된다. 가령 아폴론 조각상은 대리석이라는 질료에 아폴론이라는 형상이 결합되어 조각상이라는 현실태로 세계 속에 존재한다. 사물은 질료와 형상의 복합체로 존재하며, 형상에 대한 인식은 개별적인 사물에 대한 지각을 통해 가능하다. 토마스 아퀴나스에 따르면, 세계의 모든 사물은 신의 피조물로서 질료와 형상의 복합체이며, 신은 순수 형상이다. 따라서 신은 개별적 존재자인 사물을 통해 인식된다. 결국 토마스 아퀴나스의 미학에서 사물의 아름다움에 대한 인식은 사물의 세계 속에 드러난 모습을 통해 미 자체이자 순수 형상인 신을 인식하는 것이 된다.

미가 세계 속에 실제로 존재하는 것이라면 미가 즐거움을 주는 내적인 이유, 즉 미의 의미 내용은 무엇인가? 토마스 아퀴나스는 미의 의미 내용을 완전성, 비례성, 명료성으로 제시하였다. 어떤 사물이 아름답다면, 그 사물이 완전하고 비례에 맞으며 명료하다는 것이다. 그에 따르면, 첫째, 아름다운 것은 완전하다. 어떤 사물이 완전하다는 것은 사물이 자신의 본성에 따라 갖추어야 할 것을 다 갖추고 있다는 것을 의미한다. 그런데 ㉡선(善)의 의미 내용은 즐거

움을 주는 것, 즉 욕구되는 것이다. 그리고 선이 욕구될 수 있는 까닭은 그것이 완전하기 때문이다. 결국 완전성의 의미 내용은 선의 의미 내용과 일치한다. 둘째, 아름다운 것은 비례를 갖는다. 비례성은 사물의 모습이 그것의 본성과 조화되는 것이다. 토마스 아퀴나스는 인간의 미와 동물의 미가 다르며, 육체의 미와 정신의 미가 다르다고 말한다. 사물들의 본성이 제각각 다르므로 미적인 비례 역시 사물에 따라 다르기 때문이다. 셋째, 아름다운 것은 명료하다. 명료성은 인간의 지성에 대해 사물이 자기의 본성을 뚜렷하게 드러내는 것이다. 즉 어떤 사물이 아름답게 인식되는 이유는 인간의 지성이 사물의 본성인 ㉢진(眞)을 뚜렷이 포착하고 있기 때문이다.

토마스 아퀴나스에게 있어 미란 욕구와 인식 모두와 관계된다. 미는 즐거움의 대상인 동시에 인식의 대상이다. 즉 미적 즐거움은 지성을 거치지 않은 감각적 쾌락이 아니라 사물의 본성에 대한 인식 작용을 통해 얻는 기쁨이다. 이처럼 토마스 아퀴나스는 '미'라는 경험 세계 속 실제적 존재자를 '선'과 '진'이라는 선험적 개념과 직결시키는 기초로 삼고 있다.

02 〈보기〉는 제시문을 읽고, ㉠~㉢을 정리한 것이다. 〈보기〉의 ①~③에 들어갈 적절한 말을 제시문에서 찾아 쓰시오.

〈보기〉

토마스 아퀴나스는 질료에 형상이 결합한다는 아리스토텔레스의 생각에 기반하여 ㉠의 (①)을/를 주장한다. 이를 바탕으로 토마스 아퀴나스는 ㉠의 의미 내용을 제시하였는데, 그중 (②)은/는 어떤 사물이 자신의 본성에 따라 갖추어야 할 것을 다 갖추고 있음을 의미한다. 이런 점에서 ㉠은 ㉡과 관련된다. 한편 토마스 아퀴나스가 제시한 ㉠의 의미 내용 중 (③)은/는 사물이 자기의 본성을 뚜렷하게 드러내는 것으로, 인간은 지성을 통해 사물의 본성인 ㉢을 포착하게 된다.

① ___________________________________

② ___________________________________

③ ___________________________________

※ 다음 글을 읽고 물음에 답하시오.

20세기 사회철학자 노직은 생명과 자유, 그리고 재산에 대한 권리 등 개인의 권리는 국가와 같은 권력 등이 위협해서는 안 되는 절대적인 것이라고 보았다. 하지만 그는 자연 상태에서는 개인이 다른 개인의 권리를 침해할 수 있으므로 개인의 권리를 보호할 수 있는 최소한의 권력을 지닌 국가가 필요하다고 보았다.

노직은 국가가 강제력의 독점과 모든 사람에 대한 보호 서비스 공급이라는 두 가지 요건을 갖추어야 한다고 보았다. 이때 강제력은 부당한 침해에 대해 처벌할 수 있는 권력을 뜻한다. 자연 상태에 놓인 개인들은 권리 침해와 이로 인한 분쟁을 방지하기 위해 자발적으로 '보호 협회'를 결성하고 협동을 통해 서로를 보호한다. 하지만 협회에 속한 모든 사람이 보호받기 위해서는 회원들이 항상 대기 상태에 있어야 하는 불편을 겪게 된다. 이러한 문제를 해결하기 위해 '상업적 보호 협회'가 탄생하게 되는데, 사람들은 협회에 대가를 지불하고 보호 서비스를 받게 된다. 이 협회는 회원과 사적으로 계약된 상태이므로 계약 당사자들만을 보호한다. 상업적 보호 협회들이 여러 개 생겨나면 이들끼리 경쟁을 하게 되고 그 결과 일정 지역 안에서 보호를 지배적으로 행사하는 '지배적 보호 협회'가 형성될 수 있다. 이 협회는 지배적인 위치에 있기는 하지만 다른 협회가 권력을 행사하는 것을 막을 수는 없기에 권력을 독점하고 있지는 않다. 따라서 이 협회는 노직이 생각하는 국가의 두 가지 요건을 모두 갖추지 못한 상태이다. 그런데 한 협회가 권력의 독점을 주장하며 사법 조직을 설립함으로써 한 지역 내에서 독점적인 보호를 행사하는 형태로 발전할 수 있는데, 노직은 이를 ㉠'극소 국가'라 하였다. 극소 국가는 권력의 독점이라는 요건은 충족하지만 극소 국가의 보호 비용을 부담하는 자는 보호하고 그렇지 않은 자는 보호에서 제외하므로 노직이 생각하는 국가의 수준에는 여전히 이르지 못한다.

노직은 극소 국가가 국가에 자발적으로 가담하지 않고 있는 지역 내 독립된 개인들을 흡수하여 일정 지역 내에 거주하는 모든 이에게 보호를 제공하는 ㉡'최소 국가'로 나아간다고 보았다. 최소 국가는 국가에 자발적으로 가담하지 않는 독립인들이 타인에게 해를 끼치는 행위를 하지 못하도록 금지하는 대신 보호라는 보상을 제공한다. 노직은 무정부 상태보다는 나은 국가, 그러나 최소의 보호 능력 이상으로 확장되지 않은 국가를 이상적인 국가로 본 것이다.

03 〈보기〉는 제시문을 읽고 '보호 서비스 공급 범위'의 측면에서 ㉠과 ㉡의 차이점을 정리한 것이다. 〈보기〉의 ①, ②에 들어갈 적절한 말을 〈조건〉에 따라 서술하시오.

〈보기〉

보호 서비스를 ㉠은 (①)에게 제공하는 데 반해, ㉡은 (②)에게 제공한다.

〈조건〉

· 제시문에 있는 어휘를 활용할 것.
· ①, ② 각각 15자 이내로 작성할 것. (띄어쓰기와 문장부호는 글자 수에서 제외)
· ①, ② 각각 "수식어(구 또는 절 포함) + 사람"의 형식으로 작성할 것.

① ___________________________________

② ___________________________________

※ 다음 글을 읽고 물음에 답하시오.

> 왜 나는 조그마한 일에만 분개하는가
> 저 왕궁 대신에 왕궁의 음탕 대신에
> 50원짜리 갈비가 기름 덩어리만 나왔다고 분개하고
> 옹졸하게 분개하고 설렁탕집 돼지 같은 주인년에게 욕을 하고
> 옹졸하게 욕을 하고
>
> 한번 정정당당하게
> 붙잡혀 간 소설가를 위해서
> 언론의 자유를 요구하고 월남 파병에 반대하는
> 자유를 이행하지 못하고
> 20원을 받으러 세 번씩 네 번씩
> 찾아오는 야경꾼*들만 증오하고 있는가
>
> – 김수영, 「어느 날 고궁을 나오면서」 1~2연
>
> *야경꾼: 밤사이에 화재나 범죄가 없도록 살피고 지키는 사람

04 〈보기〉는 제시문에 대한 감상의 일부이다. 〈보기〉의 ㉠에 해당하는 시어 2개를 제시문에서 찾아 쓰시오.

〈보기〉

시에는 다양한 갈등의 상황이 존재하고, 이러한 갈등의 상황에 대처하는 시적 화자의 다양한 모습이 드러난다. 갈등의 상황에서 문제적 상황을 해결하고자 하는 화자의 의지와 태도가 적극적으로 드러나기도 하고, 갈등의 해소보다는 갈등으로 인한 화자의 감정을 표출하는 모습이 나타나기도 한다. 후자의 경우에도 다양한 표현의 방식이 있는데, 그중 김수영의 「어느 날 고궁을 나오면서」에는 화자의 감정을 ㉠갈등의 원인이 되는 직접적인 대상이 아닌 다른 대상에 분출하는 방식이 나타나고 있다.

① ____________________

② ____________________

▶ 해답 p.272

2025학년도 모의고사

수학[B형]

05 1이 아닌 두 양수 $a, b\,(a \neq b)$가 $\log_a b : \log_b a = \log_a \dfrac{a^3}{b} : 2$를 만족시킬 때, $\log_a b + \log_b \dfrac{1}{a}$의 값을 구하는 과정을 서술하시오.

06 함수 $f(x) = \displaystyle\sum_{k=1}^{5} \dfrac{1}{(x+k)(x+k+1)}$에 대해 $g(x)$는 $\displaystyle\lim_{x \to \infty} f(x)g(x) = 10$을 만족시키는 이차함수이다. α, β가 방정식 $g(x) = 0$의 서로 다른 두 실근이고 $\alpha + \beta = -2$, $\alpha\beta = -1$을 만족할 때, $g(x)$의 최솟값을 구하는 과정을 서술하시오.

07 다항함수 $f(x)$에 대하여,

$$\lim_{x\to\infty}\frac{f(x)}{2x^2+3}=2$$ 일 때, 함수 $g(x)$를

$$g(x)=\begin{cases} f(x-1)-f(x) & (x<1) \\ f(x-1) & (x\geq 1)\end{cases}$$ 이라

하자. 함수 $g(x)$가 $x=1$에서 미분가능할 때, $f(3)$의 값을 구하는 과정을 서술하시오.

08 네 점 $O(0, 0)$, $A(1, 0)$, $B(1, 1)$, $C(0, 1)$을 꼭짓점으로 하는 정사각형 $OABC$가 있다. $-1<t<1$인 실수 t에 대하여 직선 $y=x+t\,(0\leq x\leq 1)$ 위의 x좌표가 0, 1인 점을 각각 P, Q라 하고 점 Q에서 y축에 내린 수선의 발을 R이라 할 때, 직선 $y=x+t\,(0\leq x\leq 1)$과 두 선분 PR, QR로 둘러싸인 부분의 내부와 사각형 $OABC$의 내부의 공통부분의 넓이를 $S(t)$라 하자. 〈보기〉에서 옳은 것만을 있는 대로 고르는 과정을 서술하시오.

> ───〈 보기 〉───
>
> ㄱ. $S(0)=\dfrac{1}{2}$
>
> ㄴ. $-1<\alpha<0$인 모든 실수 α에 대하여
> $\quad S(\alpha)+S(1+\alpha)=\dfrac{2}{3}$이다.

2024학년도 가천대 논술 기출문제

인문A 인문B

국어[인문A]

▶ 해답 p.273

※ 다음은 작문 상황에 따라 학생이 작성한 초고이다. 물음에 답하시오.

[작문 상황]: 생활 체육관 건립에 큰 관심이 없는 주변 학생들에게 생활 체육관 건립을 위한 서명 운동에 참여하기를 독려하는 글을 쓰고자 한다.

[학생의 초고]

지난주부터 우리 학교 근처 ○○ 사거리에서 ○○동 주민들이 생활 체육관 건립을 위한 서명 운동을 하고 있다. 대부분 우리 학교 학생들은 ○○동이나 바로 옆 ○○동에 살고 있다. 학교 학생들을 대상으로 한 설문 조사 결과, 생활 체육관과 같은 공공 체육 시설을 이용하고 있는 학생은 전체의 28.7%에 불과했다. 학교에서 가장 가까운 생활 체육관인 △△ 체육관조차 학교에서 4㎞나 떨어져 있기 때문일 것이다.

우리 시의 인구는 100만여 명으로 시내에 생활 체육관은 8곳이 있다. 우리 시와 인구수가 비슷한 인근의 □□시, ☆☆시에는 각각 7곳, 10곳의 생활 체육관이 있다. 우리 시의 생활 체육관 수가 다른 시에 비해 특별히 적지는 않다. 하지만 ○○동의 경우, 생활 체육관의 이용에 사각지대가 있음을 보여준다. 개선 방안이나 계획은 없는지 시청에 문의해 보니, 문화·체육 담당 부서에서는 ○○동에 새로운 공공 체육 시설이 필요하다는 것을 수년 전부터 인지하고 있었다는 답변을 들을 수 있었다.

운동의 습관화는 복잡한 머리와 마음을 비울 수 있는 효과적인 방법이지만 우리 학교는 운동장의 크기도 작고 운동 기구도 넉넉하지 못한 실정이다. 학교 근처에 생활 체육관이 생긴다는 것은 우리 학교 학생들이 학교 운동장 외에 수시로 체육 활동을 할 수 있는 장소가 새로 마련됨을 뜻한다.

우리 학교에는 생활 체육관 건립에 큰 관심이 없는 학생들이 많은 것 같다. 하지만 생활 체육관은 체력 증진을 위한 공간이라는 의미를 넘어 지역 사회에 기여하는 비기 큰 시설이나. 각송 스포츠 활동의 장을 제공함으로써 주민들은 사회적 교류를 할 수 있고, 실내 놀이터를 설치함으로써 아동과 양육자는 외부 환경의 제약 없이 체육 활동을 할 수 있다. 우리 동네 모든 주민들이 편하게 이용할 수 있는 생활 체육관이 지어지기를 바라는 마음을 담아 서명 운동에 함께 참여하도록 하자.

01 〈보기〉는 초고 작성을 위해 작성한 글쓰기 계획의 일부이다. 〈보기〉의 ①, ②가 반영된 문장을 제시문에서 찾아 각각의 첫 어절과 마지막 어절을 순서대로 쓰시오.

> ┌─〈보기〉─┐
> ① 서명 운동을 통한 생활 체육관 건립의 실현 가능성을 강조하기 위해 시청의 관련 부서에서도 생활 체육 시설의 필요성을 인지하고 있다는 사실을 언급한다.
> ② 생활 체육관 건립의 필요성을 강조하기 위해 생활 체육관이 지역 사회에 주는 효용을 구체적으로 언급한다.

① 첫 어절: _______________________, 마지막 어절: _______________________

② 첫 어절: _______________________, 마지막 어절: _______________________

[02~03] 다음 글을 읽고 물음에 답하시오.

프랑스의 정신 분석학자 ㉠라캉은 인간의 인식과 관련하여 세계를 상상계, 상징계, 실재계의 세 범주로 분류하고 이를 중심으로 불안의 원인과 인간의 욕망에 관한 이론을 전개하였다. 라캉에 따르면 생후 6~18개월 정도의 아이는 감각이 통합되어 있지 않아 몸이 파편화되어 있다고 인식한다. 하지만 거울에 비친 모습은 전체로 나타나기 때문에, 아이는 그 이미지를 완전한 것으로 느끼고 이에 끌리어 거울 이미지와의 동일시를 추구하게 된다. 그러나 아이가 느끼는 불완전한 신체와 완벽한 이미지의 괴리 속에서 아이는 불안을 느끼는데, 이러한 과정 속에서 아이는 자아를 형성한다. 라캉은 자아를 인간이 거울에 자신을 투영함으로써 만들어 낸 거짓된 이미지에 불과한 것으로 보았다. 그리고 인간의 불안감은 자아가 자신의 것이면서 동시에 자신의 것이 아니라는 인식에서 비롯된다고 보았다. 상상계는 바로 이러한 거울 단계의 아이가 가지는 이미지의 세계이다.

이후 아이는 언어와 규범이 지배하고 있는 현실 세계인 상징계로 들어간다. 라캉은 언어로 인해 인간에게 소외와 결핍이 발생한다고 보았다. 그는 인간의 욕구와 요구를 구분하였는데, 욕구는 갈증, 식욕 등 생물학적이고 본능적인 필요성이고, 요구는 이러한 욕구를 언어로 표현하는 것이다. 표면적으로 요구는 필요를 충족시켜 줄 것으로 간주되는 대상을 겨냥하지만 요구의 진정한 목적은 보호자의 무조건적인 사랑이다. 하지만 이러한 요구는 현실에서 실현될 수 없다. 라캉은 욕구가 충족된 뒤에도 여전히 요구에 남아 있는 부분이 욕망이고, 이러한 욕망은 근본적으로 무조건적 사랑을 주는 존재의 결여에서 기인하므로 완전히 채워질 수 없는 것이라고 주장하였다.

라캉은 자아가 타인과 관계를 맺도록 하는 상징적 질서를 대타자라고 불렀는데, 아이가 의식하는 현실은 아이가 태어나기 전부터 대타자가 지배하고 있다. 라캉은 "인간의 욕망은 대타자의 욕망이다."라고 말하였는데, 그 이유는 대표적인 대타자인 언어와 욕망의 관계를 통해 찾을 수 있다. 언어는 아이가 태어나기 전부터 있고, 아이는 언어를 새롭게 창안하거나 수정할 수 없으며 언어의 질서에 복종해야 한다. 인간은 언어가 지배하는 현실 속에서 언어를 통해 욕망을 추구할 수밖에 없다. 인간이 무언가를 욕망할 때, 그 과정에서 언어 공동체 내에 형성된 무의식이 작용한다.

실재계는 현실 세계의 질서를 초월하는 세계로서 상징계의 질서로는 포착하거나 표현할 수 없다. 라캉은 주체가 상징계의 원칙을 넘어서서 실재계에 속하는 존재를 겨냥하는 것이 욕망의 올바른 방향이라고 말하였다. 그는 이를 설명하기 위해 현실의 쾌락 원칙을 초월한 또 다른 차원의 쾌락을 뜻하는 주이상스라는 개념을 제시했다. 주이상스를 추구하는 것은 현실 세계의 법칙을 넘어서야 해서 고통이 수반되므로 라캉은 주이상스를 고통스러운 쾌락이라고 설명하였다. 라캉은 주체가 이러한 쾌락을 만들어 내는 고유한 증상을 갖는다고 보고, 이를 생톰이라고 명명하였는데, 생톰은 주이상스를 추구하는 행위로 이어진다. 라캉은 예술가가 기존의 방식을 거부하고 새로운 방식으로 예술품을 만들어 내는 것처럼 주체가 생톰을 통해 상징계의 법칙 대신 자기 고유의 법칙을 생산하고 새로운 세상을 창조할 수 있다고 보았다.

02 〈보기〉는 제시문을 바탕으로 ㉠의 생각을 정리한 것이다. 〈보기〉의 ①, ②에 들어갈 적절한 말을 제시문에서 찾아 쓰시오.

〈보기〉

㉠에 의하면 인간은 자유롭고 이성적인 존재가 아니라 분열되고 소외된 존재이다. 상상계에서 아이는 (①)에 투영된 이미지를 통해 자신의 자아를 형성한다. 하지만 아이는 이렇게 형성된 자아에 대한 불안감에서 벗어나지 못한다. ㉠이 말한 인간의 인식과 관련한 세 가지 세계의 범주 중, (②)에서 인간은 개인이 새롭게 만들거나 수정할 수 없는 언어를 통해 욕망을 추구하기 때문에 인간의 욕망은 언어에 종속된다.

① ____

② ____

03 〈보기1〉은 제시문을 읽고 조사한 자료이고, 〈보기2〉는 제시문을 바탕으로 〈보기1〉을 이해한 내용이다. 〈보기2〉의 ①, ②에 들어갈 적절한 말을 제시문에서 찾아 쓰시오.

〈보기 1〉

작가 제임스 조이스는 언어 파괴, 동음이의어 사용 등의 다양한 실험적 방법을 사용하여 글을 썼는데, 이는 기존의 글쓰기 규칙을 따른 것이 아니다. 그의 언어는 '애매 폭력적 언어'라고 불리는데 이는 일상적인 언어에 폭력을 가해 기존의 단어를 파격적으로 변환한다는 의미이다. 제임스 조이스는 기존의 언어에 갇히기보다는 새로운 언어를 창조하여 새로운 규칙들을 만들어 냄으로써 자신의 독특성을 표현하였다.

〈보기 2〉

제임스 조이스가 기존의 글쓰기 규칙을 따르지 않고, 새로운 언어를 창조하려고 한 시도는 라캉의 입장에서 현실의 쾌락 원칙을 넘어서는 다른 차원의 쾌락을 의미하는 (①)에 대한 추구로 해석될 수 있다. 그리고 제임스 조이스가 애매 폭력적 언어를 사용한 것은 (②)을/를 통해 자기 고유의 법칙을 생산한 행위라고 볼 수 있다.

① ____

② ____

[04~05] 다음 글을 읽고 물음에 답하시오.

채권은 정부, 지방 자치 단체, 특수 법인 또는 주식회사와 같은 발행자가 투자자를 대상으로 자금을 조달하기 위해 미래에 일정한 이자와 원금의 지급을 약속하고 발행하는 채무 증서를 말하고, 채권 시장은 이러한 채권이 거래되는 시장을 의미한다. 소비를 목적으로 하는 일반적인 상품들은 하나의 상품 시장에서 수요와 공급의 원리에 따라 가격과 거래량이 결정되는 데 반해, 투자 자산을 거래하는 채권 시장은 신규로 발행되는 채권이 최초로 거래되는 발행 시장과 이미 발행된 채권을 대상으로 투자자들 간 매매가 이루어지는 유통 시장으로 구분된다. 채권이 최초로 발행되어 투자자에게 판매되는 발행 시장에서의 채권 물량과 가격이 결정되는 방식은 유통 시장에서의 그것과는 상이하게 이루어진다. 채권의 발행 시장과 유통 시장은 가끔 도매 시장과 소매 시장에 빗대어 설명되기도 한다. 이처럼 채권 시장을 발행 시장과 유통 시장으로 구분하는 것은 소수의 대형 투자자들이 발행 시장에 참가하여 물량을 확보한 뒤 이를 유통 시장에서 일반 투자자를 대상으로 거래하는 것이 더 효율적이라는 경험에 따른 것이다.

채권 발행 시장에서의 거래 방식은 매수인의 특성 및 자금의 규모에 따라 사모 발행과 공모 발행으로 구분된다. 사모 발행은 발행자가 ⓐ특정 투자자와의 사적인 교섭을 통해 채권을 매각하는 것으로, 주로 소규모의 단기 자금을 조달하는 경우에 활용된다. 반면 공모 발행은 불특정 다수의 투자자를 대상으로 거액의 자금을 조달하기 위해 채권을 발행하는 것으로, 발행자가 당초 의도한 발행 규모에 비해 시장에서 소화되어 매출되는 규모가 적어 자금 조달이 원활히 이루어지지 않을 위험이 존재한다. 따라서 공모 발행은 사모 발행에 비해서 보다 전문적인 지식과 경험이 요구된다.

한편 공모 발행은 발행 위험의 귀속 여부에 따라 직접 발행과 간접 발행으로 분류되기도 한다. 직접 발행은 채권 공모와 관련한 발행 위험을 발행자가 전적으로 부담하는 방식이고, 간접 발행은 중개 회사가 채권을 인수함으로써 발행 위험의 일부 또는 전부를 부담하는 방식이다. 간접 발행은 중개 회사가 발행 위험을 부담하는 정도에 따라 총액 인수와 잔액 인수 방식으로 다시 구분된다. 총액 인수는 중개 회사가 발행자와 약정한 가액으로 채권 발행 총액을 인수한 후 일반 투자자를 대상으로 이를 판매하는 것으로, 중개 회사의 인수 가격과 일반 투자자의 판매 가격 간의 차이는 중개 회사가 전액 부담하는 방식이다. 이에 비해 잔액 인수는 발행자와 약정한 가액으로 일차적으로 발행자의 명의로 일반 투자자에게 판매한 다음 판매되지 못한 잔여분에 한해 중개 회사가 인수하여 처리하는 방식이다. 총액 인수의 경우 중개 회사는 채권 발행 전액을 자기 명의로 구입해야 하므로 많은 자금이 필요할 뿐만 아니라 투자자들에게 판매하기까지 채권을 보유하여야 하므로 상대적으로 높은 시장 위험을 부담하는 대신 발행자로부터 잔액 인수의 경우에 비해 높은 수수료를 ⓑ받는다. 간접 발행의 경우 중개 회사에 대한 수수료를 지급해야 함에도 불구하고 채권 발행자는 직접 발행보다는 간접 발행을 더 선호하는데, 이는 발행 위험을 분담하는 것과 더불어 중개 회사가 가지고 있는 조직적인 판매망과 전문적인 지식을 통해 채권 판매를 촉진시킬 수 있기 때문이다. 민간이 발행하는 채권에는 채무 불이행과 같은 신용 위험이 존재한다. 따라서 채권 발행자에 대한 정보가 부족한 경우, 투자자는 발행자보다는 신용 있는 중개 회사를 더 신뢰하고 투자를 결정하기 때문에 채권 발행자는 비록 중개 수수료를 ⓒ지급하더라도 간접 발행을 선택하게 된다.

04 〈보기〉는 제시문의 내용을 정리한 것이다. 〈보기〉의 ①~③에 들어갈 적절한 말을 제시문에서 찾아 쓰시오.

〈보기〉

- 매수인의 특성 및 자금의 규모에 따른 채권 발행 시장의 거래 방식 중, 채권 발행자의 입장에서 채권 발행 당시 의도한 발행 규모에 비해 과소 판매가 발생할 위험이 상대적으로 더 큰 것은 (　①　)이다.
- 채권 발행 위험을 부담하는 정도에 따른 채권 중개 회사의 채권 인수 방식 중, 채권 중개 회사의 입장에서 상대적으로 더 큰 시장 위험을 부담하는 방식은 (　②　) 방식이다. 따라서 채권 중개 회사는 (　②　) 방식으로 채권을 인수할 때에 더 높은 (　③　)을/를 받는다.

① _______________________________

② _______________________________

③ _______________________________

05 제시문의 ⓐ~ⓒ 각각에서 관찰되는 음운의 변동을 〈보기〉에서 찾아 쓰시오.

〈보기〉

구개음화, 거센소리되기, 모음 탈락, 반모음 첨가, 비음화, 유음화, 된소리되기

ⓐ _______________________________

ⓑ _______________________________

ⓒ _______________________________

※ 다음 글을 읽고 물음에 답하시오.

선거 방송 보도의 유형과 특징을 분석하는 것은 중요하다. 그 이유는 선거 방송 보도가 불특정한 대중에게 정치적 메시지를 대량으로 전달하는 매체라는 점에서 선거 운동의 중요한 도구가 되기 때문이다. 선거 방송 보도가 선거 운동에서 중요한 위치를 차지하게 된 것은 대중에게 쉽게 선거 운동에 대한 정보를 제공할 수 있으며, 대중의 정치의식 수준이 높거나 낮은 것에 영향을 덜 받으면서 강한 영향력을 행사할 수 있기 때문이다. 가령 후보자나 정당이 선거 운동의 의제를 만드는 것이 아니라 선거 방송 보도에 따라 의제가 만들어지는 것이 있다. 이러한 선거 방송 보도에는 선거 운동 중에 특정 정치인에 대해 보도하는 것, 부정식 뉴스 보도의 증가, 본질적 이슈 보도 대신에 선거 운동에 대한 보도 증가와 같은 현상들이 나타난다. 이러한 선거 방송 보도 유형으로는 부정식 보도, 경마식 보도, 개인화 보도가 있다.

부정식 보도는 특정 정치인이나 정당, 정부 등을 부정적으로 보도하는 것이다. 이러한 보도에서는 불법 부정 선거, 흑색선전, 후보자나 정당의 비리 등을 보도하거나 폭로 · 비방 · 갈등 관계와 같은 부정적인 측면을 보도한다. 부정식 보도는 해석적 저널리즘과 결합한 형태로 나타나기도 한다. 해석적 저널리즘은 특정 사안에 대한 사실을 예시로 활용하면서 언론이 그 사안에 대해 분석하고 해석하는 것이다.

방송사의 이익을 위한 보도로 경마식 보도가 있다. 경마식 보도란 정치적 쟁점이나 후보자의 자질 · 능력 · 도덕성 등 선거에서 중요한 본질적 내용보다는 득표율 예측, 후보자들의 지지율 변화, 선거 운동 전략, 유권자들의 반응, 후보자 간의 연대 · 통합 · 갈등 등 흥미적인 요소를 집중적으로 보도하는 방식이다. 경마식 보도는 부정식 보도와 마찬가지로 해석적 저널리즘과 결합한 형태로 잘 나타난다.

개인화 보도는 정치인의 공적 영역뿐 아니라 사적 영역에 대해서도 보도하는 것을 말하는데, 이 보도에서는 정치인 개인에 대한 것은 강조하는 반면에 정당, 조직, 제도에 대한 초점은 감소한다. 개인화 보도에서는 지도적인 위치에 있는 정치인이나 정당 지도자들에 대해 초점을 둔다.

06 〈보기〉는 제시문을 바탕으로 선거 보도의 유형과 선거 방송 보도 예시를 정리한 것이다. 〈보기〉의 ①~③에 들어갈 적절한 말을 제시문에서 찾아 쓰시오.

〈보기〉

보도 유형	선거 방송 보도 예시
(①)	후보들의 지지율 양상, 선거 토론회 방송에서 표출된 후보자 간의 갈등과 함께 이에 대한 언론인 또는 뉴스 패널의 해석을 보도한다.
(②)	후보자와 후보자가 속한 정당의 정책 및 제도보다는 후보자의 사적 영역을 취재하여 이를 더 비중 있게 보도한다.
(③)	특정 후보의 비리에 대한 경쟁 후보자 또는 상대측 정당의 입장을 보도하면서 비리 내용을 분석하는 내용을 추가하여 보도한다.

① _______________　　② _______________　　③ _______________

[07~08] 다음 글을 읽고 물음에 답하시오.

(가)

나는 희망이 없는 희망을 거절한다
희망에는 희망이 없다
희망은 기쁨보다 분노에 가깝다
나는 절망을 통하여 희망을 가졌을 뿐
희망을 통하여 희망을 가져 본 적이 없다

나는 절망이 없는 희망을 거절한다
희망은 절망이 있기 때문에 희망이다
희망만 있는 희망은 희망이 없다
희망은 희망의 손을 먼저 잡는 것보다
절망의 손을 먼저 잡는 것이 중요하다

희망에는 절망이 있다
나는 희망의 절망을 먼저 원한다
희망의 절망이 절망이 될 때보다
희망의 절망이 희망이 될 때
당신을 사랑한다

– 정호승, 「나는 희망을 거절한다」

(나)

　　자기가 하고 싶지는 않으나 부득이 해야 하는 것은 그만둘 수 없는 일이요, 자기는 하고 싶으나 남이 알지 못하게 하기 위해 하지 않는 것은 그만둘 수 있는 일이다. 그만둘 수 없는 일은 항상 그 일을 하고는 있지만, 자기가 하고 싶지 않기 때문에 때로는 그만둔다. 하고 싶은 일은 언제나 할 수 있으나, 남이 알지 못하게 하려고 하기 때문에 또한 때로는 그만둔다. 진실로 이와 같이 된다면 천하에 도무지 일이 없을 것이다.

　　나의 병은 내가 잘 안다. 나는 용감하지만 지모가 없고 선(善)을 좋아하지만 가릴 줄을 모르며, 맘 내키는 대로 즉시 행하여 의심할 줄을 모르고 두려워할 줄을 모른다. 그만둘 수도 있는 일이지만 마음에 기쁘게 느껴지기만 하면 그만두지 못하고, 하고 싶지 않은 일이지만 마음이 꺼림칙하여 불쾌하게 되면 그만둘 수 없다. 그래서 어려서부터 세속 밖에 멋대로 돌아다니면서도 의심이 없었고, 이미 장성하여서는 과거 공부에 빠져 돌아설 줄 몰랐고, 나이 삼십이 되어서는 지난 일의 과오를 깊이 뉘우치면서도 두려워하지 않았다. 이 때문에 선을 끝없이 좋아하였으나, 비방은 홀로 많이 받고 있다. 아, 이것이 또한 운명이란 말인가. 이것은 나의 본성 때문이니, 내가 또 어찌 감히 운명을 말하겠는가.

　　내가 노자의 말을 보건대, "겨울에 시내를 건너는 것처럼 신중하게 하고(與), 사방에서 나를 엿보는 것을 두려워하듯 경계하라(猶)."라고 하였으니, 아, 이 두 마디 말은 내 병을 고치는 약이 아닌가. 대체로 겨울에 시내를 건너는 사람은 차가움이 뼈를 에듯 하므로 매우 부득이한 일이 아니면 건너지 않으며, 사방의 이웃이 엿보는 것을 두려워하는 사람은 다른 사람의 시선이 자기 몸에 이를까 염려한 때문에 매우 부득이한 경우라도 하지 않는다.

　　편지를 남에게 보내어 경례(經禮)의 이동(異同)*을 논하고자 하다가 이윽고 생각하니, 그렇게 하지 않더라도 해로울 것이 없었다. 하지 않더라도 해로울 것이 없는 것은 부득이한 것이 아니므로, 부득이한 것이 아닌 것은 또 그만둔

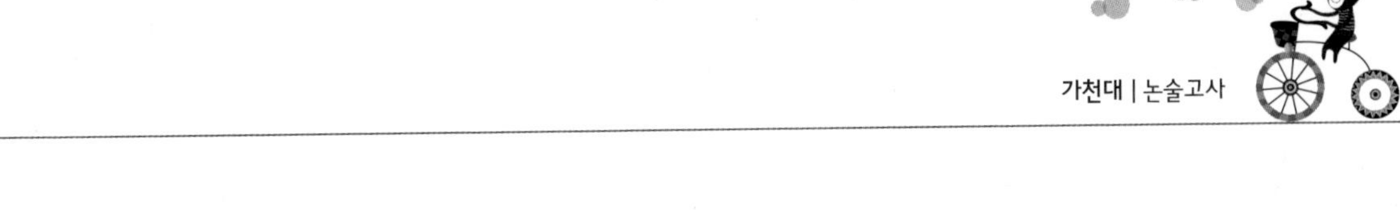

다. 남을 논박하는 소(疏)를 봉(封)해 올려서 조신(朝臣)의 시비(是非)*를 말하고자 하다가 이윽고 생각하니, 이것은 남이 알지 못하게 하려는 것이었다. 남이 알지 못하게 하려는 것은 마음에 크게 두려움이 있어서이므로, 마음에 크게 두려움이 있는 것은 또 그만둔다. 진귀한 옛 기물을 널리 모으려고 하였지만 이것 또한 그만둔다. 관직에 있으면서 공금을 농간하여 그 남은 것을 훔치겠는가. 이것 또한 그만둔다. 모든 마음에서 일어나고 뜻에서 싹트는 것은 매우 부득이한 것이 아니면 그만두며, 매우 부득이한 것일지라도 남이 알지 못하게 하려는 것은 그만둔다. 진실로 이와 같이 된다면, 천하에 무슨 일이 있겠는가.

내가 이 뜻을 얻은 지 6~7년이 되는데, 이것*을 당(堂)에 편액으로 달려고 했다가, 이윽고 생각해 보고는 그만두었다. 초천(苕川)에 돌아와서야 문미(門楣)*에 써서 붙이고, 아울러 이름 붙인 까닭을 적어서 어린아이들에게 보인다.

– 정약용, 「여유당기」

*경례의 이동: 경전이나 예법 해석의 같고 다름.

*조신의 시비: 신하들이 낸 의견의 옳고 그름.

*이것: 앞에서 언급한 '여유(與猶)'라는 노자의 말을 이름.

*문미: 문 위에 가로 댄 나무.

07 〈보기2〉는 〈보기1〉을 바탕으로 (가)와 (나)를 이해한 내용이다. 〈보기2〉의 ①, ②에 들어갈 적절한 말을 〈보기1〉에서 찾아 쓰시오.

─〈 보기1 〉─

의미가 서로 정반대가 되는 두 단어(또는 구)의 의미 관계를 반의 관계라고 한다. 반의 관계는 그 성격에 따라 몇 가지 유형으로 나눌 수 있는데, '죽다'와 '살다'의 관계처럼 한 영역 안에서 중간 항이 없이 상호배타적 관계에 있는 반의 관계를 상보 반의 관계라고 한다. 상보 반의 관계에 있는 두 단어는 동시에 긍정하거나 부정하는 것이 논리적으로 불가능하다. 이때 동시 긍정이나 동시 부정이 불가능한 반의어 쌍을 묶어서 함께 사용하면 역설이 발생하고, 이와 같은 역설은 문학 작품에서 새로운 깨달음을 전달하는 표현 방식으로 사용되기도 한다.

─〈 보기2 〉─

(가)에는 '희망이 없는 희망'과 '절망이 없는 희망'이라는 표현이 있는데, 논리적으로 '절망이 없는 희망'은 성립이 가능하지만, 희망을 하는 동시에 희망이 없을 수는 없으므로 '희망이 없는 희망'은 성립이 불가능하다. 하지만 (가)는 '희망이 없는 희망'을 통해 '절망'과 연계되어 생겨난 '희망'이 진정한 희망이 될 수 있다는 깨달음을 전달하고 있다. 이런 점에서 (가)의 '희망이 없는 희망'은 〈보기1〉의 (①)에 해당하는 것으로 볼 수 있다. (나)에서는 '자기는 하고 싶'은 일과 '자기가 하고 싶지 않'은 일을 해야 하는지 그만두어야 하는지에 대한 화자의 고민이 드러난다. 이때 (나)의 화자에게 "'하다'를 선택하는 것"과 "'그만두다'를 선택하는 것"의 관계는 〈보기1〉의 (②) 관계에 해당하는 것으로 볼 수 있다.

① ________________________   ② ________________________

08 〈보기〉는 (나)에 대한 설명의 일부이다. 〈보기〉의 ㉠과 ㉡에 해당하는 문장을 제시문에서 찾아 각각의 첫 어절과 끝 어절을 순서대로 쓰시오.

〈보기〉

　　(나)는 정약용이 지은 기(記)의 하나이다. 기는 대상을 관찰하고 기록하여 영구히 기억하고자 하는 것을 목적으로 하는 한문 양식이다. 기가 다루는 대상은 특정 인물, 사건, 물품이나 풍경 등 매우 잡다하다. (나)에서 정약용은 과거에 했던 행동들을 나열하며 그것이 부득이한 일이었는지 그렇지 않은지를 따진다. 그 과정에서 우리는 정약용의 다양한 삶의 경험을 엿볼 수 있는데, 그중에는 관직자로 생활했던 정약용의 경험도 확인할 수 있다. ㉠정약용은 관직자로서 경계해야 할 그릇된 행동을 구체적으로 언급하며, 관직자가 가져야 할 마땅한 삶의 자세를 의문형 문장으로 전달하기도 한다. 또한 ㉡초천에 돌아와 살게 된 정약용은 자신이 얻은 깨달음을 잊지 않기 위해 집의 이름을 짓고 이 글을 썼음을 분명하게 드러내고 있다.

① ㉠에 해당하는 문장:

　　첫 어절: ______________________, 마지막 어절: ______________________

② ㉡에 해당하는 문장:

　　첫 어절: ______________________, 마지막 어절: ______________________

※ **다음 글을 읽고 물음에 답하시오.**

(가)

　　인제 모든 것은 끝나는 것이다. 얼음장처럼 밑이 차다. 전신의 근육이 감각을 잃은 채 이따금 경련을 일으킨다. 발자국 소리가 난다. 말소리도. 시간이 되었나 보다. 문이 삐거덕거리며 열리고 급기야 어둠을 헤치고 흘러 들어오는 광선을 타고 사닥다리가 내려올 것이다. 숨죽인 채 기다린다. 일순간이 지났다. 조용하다. 아무런 동정도 없다. 어쩐 일일까……? 몽롱한 의식의 착오 탓인가. 확실히 구둣발 소리다. 점점 가까워 오는……정확한……그는 몸을 일으키려 애썼다. 고개를 들었다. 맑은 광선이 눈부시게 흘러 들어온다. 사닥다리다.

　　"뭐 하고 있어! 빨리 나와!"

　　착각이 아니었다. 그들은 벌써부터 빨리 나오라고 고함을 지르며 독촉하고 있었다. 한 단 한 단 정신을 가다듬고 감각을 잃은 무릎을 힘껏 고여 짚으며 기어올랐다. 입구에 다다르자 억센 손아귀가 뒷덜미를 움켜쥐고 끌어당겼다. 몸이 밖으로 나가는 순간 눈 속에 그대로 머리를 박고 쓰러졌다. 찬 눈이 얼굴 위에 스치자 정신이 돌아왔다. 일어서야만 한다. 그리고 정확히 걸음을 옮겨야 한다. 모든 것은 인제 끝나는 것이다. 끝나는 그 순간까지 정확히 나를 끝맺어야 한다.

　　그는 눈을 다섯 손가락으로 꽉 움켜 짚고 떨리는 다리를 바로잡아 가며 일어섰다. 그리고 한 걸음 한 걸음 정확히

걸음을 옮겼다. 눈은 의지적인 신념으로 차가이 빛나고 있었다.

  본부에서 몇 마디 주고받은 다음, 준비 완료 보고와 집행 명령이 뒤이어 떨어졌다. 눈이 함빡 쌓인 흰 둑길이다. 오! 이 둑길…… 몇 사람이나 이 둑길을 걸었을 거냐. 훤칠히 트인 벌판 너머로 마주 선 언덕, 흰 눈이다. 가슴이 탁 트이는 것 같다. 똑바로 걸어가시오. 남쪽으로 내닫는 길이오. 그처럼 가고 싶어 하던 길이니 유감없을 거요. 걸음마다 흰 눈 위에 발자국이 따른다. 한 걸음 두 걸음 정확히 걸어야 한다. 사수(射手) 준비! 총탄 재는 소리가 바람처럼 차갑다. 눈 앞엔 흰 눈뿐, 아무것도 없다. 인제 모든 것은 끝난다. 끝나는 그 순간까지 정확히 끝을 맺어야 한다. 끝나는 일초, 일각까지 나를, 자기를 잊어서는 안 된다.

  걸음걸이는 그의 의지처럼 또한 정확했다. 아무리 한 걸음, 한 걸음 다가가는 걸음걸이가 죽음에 접근하여 가는 마지막 길일지라도 결코 허튼, 불안한, 절망적인 것일 수는 없었다. 흰 눈, 그 속을 걷고 있다. 훤칠히 트인 벌판 너머로, 마주 선 언덕, 흰 눈이다. 연발하는 총성. 마치 외부 세계의 잡음만 같다. 아니 아무것도 아닌 것이다. 그는 흰 속을 그대로 한 걸음, 한 걸음 정확히 걸어가고 있었다. 눈 속에 부서지는 발자국 소리가 어렴풋이 들려온다. 두런두런 이야기 소리가 난다. 누가 뒤통수를 잡아 일으키는 것 같다. 뒤허리에 충격을 느꼈다. 아니, 아무것도 아니다. 아무것도 아닌 것이다.

– 오상원, 「유예」

(나)
판잣집 유리딱지에
아이들 얼굴이
불타는 해바라기마냥 걸려 있다.

내려쪼이던 햇발이 눈부시어 돌아선다.
나도 돌아선다.
울상이 된 그림자 나의 뒤를 따른다.

어느 접어든 골목에서 걸음을 멈춘다.
잿더미가 소복한 울타리에
개나리가 망울졌다.

저기 언덕을 내려 달리는
소녀의 미소엔 앞니가 빠져
죄 하나도 없다.

나는 술 취한 듯 흥그러워진다.
그림자 웃으며 앞장을 선다.

– 구상, 「초토의 시 1」

09 〈보기〉는 (가)와 (나)에 대한 해설의 일부이다. 〈보기〉의 ①, ②에 들어갈 적절한 단어를 각각 제시문의 (가)와 (나)에서 찾아 쓰시오.

〈보기〉

　　(가)와 (나)는 공통적으로 6·25 전쟁을 배경으로 한 문학 작품이다. 그러므로 이 두 작품은 주제적인 측면에서 전쟁과 무관할 수 없다. (가)와 (나)에는 전쟁이라는 극한 상황에 대한 서로 다른 인식이 작품 속 주요 소재를 통해 드러난다. 가령 (가)에서 '(　①　)'은/는 작품 안에서 시각적 이미지나 촉각적 이미지를 나타내는 표현과 결합하여 겨울이라는 계절적 배경을 나타낼 뿐만 아니라, 비극적이고 냉혹한 전쟁의 속성을 강조하는 데에 사용된다. 한편 (나)에서 '(　②　)'은/는 폐허가 된 삶의 터전과 대비를 이루면서 전쟁으로 인한 부정적 상황에서 화자의 의식이 긍정적인 방향으로 전환되게 하는 소재로서 기능을 하고 있다.

① ___________________________________

② ___________________________________

수학[인문A]

▶ 해설 p.275

10 x에 대한 부등식
$x^2 - x\log_3(\sqrt[3]{9n}) + \log_3\sqrt[3]{n^2} < 0$을 만족시키는 정수 x의 개수가 1이 되도록 하는 자연수 n의 개수를 구하는 과정을 서술하시오.

11 공차가 0이 아닌 등차수열 $\{a_n\}$에 대하여 $a_2 - 1 = 1 - a_4$이고 $|a_4 + 5| = |-5 - a_6|$일 때, a_7의 값을 구하는 과정을 서술하시오.

12 다음 조건을 만족시키는 모든 다항함수 $f(x)$ 에 대하여 $f\left(\dfrac{1}{2}\right)$ 의 최댓값을 구하는 과정을 서술하시오.

> (가) 함수 $f(x)$의 모든 항의 계수가 정수이고, $f(0)=0$이다.
> (나) $\displaystyle\lim_{x\to\infty}\dfrac{f(x)-2x^3}{x^2}=\lim_{x\to\frac{1}{2}}f(x)$
> (다) $f(x)$가 실수 전체의 집합에서 증가한다.

13 자연수 a에 대하여 함수 $f(x)=\dfrac{1}{3}\log_2(x-2)$의 그래프의 점근선과 함수 $g(x)=\tan\dfrac{\pi x}{a}$의 그래프는 만나지 않는다. 정의역이 $\left\{x\,\middle|\,\dfrac{17}{8}\leq x\leq 6\right\}$인 합성함수 $(g\circ f)(x)$의 최댓값과 최솟값을 구하는 다음의 풀이 과정을 완성하시오. (단, a는 상수이다.)

> 직선 ⬚①⬚ 가 f의 점근선이므로
> $a=$ ⬚②⬚ . 따라서 합성함수 $(g\circ f)(x)$의
> 최솟값은 ⬚③⬚ 이고, 최댓값은 ⬚④⬚
> 이다.

14 다음 조건을 만족시키는 최고차항의 계수가 1 인 모든 삼차함수 $f(x)$에 대하여 $\displaystyle\int_{-1}^{3} f(x)\,dx$의 최댓값과 최솟값의 합을 구하는 과정을 서술하시오.

> (가) $|f(1)| + |f(-1)| = 0$
> (나) $-1 \leq \displaystyle\int_{0}^{1} f(x)\,dx \leq 1$

15 점 $(-2,\ a)$에서 곡선 $y = x^3 - 3x^2 - 9x + 2$에 그을 수 있는 접선의 개수가 3이 되도록 하는 정수 a의 개수를 구하는 과정을 서술하시오.

국어[인문B]

▶ 해답 p.277

※ 다음은 작문 상황에 따라 학생이 작성한 초고이다. 물음에 답하시오.

[작문 상황]: '○○시 청소년 정책 제안 제도'에 참여하여 지역의 문제를 해결할 수 있는 정책을 제안하는 글을 작성하고자 함.

[학생의 초고]

　　○○ 시민들의 편안한 일상을 위해 노력해 주시는 ○○시에 진심으로 감사의 말씀을 드립니다. 이번 ○○시 청소년 정책 제안과 관련하여 ○○시 일부 지역에 '수요 응답형 대중교통'을 도입해 주실 것을 제안합니다. 수요 응답형 대중교통은 대중교통의 노선을 미리 정하지 않고 승객의 요청에 따라 운행 구간을 설정하고, 승객은 자신이 지정한 정류장에서 선택한 시간에 대중 교통을 이용하는 제도입니다.

　　우리 ○○시는 도시와 농촌이 공존하는 도농 복합시입니다. 농촌 지역의 경우 버스의 일 운행 횟수가 4회 이내인 곳이 많아 한번 버스를 놓치면 오랜 시간 기다려야 하고 당장 필요할 때 버스를 이용하기 어렵습니다. 더구나 출퇴근 시간이 아니면 버스 이용 고객이 많지 않아 운임료만으로는 버스 운행 비용을 충당하기 어려워 버스 회사에 ○○시가 매년 상당한 지원금을 제공하고 있습니다. 이러한 점을 개선하기 위해서는 농촌 지역의 현재 대중교통 체제를 전환해야 합니다.

　　대중교통 체제의 전환 과정에서 대중교통 사업자들과 갈등이 유발될 수도 있지만 ○○ 시청과 ○○시 농촌 지역 시민들의 이익을 위해서라도 ○○시의 농촌 지역에 수요 응답형 대중교통을 빠르게 도입해야 한다고 생각합니다. 수요 응답형 대중교통을 도입하면 필요한 시간에 필요한 곳에서 대중교통을 이용할 수 있으니 대중교통에 대한 시민들의 만족도가 높아질 것이며, ○○시는 대중교통 사업자의 적자를 보전하는 데 드는 비용을 줄일 수 있을 것입니다.

　　농촌 지역의 주민들에게는 더욱 편리한 대중교통 서비스를 제공할 수 있으면서도, ○○시 예산 지출도 줄일 수 있는 수요 응답형 대중교통은 현재 우리 ○○시가 실시할 수 있는 최고의 정책이 될 것입니다. 제 제안이 주민들이 더 행복한 ○○시가 되는 데에 도움이 되었으면 좋겠습니다.

01 〈보기〉는 초고 작성을 위해 작성한 글쓰기 계획의 일부이다. 〈보기〉의 ①, ②가 반영된 문장을 제시문에서 찾아 각각의 첫 어절과 마지막 어절을 순서대로 쓰시오.

〈보기〉

① 정의의 방법을 사용하여, 제안하는 교통 체제가 어떤 체제인지 명확히 설명한다.
② 현재 제도의 문제점으로 ○○시가 현재의 교통 체제를 유지하는 데 드는 경제적 부담을 제시한다.

① 첫 어절: ________________________, 마지막 어절: ________________________

② 첫 어절: ________________________, 마지막 어절: ________________________

[02~03] 다음 글을 읽고 물음에 답하시오.

최근 컴퓨팅 환경은 인터넷과 결합한 가상화 기반의 클라우드 컴퓨팅 플랫폼이 일반화되고 있다. ㉠클라우드 컴퓨팅은 이용자가 언제 어디서나 필요한 만큼의 IT 시스템 자원을 필요한 시간만큼 이용할 수 있도록 인터넷을 통해 제공하는 기술을 뜻한다. 클라우드 컴퓨팅의 기반을 이루는 기술로는 가상화, 클러스터 관리, 분산 시스템 등이 있지만 가장 핵심적인 기술로는 가상화를 꼽을 수 있다. 가상화는 소프트웨어를 활용해 컴퓨터 시스템의 물리적 자원인 CPU, 메모리, 디스크 등을 논리적으로 추상화해 물리적 한계에 종속되지 않고 원하는 형태로 분리, 통합하는 기술을 통칭해서 일컫는다. 가상화를 통해 하나의 장치로 여러 동작을 하게 하거나 반대로 여러 개의 장치를 묶어 하나의 장치인 것처럼 사용자에게 제공할 수 있다. 이를 통해 컴퓨터 시스템의 물리적 자원의 효용성을 극대화할 수 있다.

하지만 하나의 장치를 논리적으로 분리한 상황에서 이를 통제하거나 관리하려면 단일 장치를 관리할 때보다 복잡하다는 문제가 있다. 이를 위해 가상화는 접근 방법 및 자원 관리를 위한 추상화된 계층의 소프트웨어를 추가하였으며, 이를 하이퍼바이저라고 부른다. 하이퍼바이저는 CPU나 메모리 같은 물리적 컴퓨팅 자원에 서로 다른 각종 운영 체제의 접근 방법을 통제하고, 다수의 운영 체제를 하나의 컴퓨터 시스템에서 가동할 수 있게 하는 소프트웨어이다. 하이퍼바이저는 하드웨어와 운영 체제 사이를 매개하는 역할을 한다. 이러한 하이퍼바이저로 인해 클라우드 컴퓨팅 사용자는 실제 하드웨어 대신 하이퍼바이저가 구축한 가상 머신을 접하게 된다. 가상머신은 실제 기반 컴퓨터 하드웨어의 단지 일부에서만 실행됨에도 불구하고, 각각의 가상 머신은 자체 운영 체제를 실행하며 독립적인 컴퓨터인 것처럼 작동한다. 이를 통해 컴퓨터 시스템의 물리적 자원인 하드웨어의 효율적인 활용이 가능하게 된다.

이러한 ㉡클라우드 컴퓨팅이 제공하는 서비스 모델에는 세 가지가 있다. 먼저 사용자에게 컴퓨터 시스템의 물리적인 자원을 직접 제공해주는 IaaS 모델이 있다. 사용자는 저장 장치, CPU, 메모리 등 원하는 컴퓨터 시스템 자원을 요청하고, 네트워크를 통해 이를 사용하게 되는 형태이다. 사용자가 직접 컴퓨터 시스템 자원을 구성하고 관리를 해야 하는 번거로움이 있지만, 사용자에 따라 다른 방법과 목적으로 사용될 수 있다는 장점이 있다. 다음은 사용자가 곧바로 소프트웨어를 개발할 수 있는 환경을 제공해 주는 PaaS 모델이 있다. PaaS 제공자는 사용자가 소프트웨어를 개발하거나 실행하는 데 기반이 되는 컴퓨터 시스템의 물리적 자원을 제공하고 관리한다. PaaS 모델을 사용하지 않는다면 사용자별로 많은 시간을 투자하여 소프트웨어 개발에 필요한 프로그램 설치, 개발 환경의 설정을 진행해야 하는 어려움이 있다. 하지만 PaaS 모델은 소프트웨어 개발에 필요한 모든 구성이 완료된 환경을 사용자에게 제공한다. 끝으로 애플리케이션을 서비스하는 SaaS 모델이 있다. 이는 클라우드 컴퓨팅 서비스 사업자가 네트워크를 통해 별도의 설치 없이 곧바로 사용할 수 있는 소프트웨어를 제공해 주거나, 사용자가 원격으로 소프트웨어를 활용할 수 있는 모델이다. 사용자는 간단한 절차만으로 서비스를 이용할 수 있으며 모든 관리 권한은 클라우드 컴퓨팅 서비스 사업자에게 있다.

02 〈보기1〉은 제시문의 ㉠에 대한 발표를 준비하는 과정에서 작성한 그림이고, 〈보기2〉는 〈보기1〉을 활용하여 ㉠을 설명하기 위해 정리한 내용이다. 〈보기2〉의 ①, ②에 들어갈 적절한 말을 〈보기1〉에서 찾아 쓰시오.

〈보기1〉

가상 머신 1	가상 머신 2	...	가상 머신 N
운영 체제 (Operating System)	운영 체제 (Operating System)		운영 체제 (Operating System)
하이퍼바이저(Hypervisor)			
하드웨어(Hardware)			

〈보기2〉

　　가상 머신은 실제 기반 컴퓨터 하드웨어의 일부에서 실행된다. 가상 머신은 물리적 하드웨어의 일부를 활용함에도 불구하고 각각의 가상 머신은 자체 (①)에 의해 독립적으로 작동된다. 그 결과 각각의 가상 머신은 물리적 하드웨어의 일부를 활용하지만 독립적인 컴퓨터처럼 작동하게 된다. 이러한 일을 가능하게 하는 역할을 하는 것이 바로 (②)이다.

① _______________________________________

② _______________________________________

03 〈보기〉는 제시문을 읽고 ㉡을 정리한 것이다. 〈보기〉의 ①～③에 들어갈 적절한 말을 제시문에서 찾아 쓰시오.

〈보기1〉

　　클라우드 컴퓨팅 서비스 모델 중 (①) 모델은 다른 두 모델과 달리 사용자가 소프트웨어 개발을 위해 컴퓨터 시스템 자원을 직접 구성하고 관리해야 한다. 한편, (②) 모델은 사용자가 자신이 필요한 소프트웨어를 별도의 설치 없이 서비스 제공자로부터 직접 제공 받아 사용할 수 있다. (②) 모델과 달리, (③) 모델은 서비스 제공자가 컴퓨터 시스템 자원을 제공하고 관리해 주기 때문에 사용자는 소프트웨어 개발에 필요한 모든 구성이 완료된 환경에서 자신이 소프트웨어를 직접 개발할 수 있다.

① __________________　② __________________　③ __________________

※ 다음 글을 읽고 물음에 답하시오.

　고전 논리에서는 어떤 진술도 참 또는 거짓이라는 두 개의 진리치만 갖는다. 참과 거짓은 모순 관계이므로 어떤 진술이 참이라면 그 진술을 부정할 경우 진리치는 거짓이 된다. 그래서 모든 진술은 참이거나 거짓이라는 배중률과, 하나의 진술이 참이면서 동시에 거짓일 수 없다는 모순율은 고전 논리에서 반드시 지켜져야 했다. 그런데 ㉠'이 문장은 거짓이다.'(L)처럼 자신이 거짓이라고 말하는 거짓말쟁이 진술은, 고전 논리에 따를 경우에는 진리치를 단정할 수 없다. 왜 그럴까?

　배중률에 의해서 L은 참이거나 거짓이어야 한다. 우선 L이 참이라고 가정해 보자. 그러면 '이 문장은 거짓이다'가 참이 되어 L은 거짓이 된다. 즉 L은 참이라고 가정하는 동시에 결론은 거짓이라는 의미가 되어 모순율을 위반한다. 따라서 L이 참이라는 가정은 버려야 한다. 이번에는 반대로 L이 거짓이라고 가정해 보자. 그러면 '이 문장은 거짓이다'가 거짓이 되어 L은 참이 된다. 이 또한 모순율을 위반하므로 L이 거짓이라는 가정도 버려야 한다. 하나의 진술에서 상호 모순되는 두 개의 진술이 도출되는 것을 논리적으로 역설이라고 한다. 거짓말쟁이 진술에서는 '참이라고 가정하면 거짓'과 '거짓이라고 가정하면 참'이 도출되는데 이를 거짓말쟁이 역설이라고 한다.

　자기 자신을 말하는 문장 구조가 사용된 진술을 자기 지시성이 있는 진술이라 한다. '한국의 수도는 서울이다.'는 한국의 수도가 어디인지 말할 뿐 자기 지시성은 없다. 하지만 '이 문장은 한국어 문장이다.'는 자기 자신을 가리키며 그것이 어떤 언어로 이루어져 있는지 말하고 있으므로 자기 지시성이 있다. 20세기 초 타르스키는 거짓말쟁이 진술에 사용된 자기 지시성 때문에 역설이 생긴다고 보았다. 그는 진술의 진리치에 대한 고전 논리의 가정을 고수하는 관점에서 거짓말쟁이 역설을 해결하기 위해 '언어 위계론'을 제시했다.

　언어 위계론에서 '이 문장이 있다.'는 어떤 사실에 대해 말하는 진술인 대상 언어라 한다. 반면 '이 문장이 있다.'에 '거짓이다'가 덧붙여진 L은 메타언어라 한다. 메타언어란 대상 언어에 대한 참 또는 거짓을 말하는 진술로 대상 언어에 '참이다' 또는 '거짓이다'라는 진리 술어를 덧붙여 만든다. 이때 메타언어는 대상 언어보다 위계가 더 높다. 만약 메타언어 뒤에 진리 술어를 하나 덧붙여 새로운 진술을 만들면, 기존의 진술은 대상 언어가 되고 새로운 진술은 메타언어가 된다. 이러한 이론을 전제로 삼아, 그는 메타언어에 포함된 진리 술어는 자신보다 낮은 위계인 언어만 언급할 수 있다고 규정했다. 그 결과 자신에 대해서 참이나 거짓이라고 말하는 진술은 있을 수 없기에 거짓말쟁이 역설은 해소된다고 결론을 내렸다.

　타르스키가 언어 위계론을 제안하자 일부 학자들은 고전 논리에 없던 또 다른 규칙을 추가한 것을 지적하면서, 이 때문에 고전 논리의 가정 안에서 역설이 해소된 것으로 보기 어렵다며 이론의 한계를 주장했다. 또한 어떤 학자들은 자기 지시성이 역설의 원인이 아니라는 반론을 제기했다. 또 다른 학자들은 자기 지시성이 없어도 역설이 발생하는 경우가 있다고 주장했다.

　20세기 후반에는, 진술의 진리치에 대한 고전 논리의 가정을 포기하는 관점에서 거짓말쟁이 진술을 이해하려는 시도가 있었다. 크립키는 참도 아니고 거짓도 아닌 진리치를 가진 진술이 존재할 수 있다고 주장하며, 거짓말쟁이 진술이 그러한 사례에 해당한다고 보았다. 프리스트는 참과 거짓인 진술 이외에 '참인 동시에 거짓'인 진술이 존재할 수 있다고 주장하며, 거짓말쟁이 진술이 그러한 사례에 해당한다고 보았다.

04 〈보기〉는 제시문의 ㉠을 이해한 내용이다. 〈보기〉의 ①~③에 들어갈 적절한 말을 제시문에서 찾아 쓰시오.

〈보기〉

　　고전 논리에 따를 경우 ㉠은 진리치를 단정할 수 없는 역설에 해당한다. 타르스키는 고전 논리의 관점을 고수하면서도 이 역설을 해소할 수 있는 방법으로 언어 위계론을 제안했다. 타르스키에 의하면 ㉠의 진리치가 역설로 나타나는 이유는 ㉠이 '이 문장은 한국어 문장이다.'와 같은 (　①　)을/를 갖기 때문이다. 타르스키의 언어 위계론에서 ㉠은 '거짓이다'와 같은 진리 술어를 포함한 메타언어이며, 메타언어는 그보다 낮은 위계의 언어인 (　②　)을/를 언급하는 문장일 뿐 자기 자신을 언급하는 문장은 아니다. 타르스키는 이와 같은 설명을 통해 ㉠이 일으키는 역설을 해소한다. 한편 20세기 후반의 크립키는 참도 아니고 거짓도 아닌 진리치를 가진 진술이 존재할 수 있다고 주장하며, ㉠과 같은 거짓말쟁이 진술이 그러한 예가 될 수 있다고 했다. 크립키의 주장은 고전 논리에서 반드시 지켜져야 한다고 생각했던 논리 규칙 중 (　③　)을/를 포기한 셈이라 할 수 있다.

①　________________________________

②　________________________________

③　________________________________

※ 다음 글을 읽고 물음에 답하시오.

　　우리가 일상에서 흔히 사용하는 저울은 어떤 원리로 물건의 무게를 측정할까? 양팔저울과 대저울은 지레의 원리를 응용한다. 양팔저울은 지렛대의 중앙을 받침점으로 하고, 양쪽의 똑같은 위치에 접시를 매달거나 올려놓은 것이다. 한쪽 접시에는 측정하고자 하는 물체를 놓고, 다른 한쪽 접시에는 추를 놓아 지렛대가 수평을 이루었을 때 추의 무게가 바로 물체의 무게가 된다. 그러나 양팔저울은 지나치게 무겁거나 부피가 큰 물체의 무게를 측정하기 어렵다. 이를 보완한 것이 대저울이다. 대저울은 받침점에 가까운 곳에 측정하고자 하는 물체를 걸고 반대쪽에는 작은 추를 걸어 움직여서 지렛대가 평형을 이루는 지점을 찾는 방법으로 물체의 무게를 측정한다. '물체의 무게'×'받침점과 물체 사이의 거리' = '추의 무게'×'받침점과 추 사이의 거리'이므로 받침점으로부터 평형을 이루는 지점을 알면 물체의 무게를 계산할 수 있다.

　　전자저울은 스트레인을 감지하는 장치인 스트레인 게이지가 부착된 무게 측정 소자를 작동 원리로 한다. 무게 측정 소자는 금속 탄성체로 되어 있는데, 전자저울에 물체를 올려놓으면 이 금속 탄성체에는 스트레스에 따라 스트레인이 발생한다. 여기서 스트레스란 단위 면적에 작용하는 힘을 가리키는 것으로 압력과 동일하며, 스트레인이란 스트레스에 의한 길이의 변화량을 가리키는 것으로 길이의 변화량을 변화가 일어나기 전의 길이로 나눈 값이다. 스트레스에 따라 금속 탄성체는 인장 변형이 일어나고 스트레인 게이지에서는 스트레인에 따른 저항 변화가 일어난다. 스트레인은 스트레스의 크기에 비례하고 전기 저항은 그 스트레인에 비례하기 때문이다. 통상적으로 스트레인 게이지에서의 저항 변화는 매우 작기 때문에 증폭 회로를 통해 약 100~200배를 증폭시키고 전기 신호로 전환한 다음,

디지털 신호로 바꾸면 전자저울의 지시계에 물체의 무게가 나타나게 된다. 전자저울에서 금속 탄성체는 가해진 스트레스에 대해 일정한 스트레인을 발생시켜야 하는 매우 중요한 부품으로, 시간에 따라 특성이 변하지 않아야 하고 탄성의 한계점이 높아야 한다.

05 〈보기1〉은 실험 결과이고, 〈보기2〉는 제시문을 바탕으로 〈보기1〉에 대한 탐구 활동을 실시한 것이다. 〈보기2〉의 ①, ②에 들어갈 적절한 숫자를 쓰시오.

〈보기1〉

- 대저울의 받침점에서 왼쪽으로 30cm 떨어진 위치에 10kg의 추를 걸어 두고, 받침점에서 오른쪽으로 20cm 떨어진 위치에 물체 ㉮를 걸었을 때, 대저울의 지렛대가 평형을 이루었다.
- 아무런 물체도 올려놓지 않은 전자저울 A의 금속 탄성체의 길이는 10cm이다. 전자저울 A에 10kg의 상자를 올렸을 때, 금속 탄성체의 길이는 2cm가 늘어났다.

〈보기2〉

〈보기1〉에서 물체 ㉮의 무게는 (①   )kg이고, 물체 ㉮를 〈보기1〉의 전자저울 A에 올려 놓으면 전자저울 A의 금속 탄성체의 전체 길이는 (②   )cm가 될 것이다.

① ________________________________

② ________________________________

06 〈보기1〉은 수업 시간의 대화 내용이다. 〈보기1〉의 ①~③에 들어갈 적절한 말을 〈보기2〉에서 찾아 쓰시오.

〈보기 1〉

선생님: 지금까지 살펴본 것처럼 어떤 음운이 환경에 따라 다른 음운으로 변하는 음운 변동에는 비음화, 유음화, 된소리되기, 구개음화, 모음 탈락, 반모음 첨가, 거센소리되기 등이 있어요. 이제부터는 이런 음운 변동이 일어난 예를 한번 같이 찾아볼까요?

학생 1: '(　①　)'에서 유음화가 일어난 것을 확인할 수 있어요.

학생 2: '(　②　)'은/는 비음화가 일어난 예에 해당해요.

선생님: 모두 정말 잘 찾았어요. 그런데 두 개 이상의 음운 변동이 일어난 예도 있지 않을까요?

학생 3: 네, 선생님. '(　③　)'은/는 거센소리되기와 구개음화가 모두 일어난 예로 볼 수 있어요.

선생님: 네 맞아요. 모두 음운 변동이 일어난 예들을 잘 찾았어요.

〈보기 2〉

칼날, 국물, 집합, 닫히다, 밥상, 같이, 독서

① ______________________________

② ______________________________

③ ______________________________

[07~08] 다음 글을 읽고 물음에 답하시오.

(가)

고산 구곡담(高山九曲潭)을 사룸이 모로더니
주모 복거(誅茅卜居)*ᄒ니 벗님ᄂᆡ 다 오신다
어즈버 무이(武夷)를 상상ᄒ고 학주자(學朱子)를 ᄒ리라 　　　〈제1수〉

이곡(二曲)은 어듸미고 화암(花巖)의 춘만(春滿)커다
벽파(碧波)의 곳츨 ᄯᅴ워 야외로 보ᄂᆡ로라
사룸이 승지(勝地)를 모로니 알긔 ᄒᆞᆫ들 엇더ᄒ리 　　　〈제3수〉

오곡(五曲)은 어듸미고 은병(隱屏)이 보기 조히
수변 정사(水邊精舍)ᄂᆞᆫ 소쇄홈*도 가이업다
이 중에 강학(講學)도 ᄒ려니와 영월음풍(詠月吟風) ᄒ리라 　　　〈제6수〉

육곡(六曲)은 어듸믜고 조협(釣峽)에 물이 넙다
나와 고기와 뉘야 더옥 즐기는고
황혼의 낙듸를 메고 대월귀(帶月歸) ᄒ노라   〈제7수〉

구곡(九曲)은 어듸믜고 문산(文山)의 세모(歲暮)커다
기암괴석(奇巖怪石)이 눈 속의 뭇쳐셰라
유인(遊人)은 오지 아니ᄒ고 볼 것 업다 ᄒ더라   〈제10수〉

- 이이, 「고산구곡가」

*주모 복거: 살 만한 터를 가려 정하고 풀을 베어 집을 짓고 살아감.

*소쇄흠: 기운이 맑고 깨끗함.

(나)
저 산 저 새 돌아와 우네
어둡고 캄캄한 저 빈 산에
저 새 돌아와 우네
가세
우리 그리움
저 산에 갇혔네
저 어두운 들을 지나
저 어두운 강 건너
저 남산 꽃산에
우우우 꽃 피러 가세
산아 산아 산아
저 어둠 태우며
타오를 산아
저 꽃산에 눈부시게 깃쳐 오를 새하얀 새여
아아, 지금은 저 어두운 빈 산에 갇혀
저 새 밤새워 울고
우리 어둠 속에
꽃같이 아픈 눈 뜨고 있네.

- 김용택, 「저 새」

07 〈보기2〉는 〈보기1〉의 자료를 바탕으로 (가)와 (나)를 이해한 것이다. 〈보기2〉의 ①, ②에 들어갈 적절한 말을 제시문에서 찾아 쓰시오.

〈보기1〉

시적 대상이란 시인이 주제를 형상화하기 위해 제시하는 모든 소재를 지칭한다. 이러한 시적 대상에는 특정한 인물이나 자연물, 사물과 같이 구체적 형태를 지닌 것도 있지만, 특정한 관념이나 상황, 정서와 같은 무형의 것도 있다.

〈보기2〉

(가)에서 대상을 의인화한 시어 (①)은/는 자연을 즐기는 시적 화자의 감정이 이입된 시적 대상이다. 그리고 (나)에서 색채 이미지가 활용된 시어 (②)은/는 캄캄한 어둠과 대비되어 새로운 세상이 열리기를 바라는 시적 화자의 소망을 형상화한 시적 대상이다.

① _______________________

② _______________________

08 〈보기〉는 (가)와 (나)에 대한 해설의 일부이다. 〈보기〉의 ①, ②에 들어갈 적절한 말을 제시문의 (가)와 (나)에서 찾아 쓰시오.

〈보기〉

(가)에는 학문을 깨우치는 즐거움과 자연을 즐기는 자세가 형상화되어 있는데, (가)의 '제(①)수'에서는 세상 사람들에게 강학을 하고자 하는 태도 외에도 자연에서 유유자적하고자 하는 삶의 태도가 나타나고 있다. (나)에는 암울한 시대적 상황에도 불구하고 부정적인 현실을 극복하고자 하는 의지가 형상화되어 있다. (나)의 초반부에는 부정적인 현실이 묘사되고 있으나, 시행 '(②)'에서 동경하는 세계를 형상화하는 비유적인 시어가 처음으로 등장하면서 부정적인 현실을 개선하고자 하는 화자의 바람이 나타난다.

① _______________________

② _______________________

※ 다음 글을 읽고 물음에 답하시오.

나무는 이 세상에 나올 때부터 그 본성이 곧게 마련이다. 따라서 어떻게 막을 수도 없이 생기(生氣)가 충만한 가운데 직립(直立)해서 위로 올라가는 속성으로 말하면, 어떤 나무이든 간에 모두가 그렇다고 해야 할 것이다. 그러나 하늘 높이 우뚝 솟아 고고한 자태를 과시하면서 결코 굴하지 않는 모습을 보여주는 것으로 오직 송백(松柏)을 첫손가락에 꼽아야만 할 것이다. 그렇기 때문에 많은 나무들 중에서도 송백이 유독 옛날부터 회자(膾炙)되면서 인간에 비견(比肩)되어 왔던 것이다.

어느 해이던가 내가 한양(漢陽)에 있을 적에 거처하던 집 한쪽에 소나무가 네다섯 그루가 서 있었다. 그런데 그 몸통의 높이가 대략 몇 자 정도밖에 되지 않는 상태에서, 모두가 작달막하게 뒤틀린 채 탐스러운 모습을 갖추고만 있을 뿐 더 이상 자라지 못하고 있었다. 그리고 그 나뭇가지들도 한결같이 거꾸로 드리워진 채, 긴 것은 땅에 끌리고 있었으며 짧은 것은 몸통을 가려주고 있었다. 그리하여 이리저리 구부러지고 휘감겨 서린 모습이 뱀들이 뒤엉켜서 싸우고 있는 것과도 같고 수레 위의 둥근 덮개와 일산(日傘)이 활짝 펴진 것처럼 보이기도 하였는데, 마치 여러 가닥의 수실이 엉겨 붙은 듯 들쭉날쭉하면서 아래로 늘어뜨려져 있었다.

내가 이것을 보고 깜짝 놀라 어떤 사람에게 말하기를,

"타고난 속성이 이처럼 다를 수가 있단 말인가. 어찌하여 생긴 모양이 그만 이렇게 되었단 말인가." 하니 그 사람이 대답하기를,

"이것은 그 나무의 본성이 그러해서가 아니다. 이 나무가 처음 나왔을 때에는 다른 산에 심어진 것과 비교해 보아도 다를 것이 없었다. 그런데 조금 자라났을 적에 사람이 조작(造作)할 수 없을 정도로 견고한 것들은 골라서 베어 버리고, 여려서 유연(柔軟)한 가지들만을 끌어와 결박해서 휘어지게 만들었다. 그리하여 높은 것은 끌어당겨 낮아지게 하고 위로 치솟는 것은 끈으로 묶어 아래를 향하게 하면서, 그 올곧은 속성을 동요시켜 상하로 뻗으려는 기운을 좌우로 방향을 바꾸게 하였다. 그러고는 오랜 세월 동안 그러한 상태를 지속하게 하면서 바람과 서리의 고초(苦楚)를 실컷 맛보게 한 뒤에야, 그 줄기와 가지들이 완전히 변화해 굳어져서 저토록 괴이한 모습을 보이게 된 것이다. 하지만 가지 끝에서 새로 싹이 터서 돋아나는 것들은 그래도 위로 향하려는 마음을 잊지 않고서 무성하게 곧추서곤 하는데, 그럴 때면 또 돋아나는 대로 아까 말했던 것처럼 베고 자르면서 부드럽게 휘어지게 만들곤 한다. 이렇게 해서 사람들이 보기에 참으로 아름답고 기이한 소나무가 된 것일 뿐이니, 이것이 어찌 그 나무의 본성이라고 하겠는가."

하였다. 내가 이 말을 듣고는 크게 탄식하면서 다음과 같이 말하였다.

"아, 어쩌면 그 물건이 우리 사람의 경우와 그렇게도 흡사한 점이 있단 말인가. 세상에서 일찍부터 길을 잃고 헤매는 자들을 보면, 그 용모를 예쁘게 단장하고 그 몸뚱이를 약삭빠르게 놀리면서, 세상에 보기 드문 괴팍한 행동을 하여 세상 사람들을 놀라게 하고, 아첨하는 말을 늘어놓아 세상 사람들이 칭찬해 주기를 바라고 있다.

그리하여 남의 비위를 맞추려고 애쓰면서 이를 고상하게 여기기만 할 뿐, 자신을 잃어버리는 것이 부끄러운 일인 줄은 잊고 있으니, 평이(平易)하고 정직(正直)한 그 본성에 비추어 보면 과연 어쩌다 할 것이며, 지극히 크고 지극히 강한 호기(浩氣)에 비추어 보면 또 어쩌다 할 것인가. 비곗덩어리나 무두질한 가죽처럼 아첨을 하여 요행히 이득이나 얻으려고 하면서, 그저 구차하게 외물(外物)을 따르며 남을 위하려고 하는 자들을 저 왜송(矮松)과 비교해 본다면 또 무슨 차이가 있다고 하겠는가.

(중략)

내가 일찍이 산속에서 자라나는 송백을 본 일이 있었는데, 그 나무들은 하늘을 뚫고 곧장 위로 치솟으면서 뇌우(雷雨)에도 끄떡없이 우뚝 서 있었다. 이쯤 되고 보면 사람들이 그 나무를 쳐다볼 때에도 자연히 우러러보고 엄숙하게 공경심이 우러나는 느낌만을 지니게 될 뿐, 손으로 어루만지거나 노리갯감으로 삼아야겠다는 마음은 별로 들지 않을 것이니, 이를 통해서도 사람들의 호오(好惡)에 대한 일반적인 생각을 엿볼 수 있다 하겠다.

　　그것은 그렇다 하더라도, 사랑이라고 하는 것은 장차 그 대상을 천하게 여기면서 모멸을 가할 수 있는 가능성이 그 속에 있는 반면에, 공경이라고 하는 것은 그 자체 내에 덕을 존경한다는 뜻이 들어 있는 개념이라 하겠다. 대저 그 본성을 해친 나머지 남에게 모멸을 받게 되는 것이야말로 남에게 잘 보이려고 한 행동의 결과라고 해야 할 것이요, 자기 본성대로 따른 결과 존경을 받게 되는 것은 바로 위기지학(爲己之學)의 효과라고 해야 할 것이다. 따라서 군자라면 이런 사례를 통해서 자기 자신을 돌이켜 보기만 하면 될 것이니, 저 왜송을 탓할 것이 또 뭐가 있다고 하겠는가.”

　　청사(靑蛇, 을사년) 납월(臘月)* 대한(大寒)에 쓰다.

– 이식, 「왜송설(矮松說)」

*납월: 음력 섣달을 달리 이르는 말.

---

09 〈보기〉는 제시문에 대한 해설의 일부이다. 〈보기〉의 ①, ②에 들어갈 적절한 2음절 단어를 제시문에서 찾아 쓰시오.

〈보기〉

　　설(說)은 독자의 태도 변화를 목적으로 하는 설득적인 성격의 글이다. 설에서 글쓴이는 주변 사물을 관찰하거나 직접 체험한 일상적 경험을 바탕으로 얻게 된 깨달음을 서술하며 현실을 비판하고 독자에게 교훈을 준다. 제시문의 글쓴이도 ‘소나무 네다섯 그루’에 대해 글쓴이가 ‘어떤 사람’과 나눈 대화를 바탕으로 얻은 깨달음을 전하고 있다. 이 글에서 글쓴이는 곧게 자라는 본성을 잃어버린 ‘(①)’을/를 자신의 본모습을 잃고 아첨과 이익을 일삼는 사람들과 연관 짓고, 곧게 자라는 ‘(②)’을/를 본성을 지키며 호연지기(浩然之氣)를 지닌 사람들에 빗대어 곡학아세(曲學阿世)하는 세태를 비판하고 본성을 지키는 일의 중요성을 강조한다.

① ________________________________

② ________________________________

수학[인문B]

▶ 해설 p.279

10 1이 아닌 세 양수 a, b, c에 대하여 $\dfrac{\log_a c}{\log_a b} = \dfrac{6}{7}$일 때, $\log_b c$, $64^{\log_c b}$, $c^{\log_b 128}$의 값을 각각 구하는 과정을 서술하시오.

11 $\cos\left(\dfrac{\pi}{2}+\theta\right) - \sin(\pi-\theta) = \dfrac{4}{5}$일 때, $\dfrac{\cos(-\theta)}{\sin\theta} - \dfrac{\sin(-\theta)}{1+\cos\theta}$의 값을 구하는 과정을 서술하시오.

12 실수 t에 대하여 직선 $y=t$가 $0 \le x < 2\pi$에서 함수 $f(x)=|4\cos x-2|$의 그래프와 만나는 점의 개수를 $g(t)$라 하자. 함수 $g(t)$가 $t=a$에서 불연속인 실수 a의 값을 작은 것부터 순서대로 나열한 것이 a_1, a_2, a_3이다. a_1, a_2, a_3의 값과 $f(x)=a_1$을 만족시키는 x의 값을 각각 구하는 과정을 서술하시오.

13 첫째항이 양수인 등비수열 $\{a_n\}$의 첫째항부터 제n항까지의 합을 S_n이라 하자.

$$\frac{S_{10}-S_8}{S_6-S_4}=3,\ (S_3-S_2)^2=75$$일 때,

$a_2 \times a_8$의 값을 구하는 과정을 서술하시오.

14 실수 m에 대하여 수직선 위를 움직이는 점 P의 시각 $t\,(t\geq 0)$에서의 위치 $x(t)$가

$$x(t)=\frac{6}{5}t^5-5t^4+4t^3+(6-m)t$$ 이다.

점 P가 시각 $t=0$일 때 원점을 출발한 후, 운동 방향이 두 번만 바뀌도록 하는 m의 범위를 구하는 다음의 풀이 과정을 완성하시오. (단, $t=0$일 때 점 P의 속도는 $6-m$이다.)

> 점 P의 시각 $t\,(t>0)$에서의 속도를 $v(t)$라 하면 $v(t)=$ ⬚ ① 이다.
>
> $v(t)$는 $t=$ ⬚ ② 에서 극댓값을 갖고, $t=$ ⬚ ③ 에서 최솟값을 갖는다. $t>0$에서 운동 방향이 두 번만 바뀌도록 하는 m의 범위는 ⬚ ④ 이다.

15 삼차함수 $f(x)=x^3+ax^2+bx$가

$$\lim_{x\to 2}\frac{1}{x-2}\int_1^x tf'(t)\,dt=20$$ 을 만족시킬 때, $f(4)$의 값을 구하는 과정을 서술하시오. (단, $a,\,b$는 상수이다.)

2024학년도
가천대
논술 모의고사

A형   B형

2024학년도 모의고사 　 국어[A형]

▶ 해답 p.281

※ 다음은 상담 전문가의 강연이다. 물음에 답하시오.

안녕하세요. 저는 상담 전문가 ○○○입니다. 오늘은 갈등을 증폭시키지 않고 갈등을 해결할 수 있는 '나–전달법'에 대해 이야기해 볼까 합니다.

'나–전달법'이란 '나'를 주어로 하여 자신의 생각과 감정을 솔직하게 표현하는 방식입니다. 상대방의 행동에 초점을 맞추어 의사소통하는 방식을 '너–전달법'이라고 하는데, 너–전달법은 '너'를 주어로 하기 때문에 상대방의 행동에 대해 비난하고 평가하게 되어 갈등 해결에 도움이 되지 못하는 경우가 많습니다. 반면 나–전달법은 상대방의 기분을 상하지 않게 하면서 자신의 의사를 분명하게 전달할 수 있어 갈등 상황에서 서로를 이해하고 문제를 해결하는 데 도움이 됩니다.

나–전달법은 자신의 감정과 경험을 표현하는 방법으로 '사건, 감정, 기대'로 메시지를 구성해 전달합니다. 자신이 문제로 인식한 상대방의 행동이나 상황을 사건이라고 하는데, 감정에서는 이런 사건만을 대상으로 삼아 이에 대한 자신의 감정을 솔직하게 이야기하는 것입니다. 그리고 기대에서는 그러한 감정을 반복적으로 경험하지 않기 위해 자신이 바라는 상대방의 행동이나 상황을 이야기하는 것입니다.

[A]
나–전달법을 사용할 때 주의해야 할 점이 있습니다. 먼저 사건을 언급할 때에는 문장의 주어를 '나'로 해야 합니다. 그래야 상대방이 부정적인 문장의 주어가 되지 않아 상대방의 반발심을 줄일 수 있기 때문입니다. 그리고 감정을 솔직하게 표현하지 못하거나, 분노의 감정을 표출하거나, 명령을 하는 경우에는 너–전달법처럼 갈등 해결에 도움이 안 됩니다. 끝으로 기대를 표현할 때는 상대방이 들어줄 수 있는 수준에서 구체적으로 이야기해야 자신이 원하는 바를 얻을 수 있습니다.

01 〈보기〉는 위 강연을 들은 청자의 반응이다. ㉠에 들어갈 적절한 말을 제시문에서 찾아 쓰고, ㉡의 표현 효과를 [A]에서 찾아 첫 어절과 마지막 어절을 순서대로 쓰시오.

〈보기〉

어제 민수가 도서관에서 떠들었을 때, "민수야, 너는 왜 도서관에서 공부하지 않고 떠들기만 하니? 공부를 하지 못해 내일 시험을 망치면 나는 너를 원망하게 될 거야. 그러니 민수야, 친구와 할 얘기가 있으면 도서관에 오지 마."라고 했어.

앞으로는 [㉠]–전달법'에 따라 "㉡내가 공부하고 있는데 떠드는 소리에 공부에 집중이 되지 않아. 내가 공부를 하지 못해 내일 시험을 망칠까 봐 걱정이 돼. 그러니 민수야, 친구와 할 얘기가 있으면 휴게실에 가서 했으면 좋겠어."라고 말을 해야겠어.

① ㉠: _______________________________

② 첫 어절: _______________________________, 마지막 어절: _______________________________

※ 다음 글을 읽고 물음에 답하시오.

민사 소송법은 재판이 정당하게 이루어져야 한다는 공정성과 함께 소송 절차가 신속하고 효율적으로 진행되어야 한다는 경제성이라는 이상을 추구한다. 재판이 공정해야 함은 말할 것도 없지만, 공정함만 추구하다 보면 재판의 진행이 더디게 되어 재판을 통해 달성하고자 한 소송 목적을 충분히 달성할 수 없는 경우가 발생할 수 있다. 그래서 재판이 신속하고 경제적으로 진행되는 것도 중요하다. 소송 당사자 중 한쪽이 출석하지 않았을 때, 신속한 재판 진행을 위해 그 사람이 제출한 소장, 답변서, 준비 서면 등을 진술 내용으로 갈음한다. 소송 당사자가 변론 기일에 출석하지 않고 진술을 대체할 서류도 제출하지 않은 경우에는 변론할 의사가 없는 것으로 간주하고 재판을 진행한다. 그리고 ㉠시효라는 제도를 두어서 소송 사건에 대해 소를 제기할 수 있는 제소 기간을 정해 두고 있다. 시효는 일정한 사실 상태가 오래 계속된 경우에 그 상태가 진실한 권리관계*와 합치하느냐 여부를 묻지 않고 사실 상태를 그대로 존중하여 그 권리관계로 인정하는 제도이다. 사건 발생 이후 해당 제소 기간이 지나면 옳고 그름을 불문하고 누구도 해당 사건에 대해 더 이상 소를 제기할 수 없도록 한 것이다. 이는 분쟁이 발생한 이후 소송을 제기할 수 있는 기간에 제한을 두지 않을 경우 소송 진행의 효율성이 떨어지고 소송 당사자들의 권리관계가 장기간 불안정해지는 문제가 있기 때문이다.

조선 시대에도 이와 유사한 취송 기한, 정소 기한이 있었다. '취송 기한(就訟期限)'은 소를 제기한 후 소송의 당사자가 불출석한 경우, 일정 기간 동안 출석하지 않는 당사자는 패소시키고 성실히 출석해 대기한 당사자에게 사리의 옳고 그름을 더 이상 따지지 않고 승소하게 해 주는 제도이며, '친착 결절법(親着決折法)'이라고도 불렀다. '정소 기한(呈訴期限)'은 사적인 권리를 침해당하였을 때 소장을 제출할 수 있는 법정 기한을 말한다. 『경국대전(經國大典)』「호전(戶典)」전택조(田宅條)에서 이 규정을 확인할 수 있다. 소송 대상 중 가장 분쟁이 빈번했던 재산인 토지, 주택, 노비 등에 관한 소송은 분쟁 발생 시기부터 5년 내에 소를 제기해야만 하며 5년을 넘길 시에는 재판의 기초가 되는 사실 관계 등을 심사하는 사건 심리는 물론 소장 접수조차 불가능했다. 또한 소장을 제출, 접수했더라도 그로부터 5년 동안 소송에 임하지 않을 때에도 심리하지 않고 기각했다.

*권리관계: 권리와 의무 사이의 법률관계.

02 〈보기〉는 제시문을 읽고 ㉠을 정리한 것이다. 〈보기〉의 ①, ②에 들어갈 적절한 말을 제시문에서 찾아 쓰시오.

〈보기〉

㉠은 민사 소송이 추구하는 이상 중 (　①　)을/를 실현하기 위한 장치로서 조선 시대에는 ㉠과 유사한 제도로 (　②　)이/가 있었다.

---

①: ______________________   ②: ______________________

※ 다음 글을 읽고 물음에 답하시오.

　같은 원소로 이루어져 있지만 물리 및 화학적 성질이 다른 물질을 동소체라고 한다. 동소체의 특성이 각각 다른 이유는 원자의 결합 방식이나 배열된 형태가 다르기 때문이다. 원자의 결합 방식 중 두 개 이상의 원자가 서로 전자를 공유하여 전자쌍으로 형성되는 화학 결합을 공유 결합이라고 한다. 공유 결합은 공유하는 전자쌍의 수에 따라 단일 결합, 이중 결합, 삼중 결합 등으로 분류할 수 있다.

　단일 결합은 한 쌍의 전자를 공유하는 형식의 결합이다. 전자의 정확한 위치를 측정할 수 없고, 원자핵 주위에서 전자가 발견될 확률을 나타내는 공간 영역, 즉 전자가 어떤 공간을 차지하고 있는지를 나타내는 확률 궤도 함수인 오비탈로 규정되는 영역 내에 존재한다. 단일 결합은 일반적으로 시그마 결합이며, 이는 결합에 참여하는 두 원자의 오비탈 영역의 일부분이 두 원자를 연결하는 일직선 축에서 서로 겹쳐지며 형성된 결합으로 가장 단단한 결합이다. 단일 결합에 참여한 전자들은 결합 궤도의 영역에 존재하게 되며 두 원자는 그 전자들을 공유한다.

　이중 결합은 두 개의 원자가 두 쌍의 전자, 즉 전자 4개를 공유하여 형성된 결합이다. 이중 결합은 시그마 결합과 파이 결합, 두 가지 종류의 결합으로 이루어진다. 파이 결합은 시그마 결합과 달리 두 원자의 오비탈 영역이 90도 각도로 측면으로 겹치며 전자를 공유하는 형식의 결합이기에 결합력이 약하다. 또한 파이 결합에 참여하는 전자는 자유 전자처럼 이동이 가능하므로 여러 개의 파이 결합을 가진 분자는 전기 전도성을 갖게 된다.

　가장 흔하게 볼 수 있는 동소체로는 탄소(C) 동소체가 있다. 탄소 동소체인 ㉠다이아몬드와 ㉡흑연은 결합 방식의 차이로 특징이 달라진다. 다이아몬드는 하나의 탄소 원자에 있는 4개 전자가 이웃에 위치한 탄소 원자 4개의 전자를 공유하여 결합을 형성하고 있어서 그 모양은 마치 정사면체와 같다. 이때 형성된 4개의 공유 결합은 모두 단일 결합이며, 모든 탄소 원자들이 시그마 결합으로 결합되어 있기 때문에 다이아몬드는 강도가 높다. 이와 달리 흑연에서 각 탄소들은 이웃에 위치한 탄소 3개와 시그마 결합으로 연결되어 있고, 그중 한 개의 결합은 파이 결합을 동시에 포함한다. 시그마 결합과 파이 결합이 교대로 이어져 있는 흑연은 그런 이유로 전기 전도성을 갖는다. 결국 흑연과 다이아몬드의 특성 차이는 결합 형식에서 비롯된다.

03 〈보기〉는 제시문의 내용을 정리한 것이다. 〈보기〉의 ①과 ②에 들어갈 적절한 말을 제시문에서 찾아 쓰시오.

〈보기〉

㉠과 ㉡은 모두 탄소 원자 간의 공유 결합이 나타난다는 점에서는 공통적이다. 하지만 (①   )의 차이로 인해 강도, 전기 전도성 등에서 ㉠과 ㉡은 다른 특성을 보인다. ㉡은 ㉠과 달리 (②   ) 결합이 나타나기 때문에 전자가 자유롭게 이동하는 것이 가능하다.

---

①: ________________________________   ②: ________________________________

※ 다음 글을 읽고 물음에 답하시오.

여승(女僧)은 합장(合掌)하고 절을 했다
가지취*의 내음새가 났다
쓸쓸한 낯이 옛날같이 늙었다
나는 불경(佛經)처럼 서러워졌다

평안도의 어느 산 깊은 금점판*
나는 파리한 여인에게서 옥수수를 샀다
여인은 나어린 딸아이를 때리며 가을밤같이 차게 울었다

섶벌*같이 나아간 지아비 기다려 십 년이 갔다
지아비는 돌아오지 않고
어린 딸은 도라지꽃이 좋아 돌무덤으로 갔다

산(山)꿩도 섧게 울은 슬픈 날이 있었다
산(山)절의 마당귀에 여인의 머리오리*가 눈물방울과 같이 떨어진 날이 있었다

– 백석, 「여승」

*가지취: 산지의 밝은 숲속에서 자라는 참취나물.

*금점(金店)판: 예전에, 주로 수공업적 방식으로 작업하던 금광의 일터.

*섶벌: 나무 섶에 집을 틀고 항상 나가서 다니는 벌.

*머리오리: 낱낱의 머리털.

---

04 〈보기〉는 제시문에 대한 설명의 일부이다. 〈보기〉의 ㉠, ㉡에 들어갈 적절한 시행을 제시문에서 찾아 쓰시오.

〈보기〉

백석 시 「여승」의 시행 (㉠)에는 여인의 처지를 상기시키는 소재를 통해 시적 화자의 감정이 드러나고 있다. 반면 시행 (㉡)에서는 현실적인 죽음을 시적 대상으로 형상화하여 감정을 절제하고 비극적 상황을 심화하고 있다. 이처럼 이 시에서 시적 대상과 형상화의 의미를 이해하는 것은 시적 화자의 정서와 언어적 표현과의 관계를 파악하는 데 있어서 중요하다.

① ㉠: ___________________________

② ㉡: ___________________________

2024학년도 모의고사

수학[A형]

▶ 해답 p.282

05 다항함수 $f(x)=x^3+3ax^2+x$가 일대일 함수일 때 실수 a의 최댓값을 구하는 과정을 서술하시오.

06 $\lim\limits_{x \to -1} \dfrac{x^2+ax+b}{x^2-1}=\dfrac{1}{2}$일 때, 상수 a와 b의 값을 구하는 과정을 서술하시오.

07 $\sin(\pi+\theta)=\dfrac{3}{4}$이고 $\sin\left(\dfrac{\pi}{2}+\theta\right)<0$일 때, $\tan\theta$의 값을 구하는 과정을 서술하시오.

08 공차가 0이 아닌 등차수열 $\{a_n\}$에 대하여 $b_n=a_n+a_7$이라 하고, 수열 $\{b_n\}$의 첫째항부터 제 n항까지의 합을 S_n이라고 하자. S_n이 다음 조건을 만족시킬 때, a_5의 값을 구하는 과정을 서술하시오.

(가) $1\leq n\leq12$인 모든 자연수 n에 대하여 $S_n=S_{13-n}$이다.
(나) $S_{15}=60$

2024학년도 모의고사

국어[B형]

▶ 해답 p.283

※ **다음은 장애인 고용 의무 제도에 대한 글이다. 물음에 답하시오.**

> 　장애인 고용 의무 제도는, 직업 생활을 통한 생존권 보장이라는 헌법의 기본 이념을 구현하는 취지에서 장애인에게 다른 사회 구성원과 동등한 노동권을 부여하기 위한 제도이다. 1991년에 처음 시행되었으며 현재는 국가·지방 자치 단체 및 50명 이상 공공 기관과 민간 기업을 대상으로, 근로자 총수의 5/100 범위 안에서 대통령령으로 정하는 비율 이상에 해당하는 장애인 근로자를 의무적으로 고용할 것을 규정하고 있다. 그리고 장애인 채용을 장려하기 위해서 의무 고용률 이상 고용한 사업주에 대해서는 규모와 상관없이 초과 인원에 대해 장려금을 지급하고 있다. 이는 장애인으로 하여금 주체적인 삶을 살아가게 하기 위한 경제적 자립의 기반을 마련해 주기 위한 것이다.
>
> 　하지만 한국 장애인 고용 공단의 조사 결과를 보면, 2022년 국가 및 지방 자치 단체, 공공 기관의 장애인 고용률은 3.6%, 민간 기업의 장애인 고용률은 3.1% 수준인 것으로 나타났는데, 이는 법에서 정한 장애인 의무 고용률을 겨우 충족한 수준이다. 이처럼 장애인 고용 의무 제도의 대상이 되는 기관들이 장애인 채용에 적극적으로 나서지 않는 것은 문제가 아닐 수 없다.
>
> 　기업은 장애인의 고용에 소극적인 태도를 가져서는 안 될 것이다. 그리고 장애인이 일하기 불편하지 않은 직무 환경을 조성하고 장애가 걸림돌이 되지 않는 직무를 개발하여 장애인이 자신의 능력을 발휘할 수 있도록 해야 한다. 또한 정부는 기업들이 장애인 고용에 소극적인 이유를 찾아 그것을 보완할 수 있는 정책을 제시하고, 현행 장애인 고용 의무 제도의 문제를 개선해야 한다. 아울러 고용주를 비롯한 비장애인들이 장애인에 대해 갖고 있는 부정적인 인식을 개선하도록 노력해야 하며, 장애인 직업 교육을 확대하여 장애인의 직무능력을 높이도록 해야 할 것이다.

01 〈보기〉는 제시문을 작성하기 전에 수립한 글쓰기 계획의 일부이다. 〈보기〉의 ㉠이 반영된 문장을 제시문에서 찾아 첫 어절과 마지막 어절을 순서대로 쓰시오.

〈보기〉

- 장애인 고용 의무 제도가 도입된 목적과 배경을 밝혀 제도의 취지를 설명한다.
- ㉠장애인 고용 상태를 드러내는 현황을 제시하고 분석하여 독자의 문제의식을 유도한다.
- 장애인에게 직업이 필요한 이유를 밝혀 장애인 고용 의무 제도의 필요성을 부각한다.

① 첫 어절: ＿＿＿＿＿＿＿＿＿＿＿＿＿＿＿,　② 마지막 어절: ＿＿＿＿＿＿＿＿＿＿＿＿＿＿＿

※ 다음 글을 읽고 물음에 답하시오.

선거 방송 보도는 불특정한 대중에게 정치적 메시지를 대량으로 전달할 수 있는 매체라는 점에서 선거 운동의 중요한 도구이다. 선거 방송 보도가 선거 운동에서 중요한 위치를 차지하게 된 이유는 대중에게 쉽게 선거 운동에 대한 정보를 제공할 수 있으며, 대중의 정치의식 수준이 높거나 낮은 것에 영향을 덜 받으면서 강한 영향력을 행사할 수 있기 때문이다. 선거 방송 보도는 선거에 많은 영향을 미친다. 가령 후보자나 정당이 선거 운동의 의제를 만드는 것이 아니라 선거 방송 보도에 따라 의제가 만들어지는 것이 있다. 이는 미디어에 의해 선거 운동 의제가 통제되어 선거에 영향을 미치는 것이다. 선거 방송 보도에는 선거 운동 중에 특정 정치인에 대해 보도하는 것, 부정식 뉴스 보도의 증가, 본질적 이슈 보도 대신에 선거 운동에 대한 보도 증가와 같은 현상들이 나타나며, 이러한 현상과 관련된 선거 방송 보도로는 ㉠개인화 보도, 부정식 보도, 경마식 보도가 있다.

개인화 보도는 정치인의 공적 영역뿐 아니라 사적 영역에 대해서도 보도하는 것을 말하는데, 이 보도에서는 정치인 개인에 대한 것은 강조하는 반면에 정당, 조직, 제도에 대한 초점은 감소한다. 개인화 보도에서는 지도적인 위치에 있는 정치인이나 정당 지도자들에 대해 초점을 두는 보도를 지도자화 보도라고 한다.

부정식 보도는 특정 정치인이나 정당, 정부 등을 부정적으로 보도하는 것이다. 이러한 보도에서는 불법 부정 선거, 흑색선전, 후보자나 정당의 비리 등을 보도하거나 폭로 · 비방 · 갈등 관계와 같은 부정적인 측면을 보도한다. 부정식 보도는 해석적 저널리즘과 결합한 형태로 나타나기도 한다. 해석적 저널리즘은 특정 사안에 대한 사실을 예시로 활용하면서 언론이 그 사안에 대해 분석하고 해석하는 것이다.

방송사의 이익을 위한 보도로 경마식 보도가 있다. 경마식 보도란 정치적 쟁점이나 후보자의 자질 · 능력 · 도덕성 등 선거에서 중요한 본질적 내용보다는 득표율 예측, 후보자들의 지지율 변화, 선거 운동 전략, 유권자들의 반응, 후보자 간의 연대 · 통합 · 갈등 등 흥미적인 요소를 집중적으로 보도하는 방식이다. 경마식 보도는 부정식 보도와 마찬가지로 해석적 저널리즘과 결합한 형태로 잘 나타난다.

02 〈보기〉는 제시문의 내용을 바탕으로 선거 방송 보도의 예시를 정리한 것이다. 〈보기〉의 ①~③에 들어갈 적절한 말을 제시문의 ㉠에서 찾아 쓰시오.

〈보기〉

보도 유형	선거 방송 보도 예시
(①)	특정 후보의 비리에 대해 경쟁 후보자 또는 상대측 정당의 입장을 보도하면서 비리 내용을 해석 · 분석하는 내용을 더한다.
(②)	후보들의 지지율 양상, 후보자 간의 토론에 대한 보도 안에 이 보도 주제를 다룬 언론인 또는 뉴스 패널들의 해석을 포함한다.
(③)	정치적 이슈의 내용이나 배경 등에 초점을 맞추지 않고, 그 이슈를 놓고 정치 싸움을 벌이는 정치인에게 집중한다.

①: _______________________________   ②: _______________________________

③: _______________________________

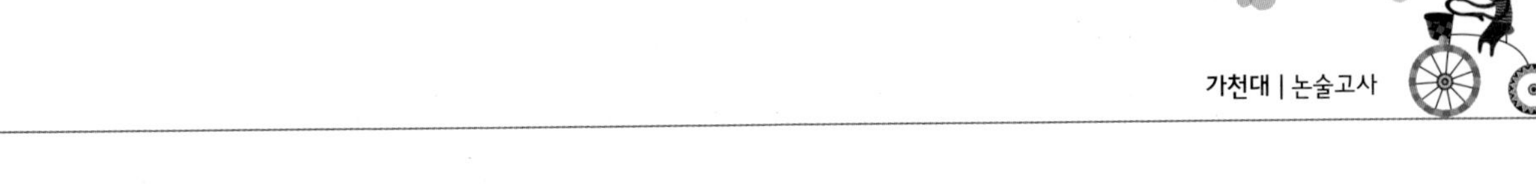

※ 다음 글을 읽고 물음에 답하시오.

우리가 일상생활에서 흔히 사용하는 저울은 어떠한 원리로 작동하여 물건의 무게를 측정하는 것일까? 양팔저울과 대저울은 지레의 원리를 응용한다. 양팔저울은 지렛대의 중앙을 받침점으로 하고, 양쪽의 똑같은 위치에 접시를 매달거나 올려놓은 것이다. 한쪽 접시에는 측정하고자 하는 물체를, 다른 한쪽에는 추를 올려놓아 지렛대가 수평을 이루었을 때의 추의 무게가 바로 물체의 무게가 되는 것이다. 그러나 양팔저울은 지나치게 무겁거나 부피가 큰 물체의 무게를 측정하기에는 한계가 있었다. 이런 점을 보완한 저울이 바로 대저울이다. 대저울은 받침점에 가까운 곳에 측정하고자 하는 물체를 걸고 반대쪽에는 작은 추를 걸어 움직여서 지렛대가 평형을 이루는 지점을 찾는 방법으로 물체의 무게를 측정한다. '물체의 무게×받침점과 물체 사이의 거리=추의 무게×받침점과 추 사이의 거리'이므로 받침점으로부터 평형을 이루는 지점을 알면 지레의 원리를 이용하여 물체의 무게를 간단히 계산할 수 있다.

전자저울은 스트레인을 감지하는 장치인 스트레인 게이지가 부착된 무게 측정 소자를 작동 원리로 한다. 무게 측정 소자는 금속 탄성체로 되어 있는데, 전자저울에 물체를 올려놓으면 이 금속 탄성체에는 스트레스에 따라 스트레인이 발생한다. 여기서 스트레스란 단위 면적에 작용하는 힘을 가리키는 것으로 압력과 동일하며, 스트레인이란 스트레스에 의한 길이의 변화량을 가리키는 것으로 길이의 변화량을 변화가 일어나기 전의 길이로 나눈 값이다. 스트레스에 따라 금속 탄성체는 인장 변형이 일어나고 스트레인 게이지에서는 스트레인에 따른 저항 변화가 일어난다. 스트레인은 스트레스의 크기에 비례하고 전기 저항은 그 스트레인에 비례하기 때문이다. 전자저울에서 금속 탄성체는 가해진 스트레스에 대해 일정한 스트레인을 발생시켜야 하는 매우 중요한 부품으로, 시간에 따라 특성이 변하지 않아야 하고 탄성의 한계점이 높아야 한다.

03 〈보기〉는 제시문을 읽고 〈보기1〉의 사례를 분석한 것이다. 〈보기2〉의 ①, ②에 들어갈 적절한 숫자를 쓰시오.

───〈 보기 1 〉───

• 대저울의 받침점에서 왼쪽으로 30cm 떨어진 위치에 1kg의 추를 걸어 두고, 받침점에서 오른쪽으로 20cm 떨어진 위치에 물체 ㉮를 걸었을 때, 대저울의 지렛대가 평형을 이루었다.

• 아무런 물체도 올려놓지 않은 전자저울의 금속 탄성체의 길이는 10cm이다. 이 저울에 10kg의 상자 ㉯를 올렸을 때, 금속 탄성체의 길이가 12cm가 되었다. 그리고 상자 ㉯ 위에 물체 ㉰를 올렸을 때, 금속 탄성체의 길이는 13cm가 되었다.

───〈 보기 2 〉───

〈보기1〉에서 물체 ㉮의 무게는 (①   )kg이고, 물체 ㉰의 무게는 (②   )kg이다.

① _______________________________________

② _______________________________________

※ 다음 글을 읽고 물음에 답하시오.

[앞부분 줄거리] 갱구가 무너진 현장에서 광부 김창호가 국민들과 언론의 뜨거운 관심을 받으며 16일 만에 구출된다. 유명 인사가 된 김창호는 각종 방송 프로그램에 출연하면서 많은 돈을 벌게 된다. 이후 김창호는 가족을 등진 채 유흥에 빠져 지내다 돈을 모두 탕진하게 된다.

김창호: 동진 광업소 동 5 갱에 묻혀 있던 광부 김창호.

홍 기자: 아? 김창호 씨?

김창호: (반갑다) 역시 절 알아보시는군요. 그럴 줄 알았습니다. 모두 참 고마웠지요. 전 정말 잊지 않고 있습니다.

홍 기자: 그런데 뭐 볼일 있수? 나 지금 바쁜데…….

김창호: 절 좀 도와주십시오. 가족을 잃었습니다. 차비도 떨어지고…….

홍 기자: (돌아서서 5천 원짜리 주며) 이거 가지구 가시우, 그리고 아래층 광고부에 가면 거기서 사람 찾는 광고 취급
　　　　합니다. 나 바빠서……. (김창호를 무시하고 다시 논문을 본다.)

김창호: 여보시오, 아무리 그래도 날 이렇게 대할 수 있소? 내가 한때는 그래도 영부인한테 초청을 받은 사람이오,
　　　　서울시장도 나한테…….

　(김창호 멍하니 말을 잃는다. 홍 기자가 논문의 마지막 부분을 읽는 동안 천천히 퇴장한다.)

홍 기자: 결론, 따라서 매스컴이 없으면 하루도 살 수 없는 것이 현대인이다. 매스컴은 20세기적인 종교가 되었고 종
　　　　래의 어떤 종교나 예술보다 긴요한 현실적 가치로 받아들여지고 있다. 그러나 우리는 그 무한한 기능으로 인해
　　　　인간 부재의 매스컴에 이르지 않는가를 부단히 경계하고 자각해야 할 것이다. 매스 커뮤니케이션! 매스컴! 이
　　　　얼마나 위대한 단어냐?

(중략)

　(카메라가 가운데 설치되고 있다. 구경꾼들 호기심에 카메라 앞에 몰려 있고 경찰은 정리에 바쁘고, 홍 기자 마이
크 잡고 방송 준비. 카메라에 라이트 비친다.)

홍 기자: 여기는 강원도 정선군 동민 광업소 사고 현장입니다. 메탄가스 폭발로 인한 사고로 채탄 작업 중이던 광부
　　　　34명이 매장됐습니다. 그러나 전원 사망한 것으로 추정된 광부 중 폭발한 갱구 아래 쪽 대피소에 있던 배관공
　　　　22세 이호준 씨가 아직 살아 있음이 지상과 연결된 배기 파이프를 통해 확인됐습니다. 지금 보시는 부분이 사
　　　　고 난 갱구 입구입니다.

　(이때 이불 보따리를 멘 김창호 일가 등장한다. 홍 기자, 김창호를 발견한다. 홍 기자 달려온다.)

홍 기자: 김창호 씨, 잠깐만!

　(이불 보따리를 벗겨 카메라 앞에 세운다.)

홍 기자: 시청자 여러분! 여러분 기억에도 새로운 매몰 광부 김창호 씨가 이 자리에 나오셨습니다. 지난해 10월 갱구
　　　　매몰로 16일간 굴속에 갇혀 있다 무쇠 같은 의지와 강인한 육체로 살아남은 김창호 씨!

(구경꾼들 일제히 김창호 씨에게 시선 주며 박수친다. 김창호 처음에는 머뭇거린다. 웃으며 손을 들어 답례한다.)

홍 기자: 김창호 씨, 어떻게 생각하십니까? 지금 지하 1천 2백 미터 갱내 대피소에 인부들이 갇혀 있습니다. 그 사람
　　　　이 구출될 때까지 갱내에서 주의할 점은 무엇입니까?
김창호: 예, 먼저 체온을 유지해야 합니다. (신이 났다.) 제 경험으로 봐서 배고픈 건 움직이지 않음 참을 수 있는데
　　　　추운 건 견디기 힘듭니다. 전구라도 있으면 안고 있어야 합니다. 배기펌프로 공기도 계속 넣어 줘야 되구요.

(그사이 기자 한 사람 뛰어나와서 홍 기자에게 귀엣말한다. 홍 기자 마이크 뺏어 자기 말을 한다.)

홍 기자: 방금 인부들이 구출되었다고 합니다. 포클레인으로 무너진 흙더미의 한 부분을 들어내어 매몰된 인부들이
　　　　모두 그 틈으로 기어 나왔다고 합니다. 이상 지금까지 사고 현장에서 홍성기 기자가 말씀드렸습니다. 참! 싱겁
　　　　게 끝나는군. 이런 걸 특종이라구 취재하다니, 자, 갑시다.

– 윤대성, 「출세기」

04 〈보기〉는 제시문에 대한 설명의 일부이다. 〈보기〉의 ①∼③에 들어갈 적절한 말을 제시문에서 찾아 쓰시
오.

〈보기〉

　「출세기」는 언론이 한 인간을 어떻게 파멸시키는가를 고발하고 있다. 작중 인물 (　①　)에 대한 (　②　)
의 태도 변화는 이러한 언론의 습성을 잘 보여주는데, 이를 도식화하면 다음과 같다.

무너진 갱구에서 16일 만에 구출	→	기사 소재가 됨	→	관심, 인터뷰
금전적 도움 요청	→	기사 소재 안 됨	→	무관심
광부 매장 사건 발생	→	기사 소재가 됨	→	관심, 인터뷰
광부 구출	→	기사 소재 안 됨	→	무관심

　이러한 태도 변화를 통해 작가는 오늘날 대중매체가 갖는 특성을 비판하는데, 이와 같은 현대 사회 대중매체의
특성은 작품 속의 (　③　)(이)라는 표현에서 잘 나타나고 있다.

①　________________________________

②　________________________________

③　________________________________

수학[B형]

▶ 해답 p.284

05 x에 대한 부등식
$x^2 - x\log_3(\sqrt{3}n) + \log_3\sqrt{n} \leq 0$을 만족시키는 정수 x의 개수가 1이 되도록 하는 자연수 n의 개수를 구하는 과정을 서술하시오.

06 함수 $f(x)$가 실수 전체의 집합에서 연속이고 모든 실수 x에 대하여 $(x-1)(x-2)f(x) = (x-2)(x^3 + ax + b)$를 만족시킨다. $f(2)=1$일 때, $f(1)$의 값을 구하는 과정을 서술하시오. (단, a, b는 상수이다.)

07 모든 항이 실수인 등비수열 $\{a_n\}$에 대하여 $a_3 a_4 = \dfrac{5}{4}$, $a_{12}a_{13}=20$일 때, $a_8{}^2$의 값을 구하는 다음의 풀이 과정을 완성하시오.

> 등비수열 $\{a_n\}$에 대하여 세 수 a_3, ① , a_{13}이 순서대로 등비수열을 이루고, 또한 세 수 a_4, a_8, ② 이 순서대로 등비수열을 이루므로 $a_8{}^4 = $ ③ 이다. 따라서 $a_8{}^2$의 값은 ④ 이다.

08 다항함수 $f(x)$가 모든 실수 x에 대하여 $\displaystyle\int_1^x f(t)\,dt = x^3 + ax + b$를 만족시킨다. $f(-1)=1$일 때, $\displaystyle\int_a^b f(x)\,dx$의 값을 구하는 과정을 서술하시오. (단, a, b는 상수이다.)

2023학년도
가천대
논술 기출문제

인문A 인문B

국어[인문A]

▶ 해답 p.286

※ 다음은 면접의 일부이다. 물음에 답하시오.

면접관 : 마을 청소년 기자단에 지원한 것을 환영합니다. 지원 동기는 무엇인가요?

지원자 : 저는 기자의 꿈을 가지고 있기 때문에 학교에서 교지반 활동에 참여하고 있습니다. 교지에 실을 기사를 작성하기 위해 학교 주변을 취재하고 주민들을 인터뷰하면서 남들에게 알려지지 않은 우리 마을만의 매력이 참 많다는 것을 느꼈습니다. 기자단 활동을 통해 기사를 작성하여 우리 마을의 매력을 보다 많은 사람에게 알리는 역할을 하고 싶습니다. 그리고 저는 기자가 현실의 문제에 관심을 가지고 기사를 통해 독자들의 소통을 이끌어 내야 한다고 생각합니다. 요즘 마을 이웃들 간에 소통의 문을 닫고 지내는 일이 일상이 되었고, 이로 인한 문제가 늘고 있습니다. 이러한 때에 제가 작성한 기사가 마을 사람들이 서로 소통할 수 있는 창구가 되었으면 좋겠다는 생각에 마을 청소년 기자단에 지원하였습니다.

면접관 : 그럼 마을 청소년 기자단의 구체적인 활동 내용과 혜택을 알고 있나요?

지원자 : 활동 혜택에 대해서는 잘 모릅니다만, 활동 내용에 대해서는 알고 있습니다. 청소년 기자단은 매월 마을 어르신들을 인터뷰하여 마을 신문의 '청소년 마당'에 기사를 작성하는 것으로 알고 있습니다. 또 마을의 소식들을 취재하여 블로그에 소개하는 글과 영상을 올리는 것으로 알고 있습니다.

면접관 : 그럼 기자단의 두 활동 중 어떤 활동이 더 중요하다고 생각합니까?

지원자 : 앞서 말씀드렸다시피 저는 기사를 작성하여 마을 사람들이 소통할 수 있는 창구를 제공하는 역할을 하고 싶습니다. 이를 위해서는 기자단 활동 중 마을 어르신들을 인터뷰하여 기사를 작성하는 일이 가장 중요하다고 생각합니다. 특히 저는 마을 어르신들과 좋은 관계를 유지하고 있어 어르신들의 지혜가 담긴 이야기와 마을과 관련된 재미있는 이야기들을 인터뷰하여 기사로 작성할 계획입니다.

면접관 : 좋습니다. 그렇다면 지원자는 마을 청소년 기자에게 필요한 자질이 무엇이라고 생각하나요?

지원자 : 저는 경청하는 태도라고 생각합니다. 취재, 인터뷰 등 기사를 작성하기 위한 활동을 수행하려면 큰 소리이든 작은 소리이든 사람들의 말에 귀를 기울이는 태도가 뒷받침되어야 합니다.

---

01 〈보기〉는 면접 전에 지원자가 세운 답변 계획이다. 〈보기〉의 ①, ②가 반영된 문장을 제시문에서 찾아 각각의 첫 어절과 마지막 어절을 순서대로 쓰시오.

〈 보기 1 〉

① 내가 겪은 구체적인 경험을 언급하면서 나의 생각을 전달해야겠어
② 내가 지닌 장점과 관련지어 지원 영역의 활동에 대한 포부를 밝혀야겠어

① 첫 어절: _________________, 마지막 어절: _________________

② 첫 어절: _________________, 마지막 어절: _________________

[02~03] 다음 글을 읽고 물음에 답하시오.

세력 균형 이론에 따르면 국제 체제는 완전한 무정부 상태와 같아서, 어떤 국가가 지나치게 힘의 우위를 점하려는 시도가 일어날 수 있고 그 결과 다른 국가들의 안보가 위협받을 수 있다고 본다. 이러한 압도적인 국력과 군사력을 가진 국가를 패권국이라고 한다. 세력 균형 이론에서는 적대 세력과 우호 세력의 분포가 균형을 이루면 전쟁의 가능성이 낮아지지만, 반대로 불균형을 이루면 전쟁의 가능성이 높아진다고 본다. 그래서 패권국이 아닌 국가들은 패권국에 맞서기 위해 다른 국가들과 동맹을 형성해서 우호 세력을 키우는 방법을 사용하여, 특정 국가의 패권 추구를 좌절시키고 자국의 존립을 유지해 왔다. 그런데 세력 균형 이론의 설명과 배치되는 양상들이 국제 사회에 나타나면서, 이 이론이 가진 한계도 지적되어 왔다.

오르간스키는 세력 균형 이론이 산업화 이전에 일어난 전쟁의 원인을 설명하는 데는 충분한 이론이라고 보았다. 하지만 산업 혁명 이후부터는 국력의 변동에 가장 많은 영향을 주는 것은 바로 경제력이라고 보고, 이를 근거로 세력 전이 이론을 주장했다. 산업화 이전에는 대부분의 국가들이 기후나 국토의 영향이 큰 농업 경제를 바탕으로 성장했기 때문에, 국가 간 국력의 순위는 거의 변동이 일어나지 않았다. 하지만 산업화 이후부터는 국가별로 경제적 성장의 결과가 매년 누적되었고, 몇 해가 지나면서 국력의 순위도 산업화 이전과는 달라졌다. 이 과정에서 산업화 이전 시기에 국제 체제를 주도해 왔던 세력은 힘이 쇠퇴하고 도전 세력의 힘이 강해질 때 세력 전이가 발행할 수 있다고 오르간스키는 주장했다. 또한 그는 경제적인 바탕이 있어야 지속적 투자를 통한 군사력 증강이 가능하다고 보았고, 산업화로 인해 국가 간 무역이 중요해짐에 따라 경제적 이익에 근거한 동맹 관계가 강조된다고 설명했다.

오르간스키는 국제 체제가 무정부 상태는 아니며, 국제 체제의 정점에 오른 지배국은 자신의 이념이나 성향이 담긴 위계질서를 설계하게 되고 다른 국가들은 이를 수용한다고 주장했다. 그는 위계질서를 피라미드 구조로 설명했는데 가장 위에서부터 지배국, 강대국, 중급국, 약소국, 종속국으로 구성된다. 피라미드의 폭과 국가의 수는 비례하지만, 지배국의 국력은 아래의 모든 국가들의 국력을 합친 것보다 강하다. 지배국은 자국이 만든 국제 질서를 제공하고 자국과 일부 소수 강대국의 이익을 부합시켜 국제 질서를 유지한다. 이렇게 국제 질서를 유지하려면 지배국이 강대국의 지지를 많이 확보하는 것이 중요하다. 국제 질서에 대해 지배국이 아닌 나라들은 불만족이 발생하는데, 피라미드 아래로 갈수록 현재 국제 질서에 불만족하는 국가의 비율은 증가한다.

강대국이 현 질서에 만족하는 것은 상대적으로 지배국의 혜택을 많이 받기 때문이다. 반면 다른 국가들에 비해 약소국과 종속국이 대부분 불만족의 상태인 것은 지배국이 주는 혜택을 받기 위해 자국의 이익을 희생해야 하기 때문이다. 그래서 이들은 강대국 중 어느 한 국가가 지배국에 도전하게 되면 그 강대국을 지지하게 된다. 만약 강대국이 지배국 주도의 국제 질서에 만족하지 못하면서 동시에 도전할 수 있는 국력을 충분히 가지는 경우 세력 전이를 목적으로 전쟁이 발생한다.

강대국의 국력은 산업화를 통한 경제 성장을 통해 길러지는데 오르간스키는 한 국가의 국력이 성장하는 과정을 다음의 세 단계로 구분했다. 첫 번째는 잠재적 국력의 단계로 산업화 이전에 국력이 낮은 국가로 평가받는 시기이다. 이러한 나라들 중에 인구가 많거나 영토가 큰 나라의 경우, 앞으로 산업화 추진을 통해 거대한 국력을 보유할 수 있는 국가가 될 수 있다. 두 번째는 국력의 전환적 성장 단계로 한 국가가 산업화 이전 단계에서 산업화 단계로 전환하는 시기이다. 이때는 한 국가의 국민 총생산이 상당한 폭으로 증가하게 되고 대외 영향력도 높아지면서, 해당 국가는 세력 전이를 일으킬 수 있는 만큼의 국력을 보유하게 된다. 마지막 단계는 힘의 성숙단계이다. 이 단계는 한 국가의 산업화가 완성되는 단계로서 국민 총생산의 증가율은 이전 단계보다 감소하는 모습을 보인다. 힘의 성숙 단계에 있는 국가는 국력의 전환적 성장 단계에 있는 국가보다 더 강한 국력을 가지고는 있지만, 경제 성장의 속도 면에서도 후자가 전자보다 월등히 앞서기 때문에 두 국가 간 국력의 차이는 점차 줄어든다. 그래서 오르간스키는   ⑤   단계를 통해 급격한 국력 증대를 이루어낸   ⑥   이/가   ⑦   단계의   ⑧   에 대해 불만을 가진 상태라면, 세력 전이가 발생할 수 있으며 이로 인하여 국제 체제가 불안해질 수 있다고 설명했다.

02 ⑤~⑧에 들어갈 적절한 말을 제시문에서 찾아 쓰시오.

⑤ : _______________________________   ⑥ : _______________________________

⑦ : _______________________________   ⑧ : _______________________________

03 〈보기〉는 제시문의 내용을 정리한 것이다. 〈보기〉의 ①, ②에 들어갈 적절한 기호를 'A~E'중에서 골라 쓰시오. ('A~E'는 국가를 의미한다.)

〈보기〉

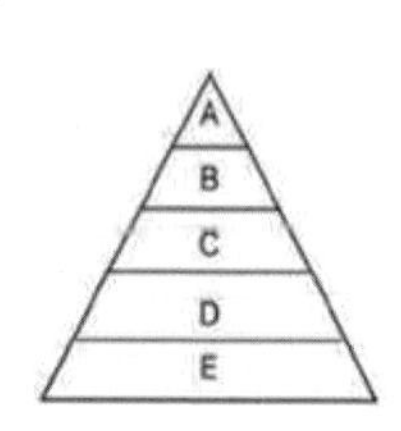

오르간스키의 피라미드 구조에서 현재 국제 질서에 만족하는 국가의 비율은 A에서 E로 갈수록 감소한다. 이 구조에서 B는 (①)의 혜택을 가장 많이 받으며 현재이 질서에 만족하게 된다. 반면 D와 E는 자국의 이익을 포기해야 하기 때문에 비교적 불만족스러운 상태에 놓인다. 이때 B의 국가 중 한 국가가 A에 도전하게 되면 E는 자국의 이익을 위해 (②)와/과 협력하는 경향이 있다.

① : _______________________________   ② : _______________________________

[04~05] 다음 글을 읽고 물음에 답하시오.

　　손해 보험은 보험자와 보험 계약자가 우연한 사고(보험 사고)로 인해 목적물에 발생할 피보험자의 재산상 손해에 대해 보험자가 보상할 것을 약정함으로써 효력이 발생하는 보험이다. 손해 보험은 보험 사고로 인한 손해를 보상하기 위한 것이지 이익을 얻는 수단은 아니다. 따라서 피보험자가 보상을 받을 때에는 실제 손해 이상을 받을 수 없다는 '이득 금지의 원칙'이 적용된다. 그런데 보험자가 보험 금액을 지급하였음에도 불구하고 피보험자가 별개의 권리를 가지게 되는 경우에는 피보험자가 이득을 취할 수도 있다. 이를 방지하기 위해 상법에서는 일정 요건이 갖추어지면 보험자가 피보험자를 대신하여 권리를 취득할 수 있도록 하고 있는데, 이를 '보험자 대위'라고 한다. 보험자 대위가 성립되면 피보험자가 가진 권리의 일부 또는 전부가 보험자에게 이전된다. 보험자 대위가 성립되는 요건에 대해서는 상법 제681조와 제682조에 규정되어 있는데, '잔존물 대위'와 '청구권 대위'로 나누어 볼 수 있다.

　　잔존물 대위에 대해 상법 제681조에서는 '보험의 목적의 전부가 멸실한 경우에 보험 금액의 전부를 지급한 보험자는 그 목적에 대한 피보험자의 권리를 취득한다.'라고 규정하고 있다. 목적의 전부가 멸실되었다는 것은 계약 체결 당시의 목적물이 지닌 형태나 기능이 없어져 회복이 불가능한 경우를 말한다. 보험 금액 전부를 지급했다는 것은 계약한 금액을 전부 지급했다는 것이다. 예를 들어 보험 가액 '2천만 원인 자동차가 화재로 전소되어 보험자가 2천만 원의 보험 금액을 지급했다면, 잔존물 전체에 대한 권리는 보험자에게 이전된다. 계약시 보험 가액의 일부만 보험에 붙인 경우라면 보험자는 보험 가액에 대한 보험에 붙인 금액의 비율, 즉 부보 비율만큼의 권리를 얻게 된다.

　　청구권 대위에 대해 상법 제682조에서는 '손해가 제3자의 행위로 인하여 발생한 경우에 보험금을 지급한 보험자는 그 지급한 금액의 한도에서 그 제3자에 대한 보험 계약자 또는 피보험자의 권리를 취득한다.'라고 규정하고 있다. 제3자로 인해 보험사고가 발생한 경우 피보험자는 제3자에게 손해 배상 청구권을 행사할 수 있을 뿐만 아니라 보험 계약을 근거로 보험 금액을 청구할 수도 있다. 제3자에 대한 손해 배상 청구권과 보험 금액 청구권은 별개의 것이므로 두 가지 청구권을 모두 행사할 경우 피보험자는 이득을 취할 수 있다. 이를 방지하기 위해 보험자가 피보험자에게 지급한 금액의 한도에서 제3자에 대한 권리를 가지도록 한 것이 청구권 대위이다.

　　청구권 대위는 보험자가 지급한 금액의 한도 내에서 청구권을 가지는 것이므로 목적물의 전부가 멸실되는 경우뿐만 아니라 부분적으로 손해를 입는 경우에도 적용이 된다. 청구권 대위의 요건이 되는 '제3자'의 범위는 일반적으로 보험자, 보험 계약자, 피보험자를 제외한 사람이 되나, 피보험자와 생계를 같이하는 가족도 고의로 사고를 낸 경우가 아니라면 제3자의 범위에서 제외한다.

　　보험자가 청구권 대위를 통해 제3자에 대한 손해 배상 청구권을 얻었으나 제3자가 손해를 완전히 배상할 능력이 없는 경우가 발생할 수 있다. 예를 들어 보험 가액 1억 원의 건물에 5천만 원 보험에 붙였는데, 제3자의 과실로 건물이 전소되었다고 하자. 보험자는 5천만 원만을 피보험자에게 지급하고 제3자에 대한 손해 배상 청구권을 얻게 된다. 만약 제3자의 배상 능력이 6천만 원밖에 되지 않는다면, 4천만 원의 손해는 매워지지 않는다. 이 경우 보험자가 제3자에게 청구할 수 있는 금액 및 피보험자와의 분배에 대해서는 세 가지 학설이 대립된다.

　　'절대설'은 보험자가 상법의 조항을 문자 그대로 해석한 것으로, 보험자는 지급 금액의 한도 내에서 우선적으로 배정을 받고 나머지가 있을 때에만 피보험자에게 주어야 한다는 견해이다. 위의 예에 적용해 보면 보험자는 제3자로부터 우선적으로 　⑦　 원을 받고 나머지 천만 원은 피보험자가 받게 된다. '상대설'은 제3자의 배상액을 부보 비율에 따라 분배해야 한다는 견해이다. 위의 예에 상대설을 적용하면 부보 비율이 1/2이므로 보험자와 피보험자는 각각 　ⓒ　 원을 나누어 가지게 된다. '차액설'은 피보험자가 제3자로부터 우선적으로 손해를 배상받고 나머지가 있으면 보험자가 이를 대위할 수 있다는 견해이다. 위의 예에 차액설을 적용하면 피보험자는 보험 금액과 손해 배상 청구를 통해 총 　ⓒ　 원을 받을 수 있고, 보험자는 제3자에게 남은 돈 천만 원에 대해 대위를 통해 청구를 할 수 있다. 세 학설 중 차액설이 통설로 인정받고 있는데, 보험의 목적상 이득 금지의 원칙에 위반되지 않는다면 피보험자의 손해보전이 우선적으로 이루어져야 한다고 보기 때문이다.

*대위: 다른 사람의 법률적 지위를 대신하여 그가 가진 권리를 얻거나 행사하는 일

*보험 가액: 손해 보험에서 보험에 붙일 수 있는 재산의 평가액

04 문맥상 제시문의 ㉠～㉢에 들어갈 적절한 금액을 쓰시오.

㉠ : _______________   ㉡ : _______________   ㉢ : _______________

05 〈보기2〉는 제시문을 바탕으로 〈보기1〉의 사례에 대한 탐구 활동을 실시한 것이다. ①, ②에 들어갈 적절한 말을 제시문에서 찾아 쓰시오.

〈보기 1〉

- 갑은 보험 가액 2천만 원인 자동차에 대해 A 보험 회사와 2천만 원의 손해보험 계약을 체결함
- 을의 과실 100%로 사고가 발생하여 갑은 자동차 수리비 천만 원의 손해를 입음
- 수리 후 차량의 가치는 변동이 없음
- A 보험회사는 갑에게 천만 원을 지급함

〈보기 2〉

이 사례는 제3자인 을의 행위로 인해 발생한 보험 사고이다. 이 보험 사고에서는 자동차의 전부가 멸실한 것이 아니므로 (①) 대위가 인정된다. 따라서, A 보험 회사는 을에게 (②) 청구권을/를 행사할 수 있다.

① _______________________________

② _______________________________

※ 다음 글을 읽고 물음에 답하시오.

성북동(城北洞)으로 이사 나와서 한 대엿새 되었을까, 그날 밤 나는 보던 신문을 머리맡에 밀어 던지고 누워 새삼스럽게

"여기도 정말 시골이로군!"

하였다.

무어 바깥이 컴컴한 걸 처음 보고 시냇물 소리와 쏴— 하는 솔바람 소리를 처음 들어서가 아니라 황수건이라는 사람을 이날 저녁에 처음 보았기 때문이다.

그는 말 몇 마디 사귀지 않아서 곧 못난이란 것이 드러났다. 이 못난이는 성북동의 산들보다 물들보다, 조그만 지름길들보다 더 나에게 성북동이 시골이란 느낌을 풍겨 주었다.

서울이라고 못난이가 없을 리야 없겠지만 대처에서는 못난이들이 거리에 나와 행세를 하지 못하고, 시골에선 아무리 못난이라도 마음 놓고 나와 다니는 때문인지, 못난이는 시골에만 있는 것처럼 흔히 시골에서 잘 눈에 뜨인다. 그리고 또 흔히 그는 태고 때 사람처럼 그 우둔하면서도 천진스런 눈을 가지고, 자기 동리에 처음 들어서는 손에게 가장 순박한 시골의 정취를 돋워 주는 것이다.

그런데 그날 밤 황수건이는 열 시나 되어서 우리 집을 찾아왔다.

그는 어두운 마당에서 꽥 지르는 소리로,

"아, 이 댁이 문안서...."

하면서 들어섰다. 잡담 제하고 큰일이나 난 사람처럼 건너방 문 앞으로 달려들더니,

"저, 저 문안 서대문 거리라나요. 어디선가 나오신 댁입쇼?"

한다.

보니 합비*는 안 입었으되 신문을 들고 온 것이 신문 배달부다.

(중략)

그런데 요 며칠 전이었다. 밤인데 달포 만에 수건이가 우리 집을 찾아왔다. 웬 포도를 큰 것으로 대여섯 송이를 종이에 싸지도 않고 맨손에 들고 들어왔다. 그는 벙긋거리며

"선생님 잡수라고 사 왔습죠."

하는 때였다. 웬 사람 하나가 날째게 그의 뒤를 따라 들어오더니 다짜고짜로 수건이의 멱살을 움켜쥐고 끌고 나갔다. 수건이는 그 우둔한 얼굴이 새하얗게 질리며 꼼짝 못 하고 끌려 나갔다.

나는 수건이가 포도원에서 포도를 훔쳐 온 것을 직각하였다. 쫓아 나가 매를 말리고 포돗값을 물어 주었다. 포돗값을 물어 주고 보니 수건이는 어느 틈에 사라지고 보이지 않았다.

나는 그 다섯 송이의 포도를 탁자 위에 얹어 놓고 오래 바라보며 아껴 먹었다. 그의 은근한 순정의 열매를 먹는 듯한 알을 가지고도 오래 입안에 굴려 보며 먹었다.

어제다. 문안에 들어갔다 늦어서 나오는데 불빛 없는 성북동 길 위에는 밝은 달빛이 깁*을 깐 듯하였다.

그런데 포도원께를 올라오노라니까 누가 맑지도 못한 목청으로

"사… 케……와 나……미다카 다메이…… 키…… 카…….."

를 부르며 큰길이 좁다는 듯이 휘적거리며 내려왔다. 보니까 수건이 같았다. 나는,

"수건인가?"

하고 아는 체하려다 그가 나를 보면 무안해할 일이 있는 것을 생각하고 휙 길 아래로 내려서 나무 그늘에 몸을 감추었다.

　　그는 길은 보지도 않고 달만 쳐다보며, 노래는 그 이상은 외우지도 못하는 듯 첫줄 한 줄만 되풀이하면서 전에는 본 적이 없었는데 담배를 다 퍽퍽 빨면서 지나갔다.

　　달밤은 그에게도 유감한 듯하였다.

– 이태준, 「달밤」

*합비: 일본말로 '등이나 깃에 상호가 찍힌 겉옷'을 이르는 말

*깁: 명주실로 바탕을 조금 거칠게 짠 비단

*사케와 나미다카 다메이키카: 일본 가요의 가사로, 우리말로는 '술은 눈물인가, 한숨인가'

06 〈보기〉는 이태준의 「달밤」에 대한 설명의 일부이다. 〈보기〉의 ①, ②에 들어갈 적절한 말을 위 소설에서 찾아 쓰시오.

〈보기〉

　　이태준의 「달밤」에서 배경묘사는 작품의 주제를 구현하는데 중요한 기여를 한다. 예를 들어 시간적 배경을 나타내는 (　①　)은/는 보조관념 (　②　)(으)로 비유되어 글의 서정적인 분위기를 조성한다. 이러한 배경묘사는 그곳에서 살아가는 순박한 인물의 거듭된 실체에 대한 '나'의 연민을 드러내고, 독자들에게 여운을 주는 역할을 한다.

① ______________________________

② ______________________________

[07~08] 다음 글을 읽고 물음에 답하시오.

(가)

나는 구부러진 길이 좋다.
구부러진 길을 가면
나비의 밥그릇 같은 민들레를 만날 수 있고
감자를 심는 사람을 만날 수 있다.
날이 저물면 울타리 너머로 밥 먹으라고 부르는
어머니의 목소리도 들을 수 있다.

구부러진 하천에 물고기가 많이 모여 살 듯이

들꽃도 많이 피고 별도 많이 뜨는 구부러진 길.

구부러진 길은 산을 품고 마을을 품고

구불구불 간다.

그 구부러진 길처럼 살아온 사람이 나는 또한 좋다.

반듯한 길 쉽게 살아온 사람보다

흙투성이 감자처럼 울퉁불퉁 살아온 사람의

구불구불 구부러진 삶이 좋다.

구부러진 주름살에 가족을 품고 이웃을 품고 가는

구부러진 길 같은 사람이 좋다.

– 이준관, 「구부러진 길」

(나)

[앞부분의 줄거리] '나'는 바슐라르가 사용했던 '존재의 테이블'의 의의를 소개한다. 바슐라르는 어려운 생활 속에서도 작은 테이블 앞에서 즐거운 독서와 몽상의 시간을 가진다. '나'는 그 시간이 바슐라르에게 자기 존재와 세계에 대해 충일한 행복을 안겨 주었을 것이라고 생각한다.

내가 감히 존재의 테이블을 갖겠다고 생각한 것은 바슐라르를 흉내 내려는 치기에서가 아니다. 아마도 그가 이룬 업적이나 성공보다는 한 인간으로서 고통과 외로움을 이겨 내는 방식에 대해 더 깊이 공감했기 때문일 것이다. 그리고 내게도 그런 자리가 필요하다면 이렇게 자그마하고 나지막한 테이블일 거라고 생각하면서 나는 그것을 샀다. 다리는 접었다 폈다 조립이 가능하고, 둥근 판 위에는 작은 꽃문양을 새겨 넣은 테이블이었다.

그 테이블을 사는 순간 어찌나 행복했던지 그것만으로도 인도에 온 보람이 있다고 생각할 정도였다. 그러나 행복감은 차차 후회로 변해 갔다. 여행 초기에 커다란 짐 하나가 생긴 셈이니 여행 내내 나는 그것을 끌고 다니느라 여간 고생을 한 게 아니었으니까, 존재의 자리를 낙타의 혹처럼 자기 등 뒤에 짊어지고 다니는 내 모습이라니! 그처럼 우매한 충동과 집착이 또 어디 있을까 싶었다.

그 테이블을 사지 않고도, 이미 집에 있는 테이블로도 충분히 만들 수 있는 존재의 자리를 나는 왜 그 테이블이 아니면 안 될 것처럼 생각했던 것일까. 그것이 아마도 오랫동안 자기 존재의 자리를 잃어버린 채 생활에 휘둘려 살아가고 있다는 위기감 때문이었을 것이다. 그리고 아무리 큰 집을 가졌다 해도 그 속에 정작 존재의 자리를 갖지 못한 사람보다는 덜 우매해지려는 욕심에서였을 것이다.

이런 쓸쓸한 자부심이 그 테이블에는 깃들어 있다. 그런데 문제는 '존재의 테이블'을 인도에서 한국 땅까지 끌고 와서 집안에 들여놓은 후에도 그 앞에 앉을 시간을 그리 많이 갖지 못했다는 것이다. 아주 오래도록 거기에 앉지 못할 때도 있었다.

그럴 때는 바로 곁에 있는 그 테이블이 아주 멀리, 그것이 만들어진 인도보다는 멀리 있는 것처럼 느껴진다. 새겨진 꽃문양 사이사이로 먼지가 끼어 가는 걸 보면서 내 마음이 그 모습 같거니 생각할 때도 많았다. 그토록 애착을 느꼈으면서도 어느 순간 잡동사니 속에 함부로 굴러다니며 삐걱거리게 된 그 테이블을 볼 때마다 나는 새삼 쓸쓸해지고는 한다.

매일 학교에 갔다가 부랴부랴 돌아와 밥하고 청소하고 빨래하고 아이들 챙겨서 재우고 나면 자정이 넘어 버리는 일상 속에서 그 앞에 앉기란 사실 쉬운 일은 아니다. 행복하면 그 짧은 행복을 즐기느라, 고통스러우면 그 지루한 고통에 진절머리를 치느라 그 앞에 가 앉지 못했다. '존재의 테이블'을 장만한 뒤에도 존재의 자리는 쉬이 생기지 않았다.

그러다가도 그 삐걱거리는 테이블을 잘 만져서 바로잡고 아주 공들여서 먼지를 닦는 날이 있다. 그러면 나는 내가 닦고 있는 것이 테이블이 아니라 실은 하나의 거울이라는 것을 알게 된다. 내가 지금 어디에 어떻게 앉아 있는가를 가장 잘 비추어 주는 거울. 그리고 힘든 일이 닥칠수록 그 테이블만큼 더 낮아지고 고요해지는 것이 필요하다고 넌지시 일러 주는 거울.

– 나희덕, 「존재의 테이블」

07 〈보기〉는 (가)와 (나)에 대한 해설의 일부분이다. 〈보기〉의 ①, ②에 들어갈 적절한 말을 제시문에서 찾아 쓰시오.

〈보기〉

(가)의 '구부러진 칼'과 (나)의 '존재의 테이블'은 둘 다 삶의 의미나 가치를 발견하게 하는 역할을 한다. (가)의 화자는 '구부러진 칼'을 통해 타인들을 만나고 공동체를 중심으로 하여 그 의미를 찾으려는데에 집중한다. 예를 들어 시행 (①)에는 자연 생태계 속에서 찾은 제재를 활용하여 식사를 챙겨 주듯이 다른 이를 돌보며 함께 살아가는 이미지가 나타난다.

(나)의 글쓴이는 구체적 일상과 소재를 활용하여 삶의 의미를 탐구해 나간다. 가령 단어 (②)은/는 '존재의 테이블'의 구체적 외양을 설명해 주는 동시에 귀국 이후 바쁜 일상 때문에 자신을 돌아볼 시간을 가지지 못했음을 드러내는 표현과 연결된다.

① _______________________________________

② _______________________________________

08 〈보기〉는 (나)에 대한 해설의 일부이다. 〈보기〉의 ⓐ에 들어갈 적절한 문장을 제시문에서 찾아 첫 어절과 마지막 어절을 순서대로 쓰시오.

〈보기〉

(나)의 '나'는 인도 여행에서 얻은 '존재의 테이블'을 통해 자신의 삶을 돌아볼 수 있는 여유를 찾고자 했다. 하지만 학교일, 집안일, 육아 등에 밀려 '존재의 테이블'은 그 기능을 온전히 수행하기 어려웠다. (나)의 문장 (ⓐ)은/는 '존재의 자리'를 마련하려는 정성스러운 '나'의 마음가짐이 구체적인 행위로 잘 드러나는 부분이다.

① 첫 어절: _______________________________________

② 마지막 어절: _______________________________________

09 〈보기2〉는 〈보기1〉의 자음 체계표를 바탕으로 표준 발음을 설명한 것이다. ①, ②에 들어갈 적절한 말을 〈보기2〉의 예에서 모두 찾아 쓰시오.

〈보기1〉

조음 방법	조음 위치	입술소리	잇몸소리	센입천장소리	여린입천장소리	목청소리
파열음	예사소리	ㅂ	ㄷ		ㄱ	
파열음	된소리	ㅃ	ㄸ		ㄲ	
파열음	거센소리	ㅍ	ㅌ			
파찰음	예사소리			ㅈ		
파찰음	된소리			ㅉ		
파찰음	거센소리			ㅊ		
마찰음	예사소리		ㅅ			
마찰음	된소리		ㅆ			ㅎ
마찰음	거센소리					
비음		ㅁ	ㄴ		ㅇ	
유음			ㄹ			

〈보기2〉

아래 예 중, (①)에서는 서로 인접한 두 자음 중 앞 자음이 뒤 자음의 조음 방법과 같아진다. 그리고, (②)에서는 서로 인접한 두 자음 중 뒤 자음이 앞 자음의 조음 방법과 같아진다.

> ㉘ 강릉, 권력, 국물, 입학

① : _______________________________________

② : _______________________________________

수학[인문A]

▶ 해답 p.287

10 공비가 1이 아닌 등비수열 $\{a_n\}$의 첫째항부터 제 n항까지의 합을 S_n이라고 하자. $S_3=6$, $S_6=18$일 때, $\log_2\left(1+\dfrac{S_{15}}{6}\right)$의 값을 구하는 과정을 서술하시오.

11 두 양수 a, b에 대하여 $\log_3 ab=6$, $\log_3 a=4\log_b 3$일 때, $\log_a b+\log_b a$의 값을 구하는 과정을 서술하시오.

12 함수 $f(x)=x^2-4x+4$의 그래프 위의 점 $(a, f(a))$에서의 접선이 x축 및 y축과 만나는 점을 각각 P, Q라 할 때, 삼각형 OPQ의 넓이가 최대가 될 때의 a의 값을 구하는 과정을 서술하시오. (단, O는 원점이고, $0<a<2$)

13 사각형 ABCD가 반지름이 2인 원에 내접하며 $\overline{AB}=4$이다.
$\overline{BC}=\overline{CD}=1$일 때, 사각형 ABCD의 넓이의 값을 구하는 과정을 서술하시오.

14 최고차항의 계수가 1인 삼차함수 $f(x)$에 대하여 함수 $y=f(x)$의 그래프를 x축의 방향으로 5만큼 평행이동한 그래프를 나타내는 함수를 $y=g(x)$라 하자.

$$\lim_{x\to-1}\frac{f(x)}{(x+1)g(x)}=-\frac{1}{5},$$

$$\lim_{x\to4}\frac{f(x)}{(x+1)g(x)}=k$$

일 때, 상수 k의 값을 구하는 과정을 서술하시오.

15 두 다항함수 $f(x)$와 $g(x)$에 대하여

$$f'(x)=x^3-x+3,\ g'(x)=2x^2+1$$

이다. 두 함수 $y=f(x)$와 $y=g(x)$의 그래프가 오직 한 점에서 만날 때 $h(x)=f(x)-g(x)$의 양수인 극댓값과 극솟값을 구하는 다음의 풀이 과정을 완성하시오.

$h'(x)=0$을 만족하는 x의 값은 모두 ① 이다. 두 함수의 그래프가 오직 한 점에서 만나기 위해서, 교점의 x좌표는 ② 이다. 따라서 $h(x)$의 양수인 극댓값은 ③ 이고, 양수인 극솟값은 ④ 이다.

국어[인문B]

▶ 해답 p.289

※ 다음은 미술관을 다녀온 후 작성한 감상문의 일부이다. 물음에 답하시오.

빈센트 반 고흐, 디지털 미술관은 빈센트 반 고흐를 새롭게 만나게 해 주었다. 고흐가 생전에 화가로서 보낸 시간은 불과 10여년 밖에 되지 않는다. 하지만 고흐는 화가로서 살았던 짧은 삶과 달리, 이후에 아주 오랜 시간 많은 사람의 사랑을 받게 되었다. 가난한 삶 속에서, 정신병을 앓는 상황 속에서도 그림에 대한 그의 열정은 그칠 줄을 몰랐다.

그의 마음을 유일하게 이해한 동생 테오는 형에 대해 이렇게 말했다고 한다. "형은 반복되는 일상생활 속에서 사람들이 각자의 찬란한 빛을 잃어버렸다는 생각을 처음으로 한 사람이다. 형은 따듯한 가슴을 가졌고 사람들을 위해 무엇인가를 계속 해주려고 노력했다." 고흐는 힘겨운 삶을 살았지만, 끝까지 자신을 응원해 주고 지지해 준 동생 테오가 있었기에 불행하지만은 않았다는 생각이 든다.

고흐의 그림에는 다양한 색체의 향연이 펼쳐진다. 「해바라기」의 노란색, 「별이 빛나는 밤」의 파란색과 밤의 빛깔들, 이번 미술관 관람을 통해 고흐만이 표현할 수 있는 아름다운 색채를 고스란히 느낄 수 있었다. 이러한 색채가 바로 고흐 그림만의 독창성과 가치를 보여 준다는 생각이 들었다. 보지 못하면 느낄 수 없는 것들이 있으니, 앞으로 다양한 미술 작품을 만날 수 있는 기회를 가져야겠다. 이번 전시회에서 만난 고흐의 「자화상」은 화가로서의 자신을 보여 주는 거울 같다는 생각이 들었다. 모델료가 없어, 인물을 그리기 위해 자신을 그려 작품 활동을 이어 갔다는 고흐. 그는 불굴의 의지를 지닌 색채의 마술사처럼 열정적으로 자신의 색을 화폭에 그려 나갔다. 나는 하고 싶은 일이 있어도 쉽게 포기해 버리곤 했다. 무엇인가 포기할 이유를 찾는 사람처럼 스스로 의지가 약해지려 할 때마다, 화가의 길을 묵묵히 걸어간 고흐를 한 번쯤 떠올려 봐야 할 것 같다.

01 〈보기〉는 제시문을 작성하기 전에 수립한 글쓰기 계획이다. 〈보기〉의 ①, ②가 반영된 문장을 제시문에서 찾아 각각의 첫 어절과 마지막 어절을 순서대로 쓰시오.

〈보기〉

① 구체적인 작품의 색채를 언급하면서 고흐 그림에서 느꼈던 표현적 아름다움을 설명해야겠어.

② 비유적 방식을 활용하여 고흐가 어떤 화가였는지를 표현해야겠어.

① 첫 어절: ________________, 마지막 어절: ________________

② 첫 어절: ________________, 마지막 어절: ________________

[02~03] 다음 글을 읽고 물음에 답하시오.

　　세상에는 수많은 꽃들이 존재한다. 각각의 꽃들은 크기나 모양, 색깔 등이 모두 다름에도 불구하고 인간은 그것들을 모두 꽃으로 인식한다. 그 이유는 개개의 대상으로 공통적·일반적 성질을 뽑아내거나 공통되지 않은 성질을 버림으로써 만들어낸 개념을 바탕으로 인식하기 때문이다. 칸트는 개념을 구체적인 모습으로 떠올린 것을 '도식'이라고 했는데, 도식을 떠올리는 데에는 '상상력'이 작용하며, 도식이 있어야 개념과 개별적 대상이 연결될 수 있다고 보았다.

　　칸트는 상상력에는 감성과 지성이 관련된다고 보았으며, 이를 '재생적 상상력'과 '창조적 상상력'으로 나누어 각각의 기능에 대해 언급한 바 있다. 프랑스의 철학자 ㉠질 들뢰즈는 이러한 칸트의 상상력에 대해 다음과 같이 설명했다. 먼저 재생적 상상력은 개념을 이해하고 확인하는 것이다. 머릿속에 꽃의 도식을 떠올리는 것은 꽃의 개념을 분명하게 나타내는 수단이다. 만약 꽃의 도식이 개념과 맞지 않는다면 잘못된 도식을 가지고 있는 것이므로 도식을 수정해야 한다. 재생적 상상력으로 만들어 낸 도식은 개념에 종속되며 어떤 대상이 주어진 개념과 일치하는지를 판별하는 역할을 할 뿐이다. 반면 창조적 상상력은 개념에 구애받지 않는 것이다. 예술가들의 경우 사물의 개념에 의문을 품고 개념과 연결하기 어려운 낯선 도식을 작품으로 표현했다. 들뢰즈는 예술가들의 상상력이 만들어 낸 낯선 도식들이 사람들이 관습적으로 가지고 있던 개념을 흔듦으로써 새로운 인식을 이끌어낸다고 보았다.

　　들뢰즈는 재생적 상상력을 거부하고 창조적 상상력을 긍정했는데, 그 이유는 재생적 상상력이 만들어 내는 획일화된 삶에 대한 거부감 때문이었다. 개념과 개념에 종속된 도식은 동일성을 바탕으로 형성되는 것이므로 개별적인 존재의 독특한 개성은 개념을 벗어나는 것이다. 존재의 독자성은 개념에 부합하지 않는 비정상적인 것으로 취급되기 때문에 사람들은 개념에 의해 만들어진 엄격한 지침이나 질서를 따를 수밖에 없게 된다. 들뢰즈는 이러한 사회에서는 존재들이 독자적 성격을 발현하지 못하고 획일화된 삶을 살 수밖에 없다고 보았다. 들뢰즈는 개인의 주체로서 살기 위해서는 틀에 박힌 삶을 과감히 떨치고 유목민과 같은 방식으로 살 필요가 있다고 보았다. 유목민들은 정착과 안정된 삶에 얽매이지 않고 새로운 곳을 찾아다닌다. 정착하기 않기 때문에 특정한 가치와 삶의 방식에 매달리지 않고 자유롭고 독자적인 존재로 살아가는 것이다.

　　들뢰즈는 획일화된 삶을 탈피하기 위해서 개념에 의존하지 않는 것이 중요하다고 보았다. 세상에 존재하는 모든 장미꽃은 모두 제각각 자신만의 독특한 모양과 향기가 있다. 그것은 진달래꽃, 국화꽃과 구분되는 장미꽃의 개념만을 가진 사람에게는 인식되지 않는 것이다. 그래서 들뢰즈는 개념적으로 파악되는 '차이'와 개별 존재의 독자성을 구분하기 위해 '차이 자체'라는 말을 썼다. 예를 들어 A라는 사람을 이야기하기 위해 "A는 강원도 출신이며 공무원이다."라고 했을 때, A의 특성은 '강원도 출신', '공무원'이라는 성질에 의존한다. 어떤 개념을 형성하는 성질들을 '내포'라고 하는데, 내포들이 많아지면 그것의 적용 범위인 '외연'은 줄어든다. 내포들이 많아지면 결국 외연이 단 한 명을 가리킬 수도 있다. 그렇지만 내포들 역시 동일성을 바탕으로 형성된 것이기 때문에 강원도 출신이 아닌 사람들, 공무원이 아닌 사람들과의 '차이'를 나타낼 수는 있어도 그것이 A의 독자적 성질을 나타내는 것은 아니다.

02 〈보기〉는 제시문을 읽고 ㉠의 관점을 정리한 것이다. 〈보기〉의 ①~②에 들어갈 적절한 말을 제시문에서 찾아 쓰시오.

〈보기〉

사람들은 세상에 존재하는 대상에 대해 알고 있다고 이야기하지만, ㉠의 관점에서 사람들은 (①)만을 알고 있는 것이다. ㉠은 사람들이 개별 존재만의 독자성인 (②)을/를 알아야 한다고 생각했다. ㉠은 (②)은/는 (①)을/를 형성하는 성질인 내포를 통해서는 파악될 수 없는 것이며, 틀에 박힌 (①)에서 벗어날 때 비로소 드러난다고 보았다.

① : ______________________   ② : ______________________

03 〈보기1〉은 폴 세잔의 작품 〈생트빅투아르산〉에 대한 설명이고, 〈보기2〉는 제시문을 바탕으로 〈보기1〉의 작품을 감상한 것이다. 〈보기2〉의 ①, ②에 들어갈 적절한 말을 제시문에서 찾아 쓰시오.

〈보기1〉

폴 세잔의 〈생트빅투아르산〉은 그의 고향에 있는 산을 그린 것이지만 기존의 풍경화에서 보이던 산과는 다른 낯선 모습을 보여준다. 이 작품에서는 기존의 원근법을 무시하여, 산과 마을의 풍경을 하나의 덩어리로 나타내고 있다. 이러한 시도는 이후 입체주의를 통해 형태와 공간에 대한 실험으로 발전하였으며, 사물을 보는 새로운 시각을 제시하였다.

〈보기2〉

세잔이 그린 산의 모습은 칸트와 들뢰즈가 이야기한 (①) 상상력을 통해 만들어진 도식이라고 할 수 있다. 이 그림은 산에 대한 관습적 개념에서 벗어나 형태와 공간에 대한 새로운 인식을 보여준다. 만약 세잔이 기존의 원근법에 따라 산의 모습을 사실적으로만 그렸다면, 이 그림은 개념에 종속된 도식이 되었을 것이다. 이 그림에서 보여준 세잔의 새로운 시도는 들뢰즈가 언급한 (②)의 삶의 방식과 유사하다.

① : ______________________   ② : ______________________

[04~05] 다음 글을 읽고 물음에 답하시오.

디지털 매체가 등장한 이후 이미지에 대한 논의에서는 단지 이미지의 생산과 수용, 그리고 이미지의 재생산과 복제에 대한 내용에 그치지 않고, 이미지의 실재의 관계 문제를 본격적으로 다루게 되었다. 그 결과 존재하는 사물의 가상과 현상으로 여겨지던 이미지는 본질로서 위상을 지니게 되었다. 이러한 이미지의 위상에 주목한 대표적인 학자는 빌렘 플루서인데, 그는 의사소통 전반의 문제를 '코무니콜로기'라는 새로운 학문으로 제시하였다. 그는 의사소통 이론의 근간을 이루고 있는 대화와 담론, 정보, 상징과 코드를 '코무니콜로기'라는 용어로 설명하였으며, 새로운 매체에 인해 변화된 사회를 '텔레마틱*사회'라고 규정하고 탐구했다.

플루서는 시대를 전 역사 시대인 알파벳 이전 시대, 역사 시대인 알파벳 시대, 탈역사 시대인 알파벳 이후 시대로 분류한다. 이들 시대는 각각 이미지 시대, 문자 시대, 기술적 이미지 시대에 대응한다. 알파벳의 등장 이전에는 이미지와 의사소통 체계의 중심 코드로 기능했는데, 알파벳이 등장한 이후에 이미지가 중심 코드로 작동하는 시대가 재등장했다. 알파벳 이후 시대의 이미지는 기술적인 장치로 만들어진 이미지로 알파벳 이전의 이미지와 다른 것이다. 기술적 이미지는 알파벳 없이는 가능하지 않은 코드라는 점에서 세계를 직접적으로 반영해 추상화한 알파벳 이전 시대의 이미지와 구별된다. 알파벳 이후 시대의 기술적 이미지는 텍스트로 개념화된 세계가 기술적 장치라는 매개물에 의해서 이미지로 추상화된 것이다. 그렇기 때문에 문자, 즉 텍스트가 어떤 식으로든 개입되어 있다. 기술적 이미지는 무수히 많은 의미를 내포하고 있는 의미 복합체로 단지 사진, 영화, 현대의 디지털 이미지만을 의미하지 않고 시각 영역에 기술적 장치가 매개됨으로써 시각이 확장되어 경험하게 되는 이미지 전반을 의미한다. 가령 자연적인 눈으로 체험할 수 없었지만 현미경을 비롯한 다양한 시각 장치들로 인하여 체험할 수 있게 된 이미지들도 기술적 이미지이다.

기술적 이미지에 의해 알파벳 이후 시대에 문자의 지위는 알파벳 시대에 비해 낮아졌다. 이에 대해 그는 역사 시대가 시작될 때 알파벳이 그림에 대항했던 것처럼, 오늘날의 디지털 코드는 알파벳을 추월하기 위해 대항하고 있으며 그에 따라 문자의 지위가 역사 시대와 달라졌다고 설명한다. 이에 주목해 플루서는 알파벳 이후 시대를 '탈역사 시대'라고 규정한다. 탈역사 시대의 대표적인 매개물은 이미지이다. 문자문화와 결별하고 다시 이미지가 지배하는 시대로 전환되었다는 것은 기존의 선형적 사유 방식에서 벗어난 새로운 사유 체계가 등장했음을 의미한다. 이에 주목해 플루서는 이미지에 대한 재평가가 이루어져야 한다고 본다. 플루서에 따르면, 이미지는 세계와 인간 사이의 매개물로 인간이 세계 안에 존재하는 데 반드시 필요한 것이다.

인간은 매개 없이는 세계에 접근할 수 없다. 이미지는 인간이 세계를 표상하는 것을 가능하게 한다. 이러한 점에서 이미지는 다의적인 상징 복합체이다.

현대는 디지털망으로 구성된 텔레마틱한 사회이다. 플루서는 ㉠'디지털 가상'이라는 표현을 사용하는데, 이때 가상은 이미지 세계 또는 이미지 공간을 의미한다. 플루서에 따르면, 우리는 지금 수많은 가능성이 존재하는 다원적인 세계에 살고 있으며, 이러한 세계에서 현실과 가상의 구분은 중요하지 않다. 플루서는 그것이 무엇이든 간에 우리가 그것을 지각한다는 사실을 중시한다. 기술적 이미지 시대에 중요한 것은 매체를 통해 이루어지는 인간들 간의 상호 작용과, 그것을 가능하게 하는 장치에 대한 이해, 즉 '장치 리터러시*'이다. 현대의 디지털 매체에 기반을 둔 새로운 소통형태들은 플루서가 이야기한 문화로의 이행을 보여 준다고 할 수 있다.

*텔레마틱: 원격 통신(telecommunication)과 정보(infomatic)의 합성어. 통신과 컴퓨터의 융합과 그에 의하여 야기되는 사회적 변화를 종합적으로 가리키는 말

*리터러시: 지식과 정보를 획득하고 이해할 수 있는 능력

04 〈보기〉는 제시문을 읽고 내용을 정리한 것인데, 〈보기〉의 ⓐ, ⓑ는 제시문의 내용과 일치하지 않는다. ⓐ, ⓑ를 올바르게 수정하려고 할 때 적절한 말을 제시문에서 찾아 쓰시오.

〈보기〉

- 빌렘 플루서는 텔레마틱 사회의 의사소통 전반의 문제를 연구하는 ⓐ장치 리터러시라는 분야를 새롭게 개척하였다.
- 탈역사 시대의 이미지는 알파벳을 매개로 한다는 점에서 ⓑ알파벳 시대의 이미지와 차이를 보인다.

① ⓐ를 올바르게 수정한 것: ______________________________

② ⓑ를 올바르게 수정한 것: ______________________________

05 〈보기〉는 학생 A, B, C가 수업 발표를 준비한 과정이다. 제시문의 ㉠에 해당하는 것 두 개를 〈보기〉에서 찾아 쓰시오.

〈보기〉

　학생 A, B, C는 발표 준비를 위해 휴대 전화 메신저로 대화를 나누었다. 이들은 조사한 자료를 하이퍼링크로 제시하기도 하고, 사진 파일을 전송해 공유하기도 했으며, 감정을 주로 이모티콘을 사용해 표현했다. 이들은 발표용 프로그램을 이용하여 슬라이드 형식으로 발표 자료를 만들기로 한 다음 역할을 분담했으며, 발표 자료 초안이 조 모임 블로그에 올라오면 그에 대한 의견을 블로그에 개진하기로 했다. 이에 따라 A는 블로그에 발표 자료 초안을 만들어 올린 후 B, C와 댓글로 발표 자료를 수정하기 위한 의견을 나누었다. 이후 이들은 댓글로 제시된 검토 의견을 토대로 슬라이드를 수정해 사진, 동영상, 그래프 등을 활용한 발표 자료를 완성했다.

① : ______________________________

② : ______________________________

[06~07] 다음 글을 읽고 물음에 답하시오.

(가)

생사 길은

예 있으매 머뭇거리고,

나는 간다는 말도

못다 이르고 어찌 갑니까.

어느 가을 이른 바람에

이에 저에 떨어질 잎처럼,

한 가지에 나고

가는 곳 모르온저.

아아, 미타찰에서 만날 나

도 닦아 기다리겠노라.

– 월명사, 「제망매가」

(나)

유리에 차고 슬픈 것이 어른거린다.

열없이 붙어 서서 입김을 흐리우니

길들은 양 언 날개를 파닥거린다.

지우고 보고 지우고 보아도

새까만 밤이 밀려 나가고 밀려와 부딪히고,

물먹은 별이, 반짝, 보석처럼 박힌다.

밤에 홀로 유리를 닦는 것은

외로운 황홀한 심사이어니,

고운 폐혈관이 찢어진 채로

아아, 너는 산새처럼 날아갔구나!

– 정지용, 「유리창 I」

06 〈보기〉는 (가)와 (나)에 대한 해설의 일부이다. 〈보기〉의 ①, ②에 들어갈 적절한 말을 제시문에서 찾아 쓰시오.

〈 보기 〉

　　(가)와 (나)는 각각 누이와 어린 자식의 죽음을 다루고 있다. 상실의 대상이 (가)에서는 식물적 이미지인 (　①　)(으)로, (나)에서는 동물적 이미지의 산새로 비유된다. 또한 (가)와 (나)는 상실의 대상을 만나고자 하는 열망을 실현하는 방식에서도 차이를 보인다. (가)에서 상실의 대상을 종교적 믿음에 바탕한 내세의 공간 (　②　)에서 만나고자 한다면 (나)에서는 현재의 화자가 있는 현실의 공간에서 실현된다.

①: ___________________________

②: ___________________________

07 〈보기〉는 (나)에 대한 해설의 일부이다. 〈보기〉의 ①, ②에 해당하는 시구 또는 시어를 제시문에서 찾아 쓰시오.

〈 보기 〉

　　정지용의 「유리창1」은 시인이 29세 되던 1930년에 쓴 것으로, 갑작스러운 병으로 자식을 잃은 젊은 아버지의 비통한 심경을 노래한 작품으로 알려져 있다. 이 작품은 주변 상황을 인지하는 과정에서 미묘하게 변하는 화자의 정서를 형상화하고 있다. 이런 점을 고려하여 작품을 감상하면 독자들도 아이를 잃은 아버지의 절절한 심정과 이를 심미적으로 승화하려는 태도를 느낄 수 있을 것이다. 죽은 아이에 대한 ①화자 자신의 감정을 모순적으로 표현하고 있으며, 이러한 상황이 ②죽은 아이를 만날 수 있게 하는 동시에 아이와 화자의 공간이 나뉘어져 있음을 드러내는 대상을 통해 제시된다는 점에서 모더니스트 정지용의 언어적 감각을 느낄 수 있다.

① : ＿＿＿＿＿＿＿＿＿＿＿＿＿＿＿＿＿＿

② : ＿＿＿＿＿＿＿＿＿＿＿＿＿＿＿＿＿＿

※ 다음 글을 읽고 물음에 답하시오.

　　"누구요?"

　　그는 조심스럽게 소리를 지른다. 그의 목소리는 진폭이 짧게 차단된다. 그는 갇혀 있음을 의식한다. 벽 사이의 눈을 의식한다. 그는 사납게 소파에 누워, 시선에 닿는 가구들을 노려보기 시작한다. 모든 가구들이 비 온 후 한결 밝아 오는 나뭇잎처럼 밝은 색조를 띠고 빛나기 시작한다. 그는 스푼을 집요하게 젓는다. 설탕물은 이미 당분을 포함하고 뜨겁게 달아 있으나 설탕은 포화 상태를 넘어 아직 풀리지 않고 있다. 그래도 그는 계속 스푼을 젓는다. 갑자기 그는 그의 손에 쥐어진 손잡이가 긴 스푼이 여느 스푼이 아님을 느낀다. 그러자 스푼이 그의 의식의 녹을 벗기고, 눈에 보이는 상태 밖에서 수면을 향해 비상하는, 비늘 번뜩이는 물고기처럼 튀어 오르는 것을 보았다. 그는 힘을 다해 스푼을 쥔다. 그러자 스푼은 산 생선을 만질 때 느껴지는 뿌듯한 생명감과 안간힘의 요동으로 충만된다. 그리고, 손아귀에 쥐어진 스푼은 손가락 사이를 민첩하게 빠져나간다. 그는 잠시 놀란 나머지 입을 벌린 채 스푼이 허공을 날면서 중력 없이 둥둥 떠서 흐르는 것을 보았다. 그는 온 방 안의 물건을 자세히 보리라고 다짐하고는 눈을 부릅뜬다. 그러자 그의 의식이 닿는 물건들마다 일제히 흔들거리면서 흥을 돋우기 시작하는 것이었다.

　　그는 비틀거리면서 일어나 거실에 스위치를 넣으려고 걷는다. 그는 스위치를 넣는다. 형광등의 꼬마전구가 번쩍번쩍거리며 몇 번씩 반추한다. 그러다가 불쑥 방 안이 밝아 온다.

　　그는 스푼이 담수어처럼 얌전하게 손아귀 속에 쥐어 있는 것을 발견한다. 그는 조심스럽게 온 방 안의 물건들을, 조금 전까지 흔들리고 튀어 오르고 덜컹이던 물건들을 하나하나 훑어보기 시작한다.

　　물건들은 놀랍게도 뻔뻔스러운 낯짝으로 제자리에 가라앉아 있었다. 그는 비애를 느낀다. 무사무사(無事無事)의 안이 속에서 그러나 비웃으며 물건들은 정좌해 있다. 그는 투덜거리면서 스위치를 내린다. 그리고 소파에 앉아 단 설탕물을 마시기 시작한다. 방 안 어두운 구석구석에서 수군거리는 소리가 들어온다. 어둠과 어둠이 결탁하고 역적모의를 논의한다. 친구여, 우리 같이 얘기합시다. 방 모퉁이 직각의 앵글 속에서 한 놈이 용감하게 말을 걸어온다. 벽면을 기는 다족류 벌레의 발소리가 들려온다. 옷장의 거울과 화장대의 거울이 투명한 교미를 하는 소리도 들려온다. 그는 어둠속에 눈을 부릅뜬다. 벽이 출렁거린다. 그는 천천히 몸을 움직인다.

(중략)

그는 부엌을 답사하였고 그럴 때엔 욕실 쪽이 의심스러웠다. 욕실 쪽을 보고 있노라면 그는 거실 쪽이 의심스러웠다. 그는 활차(滑車)*처럼 뛰고 또 뛰었다. 그러나 그는 아무것도, 아무런 낌새도 발견해 낼 수 없었다. 무생물에 놀랐다는 것은 부끄러운 일이다라고 그는 생각했다. 그러나 그는 비로소 안심이 되었다. 그래서 거만스럽게 걸어가서 스위치를 내렸다. 그는 소파에 앉아 남은 설탕물을 찔끔찔끔 들이켜기 시작했다. 그가 스위치를 내리자, 벽에 도료처럼 붙었던 어둠이 차곡차곡 잠겨서 덤벼들고 그들은 이윽고 조심스럽게 수군거리더니 마침내 배짱 좋게 깔깔거리고 있었다. 말린 휴지 조각이 베포처럼 늘여져 허공을 난다. 닫힌 서랍 속에서 내의가 펄펄뛰고 있다. 책상을 받친 네 개의 다리가 흔들거리기 시작한다. 찬장 속에서 그릇들이 어깨를 이고 달그럭거리며 쟁그렁거리면서 모반을 시작한다.

그것은 그래도 처음엔 조심스럽게 시작되었다. 하지만 그들의 대상이 무방비인 것을 알자, 일제히 한꺼번에 고래고래 소리를 지르면서 날뛰기 시작했다. 크레용들이 허공을 난다. 옷장 속의 옷들이 펄럭이면서 춤을 춘다. 혁대가 물뱀처럼 꿈틀거린다. 용감한 녀석들은 감히 다가와 그의 얼굴을 슬쩍슬쩍 건드려 보기도 하였다. 조심해, 조심해, 성냥갑 속에서 성냥개비가 중얼거린다. 꽃병에 꽂힌 마른 꽃송이가 다리를 번쩍번쩍 들어 올리면서 춤을 춘다. 내의가 들여다보인다. 벽이 서서히 다가와서 눈을 두어 번 꿈쩍거리다가는 천천히 물러서곤 하였다. 트랜지스터가 안테나를 세우고 도립*하기 시작한다. 그러자 재떨이가 박수를 치기 시작한다. 소켓 부분에선 노래가 흘러나온다. 낙숫물이 신기해서 신을 받쳐 들던 어릴 때의 기억처럼 그는 자그마한 우산을 펴고 화환처럼 황홀한 그의 우주 속으로 뛰어든 셈이었다. 그는 공범자가 되고 싶은 욕망을 느낀다.

그때였다. 그는 서서히 다리 부분이 경직되어 오는 것을 느꼈다. 그것은 우연히 느낀 것이었다. 처음에 그는 이 방에서 도망가리라 생각했었기에 때문에, 될 수 있는 한 소리를 내지 않고 살금살금 움직이리라고 마음먹고 천천히 몸을 움직이려 했을 때였다. 그러나 그는 다리를 움직일 수가 없었다. 이상한 일이었다. 그래서 그는 손을 내려 다리를 만져 보았는데 다리는 이미 굳어 석고처럼 딱딱하고 감촉이 없었으므로 별수 없이 손에 힘을 주어 기어서라도 스위치 있는 쪽으로 가리라고 결심했다.

그는 손을 뻗쳐 무거워진 다리, 그리고 더욱더 굳어져 오는 다리를 끌고 스위치 있는 곳까지 가려고 안간힘을 썼다. 그러나 그는 채 못 미쳐 이미 온몸이 굳어 오는 것을 발견하였다. 그래서 그는 숫제 체념해 버렸다. 참 이상한 일이라고 생각하면서 그는 조용히 다리를 모으고 직립하였다. 그는 마치 부활하는 것처럼 보였다.

– 최인호, 「타인의 방」

*활차: 도르래

*도립: 물구나무서기

08 〈보기〉는 제시문에 대한 해설의 일부이다. 〈보기〉의 ①, ②에 들어갈 적절한 말을 제시문에서 찾아 쓰시오.

──〈보기〉──

　　환상이란 현실에서 구현될 수 없는 것에 대한 상상을 가리킨다. 「타인의 방」에서 환상은 상식에 기반한 체험을 넘어서는 이질적인 감각과 생경한 풍경을 제시하는 장치로 활용된다. 현실과 환상은 명암의 대비와 함께 뚜렷하게 구분되는데, (　①　)에 의해 작품 속에서 두 세계는 전환된다. 어둠 속에서 사물들은 가변적 양태를 보이며 생물과 무생물의 경계가 소멸되는데, (　②　)이/가 대표적이다. (　②　)은/는 어둠속에서 물고기처럼 파닥거리며 헤엄치는 모습으로 묘사된다. 주인공은 이러한 상황에 반응하지 못하고 굳어 버리는데, 「타인의 방」은 이와 같은 상상력의 확장을 통해 정체성을 상실하고 있는 현대인의 실존 문제를 상징적으로 비판하고 있다.

①: ________________________________

②: ________________________________

09 〈보기〉는 수업 시간의 대화 내용이다. 〈보기〉의 ①~④에 들어갈 적절한 말을 찾아 쓰시오.

──〈보기〉──

선생님 : 지금까지 이야기한 것처럼 어떤 음운이 환경에 따라 다른 음운으로 바뀌어 발음되는 음운 변동에는 된소리되기, 비음화, 유음화, 구개음화, 모음탈락, 반모음 첨가, 거센소리되기 등이 있어요. 지금부터는 다음 단어들을 발음할 때 일어나는 음운 변동이 무엇에 해당하는지 말해 볼까요?

논리　맏형　붙임　국밥

학생1 : '논리'를 발음할 때는 (　①　)이/가 일어나요.
학생2 : '맏형'을 발음할 때는 (　②　)이/가 일어나요.
학생3 : '붙임'을 발음할 때는 (　③　)이/가 일어나요.
학생4 : '국밥'을 발음할 때는 (　④　)이/가 일어나요.

①: ________________________________

②: ________________________________

③: ________________________________

④: ________________________________

수학[인문B]

▶ 해설 p.290

10 곡선 $y=x^3$과 곡선 $y=\sqrt{2x}$가 만나는 원점이 아닌 점을 A라 할 때, 점 A에서 x축에 내린 수선의 발을 H라 하자. 삼각형 AOH의 넓이가 $2^{-\frac{a}{b}}$일 때, a^2+b^2의 값을 구하는 과정을 서술하시오. (단, O는 원점, a, b는 서로소인 자연수)

11 $\dfrac{3}{2}\pi < \theta < 2\pi$인 θ에 대하여 $6\cos\theta - \dfrac{1}{\cos\theta} = 1$일 때, $\sin\theta\cos\theta$의 값을 구하는 과정을 서술하시오.

12 모든 항이 자연수인 수열 $\{a_n\}$이 모든 자연수 n에 대하여

$$a_{n+1}=\begin{cases}3a_n+1\,(a_n\text{이 홀수인 경우})\\[2mm]\dfrac{a_n}{2}\quad(a_n\text{이 짝수인 경우})\end{cases}$$

를 만족시킨다. $a_7=4$일 때, S_{20}의 최솟값을 구하는 다음의 풀이 과정을 완성하시오. (단, 수열 $\{a_n\}$의 첫째항부터 제 n항까지의 합을 S_n이라 한다.)

$a_7=4$이므로 a_6이 홀수이면 $a_6=1$이고, 짝수이면 $a_6=8$이다.

$a_6=1$일 때, S_6의 최솟값은   ①   이다.

$a_6=8$일 때, $a_5+a_6=$ ② $>$ ①

이므로 $a_6=1$일 때의 S_6이 최솟값을 갖는다. S_6이 최솟값을 갖는 수열 $\{a_n\}$에서 반복되는 세 수는   ③   이다. 따라서 S_{20}의 최솟값은   ④   이다.

---

13 두 다항함수 $f(x),\,g(x)$에 대하여

$$f(x)=3x^2+2x\int_0^1 tg(t)\,dt,$$

$$g(x)=-6x+\int_0^1 f(t)\,dt$$일 때, 방정식

$f(x)+g(x)=0$의 모든 실근의 합을 구하는 과정을 서술하시오.

14 두 함수

$$f(x)=\begin{cases} x^3+a^2x^2-2x & (x<1) \\ 2x+1 & (x\geq 1) \end{cases},$$

$$g(x)=x^2-ax$$

에 대하여 함수 $f(x)g(x)$가 $x=1$에서 연속이 되도록 하는 상수 a의 값을 모두 구하는 과정을 서술하시오.

15 수직선 위를 움직이는 두 점 P, Q의 시각 $t(t\geq 0)$에서의 위치 x_1, x_2가

$$x_1=3t^4-24t^2+51t+d,$$

$$x_2=8t^3+6t^2-21t$$

이다. 실수 t에 대하여 닫힌구간 $[0,\,4]$에서 두 점 P, Q 사이 거리의 최솟값이 3일 때, 다음의 풀이 과정을 완성하시오. (단, $d\leq 0$)

> 두 점 P, Q 사이 거리가 최소가 되는 시각은 $t=\boxed{\quad ① \quad}$ 이다. 한편, 두 점 P, Q 사이 거리는 $t=\boxed{\quad ② \quad}$ 에서 최댓값 $\boxed{\quad ③ \quad}$ 를 가지면, 이때 점 Q의 속도는 $\boxed{\quad ④ \quad}$ 이다.

국어[A형]

▶ 해답 p.292

※ 다음은 학생들의 대화이다. 물음에 답하시오.

희경: 사회 시간에 조별 발표할 보고서를 네가 써 오기로 했잖아. 가지고 왔니?

광기: (보고서를 보여 주며) 각종 통계, 논문, 전문 잡지 등을 활용해서 주제에 대한 근거를 확실하고도 풍부하게 제시했어.

범수: 그런데 각종 자료를 사용하면서 인용 표시를 하거나 원문의 출처를 밝히지 않았네. 네가 한 행위는 저작권 위반에 해당돼.

광기: 난 별생각 없이 자료를 가져온 건데. 저작권을 위반하는 사례가 많다는 말은 들어 봤지만 정작 내가 한 행동이 저작권을 위반하는 것인지는 생각지 못했네.

희경: 참, 다음번 과제가 민주 시민으로서 준법정신을 고취하기 위한 영상물을 만드는 것이잖아. 우리 저작권을 소재로 영상물을 만들면 어떨까?

광기: 그래. 나처럼 저작권에 대해 잘 인식하지 못하는 사람들도 많을 거야. 영상물로 홍보하면 많은 사람이 저작권에 대해 좀 더 확실히 인식하게 될 수 있을 거야.

범수: 저작권의 개념, 종류, 보호 기간, 위반사례 등 전반적인 것을 담자.

희경: 저작권에 관한 것을 다 전달하면 정보의 과잉으로 인해 수용자들이 힘들어할 수도 있어. 그리고 영상물의 분량에도 한계가 있으니 수용자들이 관심을 가질 만한 것을 중심으로 영상물을 제작하면 어떨까?

범수: 좋아. 그러면 영상물을 볼 사람들이 저작권의 어떤 점을 가장 궁금해하는지 설문 조사를 해 보자.

희경: 그러려면 먼저 어떤 사람에게 이 영상물을 보여 줄 것인지 정한 후, 그 사람들이 저작권에 대해 어느 정도 알고 있는지를 알아봐야 해.

광기: 영상물을 볼 사람은 우리 학교 학생으로 정하자.

희경: 찬성이야. 그렇게 하면 영상물의 내용을 좀 더 구체적으로 할 수 있을 거야.

범수: 그래. 이것을 시발점으로 저작권에 대한 관심을 불러일으키다 보면 저작권 문제를 해결할 수 있는 실마리를 마련할 수도 있을 거라고 생각해.

01 〈보기〉는 위 대화를 분석한 내용이다. 〈보기〉의 ①, ②를 확인할 수 있는 각 문장을 제시문에서 찾아 첫 어절과 마지막 어절을 순서대로 쓰시오.

〈보기〉

　　대화에 참여한 학생들은 영상물 제작을 통해, 저작권에 대한 사회적 관심을 불러 일으켜서 저작권 침해라는 사회적 문제를 해결하는 데 도움을 주고자 한다. 이를 위해 학생들은 ①영상물 제작 목적, 영상물 예상 수용자, 영상물 수용자의 관심 분야, ②영상물 제작의 기대 효과 등에 대해 대화하고 있다.

① 첫 어절: ＿＿＿＿＿＿＿＿＿＿＿＿＿＿, 마지막 어절: ＿＿＿＿＿＿＿＿＿＿＿＿＿＿

② 첫 어절: ＿＿＿＿＿＿＿＿＿＿＿＿＿＿, 마지막 어절: ＿＿＿＿＿＿＿＿＿＿＿＿＿＿

※ 다음 글을 읽고 물음에 답하시오.

　　호락논쟁(湖洛論爭)은 18세기부터 19세기 초반까지 조선 성리학계 내에서 벌어졌던 대규모 논쟁으로, 당시 학계의 주류를 점한 노론 학자들에 의해 주도되었다. 그들은 주로 충청도와 한양을 기반으로 하였는데, 호서 지방인 충청도를 기반으로 한 학파를 호학 또는 호론이라 하였고, 한양을 기반으로 한 학파를 낙학 또는 낙론이라 하였다. 18세기는 조선의 학문과 국제 정세가 크게 바뀌어 가는 시점이었다. 낙론 학자들은 이러한 시대적 변화에 좀 더 적극적으로 대처하고자 하였고, 호론 학자들은 상대적으로 보수적인 입장을 취하였다.

　　호락논쟁의 핵심은 인성(人性)과 물성(物性)이 동일한지의 여부, 즉 '인물성동이(人物性同異)'의 문제에 있었다. 인간과 동물의 성(性)이 같지 않다는 이론(異論)은 당연히 설득력이 있어 보인다. 동물에게 오상(五常)과 같은 윤리적 덕성이 있다고 가정해도, 인간과 동일한 수준에서 오상을 갖추고 있다고는 도저히 생각할 수 없기 때문이다. 하지만 성(性)에 대한 성리학의 원론적인 정의에 입각한다면 동론(同論), 즉 인간과 동물의 성(性)이 같다는 주장 역시 전적으로 거부하기 어렵다. 성리학에서는 성(性)을 우주와 만물이 존재할 수 있도록 해 주는 궁극적인 근거가 되는 원리인 이(理)에 해당하는 것으로 보기 때문이다. 따라서 이러한 절대적인 존재인 이(理)에 해당하는 성(性)은 사람이든 동물이든 모두 일치하지 않을 수 없다. 결국 이 논쟁은 어느 한쪽으로 귀결되지 못한 채 경서 해석과 관련된 관념적 논쟁으로 심화되고 말았다.

　　조선 후기 호론과 낙론 유학자들 사이에서 격렬하게 맞붙은 이 논쟁을 촉발한 주요한 원인으로 새로운 타자(他者)의 등장을 들 수 있다. 외부적으로는 단지 오랑캐 중 하나에 불과했던 청나라가 중국 본토를 차지하게 되었으며, 내부적으로는 양반 또는 남성이 아닌 존재들이 사회적으로 중요한 역할을 하기 시작하였다. 동아시아 문명권 전반의 화이(華夷) 질서, 그리고 안정적으로 유지되어 왔던 신분 질서를 뒤흔들기 시작한 새로운 타자의 등장 속에서 당시 유학자들은 이들을 본성의 측면에서 자신들과 동일한 존재로 인정할 것인지에 대해 고민할 수밖에 없었다. 이러한 상황 속에서 인성과 물성에 대해 이론(異論)을 주장한 이들은 타자를 자신들과는 다른 존재로 인식하였고, 동론(同論)을 주장한 이들은 타자를 자신들과 동일한 존재로 인정해야 한다고 보았다.

02 〈보기〉는 제시문을 바탕으로 호락논쟁(湖洛論爭)의 주요 내용을 정리한 것이다. 〈보기〉의 ①과 ②에 들어 갈 적절한 말을 제시문에서 찾아 쓰시오.

〈보기〉

학파	인물성동이(人物性同異)의 문제	타자에 대한 인식 태도
①	동론(同論)	같은 존재로 인식
②	이론(異論)	다른 존재로 인식

① __________________________

② __________________________

※ 다음 글을 읽고 물음에 답하시오.

개념 미술가는 작품을 전시회에 출품하지 않고 잡지에 기고하기도 한다. '개념 미술'이라는 말을 처음 사용한 사람은 헨리 플린트인데, 그는 개념 미술이 언어와 아주 밀접한 관계가 있다는 점을 들어 개념 미술을 언어를 재료로 하는 미술형식이라고 말했다. 이와 같이 개념 미술에서는 작품이 지닌 물질성이 중요하지 않다.

예술의 물질성에 대해 견해를 밝힌 사람들 중에 하나인 헤겔에 따르면, 예술은 필연적으로 물질성에서 정신성으로 이행한다. 정신적 이념을 감각적 물질로 구현한 것이 예술의 본질이라는 것이다. 따라서 그는 그리스 예술이 정신과 물질 어느 쪽에 치우치지 않고 적절히 조화를 이루었기 때문에 예술의 정점에 이르렀다고 인식했다.

본격적인 의미에서 최초의 개념 미술가는 멜 보크너였다. 1966년 그는 전시회에서 동료 작가들의 드로잉과 작업 구상을 담은 종이를 여러 번 복사하여 네 권의 파일 노트에 끼워 조각의 받침대 위에 올려놓았다. 이 전시회를 찾은 관객들은 작품을 보는 게 아니라 파일을 넘겨 가며 읽어야 했다. 이 때 미술은 문학에 가까워진다.

솔 르윗에 따르면 개념 미술에서는 생각이나 관념은 작품의 가장 중요한 측면이 된다. 예술가가 예술의 개념적 형식을 사용한다는 것은 곧 모든 계획과 결정이 미리 만들어지며 실행은 요식행위가 된다는 것을 의미한다. 실제로 솔 르윗은 그의 작품 '벽 드로잉'의 실행을 고용된 인부들에게 위탁했다.

한편 알렉산더 알베로는 다양한 미술사적 계보학을 언급하면서 1960년대에 개념 미술은 모더니즘 회화의 자기 반성적 경향, 반(反)미학 혹은 비(非)미학의 경향, 예술 작품의 전시와 소통을 문제 삼는 경향 등이 수렴된 것이라고 했다.

이와 같은 특성을 지닌 개념 미술은, 예술이 구체적으로 실재하는 작품이라는 전통적인 인식에서 벗어나 언어를 비롯한 비물질성을 지닌 생각이나 관념도 예술이 될 수 있다는 예술에 대한 새로운 인식을 가능하게 하였다.

03 〈보기〉는 제시문의 요약문을 작성하기 위해 정리한 것이다. ㉠~㉤ 중 적절하지 <u>않은</u> 것 3개를 찾아 기초를 쓰시오.

<hr>

〈보기〉

㉠ 개념 미술의 경우에는 전시회에 가지 않고서도 예술 작품을 감상할 수 있다.

㉡ 헤겔은 정신성이 물질성을 압도하는 순간 예술은 정점에 이른다고 보았다.

㉢ 멜 보크너는 관객들에게 작품을 읽게 함으로써 문학을 미술화 하였다.

㉣ 솔 르윗은 예술의 개념적 형식을 구현하는 방법으로, 작품의 실행을 고용한 인부들에게 위탁하였다.

㉤ 알렉산더 알베로는 미술사적 계보학을 통해 개념 미술이 몇 가지의 예술적 경향을 수렴한 것이라고 보았다.

㉥ 개념 미술은 비물질성을 실재하는 작품으로 실행하는 것이 중요한 예술적 가치임을 새롭게 인식하게 하였다.

<hr>

① ___________________________

② ___________________________

② ___________________________

PART 1 기출문제
PART 2 실전모의고사
PART 3 정답 및 해설

※ 다음 글을 읽고 물음에 답하시오.

<hr>

(가)
생사 길은
예 있으매 머뭇거리고,
나는 간다는 말도
못다 이르고 어찌 갑니까.
어느 가을 이른 바람에
이에 저에 떨어질 잎처럼,
한 가지에 나고
가는 곳 모르온저.
아아, 미타찰에서 만날 나
도 닦아 기다리겠노라.

– 월명사, 「제망매가」

(나)
유리에 차고 슬픈 것이 어른거린다.
열없이 붙어 서서 입김을 흐리우니

길들은 양 언 날개를 파닥거린다.
지우고 보고 지우고 보아도
새까만 밤이 밀려 나가고 밀려와 부딪히고,
물먹은 별이, 반짝, 보석처럼 박힌다.
밤에 홀로 유리를 닦는 것은
외로운 황홀한 심사이어니,
고운 폐혈관이 찢어진 채로
아아, 너는 산새처럼 날아갔구나!

– 정지용, 「유리창1」

04 〈보기〉는 (가)와 (나)에 대한 해설의 일부이다. 〈보기〉의 ①, ②에 들어갈 적절한 말을 제시문에서 찾아 쓰시오.

〈보기〉

　(가)와 (나)는 각각 누이의 요절, 어린 자식의 죽음을 다루고 있다. 상실의 대상이 (가)에서는 식물적 이미지인 '떨어질 잎'으로, (나)에서는 동물적 이미지인 (　①　)(으)로 비유된다. 두 작품 모두 가까운 이의 죽음으로 인한 상실감을 표현한다는 점에서는 공통적이지만, (나)와 달리 (가)에서는 내세에 대한 종교적 믿음을 바탕으로 슬픔을 승화하는 자세가 드러난다. 이러한 (가)의 인식은 (　②　)(이)라는 공간적 시어를 통해 확인할 수 있다.

① _______________________________________

② _______________________________________

2023학년도 모의고사

수학[A형]

▶ 해답 p.293

05 $\dfrac{3}{2}\pi < \theta < 2\pi$인 θ에 대하여 $6\cos\theta - \dfrac{1}{\cos\theta} = -1$일 때, $\sin\theta\cos\theta$의 값을 구하는 과정을 서술하시오.

06 함수 $f(x) = -2x^3 + 3x^2 + 12x + a$가 닫힌 구간 $[-1, 5]$에서 최솟값 -105을 가질 때, 곡선 $y = f(x)$와 직선 $y = k$가 만나는 점의 개수가 2가 되도록 하는 모든 상수 k의 값의 합을 구하는 과정을 서술하시오. (단, a는 상수이다.)

07 다항함수 $f(x)$가 모든 실수 x에 대하여 $\int_a^x f(t)\,dt = x^3 + x^2 - 6x$을 만족시킬 때 $f(a)$의 값을 구하는 과정을 서술하시오. (단, a는 양수이다.)

08 모든 항이 음수이고 $a_1 = -3$인 수열 $\{a_n\}$의 첫째항부터 제 n항까지의 합을 S_n이라 할 때, 모든 자연수 n에 대하여

$$3(S_{n+1} + S_n) = -(S_{n+1} - S_n)^2 \cdots (*)$$

이 성립한다. a_n의 값을 구하는 다음의 풀이 과정을 완성하시오. (단, 아래 빈칸의 ①, ②, ③은 모두 숫자로 쓰시오.)

$S_1 = a_1 = -3$이고, $(*)$에 $n = $ [①] 을 대입하면

$3(S_2 + S_1) = -(S_2 - S_1)^2$이므로, 이를 정리하면

$S_2 = a_1 + a_2 = -3 + a_2$이다.

따라서, $a_2 = $ [②] 이다.

한편, $(*)$에 n대신 $n+1$을 대입하면

$3(S_{n+2} + S_{n+1}) = -(S_{n+2} - S_{n+1})^2 \cdots (\bigstar)$

이고,

수식 $(\bigstar) - (*)$을 정리하면

$a_{n+2} - a_{n+1} = $ [③] 이다.

따라서 $a_n = $ [④]

2023학년도 모의고사

국어[B형]

▶ 해답 p.294

※ 다음은 작문 상황에 따라 학생이 작성한 초고이다. 물음에 답하시오.

[작문 상황]
　학교 누리집의 〈동아리 소개〉 게시판에 동아리를 소개하고 가입을 권유하는 글을 써서 올리고자 함.

[학생의 초고]

손 글씨의 매력, 필사 동아리 '몽당연필'로 오세요

　'몽당연필'은 필사에 관심을 갖고 있는 학생들이 모여 만든 동아리입니다. 현재 17명의 부원이 활동하고 있으며 해마다 지원자가 늘고 있습니다.

　'필사'라는 말이 좀 낯설죠? 독서 동아리가 책을 함께 읽고 의견을 나누는 활동을 주로 하는 것에 비해, 필사 동아리는 자신이 좋아하는 글을 가져와 베껴 쓰는 활동을 주로 합니다. 연필을 필기구로 사용하기 때문에 동아리의 이름을 '몽당연필'이라고 하였습니다. 동아리의 이름에는 기다란 연필이 몽당연필이 되는 동안, 그만큼 내적으로 더 성장하기를 바라는 마음도 담겨 있습니다.

　디지털 기기로 빠르게 의사소통하는 것이 일상화된 오늘날, 필사는 시대의 흐름을 거스르는 것처럼 보일 수 있습니다. '몽당연필'은 적어도 동아리 활동을 하는 동안에는 '편리함과 빠름' 대신 '불편함과 느림'을 추구합니다. 동아리 활동 시간이 있을 때마다 부원들은 각자 자신에게 감동을 준 글, 아름다움을 느낀 문장이나 시 등을 준비해 옵니다. 그리고 각자 자리에 앉아 종이 위에 연필로 한 글자 한 글자 옮겨 적습니다. 글 전체를 다 옮겨 적지 않아도 되고, 옮겨 적다가 틀려도 수정하지 않아도 됩니다. 다 쓴 글은 다른 부원들과 돌려 가며 감상합니다.

　필사는 많은 것이 빠르게 변화하는 '속도의 시대'에 여유와 안정을 되찾도록 해 줍니다. 좋은 글을 손 글씨로 옮겨 적는 동안 사색의 여유를 느낄 수 있고, 그 과정을 스스로 주도하는 데에서 마음의 안정을 찾을 수 있습니다.

　바쁘게 돌아가는 일상 속에서 잠시 좋은 글과 손 글씨로 숨을 고르는 시간은 우리에게 잊고 있었던 자신을 발견하는 기쁨을 줄 것입니다. 좀 더 많은 친구들이 필사를 통해서 자신을 살피는 여유를 가졌으면 좋겠습니다. 가끔은 연필로 들어 아날로그적 감성과 여유를 즐길 수 있는 필사의 매력에 빠져 보는 것은 어떨까요?

---

01 〈보기〉는 제시문의 초고를 작성하기 위해 학생이 계획한 글쓰기 전략이다. 제시문에서 〈보기〉가 반영된 부분을 찾아 첫 어절과 마지막 어절을 순서대로 쓰시오.

〈 보기 〉

　동아리에서 어떤 활동을 하는지 전체 과정을 처음부터 끝까지 순서대로 설명해야겠어.

※ 다음 글을 읽고 물음에 답하시오.

　　자신의 생각을 주장할 때 명확한 이유를 바탕으로 하고, 다른 사람의 주장을 받아들이거나 거부할 때 그럴 만한 충분한 이유가 있는지 신중하게 생각하는 것을 '논리적 사고'라고 할 수 있다. 이와 같은 논리적 사고에서는 주장과 이유가 가장 핵심적인 개념이다. 주장은 다른 말로 '결론', 이유는 다른 말로 '전제', '논거', '근거'라고도 부른다. 전제는 결론을 '지지한다' 또는 '뒷받침한다' 또는 '정당화한다'라고 말한다. 전제와 결론으로 구성되는 논증은 제시된 전제를 통해서 도출된 결론이 참이라고, 또는 받아들일 만한 것이라고 합리적으로 설득하는 것이다.

　　논증에서 전제가 먼저 나올 수도 있고, 결론이 먼저 나올 수도 있다. 그리고 전제와 결론이 한 문장에 다 들어 있을 수도 있고, 다른 문장으로 구분되어 있을 수도 있으며, 두 전제 사이에 결론이 끼어 있을 수도 있다. 따라서 문장의 위치로 전제와 결론을 판단할 수는 없다. 그리고 전제는 얼마든지 한 개 이상이 있을 수 있다. 물론 하나의 논증에 결론은 한 개다. 결론이 두 개인 것처럼 보이는 논증은 실제로는 연쇄적이거나 독립적인 두 논증이 있는 것이다. 결론의 개수는 논증이 몇 개냐를 판단하기 위해 필요하므로 중요한 반면 전제의 개수는 별로 중요하지 않다.

　　일상의 논증에서는 전제 또는 결론을 생략하는 경우가 종종 있다. '이 영화는 미성년자 관람 불가야, 너는 볼 수 없어.'라는 문장은 논증의 형식을 갖추고 있다. 그런데 이 논증에는 '너는 미성년자이다.'라는 전제가 하나 생략되어 있다. 그 전제는 대화 상황에서 논증을 하는 사람이나 듣는 사람 모두가 알고 있는 뻔한 것이기 때문에 굳이 말하지 않아도 이 논증을 이해하는 데 전혀 방해가 되지 않는다. 이렇게 생략된 전제를 '숨은 전제'라고 부른다.

　　한편 굳이 결론을 진술하지 않아도 누구나 짐작할 수 있는 경우라면 결론도 생략될 수 있다. '소림사 출신은 모두 무예를 잘한다는데, 지산 스님도 소림사 출신이래.'라는 논증이 '지산 스님은 무예를 잘한다.'라는 결론을 함축한다는 것은 누구나 쉽게 알 수 있다. 여기에서 '지산 스님은 무예를 잘한다.'는 '숨은 결론'이라 할 수 있다.

02 〈보기〉는 제시문을 바탕으로 실시한 학습활동의 일부이다. 〈보기〉의 ①, ②에 들어갈 적절한 말을 제시문에서 찾아 쓰시오.

〈보기〉

논증 중에는 전제의 일부와 결론이 생략되는 경우도 있는 것 같아.

• 드래곤스 팀이 우승하면 내가 네 아들이다.

　이 논증에서 '나는 네 아들이 아니다.'는 (　①　)(으)로 볼 수 있고, '드래곤스 팀이 우승하지 못한다.'는 (　②　)(으)로 볼 수 있어.

①　________________________________

②　________________________________

※ 다음 글을 읽고 물음에 답하시오.

외부 병원체에 대한 우리 몸의 방어 체계를 면역 시스템이라고 한다. 병원체에 대한 우리 몸의 면역 시스템은 두 가지로 구분된다. 첫째는 특정 병원체를 기억하지 않고 즉각적으로 반응하는 선천성 면역이며, 둘째는 병원체의 특정 항원을 인식하는 세포를 활성화하여 병원체를 막아 내는 ㉠후천성 면역이다.

후천성 면역은 특정 항원에 특이성을 보이는 세포를 활성화하여 강력하고 지속적인 면역 반응을 유도한다. 항원의 특이성을 드러내는 돌출 부위를 에피토프라 하는데, 후천성 면역을 담당하는 B 세포와 T 세포에는 특정 에피토프에만 결합하는 항원 수용체가 있다. 그래서 우리 몸에 존재하지 않던 이질적 항원이 발견될 경우, B 세포와 T 세포는 자신의 항원 수용체와 항원의 에피토프를 맞춰 본 후 여러 종류의 B 세포와 T 세포 중 그 항원에만 결합하는 특정 B 세포와 T 세포를 증식하게 된다. 이러한 활성화 과정을 통해 증식된 B 세포는 형질 세포와 기억 B 세포를 형성하고, 이 중 형질 세포의 항원 수용체가 세포 밖으로 분비되는데 이를 항체라고 한다. 이렇게 형질 세포에서 대량으로 분비된 항체가 항원과 결합하여 항원과 관련된 병원체의 활동을 막아 내는데, 이를 체액성 면역이라고 부른다. 한편 증식된 T 세포는 도움 T 세포, 독성 T 세포, 기억 T 세포를 형성하며, 이 중 특정 항원에 특이성이 있는 세포 독성 T 세포가 병원체에 감염된 세포를 직접 사멸시킨다. 이는 항체를 만들지 않고 세포가 직접 작용하여 나타나는 면역 반응으로 세포성 면역이라 부른다.

특정 항원에 이미 노출된 후 다시 그 항원에 노출될 때에는 면역 반응의 속도, 강도 및 지속 기간 등에 큰 차이가 생긴다. 항원에 노출된 후 첫 번째로 일어나는 면역 반응을 1차 면역 반응이라고 하는데, 이 반응의 강도는 항원 노출 후 10~17일 이후에 최고치에 이르게 된다. 그 후 같은 항원에 다시 노출될 경우 최고치 면역 반응에 이르는 시간은 2~7일로 빨라지며, 면역 반응의 강도도 높아지고 그 지속 기간도 길어지는데, 이를 2차 면역 반응이라고 한다. 2차 면역 반응은 항원 접촉 후 초기에 만들어진 기억 B 세포와 기억 T 세포에 의해 매개되는데, 이들 기억 세포는 증식이 멈추어진 상태로 있다가 훗날 같은 항원과 다시 접촉하게 되면 빠르게 증식하여 향상된 면역 능력을 보이게 된다.

03 〈보기〉는 제시문의 내용을 바탕으로 ㉠을 설명한 것이다. 〈보기〉의 ①, ②에 들어갈 적절한 말을 제시문에서 찾아 쓰시오.

〈보기〉

후천성 면역을 담당하는 B 세포와 T 세포 모두 항원의 (　　①　　)을/를 인식함으로써 활성화된다는 공통점이 있다. 또한 둘 다 기억 세포를 형성하게 되는데, 이것이 후일 2차 면역반응을 매개한다. 하지만 T 세포는 감염된 세포를 직접 사멸시키는 반면 B 세포는 형질세포에서 분비된 (　　②　　)이/가 병원체를 막는다는 차이점이 있다.

① _______________________________

② _______________________________

※ 다음 글을 읽고 물음에 답하시오.

성북동(城北洞)으로 이사 나와서 한 대엿새 되었을까, 그날 밤 나는 보던 신물을 머리맡에 밀어 던지고 누워 새삼스럽게,

"여기도 정말 시골이로군!" / 하였다.

무어 바깥이 컴컴한 걸 처음 보고 시냇물 소리와 쏴— 하는 솔바람 소리를 처음 들어서가 아니라 황수건이라는 사람을 이날 저녁에 처음 보았기 때문이다.

그는 말 몇 마디 사귀지 않아서 곧 못난이란 것이 드러났다. 이 못난이는 성북동의 산들보다 물들보다, 조그만 지름길들보다 더 나에게 성북동이 시골이란 느낌을 풍겨 주었다.

서울이라고 못난이가 없을 리야 없겠지만 대처에서는 못난이들이 거리에 나와 행세를 하지 못하고, 시골에선 아무리 못난이라도 마음 놓고 나와 다니는 때문인지, 못난이는 시골에만 있는 것처럼 흔히 시골에서 잘 눈에 뜨인다. 그리고 또 흔히 그는 태고 때 사람처럼 그 우둔하면서도 천진스런 눈을 가지고, 자기 동리에 처음 들어서는 손에게 가장 순박한 시골의 정취를 돋워 주는 것이다.

그런데 그날 밤 황수건이는 열 시나 되어서 우리 집을 찾아왔다.

그는 어두운 마당에서 꽥 지르는 소리로,

"아, 이 댁이 문안서⋯⋯."

하면서 들어섰다. 잡담 제하고 큰일이나 난 사람처럼 건넌방 문 앞으로 달려들더니,

"저, 저 문안 서대문 거리라나요, 어디선가 나오신 댁입쇼?" / 한다.

보니 합비*는 안 입었으되 신문을 들고 온 것이 신문 배달부다.

(중략)

그런데 요 며칠 전이었다. 밤인데 달포 만에 수건이가 우리 집을 찾아왔다. 웬 포도를 큰 것으로 대여섯 송이를 종이에 싸지도 않고 맨손에 들고 들어왔다. 그는 벙긋거리며,

'선생님 잡수라고 사왔습죠."

하는 때였다. 웬 사람 하나가 날쌔게 그의 뒤를 따라 들어오더니 다짜고짜로 수건이의 멱살을 움켜쥐고 끌고 나갔다. 수건이는 그 우둔한 얼굴이 새하얗게 질리며 꼼짝 못 하고 끌려 나갔다.

나는 수건이가 포도원에서 포도를 훔쳐 온 것을 직각하였다. 쫓아 나가 매를 말리고 포돗값을 물어 주었다. 포돗값을 물어 주고 보니 수건이는 어느 틈에 사라지고 보이지 않았다.

나는 그 다섯 송이의 포도를 탁자 위에 얹어 놓고 오래 바라보며 아껴 먹었다. 그의 은근한 순정의 열매를 먹듯 한 알을 가지고도 오래 입안에 굴려 보며 먹었다.

어제다. 문안에 들어갔다 늦어서 나오는데 불빛 없는 성북동 길 위에는 밝은 달빛이 깁*을 깐 듯하였다.

그런데 포도원께를 올라오노라니까 누가 맑지도 못한 목청으로,

"사⋯⋯ 케⋯⋯ 와 나⋯⋯ 미다카 다메이⋯⋯ 키⋯⋯ 카⋯⋯."*

를 부르며 큰길이 좁다는 듯이 휘적거리며 내려왔다. 보니까 수건이 같았다. 나는,

"수건인가?"

하고 아는 체하려다가 그가 나를 보면 무안해할 일이 있는 것을 생각하고 휙 길 아래로 내려서 나무 그늘에 몸을 감추었다.

그는 길은 보지도 않고 달만 쳐다보며, 노래는 그 이상은 외우지도 못하는 듯 첫 줄 한 줄만 되풀이하면서 전에는

본 적이 없었는데 담배를 다 퍽퍽 빨면서 지나갔다.

달밤은 그에게도 유감한 듯하였다.

– 이태준, 「달밤」

* 합비: 일본말로 '등이나 깃에 상호가 찍힌 겉옷'을 이르는 말.

* 깁: 명주실로 바탕을 조금 거칠게 짠 비단.

* 사케와 나미다카 다메이키카: 일본 가요의 가사로, 우리말로는 '술은 눈물인가, 한숨인가'.

04 〈보기〉는 제시문에 대한 설명의 일부이다. 〈보기〉의 ㉠에 해당하는 문장을 제시문에서 찾아 첫 어절과 마지막 어절을 순서대로 쓰시오.

〈보기〉

이태준의 「달밤」은 배경을 통해 작품의 분위기를 조성하고 작품의 주제를 구현하는 데 기여한다. 예를 들어 작품 속 문장 (㉠)은/는 작품의 공간적 배경이 전기 등 근대적 문물이 도입되지 않은 곳임을 보여주고, 시간적 배경과 비유법을 통해 서정적인 분위기를 조성한다. 이러한 배경 설정은 그곳에서 살아가는 순박한 인물의 거듭된 실패에 대한 '나'의 연민을 드러내고, 독자들에게 여운을 주는 데 기여한다.

 # 수학[B형]

▶ 해답 p.295

05 두 함수 $f(x)=\begin{cases} x^3+2x^2+3x\ (x<1) \\ 2x-1 \qquad\quad (x\geq1) \end{cases}$,

$g(x)=2x^2+ax$에 대하여

함수 $f(x)g(x)$가 $x=1$에서 연속이 되도록 하는 상수 a의 값을 구하는 과정을 서술하시오.

06 다항함수 $f(x)$의 한 부정적분 $F(x)$가 모든 실수 x에 대하여 $F(x)=f(x)+x^3-2x^2$을 만족시킬 때, 방정식 $f(x)=5x^2$의 모든 실근의 합을 구하는 과정을 서술하시오.

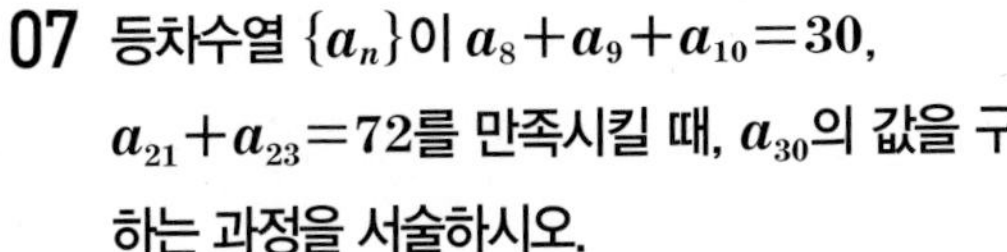

07 등차수열 $\{a_n\}$이 $a_8+a_9+a_{10}=30$, $a_{21}+a_{23}=72$를 만족시킬 때, a_{30}의 값을 구하는 과정을 서술하시오.

08 두 함수 $y=-3^{-x+2}+1$, $y=\log_{\frac{1}{2}}(x+a)$의 그래프가 제 4사분면에서 만나도록 하는 모든 실수 a 값의 범위를 구하는 과정을 서술하시오.

국어[인문A]

▶ 해답 p.297

※ (가)는 학생회 선거 후보자의 공약 소개 글 일부이고, (나)는 공약 소개 글 작성 이전에 후보자와 선거 운동원이 나눈 대화의 일부이다. 물음에 답하시오.

(가)

학생 여러분, 안녕하세요? 학생회장 후보자 ○○○입니다.

평소에 친구들과 나눴던 학교에 대한 불만이나 요구 사항들, 너무 많지요? 지금까지 생각만 하셨다고요? 저 ○○○에 투표하시면 이런 생각이 실현됩니다. 청와대에 국민을 위한 청원제가 있다면, ○○고에는 여러분을 위한 학생 청원제가 있습니다.

'○○고 학생 청원제'는 학생이 학교에 대해 불만을 토로하고 시정을 요구하거나 희망 사항을 개진할 수 있도록 하기 위한 제도입니다. 다수 학생의 동의를 얻은 청원에 대해 학교가 답변을 해 학생들과 직접 소통할 수 있다는 데 의의가 있습니다.

청원 참여는 우리 학교 학생이라면 누구나 할 수 있습니다. 쉽고 편리하게 참여할 수 있도록 학교 누리집에 청원 게시판을 만들어 접근성을 높이겠습니다. 실명이 공개되는 것이 부담스러워 망설여질 수도 있다고 생각하기 때문에 학생회에서는 별도의 인증 절차 없이 청원 글을 바로 작성할 수 있게 하겠습니다. 학생이 직접 청원하고 학생이 직접 동의하는 그야말로 학생만의 청원이 가능합니다.

그러나 모든 청원에 답을 하는 것은 아닙니다. 제기된 청원은 등록일로부터 30일간 전교생 중 300명 이상의 동의를 얻어야 청원으로 성립됩니다. 이렇게 청원이 성립된 경우 학생회장이 학교장의 의견을 듣고 청원 마감일로부터 30일 이내에 답변하게 됩니다.

청원의 진행 과정은 4단계입니다. 1단계는 학교 현안, 사업 등에 대한 학생의 신청으로 청원이 시작되는 단계입니다. 2단계는 청원 등록일로부터 30일간 동의가 진행되는 단계이고, 3단계는 30일 동안 학생 300명 이상이 동의하여 청원이 성립되는 단계입니다. 마지막 4단계는 청원 성립 건에 대해서 청원 마감일로부터 30일 이내에 학생회장이 교장 선생님의 공식 답변을 듣고 이를 학생들에게 제공하는 단계입니다.

(나)

학생: 그런데 너의 공약에 비판적인 학생도 있을 수 있기 때문에 참여 과정에서 나타나는 맹점도 솔직하게 제시하면서 공약의 장점을 최대한 부각해야 하지 않을까?

후보자: 공약의 장단점을 모두 소개하는 솔직함도 좋지만 모든 제도가 완벽할 수는 없으니까 ㉠공약의 이행 과정에서 발생할 수 있는 문제점을 언급하고, 이에 대한 보완책도 함께 제시하는 것이 바람직할 것 같아.

01 (나)의 ㉠이 반영된 문장을 (가)에서 찾아 첫 어절과 마지막 어절을 순서대로 쓰시오.

[02~03] 다음 글을 읽고 물음에 답하시오.

제4차 산업 혁명의 본격적인 도래와 함께 사회 변화가 가속화됨에 따라 ⓐ복잡하고 다양한 공공 문제를 해결하려는 정부의 노력도 점점 한계에 봉착하고 있다. 이는 정부의 능력 자체가 무능해졌다기보다는 문제의 성격 자체가 정부가 감당하기에는 점점 더 어려워지고 있다는 것을 의미한다. 이에 시민들은 자신들이 ⓑ직면한 문제를 정부에 의존하기보다는 스스로 해결하려는 시도를 더 많이 하고 있다. 이러한 움직임의 하나로 '시빅 테크'가 최근 부상하고 있다. 시빅 테크는 '시민' 혹은 '시민의'라는 뜻을 가진 'Civic'과 '기술'이라는 뜻을 가진 'Tech'가 결합된 말이다. 자발적으로 모인 시민이 정보 통신 기술을 활용하여 공공 문제나 사회 문제의 해결책을 직접 모색하는 시민운동 또는 시민 참여를 의미한다.

[A]
시빅 테크의 등장은 정보 통신 기술의 발전과 함께하는 디지털 환경의 형성, 행정 기관 및 공적 기관을 중심으로 한 보유 데이터(공공 데이터)의 개방 움직임을 배경으로 한다. 공공 데이터는 공공 기관에서 생성, 취득하여 관리하고 있는 정보를 전자적 방식으로 처리하여 누구나 이용할 수 있도록 제공한 것을 말한다. 정보 통신망의 구축에 따라 사회 각 부분에서 발생하는 다양한 사건 및 공공 데이터가 시민들에게 상시적으로 노출되면서 사회 문제에 대한 시민들의 관심과 문제의식이 높아지고 있다. 이러한 현상은 정부가 독점하며 진행하던 일방적·하향식 정책 관리 방법이 시민 주도의 자발적·상향식 방법으로 전환되는 것을 의미한다. 즉 시빅 테크는 '시민들이 정부가 제공하는 정보 통신 기술과 공공 데이터를 활용하여 직접 또는 주도적으로 공공 문제를 해결하려는 행위'이다.

새로운 시민 참여로서의 시빅 테크는 전통적인 시민 참여와 달리, 시민 단체 및 지역 공동체 등과 같은 전통적인 매개 집단이나 조직의 틀에 얽매이지 않는다. 대신 수많은 개인이 서로 직접 연결되어 사회 문제를 해결하기 위한 다양한 지식과 대안을 함께 만들고 공유할 수 있게 한다. 즉 시민들이 자율적으로 사회 문제를 인식하고, 참여 의제를 설정하며, 자발적으로 모여들고, 적극적으로 문제 해결을 도모함으로써 공익을 실현하고자 한다. 이 과정에서 핵심적으로 사용되는 수단이 인공 지능, 빅 데이터, IoT 등의 지능 정보 기술이다. 인공 지능 기술은 특정 분야 및 목적에 대하여 추론 능력, 인지 능력, 학습 능력 등 사람의 지능을 정보 통신 기술을 통해 일부 구현한 기술이다. 인공 지능 기술은 전문가가 아니어도 누구나 원하는 정보를 쉽게 활용할 수 있도록 데이터 및 콘텐츠를 사용자 맞춤형으로 가공하여 제공한다. 이를 통해 시민들은 시·공간에 구애받지 ⓒ않고 정보에 손쉽게 접근할 수 있다. 빅데이터란 기존의 데이터베이스로는 처리하기 어려울 정도로 방대한 양의 데이터로부터 가치를 추출하고 결과를 분석하는 기술이다. 이를 바탕으로 발생 가능한 문제를 사전에 파악하고 그에 대한 해결 방안을 모색해 봄으로써 선제적 대응을 통한 문제 해결이 가능하다. IoT는 사람, 사물, 서비스 등의 분산된 환경 요소가 상호 협력적으로 정보를 처리하는 사물 공간 연결 인프라로써 사람의 개입 없이 다양한 정보를 지속적으로 수집할 수 있게 한다. 이를 통해 시민들이 정보를 손쉽게 제공받음으로써, 시민들이 보다 다양한 의사 결정 과정에 참여하는 것이 용이해져 커뮤니티의 확대도 촉진된다. 이처럼 지능 정보 기술은 전문 지식과 정보 접근에 대한 진입 장벽을 낮춤으로써 시민이 사회 참여를 위한 효과적 도구를 제작하고 올바른 의견을 제시하는 데 도움을 준다.

02 〈보기〉를 '시빅 테크'의 사례로 볼 수 있는 이유를 제시문의 [A]에 나타난 '시빅 테크'의 정의에서 찾아 서술하시오.

〈보기〉

20××년 11월 말, 기습 폭설이 ○○시를 덮쳤다. 눈보라 때문에 전신주가 쓰러지는 바람에 화재가 많이 발생했다. 하지만 폭설로 소방관이 출동하기 어려웠으며, 높이 쌓인 눈 속에 마을 곳곳의 소화전이 파묻혀 소화전을 찾지 못해 불을 신속하게 끄지 못하는 어려움을 겪었다. 마을의 몇몇 사람이 이 문제를 보고 누리 소통망[SNS]에 마을이 처해 있는 문제 상황을 알리고, 마을 지도 위에 소화전 위치를 표시한 '소화전 입양하기' 앱을 만들어 게시했다. '소화전 입양하기' 앱에 필요한 소화전의 위치 정보는 ○○시 누리집에 게시된 데이터를 기반으로 만들어졌다. 마을 주민들은 누리 소통망을 통해 마을의 문제 상황을 파악하고 마을의 다른 주민들에게도 정보를 공유했다.

① ____

② ____

03 제시문의 ⓐ~ⓒ에서 각각 관찰되는 음운의 변동을 〈보기〉에서 모두 찾아 쓰시오.

〈보기〉

거센소리되기, 구개음화, 된소리되기, 모음 탈락, 반모음 첨가, 비음화, 유음화

ⓐ ____

ⓑ ____

ⓒ ____

※ 다음 글을 읽고 물음에 답하시오.

동서양을 막론하고 역사가 진보한다는 관점은 근대에 이르러서야 나타났다. 진보사관이 나타나기 전 고대 중국과 그리스·로마에서 공통적으로 유행했던 전통적 역사관은 대체로 감계(鑑戒) 사관, 상고 사관, 순환 사관이었다. 감계

사관이란 역사 속에서 후대에 귀감이 될 만한 도덕적 규범을 찾아 그것을 역사적 판단의 기준으로 삼고사 하는 교훈적 역사관을 가리킨다. 상고 사관은 이상적 가치 기준을 고대에서 찾는 것을 말한다. 즉 아득한 고대에 일종의 황금시대*가 있었으나 세월이 흐르면서 윤리가 쇠퇴하였으므로 다시 고대의 이상적 원형으로 회귀해야 한다는 것이다. 마지막으로 순환 사관은 마치 자연 현상이 주기를 가지고 반복해서 나타나듯이 역사의 흥망성쇠도 시간에 따라 비슷한 양상이 되풀이된다는 관점이다. 이 세 가지의 역사관은 서로 강력한 연결 고리를 형성하여, 이상적 기준을 고대에서 찾고, 선대의 원형과 후대의 변질이 끊임없이 반복·순환한다고 보는 관점을 형성하였다. 그런 의미에서 전통적 역사관은 역사가 진보한다는 관점과는 거리가 멀다고 볼 수 있다.

역사가 진보한다는 관점은 17세기 유럽에서 그 모습을 드러내기 시작하여 18세기 계몽사상기를 거치며 급속히 확산되었고, 19세기에는 지배적인 관점으로 자리매김하였다. 이러한 흐름을 선도한 것은 17~18세기 유럽의 지성계를 떠들썩하게 했던 이른바 '고대인과 현대인의 논쟁'이었다. 이 논쟁의 핵심은 당시 스스로를 '현대인'이라고 여겼던 '근대인들'이 학식 면에서 이미 '고대인'보다 우수한지에 대한 논란이었으며, 이러한 논쟁은 진보 사관이 나타나게 되는 시발점이 되었다. 고대에는 아리스토텔레스와 같은 철학자들이 변함없는 권위의 상징이었으며, 당시에는 모든 문제 제기가 그들로부터 시작되고 그에 대한 대답 역시 그들의 저작 속에서 찾을 수 있는 것이었다. 하지만 근대에 들어 인간의 이성을 기반으로 한 과학 혁명이 진행되어 세계와 자연을 해석하는 새로운 방법과 개념이 제시되면서 고대 철학은 점차 힘을 잃게 되었다.

고대인을 앞섰다고 생각했던 근대인들은, 귀납법을 정리한 베이컨과 방법론적 회의를 주장한 데카르트와 같이 모두 새로운 과학 개념으로 무장하고 있었다. 이들은 고대를 언제나 회귀해야 할 영원한 이상이 아니라 단지 '유년 시절'에 불과하다고 보았다. 그리고 인류 역사의 진행 과정은 마치 한 인간이 태어나 성장하는 것과 유사하다고 생각하면서 근대를 어른에, 고대를 어린아이에 비유했다.

진보 사관의 절정을 극명하게 보여 주는 사조는 근대의 실증주의이다. 콩트는 실증 정치학 체계에서 '인류의 3단계 진화 법칙'을 제시했는데, 그에 따르면 인류는 가족에 기초해 사제와 군인이 지배하는 신학적 단계인 고대에서, 국가를 중심으로 사제와 법률가가 득세한 형이상학적 단계인 중세로, 최종적으로는 산업 경영자와 과학자의 가르침에 따라 전 인류를 사회 단위로 삼는 실증적 단계인 근대로 발전해 왔다는 것이다. 이처럼 그의 진보 사관은 과학적 지식에 근거를 두고 있지만, 그는 과학에도 각 발전 단계에 따른 위계가 존재하며 특히 자연 과학을 거쳐 발전하게 된 사회 과학이야말로 실증적 단계를 지탱해 나가는 근간이라고 보았다.

19세기 진보 사관은, 이전의 단순하고 낙관적인 관점과 달리 역사를 구성하는 요소들 간의 갈등을 전제로 하는, 좀 더 복잡하고 비판적인 관점을 보였다. 헤겔은 세계사의 전개를 자유가 확대되는 과정으로 보았다는 점에서 진보 사관의 관점을 따르고 있으며, 어떤 흐름이 있으면 반드시 그것에 반하는 다른 흐름이 있어 이 둘이 비판적으로 서로를 지양하며 발전해 간다는 변증법적 접근법을 주장하였다.

하지만 진보 사관은 20세기 들어, 특히 두 번의 세계 대전을 겪으며 급속히 약화되었다. 20세기의 지식인들은 두 번의 세계 대전을 경험하며, 인간의 역사가 과학의 발전과 사회적 평등에 바탕을 둔 희망찬 유토피아를 향하기보다는 오히려 비인간적인 살육과 전체주의적 독재가 횡행하는 암울한 디스토피아*로 귀결될 수 있다는 가능성을 확인했기 때문이다. 비록 세계 대전과 냉전은 종식되었지만 전 지구를 위협하는 생태계적 재앙과 핵전쟁에 대한 공포는 여전히 역사의 진보에 대한 믿음을 가로막고 있다.

*황금시대: 사회의 발전이 최고조에 이르러 행복과 평화가 가득 찬 시대.

*디스토피아: 사회의 부정적인 측면이 극단화한 암울한 미래상.

04 〈보기〉의 ①~④와 가장 밀접한 역사관을 제시문에서 찾아 쓰시오.

〈보기〉

① 플라톤은 인간 사회가 야만 상태에서 출발하여 문명을 이루었다가 큰 파국을 겪고는 다시 야만으로 돌아가는 변화를 해 왔다고 주장했다.

② 콩도르세는 인류의 발전을 가로막을 어떤 제한도 존재하지 않음을 천명하고, 마치 동물이 점점 자신의 육체적 기능을 발전시켜 왔듯이 인간 역시 그렇게 될 것이라고 보았다.

③ 로마의 역사가 리비우스는 '역사서를 통해 국가가 모방할 것은 택하고, 치욕적이며 부끄러운 것은 피할 수 있을 것'이라고 말했다.

④ 마르크스는 각 역사 시대가 서로 대립되는 두 세력 간의 끊임없는 투쟁으로 이루어져 왔다고 진단하고, 그 과정을 통해 프롤레타리아 사회주의가 승리함으로써 역사가 완성될 것이라고 주장했다.

① ________________________________

② ________________________________

③ ________________________________

④ ________________________________

[05~06] 다음 글을 읽고 물음에 답하시오.

논리학의 관심은 인간의 추론 능력에 있으며 추론이라는 것은 이미 알고 있는 어떤 사실을 바탕으로 하여 새로운 사실을 이끌어 내는 방법이다. 이러한 추론은 언어를 사용하기 때문에 가능하며, 언어를 사용하지 않고서는 추론뿐만 아니라 판단과 같은 다른 종류의 사고 작용도 어렵다. 그렇기 때문에 추론을 하려면 우리가 알고 있는 사실이나 알 수 있는 사실을 어떤 언어 형식으로 표현하느냐가 중요하다.

논리학에서 말하는 언어적 표현의 기본 단위를 '명제'라고 부른다. 그것은 구체적인 언어로 표현된 문장이어야 하기 때문에 언어의 사용에 필요한 문법적인 제약을 받게 된다. 하지만 그 언어가 반드시 우리가 일상생활에서 의사소통을 위해 사용하고 있는 자연 언어일 필요는 없다. 우리가 원하는 사실을 진술할 수 있는 언어라면 수식이나 코드(code)와 같은 인공 언어라도 상관없는 것이다.

우리말로 된 문장과 영어로 된 문장이 똑같은 하나의 사실을 진술한다고 할 때 그 두 문장이 표현하는 명제는 같다. 어떤 사실을 진술하는 명제는 참일 수도 있고 거짓일 수도 있다. 이때 한 명제가 지닌 참과 거짓의 속성을 진릿값이라고 한다. 한 명제의 진위 여부는 그 진술이 사실과 부합되면 참이 되고 그렇지 못하면 거짓이 된다. 그런데 논리학에서는 사실과의 부합 여부를 물어보지 않는 언어 세계에 대한 명제를 다루기도 한다. 이를테면 '아버지는 남자이다.'와 같은 명제는 그것의 진위를 가려내기 위해 사실 여부를 물어볼 필요가 없다. 이 명제의 의미를 이해하는 사람은 누구나 곧 그것이 참 명제임을 알 수가 있다. '남자'라는 말의 뜻이 '아버지'라는 말의 뜻 안에 포함되어 있으므로

그 명제가 맺어 주는 두 개념의 관계에 의해서 진위를 파악할 수 있다. 이와 같은 방법으로 진위가 판단되는 명제를 '분석 명제'라고 한다.

분석 명제가 아니면서, 사실과의 부합 여부에 의존하지 않고 진위를 판단할 수 있는 명제도 있다. ㉠'지금 이곳은 비가 오거나 비가 오지 않는다.'처럼 하나의 주어와 서술어로 구성된 '단순 명제'가 둘 이상 결합한 명제를 '합성 명제'라고 한다. '지금 이곳은 비가 오거나 비가 오지 않는다.'는 어떠한 경우에도 참이 되는 문장 구조를 가지고 있기 때문에 참이 된다. 반면 '우리 반 학생들은 모두 교복을 입었지만, 우리 반의 어떤 학생들도 교복을 입지 않았다.'라는 명제는 문장 구조상으로 거짓이 될 수밖에 없다. 이처럼 두 개의 단순 명제로 구성된 합성 명제도 그것의 진위를 가려내기 위해 사실 여부를 물어볼 필요가 없는 경우가 있다.

개념의 관계나 문장 구조에 의해 명제의 진위를 판단하는 것 이외에도 한 명제와 몇 개 명제들과의 관계에 의해서 진위를 결정하는 방법이 있다. 예를 들면 '아리스토텔레스는 고대 그리스의 철학자이다.'라는 명제가 참인지 아닌지를 알아보려면 고대 그리스의 철학자들을 소개해 주는 철학사 책이나 철학 백과사전을 펼쳐 볼 수 있다. 그러나 '아리스토텔레스는 고대 그리스의 철학자가 아니다.'라는 명제의 진위를 판별하려면 어떻게 할 것인가? 고대 그리스의 철학자가 아니었던 사람들 중에 아리스토텔레스가 있는지를 알아본다는 것은 어리석은 일일 뿐만 아니라 실제적으로 불가능한 일일 수도 있다. '아리스토텔레스는 고대 그리스의 철학자이다.'라는 긍정 명제의 진위를 가려내어 그것이 참이면 '아리스토텔레스는 고대 그리스의 철학자가 아니다.'라는 부정 명제는 거짓이라고 판단한다.

한 명제의 진릿값이 다른 명제나 명제들의 진릿값에 의해서 결정되는 또 다른 예는 논리적 함축 관계에 있는 명제들이다. 가령 a와 b가 형제라는 사실을 확인하는 방법은 여러 가지가 있겠지만, 그중에서 a가 c의 아들이고 b도 c의 아들이라든지, a가 c의 형제이고 b도 c의 형제라는 사실을 통해 a와 b가 형제임을 알게 되는 것은 그런 사실들을 진술하는 명제들 간의 논리적 함축 관계에 의해서 알게 되는 방법이다.

05 〈보기1〉의 ①과 ②가 각각 어떤 명제에 해당하는지 〈보기2〉에서 모두 찾아 서술하시오.

――〈보기1〉――

① 총각은 기혼의 성년 남자이다.
② 플라톤은 아리스토텔레스의 스승이 아니다.

――〈보기2〉――

분석 명제, 단순 명제, 합성 명제, 긍정 명제, 부정 명제

① ____

② ____

06 〈보기〉의 내용을 참고하여 제시문의 ㉠이 항상 참이 되는 이유를 서술하시오.

〈보기〉

어떤 두 명제 p, q 가운데 한 명제가 참이면 다른 명제가 거짓일 수밖에 없고, 또 둘 가운데 한 명제가 거짓이면 다른 명제가 참일 수밖에 없는 관계를 '모순 관계'라고 한다. 명제 p, q가 모순 관계에 있는 합성 명제는 항상 참이 된다. 반면 어떤 두 명제 p, q가 둘 다 참일 수는 없지만, 둘 다 거짓일 수 있는 관계가 성립하는 경우가 있다. 이런 경우 명제 p, q 사이의 관계를 '반대 관계'라고 한다.

[07~08] 다음 글을 읽고 물음에 답하시오.

(가)

[앞부분의 줄거리] 북곽 선생은 마을에서 학식이 높기로 유명한 선비이나, 한밤중에 과부와 밀회를 하는 장면을 사람들에게 들킬 위기에 처한다. 때마침 범이 먹을 것을 구하기 위해 마을로 내려온다.

북곽 선생은 몹시 놀라 뺑소니를 치면서도 남들이 자기를 알아볼까 두려워하였다. 그래서 다리를 들어 목에 걸치고는 귀신처럼 춤추고 귀신처럼 웃더니, 대문을 나서자 줄달음치다가 그만 들판의 구덩이에 빠져 버렸다. 그 속에는 똥이 가득 차 있었다. 구덩이에서 기어 올라와 고개를 내놓고 바라보았더니, 범이 길을 막고 있었다.

범은 얼굴을 찌푸리며 구역질을 하고, 코를 막고 고개를 왼쪽으로 돌리며 숨을 내쉬고는, "선비는 구린내가 심하구나!" 하였다.

북곽 선생이 머리를 조아리고 기어 와서, 세 번 절하고 무릎을 꿇은 채 고개를 들고는, "범의 덕이야말로 지극하다 하겠사옵니다. 대인(大人)은 그 가죽 무늬가 찬란하게 변하는 것을 본받고, 제왕은 그 걸음걸이를 배우며, 사람의 자식은 그 효성을 본받고, 장수는 그 위엄을 취하지요. 명성이 신령스러운 용과 나란히 드높아, 하나는 바람을 일으키고 하나는 구름을 일으키니, 하계에 사는 이 천한 신하는 감히 그 아랫자리에서 모시고자 하옵니다." 하였다. 그러자 범은 이렇게 꾸짖었다.

"가까이 오지 말라! 예전에 듣기를 유(儒)는 유(諛)*라더니, 과연 그렇구나. 너는 평소에 천하의 못된 이름을 다 모아 함부로 나에게 갖다 붙이다가, 이제 급하니까 면전에서 아첨을 하니, 장차 누가 너를 신뢰하겠느냐?

무릇 천하의 이치란 한가지다. 범이 실로 악하다면, 사람의 본성도 악할 것이다. 사람의 본성이 선하다면, 범의 본성도 선할 것이다.

— 박지원, 「호질(虎叱)」

*유(諛): 아첨할 유.

(나)
제5과장 양반 · 선비 마당

초랭이: 양반요, 나온 김에 서로 인사나 하소. (인사하는 행동)
양반: 여보게 선비, 우리 통성명이나 하세.
선비: 예, 그러시더.
(양반과 선비가 서로 절을 하려고 할 때, 초랭이가 양반 머리 위에 엉덩이를 돌려대고 선비에게 자기가 인사를 한다.)
초랭이: 헤헤…… 니 왔니껴?*
양반: 옛기, 이놈.

(중략)

선비: 여보게 양반 —
선비: 여보게 양반, 자네가 감히 내 앞에서 이럴 수가 있는가?
양반: 허허, 무엇이 어째? 그대는 내한테 이럴 수가 있단 말인가?
선비: 아니, 그라마 그대는 진정 내한테 그럴 수가 있는가.
양반: 허허, 뭣이 어째? 그러면 자네 지체가 나만 하단 말인가?
선비: 아니 그래, 그대 지체가 내보다 낫단 말인가?
양반: 암, 낫고말고.
선비: 그래, 낫긴 뭐가 나아.
양반: 나는 사대부의 자손일세.
선비: 아니 뭐라꼬, 사대부? 나는 팔대부의 자손일세.
양반: 아니, 팔대부? 그래, 팔대부는 뭐로?*
선비: 팔대부는 사대부의 갑절이지.
양반: 뭐가 어째, 어흠, 우리 할뱀*은 문하시중을 지내셨거든.
선비: 아, 문하시중. 그까짓 것…… 우리 할뱀은 바로 문상시대인걸.
양반: 아니 뭐, 문상시대? 그건 또 머로?
선비: 에헴, 문하보다는 문상이 높고 시중보다는 시대가 더 크다 이 말일세.
양반: 허허, 그것 참 빌 꼬라지 다 보겠네. 그래, 지체만 높으면 제일인가?
선비: 에헴, 그라만 또 머가 있단 말인가?
양반: 학식이 있어야지, 학식이. 나는 사서삼경을 다 읽었다네.
선비: 뭐 그까짓 사서삼경 가지고. 어흠, 나는 팔서육경을 다 읽었네.
양반: 아니, 뭐? 팔서육경? 도대체 팔서는 어디에 있으며 그래 대관절 육경은 또 뭔가? (초랭이는 여태까지 두 사람
　　의 얘기를 귀담아듣다가 잽싸게 끼어든다.)

– 작자 미상, 「하회 별신굿 탈놀이」

*니 왔니껴?: 너, 왔습니까?

*뭐로?: 뭐야?

*할뱀: 할아버지.

07 제시문 (가)와 (나)에서 〈보기〉의 ⓐ에 해당하는 단어를 모두 찾아 쓰시오.

〈보기〉

　　풍자는 표현의 대상이 되는 현실의 특징, 현실을 바라보는 주체의 태도, 이를 표현하는 방법에서 다른 형식과는 차별되는 특징이 있다. 우선 풍자가 표현하려는 것은 현실의 부정적 측면이다. 풍자의 주체는 풍자의 대상을 직설적으로 설명하기보다는 희화화나 자기 폭로 등 우회적으로 비판하는 방법을 사용한다. 이러한 풍자의 방법으로 작가는 ⓐ언어유희의 기법을 활용한다. 또한 ⓑ인물의 우스꽝스러운 위장과 행위를 통해 비굴하고 떳떳하지 못한 태도를 희화화하기도 한다. 이러한 풍자는 독자의 비판적인 인식을 끌어내는 중요한 서사적 장치라고 할 수 있다.

① _______________________________

② _______________________________

③ _______________________________

④ _______________________________

08 위 〈보기〉의 ⓑ에 해당하는 문장을 제시문 (가)에서 찾아 쓰시오.

※ 다음 글을 읽고 물음에 답하시오.

　　내 이상과 계획은 이렇거든요.
　　우리 집 다이쇼가 나를 자별히 귀애하고 신용을 하니깐 인제 한 십 년만 더 있으면 한밑천 들여서 따로 장사를 시켜 줄 그런 눈치거든요.
　　그러거들랑 그것을 언덕 삼아 가지고 나는 삼십 년 동안 예순 살 환갑까지만 장사를 해서 꼭 십만 원을 모을 작정이지요. 십만 원이면 죄선 부자로 쳐도 천석꾼이니 뭐, 떵떵거리고 살 게 아니라구요?
　　그리고 우리 다이쇼도 한 말이 있고 하니까 나는 내지인 규수한테로 장가를 들래요. 다이쇼가 다 알아서 얌전한 자리를 골라 중매까지 서 준다고 그랬어요.
　　내지 여자가 참 좋지요.

나는 죄선 여자는 거저 주어도 싫어요.

구식 여자는 얌전은 해도 무식해서 내지인하고 교제하는 데 안됐고, 신식 여자는 식자나 들었다는 게 건방져서 못 쓰고, 도무지 그래서 죄선 여자는 신식이고 구식이고 다 제바리여요.

내지 여자가 참 좋지 뭐. 인물이 개개 일자로 이쁘겠다, 얌전하겠다, 상냥하겠다, 지식이 있어도 건방지지 않겠다, 좀이나 좋아!

그리고 내지 여자한테 장가만 드는 게 아니라 성명도 내지인 성명으로 갈고 집도 내지인 집에서 살고 옷도 내지 옷을 입고 밥도 내지식으로 먹고 아이들도 내지인 이름을 지어서 내지인 학교에 보내고…….

내지인 학교라야지 죄선 학교는 너절해서 아이들 버려 놓기나 꼭 알맞지요.

그리고 나도 죄선말은 싹 걷어치우고 국어만 쓰고요.

이렇게 다 생활 법식부터도 내지인처럼 해야만 돈도 내지인처럼 잘 모으게 되거든요.

(중략)

"사람이란 것은 누구를 물론허구 말이다, 아첨하는 것같이 더러운 게 없느니라."

"아첨이요?"

"저 위로는 제왕, 밑으로는 걸인, 그 모든 사람이 위선 시방 이 제도의 이 세상에서 말이다, 제가끔 제 분수대루 살어가는 데 있어서 말이다, 제 개성을 속여 가면서 꺼정 생활에다가 아첨하는 것같이 더러운 것이 없고, 그런 사람같이 가련한 사람은 없느니라. 사람이란 건 밥 두 그릇이 하필 밥 한 그릇보다 더 배가 부른 건 아니니까."

"그건 무슨 뜻인데요?"

"네가 일본인 여자와 결혼을 해서 성명까지 갈고 모든 생활 법도를 일본화하겠다는 것이 말이다."

"네, 그게 좋잖어요?"

"그것이 말이다, 진실로 깊은 교양이나 어진 지혜의 판단에서 우러나온 것이라면 그도 모를 노릇이겠지. 그렇지만 나는 보매, 네가 그런다는 것은 다른 뜻으로 그러는 것 같다."

"다른 뜻이라니요?"

"네 주인의 비위를 맞추고, 이웃의 비위를 맞추고 하자고……."

"그야 물론이지요! 다이쇼의 신용을 받어야 하고, 이웃 내지인들하구도 좋게 지내야지요. 그래야 할 게 아니겠어요?"

"……."

"아저씨는 아직두 세상 물정을 모르시오. 나이는 나보담 많구 대학교 공부까지 했어도 일찌감치 고생살이를 한 나만큼 세상 물정은 모릅니다. 시방이 어느 세상인데 그러시우?"

"이 애?" / "네?"

"네가 방금 세상 물정이랬지?" / "네."

"앞길이 환하니 트였다구 그랬지?" / "네."

"환갑까지 십만 원 모은다구 그랬지?" / "네."

"네가 말하는 세상 물정하구 내가 말하려는 세상 물정하구 내용이 다르기도 하지만, 세상 물정이란 건 그야말로 그리 만만한 게 아니다." / "네?"

"사람이란 건 제아무리 날구 뛰어도 이 세상에 형적 없이 그러나 세차게 주욱 흘러가는 힘, 그게 말하자면 세상 물정이겠는데, 결국 그것의 지배하에서 그것을 따라가지 별수가 없는 거다." / "네?"

"쉽게 말하면 계획이나 기회를 아무리 억지루 만들어 놓아도 결과가 뜻대루는 안 된단 말이다."

– 채만식, 「치숙」

09 〈보기〉는 서술자의 서사 전략에 대한 설명이다. 제시문과 가장 밀접한 관련이 있는 서술자의 유형과 서사 전략을 〈보기〉에서 찾아 서술하시오.

〈보기〉

　　서사 작품에서 서술자의 선택은 이야기를 전달하는 서사 전략으로 중요한 의미를 갖는다. '이야기 밖의 서술자'는 인물과 사건 간의 거리두기를 통해 독자의 몰입을 방해하는 방식으로 현실 인식을 드러낸다. '이야기 안의 서술자'는 신빙성 없는 태도를 통해 자신의 무지함과 부도덕함을 스스로 폭로하기도 한다. 또한 '전지적 관점의 서술자'는 인물의 내적 심리를 구체적으로 전달하여 독자와의 공감대를 형성하기도 한다.

① 서술자의 유형: ______________________

② 서사 전략: ____

수학[인문A]

▶ 해설 p.299

10 정의역이 $\{x \mid x \geq 0\}$인 함수 $f(x) = ax^2(0 < a < 1)$의 역함수를 $g(x)$라 하자. 두 곡선 $y = f(x)$, $y = g(x)$로 둘러싸인 부분의 넓이가 $S = \dfrac{3}{4}$일 때, 상수 a의 값을 구하는 다음의 풀이 과정을 완성하시오.

> 두 곡선 $y = f(x)$, $y = g(x)$의 교점의 x좌표는 $x = 0$과 $x = \boxed{①}$이다. 따라서 넓이를 정적분으로 나타내면 $S = \boxed{②}$이고, 이 적분의 값을 a에 대한 식으로 쓰면 $S = \boxed{③}$이다. $S = \dfrac{3}{4}$이므로 상수 $a = \boxed{④}$이다.

11 1이 아닌 서로 다른 두 양수 a, b에 대하여 두 집합 A, B를 $A = \{1, \log_a b\}$, $B = \left\{ \dfrac{3}{2}, 2, 3\log_2 a - 2\log_2 b \right\}$라 하자. $A \subset B$일 때, ab^2의 값을 구하는 과정을 서술하시오.

12 x에 대한 이차방정식 $kx^2-(k+2)x+(k+1)=0$의 두 근이 $\sin\theta$와 $\cos\theta$일 때, θ의 값을 구하는 과정을 서술하시오. (단, k는 상수이고 $0\leq\theta\leq\pi$)

13 수열 $\{a_n\}$은 $a_1>0$, $a_4+a_5=0$이고, 모든 자연수 n에 대하여 $a_{n+2}=a_{n+1}-a_n$을 만족시킨다. 수열 $\{a_n\}$의 첫째항부터 n항까지의 합을 S_n이라 할 때, $S_n<0$을 만족시키는 300 이하의 자연수 n의 개수를 구하는 과정을 서술하시오.

14 함수

$$f(x) = \begin{cases} \dfrac{\sqrt{x+1}-a}{x-1} & (x>1) \\[2ex] \dfrac{x+b}{\sqrt{1+x}-\sqrt{1-x}} & (x \leq 1) \end{cases}$$

가 $x=1$에서 연속일 때, 상수 a와 b의 값을 구하는 과정을 서술하시오.

15 수직선 위를 움직이는 두 점 P, Q의 시각 $t(t \geq 0)$에서의 위치 x_1, x_2가 $x_1 = 3t^3 - 3t^2 + 7t$, $x_2 = 2t^3 + 3t^2 - 2t$이다. 두 점 P, Q가 동시에 원점을 출발한 후 처음으로 속도가 같아지는 순간 t_a와 처음으로 만나는 순간 t_b의 값을 구하는 과정을 서술하시오.

국어[인문B]

▶ 해답 p.301

※ 다음은 학생 측과 학교 측의 협상 내용의 일부이다. 다음 물음에 답하시오.

> 학생 측: 우리 학교에서 학생들을 위한 휴게 공간이 매점 앞에 조성되어 있습니다. 그런데 이 공간이 교실에서 멀리 떨어진 야외에 있고, 협소한 편입니다. 이에 저희 학생회에서는 학생 휴게 공간을 실내로 옮겨줄 것을 요청합니다.
>
> 학교 측: 현재 학생 휴게 공간이 열악하다는 것은 학교에서도 잘 알고 있기 때문에 환경 개선을 위해 노력하고 있습니다. 그런데 잘 알다시피 건물 내에는 휴게 공간을 마련할 만큼 여유 있는 공간이 없습니다. 혹시 현재 장소를 이용하는 데에 어떤 불편이 있는지 말해 줄 수 있나요?
>
> 학생 측: 일단 교실과 너무 멀리 떨어져 있습니다. 그래서 3, 4층에 있는 학생들의 경우 시간이 부족해서 이용이 어렵기도 하고, 안전사고의 위험도 안고 있습니다.
>
> 학교 측: 그렇군요. 학교도 안전사고의 위험성과 소음으로 인한 학생들의 불편을 잘 알고 있기 때문에 계단과 매점 근처에 주의를 당부하는 팻말을 설치했습니다.
>
> 학생 측: 주의 팻말이 어느 정도 도움이 되는 것은 사실이지만, 그것만으로는 부족합니다. 저희는 휴게 공간을 교실과 가까운 실내로 옮겨 주실 것을 요청합니다.
>
> 학교 측: 리모델링 중인 도서관에 정보 검색실과 지식 나눔터를 만들려고 합니다.
>
> 학생 측: 그러한 공간이 마련된다면 학생들도 환영할 것 같습니다. 다만 실내 장식을 휴게 공간처럼 꾸며서 학생들이 부담 없이 자유롭게 이용할 수 있도록 해주면 좋겠습니다.
>
> 학교 측: 그 부분은 검토해 보겠습니다. 학생회 측이 시급하게 요구하는 휴게 공간 이전은 어렵지만, 그 대신 매점 옆에 창고로 사용하고 있는 컨테이너를 개조하여 휴게 공간을 확충하겠습니다. 그런데 현재 학생 휴게 공간을 보면 학생들이 매점에서 간식을 먹고 쓰레기를 제대로 처리하지 않아 주변이 좀 지저분합니다.
>
> 학생 측: 그 점은 저희도 잘 알고 있습니다. 학생회에서 청소 당번을 정해 청결하게 관리하겠습니다.

01 〈보기〉는 협상할 때 사용할 수 있는 협상 전략에 대한 설명의 일부이다. 〈보기〉의 ㉠과 같은 협상 전략을 사용한 학교 측의 발언에 해당하는 문장을 제시문에서 찾아 첫 어절과 마지막 어절을 순서대로 쓰시오.

〈보기〉

> 일반적으로 협상은 시작 단계–조정 단계–해결 단계를 거친다. 이 가운데 조정 단계에서는 양측이 구체적인 대안을 제시한 후, 대안을 상호 검토하면서 서로의 입장 차이를 좁히게 되는데, 이 경우 ㉠상대방의 요구 사항을 우선과 차선으로 나눈 후 우선을 수용하지 못하는 대신 차선은 수용하는 방식으로 입장 차이를 조정해 나갈 수 있다.

[02~03] 다음 글을 읽고 물음에 답하시오.

바로크 양식의 지나친 장식주의에 반발하여 18세기에 등장한 구조 합리주의는 이전 건축물의 구조에서 합리적인 특성을 찾아내는 방식으로 전개되었다. 바로크 양식의 두꺼운 벽체가 장식 양을 늘리기 위한 장식주의의 산물일 뿐 구조적 효율의 관점에서 보면 불필요한 낭비라고 판단하여, 기둥을 활용하여 구조적으로 효율성을 높인 새로운 건축 모델을 탐구하는 방식이 그 예라고 할 수 있다. 이런 구조 합리주의는 19세기에 이르러 강철이라는 새로운 철물 재료의 등장으로 새로운 국면을 맞게 된다. 주철은 16~17세기부터 건축물의 보강재로 종종 활용되었지만, 강철은 1709년 처음 발명된 이래 순수 공업 재료로만 쓰이다가 건축에는 1820년경부터 도입되었고 1870년대부터는 주재료로 그 사용량이 크게 증가하였다. 강철이 건축의 주재료로 등장하면서 19세기 구조 합리주의를 내세운 신건축 운동이 활발히 전개된 것이다.

신건축 운동의 중심 국가는 프랑스와 영국이었다. 프랑스는 이론 연구가 두드러졌는데 건축가들은 실험 정신을 지니고 예술적 가능성을 창작에 다양하게 응용하며 19세기 구조 합리주의라는 독립 양식을 만들어 나갔다. 이에 비해 영국은 전통적인 실용 정신을 발휘하며 공장, 창고, 상업 건물 등 실용 건물에서 앞서 나갔다. 이런 두 나라의 경쟁은 특히 만국 박람회 전시관, 박물관, 백화점, 교회 등 고급 건물을 두고 치열하게 전개되었다. 이 건축물들은 기둥 간격이 넓은데다 강철로 된 가는 기둥과 투명한 유리를 조화시켜 이전에 보지 못했던 환한 빛으로 밝고 장쾌한 실내 분위기를 조성했는데, 특히 당시 기독교 교회와 부르주아 자본가들은 철골 건축의 이런 물리적, 기능적 특징이 갖는 장점을 선호하였다.

만국 박람회는 19세기 건축에 내재된 경쟁 구도가 드러난 장이었다. 만국 박람회는 국가 간 산업화 경쟁이 일어나는 자본주의의 경쟁 공간이었지만, 건축적으로는 장식주의적 요소가 강한 역사주의*와 신건축 운동이 날카롭게 맞부딪치는 공간이기도 했다. 산업 혁명이 일정한 궤도에 오른 19세기는 만국 박람회의 전성기였는데, 18세기부터 정착한 영국과 프랑스의 경쟁 구도가 더욱 치열해진 시기였다. 영국은 1851년 런던 만국 박람회 때 강철로 만든 뼈대와 유리로만 지은 전시관인 ㉠수정궁을 선보임으로써 19세기 신건축 운동의 역사에 큰 획을 그었다. 18세기부터 이어져 온 건축 기술을 활용하여 짓긴 했지만 철골 뼈대에 유리로 건물 전체를 뒤덮어 안과 밖의 경계를 모호하게 만든 수정궁은 대형 공간 속에 밝고 균질한 빛이 가득 차면서 건축적으로 새로운 모습을 대중들에게 보여 주었다. 한 신문에서 건물이 수정 같다고 하면서 수정궁은 이 건물의 정식 명칭이 되었다.

영국과 경쟁하던 프랑스는 수정궁에 밀려 뒤처진 듯하였으나 1878년과 1889년에 연달아 파리 만국 박람회를 개최하면서 상황을 뒤집었다. 특히 프랑스 대혁명 100주년을 기념한 1889년 파리 만국 박람회에서 ㉡에펠 탑을 탄생시키며 수정궁을 능가하는 큰 획을 그은 것이다. 건축가 에펠은 수에즈 운하 공사에 참여했을 때 봤던 피라미드를 기본 모티프로 삼아 에펠 탑을 건설했다. 전체 구성은 기단, 몸통, 탑의 기본 삼단으로 이루어졌는데, 이전의 다리 건설에 적용했던 아치 기술을 이용하여 탑을 수직으로 올리고 이전 다리에 활용했던 '거미집 형식'을 적용하여 총중량을 줄이는 방식으로 310미터짜리 탑을 탄생시켰다. 이로 인해 비로소 프랑스는 국가적 자존심에 걸맞은 상징물을 갖게 되었다.

*역사주의: 건축에서 역사적 건축물을 모방하여 전통적인 양식으로 짓는 경향을 이름.

02 〈보기2〉는 제시문과 〈보기1〉을 참고하여 ㉠~㉢의 특성을 정리한 내용이다. 〈보기2〉의 ①~③에 들어갈 적절한 말을 쓰시오.

―――〈보기1〉―――

　　1889년 파리 만국 박람회는 ㉢기계관이라는 또 하나의 걸작을 남겼다. 여기에는 새로운 기술이 활용되었다. 먼저 강철이라는 가벼운 재료를 사용함으로써 아치를 이루는 부분의 두께가 매우 얇아졌다. 그리고 지면과 면으로 접하는 안정된 '면지지'가 아니라 바닥에 구멍을 뚫고 경첩을 박은 '점지지'를 사용하였는데, 이는 강철의 팽창과 수축에 대응하는 가장 효과적인 방식으로 교량 기술자들이 1870년대 이후부터 첨단 기술로 사용하던 것이다.

―――〈보기2〉―――

　　㉠~㉢은 모두 (　①　)을/를 소재로 사용했다는 공통점이 있다. 그런데 ㉠~㉢ 중 (　②　)와/과 (　③　) 은/는 이전에 다리 건설에 적용되던 기술을 활용한 건축물이라는 특징이 있다.

① ______________________________

② ______________________________

③ ______________________________

03 〈보기〉의 ①, ②에 들어갈 적절한 말을 제시문에서 찾아 쓰시오.

―――〈보기〉―――

　　고급 건축을 통해 19세기 철물 건축을 선도한 인물로 프랑스 건축가 부알로를 들 수 있다. 부알로의 생퇴젠 성당은 그 외양이 단순했기에 장식주의적 요소를 강조했던 (　①　)와는/과는 거리가 멀었다. 또한 고딕 건축 양식의 두꺼운 석재 기둥 대신 가는 철물 기둥을 사용했음에도 고딕 성당과 동일하게 창문으로만 빛이 들어오는 구조로 인해 넓은 실내의 조도(照度)를 고딕 성당의 수준 이상으로 높일 수는 없었다. 이런 점에서 생퇴젠 성당은 (　②　)의 입장에서도 역시 긍정적인 평가를 받기 어려웠다.

① ______________________________

② ______________________________

[04~05] 다음 글을 읽고 물음에 답하시오.

　더 많은 부를 얻기 위해 마음의 평온을 희생하며 살아가는 사람들이 있다. 애덤스미스에 따르면, 이들은 모두 마음의 평온을 유지하기 위해 무엇이 필요한지 모르기 때문에 부와 지위를 지나치게 추구하고 있는 것이다. 마음의 평온을 위해서는 건강하고, 빚이 없고, 양심에 거리낌이 없어야 한다. 이러한 상태에 있다면 추가되는 어떤 재산도 쓸데없는 것이다. 건강을 유지하고, 빚을 질 필요가 없으며, 양심의 가책을 느낄 만한 행위를 저지르지 않아도 될 만큼의 수입이 필요할 뿐이다.

　애덤 스미스는 그 사회에서 기본적인 생활을 유지하는 데 필요한 최소한의 수입, 즉 '최저 수준'의 부를 얻을 수 없는 경우 사람은 비참한 상황에 빠진다고 보았다. 불편한 생활을 해야 하기 때문이다. 그뿐만 아니라 세상은 그러한 상태에 있는 사람들의 슬픔과 괴로움에 동감하지 않으며, 그들을 경멸하고 무시하므로 빈곤 상태에 있는 사람들을 한층 더 괴롭게 만든다. 자신이 세상으로부터 경멸과 무시를 받고 있다는 생각은 인간의 희망을 꺾고 마음의 평온을 어지럽힌다.

　애덤 스미스는 '지혜로운 사람'과 '연약한 사람'을 구분하여 부와 행복의 관계를 설명하였다. 〈그림〉을 살펴보자. 이 〈그림〉에서 가로축은 부의 크기를, 세로축은 행복의 크기를 나타낸다. 이때 점 C에 대응하는 부의 수준은 그 사회에 건강하고, 빚이 없고, 양심에 거리낌이 없는 상태로 생활할 수 있는 최저 수준을 나타내며, 점 A부터 점 B까지는 부의 크기가 최저 수준인 점 C에 미치지 못하는 구간이다. 여기에서 꺾은선 그래프 ㉠ABCD는 '지혜로운 사람'이 예상하는 부와 행복의 관계에, 꺾은선 그래프 ⑤ 은/는 '연약한 사람'이 예상하는 부와 행복의 관계에 해당한다.

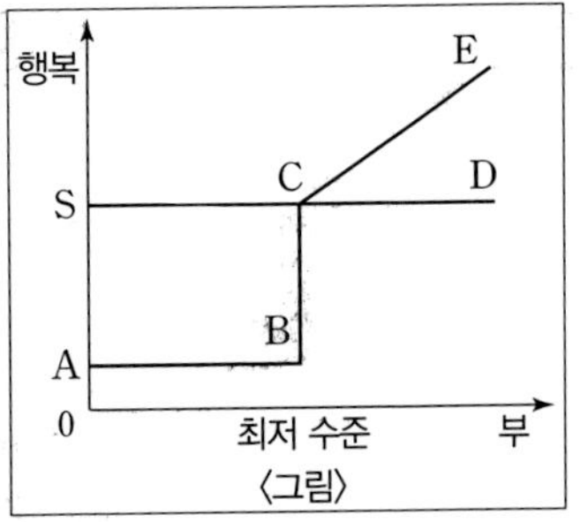

　애덤 스미스에 따르면, '연약한 사람'은 최저 수준의 부를 얻은 후에도 부가 증가할수록 행복이 증대된다고 생각한다. 부를 쌓음으로써 생활의 쾌적함이 향상됨과 동시에, 다른 이들로부터 칭찬을 받을 수 있다고 생각하기 때문이다. 하지만 호화스러운 식사도, 아름다운 의복도, 훌륭한 저택도 실제로 가져 보면 대단치 않은 효용을 가진 장난감에 불과하며, 오히려 그것들을 관리해야 하는 사람을 번거롭게 만든다. 이처럼 큰 부를 획득한다 한들 실제로 행복은 증가하지 않는다고 애덤 스미스는 이야기한다.

　'지혜로운 사람'은 최저 수준을 넘는 부의 증가가 행복에 영향을 주지 않는다고 생각한다. 하지만 아무리 지혜로운 사람이라도 최저 수준을 밑도는 부밖에 얻을 수 없는 경우, 행복의 수준은 지극히 낮아지며 비참한 상태에 빠지게 된다. 점 A부터 점 B까지의 부와 점 C 이상의 부에서 느끼는 행복의 차이는 엄청나다. 한편 스토아 철학에서 말하는 '현자'라면, 부와 행복의 관계는 그래프 ⑤ 이/가 될 것이다. 왜냐하면 '현자'는 모든 상황을 동등하게 보고 부동심(不動心)을 유지하기 때문이다. 그러나 '지혜로운 사람'은 세상으로부터 칭찬받을 때와 달리 세상으로부터 경멸과 무시를 받을 때에는 동요하게 된다. 세상 사람들은 가난한 사람에 대해 노골적으로 비난하지는 않지만, 그 사람을 경멸하고 무시한다. '연약한 사람'과 마찬가지로 '지혜로운 사람'에게도 빈곤하다는 이유로 경멸과 무시를 받는 것은 고통스러운 일이다.

04 ㉠~㉢은 각각 제시문의 〈그림〉에 존재하는 어떤 그래프를 가리킨다. 제시문의 문맥을 고려하여 ㉠과 동일한 방식으로 ㉡과 ㉢을 완성하시오.

㉡ _______________________________________

㉢ _______________________________________

05 제시문에서 확인할 수 있는 애덤 스미스의 관점에서 〈보기〉의 ⓐ, ⓑ가 어떤 유형의 인간에 해당하는지 서술하시오.

〈보기〉

굶주림에 지쳐서 마을을 떠돌던 A는 가장 부유해 보이는 집에 들어가 음식을 청했다. 가난을 극복하고 사업가로 성공한 집주인 B는 젊었을 때의 자신과 비슷해 보이는 A에게 많은 음식과 따뜻한 잠자리를 마련해 주었다. 그러나 거실에 값비싼 보석이 놓여 있는 것을 본 A는 돈이 많으면 많을수록 행복해질 것이라는 생각에 양심의 거리낌 없이 보석을 훔쳐서 달아났다. 이때 A를 목격한 부유한 ⓐ상인 C는 보상금을 바라며 A를 붙잡아 B에게 데려갔다. 그러나 B는 아무말 없이 지갑에 있던 현금을 꺼내어 A에게 주었다. 이후 ⓑ삶의 태도가 바뀐 A는 열심히 일해 돈을 벌기 시작했으며, 마음의 평온을 유지하기 위해 필요한 만큼만 소유하고 나머지 돈으로는 가난한 이들을 도와주며 살았다.

ⓐ _______________________________________

ⓑ _______________________________________

[06~07] 다음 글을 읽고 물음에 답하시오.

맞벌이 부부 우리 동네 구자명 씨
일곱 달 된 아기 엄마 구자명 씨는
출근 버스에 오르기가 무섭게
아침 햇살 속에서 졸기 시작한다
경기도 안산에서 서울 여의도까지
경적 소리에도 아랑곳없이

옆으로 앞으로 꾸벅꾸벅 존다
차창 밖으론 사계절이 흐르고
진달래 피고 밤꽃 흐드러져도 꼭
부처님처럼 졸고 있는 구자명 씨
그래 저 십 분은
간밤 아기에게 젖 물린 시간이고
또 저 십 분은
간밤 시어머니 약시중 든 시간이고
그래그래 저 십 분은
새벽녘 만취해서 돌아온 남편을 위하여 버린 시간일 거야
고단한 하루의 시작과 끝에서
잠 속에 흔들리는 팬지꽃 아픔
식탁에 놓인 안개꽃 멍에
그러나 부엌문이 여닫히는 지붕마다
여자가 받쳐 든 한 식구의 안식이
아무도 모르게
죽음의 잠을 향하여
거부의 화살을 당기고 있다

– 고정희, 「우리 동네 구자명 씨」

06 〈보기〉는 제시문에 대한 해설의 일부이다. 〈보기〉의 ㉠에 해당하는 시구(詩句)를 제시문에서 찾아 쓰시오.

〈보기〉

　　고정희의 「우리동네 구자명 씨」는 출근 버스에 타자마자 졸기 시작하는 구자명의 모습을 통해 직장과 가사라는 이중의 노동에 시달리는 현대 여성의 삶을 형상화하고 있다. 시인은 ㉠가녀린 꽃과 삶의 고통을 결합한 시어들을 통해서 죽음에 비견될 만큼 힘겨운 여성의 삶을 아름답고도 고통스럽게 형상화하였다.

① ______________________________

② ______________________________

07 〈보기2〉는 〈보기1〉을 읽고 제시문을 이해한 글의 일부이다. ㉠에 들어갈 적절한 시행(詩行)을 제시문에서 찾아 쓰시오.

〈보기 1〉

맞벌이 부부인 남편 A 씨와 아내 B 씨는 자신들이 하는 가사 노동의 목록을 정리한 후 비교해 보았다. 남편 A 씨가 적은 가사 노동은 '아이들의 등하교', '설거지', '아이들과 놀아 주기' 등 8개였던 것에 비해, 아내 B 씨는 190여 개의 가사 노동을 엑셀 파일로 만들어 전달했다고 한다. 이 중에는 '시댁 식구 생신 선물 및 음식 준비', '행주 삶기', '세탁기 청소' 등과 같이 평소 남편인 A 씨가 무심히 지나쳤던 일들도 적혀 있었다. 최근 통계청의 조사 결과에서 자신의 삶에 만족한다고 응답한 직장인 여성의 비율은 25% 이내였는데, 이러한 조사 결과의 주요 원인이 가사 노동에 대한 불평등 때문인 것으로 나타났다.

− ○○신문

〈보기 2〉

불평등은 이 시에서 비대칭적인 이미지로 제시된다. 구자명은 복수의 대상물과 대비되는 자리에 배치된다. 구자명은 출근길에서는 '아침 햇살, 진달래, 밤꽃'의 이미지와 대비되고, 집에서는 '아기, 시어머니, 남편'의 이미지와 대비된다. 이러한 비대칭은 구자명에 대해 서술하는 화자의 인식을 반영하는 것이다. 시의 후반부에서 구자명의 상황은 여성 일반의 문제로 확대된다. 가사 노동에 대한 불평등이 중요한 사회적 문제로 인식되지 않는 현실에 대한 화자의 폭로는 시에서 (㉠)(이)라는 표현으로 나타난다. (㉠)은/는 이러한 문제가 사회 전반적으로 인식되지 않고 화자에게만 인식된다는 비대칭성을 보여준다.

※ 다음 글을 읽고 물음에 답하시오.

"사모님, 내 뽑아 드린 견적서 좀 줘 보세요. 돈이 좀 달라질 겁니다."

아내가 손에 쥐고 있던 견적서를 내밀었다. 인쇄된 정식 견적 용지가 아닌, 분홍 밑그림이 아른아른 내비치는 유치한 편지지를 사용한 그것을 임 씨가 한참씩이나 들여다보았다. 그와 그의 아내는 임 씨의 입에서 나올 말에 주목하여 잠깐 긴장하였다.

"술을 마셨더니 눈으로는 계산이 잘 안 되네요."

임 씨는 분홍 편지지 위에 엎드려 아라비아 숫자를 더하고 빼고, 또는 줄을 긋고 하였다.

그는 빈 술병을 흔들어 겨우 반 잔을 채우고는 서둘러 잔을 비웠다. 임 씨의 머릿속에서 굴러다니고 있을 숫자들에 잔뜩 애를 태우고 있는 스스로가 정말이지 역겨웠다.

"됐습니다, 사장님. 이게 말입니다. 처음엔 파이프가 어디서 새는지 모르니 전체를 뜯을 작정으로 견적을 뽑았지요. 아까도 말씀드렸지만 일이 썩 간단하게 되었다 이 말씀입니다. 그래서 노임에서 사만 원이 빠지고 시멘트도 이게 다 안 들었고, 모래도 그렇고, 에, 쓰레기 치울 용달차도 빠지게 되죠. 방수액도 타일도 반도 못 썼으니 여기서도 요게 빠지고 또……."

임 씨가 볼펜 심으로 쿡쿡 찔러 가며 조목조목 남는 것들을 설명해 갔지만 그의 귀에는 제대로 들리지 않았다. 뭔

가 단단히 잘못되었다는 기분, 이게 아닌데, 하는 느낌이 어깨의 뻐근함과 함께 그를 짓누르고 있을 뿐이었다.

“그렇게 해서 모두 칠만 원이면 되겠습니다요.”

선언하듯 임 씨가 분홍 편지지를 아내에게 내밀었다. 놀란 것은 그보다 아내 쪽이 더 심했다. 그녀는 분명 칠만 원이란 소리가 믿기지 않는 모양이었다.

“칠만 원요? 그럼 옥상은…….”

“옥상에 들어간 재료비도 여기에 다 들어 있습니다. 그거야 뭐 몇 푼 되나요.”

“그럼 우리가 너무 미안해서…….”

아내가 이번에는 호소하는 눈빛으로 그를 쳐다보았다. 할 수 없이 그가 끼어들었다.

“계산을 다시 해 봐요. 처음에는 십팔만 원이라고 했지 않소?”

“이거 돈을 더 내시겠다 이 말씀입니까? 에이, 사장님도. 제가 어디 공일 해 줬나요. 조목조목 다 계산에 넣었습니다요. 옥상 일한 품값은 지가 써비스로다가…….”

“써비스?”

그는 아연해서 임 씨의 말을 되받았다.

“그럼요. 저도 써비스할 때는 써비스도 하지요.”

그는 입을 다물어 버렸다. 뭐라 대꾸할 말이 없었다.

“토끼띠이면서도 사장님이 왜 잘사는가 했더니 역시 그렇구만요. 다른 집에서는 노임 한 푼이라도 더 깎아 보려고 온갖 트집을 다 잡는데 말입니다. 제가요, 이 무식한 노가다가 한 말씀 드리자면요, 앞으로 이 세상 사시려면 그렇게 마음이 물러서는 안 됩니다요. 저는요, 받을 것 다 받은 거니까 이따 겨울 돌아오면 우리 연탄이나 갈아주세요.”

임 씨는 아내가 내민 칠만 원을 주머니에 쑤셔 넣고 자리에서 일어섰다.

그는 일 층 현관까지 내려가 임 씨를 배웅하기로 했다. 어두워진 계단을 앞서거니 뒤서거니 내려가면서 임 씨는 연장 가방을 몇 번이나 난간에 부딪혔다. 시원한 밤공기가 현관 앞을 나서는 두 사람을 감쌌고 그는 무슨 말로 이 사내를 배웅할 것인가를 궁리해 보았다. 수고했다라는 말도, 고맙다는 말도 이 사내의 그 ‘써비스’에 대면 너무 초라하지 않을까.

[중략 부분의 줄거리] 그는 자신의 집수리를 마친 임 씨와 함께 동네 형제 슈퍼에서 맥주를 마시게 된다. 그는 그 과정에서 임 씨가 스웨터 공장주에게 연탄값 80만 원을 받지 못한 사정과 연탄값을 떼먹은 공장주가 가리봉동에 큰 공장을 차렸더라는 이야기를 듣게 된다. 임 씨는 술에 취한 채 떼인 돈 80만 원을 받으러 일감이 없는 비 오는 날이면 가리봉동에 가야 한다고 말한다.

“형씨, 형씨는 집이 있으니 걱정할 것 없소. 토끼띠면 어쩔 거여. 집이 있는데, 어디 집값이 내리겠소?”

“저런 것도 집 축에 끼나…….”

이번엔 또 무슨 까탈을 일으킬 것인지, 시도 때도 없이 돈을 삼키는 허술한 집이라고 대꾸하려다가 임 씨의 말에 가로채여서 그는 입을 다물었다.

“난 말요, 이 토끼띠 사내는 말요, 보증금 백오십만 원에 월세 삼만 원짜리 지하실방에서 여섯 식구가 살고 있소. 가리봉동 그 새끼는 곧 죽어도 맨션아파트요, 맨션아파트!”

임 씨는 주먹을 흔들며 맨션아파트라고 외쳤는데 그의 귀에는 꼭 맨손아파트처럼 들렸다.

“돈 받으러 갈 시간도 없다구. 마누라는 마누라대로 벽돌 찍는 공장에 나댕기지, 나는 나대로 이 짓 해서 벌어야지. 그래도 달걀 후라이 한 개 마음 놓고 못 먹는 세상!”

임 씨의 목소리가 거칠어졌다. 술이 너무 과하지 않나 해서 그는 선뜻 임 씨에게 잔을 돌리지 못하고 있었다.

“돌고 돌아서 돈이라고? 돌고 도는 돈 본 놈 있음 나와 보래! 우리 같은 신세는 평생 이 지랄로 끝장이야. 돈? 에

이! 개수작 말라고 해."

임 씨가 갑자기 탁자를 내리쳤다. 그 바람에 기우뚱거리던 맥주병이 기어이 바닥으로 나뒹굴면서 요란한 소리를 내었다.

"참고 살다 보면 나중에는……."

"모두 다 소용없는 일이야!"

임 씨의 기세에 눌려 그는 또 말을 맺지 못하고 입을 다물었다. 나중에는 임 씨 역시 맨션아파트에 살게 되고 달걀 프라이쯤은 역겨워서, 곰국은 물배만 채우니 싫어서 갖은 음식 타박에 비 오는 날에는 양주나 찔끔거리며 사는 인생이 될 것이다,라고 말할 수는 없었다. 천 번 만 번 참는다고 해서 이 두터운 벽이, 오를 수 없는 저 꼭대기가 발밑으로 걸어와 주는 게 아님을 모르는 사람이 그 누구인가.

그는 임 씨의 핏발 선 눈을 마주 보지 못하였다. 엉터리 견적으로 주인 속이는 일꾼이라고 종일토록 의심하며 손해 볼까 두려워 궁리를 거듭하던 꼴을 눈치채이지는 않았는지, 아무래도 술기운이 확 달아나 버리는 느낌이었다. 제아무리 탄탄해도 라면 가닥으로 유지되는 사내의 몸뚱이는 술 앞에서 이미 제 기운을 잃고 있음이 분명했다. 임 씨의 몸이 자꾸만 한쪽으로 쏠리는 것을 보면서 그는 점차 술이 깨고 있었다.

"어떤 놈은 몇 억씩 챙겨 먹고 어떤 놈은 한 달 내내 뼁품을 팔아도 이십만 원 벌이가 달랑달랑한데, 외제 자가용 타고 다니며 꺼떡거리는 놈, 룸싸롱에서 몇십만 원씩 팁 뿌리는 놈은 무슨 재주로 그리 사는 거야? 죽일 놈들, 죽여! 죽여!"

임 씨의 입에 거품이 물렸다.

"비싼 술 잡숫고 왜 이런당가요, 참으시오. 임 씨 아저씨. 쪼매 참으시오."

김 반장이 냉큼 달려들어 빈 술병과 잔들을 챙겨 갔다. 임 씨는 탁자에 고개를 처박고서 연신 죽여, 를 되뇌고 그는 속수무책으로 사내의 빛바랜 얼굴만 쳐다보았다. 아무리 생각해도 저 '죽일놈들' 속에는 그 자신도 섞여 있는 게 아니냐는, 어쩔 수 없는 괴리감이 사내의 어깨에 손을 대지 못하게 막고 있었다.

– 양귀자, 「비 오는 날이면 가리봉동에 가야 한다」

08 〈보기〉는 제시문에 대한 설명의 일부이다. 〈보기〉를 참고하여 제시문의 '그'가 '임 씨'에게 품었던 의심이 공감과 이해로 전이되는 계기가 되는 소재를 제시문에서 찾아 쓰시오.

〈보기〉

「비 오는 날이면 가리봉동에 가야 한다」는 '공감의 플롯'을 가진 작품이라고 볼 수 있다. '공감의 플롯'이란 등장인물이 처음에는 타인을 불신하고 이질감을 느끼다가 특정 사건을 계기로 자신의 잘못을 깨닫게 되거나 자신과의 공통점을 발견하면서 점차 타인에 대해 공감하게 되는 과정을 의미한다. 이 플롯에서 중요한 것은, 타인에 대한 등장인물의 태도 변화, 즉 등장인물이 처음에 가졌던 이질감이 공감과 이해로 전이되는 과정이다. 이때의 공감과 이해는 단순한 동정을 의미하는 것이 아니라 자신의 삶과 태도를 돌아보는 성찰과 같은 윤리적 태도를 내포하고 있는 것으로, 이를 통해 타인을 하나의 주체로 인정할 수 있게 된다. 이러한 타인에 대한 공감과 이해는 미래에 대한 희망으로 이어질 수 있다.

09 〈보기〉는 학습 활동의 일부이다. 〈보기〉의 ①~③에 들어갈 적절한 말을 쓰시오.

〈보기〉

　'학교'는 [학꾜]로 발음되는데, 이는 음운 변동 중 된소리되기 현상이 일어난 것이다. 우리의 일상 언어 생활에서 확인할 수 있는 음운 변동에는 된소리되기 외에도 비음화, 유음화, 구개음화, 모음 탈락, 반모음 첨가, 거센소리되기 등이 있다. 이중에서 아래의 단어를 발음할 때 일어나는 음운 변동의 유형을 찾아보자.

단련	옳다	해돋이

① 단련: ___________________________

② 옳다: ___________________________

③ 해돋이: ___________________________

수학[인문B]

▶ 해답 p.303

10 닫힌구간 $[-2, 2]$에서 함수 $y = 8^x - 3 \times 2^x - 1$의 최댓값과 최솟값을 구하는 다음의 풀이 과정을 완성하시오.

주어진 식에서 $2^x = t$로 치환하여 $f(t) = t^3 - 3t - 1$로 놓는다. 그러면 함수 $f(t)$는 닫힌구간 ① 에서 감소하고 닫힌구간 ② 에서는 증가한다. 따라서 최댓값은 ③ 이고 최솟값은 ④ 이다.

11 함수 $f(x) = 2^{x+3} - 4$의 그래프가 x축, y축과 만나는 점을 각각 A, B라 하자. 삼각형 AOB의 넓이를 구하는 과정을 서술하시오. (단, O는 원점)

12 두 함수 $f(x)=\cos^2 x-2\sin x+7$, $g(x)=\log_a x \ (a>1)$가 있다.

합성함수 $(g \circ f)(x)$의 최댓값이 2일 때, 최솟값을 구하는 과정을 서술하시오.

13 삼차방정식 $x^3-3x^2+x+1=0$의 세 근 중 무리수인 것을 α, β라 할 때,
$(\alpha^2-2)(\beta^2-2)+(\alpha^2-4)(\beta^2-4)$
$+(\alpha^2-6)(\beta^2-6)+\cdots+(\alpha^2-20)$
(β^2-20)의 값을 구하는 과정을 서술하시오.

14 $\displaystyle\lim_{x\to\infty}\sqrt{x}\left(\sqrt{x+1}+\sqrt{x+k}-2\sqrt{x}\right)=\dfrac{27}{2}$

일 때, 양수 k의 값을 구하는 과정을 서술하시오.

15 다항함수 $f(x)$가 모든 실수 x에 대하여

$$xf(x)$$
$$=\dfrac{3}{8}x^4-\dfrac{1}{3}x^3\int_0^2 f'(t)dt+\int_2^x (t)dt$$를

만족시킬 때, $f(x)$를 구하는 과정을 서술하시오.

2022학년도
가천대
논술 모의고사
국어 수학

국어

▶ 해답 p.306

※ 다음은 반대 신문식 토론의 일부이다. 물음에 답하시오.

사회자: 지금부터 '게임 사용 장애를 질병으로 인정해야 한다'를 논제로 토론을 시작하겠습니다. 먼저 찬성 측 첫 번째 토론자의 입론이 있겠습니다.

찬성1: 대한 신경 정신 의학회를 비롯한 5개 단체가 발표한 성명에 따르면, 흔히 '게임 중독'이라는 용어로 알려져 온 '게임 사용 장애'는, 뇌 도파민 회로의 기능 이상을 동반하며 비정상적인 행동을 초래합니다. 게임에 방해가 된다는 이유로 타인에게 폭력을 휘두르거나 게임 아이템을 구입하기 위해 절도 행각을 벌인 사건과 같이 우리가 그 동안 언론을 통해 심심찮게 접해 온 사례들은 게임 사용 장애가 비정상적인 행동을 통해 타인에게 큰 피해를 입힐 수 있다는 것을 잘 보여 줍니다. 이처럼 게임 사용 장애는 심각한 문제를 일으키므로 질병으로 인정해야 합니다.

사회자: 다음은 반대 측 두 번째 토론자의 반대 신문이 있겠습니다.

반대2: 음악 감상에 방해가 된다고 해서 타인에게 폭력을 휘두르거나 유명 가수의 콘서트를 관람하기 위해 티켓 절도를 하면 법적으로 처벌을 받습니다. 그러면 이때 음악 감상이나 콘서트 관람이라는 행위 자체가 폭력이나 절도를 유발한 원인입니까?

찬성1: 그렇지 않다고 생각합니다.

반대2: 그렇다면 제가 말씀드린 사례에서 폭력이나 절도의 원인은 무엇입니까?

[가]

찬성1: 원인을 하나로 확정하기는 어렵겠지만 분노 조절 장애나 탐욕 등 다양한 복합적 원인이 있을 것으로 보입니다.

반대2: 그러면 찬성 측에서 말씀하신 폭력이나 절도 사례의 경우도 게임에 대한 지나친 몰입이 유발한 것이라고 확정할 수는 없겠군요. 부적절한 사례를 언급하신 게 아닙니까?

찬성1: 전문 단체에서 게임 사용 장애가 심각한 일상 생활 기능의 장애를 초래한다고 한 만큼, 게임 사용 장애와 폭력이나 절도를 충분히 관련지을 수 있다고 생각합니다.

—후략—

01 다음은 윗글을 분석한 내용이다. 빈 칸에 들어갈 말을 본문의 [가]에서 찾아 완성하시오.

[가]에서 반대2는 찬성1에 대한 반대 신문 과정에서, 게임에 대한 지나친 몰입과 (   ) 사이의 확고한 인과 관계를 부정하는 전략을 사용하고 있다.

[02~03] 다음 글을 읽고 물음에 답하시오.

최근에는 동일한 기능과 용도를 가진 제품들이 시장에 많기 때문에 소비자들은 차별화된 디자인에 주목하여 상품을 고르는 경우가 많다. 그에 따라 상품의 디자인이 중요한 요소로 부각되고 있다. 이러한 상품의 디자인을 보호하고 관련 산업을 발전시키기 위해 우리나라에서는 디자인 보호법을 제정하여 디자인권을 보호하고 있다. 디자인권을 획득하기 위해서는 누구든지 디자인의 성립 요건과 등록 요건을 갖추어서 특허청에 디자인 등록을 출원하여* 심사를 받아야 한다. 디자인 보호법 제2조에서는 디자인을 '물품의 형상·모양·색채 또는 이들을 결합한 것으로서 시각을 통하여 미감(美感)을 일으키게 하는 것'으로 규정하고 있다. 이에 따라 법률상 디자인으로 성립하기 위해서는 물품성, 형태성, 시각성, 심미성의 요건을 갖추어야 한다.

디자인의 물품성은 유체성, 동산성, 정형성, 독립성의 네 가지 요건을 갖추어야 한다. 물품은 원칙적으로 유형적 존재를 갖는 유체물에 한정되고, 빛, 열, 전기, 기체, 액체 등과 같이 형태가 고정되어 있지 않은 것은 물품에 해당하지 않는다. 그리고 물품은 유체물 중에서도 동산(動産)에 한정되고 토지와 그 위의 정착물인 건축물이나 건조물 등의 부동산(不動産)은 원칙적으로 물품으로 인정되지 않는다. 다만 이동식 어린이 놀이방, 방갈로 등과 같이 부동산이라도 공업적으로 양산(量産) 가능하고 이동이 가능한 대상은 물품으로 인정된다. 또한 동산이라도 육안으로 식별이 가능하고 일정한 형태를 가져 디자인이 특정될 수 있는 정형성을 갖추어야만 물품으로 인정되기 때문에 가루나 알갱이 형태의 설탕, 시멘트와 같이 정형화되지 않은 동산은 물품으로 인정받을 수 없다. 그러나 만일 이들이 정형성을 갖게 된다면 예외적으로 물품으로 인정받기도 한다. 그 외에도 손수건을 접어서 만든 꽃 모양과 같이 물품 자체의 형태가 아닌 것 역시 물품으로 볼 수 없다. 마지막으로 물품은 경제적으로 독립하여 거래의 대상이 되는 것이어야 하므로 병의 주둥이와 같은 물품의 일부분도 물품에서 제외된다. 이와 함께 물품으로 구현되지 않은 아이디어 자체는 디자인 보호법상의 보호 대상이 되지 않는다.

디자인의 형태성은 물품의 형상에 모양이나 색채가 결합한 형태를 말한다. 여기서 형상은 물품이 공간을 점하고 있는 윤곽을 의미하고, 모양은 물품의 외관에 나타나는 선으로 그린 도형, 색 구분 등을 의미하여, 색채는 물품에 채색된 빛깔을 의미한다. 디자인이 형태성을 갖추기 위해서는 형상이 반드시 있어야 하므로 형상 없이 모양이나 색채만으로 된 것은 형태성을 인정받지 못한다. 형태성은 물품성을 불가분적 전제로 하며, 외부에서 보이는 것이어야 하므로 분해하거나 파괴해야만 볼 수 있는 것은 시각성의 조건을 만족하지 못해 디자인에서 제외된다. 다만 뚜껑을 여는 것과 같은 구조로 된 것은 그 내부도 디자인의 대상이 된다. 디자인의 심미성은 제품이 아름다움을 느낄 수 있도록 처리가 되어 있는 것으로 사람마다 느끼는 정도가 다르기 때문에 그 의미에 대해서는 다양한 입장이 존재한다.

이와 같은 디자인의 성립 요건을 갖추었다고 하더라도 디자인 등록을 위해서는 신규성, 창작성, 양산성 등의 요건을 충족해야 한다. 신규성은 디자인을 출원하기 전에 그 디자인이 국내외 웹사이트, 전시, 간행물, 카탈로그 등을 통해 일반 대중에게 공개되지 않아야 함을 의미한다. 다만 출원인의 권리를 보호하기 위해 일정한 경우에는 자신의 디자인이 일반 대중에게 공개된 날로부터 12개월 이내에 그 디자인을 출원하면 예외적으로 신규성을 인정받을 수 있다. 창작성은 그 디자인이 속하는 분야에서 통상적인 지식을 가진 사람이 기존 디자인을 쉽게 변형하여 만들 수 있는 것이 아니어야만, 즉 용이(容易) 창작이 아니어야만 인정받을 수 있다. 예를 들어 원 모양의 시계는 일반적인 형태이기 때문에 이는 용이 창작에 해당될 가능성이 높지만, 개미 모양의 시계는 그렇지 않기 때문에 창작성을 인정받을 가능성이 높다. 마지막으로 양산성은 동일한 제품을 반복적으로 계속 생산해야 하는 것으로, 수석이나 꽃꽂이와 같이 자연물을 사용한 물품으로 다량 생산할 수 없는 것과 미술 작품의 원본은 양산성이 없기 때문에 디자인으로 등록될 수 없다. 그런데 앞에 언급한 디자인 등록 요건을 갖추었다 하더라도 동일하거나 유사한 디자인을 제3자가 먼저 등록 출원하게 되면 디자인을 등록할 수 없다. 하지만 창작자가 아닌 제3자가 창작자의 권리를 침해하여 디자인을 먼저 등록 출원할 경우, 특허청은 창작자의 권리 보호를 위해 제3자의 디자인 등록을 거부할 수 있다.

*출원하여: 청원이나 원서를 내어.

02 '형광등 빛'과 '시멘트 가루'가 각각 어떠한 요인이 부족하여 물품으로 인정받지 못하는지 각각 서술하시오.

03 〈보기〉의 빈칸에 들어갈 적절한 내용을 윗글에서 찾아 서술하시오.

〈 보기 〉

디자인 등록을 위해서는 몇 가지 요건이 필요하다. 동일한 제품을 반복적으로 계속 생산할 수 있는 (①) 요건이 있어야 하고, 디자인 출원 전에 일반 대중에게 공개된 적이 없는 (②) 요건이 있어야 한다.

※ 다음 글을 읽고 물음에 답하시오.

오늘 저녁 이 좁다란 방의 흰 바람벽에
어쩐지 쓸쓸한 것만이 오고 간다
　이 흰 바람벽에
　희미한 십오 촉 전등이 지치운 불빛을 내어던지고
　때글은 다 낡은 무명 샤쯔가 어두운 그림자를 쉬이고
　그리고 또 달디단 따끈한 감주나 한잔 먹고 싶다고 생각하는 내 가지가지 외로운 생각이 헤매인다/ 그런데 이것은 또 어인 일인가
　이 흰 바람벽에

[가]

　내 가난한 늙은 어머니가 있다/ 내 가난한 늙은 어머니가
　이렇게 시퍼러둥둥하니 추운 날인데 차디찬 물에 손은 담그고 무이며 배추를 씻고 있다.
　또 내 사랑하는 사람이 있다/ 내 사랑하는 어여쁜 사람이
　어늬 먼 앞대 조용한 개포가의 나즈막한 집에서
　그의 지아비와 마조 앉어 대구국을 끓여놓고 저녁을 먹는다
　벌써 어린것도 생겨서 옆에 끼고 저녁을 먹는다

> 그런데 또 이즈막하야 어느 사이엔가/ 이 흰 바람벽엔
> 내 쓸쓸한 얼굴을 쳐다보며/ 이러한 글자들이 지나간다
> ― 나는 이 세상에서 가난하고 외롭고 높고 쓸쓸하니 살아가도록 태어났다
> 그리고 이 세상을 살어가는데
> 내 가슴은 너무도 많이 뜨거운 것으로 호젓한 것으로 사랑으로 슬픔으로 가득찬다
> 그리고 이번에는 나를 위로하는 듯이 나를 울력하는 듯이
> 눈질을 하며 주먹질을 하며 이런 글자들이 지나간다
> ― 하눌이 이 세상을 내일 적에 그가 가장 귀해하고 사랑하는 것들은 모두
> 가난하고 외롭고 높고 쓸쓸하니 그리고 언제나 넘치는 사랑과 슬픔 속에 살도록 만드신 것이다
> 초생달과 바구지꽃과 짝새와 당나귀가 그러하듯이
> 그리고 또 '프랑시쓰 쨈'과 도연명과 '라이넬 마리아 릴케'가 그러하듯이
>
> ― 백석, 「흰 바람벽이 있어」
>
> *울력하는: 힘으로 몰아붙이는.

04 시적 대상은 '흰 바람벽'과 같이 화자 자신이나 내면심리를 투영하는 것으로 시의 의미를 이어가는 중심 역할을 한다. '흰 바람벽'은 화자의 과거 기억과 심리 등을 비추는 시적 대상이다. 윗글의 [가]에서 화자의 고단한 피로감과 외롭고 쓸쓸한 내면을 반영하고 있는 시적 대상 두 가지가 무엇인지를 서술하시오.

수학

▶ 해답 p.306

05 함수 $f(x)=2^{x-1}+k$의 역함수를 $g(x)$라 하자. 함수 $y=g(x)$의 그래프가 점 $(5,\ 2)$을 지날 때, $g(35)$의 값을 구하는 과정을 아래 과정을 참고하여 서술하시오.

> $f(x)$의 역함수 $g(x)=\boxed{}$이다.
>
> $g(5)=2$이므로, $k=\boxed{}$이다.
>
> 따라서, $g(35)=\boxed{}$이다.

06 $0\le\theta\le2\pi$일 때, x에 대한 이차방정식 $x^2+(\sqrt{3}\sin\theta)x+\cos\theta-\dfrac{1}{4}=0$이 실근을 갖도록 하는 모든 θ의 값의 범위는 $\alpha\le\theta\le\beta$이다. $\tan\alpha-\tan\beta$의 값을 구하는 과정을 서술하시오.

07 자연수 n에 대하여 x에 대한 이차방정식 $x^2+25x-(2n-1)(2n+1)=0$의 두 근을 α_n, β_n이라 하자.

등식 $\displaystyle\sum_{n=1}^{m}\left(\dfrac{1}{\alpha_n}+\dfrac{1}{\beta_n}\right)=12$를 만족시키는 자연수 m의 값을 구하는 과정을 서술하시오.

08 다음 조건을 만족시키는 다항함수 $f(x)$를 구하는 과정을 서술하시오.

> (가) $f'(x)=3x^2-2x+1$
> (나) 곡선 $y=f(x)$ 위의 점 $(1, f(1))$에서의 접선의 x절편은 -1이다.

Nothing great in the world has been
accomplished without passion.

이 세상에 열정없이 이루어진 위대한 것은 없다.

– Georg Wilhelm 게오르크 빌헬름 –

PART 2

실전모의고사

[인문계열] – 5회

[인문계열]
가천대
논술 실전모의고사

제1회 실전모의고사
제2회 실전모의고사
제3회 실전모의고사
제4회 실전모의고사
제5회 실전모의고사

제1회 실전모의고사

[국어 영역]

▶ 해답 p.309

※ 다음은 학생이 작성한 메모와 이를 바탕으로 작성한 자기소개서이다. 물음에 답하시오.

[학생의 메모]

○ 작문의 상황: 사랑군의 청소년 홍보 봉사단에 지원하기 위한 자기소개를 작성함.

○ 자기소개서에 언급할 내용
 – 내가 생각하는 사랑군의 장점
 – 사랑군 홍보 봉사단으로 지원하게 된 동기 ·········· ①
 – 사랑군 홍보 봉사단으로서의 활동 포부
 – 사랑군 홍보 봉사단에 어울리는 나의 성격 ·········· ②

[자기소개서 초고]

 안녕하십니까? 저는 사랑군 청소년 홍보 봉사단에 지원한 행복 고등학교 김우진입니다. 우리 사랑군은 □□강과 △△산 등의 빼어난 자연 경관을 가지고 있으며 인삼과 같은 약초를 재배하기 좋은 곳입니다. 더불어 군민들의 인정이 넘쳐 살기에도 좋고 관광하기에도 좋은 곳이라고 생각합니다. 그런데 □□강과 그 강에서 열리는 물 축제 외에는 많이 알려지지 않아서 아쉽다는 생각을 갖고 있던 차에 홍보 봉사단을 모집한다는 소식을 알게 되어 지원하게 되었습니다. 저는 사랑군 청소년 홍보 봉사단 활동을 통해 △△산과 수목원, 조선 시대의 모습을 유지하고 있는 남씨 고택 등 많이 알려지지 않은 우리 지역의 관광지를 널리 알리고 싶습니다.

 저는 중학교 시절에는 방송부원으로 활동하면서 다양한 동영상을 제작해 왔고, 현재는 온라인 동영상 플랫폼에서 제 개인 방송을 운영할 정도로 동영상을 제작하고 이를 공유하는 것을 좋아합니다. 물론 사랑군과 군에 위치한 관광지에 대한 홍보물은 전문 제작사가 제작하고 있지만, 그 안에 포함될 내용이나 화면 배치 등의 사항은 홍보 봉사단의 의견도 반영된다고 들었습니다. 동영상을 제작해 본 경험이 홍보물 제작에 실질적인 도움이 될 것이라고 생각합니다.

 또한 홍보 봉사단은 지역의 축제나 행사 등에서 진행을 돕거나 방문객을 안내하는 역할도 하는 것으로 알고 있습니다. 저는 성격이 밝고 친화적이어서 처음 보는 사람과도 친근하게 대화할 수 있고 상대방을 배려하는 의사소통을 할 수 있습니다. 고등학교 진학 이후 또래 상담 동아리에서 활동하면서 상대방의 입장에서 공감하며 듣는 태도를 함양했고 다른 사람을 도와주는 일에 긍정적인 태도를 가지고 있습니다.

 무엇보다 저는 사랑군에 대한 남다른 애정을 가지고 있습니다. 사랑군 청소년 홍보 봉사단은 활동해 온 시간에 비해 외부의 인지도가 높지 않은 문제가 있습니다. 맡은 일을 성실히 수행할 준비가 되어 있는 저를 사랑군 홍보 봉사단으로 선발해 주십시오.

01 '학생의 메모'에서 자기소개서에 언급할 내용 중 ①, ②가 반영된 문장을 '자기소개서 초고'에서 찾아 각각의 첫 어절과 마지막 어절을 순서대로 쓰시오.

① 첫 어절: ＿＿＿＿＿＿＿＿＿＿＿＿＿＿＿＿ , 마지막 어절: ＿＿＿＿＿＿＿＿＿＿＿＿＿＿＿＿

② 첫 어절: ＿＿＿＿＿＿＿＿＿＿＿＿＿＿＿＿ , 마지막 어절: ＿＿＿＿＿＿＿＿＿＿＿＿＿＿＿＿

[02～03] 다음 글을 읽고 물음에 답하시오.

독서가 이루어지기 위해서는 독서의 대상이 되는 텍스트가 있어야 한다. 텍스트는 문장이 모여서 이루어진 한 덩어리의 글을 의미하며, 여러 가지 특성을 갖추고 있다. 텍스트의 특성 중 중요한 것은 통일성과 응집성이다.

통일성이란 텍스트의 하위 내용들이 의미상 하나의 주제를 일관적으로 드러내고 있는 것을 말한다. 텍스트에 통일성이 있다면 이해가 어려운 부분이 있더라도, 독자가 문맥과 배경지식, 상황 맥락 등을 고려하여 해당 부분의 의미나 의도를 추론할 수 있다. 그리고 이런 추론 과정을 통해, 텍스트가 전달하려는 주제를 파악할 수 있다.

[A]
응집성이란 텍스트의 하위 내용들이 표면상 긴밀하고 자연스럽게 연결되어 있는 것을 말한다. 접속이나 대용을 나타내는 표현을 적절하게 사용하면 응집성을 높일 수 있다. 접속 표현이란 두 개 이상의 내용을 연결하는 표현으로, 주로 연결 어미나 접속 부사를 통해 나타난다. 대용 표현이란 앞에 나온 내용의 반복을 피하고자 다른 표현으로 대체하는 것으로, 내용의 자연스러운 연결 외에도 글을 풍부하고 다채롭게 하는 효과가 있다. 접속 및 대용 표현 외에도 예고, 강조, 요약, 예시, 열거 등 내용 간의 관계를 나타내는 담화 표지를 적절하게 사용하거나 이유 없이 중복되는 내용을 생략하면, 내용 간의 연결을 자연스럽게 만들어 응집성을 높일 수 있다. 응집성을 높이기 위한 장치를 적절히 사용하면 텍스트의 내용이나 흐름이 명확해져 주제가 잘 드러나므로 통일성도 같이 높아진다.

통일성과 응집성 외에도 텍스트는 의도성, 용인성, 정보성, 상호 텍스트성과 같은 다양한 특성을 가질 수 있다. 의도성은 텍스트가 특정한 목적을 지니고 있다는 것으로, 제목이나 내용, 문체 등 다양한 방식으로 드러날 수 있다. 용인성은 텍스트가 독자에게 의미가 있으며 적합한 내용으로 인식되는 것인데, 같은 텍스트라도 독자에 따라 다르게 받아들일 수 있으므로 독자의 개인적 가치관이나 사회 문화적 배경이 용인성에 영향을 미친다. 정보성은 텍스트가 독자가 알지 못한 새로운 정보를 담고 있는 것을 의미하며, 텍스트에 독자가 몰랐던 정보가 많을수록 정보성이 크다고 할 수 있다. 상호 텍스트성은 하나의 텍스트가 내용이나 형식 면에서 다른 텍스트와 관계를 맺고 있는 것을 의미한다. 어떤 텍스트에 다른 텍스트의 일부를 인용한 부분이 있거나 기존에 있던 텍스트의 내용이나 형식을 패러디하여 새로운 텍스트를 창작하는 것도 상호 텍스트성이 잘 드러나는 사례라고 할 수 있다. 텍스트가 이런 특성들을 제대로 갖추지 못한다면 텍스트의 기능을 수행하기 어려우며, 독자 또한 텍스트의 특성을 고려하여 독서를 해야 의미 있는 독서가 이루어질 수 있다.

02 다음의 〈보기 2〉는 [A]에서 설명하는 텍스트의 응집성을 바탕으로 〈보기 1〉의 ㉠~㉣의 적절성을 판단한 것이다. 빈칸에 들어갈 2어절의 단어들을 [A]에서 찾아 차례대로 쓰시오.

〈보기1〉

　　고농도 미세 먼지 발생 시 행동 요령 네 가지에 대해 알려 드립니다. ㉠첫째, 실외에서는 마스크를 착용해야 합니다. ㉡하지만 마스크 착용 시 호흡 곤란 등이 발생한 경우에는 마스크 사용을 중지하고 의사에게 상담을 요청하십시오. 둘째, 도로변이나 공사장 주변 등에 있다면 ㉢그런 곳은 미세 먼지 농도가 높으므로 오래 머무르지 마십시오. 셋째, 실내에 있다면 실내 공기 질을 관리해야 합니다. ㉣예를 들어 물청소나 공기 청정기 가동을 통해 실내 먼지를 줄여야 합니다. 마지막으로, 대기 오염을 유발하는 각종 행동을 자제해야 합니다. 예를 들어 자가용 운행보다는 대중교통을 이용하는 것이 있습니다.

〈보기 2〉

㉠ (　　　　)의 시작을 나타낼 수 있는 담화 표지를 사용하여 응집성을 높이고 있다.

㉡ 문장 간의 관계를 알려 주는 (　　　　) 표현을 사용하여 응집성을 높이고 있다.

㉢ 앞에서 언급한 내용에 대한 적절한 (　　　　) 표현을 사용하여 응집성을 높이고 있다.

㉣ 앞에서 언급한 내용의 (　　　　)이/가 이어짐을 알려 주는 담화 표지를 사용하여 응집성을 높이고 있다.

㉠ ＿＿＿＿＿＿　　㉡ ＿＿＿＿＿＿　　㉢ ＿＿＿＿＿＿　　㉣ ＿＿＿＿＿＿

03 다음의 〈보기 2〉는 제시문을 읽은 학생이 〈보기 1〉의 ⓐ, ⓑ에 대해 보인 반응이다. 〈보기 2〉의 빈칸에 들어갈 텍스트의 특성을 제시문에서 찾아 차례대로 쓰시오.

〈보기1〉

ⓐ 제목: 인생의 교훈

　　꼬여 있는 줄은 당기기만 하면 풀리지 않는다. 이는 사람 사이에 갈등이 발생하였을 때, 자신의 주장만 고집하지 말고 상대의 입장을 생각할 필요가 있다는 것이다. 상대의 입장을 이해하면 문제 해결의 실마리가 보일 수 있으므로, 때로는 상대를 고려하는 것이 문제 해결의 방법이 될 수 있는 것이다.

ⓑ 제목: 언어의 사회적 특성

　　인간은 언어를 통해 사고할 수 있다. 인간의 사고는 감정과 밀접하게 관련되어 있는데, 감정은 우리의 판단과 결정에 영향을 미친다. 특히 강렬한 외부 자극은 뇌의 편도체에 영향을 미쳐 인간의 감정에 영향을 준다. 그러므로 이성적 사고와 감정이 상호 작용할 때 창의적인 표현이 나올 수 있다.

─〈보기 2〉─

① ⓐ는 문맥을 통해 첫 번째 문장이 담긴 의도를 파악할 수 있고 일관된 주제를 전달하므로 (   )이/가 잘 드러나는군.

② ⓑ는 문맥상 어울리지 않는 단어 사용으로 인해 문장 간의 연결이 어색하므로 (   )이/가 결여되어 있군.

③ ⓐ는 텍스트의 목적과 내용이 제목을 통해 드러나고 있으므로 (   )이/가 잘 드러나 있지만, ⓑ는 제목이 텍스의 내용과 관련성이 떨어지므로 텍스트의 목적과 핵심 내용을 파악하기가 어렵겠군.

① ___________________________________

② ___________________________________

③ ___________________________________

[04~05] 다음 글을 읽고 물음에 답하시오.

능숙한 학습자는 학습 자료를 읽고 내용을 기억하기 위해 독서를 하면서 전략을 선택하고 조정한다. 이러한 과정을 전통적으로 '학습'이라 불러 왔다. 학습을 위한 독서는 글에 내포된 지식, 가치관, 정서 등을 이해하는 것에서 시작하여 새로운 의미를 창출하는 것으로 나아갈 수 있다. 이때 새로운 의미 창출이란 독서의 과정에서 사회 문화적 맥락 같은 여러 요인과 학습자가 상호작용하면서 새로운 의미를 만들어 가는 것이다. 학습자는 이러한 독서를 통해 지식의 활용 능력, 창의적 사고 능력, 올바른 가치관 등을 획득할 수 있다.

학습을 위한 독서를 잘하기 위해서는 다양한 독서 전략의 활용이 필요하다. 먼저 학습자는 글을 읽기 전에 '예측하기'를 통해 제목과 그림 등을 훑어보면서 화제에 대한 자신의 배경지식을 떠올리고, 앞으로 전개될 글의 내용을 예상하면서 글의 윤곽을 그려 볼 수 있다. 그리고 학습자는 글을 읽으면서 스스로 예측한 것이 얼마나 적중했는지 확인하고 중간중간 자신의 이해 정도를 확인하면서 독서 능력을 점검한다.

학습자는 학습 자료를 읽을 때 글의 주요 부분에 선택적으로 관심을 기울이면서 메모하기 등의 활동으로 중요한 내용을 단기 기억*에서 장기 기억*으로 전이하는 '시연하기' 전략을 사용할 수 있다. 여기에서의 시연은 기억해야 하는 내용을 단순히 반복하는 것이 아니라, 학습자가 정보 간의 관계를 생각해 보는 것이다. 시연은 주로 학습자가 사전 질문에 답하거나, 중심 내용에 밑줄을 긋고 메모할 때 이루어진다. 정보의 획득과 기억을 쉽게 하기 위해서는 글을 모두 읽은 후 시연을 한 번만 하는 것보다는 읽기 중간에 문단이 끝날 때마다 시연하는 것이 좋다.

학습한 내용을 잘 기억하기 위해서 학습자는 '회상하기' 전략을 사용할 수 있다. 글의 구조를 회상할 수도 있고, 읽으면서 표시한 메모나 밑줄 등을 다시 보면서 중심 내용을 떠올릴 수도 있다. 회상은 의미를 생각하지 않은 채 단순하게 표시된 부분을 반복하여 읽는 것이 아니라, 내용을 다시 떠올릴 수 있을 정도로 기억하는 것이다. 이를 위해 읽은 내용을 범주화*하거나, 기억하고자 하는 단어나 구절을 단어의 첫 글자나 음절을 이용하여 기억하는 방법을 활용할 수 있다.

학습을 위한 독서를 잘하기 위한 전략은 매우 많고 독서의 상황에 따라 다를 수 있다. 학습자가 학습을 위한 독서를 잘하기 위해서는 독서 과정에 맞는 다양한 전략을 적절하게 활용하는 능력이 필요하다. 또한 학습자는 여가를 위한 독서보다 학습을 위한 독서를 할 때, 독서 과정에서 추가적인 활동이 더 필요하다는 사실을 기억해야 한다. 학습을 위한 독서를 할 때에는 여가를 위한 독서를 할 때보다 기억을 위해 노력해야 하는 부분이 많기 때문이다. 따라서 학습을 위한 독서를 잘하기 위해 학습자는 독서 상황과 목적에 맞는 다양한 전략을 활용하고, 독서 과정에서 필요한 추가적인 활동을 시도해야 한다.

*단기 기억: 경험한 것을 짧은 시간 동안만 의식 속에 유지해 두는 작용.

*장기 기억: 경험한 것을 오랫동안 의식 속에 유지해 두는 작용.

*범주화: 일정한 기준에 따라 동일한 성질을 가진 부류나 범위로 묶음.

04 윗글의 내용을 대표하는 주제어를 제시문에서 찾아 3어절로 쓰시오.

주제어: ______________________________________

05 〈보기2〉는 학습 독서를 위한 전략인 〈보기1〉의 내용을 이해한 것이다. ①과 ②에 들어갈 독서 전략을 제시문에서 찾아 차례대로 쓰시오.

─〈보기1〉─

코넬 메모법

　코넬 메모법은 미국의 한 대학에서 학생들이 강의 내용을 필기하고 학습하는 방법으로 개발되었다고 하며, 다음의 세 단계로 진행된다.

· 1단계: 학습자가 일정한 기준에 따라 페이지를 옮길 수 있도록 페이지 순서를 조정할 수 있는 노트를 준비한 후 페이지마다 세로로 긴 하나의 선을 그어 구역을 나누고 오른쪽에 수업 내용을 메모한다.

· 2단계: 수업 내용을 오른쪽에 필기한 후 수업 내용을 떠올릴 단서가 되는 핵심어와 중심 내용 등을 왼쪽에 위계*적으로 간략히 적는다.

· 3단계: 아래쪽에는 위에서 적은 내용을 점검하고 통합하여 중심 내용을 정리한다.

*위계: 지위나 계층 따위의 등급.

─〈보기2〉─

· 〈보기1〉의 2단계에서 핵심어와 중심 내용을 왼쪽에 위계적으로 정리하는 것은 윗글에 제시된 독서 전략 중 　①　 와/과 관련된다.

· 〈보기1〉의 3단계에서 아래쪽에 내용을 정리하고 요약하는 것은 윗글에 제시된 독서 전략 중 　②　 와/과 관련된다.

① ______________________________________

② ______________________________________

※ 다음 글을 읽고 물음에 답하시오.

인간 삶의 궁극적인 목적을 '행복(幸福)'이라고 하는 것에 이의를 제기할 사람은 거의 없다. 행복은 일반적으로 만족, 즐거움, 보람, 쾌감 등의 좋은 감정이 있으며, 불안, 우울, 불쾌 등의 나쁜 감정이 없는 상태를 의미한다. 행복이 인간의 심리적 상태와 관련된다는 것은 행복이 어떤 절대적 상태가 아니라는 것을 의미한다. 부와 권력을 가졌다고 행복해지는 것은 아니며, 가난하다고 해서 불행한 것도 아니다. 가난 속에서도 자신의 일에 만족하고, 가족 간에 화목하다면 행복을 느낄 수도 있다. 이처럼 행복은 주관적이고 상대적인 특성을 가지고 있기 때문에 행복의 개념과 그에 이르는 방법에 대한 생각도 다양하다.

동아시아 문화권의 민간에서 생각하는 기본적인 행복은 누구나 바라는 오복(五福)*을 누리고, 절대로 당하고 싶지 않은 육극(六極)*과 같은 일은 피하는 것이었다. 행복이란 말에서 행(幸)은 운수가 좋은 것을 뜻하고, 복(福)은 착한 일에 대한 보상으로 하늘이나 귀신이 내려 주는 것이다. 이에 따르면 행복은 모두 인간의 영역이라기보다는 신의 영역에 가깝다. 인간이 행복을 위해 할 수 있는 일이라고는 '새옹지마(塞翁之馬)'를 생각하며 지금 불행하더라도 행복을 기다리거나, 선(善)을 쌓고 악(惡)을 행하지 않는 정도에 그친다. '선을 쌓은 집안에 반드시 남은 경사가 있다.'라는 말이 있지만, 그 보상은 즉각적인 것이 아니며, 보상이 올 것이라고 막연히 기대하는 것이기 때문에 행복이 선과 직결되는 것은 아니었다.

이러한 민간의 행복관과 달리 유가에서는 행복을 인간이 적극적으로 만들어 갈 수 있다는 것에 방점을 둔다. 공자는 행복과 비슷한 개념으로 즐거움[樂]이라는 말을 사용했는데, 여기에는 벗이 찾아오는 것과 같은 외부적 사건으로 인한 것도 있지만 진정한 즐거움은 도(道)를 알고 실천하는 즐거움이라고 보았다. 공자는 진정한 행복이 외부적 사건들에 흔들리지 않는 정신 상태에 있다고 생각했다. 특히 사람들이 불행하다고 생각하는 상황에 놓여 있어도 그것을 극복함으로써 행복을 느낄 수 있으며, 행복을 지속하기 위해서는 도덕적 의지와 수양이 필요하다고 생각했다. 공자는 제자인 안회가 누추한 거리에서 한 표주박의 물과 한 끼 밥으로 연명할 정도로 가난하게 살았지만 진정한 즐거움을 안다고 칭찬했다. 민간의 관점에서 보면 안회는 육극을 피하지 못한 매우 불행한 사람이었지만 공자는 안회의 도덕적 삶이 행복의 모범이 될 만하다고 평가한 것이다. 이는 공자가 '인(仁)'을 이루기 위해 강조한 '극기복례(克己復禮)', 즉 욕망을 의지력으로 억제하고 '예(禮)'를 지키는 것과 연결된다.

도가에서는 유가의 '예'가 인위적인 것이라고 보고 인간적 즐거움의 근원인 자연법칙을 거스르지 않으려 했다. 이를 위해 도가에서 강조하는 것이 '양생(養生)'이다. 일반적으로 양생에 대해 건강을 유지하거나 신선이 되기 위한 방법 정도로 생각을 하지만, 장자는 이렇게 몸을 기르는 것을 '양형(養形)'이라고 하고, 정신을 기르는 '양신(養神)'과 구분하였다. 장자는 양형만을 하는 것을 부정적으로 보았는데, 장자를 계승한 혜강은 '본성을 잘 닦아 정신을 보존하고, 마음을 편안하게 해서 몸을 온전하게 하라.'라고 하여, 정신과 육체의 조화를 양생의 요체로 보았다. 행복을 위해서는 고통이 없어야 하는데, 고통은 외부에서 육체로도 오고 정신에서도 일어나는 것이기 때문이다. 혜강은 자연법칙을 거스르지 않고 조용한 가운데 마음을 비우고 태평함을 얻어야 한다고 하였는데, 이는 결국 노자가 말했던 '사사로움을 줄이고 욕심을 적게 갖는 것[少私寡欲]'에로 귀결된다.

*오복: 『서경』에서는 장수, 부유, 건강, 덕을 닦음, 편안한 죽음을 이르지만 민간에서는 장수, 부유, 건강, 귀함, 자손 많음을 이름.
*육극: 변사(變死)와 요사(夭死), 질병, 근심, 가난, 악함, 약함을 이름.

06 제시문에 등장하는 사상가들의 관점에서 〈보기〉의 진술을 평가할 때, ①~③에 들어갈 사상가들을 제시문에서 찾아 차례대로 쓰시오.

〈보기〉

- (①)은/는 행복이 인간 외부에서 오는 것이란 말에 전적으로 동의하지는 않을 것이다.
- (②)은/는 세속적 일에 흔들리지 않는 정신적 경지에 이르렀을 때 진정으로 행복해질 수 있다는 말에 동의할 것이다.
- (③)은/는 인간이 불행해지는 이유는 만족함을 모르고 더 많은 쾌락을 얻으려고 하기 때문이라는 말에 동의할 것이다.

① ________________________________

② ________________________________

③ ________________________________

[07~08] 다음 글을 읽고 물음에 답하시오.

(가)
오렌지에 아무도 손을 댈 순 없다
오렌지는 여기 있는 이대로의 오렌지다
더도 덜도 안 되는 오렌지다
내가 보는 오렌지가 나를 보고 있다

마음만 낸다면 나도
오렌지의 포들한 껍질을 벗길 수 있다
마땅히 그런 오렌지
만이 문제가 된다

마음만 낸다면 나도
오렌지의 찹잘한 속살을 깔 수 있다
마땅히 그런 오렌지
만이 문제가 된다

그러나 오렌지에 아무도 손을 댈 순 없다

대면 순간
오렌지는 오렌지가 아니 되고 만다
내가 보는 오렌지가 나를 보고 있다

나는 지금 위험한 상태다
오렌지도 마찬가지 위험한 상태다
시간이 똘똘
배암의 또아리를 틀고 있다

그러나 다음 순간
오렌지의 포들한 껍질에
한없이 어진 그림자가 비치고 있다
누구인지 잘은 아직 몰라도.

— 신동집, 「오렌지」

(나)
거울속에는소리가없소
저렇게까지조용한세상은참없을것이오

거울속에도내게귀가있소
내말을못알아듣는딱한귀가두개나있소

거울속의나는왼손잡이오
내악수(握手)를받을줄모르는 ― 악수를모르는왼손잡이오

거울때문에나는거울속의나를만져보지를못하는구료마는
거울이아니었던들내가어찌거울속의나를만나보기만이라도했겠소

나는지금(至今)거울을안가졌소마는거울속에는늘거울속의내가있소
잘은모르지만외로된사업(事業)에골몰할게요

거울속의나는참나와는반대(反對)요마는
또꽤닮았소
나는거울속의나를근심하고진찰(診察)할수없으니퍽섭섭하오

— 이상, 「거울」

07 (가)에서 추상적인 관념을 감각적으로 형상화하여 긴장감을 조성하고 있는 시구를 찾아 첫 어절과 마지막 어절을 차례대로 쓰시오.

첫 어절: ______________________________ , 마지막 어절: ______________________________

08 (나)에서 다음에 제시된 의미를 드러내는 시행을 찾아 차례대로 쓰시오.

①	본질 탐색의 어려움을 드러냄
①	성찰을 통한 분열 극복이 쉽지 않음

※ 다음 글을 읽고 물음에 답하시오.

하루는 감사가 이생을 위하여 주연을 베풀고 방자를 보내어 이생을 초대했다.

"오늘은 바로 형이 급제하고 처음 맞는 날이니 시인으로서의 시상을 어찌 능히 폐할 수 있겠나. 날씨가 따뜻하고 바람도 화창하여 친구에 대한 생각이 간절하니 형은 금옥 같은 귀한 몸을 아끼지 말고 한번 찾아와서 성긴 우정을 펴 봄이 어떠한가."

이생은 마음속으로는 비록 뜻에 맞지 않았으나 거절할 만한 이유가 없어서 책을 덮고 읽기를 그만두고 바로 통인을 따라 선화당으로 오니, 차려 놓은 음식은 처음 보는 이생의 귀와 눈을 놀라게 하였다. 여러 고을의 원님들이 좌우로 늘어앉았고, 수많은 기녀들이 앞뒤로 모시고 앉아서 금슬관현 등의 오음을 방 안에서 연주하고 있으며, 뜰에서는 금석포토 등의 팔음을 번갈아 연주하고 있었다. 술잔과 쟁반은 헝클어졌고, 안주 그릇은 얽혀 있었다.

이생을 맞이하여 좌석을 정하고 인사를 겨우 마치고 나니, 좌우에 앉아 있던 기생들이 다투어 이생에게 술잔을 권하며 노래를 부르기 시작했다. 이에 이생은 불끈 화를 내며 소매를 뿌리치고 갑자기 일어나,

"오늘의 이 잔치는 실로 인간의 도리를 위한 것이 아니오."

하며 물러가겠다고 했다.

감사가 소매를 붙잡고 웃으며,

"형은 일찍부터 독서하는 사람이 아닌가. 정백자*를 본받고자 아니 하고, 또 내 진심으로 거리낌 없이 일러 주는 말을 들으려고도 하지 않으니, 무엇 때문에 이렇듯이 상을 찡그리고 지나친 행동을 하는가."

하며 누누이 타일렀으나 끝내 만류하지 못했다.

이날 잔치하는 자리에서 이생의 행동을 보고 그 지나친 고집에 대하여 눈살 찌푸리고 비웃지 않은 사람이 없었다. 잔치가 파하자 감사는 수노에게 분부하였다.

"기녀 가운데서 지혜롭고 쓸 만한 자가 누구냐."

"오유란이란 애가 있습니다. 나이 십구 세로서 가르쳐 주지 아니하여도 잘할 것입니다."

감사는 즉시 오유란을 불러 분부하였다.

"너는 별당의 이랑을 알고 있느냐."

"네, 알고 있습니다."

"그러면 네가 한번 이랑을 모실 수 있겠느냐."

"하룻저녁으로는 할 수 없거니와 한 달 동안의 말미만 주신다면 반드시 할 수 있겠습니다."

[중략 부분 줄거리] 오유란은 이생을 유혹한 뒤 속여 이생이 사람들 앞에서 큰 망신을 당하도록 한다. 그길로 이생은 공부에 매진하고, 어사가 되어 감사가 있는 곳으로 간다.

"고인은 평안하셨는가."

어사가 보고도 못 본 체하고 듣고도 못 들은 체하니 감사는 앞으로 나아가서 손목을 잡으며 말했다.

"형은 정말로 남아로서 뜻있는 사람이라고 말할 수 있으니, 자네 일은 드디어 이루어졌네. 오늘 동생이 경악하고 황급하고 곤경에 빠졌던 것으로 말하면 오히려 형이 옛날에 속임을 당한 것보다 못하지는 않을 것일세. 한번 깊이 생각해 보게. 형이 별안간 영화의 길에 올랐음은 어찌 나의 한 정성의 소치로 말미암은 것이 아닌가. 이로써 말할진댄 형이 안 졌다고 말할 수 있으나 진 사람은 어사 자네일세."

이 말을 들은 어사가 되풀이해서 생각해 보고 또 생각해 보니, 마음은 스스로 시원히 열리고 입에서는 절로 웃음이 나와서,

"때노 이비 시났고 일도 오래되어 할 수 없군."

하고는, 곧 술을 가져오게 해서 감사와 즐겁게 마셨다.

감사가 너무 지나치게 속인 장난을 책망하고 용서를 입은 영광을 사례하니, 어사는 얼굴을 붉히고 웃으며 말했다.

"오늘은 소유문이 되어 친구와 더불어 술을 마시고, 내일은 기주자사가 되어 일을 살핌이 마치 나를 두고 이름일세."

이튿날 날이 밝자 어사는 공청에 나아가 앉고 여러 형장을 갖추어 놓고 오유란이란 여인을 묶어 오게 해서 거적자리에 앉혀 섬돌 아래에 엎드리게 하고는 문을 닫고 날카로운 목소리로 문초를 했다.

"너의 죄를 네가 스스로 알고 있으니 매로써 죽이리라."

오유란은 나지막한 소리로 간곡히 아뢰었다.

"소녀가 어리석어서 무슨 죄인지 알지 못하겠나이다."

어사가 크게 노하여 문지방을 두드리며 꾸짖었다.

"관청에 매여 있는 여자로서 장부를 속여 희롱하기를, 산 사람을 죽었다고 하고 사람을 가리켜 귀신이라 하였으니, 어찌 죄없다고 하느냐. 빨리 처치하고 늦추지 말라."

오유란은 다시 빌면서 말했다.

"원하옵건대 어사께서는 잠시 문을 열고 한 번만 보아 주시어 소녀가 다만 한 말씀만 드린다면 회초리 아래 귀신이 된다 할지라도 다시는 원통함이 없겠사옵니다."

어사는 일찍이 인정이 없는 사람이 아닌지라, 그 말을 듣고 낯익은 얼굴을 한 번 보니, 오유란이 몸을 나타내고 살짝 쳐다보고 생긋 웃으며 말했다.

"산 것을 보고 죽었다고 한 것은 산 사람이 스스로 죽지 아니한 것을 판단 못 함이요, 사람을 가리켜 귀신이라고 한 것은 스스로 귀신이 아님을 깨닫지 못한 것이니, 속인 사람이 나쁩니까, 속임을 당한 사람이 나쁩니까. 너무 지나치게 속인 사람은 혹 있다고 할지라도 속임을 당한 사람으로서는 차마 말할 수 없을 것입니다. 또한 저는 사졸이 되어 오직 장군의 명령을 받들 따름입니다. 일을 주장한 사람에게 책임이 돌아가야 할 것이어늘, 어찌 사졸을 베려 하십니까."

어사 듣기를 마치고 보니 사정이 또한 없을 수 없고 사실이 또한 그러하였으므로, 즉시 풀어 주도록 명하고 당상으로 오르게 하여 한번 웃어 얼굴을 보여 주며,

"너는 묘기가 되고 나는 소년이 되어 일이 조금도 괴이함이 없으며, 가운데서 일을 꾸민 사람이 매우 나쁘고 또 괴이하였으나 지금에 와서 생각한들 어찌 말할 수 있겠는가."

하고는, 술을 가져오게 해서 잔치를 베풀고 그 옛날의 정회를 다 털어놓고 이야기했다.

– 작자 미상, 「오유란전」

*정백자: 중국 송대의 철학자.

09 다음의 〈보기〉는 윗글을 감상한 내용이다. 윗글의 내용을 토대로 ⓐ~ⓒ 들어갈 등장인물을 차례대로 쓰시오.

〈보기〉

「오유란전」은 '훼절*을 모의함.', '훼절을 수행함.', '훼절 대상이 훼절의 주체를 용서함.'의 순서로 사건이 전개되는데, 각 사건은 인물들 간 가치 체계의 충돌 또는 공유로 인해 벌어진다. 감사가 이생을 훼절하려는 동기는 유흥을 부정하고 선비로서의 고고한 면모만을 중시하는 이생의 가치 체계를 깨뜨림으로써 관리 사회의 유흥 문화에 대한 긍정이라는 자신의 가치 체계를 정당화하려는 데 있으며, 이생이 감사를 용서하는 것은 이생이 감사의 가치 체계를 인정하게 되었기 때문이다. 또한 신분 질서 안에서 기생은 관리의 말을 따라야 한다는 가치 체계를 인물들이 공유함으로써 (　ⓐ　)은/는 오유란에게 이생의 훼절을 지시하고 (　ⓑ　)은/는 훼절을 수행하는 한편, (　ⓒ　)은/는 사건의 전말이 밝혀진 후 그녀를 용서하게 된다.

*훼절: 절개나 지조를 깨뜨림.

ⓐ ________________________________

ⓑ ________________________________

ⓒ ________________________________

제1회 실전모의고사

[수학 영역]

▶ 해답 p.311

10 함수

$$f(x)=\begin{cases} \dfrac{x^2+3x-a}{x-1} & (x\neq 1) \\ b & (x=1) \end{cases}$$

이 실수 전체의 집합에서 연속일 때, 두 상수 a, b에 대하여 $2a-b$의 값을 구하는 과정을 서술하시오.

11 $\pi < h < \dfrac{3}{2}\pi$인 θ에 대하여

$$\tan^2\theta - \tan^2\theta\sin^2\theta = \frac{4}{5}$$일 때,

$\cos^2\theta + \tan\theta$의 값을 구하는 과정을 서술하시오.

12 $a_2=5$, $a_4=11$인 등차수열 $\{a_n\}$에 대하여 부등식 $\displaystyle\sum_{k=1}^{n}\frac{1}{a_k a_{k+1}}>\frac{4}{25}$를 만족시키는 자연수 m의 최솟값을 구하는 과정을 서술하시오.

13 양수 a와 실수 b에 대하여 수직선 위를 움직이는 두 점 P, Q의 시각 $t\,(t\geq0)$에서의 속도가 각각 $v_1(t)=t^2-4t+a$, $v_2(t)=2t-b$이다. 시각 $t=a$에서 두 점 P, Q의 속도가 같고, 시각 $t=0$에서 $t=a$까지 두 점 P, Q의 위치의 변화량이 같을 때, $a-2b$의 값을 구하는 과정을 서술하시오.

14 함수 $f(x)=\dfrac{1}{3}x^3+x^2-3x+a$가 $x=b$ 에서 극솟값 $\dfrac{10}{3}$을 가질 때, $a-2b$의 값을 구하는 다음의 풀이 과정을 완성하시오. (단, a, b는 상수이다.)

주어진 함수 $f(x)$를 미분하면 $f'(x)=$ ① 이고, 함수 $f(x)$는 ② 에 서 극솟값 $\dfrac{3}{10}$을 가지므로 $b=$ ③ 이 다. $f(1)$에서 $a=5$이고, 따라서 $a-2b=$ ④ 이다.

---

15 실수 t에 대하여 최고차항의 계수가 1인 삼차함수 $y=f(x)$의 그래프 위의 점 $(t, f(t))$ 에서의 접선이 y축과 만나는 점을 $(0, g(t))$ 라 할 때, 함수 $g(t)$는 다음 조건을 만족시 킨다.

(가) 함수 $g(t)$의 극댓값은 $\dfrac{35}{27}$이다.

(나) 함수 $|g(t)-g(0)|$은 $t=1$에서만 미분 가능하지 않다.

$g(-3)$의 값을 구하는 과정을 서술하시오.

제2회 실전모의고사

[국어 영역]

▶ 해답 p.314

※ 다음 글을 읽고 물음에 답하시오.

안녕하세요? 저는 이번 독서 활동으로 알게 된 소비자 심리의 특성에 대해 발표하고자 합니다. 저는 장차 소비자 재무 설계사가 되려고 하기 때문에 자연스럽게 이번 주제를 정하게 됐습니다. 여러분도 앞으로 합리적인 소비자가 되기를 원할 것이므로 오늘 제가 발표할 내용이 많은 도움이 될 것으로 생각합니다. 잘 들어 주세요.

소비자 심리를 연구하는 분야를 소비 심리학이라고 합니다. (자료 제시) 이 그림은 소비 심리학이 어떤 학문을 기반으로 하고 있고 그 연구 분야에는 어떤 것들이 있는지 보여 주고 있습니다. 보시는 것처럼, 소비 심리학은 심리학, 경제학, 인류학 등 다양한 학문을 바탕으로 하며, 소비자의 상품 선택 요인, 소비자의 태도 변화 등의 연구 분야가 있습니다. 소비 심리학에서 소비자의 행동을 어떤 식으로 설명하는지 살펴볼까요? 소비자는 자신에게 꼭 필요한 상품을 최소의 비용으로 소비하려 한다는 것이 일반적인 통념이지만, 소비 심리학은 소비자의 행동이 꼭 그렇게 이루어지는 것만은 아니라고 설명합니다. 사례를 살펴볼게요.

영국의 한 대학 구내 카페에서는 일회용 컵의 사용을 줄이기 위해, 개인 텀블러를 가져오는 손님들에게 약 380원 정도를 할인해 주다가 나중에는 할인 방침을 없애고 일회용 컵으로 커피를 주문하면 약 380원을 추가 부담하게 했습니다. 손님, 즉 소비자들의 행동은 어떠했을까요? (자료 제시) 화면의 표에서 알 수 있듯이, 금액을 할인해 줄 때보다 추가 금액을 부과할 때, 텀블러를 가져오는 손님이 훨씬 더 많았습니다. 최소의 비용으로 소비할 수 있는 길을 택하지 않은 사람이 상당수 있었다는 것이죠. 소비 심리학에서는, 인간이 이익보다 손실에 더 민감하게 반응하기 때문에 이런 현상이 발생한다고 설명합니다. 이러한 심리적 특성을 손실 회피 성향이라고 합니다.

사례를 하나 더 보겠습니다. A 씨는 매달 요금이 자동 결제되는 방식으로 동영상 콘텐츠 서비스를 구독하면 요금을 할인해 준다는 말을 듣고 그 방식으로 구독을 신청했습니다. 그러나 A 씨는 최근 회사 일이 바빠져서 서비스를 몇 달간 아예 이용하지 못했죠. 그럼에도 A 씨는 구독을 해지하지 않았습니다. 해지 신청이 귀찮기도 하고, '내일부터 자주 이용하면 되겠거니'하는 생각도 들어서 그랬다고 합니다. (자료 제시) 이 화면은 A 씨가 구독 신청 후 1년간 할인받은 총액과 그 1년 중에서 서비스를 이용하지 않은 달에 지불한 요금 총액을 비교한 것입니다. A 씨가 손해를 본 금액이 꽤 된다는 것을 알 수 있죠? 이렇게 합리적 이유 없이 현 상태를 변화 없이 유지하려는 심리적 특성을 현상 유지 성향이라고 합니다.

기업은 판매 전략을 세울 때 소비자의 심리적 특성을 적극적으로 고려합니다. 앞서 말씀드린 카페의 경우, 추가 금액을 부과함으로써 일회용 컵에 드는 비용을 절감하고 할인으로 인한 손실의 발생도 막을 수 있었습니다. 또 동영상 콘텐츠 서비스의 경우, 따로 해지하지 않으면 자동으로 계약이 연장되는 방식의 상품을 통해 더 많은 이익을 챙길 수도 있겠죠. 물론 매달 일일이 결제를 해야만 구독이 유지될 수 있게 해서 A 씨와 같은 경우가 발생하지 않게 하는 기업이 오히려 착한 기업 이미지를 구축해서 더 많은 구매자를 확보함에 따라 이익을 볼 수도 있습니다. 중요한 것은 기업이 어떤 식으로든 소비자의 심리를 고려하지 않으면 성공하기 어렵다는 점입니다. 반면 소비자는 손실 회피 성향이나 현상 유지 성향과 같은 심리적 특성으로 인해 비합리적인 소비를 하고 있지는 않은지 늘 되돌아보아야 하겠죠. 그럼 이상으로 발표를 마치겠습니다.

01 〈보기〉의 사례1과 사례2와 관련된 소비자 심리 성향을 위의 제시문에서 찾아 쓰시오.

> [사례1]
> 사촌 형이 더 이상 읽지 않는 잡지의 정기 구독을 귀찮아서 취소하지 않았다.

⇒ ⓐ

> [사례2]
> 한 자산가가 은행 A(연이율 5%, 안전도 50%)가 아닌 은행 B(연이율 2.5%, 안전도 100%)에 자신의 예금을 맡겼다.

⇒ ⓑ

[02~03] 다음 글을 읽고 물음에 답하시오.

독방에는 두 개의 창문이 있는데, 하나는 안쪽을 향하여 탑의 창문과 마주하는 위치에 나 있고, 다른 하나는 바깥쪽에 있어서 빛이 독방에 구석구석 스며들 수 있다. 따라서 중앙의 탑 속에는 감시인을 한 명 배치하고, 각 독방 안에는 광인이나 병자, 죄수, 노동자, 학생 등 누구든지 한 사람씩 감금할 수 있게 되어 있다. 역광선의 효과를 이용하여 주위 건물의 독방 안에 있는 수감자의 윤곽이 정확하게 빛 속에 떠오르는 모습을 탑에서 파악할 수 있게 한 것이다. 각각의 수많은 감방은 바로 완전히 개체화되고 항상 밖의 시선에 노출되어 있어서 마치 한 사람의 배우가 연기하고 있는 수많은 작은 무대들이 나열된 것과 같다. 일망 감시의 이 장치는 끊임없이 대상을 바라볼 수 있고, 즉각적으로 판별할 수 있는, 그러한 공간적 단위들을 구획 정리한다.

요컨대 이곳에서는 지하 감옥의 원리가 뒤바뀌어 있다. 지하 감옥의 세 가지 기능, 즉 감금하고, 빛을 차단하고, 숨겨 두는 기능 중에서 첫 번째만 남겨 놓고 뒤의 두 가지를 없애 버린 형태다. 일망 감시 감옥에서는 충분한 빛과 감시자의 시선이, 지하 감옥에서 보호 구실을 하던 어둠의 상태보다 훨씬 수월하게 상대를 포착할 수 있게 한다.

이러한 형태는 무엇보다 저 감금 시설 속에 밀집해 있으면서 혼잡하고 소란스러운 대중의 모습을 보지 않게 해 준다. 사람들은 저마다 감시자가 정면으로 바라볼 수 있는 독방 안에 감금된 채 자기 자리를 지키고 있다. 그러나 양쪽의 벽은 수감자가 동료들과 접촉하는 것을 차단하는 역할을 한다. 감시자는 수감자를 볼 수 있지만, 수감자가 감시자를 볼 수는 없다. 그는 정보의 대상이 되기는 해도, 정보 소통의 주체가 되지는 못한다. 중앙 탑과 마주하도록 방을 배치함으로써 일종의 축을 형성하는 (　①　)이/가 강요되는 반면, 원형 건물의 분할된 부분들과 완전히 분리된 독방들은 옆방으로부터의 (　②　)을/를 의미하게 된다.

이러한 (　②　)은/는 질서를 보장해 준다. 수감자가 죄인이라면 음모나, 집단 탈옥의 시도, 출소 후의 새로운 범죄 계획 등 상호 간의 나쁜 영향의 염려가 없다. 병자라면 전염의 위험의 없고, 광인이라면 상호 폭력을 행사할 위험도 없다. 어린이라면 남이 한 숙제를 베끼거나 시끄럽게 굴고, 수다를 떨어 주의를 산만하게 하는 짓을 방지할 수 있다. 노동자라면 구타, 절도, 공모의 위험을 막아 주고, 작업의 지연이나 불완전한 마감 작업, 우발적 사고가 발생할 부주의한 일도 일어나지 않을 수 있다. 밀집한 군중들, 다양한 교환이 이루어지는 장소, 집단적 효과로서 혼합되는 개인들, 이러한 군중 형태가 소멸하고 대신 분리된 개인들의 집합이 들어선다. 간수에게는 군중 대신 숫자를 헤아릴 수 있고 통제가 가능한 개인들로 바뀐 것이고, 죄수에게는 격리되고 주시되는 고립된 상태로 대체된 것이다.

이로부터 일망 감시 감옥의 효과가 생겨난다. 감금된 자는 권력의 자동적인 기능을 보장해 주는 (①   )의 지속적이고 의식적 상태로 이끌려 들어간다. 감시 작용을 중단하더라도 그 효과는 계속되며, 권력의 완성이 그 행사의 현실성을 점차 약화시킨다. 이러한 건축적 장치는 권력을 행사하는 사람과 상관없이 어떤 권력 관계를 새로 만들고 이를 유지하는 기계 장치가 된다. 요컨대 수감자는 스스로 그 상황을 유지하는 어떤 권력적 상황 속으로 편입된다.

02 다음의 〈보기〉는 제시문의 내용을 바탕으로 일망 감시 감옥의 특징을 정리한 것이다. ①과 ②에 들어갈 일망 감시 감옥의 특성을 차례대로 쓰시오.

(①)	(②)
• 언제나 감시자에게 노출됨 • 정보의 대상이기만 함 • 정보 소통의 주체는 될 수 없음	• 동료와의 접촉이 벽으로 차단됨 • 수감자끼리도 서로를 볼 수 없음

03 일망 감시 감옥이 지하 감옥에 대해 갖는 공통적인 기능과 차이나는 기능이 무엇인지 위의 제시문에서 찾아 서술하시오.

• 공통점: _______________________ ⓐ _______________________

• 차이점: _______________________ ⓑ _______________________

※ 다음 글을 읽고 물음에 답하시오.

참치의 눈물

통조림과 횟감 등 일상에서 다양하게 소비되고 있는 생선, 참치. 대개는 참다랑어를 참치라고 부르지만 우리나라에서 참치는 참다랑어 외에도 바다별로 분포하는 눈다랑어와 황다랑어, 날개다랑어 등 ⓐ여러 바닷물고기를 통틀어 일컫는 말이다.

많은 사람들이 즐기는 만큼 참치가 바다에 상당히 많을 것 같지만, 2011년 참치 중 다수의 어종이 멸종 위기에 처했거나 멸종 위기에 근접한 것으로 밝혀져 큰 충격을 주었다. 세계 자연 보전 연맹은 종의 보전 상태를 범주화하여 각 범주에 해당하는 생명체를 기록한 적색 목록(레드 리스트)를 발표하는데, 2011년에 6종의 참치가 멸종 위기에 처했거나 멸종 위기에 근접한 종으로 분류된 것이다. 이후 참치를 보호하기 위한 국제적인 협조와 노력이 이어졌고, 그 결과 2021년에는 참치의 여러 어종이 멸종 위기의 범주에서 벗어나는 성과를 거두기도 하였다.

하지만 참치의 멸종 위험은 여전히 안심할 수 있는 상황이 아니다. 남방 참다랑어는 극도로 ⓑ심각한 멸종 위험에 처해 있음을 나타내는 '위급(Critically Endangered, CR)' 범주에서 벗어나기는 했으나, 야생에서 매우 높은 멸종 위험에 처해 있음을 나타내는 '위기(Endangered, EN)' 범주에 해당하고, 눈다랑어는 기존과 다름없이 야생에서 높은 멸종 위험에 처해 있음을 나타내는 '취약(Vulnerable, VU)' 범주에 해당한다. 우리가 잘 알고 있는 북극곰도 '취약' 범주에 해당한다. 또한 태평양 참다랑어는 멸종 위험 상황에 놓인 것은 아니지만 머지않아 멸종 위험에 처하게 될 '준위협(Near Threatened, NT)' 범주에 해당하여 각별한 주위가 요구되고 있다.

참치가 이러한 상황에 놓이게 된 가장 큰 원인은 남획이다. 특히 집어 장치를 통한 무분별한 어획은 심각한 문제이다. 스티로폼 등으로 제작되는 집어 장치를 안식처로 생각한 작은 물고기들이 모여들고, 이를 포식하려는 참치를 비롯한 대형 물고기들도 모여들게 된다. 그때 ⓒ모인 물고기들은 그물로 전부 퍼 올린다. 그러면 참치 치어까지 싹 쓸이 되는 남획이 이루어질 뿐만 아니라, 바닷속 2km까지 설치된 그물로 인해 참치 외의 온갖 생명체들이 잡히기도 한다. 이는 해양 생명체의 서식 행위를 파괴하는 행위이고 이로 인해 참치 개체 수가 감소하게 되는 것이다.

따라서 국가, 시민 단체, 어획 업체 간의 합의를 통해 지속 가능한 어획이 실현되어야 한다. 이를 위해 바다 생물의 자원량이 풍부하고 건강하게 유지될 수 있는 수준에서 ⓓ어업 방식과 어획량이 정해지고 그 규정이 준수되어야 한다. 그리고 국가와 시민 단체는 규정의 준수 여부를 지속적으로 점검해야 한다. 또한 일반 시민들은 참치를 과도하게 섭취하는 ⓔ식문화의 문제점을 인지하여 식문화의 개선을 위해 노력해야 한다. 과도한 소비는 과도한 공급을 불러오는 법이기 때문이다.

---

04 다음의 〈보기〉는 체언을 꾸며 주는 문장 성분인 관형어의 쓰임 유형을 설명한 것이다. 그 용례를 제시문의 ⓐ~ⓔ에서 골라 차례대로 쓰시오.

〈보기〉

① 관형사가 관형어로 쓰이는 경우 ⇒ _________________

② 체언이 그대로 관형어로 쓰이는 경우 ⇒ _________________

③ 체언에 관형격 조사가 결합하여 관형어로 쓰이는 경우 ⇒ _________________

④ 용언의 어간에 관형사형 어미가 결합하여 관형어로 쓰이는 경우 ⇒ _________________

[05~06] 다음 글을 읽고 물음에 답하시오.

'까마귀는 모두 검다.'(H1)라는 가설은 '까마귀'라는 특정 부류의 모든 대상이 '검다'는 성질을 갖는다는 것을 말하며, 이처럼 특정 부류의 모든 대상을 다루는 가설을 보편 가설이라 한다. 보편 가설 H1은 같은 뜻을 지니는 조건문 '어떤 것이 까마귀라면 그것은 검은색이다.'로도 변환할 수 있으며, 이때는 '어떤 것이 까마귀이다.'를 전건, '그것은 검다.'는 후건으로 이해할 수 있다. 우리가 염두에 두는 특정한 범위 안에 있는 대상들을 '논의 세계'라 하며, H1은 논의 세계 안에서 어떤 대상을 고르더라도 그것이 까마귀라면 검다는 것을 주장한다. 이는 논의 세계 안에 반드시 까마귀가 존재해야 한다는 것을 의미하지 않는다. H1이 거짓이 되는 것은 까마귀이면서 검지 않은 대상이 논의 세계 안에 존재하는 경우이다.

[A]
어떤 증거가 가설이 참이라는 것을 뒷받침하는 것을 입증이라 한다. 헴펠은 우리가 H1의 입증을 위해 어떤 증거가 필요한지에 대한 직관을 갖고 있다고 보았다. 그리고 그 직관이 프랑스의 철학자 장 니코드에 의해 제안된 '니코드 기준'에 잘 반영되어 있다고 주장했다. 이 기준에 따르면 전건과 후건을 모두 만족하는 '까마귀이고 검은 대상'(a)은 입증 사례이다. 전건은 만족하지만, 후건은 만족하지 않는 '까마귀이고 검지 않은 대상'(b)은 반입증 사례로 가설이 틀렸다는 것을 뒷받침한다. 전건을 만족하지 않는 대상은 후건을 만족하든 그렇지 않든 가설의 입증과는 무관한 사례이며, '까마귀가 아니고 검은 대상'(c)과 '까마귀가 아니고 검지 않은 대상'(d)이 이에 해당한다.

이번에는 '검지 않은 것은 모두 까마귀가 아니다.'(H2)라는 가설을 생각해 보자. 니코드 기준을 적용하면 d는 입증 사례이고, b는 반입증 사례이며, a와 c는 무관한 사례가 된다. 그런데 H2는 H1의 전건과 후건을 뒤바꾼 후 각각 부정을 취하여 얻은 대우이다. 대우 관계인 두 문장은 논리적으로 동치이다. 참이 되는 경우와 거짓이 되는 경우가 언제나 같다는 말이다. 논리적으로 동치인 두 문장은 같은 내용을 말한다고 이해하면, 대우 관계인 두 가설을 뒷받침하는 입증 사례가 서로 다를 수 없다. 그런데 니코드 기준을 적용해 보면 위의 두 가설에서 a와 d는 서로 다르게 분류되므로 입증은 가설의 표현 방식에 의존하는 것처럼 보이게 된다.

헴펠은 이러한 의존은 불합리하므로 동치 조건을 추가로 채택해야 함을 제안했다. 동치 조건이란 어떤 사례가 가설을 입증한다면 그 사례는 가설과 동치인 다른 가설도 입증한다는 조건이다. 이를 채택하면 H2의 입증 사례는 H1의 입증 사례이며 H1의 입증 사례는 H2의 입증 사례가 된다.

그 결과 H1과는 무관한 사례였던 d는 H1의 입증 사례로 바뀌게 된다. 하지만 까마귀도 아니고 검지도 않은 대상인 '파란 모자'가 '까마귀는 모두 검다.'를 입증한다는 것은 우리의 직관으로는 받아들이기 어렵다. 헴펠은 세 가지 요소, 즉 니코드 기준, 동치 조건, 두 가설 H1과 H2가 동치라는 것은 명백히 수용 가능한 전제들이고 추론 과정도 올바르지만 결론은 받아들이기 어려운 것으로 도출된 이 상황을 '______'이라고 불렀다.

헴펠은 이 역설이 해결 가능하다고 보았다. 그는 d가 H1을 입증한다고 주장하며 그 이유를 두 가지 제시했다. 그는 첫 번째 이유를 설명하기 위해, 어떤 것이 저쪽 귀퉁이에 놓여 파란색을 띤 일부만 보이는 상황을 가정한다. 만약 그 대상이 처음에는 까마귀처럼 보였으나 가까이서 보니 모자라면, 우리는 이 사례를 새로운 증거로 간주할 것이다. 하지만 우리가 이미 그 대상이 까마귀가 아님을 알고 있었기 때문에, 같은 사례를 새로운 증거가 아니라 무관한 사례로 여긴 것이다. 두 번째 이유는, a와 d의 차이는 입증 정도의 차이가 있을 뿐 입증 여부의 차이가 있지는 않다는 것이다. 즉 까마귀인 대상의 수보다 검지 않은 대상의 수가 훨씬 많으므로, 검지 않은 대상 중 하나가 '까마귀가 아님'이 드러나는 것으로는 가설이 참일 가능성이 크게 올라가지는 않는다. 따라서 특정 사례 a가 가설을 입증하는 강도가, 특정 사례 d가 가설을 입증하는 강도보다 클 뿐이라는 것이 헴펠의 주장이다.

05 제시문의 'H1'을 니코드 기준에 따라 이해할 때, 빈칸에 들어갈 사례의 종류를 제시문의 [A]에서 찾아 차례대로 쓰시오.

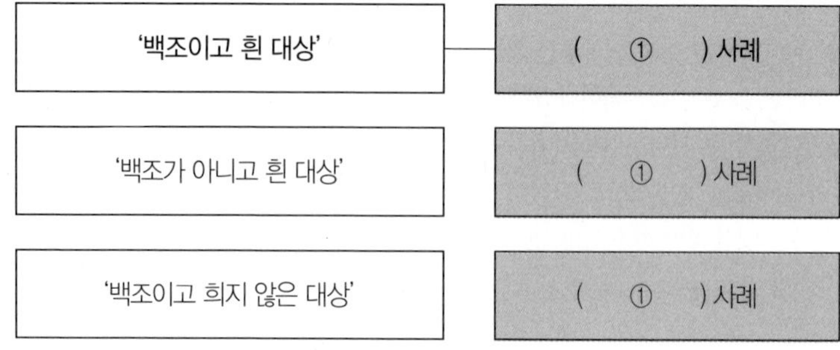

06 ⬜는 제시문의 내용을 대표하는 핵심 주제어이다. ⬜에 들어갈 말을 다음 〈조건〉에 따라 쓰시오.

〈조건〉
- 2어절로 표기할 것
- 제시문에 주어진 단어들로 구성할 것

[07~08] 다음 글을 읽고 물음에 답하시오.

"누구요?"

그는 조심스럽게 소리를 지른다. 그의 목소리는 진폭이 짧게 차단된다. 그는 갇혀 있음을 의식한다. 벽 사이의 눈을 의식한다. 그는 사납게 소파에 누워, 시선에 닿는 가구들을 노려보기 시작한다. 모든 가구들이 비 온 후 한결 밝아 오는 나뭇잎처럼 밝은 색조를 띠고 빛나기 시작한다. 그는 스푼을 집요하게 젓는다. 설탕물은 이미 당분을 포함하고 뜨겁게 달아 있으나 설탕은 포화 상태를 넘어 아직 풀리지 않고 있다. 그래도 그는 계속 스푼을 젓는다. 갑자기 그는 그의 손에 쥐어진 손잡이가 긴 스푼이 여느 스푼이 아님을 느낀다. 그러자 스푼이 그의 의식의 녹을 벗기고, 눈에 보이는 상태 밖에서 수면을 향해 비상하는, 비늘 번뜩이는 물고기처럼 튀어 오르는 것을 보았다. 그는 힘을 다해 스푼을 쥔다. 그러자 스푼은 산 생선을 만질 때 느껴지는 뿌듯한 생명감과 안간힘의 요동으로 충만된다. 그리고 손아귀에 주어진 스푼은 손가락 사이를 민첩하게 빠져나간다. 그는 잠시 놀란 나머지 입을 벌린 채 스푼이 허공을 날면서 중력 없이 둥둥 떠서 흐르는 것을 보았다. 그는 온 방 안의 물건을 자세히 보리라고 다짐하고는 눈을 부릅뜬다. 그러자 그의 의식이 닿는 물건들마다 일제히 흔들거리면서 흥을 돋우기 시작하는 것이었다.

그는 비틀거리면서 일어나 거실에 스위치를 넣으려고 걷는다. 그는 스위치를 넣는다. 형광등의 꼬마전구가 번쩍번쩍거리며 몇 번씩 반추한다. 그러다가 불쑥 방 안이 밝아 온다.

그는 스푼이 담수어처럼 얌전하게 손아귀 속에 쥐여 있는 것을 발견한다. 그는 조심스럽게 온 방 안의 물건들을, 조금 전까지 흔들리고 튀어 오르고 덜컹이던 물건들을 하나하나 훑어보기 시작한다.

물건들은 놀랍게도 뻔뻔스러운 낯짝으로 제자리에 가라앉아 있었다. 그는 비애를 느낀다. 무사무사(無事無事)의 안이 속에서 그러나 비웃으며 물건들은 정좌해 있다. 그는 투덜거리면서 스위치를 내린다. 그리고 소파에 앉아 단 설탕물을 마시기 시작한다. 방 안 어두운 구석구석에서 수군거리는 소리가 들려온다. 어둠과 어둠이 결탁하고 역적모의를 논의한다. 친구여, 우리 같이 얘기합시다. 방 모퉁이 직각의 앵글 속에서 한 놈이 용감하게 말을 걸어온다. 벽면을 기는 다족류 벌레의 발소리가 들려온다. 옷장의 거울과 화장대의 거울이 투명한 교미를 하는 소리도 들려온다. 그는 어둠 속에 눈을 부릅뜬다. 벽이 출렁거린다. 그는 천천히 몸을 움직인다.

(중략)

그는 부엌을 답사하였고 그럴 때엔 욕실 쪽이 의심스러웠다. 욕실 쪽을 보고 있노라면 그는 거실 쪽이 의심스러웠다. 그는 활차(滑車)*처럼 뛰고 또 뛰었다. 그러나 그는 아무것도, 아무런 김새도 발견해 낼 수 없었다. 무생물에 놀란다는 것은 부끄러운 일이다라고 그는 생각했다. 그러자 그는 비로소 안심이 되었다. 그래서 거만스럽게 걸어가서 스위치를 내렸다. 그는 소파에 앉아 남은 설탕물을 찔끔찔끔 들이켜기 시작했다. 그가 스위치를 내리자, 벽에 도료처럼 붙었던 어둠이 차곡차곡 잠겨서 덤벼들고 그들은 이윽고 조심스럽게 수군거리더니 마침내 배짱 좋게 깔깔거리고 있었다. 말린 휴지 조각이 배포처럼 늘여져 허공을 난다. 닫힌 서랍 속에서 내의가 펄펄 뛰고 있다. 책상을 받친 네 개의 다리가 흔들거리기 시작한다. 찬장 속에서 그릇들이 어깨를 이고 달그럭거리며 쟁그렁거리면서 모반을 시작한다.

그것은 그래도 처음엔 조심스럽게 시작되었다. 하지만 그들의 대상이 무방비인 것을 알자, 일제히 한꺼번에 고래고래 소리를 지르면서 날뛰기 시작했다. 크레용들이 허공을 난다. 옷장 속의 옷들이 펄럭이면서 춤을 춘다. 혁대가 물뱀처럼 꿈틀거린다. 용감한 녀석들은 감히 다가와 그의 얼굴을 슬쩍슬쩍 건드려 보기도 하였다. 조심해, 조심해. 성냥갑 속에서 성냥개비가 중얼거린다. 꽃병에 꽂힌 마른 꽃송이가 다리를 번쩍번쩍 들어 올리면서 춤을 춘다. 내의가 들여다보인다. 벽이 서서히 다가와서 눈을 두어 번 꿈쩍거리다가는 천천히 물러서곤 하였다. 트랜지스터가 안테나를 세우고 도립*하기 시작한다. 그러자 재떨이가 박수를 치기 시작한다. 소켓 부분에선 노래가 흘러나온다. 낙숫물이 신기해서 신을 받쳐 들던 어릴 때의 기억처럼 그는 자그마한 우산을 펴고 화환처럼 황홀한 그의 우주 속으로 뛰어든 셈이었다. 그는 공범자가 되고 싶은 욕망을 느낀다.

그때였다. 그는 서서히 다리 부분이 경직되어 오는 것을 느꼈다. 그것은 우연히 느낀 것이었다. 처음에 그는 이 방에서 도망가리라 생각했었기 때문에, 될 수 있는 한 소리를 내지 않고 살금살금 움직이리라고 마음먹고 천천히 몸을 움직이려 했을 때였다. 그러나 그는 다리를 움직일 수가 없었다. 이상한 일이었다. 그래서 그는 손을 내려 다리를 만져 보았는데 다리는 이미 굳어 석고처럼 딱딱하고 감촉이 없었으므로 별수 없이 손에 힘을 주어 기어서라도 스위치 있는 쪽으로 가리라고 결심했다. 그는 손을 뻗쳐 무거워진 다리, 그리고 더욱더 굳어져 오는 다리를 끌고 스위치 있는 곳까지 가려고 안간힘을 썼다. 그러나 그는 채 못 미쳐 이미 온몸이 굳어 오는 것을 발견하였다. 그래서 그는 숫제 체념해 버렸다. 참 이상한 일이라고 생각하면서 그는 조용히 다리를 모으고 직립하였다. 그는 마치 부활하는 것처럼 보였다.

– 최인호, 「타인의 방」

*활차: 도르래

*도립: 물구나무서기

07 위의 작품에서 현대인의 불안 의식을 표현하는 도구로 사용된 것이 무엇인지 찾아 쓰시오.

08 위의 작품에서 '그'가 사물로 변하여 마침내 주체성을 상실한 모습을 표현한 문장을 찾아 쓰시오.

※ 다음 글을 읽고 물음에 답하시오.

그리하여 나무에서 떨어져 죽는 날까지
흙 속에 날개가, 입이 부서져
푸른 등을 땅에 대고 눕는 날까지
이 땅에 올라온 한 마리 매미가 우는 것은
짧고 단단한 목숨 때문은 아니다

한줄기 빛도 없는 흙 속에서
나무뿌리에 입을 대고 목청을 기른 시인,
벗겨진 허물들이 습작기의 원고로 쌓이고
음지에서 올라온 그는
남은 젖을 빨다 지친 아기처럼
마침내 나무등걸을 타고 오른다

[A]
그때 매미는 거칠은 나무껍질에서
부드러움을 발견하고 만 것일까
여섯 해의 긴 침묵을 견딘 자에게만 목청을 주는 세상,
신록의 이 거친 물결 위에 누워
마지막 허물을 벗기 위하여
그는 나무등걸을 오르게 된 것일까

> 　　　매미는 목청으로 다른 매미들을 모으고
> 　　　그 울음소리에 암매미 떼 날아온 저녁
> 　　　사랑은 짧고,
> [B]　 새로운 애벌레들의 행진,
> 　　　그리하여 나무에서 떨어져 눕는 날에는
> 　　　가장 부드러운 목청을 얻는 것이다
>
> — 나희덕, 「매미」

09 위 작품의 [B]에서는 '매미'가 나무를 오르는 이유에 대한 [A]의 예상과는 다른 이유가 있음이 밝혀지고 있다. 그 이유를 나타내는 시행을 [A]와 [B]에서 각각 찾아 쓰시오.

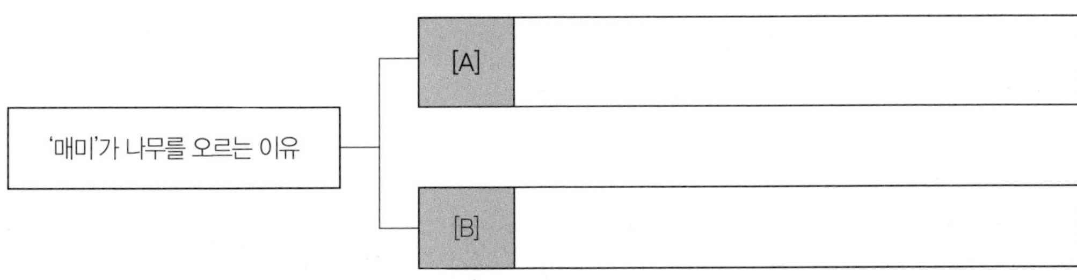

PART 1 기출문제
PART 2 실전모의고사
PART 3 정답 및 해설

제2회 실전모의고사

[수학 영역]

▶ 해답 p.316

10 곡선 $y=x^3$ 위의 원점이 아닌 점 $P(t, t^3)$에서 접선이 $(2, 0)$을 지날 때, 이 접선의 기울기를 구하는 과정을 아래 과정을 참고하여 서술하시오.

> $y'=3x^2$이므로 점 $P(t, t^3)$에서 접선의 기울기는 $3t^2$
>
> 따라서 점 $P(t, t^3)$에서 접선의 방정식은
>
> $y=$ | ① |
>
> 이 접선은 $(2, 0)$을 지나고, 점 $P(t, t^3)$는 원점이 아니므로
>
> $\therefore t=$ | ② |
>
> 접선의 기울기는 | ③ |

11 $\dfrac{\pi}{2}<\theta<\pi$인 θ에 대하여 $\sin\theta+2\cos\theta=0$일 때, $\sin\theta-2\cos\theta$의 값을 구하는 과정을 서술하시오.

12 1보다 큰 두 실수 a, b가 다음 조건을 만족시킨다.

> (가) $\dfrac{\log ab}{5} = \dfrac{\log a - \log b}{3}$
>
> (나) $a^{-1+\log b} = 1000$

$\log a - 2\log b$의 값을 구하는 과정을 서술하시오.

13 함수 $f(x)$가 $\displaystyle\lim_{x \to a} \dfrac{f(x-a)}{x-a} = 2$를 만족할 때,

$\displaystyle\lim_{x \to 0} \left\{ \dfrac{6f(x)}{2x+f(x)} \right\}$의 값을 구하는 과정을 서술하시오.

14 다음 조건을 만족시키는 다항함수 $f(x)$를 구하는 과정을 서술하시오.

> (가) $f'(x)=3x^2-4x+1$
> (나) 곡선 $y=f(x)$ 위의 점 $(2, f(2))$에서의 접선의 x절편은 -1이다.

15 모든 항이 양수인 등차수열 $\{a_n\}$의 첫째항부터 제n항까지의 합을 S_n이라 하자.

$a_2=2a_1$이고 $\displaystyle\sum_{k=1}^{5}\frac{1}{S_k}=5$일 때,

$\displaystyle\sum_{k=1}^{12}\frac{a_{k+1}}{S_kS_{k+1}}$의 값을 구하는 과정을 서술하시오.

제3회 실전모의고사

[국어 영역]

▶ 해답 p.318

※ 다음은 모둠 과제를 준비하기 위한 학생들의 토의이다. 물음에 답하시오.

학생 1: 이번 학기에 우리 고전의 내용을 소개하는 동영상을 제작해야 하잖아. 어떤 책을 소개해야 할지 생각해 봤어?

[A]
학생 2: 『홍길동전』은 어때? 우리가 문학 시간에 한국 소설사에서 큰 의미가 있는 작품이라고 배웠던 작품이어서 소개할 만한 가치가 있을 것 같은데.

학생 3: 다른 모둠들이 대부분 고전 문학 작품을 소개할 계획이어서 차별성이 부족할 것 같아. 고전이라면 으레 문학을 떠올리는데, 철학이나 과학 분야에도 고전이 있잖아. 홍대용의 『의산문답』은 어때? 다른 모둠이 다루지 않는 분야의 책이라 참신하고, 조선 시대에 서양 과학의 관점을 받아들인 점이 흥미로워서 소개하기에 적합할 것 같아.

학생 2: 혹시 읽기에 너무 어렵지는 않을까?

학생 3: 내가 지난 방학에 읽어 봤는데, 현대 국어로 번역이 잘 돼 있고 분량도 많지 않아서 금방 읽을 수 있었어.

학생 2: 그렇다면 좋아. 재미있겠다.

학생 1: 나도 좋아. 그럼 어떤 자료를 준비하면 될까?

학생 3: 일단 『의산문답』 자체를 읽어 봐야겠지. 또 번역자가 쓴 해설이 부록으로 실려 있으니까 여기에서도 좋은 정보를 얻을 수 있을 거야.

학생 2: 내용을 깊이 이해하기 위해서 추가로 넣을 정보가 있는 지 도서관이랑 인터넷에서 찾아봐야겠고.

[B]
학생 3: 우리 학교 근처의 ○○ 대학교에 계신 동양 과학사 전문가 △△△ 교수님을 찾아뵙고 『의산문답』의 의미나 주목할 만한 구절 등을 여쭤보는 건 어떨까? 우리 동영상에 면담 장면을 넣으면 내용도 풍부해지고 생생한 느낌을 줄 수 있어서 좋을 것 같아.

학생 2: 현실적으로 어렵지 않을까? 평일엔 우리도 찾아뵐 시간이 없고, 주말에 뵙는 건 실례일 텐데.

학생 1: 그럼 이메일을 활용한 서면 면담이 가능한지 여쭤보는 건 어떨까? 만나기 위해서 굳이 시간을 따로 내지 않아도 되니까 면담이 성사될 가능성이 좀 더 높을 것 같은데. 만약 서면 면담을 수락하시면, 교수님의 육성을 못 넣어서 생생한 느낌은 주지 못하겠지만, 그래도 교수님이 보내 주신 정보를 활용하면 내용이 풍부해질 것 같아. 만약 너무 바쁘셔서 그것도 불가능하다 하시면 어쩔 수 없고.

학생 2, 학생 3: 그래, 그게 좋겠다.

학생 1: 그럼 동영상에 담을 내용을 생각해 보자. 『의산문답』은 어떤 성격의 책인지, 홍대용은 어떤 사람인지, 주목할 만한 내용에는 무엇이 있는지, 『의산문답』의 역사적 의미는 무엇인지 등을 담으면 될 것 같아.

학생 2: 나는 『의산문답』을 읽고 우리가 얻게 된 교훈이나 깨달음을 담으면 좋겠어.

학생 3: 두 사람 생각 모두 좋은데? 서로 겹치지도 않고, 둘 다 담으면 되겠다.

학생 1, 학생 2: 좋아.

학생 1: 이제 동영상의 내용을 어떻게 표현할지 얘기해 보자. 일단 정보 전달이 중요하잖아. 그러니까 우리 얼굴은 나오지 않게 하고 사진이나 그림을 중심으로 제작하되 거기에 음성과 문자로 설명을 덧붙여서 제작하면 좋겠어.

학생 3: 정보 전달이 중요하다는 생각에 동의해. 그런데 『의산문답』은 주된 내용을 두 사람 간의 대화 형식으로 제시하는 게 중요한 특징이거든. 우리가 대화를 주고받는 두 인물 역할을 연기하면 어떨까?

학생 2: 흥미롭고 정보 전달도 잘 되겠네. 나는 찬성이야. 그런데 그러면 정보 전달에 주력하기 위해서 우리 얼굴이 나오지 않게 하자는 의견과는 충돌하는데?

학생 1: 주요 대화를 소개할 때만 얼굴이 나오는 정도로는 정보 전달에 큰 방해가 되지는 않을 거야. 그럼 동영상의 표현에 대해서는 내가 제안한 방식을 사용하되 책 속의 인물이 대화를 나누는 부분을 인용해야 할 때만 인물 역할을 연기하는 두 사람 얼굴이 나오게 하자.

학생 2, 3: 그래.

학생 1: 그럼 역할 분담을 정해야 하는데, 너희가 인물 역할을 맡으면, 그 부분의 역사적 의미에 대한 설명을 포함해서 전체적인 설명은 내가 맡을게. 어때?

학생 2, 3: 좋아.

학생 1: 그럼 오늘은 이만 마무리하자. 논의한 결과는 정리해서 이따가 이메일로 보내 줄게.

학생 2: 그래 수고했어.

학생 3: 내일 보자. 안녕.

01 다음의 〈보기〉는 [A]와 [B]에서 각 학생들이 제안한 내용을 평가한 것이다. 빈칸에 '긍정적' 또는 '부정적'을 넣어 각 평가 문장을 완성하시오.

〈보기〉

- [A]에서 학생 2는 소개 대상에 대해 상대방과 공유하고 있는 정보를 근거로 자신의 제안을 (ⓐ)으로 평가했다.
- [A]에서 학생 3은 소개 대상이 참신하다는 점을 근거로 자신의 제안을 (ⓑ)으로 평가했다.
- [A]에서 학생 3은 다른 모둠과의 차별성이라는 기준을 통해 학생 2의 제안을 (ⓒ)으로 평가했다.
- [B]에서 학생 3은 면담 장면을 통해 생생한 느낌을 줄 수 있다는 점을 근거로 자신의 제안을 (ⓓ)으로 평가했다.
- [B]에서 학생 2는 실현 가능성이라는 기준을 통해 학생 3의 제안을 (ⓔ)으로 평가했다.

[02~03] 다음 글을 읽고 물음에 답하시오.

(가) 아리스토텔레스는 범주론에서 세상에 존재하는 대상의 존재론적 지위에 대해 논하며, 존재하는 대상의 본질을 10개의 범주로 설명하고자 하였다. 아리스토텔레스가 제시한 범주는 실체(무엇임), 성질(어떠함), 양(얼마임), 관계,

장소(어디), 때(언제), 위치(자세), 소유(가짐), 능동(힘), 수동(겪음)이다. 세부적 차이에도 불구하고 중세 시대 서양의 실재론자들은 대체로 범주론에서 제시한 10가지 범주가 존재론적으로 영혼 외부에 존재하는 대상을 뜻하는 실재를 반영한다고 보았다. 그리고 이 실재는 언어에 의해 반영된다고 간주하였다. 즉 10가지 범주는 '언어의 구분'임과 동시에 '실재의 구분'이며, 범주에 대한 고민은 실재에 대한 고민이 된다.

중세 시대의 실재론자였던 버얼리는 아리스토텔레스의 10가지 범주 중에서 '실체', '성질', '양'만을 '절대적 범주'로 인정하였다. 이 3개의 범주만이 존재하는 대상에 의해 독자적인 의미를 지닐 뿐이며, 남은 7개의 범주는 '절대적 범주'로 환원된다고 보았다. 버얼리는 실재의 다의성을 인정하며 실재를 '스스로 존재하는 것'과 '다른 것에 의하여 존재하는 것'으로 나누었다. 전자는 '실체'라고 하고 이는 존재하는 것이 하나의 무엇으로 있는 것으로, 특정 개체를 지칭한다. 후자는 '우유(偶有)' 즉 우연한 존재이며 이는 실체에 의존한다. 우유는 여러 조건에 의해 변화하지만, 실체의 본질을 바꾸지는 못한다. 우유에 영향을 미치는 조건은 실체 외부의 조건과 실체 내부의 조건으로 구분된다. 실체 외부의 조건은 실체와 관계없이 존재하는 보편적 본성처럼 보일 수 있지만, 존재하는 대상에 의해 독자적인 의미를 지니는 것은 아니다. 실체 내부의 조건에는 다른 실체와의 관계를 통해 결정되는 '상대적으로 내재하는 것'과 개별 실체의 독자적인 특성으로 결정되는 '절대적으로 내재하는 것'이 있다. '절대적으로 내재하는 것'은 '무엇임'과 관련된 '성질'의 범주의 속하는 것과 '무엇임'을 이루는 것과 관련된 '양'의 범주에 속하는 것으로 나뉜다. 결국 존재하는 대상에 의해 독자적인 의미를 지니게 되는 '절대적 범주'는 '실체', '성질', '양'만 남는다.

버얼리에 따르면 '성질'과 '양'의 결합으로 형성된 실재는 '우유에 의한 순수한 집합체'로, 이는 아직 단일성을 지닌 개별적 실체로 볼 수 없다. 버얼리는 개별적 실체를 지탱하는 영혼 외부의 보편인 '공통 본성'의 존재가 단일성을 형성하고 유지해 준다고 보았다. '이순신'이라는 실재는 개별적 성질과 개별적 양의 합성이다. 하지만 실체적 공통 본성인 '인간성'에 의하여 '이순신'은 인간으로서의 정체성과 개별적인 실체로서의 존재를 지탱해 간다. 즉 어떤 우유적 집합체를 하나의 고유한 본질을 가진 개별적 실체로 지탱하게 하는 것은 보편적 실체 혹은 실체적 공통 본성인 것이다.

(나) 오컴은 버얼리와 달리 특정한 범주로 제한될 수 없는 초월 범주인 실재는 다의어가 아니라, 일의어로 서술된다고 보았다. 물론 이것이 서로 다른 범주가 동일한 특성을 가지며 존재한다고 말하는 것은 아니다. 단지 언어적으로는 하나의 의미만을 소유한다는 것이다. 오컴에게 있어 영혼 외부의 범주는 '개별적 실체'와 '개별적 성질'뿐이다. 버얼리와 같이 하나의 존재로 단일성을 유지하게 해 주는 실체적 공통 본성은 오컴에게는 없다. 오컴에게 피조물은 철저하게 '개체적 실체'다. 10가지 범주가 존재론적으로 영혼 외부에 독립해 존재한다는 실재론자들의 견해를 그는 결코 수긍할 수 없었다.

오컴은 실재론자들이 긍정한 실체적 공통 본성을 부정했다. 그러한 보편이 영혼 외부에 존재한다면, 동시에 여러 곳에 존재하는 보편적 실체가 있어야 한다. 또 동시에 여러 곳에 있는 개별적 실체 가운데 서로 다른 여러 개별적 실체들과 함께 하나의 모습으로 존재해야 한다. 오컴은 '이순신'이라는 개별적 실체의 본질을 결정하는 공통 본성이 '이순신'이라는 개별적 실체로부터 존재론적으로 구분되어 존재한다는 것도 혹은 그 개별적 실체의 외부에 존재한다는 것도 모두 합리적이지 않다고 보았다. '이순신'이라는 하나의 '개체'와 그의 공통 본성, 즉 본질의 영역인 '보편'이 서로 구분되어 있다면 결과적으로 '이순신'은 두 부분의 결합체로 있어야 하기 때문이다. 오컴에게 '보편'은 영혼 내부의 개념일 뿐이다. 말 그대로 여럿에 대하여 서술되는 술어, 즉 언어일 뿐이다. "'이황'과 '이이'는 '비슷한 인간'이다."라고 할 때, '비슷한'이라는 것은 영혼 외부에 독립적으로 존재하지 않는다. 언어적으로 '관계의 범주' 속에 존재하지만 영혼 외부에 실재하는 것이 아니다. 그러나 영혼 외부의 공통 본성은 필요하지 않다.

오컴은 하나의 의미만을 지닌 일의어를 기본으로 파생어를 파악하며 명제를 이해하고자 했다. "소크라테스는 철학자이다."와 "플라톤은 철학자이다."에서 '철학자'는 일의어적 술어이다. '철학자'란 개념은 영혼 외부에 존재하는 보편을 반영하는 것이 아니다. 여럿을 두고 영혼 내부에 생긴 유사한 경험에 근거한 '지향' 혹은 '개념'이다. 이러한 지향은 일의어로 여럿에 대하여 서술된다. 즉 명제 가운데 동일한 대상을 지칭할 수 있다. 오컴에 따르면, '소크라테스'와 '플라톤'이라는 개별적 실체 가운데 '철학자'라는 보편이 있는 것이 아니다. 앞에 제시된 명제에서 주어에 해당하는 명사인 '소크라테스'와 '플라톤'이 영혼 내부에 주어진 개념이면서 일의어적 술어인 '철학자'를 지칭하고 있기 때문에 앞서 말한 명제는 참된 명제가 된다. '철학자'라는 독립적인 실체가 영혼 외부에 있지 않아도 이 명제가 참임을 설명할 수 있다.

02 다음의 〈보기〉는 (가), (나)를 읽고 각 철학자의 생각을 이해한 것이다. 빈칸에 들어갈 적절한 철학자를 제시문에서 찾아 차례대로 쓰시오.

〈보기〉

① (　　　　)은/는 대상의 본질을 설명하기 위해 범주론에서 10개의 범주를 제시하였다.

② (　　　　)은/는 스스로 존재하지 못하고 다른 것에 의존하여 존재하는 실재가 있다고 보았다.

③ (　　　　)은/는 실재가 일의어로 서술되어도 그것이 서로 다른 범주를 동일한 특성을 가진 존재로 표현하는 것은 아니라고 여겼다.

03 다음의 〈보기 2〉는 〈보기 1〉을 바탕으로 성리학이 (가), (나)에 대해 취할 수 있는 반응을 설명한 것이다. 〈보기 1〉의 ⓐ에 근거하여 〈보기 2〉의 빈칸에 '리'와 '이' 중 하나를 골라 차례대로 쓰시오.

〈보기 1〉

성리학에서는 현상 세계에 드러난 모든 현상과 존재를 ⓐ리(理)와 기(氣)의 개념에 근거하여 이해하고자 하였다. 성리학에서 말하는 리는 모든 사물의 존재 및 생성과 관련된 법칙·원리를 가리키는 것이다. 그리고 기는 모든 사물을 이루는 질료, 즉 현상적 요소를 가리킨다. 이때 리는 개별적 사물이 존재할 수 있게 하는 보편적인 속성을 나타내고, 기는 리에 근거하여 개별적 사물의 구체적 성질과 특성을 드러내는 것이다. 성리학에서는 이 둘을 원칙적으로 구별하면서도 현상 세계에서는 함께 존재하는 관계로 파악하고자 하였다.

〈보기 2〉

• 버얼리가 주장하는 영혼의 외부에 존재하는 실체적 공통 본성은 개별적 사물이 존재할 수 있게 하는 보편적인 속성을 나타낸다는 점에서 '(　㉠　)'의 개념과 유사하다고 볼 것이다.

• 버얼리가 제시한 '성질', '양'의 범주는 존재를 현상 세계에 드러내는 역할을 한다는 점에서 '(　㉡　)'와 유사하다고 볼 것이다.

버얼리가 주장하는 우유에 의한 순수한 집합체는 고유한 본질을 지니지 못했다는 점에서 '(　㉢　)'에 해당하는 보편적 속성이 없다고 볼 것이다.

> • 오컴이 제시한 일의어는 영혼 외부에 존재하는 보편을 반영하지 않는다는 점에서 사물에 내재한 보편적 법칙인 '(②)'을/를 간과하고 있다고 볼 것이다.

⑦: ______________   ⑥: ______________   ⑥: ______________   ②: ______________

※ 다음 글을 읽고 물음에 답하시오.

전원 버튼, 단순한 기호가 아니다

집에 있는 가전 기기들의 전원 버튼을 보신 적 있으신가요? 모양이 참 다양하죠. 그중에 1이랑 0이 합쳐진 형태의 동그라미 모양이 있는 것도 있어요. 그런데 이게 다 의미가 있다는 사실~ 지금부터 쭈우욱 설명을 드릴게요.

보통 선풍기나 전열 기구의 전원 버튼 모양이에요. 숫자 1과 0이 보이시죠? 1은 켜진 상태, 0은 꺼진 상태를 의미하죠. 그리고 0과 1이 합해진 동그라미 모양의 버튼도 있어요. 이 버튼을 누르면 교대로 꺼짐과 켜짐이 반복되는 것이죠.

그런데 이 버튼의 모양이 서로 달라요. 1의 위치가 원 밖으로 나온 것과 원 안에 있는 것이 있죠. 결론부터 말하면 왼쪽의 것은 대기 전력이 있는 제품이라는 것이고, 오른쪽의 것은 대기 전력이 없는 제품이라는 ⑦뜻이에요.

04 다음의 〈보기〉는 ⑦의 표기에 대한 설명이다. 이를 반영하여 제시된 문장에서 밑줄 친 부분의 올바른 준말 표기를 차례대로 쓰시오.

〈보기〉

복수 표준어로 인정되는 '-에요'와 '-어요'가 '이다'의 어간 '이-'나 '아니다'의 어간 '아니-' 뒤에 나올 때, 그 발음과 표기에 유의해야 한다. 만약 '이-' 앞에 모음이 있으면 대개 'ㅣ' 모음이 반모음 'j'로 바뀌어 발음되므로, 그럴 때에는 그 발음에 따라 '이에요'와 '이어요'를 각각 '예요'와 '여요'로 줄여 적을 수 있다. 그러나 '이-' 앞에 자음이 있으면 '이에요'와 '이어요'가 각각 '예요'와 '여요'로 발음되지 않으므로, 줄여 적을 수 없다. 한편 '아니-'가 '-에요', '-어요'와 결합할 때에는 줄이지 않은 표기와 줄인 표기를 모두 자연스럽게 쓸 수 있다.

ⓐ 저는 학생이 <u>아니에요</u>.   →   (   )

ⓑ 이건 영수의 <u>볼펜이어요</u>.   →   (   )

ⓒ 서울은 한국의 <u>수도이어요</u>.   →   (   )

ⓓ 이 동물은 <u>코끼리이에요</u>.   →   (   )

ⓔ 그분은 저의 형이 <u>아니어요</u>.   →   (   )

※ 다음 글을 읽고 물음에 답하시오.

독서는 텍스트, 독자 그리고 독서 맥락이 상호 작용하는 과정이자 독자가 능동적으로 의미를 구성하는 과정이다. 독서는 의미 구성의 중점을 어디에 두느냐에 따라 텍스트 중심 독서, 독자 중심 독서, 사회적 상호 작용 중심 독서로 나눌 수 있다.

텍스트 중심 독서는 의미가 텍스트에 내재하므로 독자가 텍스트에 담겨 있는 객관적 의미를 발견해야 한다고 보는 관점이다. 이 관점에서의 독서 과정은 상황이나 맥락의 영향보다는 텍스트 내의 의미 자체를 중요시한다. 텍스트 중심 독서는 비교적 정확한 지식과 정보를 얻어야 하는 독서 활동에 유의미하다. 텍스트 중심의 독서 방법은 텍스트 관련 요소를 중심으로 나누어 볼 수 있다. 첫째, 필자의 의도를 중심으로 의미를 파악하는 독서이다. 텍스트를 쓴 필자의 의도나 사상을 알고 이를 활용하여 필자가 의도한 텍스트의 의미를 찾아가는 것이다. 둘째, 텍스트 내용을 구성하는 요소를 중심으로 하는 독서이다. 가령 서사 텍스트라면 인물, 사건, 배경, 구성, 시점 등을 알고 이를 활용하여 의미를 발견하는 방법이다. 셋째, 텍스트 내용 구조를 중심으로 하는 독서로 인과, 비교, 나열 등의 텍스트 구조를 활용하여 의미를 파악하는 방법이다.

텍스트 중심 독서는 독자가 주어진 글의 의미를 그대로 받아들여 머릿속에 저장한다고 보지만, 독자 중심 독서는 의미가 독자의 주관적인 경험에 따라 구성된다고 본다. 즉 텍스트의 의미는 개인의 경험이나 지식을 바탕으로 주체적으로 구성된다고 보는 것이다. 독자 중심 독서에서는 독자의 배경지식을 활성화, 이어질 내용 예측하기, 스스로 질문하고 답하기 등과 같은 개인의 내적 사고 활동을 강조한다.

사회적 상호 작용 중심 독서는 사회 구성주의에 바탕을 둔 이론으로 독자 중심 독서 이론을 비판적으로 발전시킨 것으로 볼 수 있다. 사회 구성주의는 지식이란 공동체 구성원들 사이의 대화를 통해서 구성된 사회적으로 정당화된 신념이라고 본다. 독자들은 공동체에서 대화를 통해 여러 가지 지식과 의미 구성 방식을 습득하고, 자신보다 성숙한 사회 구성원들과의 대화를 통해 깊이 있는 이해에 도달하게 된다고 본다. 독자는 글을 읽으면서 공동체의 일원이 되어 가며, 한편으로는 글에 대해 반응함으로써 사회에 영향을 준다.

독서에는 텍스트 중심, 독자 중심, 사회적 상호 작용 중심 독서에서 언급한 의미 구성 과정이 복합적으로 작용한다. 각각의 관점은 독서를 통한 의미 구성 과정을 다양한 관점에서 생각해 보게 한다는 점에서 그 의의가 있다.

05 다음은 학생의 독서 일지 중 일부이다. 제시문에 근거하여 독서를 '텍스트 중심 독서', '독자 중심 독서', '사회적 상호 작용 중심 독서'로 구분할 때, ⓐ, ⓑ, ⓒ에 해당하는 독서 유형을 차례대로 쓰시오.

국어 수업 시간에 진행되는 주제 탐구를 위해 선생님께 부탁을 드려 책을 추천받았다. 그런데 생각보다 책의 내용이 잘 이해되지 않았다. 그래서 같은 모둠에 있는 친구에게 도움을 요청했다. ⓐ친구는 나에게 이 책을 쓴 필자가 가진 의도와 생각이 정리된 서평 자료를 공유해 주었다. 그 자료를 읽고, 다시 책을 읽으니 내용을 구체적으로 이해할 수 있었다. 특히 필자가 저출생 문제를 사회, 경제, 문화적 측면에서 서술하고 있는 의도를 분명히 알 수 있었다. ⓑ우리 지역의 경제 위기가 인구 감소와 관련이 있다는 보고서를 작성한 경험을 통해 저출생 문제의 경제적 측면의 심각성을 다시 생각해 볼 수 있었다. 저출생 문제로 인한 경제적 문제를 해결하기 위한 대책이 궁금하여 다시 책을 읽어 보니, 저출생의 문제점은 책의 전반부에 제시되고 이에 대한 대책은 후반부에 제시된 것을 확인하고 후반부의 내용을 메모하며 읽었다. 그리고 ⓒ책을 읽고 대화를 나눈 모둠 친구들과 함께 저출생 문제의 심각성을 학교 친구들뿐 아니라 지역 사회에 알려, 저출생 문제에 대한 관심을 확대하는 데 앞장서기로 하였다.

ⓐ _______________________________

ⓑ _______________________________

ⓒ _______________________________

[06~07] 다음 글을 읽고 물음에 답하시오.

(가)

어져 내 일이야 그릴 줄을 모로ᄃ냐

이시라 ᄒ더만 가랴마ᄂ 제 구ᄐ야

보내고 그리ᄂ 정(情)은 나도 몰라 ᄒ노라

— 황진이, 「어져 내 일이야」

(나)

잔 들고 혼자 안자 먼 뫼흘 ᄇ라보니

그리던 님이 오다 반가옴이 이리ᄒ랴

말ᄉ음도 우움도 아녀도 몯내 됴하ᄒ노라　　　　〈제3수〉

누고셔 삼공(三公)도곤 낫다 ᄒ더니 만승(萬乘)이 이만ᄒ랴

이제로 헤어든 소부 허유(巢父許由) ㅣ 냑돗더라

아마도 임천한흥(林泉閑興)을 비길 곳이 업세라　　　　〈제4수〉

강산이 됴타 ᄒ들 내 분(分)으로 누얼ᄂ냐

님군 은혜(恩惠)를 이제 더욱 아노이다

아므리 갑고쟈 ᄒ야도 히올 일이 업세라　　　　〈제6주〉

— 윤선도, 「만흥」

(다)

일신(一身)이 ᄉ쟈 ᄒ엿더니 믈ㄱ것 계워 못 슬니로다

비파(琵琶) 것튼 빈아(蠙蛾) 삿기 사령(使令) 것튼 등에 어이 갈ᄯ귀 숨위약이 센 박퀴 누룬 바퀴 픳겨 것튼 가랑니

며 보리알 것튼 수퉁니며 듀린 니 갓 깐 니 쟌 벼룩 왜(倭)벼룩 쥐는 놈 긔는 놈에 다리 기다헌 모긔 부리 쑈족흔 모긔

술딘 모긔 여윈 모긔 그림아 쏙록이 심(甚)흔 당(唐)비루에 더 어려웨라

그즁에 춤아 못 견딜 쏜 오뉴월(五六月) 복다림에 쉬ᄑ린가 ᄒ노라

— 작자미상, 「일신(一身)이 ᄉ쟈 ᄒ엿더니」

06 수사법은 작품에서 화자의 심리나 정서 또는 작품의 주제 의식을 강조하는 데 활용된다. 다음의 〈보기〉와 연관지어 (가), (나), (다)에 사용된 대표적인 수사법을 차례대로 쓰시오.

〈보기〉

(가)는 (ⓐ)을 통해 화자의 심리를 드러내고 있다.

(나)는 (ⓑ)을 통해 화자의 정서를 드러내고 있다.

(다)는 (ⓒ)과 (ⓓ)을 통해 주제 의식을 강조하고 있다.

07 다음의 〈보기〉는 작품 (나)를 한자성어와 관련지어 이해한 내용이다. 빈칸에 들어갈 한자성어를 차례대로 쓰시오.

〈보기〉

• 〈제3수〉의 '말ᄉᆞᆷ도 우움도 아녀도 몯내 됴하ᄒᆞ노라'는 산이 말하거나 웃지 않아도 마음으로 알 수 있다는 것이므로 (ⓐ)와/과 관련이 있다.

• 〈제4수〉의 '만승(萬乘)이 이만ᄒᆞ랴'는 자연 속에서 살아가는 즐거움에 만족하고 있다는 의미이므로 (ⓑ)와/과 관련이 있다.

• 〈제4수〉의 '임천한흥(林泉閑興)을 비길 곳이 업세라'는 자연에 묻혀 산수를 사랑하는 태도가 드러나므로 (ⓒ)와/과 관련이 있다.

• 〈제6수〉의 '님군 은혜(恩惠)'는 자신이 누리는 즐거움이 임금의 은덕에서 비롯되었음을 나타내는 것이므로 (ⓓ)와/과 관련이 있다.

[08~09] 다음 글을 읽고 물음에 답하시오.

청년이 넙죽 절을 했다. 당황한 노인이 끄응, 하면서 상반신을 일으켰다. 노인은 흐트러진 머리를 쓸어 넘기며 고개를 드는 청년을 바라보았다.

뉘시던가?

저는…… 감나무집……

하며 그가 사이를 떼는데, 노인이 심하게 기침하기 시작했다. 아랫배에서 무슨 덩어리가 끓어올라 온몸을 훑고 터져 나오는 듯한 기침 속에서 노인이 간신히 중얼거렸다.

알겠네. 어디서…… 본 듯하더니만……

　노인이 요강을 끌어다가 몇 뭉치인가의 가래를 쏟아 냈다. 노인은 잠깐 진정하려는지 눈을 감고 벽에 기대어 발작이 지나가기를 기다렸다.

　자네가…… 찬식이 자제란 말이지?

　네.

　쏙 뺐구먼, 여기는 어찌 알고 왔나?

　청년이 고개를 푹 수그렸다. 노인은 몇 번이나 숨을 길게 내쉬었다. 청년이 말했다.

　사흘 전에 어머님께서 별세하셨습니다.

　노인은 다시 한참이나 기침을 터뜨렸다.

　그분이 꿈에 보이더니…… 어떻게 장례는 치렀나?

　청년이 미닫이 밖으로 고개를 돌렸다.

　모셔 왔습니다.

　안으루 모시게나.

　노인이 흐트러지지 않은 자세로 고개만 끄덕였다. 청년이 라면 상자를 윗목에 놓자 멍하니 지켜보던 노인이 말했다.

　아…… 답답하다.

　노인의 눈이 그늘 속에서 반짝였다. 그는 일어나서 옷을 입었다. 걸음걸이가 불안정해 보였다. 노인은 눈을 감고 단정히 앉아서 한참이나 생각에 잠겨 있었다. 눈을 감은 채로 노인이 말했다.

　임종 때 무슨 말씀 없으시던가?

　까막골 얘기를 들었습니다. 아버님과의 합장을 부탁하셨습니다. 그리구 배 선생님에 관해서두…… 저는 아무것두 모릅니다.

　그럴 테지.

　저녁 들여갈까요?

　밖에서 노파의 목소리가 들려왔다.

　아냐, 그보다두 좀 나갔다 올 일이 있소.

　당신 수삼(水蔘) 달여 논 거 마시구 나가셔요.

　알았소.

　노인이 두 손으로 허리를 받치며 일어섰다.

　자아…… 가 보세.

　두 사람은 밖으로 나섰다.

(중략)

　뭘 해, 인사 올리지.

　하고 나서 붉어진 눈으로 노인이 코를 풀었다. 청년이 못내 어색한 형상으로 삼배를 올렸다. 그들은 풀 위에 나란히 앉았다.

　그렇잖아두 여엉 소식이 없으면 내가 이장을 할 작정이었네. 요 너머 맞춤한 자리가 있어서, 여긴 물이 나서 못쓰겠어.

　그런 것 같습니다.

　나두 거기쯤 자리 잡을라네.

　노인이 웃었다. 웃음의 끄트머리에 짧은 기침이 잠깐 잇닿았다.

　자네 모친이 먼저 가시다니 자네가 이렇게 장성하고 여길 찾을 동안에 온갖 사연이 많았을 것일세. 세상엔 벼라별

227

일들이 많이 일어나니까. 요즘은 왜 이렇게 생각이 뒤숭숭한지 모르겠군.

천상 묘를 파야겠군요.

뭐 반나절이면 이장까지 끝나겠구먼. 처음엔 내 혼자 밤에 묻었으니까.

밤에요?

그렇지. 밤에 자네 부친 시신을 내가 아무도 몰래 수습해다 묻었지. 나중에 다시 입관시키느라구 고생했네만……

(중략)

그들은 완전히 어두워진 신작로에 나섰다. 개 짖는 소리가 들렸다. 아득하게 먼 데서 놀러 나간 아이의 이름을 부르는 기다란 고함소리도 들려왔다.

그 무렵에 여긴 쑥밭이 되었네. 나두 잃은 게 많지. 까막골두 저쪽 모랫말루 이사를 해 버렸으니, 남의 동네가 돼 버린 셈이야.

두 사람은 고개 위에서 처마 끝에 달린 등이 흔들거리는 모양을 보았다.

마당에는 전깃불이 환히 번져 있었고 남자들의 떠들썩한 소리가 들렸다. 손님들이 모여든 것 같았다. 그들은 바깥 툇마루로 해서 조용히 안방에 들어갔다. 저녁상이 들어오자, 노인은 아내의 만류도 마다하고 술을 청했다. 취한 노인이 먼저 자리에 들고, 청년은 오락가락 시오리 길인 읍내에 나가서 한지와 송판을 사왔다. 청년은 노인 옆에 나란히 누워 이리저리 뒤척였다. 언제 깼는지 노인이 중얼거렸다.

물소리를 듣노라면 잠이 오지.

네.

하고 나니 정말 도란도란 흘러내려 가는 주막 앞의 시냇물 소리가 고즈넉하게 들려왔다. 저수지의 수문 밑을 새어 나와 다리 아래로 지나가는 물이었다.

[A] 　청년은 꿈에 수많은 말의 무리가 구름처럼 먼지를 일으키며 끝없이 달려가는 것을 보았다. 검은 말, 흰말, 얼룩말들의 팽팽한 궁둥이가 햇빛에 번쩍였고, 끝도 없는 말발굽 소리가 귓가에 가득 찼다. 드디어는 발굽 소리도 멀리 가고 일렁이던 먼지가 아주 차츰차츰 가라앉았다. 망원경의 유리알을 통해서 지평선이 나타났다. 숫자와 좌표가 눈앞에 다가와 있었다. 사방 어디에나 똑같은 산천이었다. 인기척 없는 들판을 바라보노라면 그때마다 초조해서 안달이 났다. 다시 말이 달려가고, 들판이 보이고 하는 장면을 거듭 꿈꾸었던 것 같았다.

– 황석영, 「북망, 멀고도 고적한 곳」

08 윗글에서 전쟁으로 파괴된 개인의 삶의 내력을 후대에 전하는 상징적 소재를 찾아 쓰시오.

09 윗글 [A]가 의미하는 상징성을 다음의 〈보기〉처럼 나타낼 때, 빈칸에 들어갈 상징의 대상을 차례대로 쓰시오.

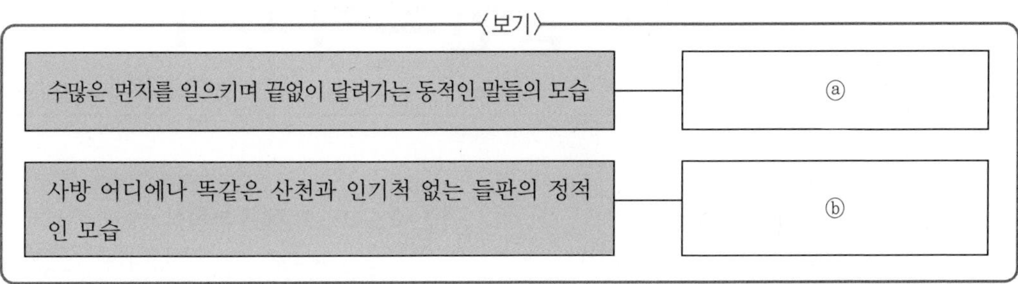

제3회 실전모의고사

[수학 영역]

▶ 해답 p.321

10 두 함수 $f(x), g(x)$에 대하여

$$\lim_{x\to\infty}f(x)=\infty, \quad \lim_{x\to\infty}\{2f(x)-g(x)\}=5$$

이다.

이때, $\displaystyle\lim_{x\to\infty}\left\{\dfrac{f(x)^2+3g(x)^2}{f(x)^2}\right\}$의 값을 구하

는 과정을 아래 과정을 참고하여 서술하시오.

$$\lim_{x\to\infty}f(x)=\infty \text{에서} \lim_{x\to\infty}\left\{\dfrac{1}{f(x)}\right\}= \boxed{①}$$

$$\lim_{x\to\infty}\{2f(x)-g(x)\}\times\lim_{x\to\infty}\left\{\dfrac{1}{f(x)}\right\}$$

$$=\lim_{x\to\infty}\left\{2-\dfrac{g(x)}{f(x)}\right\}=5\times0=0$$

$$\therefore \lim_{x\to\infty}\left\{\dfrac{g(x)}{f(x)}\right\}= \boxed{②}$$

$$\lim_{x\to\infty}\left\{\dfrac{f(x)^2+3g(x)^2}{f(x)^2}\right\}$$

$$=\lim_{x\to\infty}1+3\left\{\dfrac{g(x)}{f(x)}\right\}^2$$

$$= \boxed{③}$$

11 $0\leq x<2\pi$에서 부등식

$$2\sin^2\dfrac{x-\pi}{3}-3\cos\dfrac{2x+\pi}{6}\leq2\text{의 해가}$$

$\alpha\leq x\leq\beta$일 때, $\cos\dfrac{\beta-\alpha}{3}$의 값을 구하는

과정을 서술하시오.

12 다항함수 $f(x)$에 대하여 $f'(x)=12x^2-8x$이고, 곡선 $y=f(x)$ 위의 점 $(1, f(1))$에서의 접선의 y절편이 3일 때, $f(2)$의 값을 구하는 과정을 서술하시오.

13 함수 $y=5+\log_3(x-2)$의 그래프를 x축의 방향으로 -3만큼, y축의 방향으로 2만큼 평행이동한 후 직선 $y=x$에 대해 대칭이동한 함수를 $y=f(x)$라고 할 때, $f(7)$의 값을 구하는 과정을 서술하시오.

PART 1 기출문제

PART 2 실전모의고사

PART 3 정답 및 해설

14 수직선 위를 움직이는 두 점 P, Q의 시각 $t(t \geq 0)$에서의 위치를 각각 $x_1(t)$, $x_2(t)$ 라 하면 $x_1(0)=1$, $x_2(0)=5$이고, 두 점 P, Q의 시각 $t(t \geq 0)$에서의 속도는 각각 $v_1(t)=4t^2-9t+3$, $v_2(t)=t^2-3t+12$ 이다. $x_1(t) \leq x_2(t)$인 시각 t에 대하여 두 점 P, Q 사이의 거리는 시각 $t=a\,(a \geq 0)$ 일 때 최댓값 M을 갖는다. $M-a$의 값을 구하는 과정을 서술하시오.

15 첫째항이 a_1이고 공차가 d인 등차수열 $\{a_n\}$ 의 첫째항부터 제 n항까지의 합이 S_n일 때, 자연수 k에 대해 다음 조건을 만족시킨다.

> (가) $a_{k-1}+a_{k+1}=36$
> (나) $S_{k+1}=60$, $S_{k-1}=18$

이때, a_1의 값을 구하는 과정을 서술하시오. (단, k는 $k<4$인 자연수)

제4회 실전모의고사

[국어 영역]

▶ 해답 p.324

※ 다음은 멘토링 프로그램 참여를 위한 면접이다. 물음에 답하시오.

면접관: 멘토링 프로그램의 멘토로 지원해 주셔서 감사합니다. 운영 목적은 우리 학교에서 운영하는 특색 활동들에 대한 신입생들의 이해도 향상이며, 선발 기준은 공고문에 제시되어 있습니다. 질문은 드릴 테니 한 분씩 편하게 답해 주시기 바랍니다.

지원자 1, 2: 네, 알겠습니다.

면접관: 먼저, 이 프로그램은 봉사 활동 시간 부여 등 별다른 대가가 주어지지 않는 활동입니다. 따라서 프로그램 참여에 대한 내적 동기가 강한 사람이 필요합니다. 특별한 대가가 없음에도 불구하고 이 프로그램을 지원한 동기는 무엇인가요?

지원자 1: 저는 누군가에게 무언가를 알려 주는 것을 좋아합니다. 누군가를 가르치면서 내가 알고 있는 것이 무엇인지 확인할 수도 있지만, 내가 모르는 부분 또한 점검할 수 있기 때문입니다. 프로그램에 참여하여 신입생들에게 필요한 지식을 나누어 준다면, 제가 모르는 부분들을 정확하게 파악하여 더 큰 배움을 얻을 수 있을 것 같아 지원하게 되었습니다.

지원자 2: 멘토링 프로그램은 누군가에게 내가 아는 것을 나누고, 함께 이야기하며 그 사람의 성장을 돕는 일입니다. 저는 교사가 되고 싶기 때문에, 신입생들의 성장을 돕는 이 프로그램이 제게 소중한 경험이 될 것 같아 지원하였습니다.

면접관: 프로그램에서 활동할 주제는 운영 목적을 달성하기 위해 매우 중요합니다. 지원자는 어떤 활동 주제를 가지고 멘토링 프로그램에 참가할 계획인가요?

지원자 1: 저는 학교 특색 활동인 탐구 활동을 주제로 프로그램에 참여하고 싶습니다. 저는 입학했을 때 탐구 활동을 어떻게 진행해야 할지 몰라 막연했던 기억이 있습니다. 중학교에 비해 고등학교의 탐구 활동은 보다 구체적이었기 때문입니다. '탐구 활동'을 주제로 프로그램을 진행한다면, 신입생들에게 주제 선정이나 자료 수집, 모둠 활동 진행 방법 등을 안내하여 우리 학교 특생 활동에 대한 이해도를 높일 수 있을 것입니다.

지원자 2: 저는 혼자 힘으로 공부할 수 있는 방법을 주제로 프로그램에 참여할 계획입니다. 고등학교에 입학했을 때 혼자 힘으로 공부하다가 여러 번의 시행착오를 겪었던 경험이 있습니다. 혼자 힘으로 공부하는 것이 아직은 익숙하지 않았기 때문입니다. 신입생들 또한 저와 비슷한 어려움을 겪을 수 있습니다. 멘토링을 통해 신입생들이 자기 주도적 학습의 중요성과 방법, 시간 관리 기술 등을 알고 이를 준비할 수 있다면, 학습에서의 시행착오를 줄여 좀 더 효율적으로 자기 주도적인 학습 역량을 키울 수 있을 것이라 생각합니다.

면접관: 멘토로 선정되면 두 달간 매주 주말마다 활동하게 됩니다. 지난번 프로그램에서는 멘토들이 주말 일정을 조정하지 못해 운영에 많은 어려움을 겪었습니다. 그렇기 때문에 프로그램에 성실히 참여할 책임감 있는 사람이 필요합니다. 이에 대해 어떻게 생각하시나요?

지원자 1: 저는 학급 도우미 활동을 통해 학생들에게 성실하다고 인정받은 적이 많습니다. 학급 도우미 활동에서 보인 책임감을 멘토링 프로그램에서도 발휘하여 의미 있는 프로그램이 될 수 있도록 최선을 다하겠습니다.

지원자 2: 제가 정말 참여하고 싶은 좋은 기회인 만큼 성실하게 참여하도록 하겠습니다. 프로그램에 참여하는 것을 가장 중요한 일이라고 생각하고, 다른 일정들을 미리 조정하고 준비하여 프로그램 참여에 차질이 없도록 하겠습니다.

면접관: 멘티 학생들과 좋은 관계를 형성하기 위한 지원자만의 방법을 이야기해 주세요.

지원자 1: 멘티 학생들과 좋은 관계를 형성하기 위해서는 그들의 관심사나 흥미를 잘 아는 것이 중요하다고 생각합니다. 제가 멘토링 프로그램에 참여한다면 제가 맡은 학생들의 관심사나 흥미가 무엇인지 파악한 뒤, 프로그램 진행 과정에서 이와 관련된 대화를 많이 나누면서 친밀감을 높이고 싶습니다.

지원자 2: 신입생들은 낯선 환경 때문에 고민과 어려움이 많습니다. 하지만 이를 누군가에게 선뜻 이야기하기 어려워합니다. 내 고민이 선배들에겐 사소한 것으로 보일 수 있기에, 고민을 이야기하는 것이 단순한 어리광으로 느껴지지 않을까 두려워하기 때문입니다. 따라서 저는 좋은 관계 형성을 위해서 가장 중요한 것은 경청이라고 생각합니다. 신입생들의 고민이나 어려움을 단순한 어리광이라 생각하지 않고, 잘 들어 주고 공감해 주는 좋은 멘토가 되고 싶습니다.

면접관: 이상입니다. 면접에 참여해 주셔서 감사합니다.

---

01 〈보기〉는 면접관이 면접 전 떠올린 생각이다. 이를 바탕으로 면접관이 지원자를 평가했을 때, 평가 내용에 부합하는 지원 대상자를 주어진 〈조건〉에 맞게 차례대로 쓰시오.

〈보기〉

이번 멘토링 프로그램의 목적은 우리 학교의 다양한 활동을 궁금해하는 신입생들의 이해도를 높이는 것이야. 그래서 이러한 목적에 맞게 활동 주제를 타당하게 설정하고 이를 통해 얻을 수 있는 효과를 명확히 제시하는 학생이 멘토가 되면 좋겠어. 또 신입생들이 관계 형성에서 겪은 어려움이 무엇인지 알고 이를 바탕으로 좋은 관계를 형성할 수 있는 학생을 선발하면 프로그램 운영에 큰 도움이 될 거 같아. 그리고 두 달간 매주 주말마다 활동하기 때문에, 다른 봉사 활동을 한 경험이 있어 책임감이 뛰어난 학생이 선발되었으면 좋겠어. 또 프로그램을 통해서 무언가를 배우려는 의지가 강한 학생이면 더 좋겠어.

〈지원자〉	〈평가 내용〉
①	프로그램의 목적에 부합하는 활동 주제를 선정해 답변하였군.
②	신입생들이 관계 형성에서 겪는 구체적인 어려움이 무엇인지 밝히고 있기 때문에 신입생들에 대한 이해도가 높다고 볼 수 있겠군.
③	자신의 경험을 토대로 본인이 선정한 활동 주제가 가져올 기대 효과를 제시하고 있군.

〈조건〉

• 지원자 1과 지원자 2 중 지원자 1에만 해당하는 경우 : 지원자 1 > 지원자 2
• 지원자 1과 지원자 2 중 지원자 2에만 해당하는 경우 : 지원자 1 < 지원자 2
• 지원자 1과 지원자 2 모두에 해당하는 경우 : 지원자 1 = 지원자 2

[02~03] 다음 글을 읽고 물음에 답하시오.

인간은 특정 시간과 공간 속에서 살아간다. 이런 점에서 시간과 공간은 인간의 삶이나 사회 현상을 규정하는 중요한 요소라 할 수 있다. 근대 이후 서구에서는 인간 존재와 사회 현상을 시간에 초점을 두고 이해하려는 경향이 지배적이었다. 서구의 많은 사상가는 시간적 연속성을 바탕으로 한 인과 관계와 역사의 선형적 흐름에 주목한 반면, 공간적인 요소는 부차적이거나 우연적인 것으로 보았다. 하지만 이와 같은 시간 중심주의적 인식은 사회 현실을 일률적인 체계로 파악하여 현실에서 발생하는 복잡하고 다양한 문제 상황들을 제대로 설명할 수 없다는 한계에 봉착하게 되었다. 이러한 한계를 극복하기 위해 푸코는 사회 현실의 다양성과 차별성, 불확실성, 모순성에 대한 인식을 강조하며 공간의 개념에 주목할 것을 주장하였다.

푸코는 사회 현실이 복합성, 병렬성, 분산성에 의해 구성되어 있다고 보았으며, 시간을 가로질러 전개되는 거대한 삶보다는 공간들이 연결되고 그물망처럼 엮어 나타나는 관계의 집합에 주목하였다. 그는 공간을 사회적 산물이자 사회생활을 구성하는 원동력으로 인식하며 공간을 관계에 따른 '배치'로 파악하고자 하였다. 즉 배치를 개별 공간의 특별성이 아닌, 주변 공간과 맺는 관계로서의 공간으로 간주하였다. 이를테면 카페, 극장이 모여 휴양지라는 배치가 되고 거리, 도로, 기차역이 모여 정류장이라는 배치가 되는 것이다. 이처럼 푸코는 각 공간들이 형성하는 관계망이 배치를 규정하게 된다고 생각하였다. 이들 배치 가운데 푸코가 관심을 가진 것은 유토피아와 헤테로토피아였는데, 이들은 다른 모든 배치들과 연결되어 있으면서 동시에 다른 모든 배치들과는 어긋나 있는 것이었다.

푸코는 유토피아를 실제 공간이 없는 배치로서, 근본적이고 비현실적인 공간으로 보았다. 반면 헤테로토피아는 모든 문화에 존재하는 공간이며 실제적 배치라고 설명하였다. 어디에도 없음을 뜻하는 유토피아와 달리 헤테로토피아가 공간과의 관계가 없고 있음의 반대 개념이 아니라 서로에게 투사되고 영향을 미치는 관계라는 점에 주목할 것을 강조하였다.

[A]
푸코는 이들의 관계를 거울을 통해 설명하고 있다. 내가 거울을 바라볼 때 거울은 내가 없는 곳에서 나를 보게 한다. 거울 속에 내가 있지만 그것은 내가 아니라 일종의 그림자에 불과하다. 즉 거울은 나 자신에게 가시성을 제공하고 나를 주시하게끔 해 주지만, 그 공간에 나는 부재한다. 이것이 거울을 유토피아가 되게 하는 이유이다. 그렇지만 거울은 또한 헤테로토피아가 된다. 나는 거울에서 나를 보며 거울에는 실재하는 '나'가 없다는 것을 발견한다. 내가 존재하는 공간에서 나의 부재를 발견한 나는 다시 나 자신에게로 회귀하여 내가 실재하는 곳에서 나를 지각한다. 이때 실재로서의 거울과 내가 없는 거울 속의 나를 바라보며 사라진 실재를 되찾고자 하는 나는 실재하게 된다. 즉 거울 속의 비실재적인 공간과의 관계 속에서 나의 실재가 배치된다는 점에서 거울은 헤테로토피아가 되는 것이다. 이처럼 푸코는 거울을 바라보고 있는 실재적 존재인 나와 거울에 비친 나를 통해 헤테로토피아와 유토피아를 설명하고자 하였다. 결국 헤테로토피아가 (㉠)이/가 유토피아이고 유토피아가 (㉡)이/가 헤테로토피아가 된다.

또한 푸코는 유토피아를 완전히 질서 잡힌 사회 자체이거나 현실 사회에 완전히 대립하는 공간이라고 생각하며 유토피아가 이상적 사회에 대한 동경과 현실에 대한 비판을 함께 담고 있다고 봤다. 하지만 헤테로토피아는 지금의 구성된 현실에 어울리지 않는, 정상성을 벗어난 이질적 공간으로 규정하였다. 이런 의미에서 헤테로토피아는 일종의 반(反)-배치라고 할 수 있다. 반-배치로서의 헤테로토피아는 공간과 관련된 한 사회의 정상적 기능에 균열을 내는 이의 제기의 공간으로 규율과 질서에 대한 저항성을 내포하고 있다. 이러한 헤테로토피아의 이의 제기는 두 가지 양상으로 실현된다. 첫째, 현실의 환상성을 고발하는 새로운 환상을 보여 주는 공간을 만들어 냄으로써 지금의 현실이 환상에 불과함을 폭로하는 것이다. 둘째, 현실의 무질서함을 보여 주는 완벽하고 주도면밀하게 정돈된 공간을 만들어 일상의 공간에 이의를 제기하고 우리가 살아가는 현실에 대해 성찰하도록 하는 것이다. 푸코는 이러한 헤테로토피아의 두 가지 양상이 모두 실현된 대표적인 예로 정원(庭園)을 제시하였다. 정원의 경우에는 자연성이라는 환상을 창출하고, 다른 공간파는 반대되는 자연의 완전한 세계의 상징으로서, 이의 제기의 두 가지 양상이 다 이루어지고 있기 때문이다.

푸코는 공간에 대한 새로운 인식 전환을 제안하며 사회 현상에 대한 분석을 촉구하였다. 특히 그가 주목하며 강조한 헤테로토피아는 비현실적 공간의 유토피아를 실천의 공간 안으로 확장하였을 때 드러나는 이의 제기의 공간이다. 헤테로토피아가 만들어 내는 비일상적 균열은 우리가 살아가는 사회 현실을 다시 바라보게 하고 그에 대한 통찰을 제시한다. 이런 점에서 푸코의 헤테로토피아는 문학, 예술, 건축, 도시 공학 등 다양한 분야에서 개념의 경계를 확장해 가고 있다.

02 다음의 〈보기〉에서 밑줄 친 @와 ⓑ가 의미하는 푸코의 공간 개념을 위의 제시문에서 찾아 각각 쓰시오.

〈보기〉

인터넷 공간으로 대변되는 @사이버 스페이스는 현실 세계의 사람들이 모여 소통하고 활동하며 사건을 경험하지만 정작 그 공간은 현실 세계에 존재하지 않는다. 사이버 스페이스는 기계적 접속을 통해서만 접근이 가능하며, 여럿이 한 지점을 동시에 점유하는 것이 가능하다. 이러한 특성에 따라 ⓑ사이버 스페이스는 지금의 현실 또는 일상과는 다른 공간의 경험을 제공하는데, 실제 세계에서의 시간적 질서의 연속성, 통일성을 깨뜨리며 사건의 동시적 경험과 병렬적 경험을 가능하게 한다. 이를 통해서 사이버 스페이스는 공간에 접속한 이용자들에게 새로운 환상성을 제공함으로써 사회 현실의 불완전성을 보완할 수 있는 가능성을 보여 준다.

ⓐ ______________________________

ⓑ ______________________________

03 제시문의 [A]에서 푸코는 유토피아와 헤테로토피아의 관계를 거울을 통해 설명하고 있다. ㉠과 ㉡에 각각 2어절을 사용하여 해당 문장을 완성하시오.

㉠ ______________________________

㉡ ______________________________

[04~05] 다음 글을 읽고 물음에 답하시오.

맹자가 부동심을 강조한 것은 마음이 한 개인의 몸 전체를 이끄는 역할을 한다고 보았기 때문이다. 맹자는 마음이 어떤 방식으로 몸의 다른 부분들을 이끈다고 주장하는 것일까? 이와 관련하여 맹자는 마음과 감각 기관의 관계를 설명한다. 마음과 감각 기관의 관계에 대한 맹자의 설명은 '큰 사람'과 '작은 사람', 즉 대인(大人)과 소인(小人)의 관계에서 출발한다. 맹자는 대인과 소인은 타고나는 것이 아니라 각 개인의 수양 과정에 따른 결과라고 주장한다. 말하자면 사람의 '큼[大]'과 '작음[小]'은 애초에 사람 안에 있으며 그중 어느 쪽을 기르느냐에 따라 그 사람이 어떤 사람인가가 결정된다는 것이다. 맹자는 어째서 어떤 사람은 '큰 사람'이 되고 어떤 사람은 '작은 사람'이 되느냐는 물음에, '큰 몸[大體]'을 따르면 '큰 사람'이 되고 '작은 몸[小體]'을 따르면 '작은 사람'이 된다고 말한다. 여기서 맹자가 말한 '큰 몸'과 '작은 몸'은 각각 마음과 감각 기관에 대응한다.

맹자에 따르면, 마음과 감각 기관의 활동 방식은 정반대이다. 귀나 눈과 같은 '작은 몸'은 수동적이다. '작은 몸'은 외부의 자극이 주어지면 그대로 끌려간다. 게다가 '작은 몸'이 외부 대상을 향해 움직이는 활동, 즉 감각적 욕망의 충족 여부는 행위자가 전적으로 결정할 수 없다. 외부 대상을 얻는 일은 법적 제약이나 사회적 규범과 같은 정해진 절차를 따라야 할 뿐 아니라 개인의 의지로는 어떻게 할 수 없는 상황들에 영향을 받을 수 있기 때문이다. 그러나 마음은 이와는 반대로 움직인다. 마음은 외부에 의해 추동되는 것이 아니라 하늘이 부여한 인간의 본성에 근거를 두고 활동한다. 따라서 마음의 활동은 감각 기관의 활동과 달리 행위자 자신의 의지에 따라 결과를 얻게 되어 있다.

맹자는 '큰 몸'이 먼저 서게 되면 '작은 몸'이 '큰 몸'을 해치지 못한다고 말한다. 더 나아가 맹자는 감각적인 욕구를 충족하는 일이 때로는 단지 '작은 몸'을 위한 일에 그치지 않는다고 말한다. 먹고 마시는 일과 같은 감각적 욕구와 관련된 활동은 '작은 몸'을 기르는 일이다. 그러나 '큰 몸'이 먼저 서 있는 상황에서라면, 즉 선한 본성에서 유래한 도덕적인 마음을 발휘하고 있는 상황에서 하는 감각적 욕구와 관련된 활동은 단지 '작은 몸'만을 위한 일이 아니다. 먹고 마시는 일을 즐긴다 하더라도 의롭고 예에 맞게 하려고 노력한다면 그 일은 '작은 몸'뿐 아니라 '큰 몸'을 위하는 일이기도 하다. 따라서 이런 경우에 감각적 욕구와 관련된 '작은 몸'의 활동은 의(義)나 예(禮)와 관련된 '큰 몸'의 활동에 종속되어 있다고 말할 수 있다.

'작은 몸'은 수동적이기 때문에 외부에 의해 끌려갈 수 있으며, '큰 몸', 즉 마음에 이끌려 갈 수도 있다. 예컨대 어떤 상황에서 남을 불쌍하게 여기는 타고난 착한 마음이 들어 이를 저버리지 않고 집중하면 '작은 몸'은 따라오게 된다. 즉 어떤 동기가 실천으로 자연스럽게 옮겨 가게 된다. 이와 반대의 경우도 생각해 볼 수 있다. 누구나 먹고 마셔야만 살 수 있다. 그런데 어떤 사람이 먹고 마시는 일로 타인의 비난을 산다면 이는 그가 먹고 마시는 일 자체 때문이 아니다. 자기 안에 있는 귀중한 인의(仁義)를 저버리고, 먹고 마시는 일과 같이 외부 대상을 추구하는 일에만 몰두하기 때문이다.

[A] '작은 몸'인 감각 기관이 외부 대상에 끌려가 무절제하게 욕망에 탐닉하게 되는 경우 그 책임은 마음에 있다. 이는 각 개인이 저지르는 악의 기원과 그 책임의 소재를 말해 준다. 언뜻 보기에 각 개인이 저지르는 악은 감각 기관의 활동으로 발생하는 것처럼 보이지만, 실제로는 마음이 제 역할을 하지 않았기 때문에 생겨난다. 우리 몸에 무언가 있기 때문에 악을 저지르는 것이 아니라 마음이 무언가를 하지 않기 때문에 악을 저지르게 되는 것이다. 마음이 제 역할을 해 나갈 때, 마음은 눈, 귀, 코, 혀, 피부 등의 오관(五官)과 같은 몸의 다른 부분들을 이끌어 각 개인을 책임감 있는 존재로 형성해 나가게 한다. 마음의 활동에 감각 기관의 활동도 따라가게 되어 있는 것이다. 따라서 마음의 뜻(지향)을 붙잡는 일은 수양에서 중요한 과제가 된다.

04 맹자의 관점에서 인간이 악을 저지르게 되는 실제적인 이유를 제시문의 [A]에서 찾아 한 문장으로 서술하시오. (띄어쓰기 제외, 15자 내외)

05 다음의 〈보기〉는 제시문의 내용을 바탕으로 '큰 사람(대인)'과 '작은 사람(소인)'에 대한 의미를 정리한 것이다. 빈칸에 들어갈 말을 각각 2어절로 쓰시오

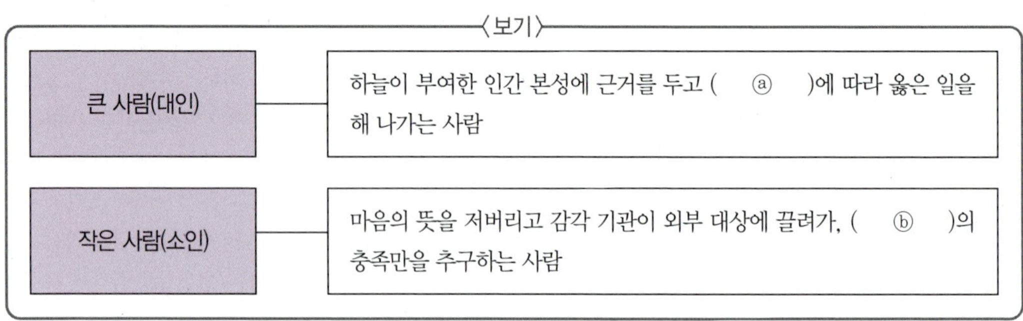

[06~07] 다음 글을 읽고 물음에 답하시오.

(가)
춘향의 거동 보아라
오른손으로 일광을 가리고
왼손 높이 들어 저 건너 죽림 보이느냐
대 심어 울하고 솔 심어 정자라
동편에 연당(蓮塘)이요 서편에 우물이라
노방(路傍)에 시매고후과(時賣故侯瓜)*요 산수유 국화라
문전(門前)에 학종선생류(學種先生柳)*라 산수유 긴 버들
휘늘어진 늙은 장송 광풍에 흥을 겨워 우쭐 활활 춤을 춘다
사립문 안에 삽살개 거기 앉아
먼 산만 바라보며 꼬리 치는 저 집이건대
황혼에 정년 돌아오소
떨치고 가는 모습 사람의 간장을 다 녹인다

아아 너는 어떤 계집아이긴데 장부의 뼈다귀를 다 녹이노
아나 너는 어떤 계집아이건대 나를 자주 속이느냐
녹음방초승화시(綠陰芳草勝華時)*에 해는 어이 더디게 가노
오동야월(梧桐夜月) 달 밝은데 밤은 어이 쉽게 가노
일월무정(日月無情) 덧없도다 옥빈홍안(玉鬢紅顔)이 공로(空老)로다
우는 눈물 받아 내면 배도 타고 가련마는
지척동방 천 리 되어 바라를 보니 눈에 암암

– 작자 미상, 「소춘향가」

*노방에 시매고후과: 길가에서는 때에 맞게 오이를 팔고 있음.

*문전에 학종선생류: 문 앞에는 오류선생을 본받아 버드나무를 심음. 오류선생은 도연명의 호이며, 자기 집 문 앞에 버드나무 다
 섯 그루를 심었다고 함.

*녹음방초승화시: 우거진 나무 그늘과 향기로운 풀이 한창인 때, 여름철 화사한 때를 말함.

(나)
임 그려 깊이 든 병(病)을 어이하여 고쳐 낼까
의원(醫員) 청(請)하여 명약(命藥)하며* 소경에게 푸닥거리하고 무당 불러 당즑글기*한들 이 모진 병이 낫겠느냐
진실(眞實)로 임 한데 있으면 바로 좋을가 하노라

– 작자 미상

*명약하며: 약을 지으며.

*당즑글기: 무당이 장구 대신 당즑(버들가지로 만든 광주리의 일종)을 사용해 비는 것.

(다)

비 갠 긴 둑엔 풀빛 고운데	雨歇長堤草色多
남포에서 임 보내며 슬픈 노래 부르네	送君南浦動悲歌
대동강 물이야 언제 마를 건가	大同江水何時盡
해마다 이별 눈물 푸른 강물에 보태나니	別淚年年添綠波

– 정지상, 「송인」

06 다음의 〈보기〉를 참고하여 (가)를 이해할 때, 〈보기〉의 ⓐ가 들어갈 전(前) 시행의 마지막 어절과 후(後)
시행의 첫 어절을 차례대로 쓰시오. (단, 한자어 제외)

〈보기〉

조선 후기의 잡가는 소리꾼이 부르며 작중 상황에 따라 인물의 말이나 동작, 해설 등 여러 가지를 전달한다. 잡가 중 (가)처럼 판소리를 차용한 작품은 공연의 편의나 관객의 호응을 고려하여 판소리 중 인상적인 장면들을 골라 변형하는 경우가 많다. 이로 인해 내용의 논리적 연결이 긴밀하지 못한 경우도 발생하는데, (가)에서는 ⓐ춘향이 이몽룡과 이별하는 장면이 제시되지 않아 내용의 논리적 연결이 긴밀하지 못하다.

마지막 어절: _______________________, 첫 어절: _______________________

07 작품 (나)와 (다)는 설의적 표현을 통해 화자의 정서를 강조하고 있다. (나)와 (다)에서 설의적 표현이 사용된 시구를 찾아 차례대로 쓰시오.

(나) ⇒ _______________________

(다) ⇒ _______________________

[08~09] 다음 글을 읽고 물음에 답하시오.

(저녁 무렵. 조당전과 고서적 연구 동우회 회원들이 서재 가운데의 원탁에 둘러앉아 있다. 그들은 여러 종류의 고서적들을 원탁 위에 쌓아 놓고 뒤적이면서 『영월행 일기』의 내용을 객관적으로 입승할 수 있는 자료들을 찾는 중이다.)

이동기: 신숙주 문집에는 없어. 아무리 찾아봐도 자기 집 하인을 영월로 보냈다는 기록이 없다구.
부천필: 자넨 아직도 『영월행 일기』가 가짜라고 의심하는군?
이동기: 한명회의 자료들도 뒤져 봤는데, 여종을 보낸 기록이 없어.
부천필: 비밀로 했던 일, 기록을 안 했을지도 몰라.
염문지: 글쎄…… 어쨌든 객관적인 입증이 필요해.
조당전: 신숙주의 하인과 한명회의 여종이 영월을 처음 다녀왔던 때는 세조 3년 봄. 그러니까 4월 초순이었어. (원탁에 놓인 고서적들 중에서 두터운 책 한 권을 펼친다.) 이건 『세조실록(世祖實錄)』 중에서 그때에 해당되는 기록이야. 세조 3년 4월 열여드렛날, 눈에 띄는 대목이 있어. 모두들 이리 와서 이걸 좀 보게.

(조당전의 주위로 친구들이 모여든다.)

조당전: 어전 회의 기록이야. "신하들이 임금 앞에서 무표정한 얼굴에 대해 논쟁하였다……."

이동기: 이런 짧은 구절로는 논쟁 내용이 뭔지 알 수 없잖나?

조당전: 구체적인 내용은 다른 자료에 있어. (원탁 위의 고서적들 중에서 필사체본 한 권을 펼쳐 놓는다.) 이건 그 당시 대사헌이었던 양성지의 『해안지록(解顏之錄)』이야. 얼굴을 해석한 기록이다 그건데, 어전 회의 내용이 대화체로 자세히 적혀 있지. (부천필에게) 자넨 신숙주의 발언을 읽어 주게.

부천필: (신숙주의 발언 대목을 읽는다.) "전하, 영월에 다녀온 자들이 말하기를, 노산군의 얼굴에는 아무 표정이 없었다 하나이다."

조당전: 노산군이 누군지는 다들 알겠지?

부천필: 단종 아닌가!

조당전: 단종을 평민으로 낮춘 다음 붙인 이름이 노산군이지.

부천필: (계속해서 읽는다.) "무릇 인간의 얼굴이란 감정이 있어야만 표정이 있는 법, 노산군의 무표정은 아무 감정도 없음이니, 전하께선 괘념하지 마옵소서."

조당전: (이동기에게) 한명회는 자네가 읽게.

이동기: "아니 되옵니다, 전하. 인간이란 요사스러운 것, 마음속 가득히 원한을 품고서도 능히 얼굴로는 무표정하게 감출 수가 있사옵니다. 전하께선 노산군의 무표정에 속지 마옵시고, 반드시 그를 죽여 화근이 되지 않게 방비하소서."

부천필: "전하, 노산군의 무표정이 두려워 그를 죽이시면 만백성의 비웃음거리만 될 뿐이옵니다. 오히려, 그를 살려 둠으로써 전하의 인자하심을 칭송받으시옵소서."

염문지: 세조는 내가 읽어야겠군. "경들의 주장이 이토록 다르니 짐 또한 무표정을 판단하기 곤혹스럽구나."

이동기: "노산군의 무표정은 위험하나이다. 지체 마시고 그를 죽이소서!"

이동기: 난 한명회의 의견에 동감이야. (원탁 의자에서 일어나며) 도대체 무슨 생각을 하고 있는지 알 수 없는 얼굴은 위험해.

부천필: 난 신숙주가 옳다고 봐. 얼굴에 아무 표정이 없다고 해서 죽여 버리면 이 세상에 살아남을 사람이 몇 명이나 되겠어?

이동기: 이 세상이라니? 지금 우린 오백 년 전 세상을 다루고 있는 거야.

부천필: 이건 요즘 세상 문제이기도 해! 요즘 사람들을 보라구! 세상이 뭐가 잘못돼서 그런지 사람들 얼굴에 아무 표정이 없잖아!

염문지: 어, 점점 언성이 높아지는데!

이동기: 어째서 자넨 요즘 사람들까지 들먹거리나?

부천필: (의자에서 일어나 이동기와 마주서서) 우리가 고서적을 연구하는 이유가 뭐겠어? 과거의 문제를 참조해서 현재의 문제를 풀자는 것 아냐?

이동기: 과거와 현재를 혼동하지 마! 과거는 과거의 시각으로 봐야지, 현재의 시각으로 보면 오류만 생겨!

염문지: (『해안지록』에서 세조의 마지막 발언을 찾아 읽는다.) "경들은 들으라! 영월로 다시 사람을 보내 노산군의 표정을 살펴 오도록 하라!"

(염문지, 의결권을 가진 회장으로서 손바닥으로 원탁을 세 번 두드린다. 이동기와 부천필은 다시 원탁 의자에 앉는다.)

조담저; 어쨌든 기계들로 인생할 거야. 『영월행 일기』는 『세조실록』과 일치하고 그건 또 『해안지록』과도 연관돼 있어.

염문지: 그래, 그건 인정하지. (부천필과 이동기를 번갈아 바라보며) 그런데 이 사람들 얼굴 좀 봐. 둘 다 잔뜩 화가 난 표정이잖아. 진짜 성낼 사람은 나야! 골치 아픈 세조, 바로 나라구!

(무대 조명, 암전한다.)

– 이강백, 「영월행 일기」

08 다음의 〈보기〉는 윗글에 등장하는 인물들에 대해 이해한 내용이다. 빈칸에 알맞은 인물들을 쓰시오.

〈보기〉

- 『해안지록』의 등장인물인 세조의 역할과 원탁회의 회장 역할을 함께 하는 사람은 (　ⓐ　)이다.
- 현재의 시각에서 과거의 역사를 바라보는 것에 반대하는 사람은 (　ⓑ　)이다.
- 내부 극에서 한명회 역할을 맡은 이동기와 고서적 연구에 대해 논쟁을 하고 있는 사람은 (　ⓒ　)이다.
- 『영월행 일기』에 관한 구체적인 기록을 『해안지록』에서 찾은 사람은 (　ⓓ　)이다.

09 다음의 〈보기〉는 위 작품의 구성상 특징을 설명한 것이다. 〈보기〉의 설명을 바탕으로 빈칸에 들어갈 내용을 차례대로 쓰시오.

〈보기〉

　『영월행 일기』는 외부 극 속에 또 다른 내부 극이 삽입되어 있는 '극중극' 형식의 작품이다. 작품에서는 외부 극과 내부 극이 이분법적으로 나누어지는 것이 아니라 두 극이 여러 차례 교차하는데, 이를 통해 현재는 과거에 빠져들고 과거는 현재에 의해 추적되고 해석됨으로써 자연스레 하나의 층위로 어우러진다.

ⓐ	장소	시점
	배우들의 공연을 관객이 관람하는 무대 공간	ⓑ

ⓒ	장소	시점
	배우들의 공연을 통해 관객들의 머릿속에 형성되는 가상의 공간	ⓓ

제4회 실전모의고사

[수학 영역]　　　　　　　　　　　　　　▶ 해답 p.326

10 함수 $f(x)=a^x$의 역함수를 $g(x)$라 할 때, $f(x)$와 $g(x)$가 x좌표가 1보다 큰 점에서 만나고 $\{f(1)-g(a^2)\}^2=4$일 때, $4a$의 값을 구하는 과정을 아래 과정을 참고하여 서술하시오.(단, a는 $a>0$, $a\neq1$인 상수)

> $g(x)$는 $f(x)=a^x$의 역함수이므로
>
> $g(x)=$ ［ ① ］
>
> 또한 $f(x)$와 $g(x)$는 x좌표가 1보다 큰 점에서 만나므로 $a>1$이다.
>
> 한편 $\{f(1)-g(a^2)\}^2=4$에서
>
> ［ ② ］$=4$
>
> 따라서 $a=$ ［ ③ ］이므로
>
> $4a=$ ［ ④ ］

11 두 상수 a, b에 대하여 함수

$$f(x)=\begin{cases} x & (x<b-2\text{또는}x<b+2) \\ x^2-5x+a & (b-2\leq x\leq b+2) \end{cases}$$

가 실수 전체의 집합에서 연속일 때, $2b-a$의 값을 구하는 과정을 서술하시오.

12 $a_1=-9$이고 공차가 d인 등차수열 $\{a_n\}$의 첫째항부터 제n항까지의 합을 S_n이라 하자. $S_p=S_q$를 만족시키는 서로 다른 두 자연수 $p,\,q\,(p<q)$의 모든 순서쌍 $(p,\,q)$의 개수가 4가 되도록 하는 모든 실수 d의 값의 곱을 구하는 과정을 서술하시오.

13 $\displaystyle\int_0^a (3x^2-6x-1)\,dx=-3$을 만족하는 모든 상수 a의 합을 구하는 과정을 서술하시오.

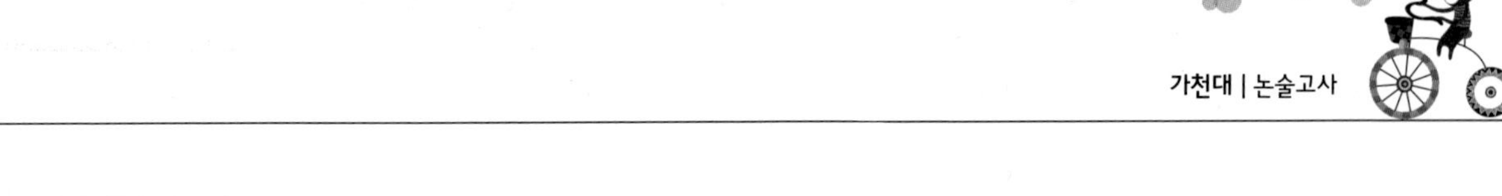

14 x에 관한 이차방정식

$3x^2+2\sqrt{3}x\sin\theta-\dfrac{1}{2}\sin\theta=0$의 실근이

존재하지 않을 때, θ값의 범위를 구하는 과정
을 서술하시오.

15 수직선 위를 움직이는 점 P의 시각 $t\,(t\geq0)$
에서의 위치 x가 $x=t^4+pt^3+qt^2$이다. 점
P가 시각 $t=1$과 $t=2$에서 운동 방향을 바
꿀 때, 시각 $t=5$에서의 점 P의 가속도를 구
하는 과정을 서술하시오. (단, p, q는 상수이
다.)

제5회 실전모의고사

[국어 영역]

▶ 해답 p.329

※ 다음은 학생이 작성한 건의문 초고의 일부이다. 물음에 답하시오.

　안녕하십니까? 3학년 김○○이라고 합니다. 우선 학생들의 성장을 위해 애쓰시는 교장 선생님과 선생님들에게 깊은 감사의 말씀을 드립니다. 선택 인원이 적어 개설되지 못한 과목을 주변 학교와 공동 교육 과정으로 개설한다는 공고문을 보았습니다. 선생님들의 수업 부담과 공간 확보의 어려움으로 요구가 있는 모든 과목을 개설할 수 없음을 잘 알고 있습니다. 그래서 저는 다른 과목보다는 실험 위주의 과학 과목 개설을 제안합니다.

　우리 학교는 이공계 학과를 희망하는 학생들이 많아 과학에 대한 흥미도 높고 과학 교과와 관련된 활동이 매우 활발합니다. 그런데 학년이 올라가면서 이론 위주의 과학 수업이 많아져 실험을 할 수 있는 기회가 줄어들게 되었습니다. 이에 따라 학생들이 수업에 지루함을 느껴 수업 만족도가 떨어지는 경우가 많아지고 있습니다.

　일부 우려의 목소리도 있지만, 실험 위주의 과학 과목을 개설하여 실험을 통해 수업에서 배운 내용을 이해할 수 있는 의미 있는 경험을 제공해 주셨으면 좋겠습니다. 물론 동아리 활동이나 행사를 통해 실험을 하긴 했어도 대부분 일회적이거나 흥미 위주의 실험만 진행될 뿐이었습니다. 실험 위주의 과학 과목 개설은 학생들에게 지속적이면서도 수준 높은 실험을 할 수 있는 기회를 제공한다는 점에서 의의가 있습니다.

　현재는 심화된 이론 위주의 과학 과목을 개설하자는 논의가 가장 활발하게 진행되는 것으로 알고 있습니다. 물론 일반 수업보다 더 깊이 있는 학습을 원하는 친구들을 위해 심화된 이론 위주의 과목을 편성하는 것도 의미가 있다고 생각합니다. 하지만 심화된 이론 위주의 과목 개설은 실험 위주의 과목 개설을 요구하는 많은 학생들의 기대와는 맞지 않아 개설될 과학 과목에 대한 만족도를 높이기 어려울 것 같습니다.

　이론 중심의 심화 과목이 아닌 실험을 위한 과목을 개설한다면 수업이 소수 학생들의 아지트가 아닌 다수 학생들의 배움터가 될 것입니다. 저의 건의가 수용되어 학생들이 좋아하는 실험을 하며 즐겁게 배우고 성장했으면 합니다.

01 다음 〈보기〉의 자료를 활용해 위의 초고에서 보완할 단락의 첫 어절과 마지막 어절을 순서대로 쓰시오.

〈보기〉

　최근 고등학교에서는 다양한 수요를 반영해 학교마다 개성 있는 교육 과정을 운영하고 있다. 그런데 교과 심화 과목을 다수 개설한 일부 학교의 경우 심화 과목을 이수할 수 있는 학생이 소수이다 보니 많은 학생들이 진로와 상관없는 과목을 신청하는 경우가 발생하고 있다.

첫 어절: ＿＿＿＿＿＿＿＿＿＿＿＿＿＿, 마지막 어절: ＿＿＿＿＿＿＿＿＿＿＿＿＿＿

[02~03] 다음 글을 읽고 물음에 답하시오.

손해 보험은 보험자와 보험 계약자가 우연한 사고(보험 사고)로 인해 목적물에 발생할 피보험자의 재산상 손해에 대해 보험자가 보상할 것을 약정함으로써 효력이 발생하는 보험이다. 손해 보험은 보험 사고로 인한 손해를 보상하기 위한 것이지 이익을 얻는 수단은 아니다. 따라서 피보험자가 보상을 받을 때에는 실제 손해 이상을 받을 수 없다는 '이득 금지의 원칙'이 적용된다. 그런데 보험자가 보험 금액을 지급하였음에도 불구하고 피보험자가 별개의 권리를 가지게 되는 경우에는 피보험자가 이득을 취할 수도 있다. 이를 방지하기 위해 상법에서는 일정 요건이 갖추어지면 보험자가 피보험자를 대신하여 권리를 취득할 수 있도록 하고 있는데 이를 '보험자 대위*'라고 한다.

보험자 대위는 법적으로 당사자 간의 의사가 합치되어야 성립되는 양도 행위가 아니며, 대위의 요건이 충족되면 피보험자의 의사 표시와 상관없이 자동적으로 성립되는 것이다. 보험자 대위가 성립되면 피보험자가 가진 권리의 일부 또는 전부가 보험자에게 이전된다. 보험자 대위가 성립되는 요건에 대해서는 상법 제681조와 제682조에 규정되어 있는데, '잔존물 대위'와 '청구권 대위'로 나누어 볼 수 있다.

잔존물 대위에 대해 상법 제681조에서는 '보험의 목적의 전부가 멸실한 경우에 보험 금액의 전부를 지급한 보험자는 그 목적에 대한 피보험자의 권리를 취득한다.'라고 규정하고 있다. 목적의 전부가 멸실되었다는 것은 계약 체결 당시의 목적물이 지닌 형태나 기능이 없어져 회복이 불가능한 경우를 말한다. 보험 금액을 전부 지급했다는 것은 계약한 금액을 전부 지급했다는 것이다. 예를 들어 보험 가액* 2천만 원인 자동차가 화재로 전소되어 보험자가 2천만 원의 보험 금액을 지급했다면, ㉠잔존물 전체에 대한 권리는 보험자에게 이전된다. 계약 시 보험 가액의 일부만 보험에 붙인 경우라면 보험자는 보험 가액에 대한 보험에 붙인 금액의 비율, 즉 부보 비율만큼의 권리를 얻게 된다. 만약 보험 가액 2천만 원에 1천만 원만 보험에 붙였다면 보험자는 잔존물의 1/2에 대해 권리를 가지게 된다. 이러한 규정을 둔 이유는 잔존물에 고철과 같은 경제적 가치가 있다면 피보험자는 이를 처분하여서도 이익을 볼 수 있기 때문이다. 보험자가 잔존물에 대한 권리를 얻게 되면 폐기물 처리와 같은 부수적 의무도 부담하게 된다. 그런데 잔존물의 경제적 가치가 폐기물 처리 비용보다 작다면 대위권의 행사가 보험자에게 불이익이 될 수 있다. 이런 경우를 대비하여 보험자는 약관에 '보험자가 잔존물을 취득할 의사를 표시하는 경우 잔존물은 보험자의 소유가 된다.'와 같은 대위권 포기와 관련된 조항을 넣기도 한다.

청구권 대위에 대해 상법 제682조에서는 '손해가 제3자의 행위로 인하여 발생한 경우에 보험금을 지급한 보험자는 그 지급한 금액의 한도에서 제3자에 대한 보험 계약자 또는 피보험자의 권리를 취득한다.'라고 규정하고 있다. 제3자로 인해 보험 사고가 발생한 경우 피보험자는 제3자에게 손해 배상 청구권을 행사할 수 있을 뿐만 아니라 보험 계약을 근거로 보험 금액을 청구할 수도 있다. 제3자에 대한 손해 배상 청구권과 보험 금액 청구권은 별개의 것이므로 두 가지 청구권을 모두 행사할 경우 피보험자는 이득을 취할 수 있다. 이를 방지하기 위해 보험자가 피보험자에게 지급한 금액의 한도에서 ㉡제3자에 대한 권리를 가지도록 한 것이 청구권 대위이다. 청구권 대위는 보험자가 지급한 금액의 한도 내에서 청구권을 가지는 것이므로 목적물의 전부가 멸실되는 경우뿐만 아니라 부분적으로 손해를 입는 경우에도 적용이 된다. 청구권 대위의 요건이 되는 '제3자'의 범위는 일반적으로 보험자, 보험 계약자, 피보험자를 제외한 사람이 될 수 있으나, 피보험자와 생계를 같이하는 가족도 고의로 사고를 낸 경우가 아니라면 제3자의 범위에서 제외한다.

보험자가 청구권 대위를 통해 제3자에 대한 손해 배상 청구권을 얻었으나 제3자가 손해를 완전히 배상할 능력이 없는 경우가 발생할 수 있다. 예를 들어 보험 가액 1억 원의 건물에 5천만 원만 보험에 붙였는데, 제3자의 과실로 건물이 전소되었다고 하자. 보험자는 5천만 원을 피보험자에게 지급하고 제3자에 대한 손해 배상 청구권을 얻게 된다. 만약 제3자의 배상 능력이 6천만 원밖에 되지 않는다면, 4천만 원의 손해는 메워지지 않는다. 이 경우 보험자가 제3자에게 청구할 수 있는 금액 및 피보험자와의 분배에 대해서는 세 가지 학설이 대립된다.

[A]
　　'절대설'은 보험자가 상법의 조항을 문자 그대로 해석한 것으로, 보험자는 지급 금액의 한도 내에서 우선적으로 배정을 받고 나머지가 있을 때에만 피보험자에게 주어야 한다는 견해이다. 위의 예에 적용해 보면 보험자는 제3자로부터 우선적으로 5천만 원을 받고, 나머지 천만 원은 피보험자가 받게 된다. '상대설'은 제3자의 배상액을 부보 비율에 따라 분배해야 한다는 견해이다. 위의 예에서 부보 비율이 1/2이므로, 보험자가 1/2인 3천만 원을, 피보험자가 나머지 3천만 원을 나누어 가지게 된다. '차액설'은 피보험자가 제3자로부터 우선적으로 손해를 배상받고 나머지가 있으면 보험자가 이를 대위할 수 있다는 견해이다. 위의 예에서 피보험자는 보험 금액과 손해 배상 청구를 통해 손해액의 전부인 1억 원을 받을 수 있다. 보험자는 제3자에게 남은 천만 원에 대해 대위를 통해 청구를 할 수 있다. 세 학설 중 차액설이 통설로 인정받고 있는데, 보험의 목적상 이득 금지의 원칙에 위반되지 않는다면 피보험자의 손해 보전이 우선적으로 이루어져야 한다고 보기 때문이다.

*대위: 다른 사람의 법률적 지위를 대신하여 그가 가진 권리를 얻거나 행사하는 일

*보험 가액: 손해 보험에서 보험에 붙일 수 있는 재산의 평가액

---

02 글의 내용상 제시문의 ㉠과 ㉡을 대체하여 쓸 수 있는 말을 각각 서술하시오.

㉠ 잔존물 전체에 대한 권리 ⇒ _______________________________________

㉡ 제3자에 대한 권리 ⇒ _______________________________________

---

03 제시문에서 [A]의 각 학설을 〈보기〉의 사건에 적용하였을 때, 보험사 A가 대위를 통해 을로부터 받을 수 있는 금액은 각각 얼마인지 쓰시오.

〈보기〉

〈사건 개요〉
- 갑은 보험 가액 5억 원인 창고 건물에 대해 A 보험 회사와 2억 원의 손해 보험 계약을 체결함.
- 을의 방화로 인해 창고 건물이 전소되어 5억 원의 손해를 입음.
- A 보험 회사는 갑에게 2억 원을 지급함.
- 을이 배상할 수 있는 경제적 능력은 1억 원임.

ⓐ 절대설 _______________________ 원

ⓑ 상대설 _______________________ 원

ⓒ 차액설 _______________________ 원

※ 다음은 음운 변동에 대한 수업의 한 장면이다. 물음에 답하시오.

선생님: 지난 시간에 국어의 음운 변동을 배웠죠? 다시 정리해 볼까요? 국어에서 교체로는 음절의 끝소리 규칙, 된소리되기, 비음화, 유음화, 구개음화 등이 있고, 탈락으로는 자음군 단순화, 자음 탈락, 모음 탈락 등이 있어요. 또 첨가로는 'ㄴ' 첨가 등이 있고, 축약으로는 거센소리되기가 있어요. 그럼 다음 말들에서 일어나는 음운 변동을 말해 볼까요?

> ① 물약[물략]
> ② 밝다[박따]
> ③ 닫히다[다치다]
> ④ 색연필[생년필]
> ⑤ 않고[안코]

학생: 네, 선생님.

04 윗글에서 선생님이 말씀하신 음운 변동 현상을 이해하고, 제시된 단어에 대한 학생들의 답변을 차례대로 쓰시오.

① 물약[물략]   ⇒   (   ) (   )

② 밝다[박따]   ⇒   (   ) (   )

③ 닫히다[다치다]   ⇒   (   ) (   )

④ 색연필[생년필]   ⇒   (   ) (   )

⑤ 않고[안코]   ⇒   (   )

[05~06] 다음 글을 읽고 물음에 답하시오.

　　모사는 과거에서부터 현대까지 이어져 오는 행위로 원화(原畵), 원도(原圖) 등 기존 회화 및 서(書)의 예술 작품을 모방하여 그것을 재현해 내는 것을 말한다. 모사라는 단어는 예로부터 지금까지 꾸준히 사용되었는데, 그 의미는 시대 상황에 따라 조금씩 다르게 인식되었다.

　　모사에 대한 최초의 문헌적 언급은 6세기 초 중국 남제(南齊)*의 사혁(謝赫)이 저술한 『고화품록(古畵品錄)』에서 확인할 수 있다. 『고화품록』은 화가 품평서로, 그림을 그릴 때 필요한 6가지 원칙인 화육법(畵六法)을 제시하고 있다. 이 중 여섯 번째에 해당하는 전이모사(轉移模寫)가 모사의 어원이 되었다고 보고 있다. 전이모사는 선인의 그림을 본떠서 그리면서 그 기법을 체득한다는 의미로, 학습의 의미를 지니고 있다. 회화에서 모사를 통한 학습은 현재에도 꾸준하게 사용될 만큼 중요한 학습 방법이다. 이처럼 모사의 어원은 학습의 의미로서 시작되었으며, 지금까지도 그 의

미가 계속 이어져 오고 있다.

사진이나 복사 기술이 없던 시절에 시간적·공간적 제약과 한계를 극복하기 위한 수단으로 모사가 활용되기도 하였다. 유교 국가로 주자가례(朱子家禮)를 중시했던 조선 시대에는 직접적인 추모의 대상으로 중시되던 영정(影幀)이 모사의 대상이 되었다. 여러 곳에 배향되었던 인물의 경우 기존의 영정을 복제의 의미로 모사하여 여러 점을 제작한 뒤 새로운 봉안처에 봉안하였다. 영정 모사는 복제의 의미와 더불어 시간이 흐르면서 자연적·인위적으로 손상되는 영정의 원형을 잃지 않으려는 보존의 의미도 지니고 있다. 보존적 의미의 영정 모사는 원형의 형태와 똑같이 모사하기도 하지만, 얼굴의 형태를 제외한 바닥과 의복 등은 당시의 화법을 반영하여 모사하기도 했다. 이는 선조의 얼굴은 후세에 그대로 전하되 당시의 상황에 맞게 화법을 반영하여 모사한 것으로 재창조의 의미를 지니고 있다.

예로부터 동양 회화에서 사용된 모사의 방법으로는 ⓐ'모(模)', '임(臨)', '방(倣)' 세 가지가 있는데, 모두 원화를 똑같이 그린다는 의미로 사용되나, 행하는 방식에 차이가 있으며 사용되는 목적이 다르다. '모'는 원작 위에 얇은 종이나 비단을 놓고 비쳐 나오는 형상을 그려 내는 것으로, 원화의 원형을 유지할 수 있는 가장 좋은 방법이다. 이를 통해 기초적인 기법을 터득하게 된다. 모사의 결과가 원본을 사진으로 찍은 것처럼 똑같아 조선 시대에는 원본을 대신할 수 있는 작품을 수집하려는 목적으로 활용되었다. '임'은 원작을 옆에 두고 보면서 종이에 옮겨 그리는 것으로, 모사를 하는 사람의 손과 눈을 모두 훈련할 수 있어 기법의 심화된 학습이 가능했다. '임'의 방법은 원화의 외형을 보면서 따라 그리기 때문에 원화와 비슷한 형태를 하고 있으나, '모'의 방법으로 그려진 형태만큼 정확하게 똑같지는 않으며, 원화에 구속되지 않아 그림을 그리는 사람의 개성이 드러나게 된다. '방'은 그림을 자세히 관찰한 후 원작자의 의도를 이해하고 자유롭게 해석하여 이를 새롭게 재구성해 종이에 그리는 것으로, 배운다는 의미가 강한 모사 방법이다. 형태적으로는 원화와 비슷한 작품이 나오기도 하지만, 자세히 보면 그리는 화가의 생각과 개성이 표현되는 방법으로 원화와 차별되는 창작품이라는 의미를 갖게 한다.

하지만 모사본의 무수한 제작 속에서 모사 작업의 문제가 지적되기도 하였다. 어떤 대상을 실제로 관찰하지 않고 모사본을 통해 대상의 표현이 이루어진다는 점, 개성적 창작이 근본적으로 미흡하다는 점이 문제점으로 제시되었다. 모사는 이미 그려진 작품을 보고 이를 베껴 그리는 방식이므로 실상의 묘사라는 측면에서 볼 때, 묘사의 오류와 물상의 왜곡이 거듭 발생할 수밖에 없기 때문이다. 그러나 이러한 오류와 왜곡은 당시의 문화 구조에 대한 이해를 기반으로 긍정적 측면이 고려되어야 한다. 머리에 꼬리털을 단 공작 형상은 조선 시대 회화에 지속적으로 등장한다. 공작새는 명예와 덕을 상징하는데, 화려한 문양을 가진 꼬리털을 머리에 단 모습은 부귀영화에 대한 의미를 나타낸 것으로 볼 수 있다. 머리에 꼬리털을 단 공작 형상은 묘사로 보자면 오류이며 비현실적 왜곡이다. 하지만 이와 같은 비현실적 묘사는 화려한 화면을 요구하는 시대적 분위기 속에서 화가의 창의적 측면이 더해져 형태 왜곡이 심화되는 방향으로 모사가 반복되며 나타나게 된 것이라고 볼 수 있다. 이는 모사를 통한 불상의 왜곡 속에 담긴 특정한 이미지를 욕망했던 당시의 문화 현상에 대한 논의를 가능하게 한다.

*남제: 중국 남조(南朝) 시대의 두 번째 왕조.

05 다음은 제시문의 ⓐ를 이해한 것이다. 빈칸에 들어갈 적절한 모사 방법을 ⓐ에서 골라 주어진 〈조건〉에 따라 쓰시오.

<table>
<tr><td>원본을 대신할 수 있는 작품 제작에 이용되었다.</td><td>(①)</td></tr>
<tr><td>학습 목적의 달성을 위해 활용되었다.</td><td>(②)</td></tr>
<tr><td>모사를 하는 화가의 개성을 드러낼 수 있다.</td><td>(③)</td></tr>
</table>

〈조건〉

– 한자어는 제외할 것.
– 두 가지의 이상의 모사 방법이 있으면 모두 제시할 것.

06 〈보기 2〉는 제시문을 읽고 〈보기 1〉에 대해 보일 수 있는 반응을 정리한 것이다. 〈보기 2〉의 ①~④에 들어갈 말을 문맥에 맞게 '있다' 또는 '없다'에서 골라 쓰시오.

〈보기 1〉

　　조선 후기의 사상가 이익(李瀷)이 병이 들어 위독할 때, 유학의 학문적 이상과 삶의 태도를 그림을 통해서나마 보고 싶은 마음에 강세황에게 「무이산도」와 「도산도」를 그려줄 것을 부탁했다. 강세황은 중국 복건성의 '무이산'이나 경상도의 '도산서원'을 모두 가 본 적이 없었다. 하지만 강세황은 '무이산'과 '도산서원'이 그려진 다른 그림을 구하여 이 그림의 '무이산'과 '도산서원'을 모사하며 이익이 원하는 학문적 이상이 느껴지도록 형상화하여 이를 이익에게 주었다. 당시 이와 같은 모사가 종종 이루어졌는데, 이는 그림을 보고자 하는 향유자의 욕망을 충족시켜 주려는 시대적 분위기 속에서 발생했다고 볼 수 있다.

〈보기 2〉

• 강세황의 「무이산도」, 「도산도」의 '무이산'과 '도산서원'은 실재하는 대상의 모습과 다를 수 (①).
• 강세황의 「도산도」는 그림을 향유하던 사람들이 욕망했던 이미지를 문화 현상의 측면에서 논의하는 데 사용될 수 (②).
• 강세황이 베끼려 한 그림에 실상의 묘사에 대한 오류가 있다면, 「무이산도」, 「도산도」를 통해 이 오류가 수정될 수 (③).
• 「무이산도」, 「도산도」를 그린 강세황에 대해 형태적 면에서 창작의 개성이 근원적으로 부족하다는 비판이 제기될 수 (④).

①: ___________　②: ___________　③: ___________　④: ___________

[07~08] 다음 글을 읽고 물음에 답하시오.

　　주인과 나그네가 한가지로 술이 거나하니 취하였다. 주인은 미스터 방(方), 나그네는 주인의 고향 사람 백(白) 주사.

　　주인 미스터 방은 술이 거나하여 감을 따라, 그러지 않아도 이즈음 의기 자못 양양한 참인데 거기다 술까지 들어간 판이고 보니, 가뜩이나 기운이 불끈불끈 솟고 하늘이 바로 돈짝만 한 것 같은 모양이었다.

　　"내 참, 뭐, 흰말이 아니라 참, 거칠 것 없어, 거칠 것. 흥, 어느 눔이 아, 어느 눔이 날 뭐라구 허며, 날 괄시헐 눔이 어딨어, 지끔 이 천지에. 흥 참, 어림없지, 어림없어."

　　누가 옆에서 저를 무어라고를 하며, 괄시를 한단 말인지, 공연히 연방 그 툭 나온 눈방울을 부리부리 왼편으로 삼십 도는 넉넉 삐뚤어진 코를 벌씸벌씸해 가면서 그래쌓는 것이었다.

　　"내 참, 이래 봬두, 응, 동양 삼국 물 다 먹어 본 방삼(方三)복이우. 청얼 뭇허나, 일얼 뭇허나, 영어야 뭐 말할 것두 없구…."

　　하다가, 생각난 듯이 맥주 컵을 들어 벌컥벌컥 단숨에 다 마신다. 그리고는 시꺼먼 손등으로 입술을 쓱, 손가락으로 김치 쪽을 늘름 한 점, 그러던 버릇이, 미스터 방이요, 신사요, 방 선생으로 불리어지는 시방도 무심중 절로 나와, 손등으로 입술의 맥주 거품을 쓱 씻고 손가락으로 라조기 한 점을 집어다 으득으득 씹는다.

　　"술은 참, 맥주가 술입넨다……."

　　어느 눔이 만일 무어라고 시비를 하거나 괄시를 한다면 당장 그 라조기를 씹듯이 으득으득 잡아 씹기라도 할 듯이 괄괄하던 결기가, 그러다 별안간 어디로 가고서 이번엔 맥주 추앙이 나오던 것이다.

　　"술두 미국 사람네가 문명했죠. 죄선 사람은 안직두 멀었어."

　　"멀구말구, 아직두 멀었지."

　　쥐 상호의 대추씨만 한 얼굴에 앙상한 노랑 수염 백 주사가, 병을 들어 주인의 빈 컵에다 따르면서, 그렇게 맞장구를 쳐 보비위를 한다.

　　"아, 백상두 좀 드슈."

　　"난 과해."

　　"괜히 그러셔. 백상 주량을 다아 아는데. 만난 진 오랐어두."

　　"다아 젊었을 적 말이지, 지금은……."

　　"올에 참 몇이시지?"

　　"갑술생 마흔여덟 아닌가!"

　　"그럼 나보담 열한 살 위시군. 그래두 백상은 안 늙으신 심야. 허허허허."

　　"안 늙은 게 다 무언가. 머리 선 걸 보게!"

　　"건 조백이시지."

　　백 주사는 흔연히 수작을 하면서 내색은 아니 하나, 어심엔 미스터 방이 괘씸하기 짝이 없었다.

　　향리의 예법으로, 십 년 장이면 절하고 뵈어야 한다. 무릎 꿇고 앉아야 하고, 말은 깍듯이 공대를 해야 한다. 그 앞에서 주초(酒草)가 당치 않고, 막부득이한 경우면 모로 앉아 잔을 마셔야 한다. 그런 것을, 마치 제 연갑 친구나 타관 나그네게나 하는 것처럼, 백상이니, 술 드슈, 조백이시지 하고 말버릇이 고약해, 발 개키고 앉아서 정면하고 술을 먹어, 담배 뻐끔뻐끔 피워, 이런 괘씸할 도리가 없었다.

　　또 나이도 나이려니와, 문벌이나 지체를 가지고 논한다면, 이건 도저히 용서할 수 없는 일이었다.

　　이래 보여도 나는 삼 대조가 진사를 하였고(그 첩지가 시방도 버젓이 있다) 오 대조가 호조 판서를 지냈고(족보에 그렇게 분명히 올라 있다) 칠 대조가 영의정을 지냈고(역시 족보에 그렇게 분명히 올라 있다) 이런 명문거족의 집안

이었다. 또 내 십이 촌이 ××군수요, 그 십이 촌의 아들이 만주국 ××현 ××촌 촌장이요 하였다. 또 그리고, 시방은 원수의 독립인지 막덕인지 때문에 다 그렇게 되었다지만, 아무튼 두 달 전까지도 어느 놈 그 앞에서 기침 한번 크게 못 하던 백 부장 – 훈팔(八)등에 ××경찰서 경제계 주임이던 백 부장의 어르신네 이 백 주사가 아닌가. 두 달 전 그때만 같았어도

'이놈!'

하고 호통을 하여 당장 물고를 내련만, 그 @좋은 세상이 어디로 가고 이 지경이란 말인지 몰랐다.

하여튼 그만치나 혼란스런 백 주사에다 대면 미스터 방의 근지야 아주 보잘것이 없었다.

〈중략〉

[중략 부분 줄거리] 백 주사는 미스터 방 즉, 방삼복의 과거를 떠올린다. 방삼복은 짚신 장수의 아들로, 삼십을 바라보도록 남의 집 머슴살이를 전전했다. 그러던 방삼복이 처자식을 부모에게 떠맡기고 돈벌이를 한다며 일본, 중국 등지를 떠돌다가 한 십 년 만에 더 초라해져서 돌아온다. 그 후 방삼복은 처자식과 함께 서울로 올라와 남의 집 행랑방에 얹혀살며 일 년 동안 용산에 있는 연합군 포로수용소에 다니며 입에 풀칠을 하고, 그 이후 일 년은 구두 직공으로 일한다. 방삼복은 구둣방이 문을 닫자 길거리에서 신기료 장수를 한다. 광복이 되어 많은 사람들이 기뻐할 때도 "우랄질! 독립이 배부른가?"라며 투덜대던 방삼복은 미군들이 말이 통하지 않아 답답해하는 모습을 보고 무릎을 친다. 그리고 급히 돈을 빌려 말쑥하게 차려입고 마음씨 좋아 보이는 미군 장교(S 소위)에게 접근하여 통역을 해 준다. 그 일을 계기로 방삼복은 S 소위의 통역이 되어 권세를 누리고, 사람들로부터 뇌물을 받으며 호사스러운 삶을 살게 된 것이다.

– 채만식, 「미스터 방」

07 위 작품에서 비유적인 표현을 활용하여 인물의 외양을 묘사하고 있는 부분을 찾아 서술하시오.

08 백 주사의 입장에서 윗글 @의 '좋은 세상'이란 어떤 시절을 의미하는지 3어절로 쓰시오.

※ 다음 글을 읽고 물음에 답하시오.

…… 활자(活字)는 반짝거리면서 하늘 아래에서
간간이
자유를 말하는데
나의 영(靈)은 죽어 있는 것이 아니냐

벗이여
그대의 말을 고개 숙이고 듣는 것이
그대는 마음에 들지 않겠지
마음에 들지 않어라

모두 다 마음에 들지 않어라
이 황혼(黃昏)도 저 돌벽 아래 잡초(雜草)도
담장의 푸른 페인트 빛도
저 고요함도 이 고요함도

그대의 정의(正義)도 우리들의 섬세(纖細)도
행동(行動)이 죽음에서 나오는
이 욕된 교외(郊外)에서는
어제도 오늘도 내일도 마음에 들지 않어라

그대는 반짝거리면서 하늘 아래에서
간간이
자유를 말하는데
우스워라 나의 영(靈)은 죽어 있는 것이 아니냐

　　　　　　　　　　　　　　　　　– 김수영 「사령(死靈)」

09 위의 작품에서 화자와 청자가 가진 특성을 제시하며, 이에 대해 모든 시간을 아우르는 부정적 인식을 드러내고 있는 연을 찾아 첫 어절과 마지막 어절을 차례대로 쓰시오.

첫 어절: ________________________, 마지막 어절: ________________________

제5회 실전모의고사

[수학 영역]

▶ 해답 p.331

10 이차방정식 $3x^2-5x+7=0$의 두 근을 a, b라고 할 때 $3\sum\limits_{k=1}^{5}(k-a)(k-b)$의 값을 구하는 과정을 아래 과정을 참고하여 서술하시오.

> 이차방정식 $3x^2-5x+7=0$에서 두 근이 a, b 이므로 근과 계수의 관계를 이용하면
>
> $a+b=\boxed{①}$, $ab=\boxed{②}$
>
> 한편, $3\sum\limits_{k=1}^{n}(k-a)(k-b)=3\sum\limits_{k=1}^{5}\{k^2-(a+b)k+ab\}$이므로
>
> $3\sum\limits_{k=1}^{5}\{k^2-(a+b)k+ab\}=3\sum\limits_{k=1}^{5}\boxed{③}$
>
> 따라서 구하고자하는 값은 $\therefore \boxed{④}$

11 두 함수 $f(x)=5\sin\left(x+\dfrac{\pi}{2}\right)+2$, $g(x)=x^2-6x+15$에서 x값의 범위가 $0\leq x\leq\dfrac{\pi}{2}$이다.

합성함수 $(g\circ f)(x)$의 최댓값을 M, 최솟값을 N이라 할 때, $M+N$을 구하는 과정을 서술하시오.

12 모든 항이 양수인 등비수열 $\{a_n\}$에 대하여 $\dfrac{a_1 \times a_4}{a_2} = 3$, $a_3 + a_5 = 15$일 때, a_5의 값을 구하는 과정을 서술하시오.

13 정의역이 실수 전체의 집합인 함수 $f(x)$가 $x = 2$에서 연속일 때, 함수 $g(x)$가 다음 조건을 만족시킨다.

$$\text{(가)} \ g(x) = \begin{cases} (x^3 + 2) - f(x) & (x < 2) \\ (2x^2 + 1)f(x) & (x \geq 2) \end{cases}$$

$$\text{(나)} \ \lim_{x \to 2-} g(x) - \lim_{x \to 2+} g(x) = -10$$

이때, $f(2)$의 값을 구하는 과정을 서술하시오.

14 최고차항의 계수가 1인 삼차함수 $f(x)$에 대하여 곡선 $y=f(x)$ 위의 점 $(1, 0)$에서의 접선의 기울기가 1이고,
곡선 $y=(x-2)f(x)$ 위의 점 $(2, 0)$에서의 접선의 기울기가 4일 때, $f(-2)$의 값을 구하는 과정을 서술하시오.

15 $a>2$인 실수 a에 대하여 곡선 $y=x^2-4$와 직선 $y=a^2-4$로 둘러싸인 부분의 넓이가 x축에 의하여 이등분될 때, $\dfrac{a^3}{2}$의 값을 구하는 과정을 서술하시오.

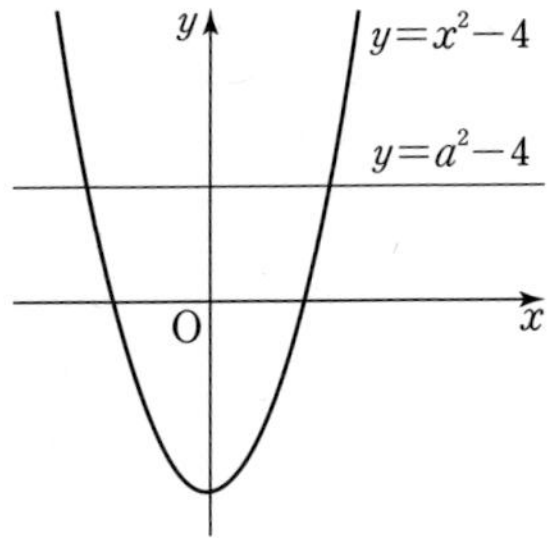

Nothing great in the world has been
accomplished without passion.

이 세상에 열정없이 이루어진 위대한 것은 없다.

– Georg Wilhelm 게오르크 빌헬름 –

PART 3

해답

1. 4개년 기출문제

2. 실전모의고사 [인문계열]

4개년 기출문제

국어[인문A]

01 [모범답안]

답안	배점	예상 소요 시간
① 전통적인, 있다	5점	4분 / 전체 80분
② 우선, 있다	5점	

[바른해설]

① 둘째 문단의 문장 '전통적인 신문, 잡지 구독 서비스부터 최근 급부상한 온라인 스트리밍 서비스, 유통업계의 정기 배송 서비스 등이 대표적 사례라고 할 수 있다.'에서 구독 경제의 구체적인 사례를 제시하고 있다는 것을 확인할 수 있다. 이런 예시를 통해 독자가 앞 문장에서 설명한 구독 경제의 개념에 대한 이해를 조금 더 쉽게 이해할 수 있도록 도울 수 있다.

② 넷째 문단의 문장 '우선 가격 장벽이 낮은 것이 소비자의 무분별한 구독으로 이어지며 오히려 과소비를 조장할 우려가 있다.'에서 구독 경제의 확산으로 나타나는 문제점 중 소비자의 소비 행태에 부정적인 영향을 미칠 수 있다는 점이 언급되고 있음이 확인된다.

02 [모범답안]

답안	배전	예싱 소요 시간
① 고정비가 있기/발생하기/존재하기/생기기 때문이다 등	5점	5분 / 전체 80분
② 왼쪽 (방향)으로, 왼편 (방향)으로, 원점 (방향)으로, 좌측 (방향)으로 등	5점	

[바른해설]

① 내부 제조를 나타내는 그래프에서 선의 처음 출발점이 아웃소싱을 나타내는 선보다 위에서 출발하는 것은, 제시문에 따르면 내부 제조 시에는 아웃 소싱에서와 달리 고정비용이 발생하기 때문이다.

② 제품의 내부 제조 시 다른 비용은 달라지지 않으면서 고정비만 줄어들면 〈그림〉에서 '내부 제조 시의 총비용(A)' 그래

프는 아래로 이동한다. 이에 따라 Q'은 그래프 상 왼쪽 방향으로 이동하게 된다.

03 [모범답안]

답안	배점	예상 소요 시간
① 극소 국가	5점	5분 / 전체 80분
② 최소 국가	5점	

[바른해설]

제시문에서는 노직의 최소국가론이 나타난다. 노직에 의하면 국가가 갖추어야 할 두 요건은 "강제력의 독점"과 "보호서비스의 제공"이다. 이 두 가지를 충족시켜줄 수 있는 최소한의 형태가 최소국가이다. 노직에 의하면 국가는 초기의 자연발생적인 형태인 "보호협회"에서 "상업적 보호협회"와 "지배적 보호협회" 그리고 "극소국가"와 "최소국가"로 나아간다. 〈보기〉는 이 중에서 보호협회와 극소국가, 최소국가가 각각 이 국가가 갖추어야 할 요건을 얼마나 충족시켜주고 있는가를 정리해 놓고 있다. 극소국가 이전의 협회들은 아직 "강제력의 독점"을 이루지 못하며, 극소국가와 최소국가만이 강제력의 독점을 갖춘다. 그러나 극소국가는 비용을 지불하는 사람들만을 보호하는데 반해, 최소국가는 영토 내의 모든 사람들을 보호하는 것으로 나타난다.

04 [모범답안]

답안	배점	예상 소요 시간
㉠ 고의	2점	5분 / 전체 80분
㉡ 과실	2점	
㉢ 주의 의무	2점	
㉣ 고의	4점	

[바른해설]

㉠ 자동차 운전자가 보복 운전의 목적으로 앞차를 뒤에서 들이받아 추돌사고를 낸 것은 자신의 행위가 구성 요건에 해당함을 알고도 그 행위를 의도적으로 실현한 '고의'에 해당한다.

㉡ 운전자가 수면 부족으로 피로한 상태에서 졸음운전을 하

다 앞차를 뒤에서 들이받는 사고를 낸 경우는 자신의 행위
가 타인의 법익을 해칠 것임을 몰랐더라도 사회적으로 요
구되는 주의 의무를 준수하지 못한 '과실'에 해당한다.
ⓒ 제시문의 2문단에서 확인할 수 있듯이 과실범이 성립하는
요건은 행위자의 주의 의무 위반 여부에 있다. 따라서 ⓒ에
들어갈 적절한 말은 '주의 의무'이다.
ⓔ 운전자가 도로에 사람이 있다는 것을 인식하지 못한 것은
운전자가 자신의 행위가 타인의 법익을 해칠 것임을 몰랐
던 경우에 해당하므로, 여기에는 고의가 인정되지 않는다.
따라서 ⓔ에 들어갈 적절한 말은 '고의'이다.

05 [모범답안]

답안	배점	예상 소요 시간
① '주관설' 또는 '행위자 표준설'	4점	
② '객관설' 또는 '평균인 표준설'	3점	7분 / 전체 80분
③ '허용된 위험' (이론)	3점	

[바른해설]
① 제시문의 3문단에 의하면 주관설(또는 행위자 표준설)에
서는 행위자 개인의 주의 능력을 기준으로 하여 주의 의
무 위반 여부를 판단한다. 따라서 〈보기〉에서 '갑'의 과실
유무와 과실의 경중에 대한 판단을 할 때, '갑' 개인의 과실
주의력을 표준으로 삼는 것은 주관설(행위자 표준설)의 관
점이다.
② 제시문의 3문단에 의하면 객관설(또는 평균인 표준설)에서
는 사회 일반인의 주의 능력을 기준으로 하여 주의 의무
위반 여부를 판단한다. 단, 의료나 운전 등과 같이 전문화
된 업무와 관련된 행위는 동일한 업무와 직종에 종사하는
사람들을 표준으로 삼는다고 했다. 따라서 〈보기〉에서 의
사인 '갑'의 과실 유무와 과실의 경중에 대한 판단을 할 때,
의료 업무와 직종에 종사하는 사람들의 주의력을 표준으
로 삼는 것은 객관설(평균인 표준설)의 관점이다.
③ 제시문의 4문단에 의하면 '허용된 위험' 이론에서는 행위
자가 구성 요건에 해당하는 결과를 피하기 위한 조치를 충
분히 했다면, 비록 그 행위가 중대한 피해를 초래하더라도
행위자에게 과실 책임을 지울 수 없다고 본다. 따라서 '허
용된 위험' 이론에서는 〈보기〉에서 '갑'의 과실 유무와 과
실의 경중에 대한 판단을 할 때, '갑'이 '을'에게 수술 전 일
정 기간 아스피린의 복용 중단을 지시했는가 그렇지 않은
가가 중요한 요소가 된다.

06 [모범답안]

답안	배점	예상 소요 시간
① 모음 탈락	5점	
② 유음화	3점	3분 / 전체 80분
③ 구개음화	2점	

[바른해설]
① '가서'는 동사 어간 '가-'와 어미 '-아서'가 결합한 것인데,
[가서]로 발음된다. 이때 어간과 어미의 결합 과정에 동일
모음 'ㅏ'가 탈락하는 모음 탈락이 일어난다.
② '난리'는 [날리]로 발음되는데, 이때 'ㄴ'이 'ㄹ' 앞에서 'ㄹ'로
바뀌는 유음화가 일어난다.
③ '걷히다'는 [거치다]로 발음되는데, 이때 'ㄷ'과 'ㅎ'이 만나
'ㅌ'으로 바뀌는 거센소리되기와, 'ㅌ'이 'ㅣ' 앞에서 'ㅊ'으로
바뀌는 구개음화가 일어난다.

07 [모범답안]

답안	배점	예상 소요 시간
① 내, 상관하랴	7점	
② 아마도, 마치리라	3점	6분 / 전체 80분

[바른해설]
① "내 생애 담백한들 분수이니 상관하랴"를 살펴보면, '분수
이니'에서 그것이 자신에게 맞는 삶이라고 하고 있음을 확
인할 수 있고, '~상관하랴'에서 설의적 표현을 확인할 수
있다. 그리고 이 구절은 전체적으로 소박한 생활에 불만을
가지기 보다는 이를 수용하려는 삶의 태도가 드러나는 것
으로 이해할 수 있다.
② "아마도 수석에 소요하여 남은 세월 마치리라"의 '남은 세
월'과 '~마치리라' 등을 통해 여생을 이와 같은 삶의 태도
로 살아가고자 하는 소망과 다짐을 표현하고 있음을 확인
할 수 있다.

08 [모범답안]

답안	배점	예상 소요 시간
① 탁영호	5점	
② 선부연	5점	7분 / 전체 80분

[바른해설]
① "티끌 묻은 긴 갓끈을 탁영호(濯纓湖)에 씻어 내니/ 귀 씻
던 옛 할아비 자네 혼자 높을쏘냐"에서 해당 장소가 '탁영
호'임을 확인할 수 있다.
② "청학동(靑鶴洞) 좁은 길로 선부연(仙釜淵) 찾아가니/ 반
고씨 적 생긴 가마 제작도 공교하다/ 형산에 만든 솥을 뉘
라셔 옮겨 왔나"에서 해당 장소가 '선부연'임을 확인할 수
있다.

09 [모범답안]

답안	배점	예상 소요 시간
① 그러나, 질식입니다	4점	6분 / 전체 80분
② 그러나, 느끼시나요(?)	6점	

[바른해설]

① 첫째 문단의 문장 '그러나 그것은 장미꽃 송이 속에 파묻히어 향기에 도취한 행복한 질식이 아니라, 대기에서 절연된 무덤 속에서 화석(化石) 되어 가는 구더기의 몸부림치는 질식입니다.'에서 '나'가 느끼는 조선의 현실에 대한 절망감을 알 수 있다. 여기에서 '나'가 느끼는 고통이 '숨막힘'과 같은 '질식'으로 표현되고 있고, 이것이 '행복한 질식'이 아니라 '구더기의 몸부림 치는 질식'으로 표현되는 것에서 긍정적 상황과 부정적 상황의 '질식'이 대조되고 있는 것을 확인할 수 있다.

② 둘째 문단의 문장 '그러나 스스로 내성(內省)하는 고민이요 오뇌가 아니라, 발길과 채찍 밑에 부대끼면서도 숨이 죽어 엎디어 있는 거세된 존재에게도 존경과 동정을 느끼시나요?'에서 조선과 조선 민중에 대한 일본의 폭압성이 환유적 소재 '발길'과 '채찍'에 의해 드러난다. 그리고 이러한 상황에 적극적 성찰로 나아가지 못한 채 무기력한 태도로 살아가는 조선 민중과 '나' 자신에 대한 자조적 인식도 드러나고 있음을 알 수 있다.

수학[인문A]

10 [모범답안]

답안	배점	예상 소요 시간
$ab=1$	3점	4분 / 전체 80분
$m=30$	4점	
$a=\dfrac{5}{3}$	3점	

[바른해설]

$\log_a b - \log_b a = 0$

$\dfrac{\log b}{\log a} - \dfrac{\log a}{\log b} = 0$

양변에 $\log a \log b$를 곱하면

$(\log b)^2 - (\log a)^2 = 0$

$(\log b + \log a)(\log b - \log a) = 0$

$a \neq b$이므로 $\log b + \log a = 0$

$\therefore \log ab = 0, \ ab = 1$

a, b가 1이 아닌 양수이므로 부등식의 성질에 의해

$9a + 25b \geq 2\sqrt{9a \times 25b} = 30$ (단, 등호는 $9a = 25b$일 때 성립)

$\therefore 9a + 25b$의 최솟값 $m = 30$이고 이때의 a값인 $a = \dfrac{5}{3}$이다.

11 [모범답안]

답안	배점	예상 소요 시간
$a_n = 3n-1$	1.5점	4분 / 전체 80분
$\sum_{k=1}^{6}(a_k)^3 = 9633$	3.5점	
$S_n = \dfrac{n(3n+1)}{2}$	1.5점	
$n=23$	3.5점	

[바른해설]

첫째항이 2이고 공차가 3인 등차수열 $\{a_n\}$은

$a_n = 2 + (n-1) \times 3 = 3n - 1$이므로,

$\sum_{k=1}^{6}(a_k)^3 = \sum_{k=1}^{6}(3k-1)^3 = \sum_{k=1}^{6}(27k^3 - 27k^2 + 9k - 1)$
$= 9633$이다.

따라서 $13S_n > 9633$에서 $S_n > 741$이고

$S_n = \dfrac{n\{4 + 3(n-1)\}}{2} = \dfrac{n(3n+1)}{2}$이므로

$\dfrac{n(3n+1)}{2} > 741$이다.

$S_{22} = 7370$이고 $S_{23} = 8050$이므로 $13S_n > \sum_{k=1}^{6}(a_k)^3$을 만족시키는 자연수 n의 최솟값은 23이다.

12 [모범답안]

답안	배점	예상 소요 시간
$x = -1 + \sqrt{1+t}$	2점	5분 / 전체 80분
$S(t) = 2t(\sqrt{1+t}-1) - 2(\sqrt{1+t}-1)^2 - \dfrac{2}{3}(\sqrt{1+t}-1)^3$	5점	
$\lim\limits_{t \to \infty} \dfrac{\sqrt{t}\,S(t)}{t^2} = \dfrac{4}{3}$	3점	

[바른해설]

제1사분면에서 두 함수 $|2x| + y = t$과 $y = x^2$의 교점의 x좌표는 $x^2 + 2x - t = 0$에서 $x = -1 + \sqrt{1+t}$이다. 따라서 두 함수로 둘러싸인 부분의 넓이는 다음과 같다.

$S(t) = 2\displaystyle\int_{0}^{-1+\sqrt{1+t}} (t - 2x - x^2)\,dx$

$= 2\left[tx - x^2 - \dfrac{x^3}{3} \right]_{0}^{-1+\sqrt{1+t}}$

$= 2t(\sqrt{1+t}-1) - 2(\sqrt{1+t}-1)^2 - \dfrac{2}{3}(\sqrt{1+t}-1)^3$이다. 따라서

$$\lim_{t\to\infty}\frac{\sqrt{t}\,S(t)}{t^2}$$

$$=\lim_{t\to\infty}\frac{2t(\sqrt{1+t}-1)-2(\sqrt{1+t}-1)^2-\frac{2}{3}(\sqrt{1+t}-1)^3}{t^{\frac{3}{2}}}$$

$$=2-\frac{2}{3}=\frac{4}{3}$$

13 [모범답안]

답안	배점	예상 소요 시간
$f(t)=\begin{cases}0 & (t<0)\\1 & (t=0)\\2 & (0<t<2)\\3 & (t=2)\\4 & \left(2<t<\frac{9}{4}\right)\\3 & \left(t=\frac{9}{4}\right)\\2 & \left(t>\frac{9}{4}\right)\end{cases}$ (또는 $f(t)$의 그래프) 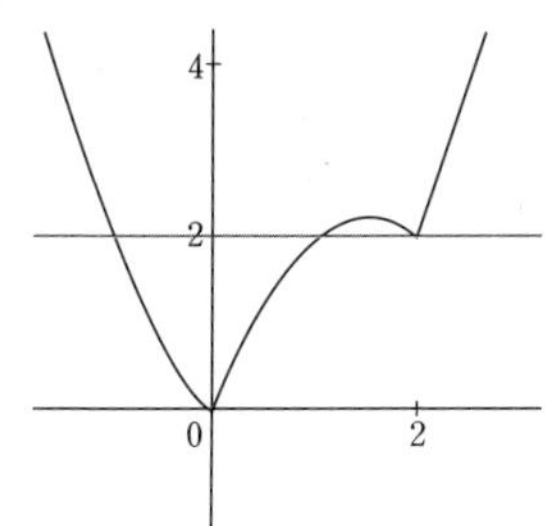	4.5점	6분 / 전체 80분
$g(t)=t(t-2)\left(t-\frac{9}{4}\right)$	4.5점	
$f(1)+g(1)=\dfrac{13}{4}$	1점	

[바른해설]

$$|x^2-2x|+x=\begin{cases}x^2-x & (x\leq0)\\-x^2+3x & (0<x\leq2)\\x^2-x & (x>2)\end{cases}\text{이고}$$

$$y=-x^2+3x=-\left(x-\frac{3}{2}\right)^2+\frac{9}{4}\text{이므로}$$

함수 $y=|x^2-2x|+x$의 $x=\dfrac{3}{2}$에서의 함숫값은 $\dfrac{9}{4}$이다.

따라서 함수

$$f(t)=\begin{cases}0 & (t<0)\\1 & (t=0)\\2 & (0<t<2)\\3 & (t=2)\\4 & \left(2<t<\frac{9}{4}\right)\\3 & \left(t=\frac{9}{4}\right)\\2 & \left(t>\frac{9}{4}\right)\end{cases}$$

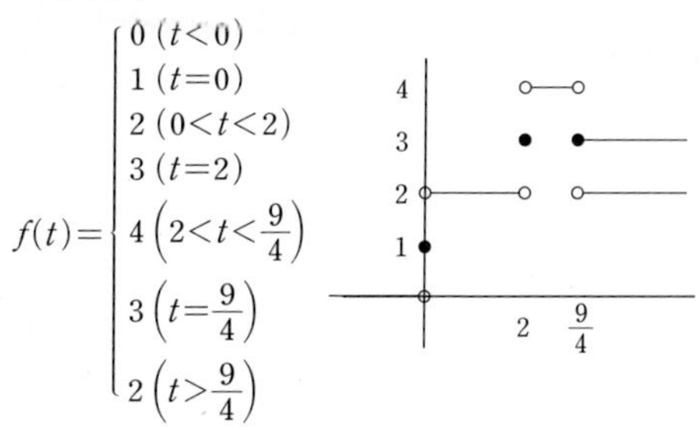

함수 $f(t)$는 $t\neq0$, $t\neq2$, $t\neq\dfrac{9}{4}$인 실수 t에서 연속이고

$g(t)$는 실수 전체의 집합에서 연속이므로

$f(t)g(t)$는 $t=0$, $t=2$, $t=\dfrac{9}{4}$에서 연속이어야 한다.

$t=0$일 때 $f(0)g(0)=g(0)$, $\displaystyle\lim_{t\to0+}f(t)g(t)=2g(0)$,

$\displaystyle\lim_{t\to0-}f(t)g(t)=0$이므로 $g(0)=0$

마찬가지로 $t=2$, $t=\dfrac{9}{4}$일 때를 계산하면

$g(2)=0$, $g\left(\dfrac{9}{4}\right)=0$이다.

$g(t)$는 최고차항의 계수가 1인 삼차함수이므로

$$g(t)=t(t-2)\left(t-\frac{9}{4}\right)\text{이다.}$$

따라서 $f(1)+g(1)=2+1\times(-1)\times\left(-\dfrac{5}{4}\right)=\dfrac{13}{4}$

14 [모범답안]

답안	배점	예상 소요 시간
$f(x)=-\dfrac{1}{2}x^2+8x+c$ (또는 $f(x)=-\dfrac{1}{2}(x-8)^2+c$ 또는 $f(x)$의 일차항의 계수는 8)	1.5점	6분 / 전체 80분
$g(x)=\begin{cases}-\dfrac{1}{2}x^2+8x+c & (x\leq a)\\|x-4| & (x>a)\end{cases}$	2점	
$a=7$	2.5점	
$f(a)(=g(7))=3$	4점	

[바른해설]

이차함수 $f(x)$의 최고차항의 계수가 $-\dfrac{1}{2}$이고 $x=8$에서 최댓값을 가지므로

$f(x)=-\dfrac{1}{2}x^2+8x+c$라 놓을 수 있다. ($c$는 상수)

$$f(x+1)-f(x)=-\frac{1}{2}(x+1)^2+8(x+1)+c-$$

$$\left(-\frac{1}{2}x^2+8x+c\right)=-x+\frac{15}{2}\text{이므로}$$

$$\left|f(x+1)-f(x)-\frac{7}{2}\right|=\left|-x+\frac{15}{2}-\frac{7}{2}\right|$$

$$=|-x+4|$$

따라서,

$$g(x)=\begin{cases}-\frac{1}{2}x^2+8x+c & (x\le a)\\ |x-4| & (x>a)\end{cases}$$

만일 $a<4$이면 $\displaystyle\lim_{x\to4-}\frac{g(x)-g(4)}{x-4}=-1$,

$\displaystyle\lim_{x\to4+}\frac{g(x)-g(4)}{x-4}=1$이므로

$g(x)$는 $x=4$에서 미분 불가능하고, 이는 가정에 모순된다.

$a\ge4$일 때, $g(x)$가 $x=a$에서 연속이므로

$$g(a)=-\frac{1}{2}a^2+8a+c=\lim_{x\to a+}g(x)=a-4$$

$\displaystyle\lim_{x\to a-}\frac{g(x)-g(a)}{x-a}=-a+8$, $\displaystyle\lim_{x\to a+}\frac{g(x)-g(a)}{x-a}=1$이

므로 $g(x)$가 $x=a$에서 미분가능하려면 $a=7$

따라서 $f(a)=f(7)=g(7)=3$

---

15 [모범답안]

답안	배점	예상 소요 시간
$f(x)=-2\sin^2 x-2\sin x+7$	3점	
$\alpha=\dfrac{15}{2}$	3점	
$\beta=3$	3점	7분 / 전체 80분
$\alpha\beta=\dfrac{45}{2}$	1점	

[바른해설]

$$f(x)=2(-\cos x)^2-2\sin x+5$$
$$=2(1-\sin^2 x)-2\sin x+5$$
$$=-2\sin^2 x-2\sin x+7$$
$$=-2\left(\sin x+\frac{1}{2}\right)^2+\frac{15}{2}$$

$\sin x=t$라 놓으면 $-1\le t\le1$이다.

$$f(t)=-2\left(t+\frac{1}{2}\right)^2+\frac{15}{2}$$

최댓값: $t=-\dfrac{1}{2}$일 때, $\alpha=\dfrac{15}{2}$

최솟값: $t=1$일 때, $\beta=3$

$$\therefore \alpha\beta=\frac{15}{2}\times3=\frac{45}{2}$$

---

01 [모범답안]

답안	배점	예상 소요 시간
① 자료 1 또는 자료 2	2점	
② 자료 2 또는 자료 1	3점	
③ 자료 2 또는 자료 3	2점	4분 / 전체 80분
④ 자료 3 또는 자료 2	3점	

[바른해설]

① 한글 초성 점자의 점형과 제자 원리를 설명하기 위해서는 한글 점자에서 점의 위치 번호에 대한 정보를 보여주는 [자료 1]과 초성 점자의 점형을 보여주는 [자료 2]를 활용해야 한다.

② 종성과 달리 초성에서는 한글 'ㅇ'에 대한 점자 표기가 따로 없다는 것을 보여주기 위해 [자료2]와 [자료 3]을 활용해야 한다.

02 [모범답안]

답안	배점	예상 소요 시간
① '(군집) B' 또는 'B 군집'	4점	
② '(군집) B' 또는 'B 군집'	6점	5분 / 전체 80분

[바른해설]

① 제시문에 따르면, 풍부도 서열 곡선에서 곡선의 길이가 길수록 군집의 종의 수가 많다. 〈보기1〉에서 군집 B의 풍부도 서열 곡선의 길이가 군집 A에 비해 더 길기 때문에 종의 수에서 군집 B가 더 많다.

② 제시문에 따르면, 풍부도 서열 곡선에서 곡선의 기울기가 완만할수록 종간 개체 수 배분이 균등하다. 〈보기1〉에서 군집 B의 풍부도 서열 곡선의 기울기가 군집 A에 비해 더 완만하므로 종간 개체 수 배분이 더 균등하다

03 [모범답안]

답안	배점	예상 소요 시간
① 낮고, 작고 등	3점	
② 높다, 크다 등	3점	5분 / 전체 80분
③ 높아진다, 올라간다, 증가한다, 커진다 등	4점	

[바른해설]

① [삼림Ⅰ]이 [삼림Ⅱ]보다 종의 수가 적고, 종간 개체수 배분이 불균등하기 때문에 다양도가 낮다.

② [삼림Ⅰ]이 [삼림Ⅱ]보다 다양도가 낮은데, 다양도가 낮을수록 심슨 지수가 높아지기 때문에 [삼림Ⅰ]이 [삼림Ⅱ]보다 심슨 지수는 높다고 추론할 수 있다.

③ 튤립나무가 우점종인 [삼림Ⅱ]에서 튤립나무를 제거하면, [삼림Ⅱ]의 다양도는 높아지게 되며, 이로부터 심슨 지수의 역수인 [삼림Ⅱ]의 심슨 역지수 역시 높아진다는 것을 추론할 수 있다.

04 [모범답안]

답안	배점	예상 소요 시간
① '자국 통화' 또는 '회원국의 통화'	2점	
② '특별 인출권' 또는 'SDR' 또는 '특별 인출권(SDR)'	4점	5분 / 전체 80분
③ '국제 통화' 또는 '제3의 국제 통화' 또는 '금과 달러에 이은 제3의 국제 통화'	4점	

[바른해설]

① 제시문의 2문단에 의하면, 쿼터 납입금은 IMF의 가장 기본적인 융자 재원으로 IMF의 재원 중 90% 정도를 차지한다. 가맹국은 쿼터 납입금으로 할당액의 25%는 금으로, 나머지 75%는 자국 통화로 납입한다. 이 시기에는 회원국의 자국 통화를 IMF의 금융 지원 재원으로 사용하기 어려운 문제가 있었다.

② 제시문의 3문단에 의하면, 특별 인출권(SDR)은 IMF 회원국이 담보 없이 외화를 인출할 수 있는 권리로, 금과 달러에 이은 제3의 국제 통화로 간주되고 있다. SDR은 추가 출자 없이 회원국의 합의에 의해 발행 총액이 결정되며, 회원국의 쿼터에 비례하여 배정된다.

③ 제시문의 3문단에서 알 수 있듯이, 처음에 IMF 회원국이 담보 없이 외화를 인출할 수 있는 권리로 등장한 SDR은 그 사용 가치가 증가됨에 따라 금, 달러에 이어 제3의 국제 통화로 간주되게 되었다. SDR이 국제 통화로서의 지위를 획득하게 됨에 따라 쿼터 납입금을 금뿐만 아니라 SDR로도 납입할 수 있게 되었다. 이에 따라 이전의 '골드 트랑슈'는 '리저브 트랑슈'로 바뀌어 불리게 되었다.

05 [모범답안]

답안	배점	예상 소요 시간
① (중세 이후) 르네상스 (철학)	2점	
② 홉스	2점	4분 / 전체 80분
③ 중립적(인)	6점	

[바른해설]

① 제시문의 "중세 이후 르네상스 철학자들은 코나투스가 자기 보존에 대한 욕망이라는 기존의 견해를 받아들이면서, 코나투스를 유기적 생명체뿐만 아니라 무기물도 가진 속성이라고 하였다."에서 코나투스를 유기적 생명체와 무기

물이 가지는 특성으로 본 것은 '르네상스 철학'임을 알 수 있다.

② 제시문의 "홉스는 코나투스를 인간이 알기 어려운 단위에서 벌어지는 물체의 운동이라고 말하였고, 우리가 관찰하는 모든 운동은 코나투스의 집합이라고 하였다."에서 홉스가 '물체의 모든 운동을 코나투스의 집합으로 이해'했다는 것을 확인할 수 있다.

③ 제시문의 "데카르트는 이전 학자들과 달리 코나투스에 담긴 생물학적인 함축적 의미를 제외하고 어떤 물체의 상태를 기술하는 중립적인 표현으로만 코나투스를 사용하였다."에서 데카르트가 코나투스를 어떤 물체의 상태를 기술하는 '중립적'인 표현으로만 사용했음을 확인할 수 있다.

06 [모범답안]

답안	배점	예상 소요 시간
① 상자에서, 평온해지더라	6점	6분 / 전체 80분
② 가시덤불, 있으리이까(?)	4점	

[바른해설]

① 제시문의 "상자에서 옥피리를 꺼내어 장막을 높이 걷고 책상에 기대어 한 곡을 부니, 그 소리가 화평하고 호방해, 마치 봄 물결이 천 리 장강에 흐르는 듯하고, 삼월의 화창한 바람이 아름다운 나무에 불어오는 듯해, 한 번 불매 처량한 마음이 기쁘게 풀어지고, 두 번 불매 호탕한 마음이 저절로 생겨나 군중이 자연히 평온해지더라."에서 과장법, 열거법 등이 활용되며 남성 주인공 '양창곡'의 비범함을 보여주고 있다. 여기에서 '양창곡'은 옥피리를 불어 사람들의 마음을 평안하게 만든다.

② 제시문의 "가시덤불 속 꽃다운 풀이 분명하고, 기와 조각 속 보석이 완연하니, 잠깐 보았으나 어찌 잊을 수 있으리이까?"에서 등장 인물 소사마의 입을 통해 여성 주인공 '강남홍'의 전체적인 인상이 비유적 표현과 설의적 표현을 통해 언급된다. 다음 문장에서 이어지는 내용이 바로 '강남홍'에 대한 구체적인 외양 묘사를 통한 비범함을 드러내는 부분이다.

07 [모범답안]

답안	배점	예상 소요 시간
① (한 쾌의) 혀	6점	
② '거봐(,) 너도 북어지 너도 북어지 너도 북어지' 또는 '22(행)'	4점	6분 / 전체 80분

[바른해설]

① 문제는 〈보기〉에 나타난 최승호의 「북어」에 대한 이해와 감상의 바탕 위에서 구절의 의미를 이해하고 있는지를 물었

다. 이중 특히 "비판적으로 말하는 능력을 잃어버린 현대인의 속성이 북어의 모습과 중첩되어 형상화된 시어"는 무엇보다 '말하는 능력의 경직화'를 가리킨다는 점이 해답을 찾는 실마리라고 볼 수 있다. 이러한 이해 위에서 "혀" 혹은 "한 쾌의 혀"를 찾을 수 있을 것이다.

② 한편 시상의 전개를 놓고 볼 때, 이 작품에서는 비판적인 능력을 상실한 현대인의 모습을 북어의 외적인 모습과의 중첩을 통해서 이해하고, 이에 대한 연민의 태도를 보이다가 22행에서 문득 자신이 그러한 대상들과 다르지 않음을 깨닫고 돌연 북어의 벌린 입에서 "너도 북어지"하는 말을 듣는 모습이 나타난다. 이 갑작스러운 전환의 흐름 위에서 북어들이 하는 말 "거봐, 너도 북어지 너도 북어지 너도 북어지"를 통해 드러내고 있다.

08 [모범답안]

답안	배점	예상 소요 시간
① (날카로운) 사금파리	5점	7분 / 전체 80분
② (금속에 슬기 시작한) 녹	5점	

[바른해설]

① 글쓴이의 반성의 "뼈아픔"을 효과적으로 드러내는 이미지로 사금파리가 사용되었다. 제시문의 여섯 번째 문단에는 왜 매사에 그렇게 자신감이 없느냐는 친구의 질문이 작가에게는 사금파리가 박힌 것처럼 아팠다고 나와 있다.

② 습관이 되어 버린 자기 인식의 비유로 '녹'의 비유가 나와 있다. 작가는 이 녹의 비유를 통해서 습관이 되어버린 자기 인식의 문제점을 선명하게 드러내었다.

09 [모범답안]

답안	배점	예상 소요 시간
① 성공률	3점	
② 짭짤하다	3점	6분 / 전체 80분
③ (제)40(항)	4점	

[바른해설]

① 한글맞춤법 [제11항] [붙임1]에서는 모음이나 'ㄴ' 받침 뒤에 이어지는 '렬, 률'은 '열, 율'로 적는다고 설명하고 있다. 따라서 '성공' 뒤에 이어지는 '률'은 '율'로 표기하므로, '성공율/성공률' 중에 올바른 표기는 '성공률'이다.

② 한글맞춤법 [제13항]에는 한 단어 안에서 같은 음절이나 비슷한 음절이 겹쳐 나는 부분은 같은 글자로 적는다고 설명하고 있다. 따라서 '짭짤하다/짭잘하다' 중 올바른 표기는 '짭짤하다'이다.

③ '간편게/간편케'의 올바른 표기와 관련된 한글 맞춤법은 한글맞춤법 [제40항]이다. 한글맞춤법 [제40항]에서는 어간의 끝음절 '하'의 'ㅏ'가 줄고 'ㅎ'이 다음 음절의 첫소리와 어울려 거센소리로 될 적에는 거센소리로 적는다고 하고 있으므로, '간편게/간편케' 중 올바른 표기는 '간편케'이다.

수학[인문B]

10 [모범답안]

답안	배점	예상 소요 시간
$\alpha=\log_5\frac{1}{3}$	2점	
$M=-\dfrac{134}{9}$	3점	4분 / 전체 80분
$\beta=2$	2점	
$m=-1240$	3점	

[바른해설]

$$y=(5^x)^2-75\times 5^x+10$$

$5^x=A$라 하자. $(A>0)$

$$y=A^2-75A+10$$
$$=\left(A-\frac{75}{2}\right)^2-\frac{5585}{4}$$

이때, $\dfrac{1}{3}\leq A\leq 25$

$A=\dfrac{1}{3}$일 때, 즉 $x=\alpha=\log_5\frac{1}{3}$에서 최댓값 $M=-\dfrac{134}{9}$

$A=25$일 때, 즉 $x=\beta=2$에서 최솟값 $m=-1240$

11 [모범답안]

답안	배점	예상 소요 시간
$\lim\limits_{x\to\infty}f(x)g(x)\dfrac{2025}{2}a$ (a는 $g(x)$의 이차항의 계수)	4.5점	
$g(x)=2x^2-50x+10$	3.5점	4분 / 전체 80분
$g\left(\dfrac{35}{2}\right)=-\dfrac{605}{2}$	2점	

[바른해설]

$$f(x)=\sum_{k=1}^{45}\frac{\sqrt{x+k+45}-\sqrt{x+k}}{x\sqrt{x}}$$
$$=\sum_{k=1}^{45}\frac{45}{x\sqrt{x}(\sqrt{x+k+45}+\sqrt{x+k})}$$
$$=\sum_{k=1}^{45}\frac{1}{x\sqrt{x}}\left(\frac{45}{(\sqrt{x+k+45}+\sqrt{x+k})}\right)$$ 이므로

$g(x)=ax^2+bx+c$라 놓으면

$$\lim_{x\to\infty}f(x)g(x)$$
$$=\lim_{x\to\infty}\frac{ax^2+bx+c}{x^2}\left(\sum_{k=1}^{45}\frac{45\sqrt{x}}{(\sqrt{x+k+45}+\sqrt{x+k})}\right)$$
$$=\frac{2025}{2}a$$

따라서 $a=2$

또한 α, β가 방정식 $g(x)=0$의 서로 다른 두 실근이므로 근과 계수의 관계로부터

$\alpha+\beta=-\dfrac{b}{2}=25$, $\alpha\beta=\dfrac{c}{2}=50$이고 $b=-50$, $c=100$이다.

따라서 $g(x)=2x^2-50x+10=2\left(x-\dfrac{25}{2}\right)^2-\dfrac{605}{2}$이

므로 최솟값은 $g\left(\dfrac{25}{2}\right)=-\dfrac{605}{2}$

12 [모범답안]

답안	배점	예상 소요 시간
$f(x)=5x^4+2ax^2-\lvert a\rvert$ (a는 상수)	2점	
$f(1)=\dfrac{23}{4}$	3.5점	5분 / 전체 80분
$f(1)=\dfrac{1}{2}$	3.5점	
$\dfrac{25}{4}$	1점	

[바른해설]

다항함수 $f(x)$는 $f(-x)=f(x)$이므로 y축 대칭이고

$\displaystyle\int_0^1 f(t)dt=a$ (a는 상수)라 하면

$\displaystyle\int_{-1}^1 f(t)dt=2a$이다.

따라서 $f(x)=5x^4+2ax^2-\lvert a\rvert$로 나타내어지며

$a=\displaystyle\int_0^1(5t^4+2at^2-\lvert a\rvert)dt$

$=\left[t^5+\dfrac{2}{3}at^3-\lvert a\rvert t\right]_0^1=1+\dfrac{2a}{3}-\lvert a\rvert$를 만족한다.

(1) $a\geq0$인 경우, $a=\dfrac{3}{4}$이고 $f(x)=5x^4+\dfrac{3}{2}x^2-\dfrac{3}{4}$이므

로 $f(1)=\dfrac{23}{4}$이다.

(2) $a<0$인 경우, $a=-\dfrac{3}{2}$이고 $f(x)=5x^4-3x^2-\dfrac{3}{2}$이

므로 $f(1)=\dfrac{1}{2}$이다.

따라서 모든 $f(1)$의 값의 합은 $\dfrac{25}{4}$이다.

13 [모범답안]

답안	배점	예상 소요 시간
$\displaystyle\sum_{k=1}^{21}\dfrac{a_{k+1}-a_k}{\sqrt{a_{k+1}}+\sqrt{a_k}}a_k$ $=\sqrt{a_{22}}-1$	2점	
$a_{22}=a_1+21d=1+21d$ (d는 공차)	1점	6분 / 전체 80분
$\alpha=9$	2.5점	
$\beta=435$	4.5점	

[바른해설]

$\displaystyle\sum_{k=1}^{21}\dfrac{a_{k+1}-a_k}{\sqrt{a_{k+1}}+\sqrt{a_k}}$

$=\displaystyle\sum_{k=1}^{21}\sqrt{a_{k+1}}-\sqrt{a_k}=\sqrt{a_{22}}-\sqrt{a_1}=\sqrt{a_{22}}-1$

따라서 50 이하의 자연수 m에 대하여 $\sqrt{a_{22}}-1=m$,

$a_{22}=(m+1)^2=m^2+2m+1$

공차를 d라 하면, $a_{22}=a_1+21d=1+21d$이다.

따라서 $1+21d=m^2+2m+1$,

즉 $21d=m^2+2m=m(m+2)$,

$d=\dfrac{m(m+2)}{21}$

즉, 집합

$A=\left\{d\,\middle|\,d=\dfrac{m(m+2)}{21}$인 자연수, $m=1, 2, \cdots, 50\right\}$이다.

공차 $d=\dfrac{m(m+2)}{21}$가 자연수인 경우는 $m=7$, 12, 19,

21, 28, 33, 40, 42, 49이다.

(m이 21의 배수인 경우: $m=21$, 42; $m+2$가 21의 배수인 경우: $m=19$, 40)

(m이 7의 배수인 경우: $m=7$, 28, 49; $m+2$가 7의 배수인 경우: $m=12$, 33)

따라서 $A=\{3, 8, 19, 23, 40, 55, 80, 88, 119\}$이므로

$\alpha=9$, $\beta=435$

14 [모범답안]

답안	배점	예상 소요 시간
$\angle\mathrm{DCB}=\dfrac{\pi}{3}$	2점	
$\overline{\mathrm{AB}}=5$	3점	6분 / 전체 80분
$\sin(\angle\mathrm{ADC})=\dfrac{39}{98}\sqrt{3}$	5점	

[바른해설]

1) □ABCD가 원에 내접하므로 $\angle\mathrm{DCB}=\pi-\angle\mathrm{BAD}$

$=\pi-\dfrac{2}{3}\pi=\dfrac{\pi}{3}$

2) $\triangle$BCD에서 $\overline{\mathrm{BD}}^2=3^2+8^2-2\times3\times8\times\cos\dfrac{\pi}{3}=49$

$\therefore \overline{\mathrm{BD}}^2=49$ …… ①

3) $\triangle ABD$에서

$\overline{\mathrm{BD}}^2=\overline{\mathrm{AB}}^2+3^2-2\times\overline{\mathrm{AB}}\times3\times\cos\dfrac{2}{3}\pi$

$=\overline{\mathrm{AB}}^2+3\overline{\mathrm{AB}}+9$ …… ②

①과 ②에 의해, $49=\overline{\mathrm{AB}}^2+3\overline{\mathrm{AB}}+9$

$(\overline{\mathrm{AB}}+8)(\overline{\mathrm{AB}}-5)=0$

$\overline{\mathrm{AB}}>0$이므로 $\overline{\mathrm{AB}}=5$

4) □ABCD$=\triangle$BAD$+\triangle$BCD

$$=\frac{1}{2}\times5\times3\times\sin\frac{2}{3}\pi+\frac{1}{2}\times3\times8\times\sin\pi3$$

$$=\frac{15\sqrt{3}}{4}+\frac{24\sqrt{3}}{4}=\frac{39}{4}\sqrt{3}\ \cdots\cdots\ ③$$

5) $\angle ADC=\theta$, $\angle ABC=\pi-\theta$라 하자

$\square ABCD=\triangle ABC+\triangle ADC$

$$=\frac{1}{2}\times5\times8\times\sin(\pi-\theta)+\frac{1}{2}\times3\times3\times\sin\theta$$

$$=\frac{49}{2}\sin\theta\ \cdots\cdots\ ④$$

③과 ④에 의해, $\dfrac{39}{4}\sqrt{3}=\dfrac{49}{2}\sin\theta$

$$\therefore\ \sin(\angle ADC)=\frac{39}{98}\sqrt{3}$$

15 [모범답안]

답안	배점	예상 소요 시간
$a=-4$, $b=1$	4점	
$c=-5$	4점	7분 / 전체 80분
$t<-1-2\sqrt{15}$ 또는 $t>-1+2\sqrt{15}$ (또는 $(-\infty,\ -1-2\sqrt{15})$ $\cup(-1+2\sqrt{15},\ \infty))$	2점	

[바른해설]

$f(x)$는 $x=-1$과 $x=3$에서 연속이고, 미분가능하다.

따라서 $-a+b=\lim\limits_{x\to-1-}f(x)=\lim\limits_{x\to-1+}f(x)=5$이고,

$$a=\lim_{x\to-1-}\frac{f(x)-f(-1)}{x+1}=\lim_{x\to-1+}\frac{f(x)-f(-1)}{x+1}$$

$=-4$이므로, $a=-4$, $b=1$이다.

또한 $5=\lim\limits_{x\to3-}f(x)=\lim\limits_{x\to3+}f(x)=3c+d$이고,

$$4=\lim_{x\to3-}\frac{f(x)-f(3)}{x-3}=\lim_{x\to3+}\frac{f(x)-f(3)}{x-3}=9+c$$이므

로, $c=-5$, $d=20$이다.

$g'(x)=3ax^2+2(b+t)x+c=-12x^2+2(t+1)x-5$

이므로, $g(x)$가 극값을 가지려면

$(t+1)^2-60>0$을 만족해야 한다.

따라서 t의 범위는 $t<-1-2\sqrt{15}$ 또는 $t>-1+2\sqrt{15}$

이다.

2025학년도 모의고사

국어[A형]

01 [모범답안]

답안	배점	예상 소요 시간
① 특히, 받았습니다	5점	3분 / 전체 80분
② 저는, 올립니다	5점	

[바른해설]

① 제시문의 "특히 박물관과 뒤뜰에는 무인석이 하나 있었는데, 그 생생한 모습 때문인지 마치 시간을 거슬러 과거로 돌아간 듯한 느낌을 받았습니다."에서는 박물관 견학에서 살펴본 구체적인 문화재인 '무인석'을 제시하면서 박물관 견학을 통해 얻은 학생의 인상적인 경험을 전달하고 있다.

② 제시문의 "저는 문화재학과에 진학하여 문화재와 관련된 전문가가 되고 싶지만 문화재학과 졸업 이후 어떤 진로가 있을지 막연한 생각이 들어, 재학생과 졸업생분들의 조언을 듣고자 이렇게 글을 올립니다."에서는 학생의 현재 희망 진로인 '문화재 관련 전문가'를 언급한 후에, 이와 관련하여 게시판 문의를 통해 알고 싶은 내용을 추가적으로 설명하고 있다.

[채점기준]

①, ② 각각 첫 어절과 마지막 어절을 순서대로 정확하게 쓴 경우만 정답으로 인정함.

02 [모범답안]

답안	배점	예상 소요 시간
① 동물	3점	4분 / 전체 80분
② 무기물	4점	
③ 데카르트	3점	

[바른해설]

① 스토아학파는 코나투스를 모든 생명체가 가지는 것이 아니라 동물만이 가지는 특성이라고 하였다.

② 르네상스 철학에서는 코나투스를 유기적 생명체뿐만 아니라 무기물도 가진 속성이라고 하였다.

③ 데카르트는 코나투스에 담긴 생물학적 함축적 의미를 제외했다.

[채점기준]

①~③을 정확하게 쓴 경우만 정답으로 인정함.

03 [모범답안]

답안	배점	예상 소요 시간
① 없다(없습니다 등)	5점	3분 / 전체 80분
② 없다(없습니다 등)	5점	

[바른해설]

① 제시문의 둘째 문단에서 콜먼은 "행위자가 관심 있는 자원, 즉 이해관계를 가지고 있는 자원을 타인이 통제하고 있을 수도 있고 타인이 관심 있는 자원을 자신이 통제하고 있을 수도 있다."라고 언급했다. 이를 통해 콜먼의 합리적 선택 이론에서 행위자는 자신이 원하는 모든 자원을 자유롭게 활용할 수 없다는 견해를 가지고 있음을 확인할 수 있다.

② 제시문의 셋째 문단에서 콜먼은 사회적 균형 상태는 자원의 초기 배분 상태에 절대적으로 의존하며, 완전 경쟁 시장이라는 전제하에 시장을 통한 배분은 자원의 초기 불평등 상태를 유지하게 하는 경향이 있다는 관점을 가지고 있음을 확인할 수 있다. 여기에서 완전 경쟁 시장에서 정부의 적극적 개입이나 사회 구조적 혁명 등이 없이 인간의 행위만으로 자원 배분의 불평등 정도를 해소할 수 없다는 콜먼의 견해를 추론할 수 있다.

[채점기준]

①, ② 모두 문맥상 '있다', '없다'의 의미가 정확하게 드러나는 경우에만 정답으로 인정함.

04 [모범답안]

답안	배점	예상 소요 시간
① 내부	4점	5분 / 전체 80분
② 말하기	3점	
③ 보여주기	3점	

[바른해설]

① 「해산 바가지」는 1인칭 서술자로 서술자는 이야기의 내부에 있다.

② [A]에서는 서술자가 자신의 목소리로 사건, 인물의 성격, 상황을 설명하는 말하기의 방식이 사용되고 있다.

③ [B]에서는 인물 간의 대화로 사건을 제시하거나 심리를 묘사하는 보여주기의 방식이 사용되고 있다.

[채점기준]

①~③을 정확하게 쓴 경우만 정답으로 인정함.

수학[A형]

05 [모범답안]

답안	배점	예상 소요 시간
① $a=\dfrac{1}{9}$	4점	
$a>1$ 조건을 만족시키는 함수가 없음	1점	3분 / 전체 80분
② $a=\dfrac{1}{3}$	4점	
$0<a<1$ 조건을 만족시키는 함수가 있음	1점	

[바른해설]

$a>1$일 때, $y=a^{x-1}+2$는 증가함수이므로, $x=2$에서 최솟값 $\dfrac{19}{9}$를 가져야 한다. 즉, $a+2=\dfrac{19}{9}$에서 $a=\dfrac{1}{9}$이다. 따라서 $a>1$인 조건을 만족시키지 못한다.

$0<a<1$일 때, $y=a^{x-1}+2$는 감소함수이므로, $x=3$에서 최솟값 $\dfrac{19}{9}$를 가져야 한다. 즉, $a^2+2=\dfrac{19}{9}$에서 $a^2=\dfrac{1}{9}$, 따라서 $a=\dfrac{1}{3}$이고 조건을 만족시킨다.

06 [모범답안]

답안	배점	예상 소요 시간
$\cos\theta+\sin\theta=\dfrac{1}{5}$	3점	
$\sin\theta\cos\theta=-\dfrac{12}{25}$	3점	1분 / 전체 80분
$\sin^3\theta+\cos^3\theta=\dfrac{37}{125}$	4점	

[바른해설]

$\sin\left(\dfrac{\pi}{2}+\theta\right)=\cos\theta,\ \cos\left(\dfrac{\pi}{2}+\theta\right)=-\sin\theta$이므로

$\cos\theta+\sin\theta=\dfrac{1}{5}$이다.

양변을 제곱하면 $(\cos^2\theta+\sin^2\theta)+2\sin\theta\cos\theta=\dfrac{1}{25}$

$1+2\sin\theta\cos\theta=\dfrac{1}{25},\ 2\sin\theta\cos\theta=-\dfrac{24}{25},$

$\sin\theta\cos\theta=-\dfrac{12}{25}$

$\therefore\ \sin^3\theta+\cos^3\theta=(\sin\theta+\cos\theta)^3$
$$-3\sin\theta\cos\theta(\sin\theta+\cos\theta)$$

$\left(\dfrac{1}{5}\right)^3-3\left(-\dfrac{12}{25}\right)\left(\dfrac{1}{5}\right)=\dfrac{37}{125}$

07 [모범답안]

답안	배점	예상 소요 시간
$f(x)=bx+c$	3점	
$f(0)=0$ 또는 $f(x)=bx$	3점	3분 / 전체 80분
$b=-1,\ a=-\dfrac{1}{2}$	3점	
$f(a)=f\left(-\dfrac{1}{2}\right)=\dfrac{1}{2}$	1점	

[바른해설]

$f(x)=bx^n+\cdots+$상수로 놓았을 때 n의 값은 1

따라서 $f(x)=bx+c$

$\displaystyle\int_0^x f(t)dt=f(x)+ax^2+x$에서 x에 0을 대입하면

$f(0)=0=b\times0+c$

따라서 $c=0$

$\displaystyle\int_0^x f(t)dt=f(x)+ax^2+x$에서 $\dfrac{1}{2}bx^2=bx+ax^2+x$

$b+1=0,\ a=\dfrac{1}{2}b$

$b=-1,\ a=-\dfrac{1}{2}$

$f(x)=-x,\ f(a)=f\left(-\dfrac{1}{2}\right)=\dfrac{1}{2}$

08 [모범답안]

답안	배점	예상 소요 시간
$a_n=3n-2$	2점	
$\displaystyle\sum_{k=1}^{4}(a_k)^2=166$	3점	3분 / 전체 80분
$S_n=\dfrac{n(3n-1)}{2}$	2점	
$n=11$	3점	

[바른해설]

첫째항이 1이고 공차가 3인 등차수열 $\{a_n\}$ 은

$a_n=1+(n-1)\times3=3n-2$이므로,

$\displaystyle\sum_{k=1}^{4}(a_k)^2=\sum_{k=1}^{4}(3k-2)^2=1+4^2+7^2+10^2=166$이다.

또한, $S_n=\dfrac{n(2+(n-1)\times3)}{2}=\dfrac{n(3n-1)}{2}$이다.

따라서 $\dfrac{n(3n-1)}{2}>166$이고 $n(3n-1)>332$이므로,

$n=11$일 때, 352이다.

국어[B형]

01 [모범답안]

답안	배점	예상 소요 시간
① 찬성1	3점	
② 쟁점2	2점	4분 / 전체 80분
③ 찬성1	3점	
④ 쟁점1	2점	

[바른해설]

범죄 입증에 투입되는 시간과 인력을 줄임으로써 비용을 절감할 수 있다고 주장하는 것은 '찬성1'이고, 관련된 쟁점은 '쟁점2'이다. 범죄자가 풀려날 가능성이 줄어 사회적 질서 유지에 도움이 된다고 주장하는 것은 '찬성1'이고, 관련된 쟁점은 '쟁점1'이다.

[채점기준]

①, ④를 정확하게 쓴 경우만 정답으로 인정함.

02 [모범답안]

답안	배점	예상 소요 시간
① 실재성	4점	
② 완전성	3점	5분 / 전체 80분
③ 명료성	3점	

[바른해설]

〈보기〉의 ①의 정답은 제시문의 '미의 실재성에 대한 토마스 아퀴나스의 입장은 아리스토텔레스의 질료 형상론에 기반한다.'에서 드러나 있다. 〈보기〉의 '질료에 형상이 결합한다는 아리스토텔레스의 생각'은 '질료 형상론'의 다른 표현이므로 ①의 답은 '실재성'이다.

〈보기〉의 ②의 정답은 제시문의 '어떤 사물이 완전하다는 것은 사물이 자신의 본성에 따라 갖추어야 할 것을 다 갖추고 있다는 것을 의미한다.'에서 찾을 수 있다. 이는 미(美)의 의미 내용 중 '완전성'에 해당한다. 이에 '완전성'이 ②의 정답에 해당한다.

〈보기〉의 ③의 정답은 제시문 '명료성은 인간의 지성에 대해 사물이 자기의 본성을 뚜렷하게 드러내는 것이다.'에서 찾을 수 있다. 이에 '명료성'이 ③의 정답에 해당한다.

[채점기준]

①~③을 정확하게 쓴 경우만 정답으로 인정함.

03 [모범답안]

답안	배점	예상 소요 시간
① 보호 비용을 부담하는 사람, 계약을 체결하는 사람	5점	5분 / 전체 80분
② (일정) 지역 내에 거주하는 모든 사람	5점	

[바른해설]

제시문에 따르면 국가의 보호 서비스를 받는 사람의 범위에서 극소 국가와 최소 국가는 차이가 있다. 극소 국가의 경우, 보호 비용을 부담하는 사람, 혹은 보호 계약을 체결한 사람에게만 보호 서비스가 제공되는데 반해, 최소 국가의 경우에는 일정 지역 내에 거주하는 모든 사람에게 보호 서비스가 제공된다.

[채점기준]

①, ②의 정답을 정확하게 쓴 경우에만 정답으로 인정함.

04 [모범답안]

답안	배점	예상 소요 시간
① 주인년	5점	5분 / 전체 80분
② 야경꾼	5점	

[바른해설]

김수영의 「어느 날 고궁을 나오면서」는 힘 있는 자들의 부정과 부패에 저항할 용기는 내지 못하면서 힘없는 이들을 향해 사소한 일에만 분노를 표출하는 화자가 자신의 옹졸함을 성찰하는 시이다. 제시문은 이 시의 1~2연이다. 1~2연은 심각한 사회 문제에는 침묵하면서 사소한 일에만 분개하는 '나'의 모습을 보여주고 있다. 1연에서 '나'는 '왕궁'과 '왕궁의 음탕' 대신에 설렁탕집의 '주인년'에게 분노를 표출하고, 2연에서는 '야경꾼'에게 분노를 표출한다. '주인년'과 '야경꾼'은 화자보다 약한 대상이고, 갈등의 직접적인 원인인 '왕궁'은 화자보다 강한 대상이기 때문에 화자는 '왕궁'이 아닌 '주인년'과 '야경꾼'에게 분노를 표출한다.

[채점기준]

- ①, ②를 정확하게 쓴 경우만 정답으로 인정함.
- 순서 바뀌어도 상관 없음.

수학[D형]

05 [모범답안]

답안	배점	예상 소요 시간
$2(\log_a b)^2 + \log_a b - 3 = 0$	5점	
$\log_a b = -\dfrac{3}{2}$	3점	2분 / 전체 80분
$\log_a b + \log_b \dfrac{1}{a} = -\dfrac{5}{6}$	2점	

[바른해설]

$\log_a b : \log_b a = \log_a \dfrac{a^3}{b} : 2$ 에서

$\log_a b : \log_b a = (3 - \log_a b) : 2$

따라서 $2\log_a b = \dfrac{1}{\log_a b}(3 - \log_a b)$ 이므로

정리하면 $2(\log_a b)^2 + \log_a b - 3 = 0$

$2(\log_a b)^2 + \log_a b - 3 = 0$

$2(\log_a b) + \log_a b - 3 = (2\log_a b + 3)(\log_a b - 1) = 0$ 이므로

$\log_a b = -\dfrac{3}{2}$ 또는 $\log_a b = 1$

$a \neq b$ 이므로 $\log_a b = -\dfrac{3}{2}$ 이다.

따라서 $\log_a b + \log_b \dfrac{1}{a} = \log_a b - \log_b a = \log_a b - \dfrac{1}{\log_a b}$

$= -\dfrac{3}{2} + \dfrac{2}{3} = -\dfrac{5}{6}$

06 [모범답안]

답안	배점	예상 소요 시간
$f(x) = \dfrac{5}{(x+1)(x+6)}$	3점	
$g(x) = 2x^2 + bx + c$ 라 놓을 수 있다	3점	2분 / 전체 80분
$b = 4, c = -2$	2점	
$g(-1) = -4$	2점	

[바른해설]

$f(x) = \displaystyle\sum_{k=1}^{5} \dfrac{1}{(x+k)(x+k+1)} \quad \dfrac{1}{x+1} - \dfrac{1}{x+6}$

$= 5\dfrac{5}{(x+1)(x+6)}$ 이고

$\displaystyle\lim_{x\to\infty} f(x)g(x) = 10$ 이므로 $g(x) = 2x^2 + bx + c$ 라 놓을 수 있다. α, β 가 방정식 $g(x) = 0$ 의 서로 다른 두 실근이므로 근과 계수와의 관계로부터 $\alpha + \beta = -\dfrac{b}{2} = -2$,

$\alpha\beta = \dfrac{c}{2} = -1$ 이므로 $b = 4, c = -2$

따라서 $g(x) = 2x^2 + 4x - 2 = 2(x+1)^2 - 4$ 이므로, 최솟값은 $g(-1) = -4$

07 [모범답안]

답안	배점	예상 소요 시간
$f(x) = 4x^2 + ax + b$ 로 놓을 수 있다	2점	
연속 조건에서 $a + b = -4$	3점	2분 / 전체 80분
미분가능 조건에서 $a = -8$, $b = 4$	3점	
$f(3) = 16$	2점	

[바른해설]

조건 $\displaystyle\lim_{x\to\infty} \dfrac{f(x)}{2x^2+3} = 2$ 로부터 $f(x) = 4x^2 + ax + b$ 라고 하면 $g(x)$ 는 다음과 같다. (a, b 는 상수)

$g(x) = \begin{cases} f(x-1) - f(x) & (x < 1) \\ f(x-1) & (x \geq 1) \end{cases}$

$= \begin{cases} -8x + 4 - a & (x < 1) \\ 4(x-1)^2 + a(x-1) + b & (x \geq 1) \end{cases}$

조건에서 함수 $g(x)$ 가 $x = 1$ 에서 미분가능하므로 $x = 1$ 에서 연속이다.

따라서 $\displaystyle\lim_{x\to 1-} g(x) = -4 - a = b = \lim_{x\to 1+} g(x)$ 이므로

$a + b = -4$ 이다.

함수 $g(x)$ 가 $x = 1$ 에서 미분가능하므로

$\displaystyle\lim_{x\to 1-} \dfrac{g(x) - g(1)}{x - 1} = -8 = a = \lim_{x\to 1+} \dfrac{g(x) - g(1)}{x - 1}$

이므로

$a = -8, b = 4$ 이다.

따라서 $f(x) = 4x^2 - 8x + 4$ 이므로 $f(3) = 16$ 이다.

08 [모범답안]

답안	배점	예상 소요 시간
$S(0) = \dfrac{1}{2}$ 또는 옳다	4점	
$S(\alpha) + S(1+\alpha) = \dfrac{1}{2}$	4점	3분 / 전체 80분
옳은 것은 ㄱ	2점	

[바른해설]

ㄱ. $S(0) = 1 - \displaystyle\int_0^1 x\,dt = \dfrac{1}{2}$ 이므로 $S(0) = \dfrac{1}{2}$ 로 옳다.

ㄴ. $-1 < t < 0$ 일 때 $S(t) = \dfrac{1}{2}(1 - t^2)$ 이고 $0 \leq t < 1$ 일 때

$S(t) = \dfrac{1}{2}(1 - t)^2$

따라서 $-1 < \alpha < 0$ 인 모든 실수 α 에 대하여

$S(\alpha) + S(1 + \alpha) = \dfrac{1}{2}$ 이므로

$S(\alpha) + S(1 + \alpha) = \dfrac{3}{2}$ 는 옳지 않다.

2024학년도 기출문제

국어[인문A]

01 [모범답안]

답안	배점	예상 소요 시간
① 개선, 있었다	5점	3분 / 전체 80분
② 각종, 있다	5점	

[바른해설]

① 둘째 문단의 문장 '개선 방안이나 계획은 없는지 시청에 문의해 보니, 문화·체육 담당 부서에서는 ○○동에 새로운 공공 체육 시설이 필요하다는 것을 수년 전부터 인지하고 있었다는 답변을 들을 수 있었다.'에서 시청의 관련 부서에서도 생활 체육 시설의 필요성을 인지하고 있다는 사실을 확인할 수 있으며, 이는 서명 운동의 생활 체육관 건립의 가능성을 강조하는 내용으로 쓰일 수 있다.

② 다섯째 문단의 문장 '각종 스포츠 활동의 장을 제공함으로써 주민들은 사회적 교류를 할 수 있고, 실내 놀이터를 설치함으로써 아동과 양육자는 외부 환경의 제약 없이 체육 활동을 할 수 있다.'에서 생활 체육관이 지역 사회에 주는 효용을 구체적으로 언급하고 있음을 확인할 수 있으며, 이는 생활 체육관 건립의 필요성을 강조하는 내용으로 쓰일 수 있다.

[채점기준]

①, ② 각각 첫 어절과 마지막 어절을 순서대로 정확하게 쓴 경우만 정답으로 인정함.

02 [모범답안]

답안	배점	예상 소요 시간
①: 거울	5점	4분 / 전체 80분
②: 상징계	5점	

[바른해설]

상상계의 아이는 거울 이미지를 통해 자아를 형성하며, 인간이 언어를 통해 욕망하고 언어에 종속되는 것은 상징계에서다.

[채점기준]

①, ②를 정확하게 쓴 경우만 정답으로 인정함.

03 [모범답안]

답안	배점	예상 소요 시간
①: 주이상스	5점	4분 / 전체 80분
②: 생톰	5점	

[바른해설]

제시문의 하단에 라캉의 이론을 예술가의 예술 작업에 적용하는 원리가 있다. 이에 따른다면 제임스 조이스의 예술 작업은 주이상스의 추구로, 그의 애매폭력적 언어는 생톰으로 해석될 수 있다.

[채점기준]

①, ②를 정확하게 쓴 경우만 정답으로 인정함.

04 [모범답안]

답안	배점	예상 소요 시간
① 공모 발행	4점	4분 / 전체 80분
② 총액 인수 (방식)	4점	
③ (중개) 수수료	2점	

[바른해설]

① 제시문의 둘째 문단에 의하면, 매수인의 특성 및 자금의 규모에 따른 채권 발행 시장의 거래 방식은 사모 발행과 공모 발행으로 나뉜다. 공모 발행은 불특정 다수의 투자자를 대상으로 거액의 자금을 조달하기 위해 채권을 발행하는 것으로, 발행자가 당초 의도한 발행 규모에 비해 시장에서 소화되어 매출되는 규모가 적어 자금 조달이 원활히 이루어지지 않을 위험이 존재한다.

② 제시문의 셋째 문단에 의하면, 간접 발행은 중개 회사가 발행 위험을 부담하는 정도에 따라 총액 인수와 잔액 인수 방식으로 구분된다. 이중 총액 인수의 경우, 중개회사는 채권 발행 전액을 자기 명의로 구입해야 하므로 많은 자금이 필요할 뿐만 아니라 투자자들에게 판매하기까지 채권을 보유하여야 하므로, 총액 인수 방식이 잔액 인수 방식보다 더 높은 시장 위험을 부담한다.

③ ②에서 확인한 바와 같이 총액 인수 방식에서 중개 회사는 더 높은 시장 위험을 부담하므로 중개 회사는 총액 인수 방식으로 채권을 인수할 때, 더 높은 수수료를 받는다.

[채점기준]

①~③을 정확하게 쓴 경우만 정답으로 인정함.

05 [모범답안]

답안	배점	예상 소요 시간
ⓐ 된소리되기	3점	
ⓑ 비음화	3점	2분 / 전체 80분
ⓒ 거센소리되기	4점	

[바른해설]

ⓐ '특정'은 [특쩡]으로 발음되는데, 이때 'ㅈ'이 선행 음절의 말음 'ㄱ' 뒤에서 'ㅉ'으로 바뀌는 된소리되기가 일어난다.

ⓑ '받는다'는 [반는다]로 발음되는데, 이때 'ㄷ'이 'ㄴ' 앞에서 'ㄴ'으로 바뀌는 비음화가 일어난다.

ⓒ '지급하더라도'는 [지그파더라도]로 발음되는데, 이때 'ㅂ'과 'ㅎ'이 만나 'ㅍ'으로 바뀌는 거센소리되기가 일어난다.

[채점기준]

ⓐ~ⓒ를 정확하게 쓴 경우에만 정답으로 인정함.

06 [모범답안]

답안	배점	예상 소요 시간
① 경마식 보도	3점	
② 개인화 보도	4점	5분 / 전체 80분
③ 부정식 보도	3점	

[바른해설]

① 경마식 보도: 후보들의 지지율 양상, 선거 토론회 방송에서 표출된 후보자 간의 갈등 등과 같이 흥미적인 요소를 집중적으로 보도하는데 초점을 둔다.

② 개인화 보도: 정치인의 공적 영역뿐 아니라 사적 영역에 대해서도 보도하는 것을 말하는데, 이 보도에서는 정치인 개인에 대한 것은 강조하는 반면에 정당, 조직, 제도에 대한 초점은 감소한다. 개인화 보도에서는 지도적인 위치에 있는 정치인이나 정당 지도자들에 대해 초점을 둔다.

③ 부정식 보도: 특정 후보의 비리에 대한 경쟁 후보자 또는 상대측 정당의 입장을 보도하면서 비리 내용을 분석하는 내용을 추가하여 보노한다.

[채점기준]

①~③을 정확하게 쓴 경우만 정답으로 인정함.

07 [모범답안]

답안	배점	예상 소요 시간
① 역설	4점	
② 상호배타적 (관계)	6점	4분 / 전체 80분

[바른해설]

①: '희망'은 어떤 일을 이루거나 하기를 바라는 상태이므로 '절망이 없'고 희망만 있는 상태는 있을 수 있다. 하지만 '희망이 없는' 상태와 '희망'을 가진 상태는 동시에 성립할 수 없다는 점에서 '희망이 없는 희망'은 역설에 해당하며, 이를 통해 '절망'과 연계되어 생겨난 '희망'이 진정한 희망이 될 수 있다는 깨달음을 전달하고 있다.

②: "'하다'를 선택하는 것"과 "'그만두다'를 선택하는 것"은 동시에 일어날 수 없기 때문에 상호배타적인 관계이다.

[채점기준]

①, ②를 정확하게 쓴 경우에만 정답으로 인정함.

08 [모범답안]

답안	배점	예상 소요 시간
① 관직에, 훔치겠는가	4점	
② 초천에, 보인다	6점	4분 / 전체 80분

[바른해설]

①: '관직에 있으면서 공금을 농간하여 그 남은 것을 훔치겠는가.'에서 글쓴이는 관직자로서 공금을 농간하면 안 된다는 관직자가 마땅히 가져야 할 삶의 자세를 의문형 문장으로 전달하고 있다.

②: '초천(苕川)에 돌아와서야 문미(門楣)*에 써서 붙이고, 아울러 이름 붙인 까닭을 적어서 어린아이들에게 보인다.'에는 초천에 돌아와 살게 된 정약용이 자신의 깨달음을 전하기 위해 집의 이름을 짓고 글을 썼음이 분명히 드러난다.

[채점기준]

①, ② 각각 첫 어절과 마지막 어절을 순서대로 정확하게 쓴 경우만 정답으로 인정함.

② ('초천(苕川)에'도 정답으로 인정함)
'한글(한자)'의 형식으로 답안을 작성했을 때, 한글은 맞고 한자 표기가 틀린 경우 정답으로 인정함. 단, '한자'만으로 답안을 작성했을 때, 한자가 틀렸을 경우 오답으로 처리함.

09 [모범답안]

답안	배점	예상 소요 시간
① 눈	4점	
② 개나리	6점	5분 / 전체 80분

[바른해설]

(가)와 (나)는 공통적으로 6·25 전쟁을 배경으로 한 문학 작품이다. (가)와 (나)에는 전쟁이라는 극한 상황에 대한 서로 다른 인식이 작품의 주요 소재를 통해 드러난다. 가령 작품 안에서 '눈'은 시각적 이미지나 촉각적 이미지를 나타내는 표현과 결합하여 겨울이라는 계절적 배경을 나타낼 뿐만 아니라, 비극적이고 냉혹한 전쟁의 속성을 강조하는 데에 사용된다. 한편 (나)에서는 '개나리' 폐허가 된 삶의 터전과 대비를 이루면서 전쟁으로 인한 부정적 상황에서 화자의 의식이 긍정적인 방

항으로 전환되게 하는 소재로서 기능을 하고 있다.

[채점기준]

①, ②를 정확하게 쓴 경우만 정답으로 인정함.

수학[인문A]

10 [모범답안]

답안	배점	예상 소요 시간
$\left(x-\dfrac{2}{3}\right)\left(x-\log_3 n\right)<0$ (또는 $x=1$)	5점	
$n=4, 5, 6, 7, 8, 9$ (또는 $3<n\leq 9$)	4점	3분 / 전체 80분
6개	1점	

[바른해설]

$$x^2-x\log_3({}^3\sqrt{9n})+\log_3\sqrt[3]{n^2}<0$$

$$x^2-x\left(\dfrac{2}{3}+\log_3 n\right)+\dfrac{2}{3}\log_3 n<0$$

$$\left(x-\dfrac{2}{3}\right)\left(x-\log_3 n\right)<0$$

i) $\dfrac{2}{3}<x<\log_3 n$인 경우 x가 1개이려면, $x=1$이므로

$\quad n=4, 5, 6, 7, 8, 9$

ii) $\log_3 n<x<\dfrac{2}{3}$인 경우 정수 x가 존재하지 않음

$\quad$ 따라서, 이를 만족시키는 $n=4, 5, 6, 7, 8, 9$이므로 6개

11 [모범답안]

답안	배점	예상 소요 시간
$a_1=7$ (또는 $a_3=1$)	4점	
$d=-3$	4점	3분 / 전체 80분
$a_7=-11$	2점	

[바른해설]

첫째항이 a_1이고 공차가 d라고 할 때,

$a_2+a_4=2a_1+4d=2$, $a_1+2d=1$이다.

$|a_4+5|=|-5-a_6|$에서 부호가 같으면 $a_1+4d=-5$

이다. 하지만 부호가 다르면 $a_4=a_6$이므로 공차 $d=0$되어야

한다.

상기 두 식을 연립하면 $d=-3$이고 $a_1=7$이다. 따라서

$a_7=7-6\times3=-11$

12 [모범답안]

답안	배점	예상 소요 시간
$f(x)=2x^3+ax^2+bx$ (계수 a, b는 다른 문자 가능)	2점	
(계수 a, b에 대해) $3a=2b+1$ (또는 $2b=3a-1$) $\left(\text{또는 } a=f\left(\dfrac{1}{2}\right)\right)$	3점	3분 / 전체 80분
$a^2-9a+3\leq 0$	3점	
최댓값 8	2점	

[바른해설]

다항함수는 연속이므로 $\displaystyle\lim_{x\to\frac{1}{2}}f(x)=f\left(\dfrac{1}{2}\right)$

이때 $f\left(\dfrac{1}{2}\right)=a$라 하면, (가)와 (나)로부터

$f(x)=2x^3+ax^2+bx$ (단, a, b는 상수)

$a=f\left(\dfrac{1}{2}\right)=\dfrac{1}{4}+\dfrac{a}{4}+\dfrac{b}{2}$이므로 $3a=2b+1$

(다)로부터 $f'(x)=6x^2+2ax+b\geq 0$이므로 판별식을 구하

면 $D/4=a^2-6b=a^2-9a+3\leq 0$

따라서 $9-\sqrt{69}\leq 2a\leq 9+\sqrt{69}$이고 a는 x^2항의 계수이므

로 정수이다.

따라서 $0\leq a\leq 8$이므로 $a=f\left(\dfrac{1}{2}\right)$의 최댓값은 8이다.

13 [모범답안]

답안	배점	예상 소요 시간
① $x=2$	2점	
② 4	2점	
③ -1	3점	4분 / 전체 80분
④ $\dfrac{1}{\sqrt{3}}$ 또는 $\dfrac{\sqrt{3}}{3}$	3점	

[바른해설]

직선 $x=2$가 f의 점근선이므로 $\left(\dfrac{2n-1}{2}\right)a=2$

$a=\dfrac{4}{2n-1}$가 자연수가 되는 경우는 $n=1$일 때인 $a=4$

이다.

또한, $f\left(\dfrac{17}{8}\right)=\dfrac{1}{3}\log_2\left(\dfrac{17}{8}-2\right)=-1$,

$f(6)=\dfrac{1}{3}\log_2(6-2)=\dfrac{2}{3}$

$(g\circ f)(x)$가 증가함수이므로 최솟값 m과 최댓값 M은 각

각

$$m=(g\circ f)\left(\frac{17}{8}\right)=g(-1)=\tan\left(-\frac{\pi}{4}\right)=-1$$

$$M=(g\circ f)(6)=g\left(\frac{2}{3}\right)=\tan\left(\frac{\pi}{6}\right)=\frac{1}{\sqrt{3}}=\frac{\sqrt{3}}{3}$$

14 [모범답안]

답안	배점	예상 소요 시간
$f(x)=(x-a)(x+1)(x-1)$ (또는 $f(x)=(x+a)(x+1)(x-1))$	2점	
$-1\leq\frac{2}{3}a-\frac{1}{4}\leq1$ 또는 $-\frac{9}{8}\leq a\leq\frac{15}{8}$ (또는 $-\frac{15}{8}\leq a\leq\frac{9}{8}$)	3점	3분 / 전체 80분
$\int_{-1}^{3}f(x)dx=16-\frac{16}{3}a$ (또는 $\int_{-1}^{3}f(x)dx=16+\frac{16}{3}a)$	3점	
28	2점	

[바른해설]

최고차항의 계수가 1인 모든 삼차함수 $f(x)$가 (가) $|f(1)|+|f(-1)|=0$를 만족하므로, $f(x)=(x-a)(x+1)(x-1)$라 할 수 있다.

따라서 $-1\leq\int_{0}^{1}f(x)dx\leq1$를 만족하려면,

$$\int_{0}^{1}(x-a)(x+1)(x-1)dx=\frac{2}{3}a-\frac{1}{4}$$이므로,

$$-1\leq\frac{2}{3}a-\frac{1}{4}\leq1 \quad\therefore\ -\frac{9}{8}\leq a\leq\frac{15}{8}$$

$$\int_{-1}^{3}f(x)dx=16-\frac{16}{3}a$$

$-\frac{9}{8}\leq a\leq\frac{15}{8}$이기 때문에, $6\leq16-\frac{16}{3}a\leq22$이다.

최댓값과 최솟값의 합은 28

15 [모범답안]

답안	배점	예상 소요 시간
$y-(t^3-3t^2-9t+2)$ $=(3t^2-6t-9)(x-t)$	3점	
$2t^3+3t^2-12t-20+a=0$	2점	4분 / 전체 80분
$0<a<27$	4점	
a의 개수는 26	1점	

[바른해설]

$y=x^3-3x^2-9x+2$에서 $y'=3x^2-6x-9$

곡선 위의 점 $(t,\ t^3-3t^2-9t+2)$에서의 접선의 방정식은

$$y-(t^3-3t^2-9t+2)=(3t^2-6t-9)(x-t)$$

이 직선이 점 $(-2,\ a)$를 지나므로

$$a-(t^3-3t^2-9t+2)=(3t^2-6t-9)(-2-t)$$

$2t^3+3t^2-12t-20+a=0$이 서로 다른 세 실근을 가지면 그을 수 있는 접선의 개수가 3이 된다.

$f(t)=2t^3+3t^2-12t-20+a$라 하면

$$f'(t)=6t^2+6t-12=6(t-1)(t+2)$$

$f'(t)=0$에서 $t=-2$ 또는 $t=1$

서로 다른 세 실근을 가지려면

$$f(-2)=-16+12+24-20+a>0,$$

$$f(1)=2+3-12-20+a<0,$$

즉 $0<a<27$

접선의 개수가 3이 되도록 하는 정수 a의 개수는 26

국어[인문B]

01 [모범답안]

답안	배점	예상 소요 시간
① 수요, 제도입니다.	5점	3분 / 전체 80분
② 더구나, 있습니다.	5점	

[바른해설]
① 첫째 문단의 문장 '수요 응답형 대중교통은 대중교통의 노선을 미리 정하지 않고 승객의 요청에 따라 운행 구간을 설정하고, 승객은 자신이 지정한 정류장에서 선택한 시간에 대중 교통을 이용하는 제도입니다.'에서 정의의 방법을 사용하여, 제안하는 교통 체제가 어떤 체제인지 명확히 설명하고 있음을 확인할 수 있다.
② 둘째 문단의 문장 '더구나 출퇴근 시간이 아니면 버스 이용 고객이 많지 않아 운임료만으로는 버스 운행 비용을 충당하기 어려워 버스 회사에 ○○시가 매년 상당한 지원금을 제공하고 있습니다.'에서 현재 제도의 문제점으로 ○○시가 현재의 교통 체제를 유지하는 데 드는 경제적 부담을 제시하고 있음을 확인할 수 있다.

[채점기준]
①, ② 각각 첫 어절과 마지막 어절을 순서대로 정확하게 쓴 경우만 정답으로 인정함.

02 [모범답안]

답안	배점	예상 소요 시간
① 운영 체제(Operating System)	5점	4분 / 전체 80분
② 하이퍼바이저(Hypervisor)	5점	

[바른해설]
①: 각각의 가상 머신은 자체 운영 체제를 실행하며 독립적인 컴퓨터인 것처럼 작동한다고 하였다.
②: 하이퍼바이저는 물리적 하드웨어의 일부를 활용함에도 불구하고 독립적인 컴퓨터인 것처럼 가상 머신을 작동하여 컴퓨터 시스템의 물리적 자원인 하드웨어의 효율적인 활용을 가능하게 한다고 하였다.

[채점기준]
①, ②를 정확하게 쓴 경우만 정답으로 인정함.
① 운영 체제
　('운영 체제(Operating System)'도 정답으로 인정함)
　'한글(영문)'의 형식으로 답안을 작성했을 때, 한글은 맞고 영문 표기가 틀린 경우 정답으로 인정함. 단, '영문'만으로 답안을 작성했을 때, 영문이 틀렸을 경우 오답으로 처리함.
② 하이퍼바이저
　('하이퍼바이저(Hypervisor)'도 정답으로 인정함)
　'한글(영문)'의 형식으로 답안을 작성했을 때, 한글은 맞고 영문 표기가 틀린 경우 정답으로 인정함. 단, '영문'만으로 답안을 작성했을 때, 영문이 틀렸을 경우 오답으로 처리함.

03 [모범답안]

답안	배점	예상 소요 시간
① IaaS (모델)	4점	4분 / 전체 80분
② SaaS (모델)	3점	
③ PaaS (모델)	3점	

[바른해설]
①: 제시문에 따르면 IaaS (모델)은 사용자가 소프트웨어 개발을 위해 컴퓨터 시스템 자원을 직접 구성하고 관리해야 하는 번거로움은 있지만 사용자에 따라 다른 방법과 목적으로 컴퓨터 시스템 자원을 활용할 수 있다고 하였다.
②: 제시문에 따르면 SaaS (모델)은 클라우드 서비스 사업자가 네트워크를 통해 별도의 설치 없이 곧바로 소프트웨어를 제공해 주거나, 사용자가 원격으로 소프트웨어를 활용할 수 있는 모델로 사용자가 자신이 필요한 소프트웨어를 별도의 설치 없이 바로 사용할 수 있다고 하였다.
③: 제시문에 따르면 PaaS (모델)은 사용자가 소프트웨어를 개발하는 데 기반이 되는 컴퓨터 시스템의 물리적 자원을 제공해준다고 하였다.

[채점기준]
①~③을 정확하게 쓴 경우만 정답으로 인정함.

04 [모범답안]

답안	배점	예상 소요 시간
①: 자기 지시성	3점	4분 / 전체 80분
②: 대상언어	3점	
③: 배중률	4점	

[바른해설]
㉠의 문장이 역설로 나타나는 이유는 자기 지시성 때문이며, 메타언어는 대상 언어를 언급하는 언어이며, 크립키는 참도 거짓도 아닌 진리치를 갖는 문장을 허용함으로써 배중률을 포기한 것과 같다.

[채점기준]
①~③을 정확하게 쓴 경우만 정답으로 인정함.
(참고: '배중율'은 오답으로 처리)

05 [모범답안]

답안	배점	예상 소요 시간
① 15 (kg)	4점	
② 13 (cm)	6점	4분 / 전체 80분

[바른해설]

① 제시문에서 '물체의 무게'×'받침점과 물체 사이의 거리' = '추의 무게'×'받침점과 추 사이의 거리'라고 했다. 〈보기1〉의 첫 번째 실험결과에서 왼쪽으로 30cm 떨어진 위치에 10kg의 추를 걸어 두고, 받침점에서 오른쪽으로 20cm 떨어진 위치에 물체 ㉮를 걸었을 때, 대저울의 지렛대가 평형을 이루었다고 했다. 제시문에서 '물체의 무게'×'받침점과 물체 사이의 거리' = '추의 무게'×'받침점과 추 사이의 거리'라고 했으므로, 물체 ㉮의 무게는 15kg이 된다.

② 제시문에 의하면 전자저울의 금속탄성체에는 가해지는 압력, 즉 무게에 비례하여 인장 변형이 일어난다. 〈보기2〉의 두 번째 실험 결과에서 아무런 물체도 올려놓지 않은 전자저울 A의 금속 탄성체의 길이는 10cm이고, 전자저울 A에 10kg의 상자를 올렸을 때, 금속 탄성체의 길이는 2cm가 늘어났다고 했으므로, 전자저울 A의 금속탄성체는 5kg의 무게가 가해질 때마다 1cm씩 길이가 늘어남을 알 수 있다. 따라서 무게가 15kg인 물체 ㉮를 전자저울 A 위에 올려 놓으면 전자저울 A의 금속탄성체의 길이는 3cm가 늘어날 것이다. 아무것도 올려놓지 않은 금속탄성체의 길이가 10cm이므로, 전자저울 A에 물체 ㉮를 올려 놓았을 때, 전자저울 A의 금속탄성체의 전체 길이는 13cm가 된다.

[채점기준]

①, ②를 정확하게 쓴 경우만 정답으로 인정함.

06 [모범답안]

답안	배점	예상 소요 시간
① 칼날	3점	
② 국물	3점	2분 / 전체 80분
③ 닫히다	4점	

[바른해설]

① '칼날'은 [칼랄]로 발음되는데, 이때 'ㄴ'이 선행 음절의 말음 'ㄹ' 뒤에서 'ㄹ'로 바뀌는 유음화가 일어난다.

② '국물'은 [궁물]로 발음되는데, 이때 'ㄱ'이 'ㅁ' 앞에서 'ㅇ'으로 바뀌는 비음화가 일어난다.

③ '닫히다'는 [다치다]로 발음되는데, 이때에는 먼저 'ㄷ'과 'ㅎ'이 만나 'ㅌ'으로 바뀌는 거센소리되기가 일어난 후, 'ㅌ'이 'ㅣ' 앞에서 'ㅊ'으로 바뀌는 구개음화가 일어난다.

[채점기준]

①~③를 정확하게 쓴 경우에만 정답으로 인정함.

07 [모범답안]

답안	배점	예상 소요 시간
① 고기	5점	
② 새하얀 새(여)	5점	5분 / 전체 80분

[바른해설]

시적 대상이란 시인이 주제를 형상화하기 위해 제시하는 모든 소재를 지칭한다. 이러한 시적 대상에는 특정한 인물이나 자연물, 사물과 같이 구체적 형태를 지닌 것도 있지만, 특정한 관념이나 상황, 정서와 같은 무형의 것도 있다.

(가)에서 대상을 의인화한 시어는 '고기'다. '고기'는 자연을 즐기는 시적 화자의 감정이 이입된 시적 대상이다. 그리고 (나)에서 색채 이미지가 활용된 시어 '새하얀 새'는 캄캄한 어둠과 대비되어 새로운 세상이 열리기를 바라는 시적 화자의 소망을 형상화한 시적 대상이다.

[채점기준]

①, ②를 정확하게 쓴 경우에만 정답으로 인정함.

08 [모범답안]

답안	배점	예상 소요 시간
① (제)6(수)	5점	
② 저 남산 꽃산에	5점	5분 / 전체 80분

[바른해설]

(가)에는 학문을 깨우치는 즐거움과 자연을 즐기는 자세가 형상화되어 있는데, (가)의 '제6수'에서는 세상 사람들에게 강학을 하고자 하는 태도 외에도 자연에서 유유자적하고자 하는 삶의 태도가 나타나고 있다. (나)에는 암울한 시대적 상황에도 불구하고 부정적인 현실을 극복하고자 하는 의지가 형상화되어 있다. (나)의 초반부에는 부정적인 현실이 묘사되고 있으나, 시행 '저 남산 꽃산에'서부터 동경하는 세계를 형상화하는 비유적인 시어가 처음으로 등장한다. 이 부분부터 부정적인 현실을 개선하고자 하는 화자의 바람이 나타나기 시작한다.

[채점기준]

①, ②를 정확하게 쓴 경우에만 정답으로 인정함.
('저 남산 꽃산에' 대신에 '9행'으로 쓴 답안도 정답으로 인정)

09 [모범답안]

답안	배점	예상 소요 시간
①: 왜송	5점	
②: 송백	5점	4분 / 전체 80분

[바른해설]

제시문에서 이식은 왜송을 교언영색하고 곡학아세하는 사람으로, 송죽은 호연지기를 지닌 군자의 모습으로 비유하고 있다.

[채점기준]

①, ②를 정확하게 쓴 경우만 정답으로 인정함.

① 왜송

('왜송(矮松)'도 정답으로 인정함)

'한글(한자)'의 형식으로 답안을 작성했을 때, 한글은 맞고 한자 표기가 틀린 경우 정답으로 인정함. 단, '한자'만으로 답안을 작성했을 때, 한자가 틀렸을 경우 오답으로 처리함.

② 송백

('송백(松柏)'도 정답으로 인정함)

'한글(한자)'의 형식으로 답안을 작성했을 때, 한글은 맞고 한자 표기가 틀린 경우 정답으로 인정함. 단, '한자'만으로 답안을 작성했을 때, 한자가 틀렸을 경우 오답으로 처리함.

수학[인문B]

10 [모범답안]

답안	배점	예상 소요 시간
$\log_b c = \dfrac{6}{7}$	2점	
$64^{\log_a b} = 128$	4점	2분 / 전체 80분
$c^{\log_b 128} = 64$	4점	

[바른해설]

$\dfrac{\log_a c}{\log_a b} = \dfrac{6}{7}$ 이므로 $\dfrac{\log_a b}{\log_a c} = \log_c b = \dfrac{7}{6}$ 이다.

따라서 $\log_b c = \dfrac{6}{7}$ 또한, $64^{\log_a b} = 128$

$c^{\log_b 128} = k$ 라고 하면

$\log_c c^{\log_b 128} = \log_b 128 = \dfrac{\log_c 2^7}{\log_c b} = \log_c k$ 이다.

$\log_c b = \dfrac{7}{6}$ 이므로 이를 대입하여 식을 정리하면

$\log_c 2^7 = \dfrac{7}{6}\log_c k$

$\log_c k = 6\log_c 2 = \log_c 2^6 = \log_c 64$

따라서 $c^{\log_b 128} = k = 64$

11 [모범답안]

답안	배점	예상 소요 시간
$\cos\left(\dfrac{\pi}{2}+\theta\right)-\sin(\pi-\theta)$ $=-\sin\theta-\sin\theta=-2\sin\theta$	3점	
$\sin\theta = -\dfrac{2}{5}$	3점	2분 / 전체 80분
$-\dfrac{5}{2}$	4점	

[바른해설]

$\cos\left(\dfrac{\pi}{2}+\theta\right)-\sin(\pi-\theta)=-\sin\theta-\sin\theta=-2\sin\theta$

이므로 $-2\sin\theta = \dfrac{4}{5}$ 에서 $\sin\theta = -\dfrac{2}{5}$

따라서 $\dfrac{\cos(-\theta)}{\sin\theta}-\dfrac{\sin(-\theta)}{1+\cos\theta}=\dfrac{\cos\theta}{\sin\theta}+\dfrac{\sin\theta}{1+\cos\theta}$

$=\dfrac{\cos\theta(1+\cos\theta)+\sin^2\theta}{\sin\theta(1+\cos\theta)}=\dfrac{\cos\theta+\cos^2\theta+\sin^2\theta}{\sin\theta(1+\cos\theta)}$

$=\dfrac{1+\cos\theta}{\sin\theta(1+\cos\theta)}=\dfrac{1}{\sin\theta}=-\dfrac{5}{2}$

12 [모범답안]

답안	배점	예상 소요 시간
$a_1 = 0$	2점	
$a_2 = 2$	2점	
$a_3 = 6$	2점	5분 / 전체 80분
$x = \dfrac{\pi}{3}$ 또는 $x = \dfrac{5\pi}{3}$	4점	

[바른해설]

$$g(t)=\begin{cases} 0 & (t<0) \\ 2 & (t=0) \\ 4 & (0<t<2) \\ 3 & (t=2) \\ 2 & (2<t<6) \\ 1 & (t=6) \\ 0 & (t>6) \end{cases}$$

함수 $g(t)$ 는 0, 2, 6에서 불연속이므로 $a_1 = 0$, $a_2 = 2$, $a_3 = 6$ 이다.

따라서 $f(x) = |4\cos x - 2| = 0$ 인 x 는

$x = \dfrac{\pi}{3}$ 또는 $x = \dfrac{5\pi}{3}$

13 [모범답안]

답안	배점	예상 소요 시간
$r^4 = 3$	3점	
$(S_3 - S_2)^2 = a_3^2 = (a_1 r^2)^2 = a_1^2 r^4$	3점	3분 / 전체 80분
225	4점	

[바른해설]

$$\frac{S_{10}-S_8}{S_6-S_4}=\frac{a_1(r^{10}-1)/(r-1)-a_1(r^8-1)/(r-1)}{a_1(r^6-1)/(r-1)-a_1(r^4-1)/(r-1)}$$

$$=\frac{r^{10}-r^8}{r^6-r^4}=r^4=3$$

$(S_3-S_2)^2=a_3^2=(a_1r^2)^2=a_1^2r^4=75$,

따라서 $a_1^2=25$, $a_1=5$이다.

$a_2\times a_8=a_1r\times a_1r^7=a_1^2r^8=5^2 3^2=225$이다.

14 [모범답안]

답안	배점	예상 소요 시간
① $6t^4-20t^3+12t^2+(6-m)$	2점	
② $\dfrac{1}{2}$	2점	
③ 2	2점	2분 / 전체 80분
④ $-10<m\le 6$ (또는 $(-10, 6]$)	4점	

[바른해설]

점 P의 시각 $t(t>0)$에서의 속도를 $v(t)$라 하면

$v(t)=6t^4-20t^3+12t^2+(6-m)$이다. 점 P가 출발한 후 운동 방향이 두 번 바뀌려면 $t>0$에서 $v(t)=0$이 중근이 아닌 서로 다른 두 실근을 가져야 한다.

$v'(t)=24t^3-60t^2+24t=12t(t-2)(2t-1)=0$에서

$t=0$ 또는 $t=\dfrac{1}{2}$ 또는 $t=2$

$v(0)=6-m$, $v\left(\dfrac{1}{2}\right)=\dfrac{55}{8}-m$, $v(2)=-10-m$

$v(0)>v(2)$이므로 $v(t)$는 $t=\dfrac{1}{2}$에서 극댓값을 가지고 $t=2$에서 최솟값을 가진다.

$v(t)=0$이 $t>0$에서 중근이 아닌 서로 다른 두 실근을 가지려면 $v(0)=6-m\ge 0$이고 $v(2)=-10-m<0$이어야 한다.

그러므로 $-10<m\le 6$, 즉 $(-10, 6]$

15 [모범답안]

답안	배점	예상 소요 시간
$\dfrac{14}{3}a+\dfrac{3}{2}b=-\dfrac{45}{4}$	3점	
$4a+b=-2$	3점	3분 / 전체 80분
$a=\dfrac{99}{16}$, $b=-\dfrac{107}{4}$	2점	
56	2점	

[바른해설]

$$G(t)=\int tf'(t)dt=\int t(3t^2+2at+b)dt$$

$$=\frac{3}{4}t^4+\frac{2}{3}at^3+\frac{b}{2}t^2+C \ (\text{단, } C\text{는 적분 상수})$$

$$\lim_{x\to 2}=\frac{1}{x-2}\int_1^x tf'(t)dt=\lim_{x\to 2}\frac{G(x)-G(1)}{x-2}=20$$

$G(x)$는 다항함수이므로, $\displaystyle\lim_{x\to 2}G(x)=G(2)=G(1)$

따라서, $G(2)=\dfrac{3}{4}16+\dfrac{2}{3}a8+\dfrac{b}{2}4+C$

$$=G(1)=\frac{3}{4}+\frac{2}{3}a+\frac{b}{2}+C, \ \frac{14}{3}a+\frac{3}{2}b=-\frac{45}{4}$$

$$\lim_{x\to 2}\frac{G(x)-G(1)}{x-2}=\lim_{x\to 2}\frac{G(x)-G(2)}{x-2}=G'(2)$$

$$=2(12+4a+b)=20, \ 4a+b=-2$$

$\dfrac{14}{3}a+\dfrac{3}{2}b=-\dfrac{45}{4}$과 $4a+b=-2$에서

$$a=\frac{99}{16}, \ b=-\frac{107}{4}$$

따라서 $f(4)=64+\dfrac{99}{16}16-\dfrac{107}{4}4=56$

2024학년도 모의고사

국어[A형]

01 [모범답안]

답안	배점	예상 소요 시간
① 나	5점	5분 / 전체 80분
② 그래야, 때문입니다.	5점	

[바른해설]

〈보기〉의 "민수야, 너는 왜 도서관에서 공부하지 않고 떠들기만 하니? 공부를 하지 못해 내일 시험을 망치면 나는 너를 원망하게 될 거야. 그러니 민수야, 친구와 할 얘기가 있으면 도서관에 오지 마."라는 표현은 '나–전달법'에 적절하지 못한 표현이다.

'나–전달법'에 따라 수정한 문장은 "ⓛ내가 공부하고 있는데 떠드는 소리에 공부에 집중이 되지 않아. 내가 공부를 하지 못해 내일 시험을 망칠까 봐 걱정이 돼. 그러니 민수야, 친구와 할 얘기가 있으면 휴게실에 가서 했으면 좋겠어."이다. 이 중, ⓛ으로 바꾸어 표현한 효과는 [A]의 "그래야 상대방이 부정적인 문장의 주어가 되지 않아 상대방의 반발심을 줄일 수 있기 때문입니다."에 나타나 있다.

[채점기준]

①을 정확히 쓴 경우만 정답으로 인정함. ('나'도 정답으로 인정.)

②를 첫 어절과 마지막 어절을 순서대로 정확하게 쓴 경우만 정답으로 인정함.

02 [모범답안]

답안	배점	예상 소요 시간
① 경제성	5점	4분 / 전체 80분
② 정소 기한	5점	

[바른해설]

①: 소송 사건에 대해 소를 제기할 수 있는 제소 기간을 정해 두고 있는, '시효'는 민사 소송이 추구하는 이상 중, 소송 절차가 신속하고 효율적으로 진행되어야 한다는 경제성을 실현하기 위한 장치이다.

②: 현대 민사 소송법의 '시효'와 유사한 조선 시대의 제도는 '정소 기한'이다. '정소 기한'은 토지, 주택, 노비 등에 관한 소송을 분쟁 발생 시기부터 5년 내에 소를 제기해야 한다는 규정을 두고 있다.

[채점기준]

①, ②의 정답을 정확하게 쓴 경우에만 정답으로 인정함.

03 [모범답안]

답안	배점	예상 소요 시간
①: 결합 방식	5점	4분 / 전체 80분
②: 파이	5점	

[바른해설]

①: 결합 방식 ('결합 형식'도 정답으로 인정함.)

②: 파이

[채점기준]

①과 ②의 정답이 순서대로 정확하게 기술된 경우에만 정답으로 처리함.

정답 이외의 다른 답안을 추가로 기술한 경우는 오답으로 처리함.

04 [모범답안]

답안	배점	예상 소요 시간
㉠ 나는 불경(佛經)처럼 서러워졌다 혹은 나는 불경처럼 서러워졌다	5점	5분 / 전체 80분
㉡ 어린 딸은 도라지꽃이 좋아 돌무덤으로 갔다	5점	

[바른해설]

㉠ 백석의 「여승」에 등장하는 여인은 집을 나간 지아비를 기다려야 하는 운명과 일제 식민지 시기 일제의 수탈을 견디며 살아야 했던 1930년대 민중을 대변하는 인물이다. 「여승」에 등장하는 여인은 가난과 생활고에 어린 딸의 죽음까지 감당해야 했던 속세의 삶을 떠나 여승이 되어 절로 들어갔다. '불경'이라는 소재 자체가 여승이 된 여인의 처지를 보여주는 것이며, 이어지는 '서러워졌다'는 표현에 화자의 감정이 직접 드러나고 있다. 따라서 정답은 '나는 불경(佛經)처럼 서러워졌다'이다.

㉡ 사실상 이 시에서 가장 섬세한 상상력으로 시적 대상이 드러난 시구는 현실적인 죽음, 자식의 죽음을 물질적인 시적 대상을 통해 형상화하여 감정을 절제하고 비극적 상황을 심화하고 있는 '어린 딸은 도라지꽃이 좋아 돌무덤으로 갔다'이다. 자식의 죽음을 시적 대상인 도라지꽃과 돌무덤으로 형상화하여 오히려 비극적인 상황을 심화하고 있다. 따라서 정답은 '(어린 딸은) 도라지꽃이 좋아 돌무덤으로 갔

다'이다.

[채점기준]

①, ②의 각 항목이 정확하게 기술된 경우에만 정답으로 처리함.

①, ②의 순서가 바뀐 경우 오답으로 처리함.

정답 이외의 다른 답을 추가로 기술한 경우는 오답으로 처리함.

부정확한 글자나 문장으로 판독이 불가능한 경우 오답으로 처리함.

반드시 제시문의 시행 그대로 써야 하며 오탈자 혹은 시어 나열의 경우에도 오답으로 처리함.

채점자의 판단에 따라 부분 점수 부여 가능함.

수학[A형]

05 [모범답안]

답안	배점	예상 소요 시간
$f'(x)=3x^2+6ax+1$이 0 이상	2점	
이 함수는 $f''(x)=6x+6a=0$ 또는 $x=-a$일 때 최소	3점	2분 / 전체 80분
$f'(-a)=-3a^2+1$이 최솟값이고 이 값이 0 이상이 되어야 한다.	3점	
a의 최댓값은 $\dfrac{1}{\sqrt{3}}$	2점	

[바른해설]

〈풀이1〉

도함수 $f'(x)=3x^2+6ax+1$의 값이 0 이상이 되는 실수 a의 최댓값을 구하면 충분하다 이 함수는

$f''(x)=6x+6a=0$일 때, 즉 $x=-a$일 때 최솟값을 갖는다. $f'(-a)=-3a^2+1$이 최솟값이고, 0 이상이 되기 위해서는 $-3a^2+1\geq0$이 되어야 한다. $a^2\leq\dfrac{1}{3}$. 따라서 a의 최댓값은 $\dfrac{1}{\sqrt{3}}$이다.

〈풀이2〉

$f'(x)=3x^2+6ax+1=3(x+a)^2+1-3a^2\geq0$가 모든 x에 대하여 성립할 때 f는 순증가함수이고 일대일 함수이다. 따라서 $1-3a^2\geq0$일 때(또는 $f'(x)=0$의 판별식 $9a^2-3\leq0$), f는 일대일 함수이므로 a의 최댓값은 $\dfrac{1}{\sqrt{3}}$

06 [모범답안]

답안	배점	예상 소요 시간
$b=a-1$	3점	
$\lim_{x\to-1}=\dfrac{x^2+ax+b}{x^2-1}$ $=\lim_{x\to-1}\dfrac{x^2+ax+a-1}{x^2-1}$ $=\dfrac{-2+a}{-2}$	3점	2분 / 전체 80분
$a=1$	2점	
$b=0$	2점	

[바른해설]

$\lim\limits_{x\to-1}\dfrac{x^2+ax+b}{x^2-1}=\dfrac{1}{2}$에서 $x\to-1$일 때, 분모 $x^2-1\to0$이고 극한값이 존재하므로 분자도 $x^2+ax+b\to0$이어야 한다.

즉, $\lim\limits_{x\to-1}x^2+ax+b=1-a+b=0$에서 $b=a-1$을 얻는다. 이것을 원래 극한 식에 대입하면,

$$\lim_{x\to-1}\dfrac{x^2+ax+b}{x^2-1}=\lim_{x\to-1}\dfrac{x^2+ax+a-1}{x^2-1}$$
$$=\lim_{x\to-1}\dfrac{(x+1)(x+a-1)}{(x+1)(x-1)}=\lim_{x\to-1}\dfrac{x+a-1}{x-1}$$
$$=\dfrac{-2+a}{-2}=\dfrac{1}{2}$$이고, 따라서 $a=1$이고
$$b=a-1=1-1=0$$

07 [모범답안]

답안	배점	예상 소요 시간
$\sin\theta=-\dfrac{3}{4}$	4점	
$\cos\theta=-\sqrt{\dfrac{7}{16}}=-\dfrac{\sqrt{7}}{4}$	4점	2분 / 전체 80분
$\tan\theta=\dfrac{3}{\sqrt{7}}=\dfrac{3\sqrt{7}}{7}$	2점	

[바른해설]

$$\sin(\pi+\theta)=-\sin\theta=\dfrac{3}{4}\ \therefore\ \sin\theta=-\dfrac{3}{4}$$
$$\sin\left(\dfrac{\pi}{2}+\theta\right)=\cos\theta<0$$

따라서 $\cos\theta=-\sqrt{1-\sin^2\theta}=-\sqrt{1-\dfrac{9}{16}}$
$$=-\sqrt{\dfrac{7}{16}}=-\dfrac{\sqrt{7}}{4}$$
$$\tan\theta=\dfrac{\sin\theta}{\cos\theta}=\dfrac{-\dfrac{3}{4}}{-\dfrac{\sqrt{7}}{4}}=\dfrac{3}{\sqrt{7}}=\dfrac{3\sqrt{7}}{7}$$

08 [모범답안]

답안	배점	예상 소요 시간
$S_7 = S_6$ 또는 $S_7 - S_6 = 0$	3점	
$b_7 = a_1 + 6d = 0$ 또는 $a_1 = -6d$	2점	3분 / 전체 80분
$d = 4$	3점	
$a_5 = -8$	2점	

[바른해설]

조건 (가)에서 $n = 6$이면 $S_6 = S_7$이고,

$S_7 - S_6 = b_7 = 0$이다. 따라서 $b_7 = a_7 + a_7 = 0$인데, 등차수열 $\{a_n\}$의 첫째항을 a_1, 공차를 d라 할 때, a_7에 대해 $a_7 = a_1 + 6d = 0$가 성립한다.

그러므로 $b_n = a_n = a_1 + (n-1)d = -6d - d + nd$

$= -7d + nd$이다.

제 15항까지의 합 $S_{15} = \dfrac{15\{-6d + (-7d + 15d)\}}{2}$

$= \dfrac{15 \times 2d}{2} = 60$이므로, $d = 4$이다.

따라서 $a_5 = -24 + 4 \times 4 = -80$이다.

국어[B형]

01 [모범답안]

답안	배점	예상 소요 시간
하지만	5점	5분 / 전체 40분
수준이다	5점	

[바른해설]

〈보기〉는 제시문의 글을 쓰기 전에 수립한 계획의 일부로 모두 글 속에 반영된 계획들이다. 첫 문단에는 장애인 고용 의무 법안의 목적과 취지, 그리고 두 번째 문단의 첫 문장에는 장애인 고용 현황이 나타나 장애인 고용의무 제도가 아직 현실적인 한계에 직면해 있음을 알려주고 있다. 또한 이어지는 문장에서는 장애인에게 직업이 필요한 이유가 나타나 있다. 따라서 첫 문장 '하지만'부터 '수준이다'까지를 찾고, 문항이 요구하는 첫 어절 '하지만'과 마지막 어절 '수준이다'를 쓰면 된다.

[채점기준]

①, ②를 정확하게 쓴 경우만 정답으로 인정함.

02 [모범답안]

답안	배점	예상 소요 시간
① 부정식 (보도 (유형))	3점	
② 경마식 (보도 (유형))	3점	4분 / 전체 80분
③ 개인화 (보도 (유형))	4점	

[바른해설]

① 부정식 (보도 (유형))

② 경마식 (보도 (유형))

③ 개인화 (보도 (유형))

[채점기준]

①~③의 정답이 순서대로 정확하게 기술된 경우에만 정답으로 처리함.

정답 이외의 다른 답안을 추가로 기술한 경우는 오답으로 처리함.

03 [모범답안]

답안	배점	예상 소요 시간
① 1.5(kg)	5점	4분 / 전체 40분
② 5(kg)	5점	

[바른해설]

① 대저울에서 '물체의 무게×받침점과 물체 사이의 거리=추의 무게×받침점과 추 사이의 거리'이다. 따라서 대저울에서 '1kg×30cm=㉮×20cm'가 되므로, ㉮의 무게는 1.5kg이 된다.

② 아무런 물체도 올려놓지 않은 전자저울의 금속 탄성체의 길이는 10cm이다. 이 저울에 10kg의 상자 ㉯를 올려놓았을 때, 금속 탄성체의 길이는 12cm가 되었다. 여기에서 전자저울의 금속 탄성체는 5kg의 무게가 늘어날 때 1cm의 길이가 늘어난다. 상자 ㉯ 위에 물체 ㉰를 올려놓았을 때, 금속 탄성체의 길이는 1cm가 늘어난 13cm가 되었으므로 물체 ㉰의 무게는 5kg이 된다.

[채점기준]

①, ②의 정답을 정확하게 쓴 경우에만 정답으로 인정함.

04 [모범답안]

답안	배점	예상 소요 시간
①: (광부) 김창호	3점	
②: 홍 기자(홍성기, 홍성기 기자)	3점	5분 / 전체 80분
③: 인간 부재	4점	

[바른해설]

도식화된 표는 홍 기자가 기사의 소재가 될 때만 김창호에게 관심을 갖고 인터뷰를 하며, 기사의 소재가 되지 않을 때는 관심을 갖지 않음을 정리한 것이다. 이를 통해 알 수 있는 현대 사회 대중매체의 특성은 '인간 부재'이다.

[채점기준]

①~③의 각 항목이 정확하게 포함된 기술만 정답으로 처리함.
①에 대해서는 '광부 김창호', '김창호'에 대해서만 정답으로 처리함.
②에 대해서는 '홍 기자', '홍성기', '홍성기 기자'에 대해서만 정답으로 처리함.
③에 대해서는 '인간 부재'에 대해서만 정답으로 처리함.

05 [모범답안]

답안	배점	예상 소요 시간
$\left(x-\frac{1}{2}\right)\left(x-\log_3 n\right)\leq 0$	3점	
$0\leq x\leq\frac{1}{2}$ 또는 $\frac{1}{2}\leq x<2$ (또는 $x=0$ 또는 $x=1$)	3점	5분 / 전체 80분
$n=1, 3, 4, 5, 6, 7, 8$	3점	
7개	1점	

[바른해설]

$$x^2-x\log_3(\sqrt{3}n)+\log_3\sqrt{n}\leq 0$$

$$x^2-x\left(\frac{1}{2}+\log_3 n\right)+\frac{1}{2}\log_3 n\leq 0$$

$$\left(x-\frac{1}{2}\right)\left(x-\log_3 n\right)\leq 0$$

x가 1개이려면 $0\leq x\leq\frac{1}{2}$ 또는 $\frac{1}{2}\leq x<2$

따라서 $n=1, 3, 4, 5, 6, 7, 8$이므로 7개

06 [모범답안]

답안	배점	예상 소요 시간
$f(x)=\dfrac{x^3+ax+b}{x-1}$	2점	
$2a+b=-7$	3점	
$a+b=-1$	2점	2분 / 전체 80분
$f(1)=-3$	3점	

[바른해설]

$x\neq 1,\ x\neq 2$일 때, $f(x)=\dfrac{(x-2)(x^3+ax+b)}{(x-1)(x-2)}$

$=\dfrac{x^3+ax+b}{x-1}$이다.

함수 $f(x)$는 $x=2$에서 연속이므로 $\lim\limits_{x\to 2}f(x)=f(2)$이다.

즉, $\lim\limits_{x\to 2}\dfrac{x^3+ax+b}{x-1}=1$이므로 $\dfrac{8+2a+b}{2-1}=1$이고

$2a+b=-7$이다. 또한, 함수 $f(x)$는 $x=1$에서도 연속이므로 $\lim\limits_{x\to 1}f(x)=f(1)$이다. $\lim\limits_{x\to 1}\dfrac{x^3+ax+b}{x-1}=f(1)$에서

$x\to 1$일 때, 분모 $x-1\to 0$이고 극한값이 존재하므로 분자도 $x^3+ax+b\to 0$이어야 한다.

즉, $\lim\limits_{x\to 1}x^3+ax+b=1+a+b=0$에서 $a+b=-1$이다.

위의 $2a+b=-7$과 연립해서 풀면 $a=-6,\ b=5$를 얻는다. 따라서

$$f(1) = \lim_{x \to 1} \frac{x^3 - 6x + 5}{x - 1}$$
$$= \lim_{x \to 1} \frac{(x-1)(x^2 + x - 5)}{x - 1}$$
$$= \lim_{x \to 1}(x^2 + x - 5) = -3$$

07 [모범답안]

답안	배점	예상 소요 시간
① a_8	3점	
② a_{12}	3점	
③ $a_3 a_{13} \times a_4 a_{12} = 25$ 또는 $a_3 a_4 a_{12} a_{13} = 25$ 또는 25	2점	2분 / 전체 80분
④ 5	2점	

[바른해설]

등비수열 $\{a_n\}$에 대하여 세 수 a_3, $\boxed{① \ a_8}$, a_{13}이 순서대로 등비수열을 이루므로 $a_8^2 = a_3 a_{13}$이다. 또한 세 수 a_4, a_8, $\boxed{② \ a_{12}}$이 순서대로 등비수열을 이루므로 $a_8^2 = a_4 a_{12}$이다. $a_8^4 = \boxed{③ \ a_3 a_{13} \times a_4 a_{12} = 26}$이다.

따라서 a_8^2의 값은 양수이므로 $\boxed{④ \ 5}$이다.

08 [모범답안]

답안	배점	예상 소요 시간
$f(x) = 3x^2 + a$	2점	
$a = -2$	2점	
$b = 1$	3점	3분 / 전체 80분
$\int_a^b f(x)\,dx = 3$	3점	

[바른해설]

$$\int_1^x f(t)\,dt = x^3 + ax + b \ \cdots\cdots ㉠.$$

㉠의 양변을 x에 대하여 미분하면 정적분과 미분의 관계로부터 $f(x) = 3x^2 + a$이다. $1 = f(-1) = 3 + a$이므로 $a = -2$, ㉠의 양변에 $x = 1$을 대입하면,

$$0 = \int_1^1 f(t)\,dt = 1 - 2 + b$$이므로 $b = 1$이다.

따라서

$$\int_a^b f(x)\,dx = \int_{-2}^1 (3x^2 - 2)\,dx = \left[x^3 - 2x\right]_{-2}^1 = 3$$

2023학년도 기출문제

국어[인문A]

01 [모범답안]

예시답안	배점
교지에, 느꼈습니다.	5점
특히, 계획입니다.	5점

[바른해설]

〈보기〉의 ①에서 언급한 사항은 제시문의 '교지에 실을 기사를 작성하기 위해 학교주변을 취재하고 주민들을 인터뷰하면서 남들에게 알려지지 않은 우리 마을만의 매력이 참 많다는 것을 느꼈습니다.'의 문장에서 잘 들어나고 있다. 이에 따라 이 문장의 첫 어절인 '교지에'와 마지막 어절인 '느꼈습니다.'가 ①의 정답에 해당한다.

〈보기〉의 ②에서 언급한 사항은 제시문의 '특히 저는 마을 어르신들과 좋은 관계를 유지하고 있어 어르신들의 지혜가 담긴 이야기와 마을과 관련된 재미있는 이야기들을 인터뷰하여 기사로 작성할 계획입니다.'의 문장에서 잘 드러나고 있다. 이에 따라 이 문장의 첫 어절인 '특히'와 마지막 어절인 '계획입니다.'가 ②의 정답에 해당한다.

02 [모범답안]

예시답안	배점
㉠ 국력의 전환적 성장(단계)	3점
㉡ 강대국	2점
㉢ 힘의 성숙(단계)	3점
㉣ 지배국	2점

[바른해설]

문제와 관련한 사항은 제시문의 마지막 문단에서 잘 드러나고 있다. '국력의 선환적 성장 단계'에 있는 '강대국'이 '힘의 성숙 단계'에 있는 '지배국'에 대해 불만을 가지게 되면 세력 전이가 발생할 수 있다.

03 [모범답안]

예시답안	배점
① A	5점
② B	5점

※ ①~②를 정확하게 쓴 경우만 정답으로 인정함

[바른해설]

이 문제와 관련한 사항은 제시문의 3번째 문단과 4번째 문단에서 잘 드러나고 있다. 피라미드 구조에서 지배국인 A의 주도로 국제 질서가 만들어지며, 그중 B인 강대국은 상대적으로 A인 지배국의 혜택을 받으며 현재 질서에 만족하게 된다. 이때 비교적 불만족 상태에 있는 D와 E는 강대국 중 일부가 A에 도전하게 되면 자국의 이익을 위해 B의 강대국을 지원하는 경향이 있다.

04 [모범답안]

예시답안	배점
㉠ 5천만(원) ('오천만, 5,000만, 50,000,000'도 정답으로 인정함.)	3점
㉡ 3천만(원) ('삼천만, 3,000만, 30,000,000'도 정답으로 인정함.)	3점
㉢ 일억(원) ('일억, 100,000,000'도 정답으로 인정함.)	4점

※ ㉠~㉢을 정확하게 쓴 경우에만 정답으로 인정함

[바른해설]

㉠: '절대설'을 적용하면 보험자는 제3자로부터 우선적으로 5천만 원을 우선적으로 받고, 나머지 천만 원은 피보험자가 받게 된다.

㉡: '상대설'을 적용하면 부보 비율이 1/2이므로 보험자가 1/2인 3천만 원을 피보험자가 나머지 3천만 원을 나누어 가지게 된다.

㉢: '차액설'을 적용하면 피보험자는 보험 금액 청구로 보험자로부터 5천만 원을 받고 손해 배상 청구를 제3자로부터 통해 5천만 원을 받아, 총 1억 원을 받을 수 있다.

05 [모범답안]

예시답안	배점
① 청구권 (대위)	5점
② 손해 배상 (청구권)	5점

[바른해설]

① 〈보기1〉의 보험 사고에서는 자동차의 전부가 멸실된 것이 아니므로 잔존율 대위는 성립하지 않고, 청구권 대위가 성립한다.

② 청구권 대위에 의해 'A 보험 회사'는 '갑'에게 보험금을 지급한 이후 '을'에게 손해 배상 청구권을 행사할 수 있다.

06 [모범답안]

예시답안	배점
밝은 달빛 ('달빛'도 정답으로 인정)	5점
깁	5점

※ ①, ②를 정확하게 쓴 경우만 정답으로 인정함

[바른해설]

이태준의 「달밤」에서 배경묘사는 작품의 주제를 구현하는데 중요한 기여를 한다. 특히 "문안에 들어갔다 늦어서 나오는데 불빛 없는 성북동 길 위에는 밝은 달빛이 깁을 깐 듯하였다."는 문장에서 '밝은 달빛'은 '밤'이라는 시간적 배경을 나타내는 동시에 그것이 '깁'을 깐듯하다는 비유법을 통해 서정적인 분위기를 조성했다.

07 [모범답안]

예시답안	배점
① 나비의 밥그릇 같은 민들레를 만날 수 있고	5점
② 꽃문양 ('작은 꽃문양', '새겨진 꽃문양'은 오답으로 처리함)	5점

※ ①, ②를 정확하게 쓴 경우만 정답으로 인정함

[바른해설]

시행 "나비의 밥그릇 같은 민들레를 만날 수 있고"에서 '나비의 밥그릇 같은 민들레'는 '밥 먹으라고 부르는'과 연결되어 다른 누군가를 먹여 살리는 이미지를 전달한다. 그리고 '꽃문양'은 '존재의 테이블'에 새겨진 문양으로 그것의 구체적 외양을 설명해준다. 아울러 "새겨진 꽃문양 사이사이로 먼지가 끼어 가는 걸 보면서 내 마음이 그 모습 같거니 생각할 때도 많았다. 그토록 애착을 느꼈으면서도 어느 순간 잡동사니 속에 함부로 굴러다니며 삐걱거리게 된 그 테이블을 볼 때마다 나는 새삼 씁쓸해지고는 한다."에서는 '작은 꽃문양'에 먼지가 낀 모습을 통해 글쓴이가 겪은 바쁜 일상의 영향을 보여주고 있다.

08 [모범답안]

예시답안	배점
① 그러다가도	5점
② 있다.	5점

※ ①, ②를 정확하게 쓴 경우만 정답으로 인정함

[바른해설]

글쓴이는 학교 일, 집안일, 육아 등을 하느라 힘든 삶 속에서도 자신의 존재만을 위한 시간을 마련하는 과정에서 존재의 테이블을 잘 만져서 바로잡고 아주 공들여서 먼지를 닦는다. 이러한 행동에서 '존재의 자리'를 마련하려는 정성스러운 '나'의 마음가짐을 확인할 수 있다.

09 [모범답안]

예시답안	배점
① 권력, 국물 ('권력', '국물'의 순서는 상관없음)	5점
② 강릉	5점

※ ①, ②를 정확하게 쓴 경우만 정답으로 인정함

[바른해설]

- '권력[궐력], 국물[궁물]'의 경우는 음운 변동의 결과 앞 자음이 뒤 자음의 영향을 받아 조음방법이 같아지는 예시어이다.
- '강릉[강능]'의 경우는 음운 변동의 결과 뒤 자음이 앞 자음의 영향을 받아 조음 방법이 같아지는 예시어이다.
- '입학[이팍]'은 거센소리 현상으로 ①, ②의 어디에도 해당하지 않는 예시어이다.

수학[인문A]

10 [바른해설]

첫째항이 a이고 공비가 r인 등비수열 a_n의 제 n항까지의 합

$$S_n = \frac{a(r^n - 1)}{r-1} \text{이므로}$$

$$\frac{S_6}{S_3} = \frac{a(r^6 - 1)}{r-1} - \frac{r-1}{a(r^3 - 1)} = \frac{(r^3 + 1)(r^3 - 1)}{r^3 - 1} = 3$$

따라서 $r^3 = 2$이고, $S_3 = \dfrac{a(r^3 - 1)}{r-1} = \dfrac{a}{r-1} = 6$이다.

$$S_{15} = \frac{a}{r-1}((r^3)^5 - 1) = 6((r^3)^5 - 1) \text{이므로}$$

$\log_2\left(1 + \dfrac{S_{15}}{6}\right)$는 $\log_2(2^5)$이므로 답은 5이다.

11 [바른해설]

주어진 식에서 $\log_3 = ab = \log_3 a + \log_3 b = 6$이고,

$\log_3 a = 4\log_b 3 = \dfrac{4\log_3 3}{\log_3 b}$이므로

$\log_3 a \log_3 b = 4$이다.

$$\log_a b + \log_b a = \frac{\log_3 b}{\log_3 a} + \frac{\log_3 a}{\log_3 b}$$

$$= \frac{(\log_3 a)^2 + (\log_3 b)^2}{\log_3 a \, \log_3 b}$$

$$\therefore \frac{(\log_3 a + \log_3 b)^2 - 2\log_3 a \log_3 b}{\log_3 a \, \log_3 b} = \frac{6^2 - 2 \times 4}{4} = 7$$

12 [바른해설]

$f(x) = x^2 - 4x + 4$에서 $f'(x) = 2x - 4$, 점 $(a, f(a))$에서의 접선의 방정식은

$$y - (a^2 - 4a + 4) = (2a - 4)(x - a)$$

$$y = (2a - 4)x - a^2 + 4$$

이 때, $P\left(\dfrac{a+2}{2}, 0\right)$, $Q(0, -a^2 + 4)$이므로 삼각형 OPQ

의 넓이를 $S(a)$라 하면

$$S(a)=\frac{1}{4}(a+2)(4-a^2)=-\frac{1}{4}(a^3+2a^2-4a-8)$$

$$S'(a)=-\frac{1}{4}(a+2)(3a-2)$$

$0<a<2$이므로 $S'(a)=0$에서 $a=\dfrac{2}{3}$

13 [바른해설]

$\angle$ACB는 지름에 대한 원주각이므로 삼각형 ABC는 직각삼각형이다.

따라서 $\overline{AC}=\sqrt{4^2-1}=\sqrt{15}$, $\theta=\angle$BAC라 하면

$\sin\theta=\dfrac{1}{4}$, $\cos\theta=\dfrac{\sqrt{15}}{4}$이다.

$\overline{BC}=\overline{CD}$이므로, $\overparen{BC}=\overparen{CD}$이고 $\angle$CAD$=\angle$BAC$=\theta$이다.

$x=\overline{AD}$라 하면 삼각형 ACD에서 코사인법칙에 의하여

$$1^2=15+x^2-2\times\sqrt{15}x\times\frac{\sqrt{15}}{4}$$

혹은 $2x^2-15x+28=0$이다. 즉, $x<4$이어야 하므로

$x=\dfrac{7}{2}$이다.

삼각형 ABC의 넓이는 $\dfrac{\sqrt{15}}{2}$

삼각형 ACD의 넓이는 $\dfrac{1}{2}\times\sqrt{15}\times\dfrac{7}{2}\times\sin\theta=\dfrac{7\sqrt{15}}{16}$

이므로 사각형의 넓이는 $\dfrac{15\sqrt{15}}{16}$

14 [바른해설]

극한 $\displaystyle\lim_{x\to-1}\dfrac{f(x)}{(x+1)g(x)}$가 존재하므로 $f(-1)=0$

최고차항의 계수가 1인 삼차함수 $f(x)$를

$f(x)=(x+1)(x^2+ax+b)$로 놓을 수 있다.

따라서 $g(x)=(x-4)((x-5)^2+a(x-5)+b)$이므로

$$\lim_{x\to-1}\frac{(x+1)(x^2+ax+b)}{(x+1)g(x)}=-\frac{1}{5}$$이고

이로부터 $\dfrac{1-a+b}{g(-1)}=\dfrac{1-a+b}{-5(36-6a+b)}=-\dfrac{1}{5}$.

따라서 $a=7$

극한 $k=\displaystyle\lim_{x\to4}\dfrac{(x+1)(x^2+7x+b)}{(x+1)(x-4)((x-5)^2+7(x-5)+b)}$

가 존재하므로 $16+28+b=0$

즉, $b=-44$.

따라서 $k=\displaystyle\lim_{x\to4}\dfrac{x+11}{(x-5)^2+7(x-5)-44}=-\dfrac{3}{10}$

15 [바른해설]

$h'(x)=x^3-2x^2-x+2=0$을 만족하는 x의 값은 모두 $-1, 1, 2$이다.

$$h(x)=\frac{1}{4}x^4-\frac{2}{3}x^3-\frac{1}{2}x^2+2x+C$$

따라서, $x=-1$, $x=2$에서 극소값, $x=1$에서 극댓값을 갖는다.

$h(-1)=-\dfrac{19}{12}+C$, $h(1)=\dfrac{13}{12}+C$, $h(2)=\dfrac{2}{3}+C$,

즉 $h(-1)<h(2)$이므로

두 함수의 그래프가 오직 한 점에서 만나기 위해서는 $x=-1$에서 $h(x)$의 값이 0이다.

즉, $C=\dfrac{19}{12}$이다. 따라서, $h(x)$의 극댓값은 $\dfrac{8}{3}$이고, 극솟값 $\dfrac{9}{4}$이다.

국어[인문B]

01 [모범답안]

예시답안	배점
① 해바라기의, 있었다 (『해바라기』의, 있었다'도 정답으로 인정함.)	5점
② 그는, 나갔다	5점

[바른해설]

〈보기〉의 ①에서 언급한 사항은 제시문의 『해바라기』의 노란색, 『별이 빛나는 밤』의 파란색과 밤의 빛깔들, 이번 미술관 관람을 통해 고흐만이 표현할 수 있는 아름다운 색체를 고스란히 느낄 수 있었다.'의 문장에서 잘 드러나고 있다. 이에 따라 이 문장의 첫 어절인 '해바라기의', 마지막 어절인 '있었다'가 ①의 정답에 해당한다.

〈보기〉의 ②에서 언급한 사항은 제시문의 '그는 불굴의 의지를 지닌 색채의 마술사처럼 열정적으로 자신의 색을 화폭에 그려 나갔다.'의 문장에서 잘 드러나고 있다. 이에 따라 이 문장의 첫 어절인 '그는'와 마지막 어절인 '나갔다'가 ②의 정답에 해당한다.

02 [모범답안]

예시답안	배점
① 개념	5점
② 차이 자체	5점

[바른해설]

① 사람들은 세상에 존재하는 대상에 대해 알고 있다고 이야기하지만, 들뢰즈의 관점에서 사람들은 관습적인 '개념'만을 알고 있을 뿐이다.

② 들뢰즈는 사람들이 개별 존재만의 독자성을 알아야 한다고 했는데, 들뢰즈는 이러한 개별 존재의 독자성을 '차이 자체'라고 불렀다.

03 [모범답안]

예시답안	배점
① 창조적 (상상력)	5점
② 유목민	5점

※ ①~②를 정확하게 쓴 경우만 정답으로 인정함

[바른해설]

① 〈보기〉의 〈생트빅투아르산〉에서 세잔은 기존의 원근법을 무시하고 산과 마을의 풍경을 하나의 덩어리로 나타내고 있다. 이는 칸트와 들뢰즈가 이야기한 '창조적 상상력'을 통해 만들어진 도식으로 볼 수 있다.

② 들뢰즈는 개인이 획일화된 삶을 벗어나 주체로 살기 위해서는 틀에 박힌 삶을 과감히 떨치고 유목민과 같은 방식으로 살 필요가 있다고 보았다.

04 [모범답안]

예시답안	배점
① 코무니콜로기	5점
② 알파벳 이전 시대	5점

※ ①~②을 정확하게 쓴 경우에만 정답으로 인정함

[바른해설]

제시문은 이미지가 중요한 의미를 지니게 된 텔레마틱 사회에 대한 빌렘 플루서의 견해를 인용하고 있다. 플루서는 새로운 매체에 의해 변화하는 현대사회의 인간과 세계의 소통을 설명하기 위한 학문으로 '코무니콜로기'를 제안하고 있다. 〈보기〉에서는 위의 내용을 잘 이해했는지를 물었는데, a장치리터러시는 매체에 맞춰진 지식정보를 획득하고 이해하는 능력으로 플루서가 제안한 학문이 아니다. 플루서에 의해 제안된 학문은 코무니콜로기이다.

또한 자신의 코무니콜로기를 통해 지금의 문명이 시기적으로는 알파벳 이전 시대, 알파벳 시대, 알파벳 이후의 시대로 나뉠 수 있으며 각각의 시기에 대응하는 매체가 이미지, 문자, 기술적 이미지라고 이야기한다. 보기에서는 탈역사 시대의 이미지가 알파벳을 매개로 한다는 점에서 알파벳 이전시대의 이미지와 차이를 보인다고 말해야 옳다.

따라서 b알파벳 시대는 알파벳 이전 시대

05 [모범답안]

예시답안	배점
① 휴대 전화 메신저 ('메신저, 전화 메신저'도 정답으로 인정함)	5점
② 조 모임 블로그 ('블로그'도 정답으로 인정함)	5점

※ ①, ②를 정확하게 쓴 경우에만 정답으로 인정함

[바른해설]

5번 문항은 제시문의 빌렘 플루서의 가상 이미지 공간인 '디지털 가상'이라는 개념을 정확하게 이해하고 있는지를 묻는 문제이다. 학생들의 삶에서도 현재 진행형인 현상에 대해서 개념적인 이해를 적용할 수 있는지 물었다. 보기의 학생들은 이 디지털 가상이라는 공간을 이용하여 협업하고 과제를 수행하는 모습을 보인다. 따라서 제시문의 디지털 가상이 〈보기〉의 휴대 전화 메신저와 조 모임 블로그라는 것을 찾을 수 있어야 한다.

06 [모범답안]

예시답안	배점
① 잎 ('떨어질 잎, 이에 저에 떨어질 잎'도 정답으로 인정함)	5점
② 미타찰	5점

※ ①, ②를 정확하게 쓴 경우만 정답으로 인정함

[바른해설]

6번 문항은 월명사의 「제망매가」와 정지용의 「유리창1」을 묶어서 묻는 문제로, 각각 소재가 되고 있는 누이의 죽음과 아들의 죽음에 대한 시적 형상화와 그 극복방법을 묻는 문제이다. ①은 죽은 누이를 멀어지는 나뭇잎에 비유했고, ②에서는 그 누이를 미타찰이라는 종교적 내세적 공간에서 만나자고 희구하면서 죽음을 넘어서려고 하고 있다.

07 [모범답안]

예시답안	배점
① 외로운 황홀한 심사 ('외로운 황홀한 심사이어니'도 정답으로 인정함)	5점
② 유리창 ('유리'도 정답으로 인정함)	5점

※ ①, ②를 정확하게 쓴 경우만 정답으로 인정함

[바른해설]

7번 문항은 정지용의 「유리창1」의 역설적 이미지를 묻는 문제이다. 아이의 죽음으로 괴로워하고 죽은 아이를 그리워하는 아버지의 마음은 창에 어리는 입김에서 아이의 입김을 느낀다. 그래서 하얗게 서린 입김은 자신이 그리워하고 있는 아이이기에 이런 아이를 대하는 화자의 마음은 모순될 수밖에 없다. 외로운 황홀한 심사에서 외로운은 죽은 아이를 그리워하는 상황, 황홀한은 환영과 몽상으로나마 아이를 만나는 데서 오는 황홀한 느낌을 반영한다. 한편 유리창은 입김이 하얗게 서리게 할 수 있는 공간이므로 그리워하는 아이를 만날 수 있게 하는 사물이면서 동시에 아이와 자신의 세계를 가로 막는 공간이다.

08 [모범답안]

예시답안	배점
① 스위치	5점
② 스푼	5점

※ ①, ②를 정확하게 쓴 경우만 정답으로 인정함

[바른해설]

8번 문항은 〈보기〉에 나와 있는 내용 그대로 최인호의 「타인의 방」에서 구현되는 현실과 환상의 의미를 묻는 문제이다. 인용된 제시문 속에서 스위치가 내려지면 어둠 속에서 모든 사물들은 물활성을 얻는다. 반대로 주인공이 스위치를 올리고 방이 환해지면 모든 사물들은 언제 그랬냐는 듯이 제자리에 놓여 있다. 따라서 환상과 현실의 경계를 이루고 있는 사물이자 두 세계의 전환의 계기가 되는 사물은 스위치이고, 주인공에게 이 현실과 환상의 경계가 무너지는 사실을 확인시켜주는 사물은 스푼이다. 스푼은 환상 속에서는 물고기처럼 유영하다가, 현실의 빛 속에서는 주인공의 손아귀에 얌전히 붙잡혀 있다.

09 [모범답안]

예시답안	배점
① 유음화 (현상)	2점
② 거센소리되기 (현상)	3점
③ 구개음화 (현상)	3점
④ 된소리되기 (현상)	2점

※ ①~④를 정확하게 쓴 경우만 정답으로 인정함

[바른해설]

① '논리'는 [놀리]로 발음되는데, 이때 일어난 음운 변동은 유음화이다.
② '맏형'은 [마텽]으로 발음되는데, 이때 일어난 음운 변동은 거센소리되기이다.
③ '붙임'은 [부침]으로 발음되는데, 이때 일어난 음운 변동은 구개음화이다.
④ '국밥'은 [국빱]으로 발음되는데, 이때 일어난 음운 변동은 된소리되기이다.

수학[인문B]

10 [바른해설]

$y=x^3$과 $y=\sqrt{2x}$의 교점의 x좌표는 다음을 만족한다.
$x^3=\sqrt{2x}$, 따라서 A점의 x좌표는 $2^{\frac{1}{5}}$이다.
따라서 A점의 좌표는 $2^{\frac{3}{5}}$이다.
삼각형 AOH의 넓이는

$$\frac{1}{2}\times\overline{OH}\times\overline{AH}=\frac{1}{2}\times 2^{\frac{1}{5}}\times 2^{\frac{3}{5}}=2^{-\frac{1}{5}}$$

따라서 $a^2+b^2=1+25=26$

11 [바른해설]

$$6\cos\theta-\frac{1}{\cos\theta}=1\text{로부터 } 6\cos^2\theta-\cos\theta-1=0$$

따라서 $\cos\theta=\dfrac{1}{2}, \ -\dfrac{1}{3}$

주어진 범위를 만족하는 것은 $\cos\theta=\dfrac{1}{2}$이다.

따라서 $\sin\theta=-\dfrac{\sqrt{3}}{2}$이므로 $\sin\theta\cos\theta=-\dfrac{\sqrt{3}}{4}$

12 [바른해설]

$a_7 = 4$이므로 홀짝수에 따라 $a_6 = 1$, 8이다.

1. $a_6 = 1$의 경우, 짝수만 가능하므로 $a_5 = 2$이다.

   $a_5 = 2$의 경우, $a_4 = 4$인 짝수 경우만 존재

   $a_4 = 4$는 $a_3 = 1$, 8 홀수, 짝수 2가지 경우 존재

   1) $a_3 = 1$일 때, $a_2 = 2$ 짝수 경우만 존재 $a_1 = 4$

      합 : $4+2+1+4+2+1 = 14$, $S_6 = 14$

   2) $a_3 = 8$일 때, $a_2 = 16$ 짝수 경우만 존재, $a_1 = 5$, 32는 2

      가지 중 5가 최소

      합: $5+16+8+4+2+1 = 36$, $S_6 = 36$

   따라서 S_6의 최솟값은   ① 14   최소이다.

2. $a_6 = 8$의 경우, $a_5 = 16$만 존재하고, $a_4 = 5$, 320이다.

   $a_6 = 8$일 때, $a_5 + a_6 =$ ② 24 $>$ ① 14

   이므로 $a_6 = 1$일 때의 S_6이 최솟값을 갖는다. 따라서 S_6이

   최솟값을 갖는 수열 $\{a_n\}$은 4, 2, 1, 4, 2, 1…이므로

   ① 4, 2, 1   이다. 따라서 S_{20}의 최솟값은

   $(4+2+1) \times 6 + (4+2) =$ ④ 48   이다.

13 [바른해설]

$g(x) = -6x + \int_0^1 f(t)dt$에서 $\int_0^1 f(t)dt = a$라 하면,

$g(x) = -6x + a$이다.

$f(x) = 3x^2 + 2x \int_0^1 tg(t)dt$

$\quad\quad = 3x^2 + 2x \int_0^1 t(-6t+a)dt$

$\quad\quad = 3x^2 + 2x\left(-2 + \dfrac{1}{2}a\right)$

$\int_0^1 f(t)dt = \int_0^1 \left(3t^2 + 2t\left(-2 + \dfrac{1}{2}a\right)\right)dt = -1 + \dfrac{1}{2}a$,

따라서 $-1 + \dfrac{1}{2}a = a$, $\therefore a = -2$

$f(x) = 3x^2 - 6x$, $g(x) = -6x - 2$

따라서 $f(x) + g(x) = 3x^2 - 12x - 2 = 0$ 판별식 $D > 0$이

므로, 두 실근의 합은 4이다.

14 [바른해설]

함수 $f(x)g(x)$가 $x = 1$에서 연속이 되려면

$\lim\limits_{x \to 1+} f(x)g(x) = \lim\limits_{x \to 1-} f(x)g(x) = f(1)g(1)$이어야 한

다.

$\lim\limits_{x \to 1-} f(x)g(x) = \lim\limits_{x \to 1-} (x^3 + a^2x^2 - 2x)(x^2 - ax)$

$\quad\quad\quad\quad\quad = (1-a)(a^2-1)$

$\lim\limits_{x \to 1+} f(x)g(x) = \lim\limits_{x \to 1+} (2x+1)(x^2 - ax) = 3(1-a)$

$f(1)g(1) = 3(1-a)$이므로 $(1-a)(a^2-4) = 0$

따라서 $a = -2$, $a = 1$, $a = 2$

15 [바른해설]

$f(t) = r_1 - x_2 = 3t^4 - 8t^3 - 30t^2 + 72t + d$라 하면

$f'(t) = 12t^3 - 24t^2 - 60t + 72 = 12(t-1)(t-3)$

$(t+2)$이므로 $t = -2$, 1, 3에서 극값을 가진다.

$f(0) = d$, $f(1) = 37 + d$, $f(3) = -27 + d$,

$f(4) = 64 + d$

$d \leq 0$이고 $|f(t)|$의 최솟값이 0이 아니므로 닫힌구간 $[0, 4]$

에서 $f(t) < 0$이다.

그러므로 $|f(t)|$는 $t = 4$에서 최솟값을 갖고 $t = 3$에서 최댓

값을 갖는다.

$64 + d = -3$에서 $d = -67$이므로 최댓값은

$|d - 27| = |-67 - 27| = 94$이다.

이 때 Q의 속도는 $24t^2 + 12t - 21$이므로

$24 \times 3^2 + 12 \times 3 - 21 = 231$

2023학년도 모의고사

국어[A형]

01 **[모범답안]**

답안	배점	예상 소요 시간
①: 영상물로, (~)거야	5점	5분 / 전체 80분
②: 이것을, (~)생각해	5점	

[바른해설]

제시문에서 학생들이 만들고자 하는 영상물은 저작권에 관련한 것이다. 영상물 제작에 앞서 학생들은 '영상물의 목적', '영상물 예상 수용자', '영상물 수용자의 관심 분야', '영상물 제작의 기대 효과' 등에 대해 대화를 나누고 있음을 확인할 수 있다.

①의 영상물의 제작 목적은 "영상물로 홍보하면 많은 사람이 저작권에 대해 좀 더 확실히 인식할 수 있을 거야."에서 확인할 수 있다.

②의 영상물 제작의 기대 효과는 "이것을 시발점으로 저작권에 대한 관심을 불러일으키다보면 저작권 문제를 해결할 수 있는 실마리를 마련할 수도 있을 거라고 생각해."에서 확인할 수 있다.

[채점기준]

① '영상물로'와 '거야'가 순서대로 정확하게 기술된 경우에만 정답으로 인정함.

　㉠ 영상물로, (~)거야

② '이것을'과 '생각해'가 순서대로 정확하게 기술된 경우에만 정답으로 인정함.

　㉠ 이것을, (~)생각해

정답 이외에 다른 내용을 추가로 기술한 경우는 오답으로 처리함.

02 **[모범답안]**

답안	배점	예상 소요 시간
①: 낙론(낙학)	5점	3분 / 전체 80분
②: 호론(호학)	5점	

[바른해설]

문제는 제시문의 내용을 정확하게 파악하고 있는지를 묻는 문항으로 독서의 기본적인 의미를 묻는다. 호락논쟁은 18세기 노론이 주도한 논쟁이었고, 그 주역은 호서지방을 중심으로 한 호학(호론)과 한양을 기반으로 하는 낙론간의 논쟁이었다. 이들의 논쟁은 사물의 물성이 인간의 인성과 같은가 다른가에 대한 논의로 모아졌는데, 낙론은 물성과 인성은 같다는 입장, 호론은 다르거나 인간만큼 같지는 않다는 입장이었다. (제시문 1문단) 이들의 동론과 이론은 각각 18세기 국제정세나 국내적인 질서의 변화에 대해서도 비슷한 입장의 차이를 보였다. 낙론의 학자들이 변화를 수용하려는 의지를 가졌던 것에 반해 호론의 학자들은 새로이 등장한 타자가 자신들과 동일한 존재로 인정할 수 없다는 관점을 가졌다. 따라서 이상의 내용을 정리하면 ①에는 낙론 혹은 낙학이, ②에는 호론 혹은 호학이 들어갈 수 있다.

[채점기준]

①에 대해서는 정답이 정확하게 기술된 경우에만 정답으로 처리함. 낙론과 낙학 모두 인정됨.

②에 대해서는 정답이 정확하게 기술된 경우에만 정답으로 처리함. 호론과 호학 모두 인정됨.

03 **[모범답안]**

답안	배점	예상 소요 시간
① ㉡	3점	5분 / 전체 80분
② ㉢	3점	
③ ㉂	4점	

[바른해설]

제시문은 개념 미술의 특징과 의의를 설명하고 이를 기반으로 예술을 바라보는 시각과 관점이 시대에 따라서 어떻게 달라지는가를 잘 보여주고 있다. 특히 기존 전통적인 예술과의 차이점을 완성된 결과물, 즉 작품에 대한 관점, 전시 방법, 관객과의 소통 방법 등 다양한 방식으로 설명하고 있다.

먼저 ㉠의 경우, 개념 미술의 경우에는 전시회에 가지 않고서도 예술 작품을 감상할 수 있다는 부분은 제시문의 "미술가는 작품을 전시회에 출품하지 않고 잡지에 기고하기도 한다"라는 부분을 정확하게 요약한 문장이라고 할 수 있다.

㉡의 경우, 헤겔은 정신성이 물질성을 압도하는 순간 예술은 정점에 이른다고 보았다는 것은 "정신과 물질 어느 쪽에 치우치지 않고 적절히 조화를 이루었기 때문에 예술의 정점에 이르렀다"를 완전히 이해하지 못하고 앞부분에서 헤겔이 강조한 정신성에 초점을 둔 오독이다.

㉢의 경우, 멜 보크너는 관객들에게 작품을 읽게 함으로써 문학을 미술화 한 것이 아니라 오히려 미술을 문학화 한 것이다. 그러므로 내용을 정확하게 파악하지 못해 요약 문장으로 부적합하다.

㉂의 경우, 솔 르윗은 예술의 개념적 형식을 구현하는 방법으로 작품의 실행을 고용한 인부들에게 위탁하였다는 정확한 내용 요약이다.

㉤의 경우, 알렉산더 알베로는 미술사적 계보학을 통해 개념 미술이 몇 가지의 예술적 경향을 수렴한 것이라고 보았다는 정확한 내용 요약이다. 개념 미술이 특정한 사조를 계승한 것이 아니라 다양한 예술 경향을 결합, 수렴했다는 것이다. (몇 가지에 해당하는 것은 본문에 "모더니즘 회화의 자기반성적 경향, 반(反)미학 혹은 비(非)미학의 경향, 예술 작품의 전시와 소통을 문제 삼는 경향 등"으로 구체적으로 명시하고 있다.)

㉧의 경우, 개념 미술은 비물질성을 실재하는 작품으로 실행하는 것이 중요한 예술적 가치임을 새롭게 인식하게 한 것이 아니라, "언어를 비롯한 비물질성을 지닌 생각이나 관념도 예술이 될 수 있다는 예술에 대한 새로운 인식을 가능하게 하였으며, 오히려 구체적인 작품으로는 실행은 요식 행위에 불과할 수 있음을 앞 문단에서 설명하고 있다.

따라서 정답은 ㉡, ㉢, ㉧이다.

[채점기준]
①, ②, ③ 각 항목이 정확하게 기술된 경우에만 정답으로 처리함.
①, ②, ③ 각 항목을 기호가 아닌 문장으로 서술한 경우도 정답으로 처리함.
①, ②, ③의 순서가 바뀌어도 정답으로 처리함.
　정답 이외의 다른 답을 추가로 기술한 경우는 오답으로 처리함.
　부정확한 글자나 문장으로 판독이 불가능한 경우는 오답으로 처리함.

04 **[모범답안]**

답안	배점	예상 소요 시간
①: 산새	5점	4분 / 전체 80분
②: 미타찰	5점	

[바른해설]
두 작품 모두 가족의 죽음에서 오는 상실감을 표현한다는 점에서 공통점이 있다. 제시문 (가)에서 화자는 누이의 죽음을 식물적 이미지인 '가을바람에 떨어지는 잎'에 비유함(직유)으로써 삶에 대한 무상함과 비애감을 드러낸다. 한편, 제시문 (나)에서 화자는 자식을 잃은 아버지로서 느끼는 애절한 슬픔을 '언 날개', '산새', '별' 등의 시어를 통해 형상화하고 있다. 하지만 (가)에서는 가족의 죽음 때문에 발생한 슬픔에 잠겨 있는 것이 아니라 그 슬픔을 종교적으로 승화하려는 자세가 드러난다는 점에서 (나)와는 차이점이 있다.
문제는 ①과 ②에 해당하는 적절한 시어를 찾아 쓰는 것이다. (나)에서 상실한 대상을 '동물적 이미지'로 비유한 시어는 ① '산새'이다. 그리고 (가)에서 내세에 대한 종교적 믿음으로 가족의 죽음에서 오는 슬픔을 승화하려는 화자의 태도가 드러난 공간은 ② '미타찰'이다.

[채점기준]
①, ②의 각 항목이 순서대로 정확하게 기술된 경우에만 정답으로 처리함.
　정답 외에 다른 내용을 추가로 기술한 경우는 오답으로 처리함.

수학[A형]

05 **[모범답안]**

답안	배점	예상 소요 시간
$6\cos\theta - \dfrac{1}{\cos\theta} = -1$ 따라서 $\cos\theta = -\dfrac{1}{2}$ 또는 $\cos\theta = \dfrac{1}{3}$ $\Rightarrow 6\cos^2\theta + \cos\theta - 1 = 0$	3점	2분 / 전체 80분
주어진 범위에서는 $\cos\theta = \dfrac{1}{3}$	3점	
$\sin\theta = -\dfrac{2\sqrt{2}}{3}$	2점	
$\sin\theta\cos\theta = -\dfrac{2\sqrt{2}}{9}$	2점	

[바른해설]
$6\cos\theta - \dfrac{1}{\cos\theta} = -1$ 따라서 $\cos\theta = -\dfrac{1}{2}$

또는 $\cos\theta = \dfrac{1}{3} \Rightarrow 6\cos^2\theta + \cos\theta - 1 = 0$

주어진 범위를 만족하는 것은 $\cos\theta = \dfrac{1}{3}$ 이다.

따라서 $\sin\theta = -\dfrac{2\sqrt{2}}{3}$ 이므로, $\sin\theta\cos\theta = -\dfrac{2\sqrt{2}}{9}$

06 **[모범답안]**

답안	배점	예상 소요 시간
$f'(x) = -6x^2 + 6x + 12$ $= -6(x-2)(x+1)$	2점	3분 / 전체 80분
$\therefore a = 10$	4점	
k의 합은 33	4점	

[바른해설]
$f(x) = -2x^3 + 3x^2 + 12x + a$ 에서,
$f'(x) = -6x^2 + 6x + 12 = -6(x-2)(x+1)$ 이며,
닫힌 구간 $[-1, 5]$에서
최솟값은 $f(-1) = 2 + 3 - 12 + a = -7 + a$ 와
$f(5) = -2 \times 125 + 3 \times 25 + 60 + a = -115 + a$ 중에
$f(5) = -115 + a = -105$ 이므로, $a = 10$ 이다.

곡선 $y=f(x)$와 직선 $y=k$가 만나는 점의 개수가 2가 되는 지점은 $f(-1)=-7+a=3$와
$f(2)=-2\times8+3\times4+24+a=30$이므로,
상수 k의 합은 33이다.

07 [모범답안]

답안	배점	예상 소요 시간
$\int_a^x f(t)dt=x^3+x^2-6x$ ······ ①에 $x=a$를 대입하면, $0=a^3+a^2-6a$ $=a(a+3)(a-2)$이다.	3점	2분 / 전체 80분
이때 a가 양수이므로, $a=2$이다.	2점	
$f(x)=3x^2+2x-6$	2점	
$f(a)=f(2)$ $=3\times2^2+2\times2-6=10$	3점	

[바른해설]
$$\int_a^x f(t)dt=x^3+x^2-6x \cdots\cdots ①$$
①에 $x=a$를 대입하면,
$0=a^3+a^2-6a=a(a+3)(a-2)$이다.
이때 a가 양수이므로, $a=2$이다.
①의 양변을 미분하면, $f(x)=3x^2+2x-6$이므로,
$f(a)=f(2)=3\times2^2+2\times2-6=10$이다.

08 [모범답안]

답안	배점	예상 소요 시간
$n=1$	1점	4분 / 전체 80분
$a_2=-6$	3점	
$a_{n+2}-a_{n+1}=-3$	3점	
$a_n=-3n$	3점	

[바른해설]
$S_1=a_1=-3$이므로 ㉠에 $n=1$
$3(S_2+S_1)=-(S_2-S_1)^2$을 정리하면
$S_2(S_2+9)=0$, $S_2=-9$, $S_2=a_1+a_2=-3+a_2$이므로
$a_2=-6$, ㉡ - ㉠에서
$3(a_{n+2}+a_{n+1})=-a_{n+2}^2+a_{n+1}^2 \Rightarrow -3=a_{n+2}-a_{n+1}$
따라서 a_n은 첫째항이 -3이고 공차가 -3인 등차수열. 따라서 $a_n=-3n$

01 [모범답안]

답안	배점	예상 소요 시간
동아리	5점	3분 / 전체 40분
감상합니다.	5점	

[바른해설]
〈보기〉에서 동아리 활동의 '전체 과정'을 '처음부터 끝까지' 소개하는 전략을 제시하였다. 제시문에서 "동아리 활동 시간이 있을 때마다 ~ 다른 부원들과 돌려 가며 감상합니다."의 세 문장이 이에 해당한다.

[채점기준]
'동아리'와 '감상합니다'가 순서대로 정확하게 기술된 경우에만 정답으로 인정함.
㉠ 동아리, 감상합니다
　　동아리~감상합니다
정답 이외에 다른 내용을 추가로 기술한 경우는 오답으로 처리함.

02 [모범답안]

답안	배점	예상 소요 시간
①: 숨은 전제	5점	4분 / 전체 80분
②: 숨은 결론	5점	

[바른해설]
'드래곤스 팀이 우승하면 내가 네 아들이다.'에는 전제의 일부와 결론이 생략되어 있다. 이 논증에서 표면에 드러난 '드래곤스 팀이 우승하면 내가 네 아들이다.'는 전제의 일부에 해당한다. 여기에 숨어 있는 전제 '나는 네 아들이 아니다.'가 더해져 '드래곤스 팀이 우승하지 못한다.'라는 숨은 결론이 도출된다. 따라서 이 논증에서 '나는 네 아들이 아니다'는 숨은 전제에 해당하고, '드래곤스 팀이 우승하지 못한다.'는 숨은 결론이 해당한다.

[채점기준]
①과 ②의 정답이 순서대로 정확하게 기술된 경우에만 정답으로 처리함.
　정답 이외의 다른 답안을 추가로 기술한 경우에는 오답으로 처리함.

03 [모범답안]

답안	배점	예상 소요 시간
①: 특이성	5점	4분 / 전체 80분
②: 항체	5점	

[바른해설]

①. 특이성

②: 항체

[채점기준]

①에 대해서는 '에피토프', '돌출 부위'도 정답으로 처리함.

04 [모범답안]

답안	배점	예상 소요 시간
문안에	5점	5분 / 전체 80분
듯하였다	5점	

[바른해설]

㉠에 해당하는 문장은 '문안에 들어갔다 늦어서 나오는데 불빛 없는 성북동 길 위에는 달빛이 깁을 깐 듯하였다.'이다. '불빛 없는 성북동 길'에서 전깃불 등 근대적 문물이 아직 도입되지 않은 성북동의 환경을 알 수 있으며, '밝은 달빛'에서 밤이라는 시간적 배경을 알 수 있다. 또한, 그 달빛이 길 위에 '깁(비단)을 깐 듯'하다는 것에서 비유법을 통해 서정적인 분위기를 조성하고 있음을 확인할 수 있다.

[채점기준]

'문안에'와 '듯하였다'가 순서대로 정확하게 기술된 경우에만 정답으로 인정함.

⑩ 문안에, 듯하였다

　　문안에~듯하였다

정답 이외에 다른 내용을 추가로 기술한 경우는 오답으로 처리함.

수학[B형]

05 [모범답안]

답안	배점	예상 소요 시간
$\lim\limits_{x \to 1-}f(x)g(x)$ $=\lim\limits_{x \to 1-}(x^3+2x^2+3x)$ $(2x^2+ax)=6(2+a)$	3점	2분 / 전체 80분
$\lim\limits_{x \to 1+}f(x)g(x)$ $=\lim\limits_{x \to 1+}(2x-1)(2x^2+ax)$ $=2+a$	3점	
$f(1)g(1)=6(2+a)$ $=(2+a)$	2점	
$a=-2$	2점	

[바른해설]

함수 $f(x)g(x)$가 $x=1$에서 연속이 되려면

$\lim\limits_{x \to 1-}f(x)g(x)=\lim\limits_{x \to 1-}f(x)g(x)=f(1)g(1)$이어야 한다.

$\lim\limits_{x \to 1-}f(x)g(x)=\lim\limits_{x \to 1-}(x^3+2x^2+3x)(2x^2+ax)$

$=6(2+a)$,

$\lim\limits_{x \to 1+}f(x)g(x)=\lim\limits_{x \to 1+}(2x-1)(2x^2+ax)=2+a$,

$f(1)g(1)=6(2+a)=(2+a)$이므로

$6(2+a)=(2+a)$, $5(2+a)=0$

따라서 $a=-2$

06 [모범답안]

답안	배점	예상 소요 시간
$F(x)=f(x)+x^3-2x^2$ 의 양변을 미분하면 $f(x)=f'(x)+3x^2-4x$이다.	2점	3분 / 전체 80분
구하고자 하는 함수 $f(x)=3x^2+2x+2$이다.	3점	
$f(x)=5x^2$는 $x^2-x-1=0$ 으로 치환되며, 이를 만족하는 실근의 합을 구한다.	2점	
모든 실근의 합은 1이다.	3점	

[바른해설]

$F'(x)=f(x)$이고, $F(x)=f(x)+x^3-2x^2$의 양변을 미분하면 $f(x)=f'(x)+3x^2-4x$ …… ①

$f(x)=3x^2+ax+b$로 정의하면, $f'(x)=6x+a$이므로 ①에 이를 대입하면 $3x^2+ax+b=3x^2+2x+a$,

즉 $a=2$, $b=2$이다.

방정식 $f(x)=5x^2$에 계산한 $f(x)$를 대입하면,

$3x^2+2x+2=5x^2$이고, 즉 $x^2-x-1=0$ …… ②를 만족하는 실근의 합을 구하면 문제가 해결된다.

이차방정식 ②의 판별식은 $\dfrac{D}{4}=\left(-\dfrac{1}{2}\right)^2+1>0$을 만족하므로, 방정식 ②는 서로 다른 두 실근을 갖는다. 따라서 구하는 모든 실근의 합은 1이다.

07 [모범답안]

답안	배점	예상 소요 시간
$a_8=a+7d$, $a_9=a+8d$, $a_{10}=a+9d$, $a_{21}=a+20d$, $a_{23}=a+21d$	2점	
$a_8+a_9+a_{10}=3a+24d=30$, $a_{21}+a_{23}=2a+42d=72$	2점	2분 / 전체 80분
$3a+24d=30$와 $2a+42d=72$를 풀면 $a=-6$, $d=2$	3점	
$a_{30}=a+29d=-6+29\times 2$ $=-6+58=52$	3점	

[바른해설]

수열 $\{a_n\}$의 일반항이 $a+nd$일 때 $a_8=a+7d$, $a_9=a+8d$, $a_{10}=a+9d$, $a_{21}=a+20d$, $a_{23}=a+21d$

$a_8+a_9+a_{10}=3a+24d=30$,

$a_{21}+a_{23}=2a+42d=72$이므로

$3a+24d=30$와 $2a+42d=72$를 풀면 $a=-6$, $d=2$

따라서 $a_{30}=a+29d=-6+29\times 2=-6+58=52$

08 [모범답안]

답안	배점	예상 소요 시간
함수 $y=-3^{-x+2}+1$은 $(0, -8)$과 $(2, 0)$을 지난다.	4점	
$-1<a$	2점	2분 / 전체 80분
$a<2^8=256$	2점	
$-1<a<256$	2점	

[바른해설]

함수 $y=-3^{-x+2}+1$은 $(0, -8)$과 $(2, 0)$을 지난다. 따라서 $-8=\log_{\frac{1}{2}}(a)$와 $0=\log_{\frac{1}{2}}(2+a)$을 만족하는 a 값의 사이에 있어야 4사분면에서 두 함수는 만난다.

즉, $-1<a$이고 $a<2^8=256$이다.

따라서 $-1<a<256$

2022학년도 기출문제

국어[인문A]

01 [모범답안]

답안	배점	예상 소요 시간
실명이	5점	2분 / 전체 80분
하겠습니다.	5점	

[바른해설]

후보자는 공약의 이행 과정에서 발생할 수 있는 문제점을 언급하고, 이에 대한 보완책도 함께 제시하여 자신의 공약에 대한 설득력을 높이고자 하였다. 공약에 대한 설명 중에서 발생할 수 있는 문제점으로는 실명이 공개되는 것을 들었고, 이에 대한 보완책으로는 별도의 인증 절차 없이 청원 글을 작성할 수 있게 하겠다는 것을 제시하였다. 그러므로 이러한 내용이 들어간 문장은 "실명이 공개되는 것이 부담스러워 망설여질 수도 있다고 생각하기 때문에 학생회에서는 별도의 인증 절차 없이 청원 글을 바로 작성할 수 있게 하겠습니다."이다.

[채점기준]

– '실명이'와 '하겠습니다'가 순서대로 정확하게 기술된 경우에만 정답으로 인정함.

　예 실명이, 하겠습니다 / 실명이~하겠습니다

– 정답 이외에 다른 내용을 추가로 기술한 경우는 오답으로 처리함.

02 [모범답안]

답안	배점	예상 소요 시간
※ ①과 ②에 아래 4가지 중 2가지가 순서 상관없이 기술 가능함. – 시민이 직접 또는 주도적으로 해결하였다. – 공공 문제나 사회적 문제를 해결하였다. – 정보 통신 기술을 활용하였다. – 공공 데이터를 활용하였다.		5분 / 전체 80분
①	5점	
②	5점	

[바른해설]

제시문의 [A]에 나타난 '시빅 테크'의 정의는 '시민들이 정부가 제공하는 정보 통신 기술과 공공 데이터를 활용하여 직접 또는 주도적으로 공공 문제를 해결하려는 행위'이다. 이로부터 아래의 핵심 사항을 도출할 수 있다.

– 시민이 직접 또는 주도적으로 해결하였다.

– 공공 문제나 사회적 문제를 해결하였다.

– 정보 통신 기술을 활용하였다.

– 공공 데이터를 활용하였다.

〈보기〉의 사례는 위 4가지 사항이 모두 포함되어 있다.

[채점기준]

– 각 항목의 핵심 내용이 표현된 경우에 정답으로 인정함.

– 정답과 다른 표현이 사용되더라도 의미가 동일하면 정답으로 처리함.

– 정답 이외에 관련이 없는 다른 내용을 추가로 기술한 경우에는 오답으로 처리함.

03 [모범답안]

답안	배점	예상 소요 시간
ⓐ: 된소리되기, 거센소리되기	4점	5분 / 전체 80분
ⓑ: 비음화	3점	
ⓒ: 거센소리되기	3점	

[바른해설]

'복잡하고'는 [복짜파고]로 발음되므로, '된소리되기, 거센소리되기'를 모두 확인할 수 있다. '직면한'은 [징면한]으로 발음되므로, '비음화'를 확인할 수 있다. '않고'는 [안코]로 발음되므로 '거센소리되기'를 확인할 수 있다.

[채점기준]

– ⓐ, ⓑ, ⓒ의 각 항목이 정확하게 기술된 경우에만 정답으로 처리함.

– ⓐ는 순서에 상관없이 2개 모두 기술된 경우에만 정답으로 처리함.

– 정답 외에 다른 답안을 추가로 기술한 경우는 오답으로 처리함.

04 [모범답안]

답안	배점	예상 소요 시간
①: 순환 사관	2점	5분 / 전체 80분
②: 진보 사관	3점	
③: 감계 사관	2점	
④: 진보 사관	3점	

[바른해설]

①은 '다시 야만으로 돌아가는 변화'를 기술하였으므로 '순환 사관'에 해당한다. ②는 '점점, 발전'의 핵심어가 확인된다는

점에서 '진보 사관'에 해당한다. ③은 '모방할 것(배울 것)과 피할 것'을 언급한 점에서 '감계 사관'에 해당한다. ④는 '역사가 완성될 것'이라고 한 점에서 '진보 사관'에 해당한다.

[채점기준]
– ①, ②, ③, ④의 각 항목이 정확하게 포함된 기술만 정답으로 처리함.
– 정답 외에 다른 답안을 추가로 기술한 경우는 오답으로 처리함.

05 [모범답안]

답안	배점	예상 소요 시간
①: 분석 명제, 단순 명제, 긍정 명제	5점	4분 / 전체 80분
②: 단순 명제, 부정 명제	5점	

[바른해설]
①은 명제가 맺어 주는 두 개념의 관계에 의해 그 진위를 파악할 수 있는 분석 명제에 해당한다. 그리고 ①은 하나의 주어와 서술어로 구성된 단순 명제이며, 긍정문의 형식으로 나타난 긍정 명제이다.
②는 하나의 주어와 서술어로 구성된 단순 명제이며, 부정문의 형식으로 나타난 부정 명제이다.

[채점기준]
– ①, ②의 각 항목이 정확하게 기술된 경우에만 정답으로 처리함.
– ①은 순서에 상관없이 3개 모두 기술된 경우에만 정답으로 처리함.
– ②는 순서에 상관없이 2개 모두 기술된 경우에만 정답으로 처리함.
– 정답 외에 다른 답안을 추가로 기술한 경우는 오답으로 처리함.

06 [모범답안]

답안	배점	예상 소요 시간
㉠은 ①모순 관계에 있는 두 명제가 결합한 합성 명제이다.	5점	4분 / 전체 80분
㉠은 모순 관계에 있는 두 명제가 결합한 ②합성 명제이다.	5점	

[바른해설]
㉠ '지금 이곳은 비가 오거나 비가 오지 않는다'는 두 명제 '지금 이곳은 비가 온다'와 '지금 이곳은 비가 오지 않는다'가 결합한 합성 명제이다. 그런데 이 두 명제는 〈보기〉의 모순 관계에 해당하므로 항상 참이 된다.

[채점기준]
– 답안에 ①, ②의 핵심 내용이 드러난 경우에 각각 정답으로 처리함.
– ①에 대해서는 '(㉠을 구성하는) 두 명제의 관계가 모순관계이다'라는 내용이 반드시 포함되어야 정답으로 처리함.
– ②에 대해서는 '㉠이 (두 명제가 결합한) 합성명제이다'라는 내용이 반드시 포함되어야 정답으로 처리함.
　예　㉠은 두 명제가 결합해 있다.
　　㉠은 두 명제로 이루어져 있다.
　　㉠은 두 명제로 구성된다. 등

07 [모범답안]

답안	배점	예상 소요 시간
①: 유(諛)	4점	4분 / 전체 80분
②: 팔대부	2점	
③: 문상시대	2점	
④: 팔서육경	2점	

[바른해설]
풍자의 주체로서 풍자하는 대상을 직설적으로 지적하거나 설명하지 않고 자기 스스로 어리석음을 폭로하거나 우회적으로 비판하는 방법에 해당하는 것이 박지원의 「양반전」, 「하회 별신굿 탈놀이」에 공통적으로 드러나는데, 그것이 바로 언어유희이다. 박지원의 「양반전」의 유(諛), 「하회 별신굿 탈놀이」의 팔대부, 문상시대, 팔서육경은 부조리한 조선사회의 한 층면을 언어유희를 통해 드러내는 것으로 조선시대 양반의 모순과 이중성, 부조리함 등 두 작품의 핵심적인 의미를 관통하는 것이라 할 수 있다.

[채점기준]
– ①, ②, ③, ④의 각 항목이 정확하게 포함된 기술만 정답으로 처리함.
– ①～④의 배열 순서는 상관 없음.
– ①은 한자를 병기하지 않아도 정답으로 처리함. 한자를 병기했는데, '유(儒)'를 병기한 경우 오답으로 처리함.
– 정답 외에 다른 답안을 추가로 기술한 경우는 오답으로 처리함.

08 [모범답안]

답안	배점	예상 소요 시간
(그래서) 다리를 들어 목에 걸치고는 귀신처럼 춤추고 귀신처럼 웃더니, 대문을 나서자 줄달음치다가 그만 들판의 구덩이에 빠져 버렸다.	8점	4분 / 전체 80분
(그래서) 다리를 들어 목에 걸치고는 귀신처럼 춤추고 귀신처럼 웃더니, 대문을 나서자 줄달음치다가 그만 들판의 구덩이에 빠져 버렸다.	2점	

[바른해설]

「호질」의 북곽선생이 자신의 부도덕함을 들킬 위기에 처하자 당황하는 모습이 (그래서) "다리를 들어 목에 걸치고는 귀신처럼 춤추고 귀신처럼 웃더니, 대문을 나서자 줄달음치다가 그만 들판의 구덩이에 빠져 버렸다." 이 부분에서 적나라하게 드러난다. 비굴하고 떳떳하지 못한 태도의 희화화가 범을 만나 아첨하는 행동만큼이나 중요한 의미를 갖는 것이다.

[채점기준]

– 정답의 전체 내용이 답안에 기술된 경우에만 정답으로 인정함(단 첫 부분의 '그래서'는 포함되지 않아도 정답으로 인정함).
– 답안의 표기가 완전히 정답과 정확하게 일치한 경우(단, 띄어쓰기, 문장부호는 제외함).

09 [모범답안]

답안	배점	예상 소요 시간
① (서술자의 유형): 이야기 안의 서술자	5점	4분 / 전체 80분
② (서술 전략): 신빙성 없는 태도를 통해 자신의 무지함과 부도덕함을 스스로 폭로하기도 한다.	5점	

[바른해설]

채만식의 대표적인 풍자 소설 중에 하나인 「치숙」을 통해 소설의 중요한 서사 장치로서 서술자의 전략을 서사적 의미는 중요한 관련성을 갖고 있다. 서술자의 유형에 따른 서사 전략을 통해 작가의 창작 의도를 짐작할 수 있는 것이다. 이 작품은 채만식의 작가적 특성을 그대로 드러내는 작품으로 어리석고 신빙성 없는 화자를 통해 식민지 현실을 비판적으로 드러내고 있다. 다시 말해 서사를 이끌어가는 '나'는 아저씨와의 대화를 통해 스스로 얼마나 어리석고 한심한 인간인가를 드러내며 이를 통해 독자로 하여금 몰입보다는 비판적인 인식

을 갖게 하는 중요한 의미가 있다. 자신의 무지함과 부도덕함을 스스로 폭로하는 '나'는 이야기 안의 서술자이자 신빙성 없는 화자의 전형적인 특성을 보여주고 있는 것이나.

[채점기준]

– ①, ②의 각 항목이 정확하게 포함된 기술만 정답으로 처리함.
– ①에 대해서는 '서술자가 이야기 안에 존재한다'라는 의미가 드러나면 정답으로 처리함.
  예 이야기 안 서술자,
  이야기 안에 있는 서술자
  이야기 안에 위치하는 서술자
  이야기 속 서술자 등
– ①에서 정답과 관련이 없는 내용이 언급되면 오답으로 처리함.
– ②에 대해서는 '신빙성 없는 태도', '무지함과 부도덕함을 스스로 폭로'라는 핵심 내용이 포함된 기술만 정답으로 처리함.
– ②에서 정답과 다른 표현이 사용되더라도 의미가 동일하면 정답으로 처리함.
– ②에서 정답 외에 정답과 관련이 없는 내용이 추가로 언급되면 오답으로 처리함.

수학[인문A]

10 [모범답안]

답안	배점	예상 소요 시간
① $x=\dfrac{1}{a}$ 또는 $\dfrac{3}{2}$	2점	2분 / 전체 80분
② $S=2\displaystyle\int_0^{\frac{1}{a}} x-ax^2\,dx$ 또는 $S=\displaystyle\int_0^{\frac{1}{a}} \sqrt{\dfrac{x}{a}}-ax^2\,dx$ 또는 $S=\dfrac{1}{a^2}-2\displaystyle\int_0^{\frac{1}{a}} ax^2\,dx$	4점	
③ $S=\dfrac{1}{3a^2}$	2점	
④ $a=\dfrac{2}{3}$	2점	

[바른해설]

두 곡선 $y=f(x)$, $y=g(x)$은 역함수 관계이므로 직선 $y=x$에 대하여 대칭이고, 두 곡선의 교점은 $ax^2=x$를 만족하므로 x좌표는 $x=0$과 $x=\dfrac{1}{a}$이다.

따라서 적분을 활용한 넓이를 구하는 식은

$S=2\displaystyle\int_0^{\frac{1}{a}} x-ax^2\,dx$이고, 계산하면

$S=2\displaystyle\int_0^{\frac{1}{a}} x-ax^2\,dx=2\left[\frac{1}{2}x^2-\frac{a}{3}x^3\right]_0^{\frac{1}{a}}=\frac{1}{3a^2}$이다.

따라서 $S=\dfrac{3}{4}$이므로 $a=\dfrac{2}{3}$이다.

11 [모범답안]

답안	배점	예상 소요 시간
$\log_2\dfrac{a^3}{b^2}=1$ 또는 $a^3=2b^2$	2점	
$\log_a b=\dfrac{3}{2}$일 경우는 $a=0$이 되어 조건을 만족하지 않음	3점	
$\log_a b=2$이면 $a=\dfrac{1}{2}$ 또는 $b=\dfrac{1}{4}$	3점	2분 / 전체 80분
$ab^2=\dfrac{1}{32}$	2점	

[바른해설]

$A\subset B$이므로, $3\log_2 a-2\log_2 b=1$이다.

따라서 $\log_2\dfrac{a^3}{b^2}=1$, $a^3=2b^2$, $\log_a b=\dfrac{3}{2}$ 또는 $\log_a b=2$

$\log_a b=\dfrac{3}{2}$일 때, $b=a^{\frac{3}{2}}$ 따라서, $a^3=2b^2$과 연립하면

$a^3=2\left(a^{\frac{3}{2}}\right)^2=2a^3$, 즉 $a=0$이 되어 조건을 만족하지 않음

$\log_a b=2$일 때, $b=a^2$, $a^3=2b^2$과 연립하면

$a^3=2(a^2)^2=2a^4$, a가 0이 아니므로, $a=\dfrac{1}{2}$

$ab^2=aa^4=a^5=\dfrac{1}{32}$

[다른풀이]

$\log_a 2+2\log_a b=3$를 계산하고, $\log_a b=\dfrac{3}{2}$ 또는 $\log_a b=2$의 경우를 고려해도 됨.

12 [모범답안]

답안	배점	예상 소요 시간
$\sin\theta+\cos\theta=\dfrac{k+2}{k}$, $\sin\theta\cos\theta=\dfrac{k+1}{k}$ 또는 $\left(\dfrac{k+2}{k}\right)^2=1+2\dfrac{k+1}{k}$	4점	2분 / 전체 80분
$k=2,\ -1$	2점	
$k=2$는 부적합	2점	
$k=-1$이면 θ는 π	2점	

[바른해설]

$(\sin\theta+\cos\theta)^2=1+2\sin\theta\cos\theta$이고 근과 계수와의 관계

로부터 $\sin\theta+\cos\theta=\dfrac{k+2}{k}$, $\sin\theta\cos\theta=\dfrac{k+1}{k}$이므로

$\left(\dfrac{k+2}{k}\right)^2=1+2\dfrac{k+1}{k}$

정리하여 풀면 $k=2$ 또는 $k=-1$

이때 $k=2$이면 $\sin\theta\cos\theta=\dfrac{3}{2}>1$이므로 부적합하다.

따라서 $\sin\theta+\cos\theta=-1$이고 $\sin\theta\cos\theta=0$

$0\leq\theta\leq\pi$에서 이를 만족하는 θ는 π

13 [모범답안]

답안	배점	예상 소요 시간
$a_n=a_{n+6}$ 또는 $\{-\alpha,\ \alpha,\ 2\alpha,\ \alpha,\ -\alpha,\ -2\alpha\}$ 규칙적으로 반복된다.	3점	
$S_6=0$ 또는 $a_1+a_2+a_3+a_4+a_5+a_6=0$ 또는 $-\alpha+\alpha+2\alpha+\alpha-\alpha-2\alpha=0$	2점	5분 / 전체 80분
$S_1>0$, $S_2=0$, $S_3<0$, $S_4<0$, $S_5<0$, $S_6=0$ 또는 $S_3,\ S_4,\ S_5$ 3개가 음수이다.	3점	
150	2점	

[바른해설]

수열 $\{a_n\}$의 $a_4=\alpha$, $a_5=-\alpha$라 할 경우

$a_3=a_4-a_5=\alpha-(-\alpha)=2\alpha$,

$a_7=a_6-a_5=-2\alpha-(-\alpha)=-\alpha$,

결국 $a_n=a_{n+6}$

$\displaystyle\sum_{k=1}^{6} a_k=a_1+a_2+a_3+a_4+a_5+a_6$

$\quad=-\alpha+\alpha+2\alpha+\alpha-\alpha-2\alpha=0$

$S_1>0$, $S_2=0$, $S_3<0$, $S_4<0$, $S_5<0$, $S_6=0$이므로

$S_n<0$을 만족시키는 300 이하의 n은 $50\times3=150$

14 [모범답안]

답안	배점	예상 소요 시간
$a=\sqrt{2}$	2점	
$\lim\limits_{x\to 1+}\dfrac{\sqrt{x+1}-a}{x-1}=\dfrac{1}{2\sqrt{2}}$	3점	
$\lim\limits_{x\to 1-}\dfrac{x+b}{\sqrt{1+x}-\sqrt{1-x}}$ $=\dfrac{1+b}{\sqrt{2}}$ 또는 $f(1)=\dfrac{1+b}{\sqrt{2}}$	3점	2분 / 전체 80분
$b=-\dfrac{1}{2}$	2점	

[바른해설]

$x=1$에서 함수 f가 연속이 되기 위해서는

$$\lim_{x\to 1+}\frac{\sqrt{x+1}-a}{x-1}=f(1)=\frac{1+b}{\sqrt{2}}$$ 가 성립해야 하고,

극한 $\lim\limits_{x\to 1+}\dfrac{\sqrt{x+1}-a}{x-1}$ 가 존재하므로 $a=\sqrt{2}$이다.

따라서 $\lim\limits_{x\to 1+}\dfrac{\sqrt{x+1}-a}{x-1}=\lim\limits_{x\to 1+}\dfrac{\sqrt{x+1}-\sqrt{2}}{x-1}$

$$=\lim_{x\to 1+}\frac{1}{\sqrt{x+1}+\sqrt{2}}=\frac{1}{2\sqrt{2}}$$

이므로

$$\frac{1+b}{\sqrt{2}}=\frac{1}{2\sqrt{2}} \text{ 결국, } b=-\frac{1}{2}$$

15 [모범답안]

답안	배점	예상 소요 시간
$v_1=x'_1=9t^2-6t+7$	2점	
$v_2=x'_2=6t^2+6t-2$	2점	4분 / 전체 80분
$t_a=1$	3점	
$t_b=3$	3점	

[바른해설]

$x_1-x_2=t^3-6t^2+9t=t(t-3)^2$이므로 $t_b=3$이다.

한편, 두 점의 속도는 각각 $v_1=\dfrac{dx_1}{dt}=9t^2-6t+7,$

$v_2=\dfrac{dx_2}{dt}=6t^2+6t-2$이다.

$v_1-v_2=3t^2-12t+9=3(t-1)(t-3)$이므로 $t_a=1$이다.

01 [모범답안]

답안	배점	예상 소요 시간
학생회	5점	4분 / 전체 80분
확충하겠습니다	5점	

[바른해설]

〈보기〉에서는 협상의 조정 단계에 대해 설명하면서 상대방의 요구 사항을 우선과 차선으로 나눈 후 우선을 수용하지 못하는 대신 차선은 수용하는 방식으로 입장 차이를 조정해 나갈 수 있다고 설명하고 있다. 학교 측에서는 학생회 측이 우선적으로 요구하는 휴게 공간 이전은 수용하지 못하는 대신 차선책으로서 컨테이너를 개조하여 휴게 공간을 확충하겠다는 방식으로 입장차이를 조정해가고 있다.

[채점기준]

– '학생회'와 '확충하겠습니다'가 순서대로 정확하게 기술된 경우에만 정답으로 인정함.

　예 학생회, 확충하겠습니다

　　학생회~확충하겠습니다

– 정답 이외에 다른 내용을 추가로 기술한 경우는 오답으로 처리함.

02 [모범답안]

답안	배점	예상 소요 시간
①: 강철	4점	
②: ⓛ	3점	5분 / 전체 80분
③: ⓒ	3점	

[바른해설]

①, ②, ③의 각 항목에 관한 내용에 '강철'을 소재로 하였다는 부분이 확인된다. ⓛ과 ⓒ은 다리(교량) 기술을 적용한 건축물이라는 특징이 소개되어 있다.

[채점기준]

– ①, ②, ③의 각 항목이 정확하게 기술된 경우에만 정답으로 처리함.

– ①은 '강철'만 정답으로 인정함. '철물, 주철'은 오답으로 처리함.

– ②와 ③은 순서가 바뀌어도 정답으로 처리함.

– 정답 외에 다른 답안을 추가로 기술한 경우는 오답으로 처리함.

03 [모범답안]

답안	배점	예상 소요 시간
①: 역사주의 또는 바로크 양식	5점	
②: (19세기) 신건축 운동 또는 (19세기) 구조 합리주의	5점	5분 / 전체 80분

[바른해설]

역사주의가 장식주의적 요소를 강조하였다는 점이 제시문에 소개되고 있다. 바로크 양식도 장식주의의 특징이 잘 드러난다는 점에서 정답이 될 수 있다. 한편, 신건축 운동 진영의 대표적인 특징은 '밝고 장쾌한 실내 분위기'라고 할 수 있다. 이러한 점에서 생퇴젠 성당은 신건축 운동 입장에서 긍정적인 평가를 받기 어려웠다.

[채점기준]

− ①, ②의 각 항목이 정확하게 기술된 경우에만 정답으로 처리함.

− 정답 외에 다른 답안을 추가로 기술한 경우는 오답으로 처리함.

04 [모범답안]

답안	배점	예상 소요 시간
ⓒ: ABCE 또는 ECBA	5점	
ⓒ: SCD 또는 DCS 또는 SD 또는 DS	5점	4분 / 전체 80분

[바른해설]

ⓒ: '연약한 사람'은 최저 수준의 부를 얻은 후에도 부가 증가할수록 행복이 증대된다고 생각한다. 제시문의 〈그림〉에서 이를 나타내는 그래프는 'ABCE 또는 ECBA'가 된다.

ⓒ: '현자'는 모든 상황을 동등하게 보고 부동심을 유지한다. 제시문의 〈그림〉에서 이를 나타내는 그래프는 'SCD 또는 DCS 또는 SD 또는 DS'가 된다.

[채점기준]

− ⓒ, ⓒ의 각 항목이 정확하게 기술된 경우에만 정답으로 처리함.

− 정답 외에 다른 답안을 추가로 기술한 경우는 오답으로 처리함.

05 [모범답안]

답안	배점	예상 소요 시간
ⓐ: 연약한 사람	5점	
ⓑ: 지혜로운 사람	5점	4분 / 전체 80분

[바른해설]

ⓐ: 〈보기〉에서 '상인 C'는 이미 부유함에도 불구하고 보상금을 노리고 A를 붙잡아 B에게 데려 갔다. 따라서 상인 C는 애덤 스미스의 관점에서 '여약한 사람'에 해당한다고 본 수 있다.

ⓒ: 〈보기〉에서 '삶의 태도가 바뀐 A'는 돈을 번 후 마음의 평온을 유지하기 위해 필요한 만큼만 소유하고 나머지 돈으로는 가난한 이들을 도와주며 살았다. 이는 애덤 스미스의 관점에서 '지혜로운 사람'에 해당한다.

[채점기준]

− ⓐ, ⓑ 각 항목이 정확하게 포함된 기술만 정답으로 처리함.

   예 ⓐ는 연약한 사람이다.

     ⓐ는 애덤 스미스가 말한 연약한 사람/인간에 해당한다. 등

− 정답 외에 다른 답안을 추가로 기술한 경우는 오답으로 처리함.

06 [모범답안]

답안	배점	예상 소요 시간
①:팬지꽃 아픔	5점	
②:안개꽃 멍에	5점	3분 / 전체 80분

[바른해설]

제시문의 시는 의미상 세 단락으로 나뉘어져 있다. 첫 단락은 구자명씨의 조는 모습을 묘사하는 부분이고, 두 번째 단락은 그 졸음의 원인을 화자가 추측 구성해 본 부분이다. 그리고 세 번째 단락은 화자가 구자명씨의 졸음과 수면부족을 더욱 일반화된 맥락에서 이미지를 제시하는 부분이다. 이 세 번째 단락에서 여성들의 희생은 "고단한 하루의 시작과 끝"을 지시하면서, 또한 그 힘겨움이 여성들 스스로의 자발적인 것임을 동시에 말하기 위해 "아름다운 고통"의 형태로 제시되었다. 이 때 각각의 아름다움은 흔들림의 이미지를 차용한 가녀린 "팬지꽃"의 아픔으로, 작고 넓게 무리지어 있는 "안개꽃"의 멍에로 표현되었다. 따라서 여성들의 이미지를 꽃의 작고 가녀린 이미지로, 그러한 여성들이 감당한 고통을 아픔과 멍에로 이해할 수 있다면 "팬지꽃 아픔"과 "안개꽃 멍에"를 찾을 수 있다. 또한 문제에서 "가녀린 꽃과 삶의 고통을 결합한 시어"라고 했으므로 꽃이름만 쓰거나 아픔만 나열되어서는 정답으로 인정될 수 없다.

[채점기준]

− ①, ②의 각 항목이 정확하게 기술된 경우에만 정답으로 처리함.

  ('팬지꽃', '안개꽃', '아픔', '멍에'만 기술된 경우에는 오답으로 처리함)

− ①, ②의 배열 순서는 상관 없음.

− 정답 외에 다른 답안을 추가로 기술한 경우는 오답으로 처리함.

07 [모범답안]

답안	배점	예상 소요 시간
아무도 모르게	10점	3분 / 전체 80분

[바른해설]

〈보기1〉의 신문기사의 내용에는 가사노동의 편중과 불평등한 분배와 여성들의 불만족을 다루고 있는 기사로, 이는 다시 여성의 가사노동에 대한 편중과 이러한 가사 노동의 분배에 대한 남성과 여성의 인식차를 보여주고 있다. 이런 사회적 관점에 착안하여 시를 들여다보면, 시에서 구자명의 희생을 보여주기 위해서 구자명의 불평등을 비대칭적인 이미지의 제시를 통해서 시각화하고 있다는 것을 이해할 수 있다. 〈보기2〉는 불평등이라는 주제를 비대칭적인 이미지의 제시를 통해서 드러내고 있는 이 시의 이미지전략을 이해하고 그러한 인식을 보여주는 시행을 찾도록 유도하고 있다. 이미지들의 비대칭이 구자명의 것이 아니라 화자의 것이라는 점을 인식하고 보면, 작품의 후반부에 화자가 보여주는 인식이 다시 거대한 사회적 무지와 대비되고 있다는 것을 알 수 있고, 이 사회적 무지를 반영한 시행이 "아무도 모르게"라는 것을 유추할 수 있다.

[채점기준]

− 정답이 정확하게 기술된 경우에만 정답으로 처리함.
− 정답 외에 다른 답안을 추가로 기술한 경우는 오답으로 처리함.
− 부분점수 없음.

08 [모범답안]

답안	배점	예상 소요 시간
(분홍) 편지지 또는 견적서	10점	5분 / 전체 80분

[바른해설]

문제는 〈보기〉를 통해서 공감의 플롯에 대한 정의와 의미를 설명하고, 양귀자의 소설 「비 오는 날이면 가리봉동으로 가야한다」를 공감의 플롯으로 읽는 독법을 제공했다. 학생들은 공감의 플롯에 착안해 작품을 읽을 때 중요한 포인트가 인물에 대한 이해의 내용이 변화하는 것임을 파악하고 소설 제시문 안에서 그러한 재인식이 이루어지는 지점을 찾도록 하였다. 학생들은 〈보기〉에 있는 "등장인물이 처음에 가졌던 이질감이 공감과 이해로 전이되는 과정"을 눈여겨 보고, 작품을 다시 읽으면서 "엉터리 견적으로 주인 속이는 일꾼이라고 종일토록 의심하며 손해 볼까 궁리를 거듭하던 꼴을 눈치채이지는 않았는지"라는 구절을 통해 주인공인 '그'가 '임 씨'를 종일 의심하다가, 해당 부분에서는 오히려 그러한 심리를 들켰을까 봐 걱정하는 것을 볼 수 있다. 이로써 '그'가 '임 씨'를 바라보는 관점이 변화했다는 것을 알 수 있고, 그 의심에서 이해로 전이되는 계기가 되는 소재가 '견적서'라는 것을 이해할 수 있

다. 소설 속에서 '견적서'는 '분홍 편지지'로 나타난다. 문제는 이를 제시문에서 "찾아 쓰시오"라고 했으므로 제시문에서의 표현을 그대로 쓸 수 있어야 한다.

[채점기준]

− 정답이 정확하게 기술된 경우에만 정답으로 처리함.
− 정답 외에 다른 답안을 추가로 기술한 경우는 오답으로 처리함.
− 부분점수 없음.

09 [모범답안]

답안	배점	예상 소요 시간
①: 유음화	4점	
②: 거센소리되기	3점	2분 / 전체 80분
③: 구개음화	3점	

[바른해설]

① '단련'은 [달련]으로 발음되는데, 이때 일어난 음운 변동은 유음화이다.
② '옳다'는 [올타]로 발음되는데, 이때 일어난 음운 변동은 거센소리되기이다.
③ '해돋이'는 [해도지]로 발음되는데, 이때 일어난 음운 변동은 구개음화이다.

[채점기준]

− ①, ②, ③의 각 항목이 정확하게 기술된 경우에만 정답으로 처리함.
− 정답 외에 다른 답안을 추가로 기술한 경우는 오답으로 처리함.

수학[인문B]

10 [모범답안]

답안	배점	예상 소요 시간
① $\left[\dfrac{1}{4}, 1\right]$ 또는 $\dfrac{1}{4} \leq t \leq 1$	2점	
② $[1, 4]$ 또는 $1 \leq t \leq 4$	2점	2분 / 전체 80분
③ $f(4) = 51$	3점	
④ $f(1) = -3$	3점	

[바른해설]

주어진 식에서 $2^x = t$로 치환하여
$f(t) = t^3 - 3t - 1$로 놓는다.

그렇다면 구하는 값들은 닫힌구간 $\left[\dfrac{1}{4}, 4\right]$에서

함수 $f(t)$의 최댓값과 최솟값이다.

$f(t)=3(t^2-1)$이므로 주어진 닫힌구간에서 함수 $f(t)$의 증가와 감소를 살피면,

$f(t)$는 닫힌구간 $\left[\dfrac{1}{4},\ 4\right]$에서 감소하고 닫힌구간 $[1,\ 4]$에서는 증가한다.

따라서 최솟값은 극솟값인 $f(1)=-3$이다.

한편 $f\left(\dfrac{1}{4}\right)=-\dfrac{33}{32}$, $f(4)=51$이므로 최댓값은 51이다.

11 [모범답안]

답안	배점	예상 소요 시간
x절편은 -1 또는 $x=-1$ 또는 A$(-1,0)$	4점	
y절편은 4 또는 $y=4$ 또는 B$(0,4)$	4점	2분 / 전체 80분
AOB의 넓이는 2	2점	

[바른해설]

$f(x)=2^{x+3}-4$가 x축과 만나는 점은 $(-1,0)$이다.

$f(x)=2^{x+3}-4$가 y축과 만나는 점은 $(0,4)$이다.

따라서 AOB의 넓이는 $\dfrac{1}{2}\times|-1|\times4=2$

12 [모범답안]

답안	배점	예상 소요 시간
$f(x)=-(\sin x+1)^2+9$ 또는 $f(x)=-\sin^2 x-2\sin x+8$	2점	
$5\le f(x)\le 9$ 또는 $f(x)$의 최댓값은 9	3점	3분 / 전체 80분
$a=3$	3점	
최솟값은 $\log_3 5$	2점	

[바른해설]

$f(x)=\cos^2 x-2\sin x+7=-(\sin x+1)^2+9$이고

$-1\le\sin x\le 1$이므로 $5\le f(x)\le 9$이다.

$g(x)=\log_a x\ (a>1)$은 $f(x)=9$에서 최댓값을 갖는다.

따라서 $\log_a 9=2$이다.

즉, $a=3$이다. 최솟값 M은 $\log_3 5$이다.

13 [모범답안]

답안	배점	예상 소요 시간
$\alpha+\beta=2,\ \alpha\beta=-1$	2점	
$\begin{aligned}&(\alpha^2-2)(\beta^2-2)\\&+(\alpha^2-4)(\beta^2-4)\\&+(\alpha^2-6)(\beta^2-6)+\cdots+\\&(\alpha^2-20)(\beta^2-20)\\&=(\alpha\beta)^2-2(\alpha^2+\beta^2)+2^2\\&+(\alpha\beta)^2-4(\alpha^2+\beta^2)+4^2\\&+\cdots+(\alpha\beta)^2-20(\alpha^2+\beta^2)\\&+20^2\end{aligned}$	3점	4분 / 전체 80분
$\alpha^2+\beta^2=6$ 또는 $(\alpha+\beta)^2-2\alpha\beta=6$	1점	
890	4점	

[바른해설]

$x^3-3x^2+x+1=(x-1)(x^2-2x-1)$

$(\alpha^2-2)(\beta^2-2)+(\alpha^2-4)(\beta^2-4)+(\alpha^2-6)(\beta^2-6)$

$+\cdots+(\alpha^2-20)(\beta^2-20)$

$=(\alpha\beta)^2-2(\alpha^2+\beta^2)+2^2+(\alpha\beta)^2-4(\alpha^2+\beta^2)+4^2$

$+\cdots+(\alpha\beta)^2-20(\alpha^2+\beta^2)+20^2$에서

$\alpha\beta=-1,\ (\alpha\beta)^2=1$

$\alpha+\beta=2$이므로

$\alpha^2+\beta^2=(\alpha+\beta)^2-2\alpha\beta=4-2(-1)=6$

$(\alpha\beta)^2-2(\alpha^2+\beta^2)+2^2+(\alpha\beta)^2-4(\alpha^2+\beta^2)+4^2$

$+\cdots+(\alpha\beta)^2-20(\alpha^2+\beta^2)+20^2$

$=10(\alpha\beta)^2-(\alpha^2+\beta^2)\sum\limits_{k=1}^{10}(2k)+\sum\limits_{k=1}^{10}(2k)^2$

$=10-12\sum\limits_{k=1}^{10}k+4\sum\limits_{k=1}^{10}k^2$

$10-12\dfrac{10\times11}{2}+4\dfrac{10\times11\times21}{6}$

$=10-660+1540=890$

14 [모범답안]

답안	배점	예상 소요 시간
$\lim_{x\to\infty}=\sqrt{x}(\sqrt{x+1}-\sqrt{x})$ $+\lim_{x\to\infty}\sqrt{x}(\sqrt{x+k}-\sqrt{x})$	3점	
$\lim_{x\to\infty}=\sqrt{x}(\sqrt{x+1}-\sqrt{x})$ $=\lim_{x\to\infty}\dfrac{\sqrt{x}}{\sqrt{x+1}+\sqrt{x}}=\dfrac{1}{2}$	3점	3분 / 전체 80분
$\lim_{x\to\infty}\sqrt{x}(\sqrt{x+k}-\sqrt{x})$ $=\lim_{x\to\infty}\dfrac{k\sqrt{x}}{\sqrt{x+k}+\sqrt{x}}$ $=\dfrac{k}{2}$	3점	
$k=26$	1점	

[바른해설]

$$\lim_{x\to\infty}\sqrt{x}(\sqrt{x+1}+\sqrt{x+k}-2\sqrt{x})$$
$$=\lim_{x\to\infty}\sqrt{x}(\sqrt{x+1}-\sqrt{x}+\sqrt{x+k}-\sqrt{x})$$
$$=\lim_{x\to\infty}\sqrt{x}(\sqrt{x+1}-\sqrt{x})+\lim_{x\to\infty}\sqrt{x}(\sqrt{x+k}-\sqrt{x})$$
이고
$$\lim_{x\to\infty}\sqrt{x}(\sqrt{x+1}-\sqrt{x})=\lim_{x\to\infty}\dfrac{\sqrt{x}}{(\sqrt{x+1})+\sqrt{x}}=\dfrac{1}{2}$$
$$\lim_{x\to\infty}\sqrt{x}(\sqrt{x+k}-\sqrt{x})=\lim_{x\to\infty}\dfrac{k\sqrt{x}}{(\sqrt{x+k})+\sqrt{x}}=\dfrac{k}{2}$$

이므로 $k=26$

$$\lim_{x\to\infty}\dfrac{\sqrt{x}(\sqrt{x+1}+\sqrt{x+k}-2\sqrt{x})(\sqrt{x+1}+\sqrt{x+k}+2\sqrt{x})}{(\sqrt{x+1}+\sqrt{x+k}+2\sqrt{x})}$$
$$=\lim_{x\to\infty}\dfrac{\sqrt{x}(2\sqrt{(x+1)(x+k)}+(-2x+k+1))}{(\sqrt{x+1}+\sqrt{x+k}+2\sqrt{x})}$$
$$=\lim_{x\to\infty}\dfrac{\sqrt{x}\{2\sqrt{(x+1)(x+k)}+(-2x+k+1)\}\{2\sqrt{(x+1)(x+k)}-(-2x+k+1)\}}{(\sqrt{x+1}+\sqrt{x+k}+2\sqrt{x})\{2\sqrt{(x+1)(x+k)}-(-2x+k+1)\}}$$
$$=\dfrac{k+1}{2}$$

$\dfrac{k+1}{2}=\dfrac{27}{2}$ 이므로 $k=26$

$$\lim_{x\to\infty}\sqrt{x}(\sqrt{x+1}+\sqrt{x+k}-2\sqrt{x})$$
$$=\lim_{x\to\infty}\dfrac{1+k+2\sqrt{x+1}\sqrt{x+k}-2x}{\sqrt{1+\dfrac{1}{k}}+\sqrt{1+\dfrac{k}{x}}+2}$$

$$=\lim_{x\to\infty}\dfrac{1+k}{\sqrt{1+\dfrac{1}{k}}+\sqrt{1+\dfrac{k}{x}}+2}$$
$$+\lim_{x\to\infty}\dfrac{2(\sqrt{x+1}\sqrt{x+k}-x)}{\sqrt{1+\dfrac{1}{k}}+\sqrt{1+\dfrac{k}{x}}+2}=\dfrac{k+1}{2}$$

$\dfrac{k+1}{2}=\dfrac{27}{2}$ 이므로 $k=26$

15 [모범답안]

답안	배점	예상 소요 시간
$f(x)=\dfrac{3}{2}x^2-x\displaystyle\int_0^2 f'(t)dt$ 또는 $k=\displaystyle\int_0^2 f'(t)dt$ 라 놓고 $f'(x)=\dfrac{3}{2}x^2-kx$	3점	5분 / 전체 80분
$\displaystyle\int_0^2 f'(t)dt=\dfrac{4}{3}$ 또는 $k=\dfrac{4}{3}$	3점	
$f(2)=\dfrac{11}{9}$	2점	
$f(x)=\dfrac{1}{2}x^3-\dfrac{2}{3}x^2-\dfrac{1}{9}$	2점	

[바른해설]

$k=\displaystyle\int_0^2 f'(t)dt$ 라고 놓고 주어진 식의 양변을 미분하면

$\dfrac{d}{dx}\displaystyle\int_0^x f(t)dt=f(x)$ 이므로

$f(x)+xf'(x)=\dfrac{3}{2}x^3-kx^2+f(x)$ 이다.

즉, $f'(x)=\dfrac{3}{2}x^2-kx$ 이다.

따라서 $k=\displaystyle\int_0^2 \dfrac{3}{2}t^2-kt\,dt=\left[\dfrac{1}{2}t^3-\dfrac{k}{2}t^2\right]_0^2=4-2k$ 이므

로 $k=\dfrac{4}{3}$ 이고,

$f(x)=\displaystyle\int f'(t)dt=\int \dfrac{3}{2}t^2-\dfrac{4}{3}t\,dt=\dfrac{1}{2}x^3-\dfrac{2}{3}x^2+C$

이다.

주어진 식에 $x=2$ 를 대입하면

$2f(2)=6-\dfrac{8}{3}\times\dfrac{4}{3}+0=\dfrac{22}{9}$ 이고 $f(2)=\dfrac{11}{9}$ 이다.

따라서 $f(2)=4-\dfrac{8}{3}+C=\dfrac{11}{9}$ 이고 $C=-\dfrac{1}{9}$ 이다.

따라서 $f(x)=\dfrac{1}{2}x^3-\dfrac{2}{3}x^2-\dfrac{1}{9}$ 이다.

2022학년도 모의고사

국어

01 [모범답안]

답안	배점	예상 소요 시간
폭력이나 절도	10점	○분 / 전체 80분

[바른해설]

찬성1은 게임에 대한 지나친 몰입이 비정상적인 행동의 원인이라는 논지에서 게임에 대한 지나친 몰입을 일종의 질병으로 간주해야 한다는 주장을 하고 있다. 이를 신문하는 과정에서 반대2는 찬성이 제시하고 있는 게임에 대한 지나친 몰입과 비정상적인 행동 사이의 확고한 인과 관계를 부정하고자 한다. 비정상적인 행동이 (A)에서는 '폭력이나 절도'로 제시되고 있다.

[채점 기준]

– 폭력, 절도 2개 모두 쓰면 10점

– 폭력, 절도 가운데 1개만 쓰면 5점

– 답안의 순서와 무관

02 [모범답안]

답안	배점	예상 소요 시간
'형광등 빛'은 '유체성', '시멘트 가루'는 '정형성'을 갖추지 않았기에 물품으로 인정받을 수 없다.	10점	5분 / 전체 80분

[바른해설]

물품은 원칙적으로 유형적 존재를 갖는 유체물에 한정되고, 빛과 같이 형태가 고정되어 있지 않은 것은 물품에 해당하지 않는다는 내용을 참고할 수 있다. '형광등 빛'은 '유체성'이 부족한 대상이다. 또한 육안으로 식별이 가능하고 일정한 형태를 가져 디자인이 특정될 수 있는 정형성을 갖추어야만 물품으로 인정되기 때문에 가루나 알갱이 형태의 시멘트와 같이 정형화되지 않은 동산은 물품으로 인정받을 수 없다는 내용을 참고할 수 있다. '시멘트 가루'는 '정형성'이 부족한 대상이다.

[채점 기준]

– 총: 20점

– 부분점수: 각 5점

03 [모범답안]

답안	배점	예상 소요 시간
①: 양산성	5점	
②: 신규성	5점	○분 / 전체 80분

[바른해설]

디자인의 성립 요건을 갖추었다고 하더라도 디자인 등록을 위해서는 몇 가지 요건이 필요하다. 양산성은 동일한 제품을 반복적으로 계속 생산해야 하는 것으로, 수석이나 꽃꽂이와 같이 자연물을 사용한 물품으로 다량 생산할 수 없는 것과 미술 작품의 원본은 양산성이 없기 때문에 디자인으로 등록될 수 없다. 신규성은 디자인을 출원하기 전에 그 디자인이 국내외 웹사이트, 전시, 간행물, 카탈로그 등을 통해 일반 대중에게 공개되지 않아야 함을 의미한다.

[채점 기준]

– 총: 10점

– 부분점수: 각 5점

04 [모범답안]

답안	배점	예상 소요 시간
'지치운 불빛'과 '어두운 그림자' (불빛, 그림자)	10점	○분 / 전체 80분

[바른해설]

시적 대상은 '흰 바람벽'과 같이 화자 자신이나 심리를 투영하는 것으로 시의 의미를 이어가는 중심 역할을 한다. '흰 바람벽'은 화자의 과거와 기억과 그의 내면을 비추는 의미의 시적 대상이다. [가]의 경우에 '지치운 불빛'과 '어두운 그림자'는 힘든 삶에 시달린 화자의 모습과 피로감을 반영하고 있는 시적 대상이다.

[채점 기준]

– 지치운 불빛과 어두운 그림자 모두 쓴 경우 10점(단, 불빛, 그림자라고 쓴 경우도 정답으로 인정)

– 지치운 불빛 혹은 어두운 그림자 중 한 가지만 쓴 경우 5점

수학

05

배점(총점)	예상 소요 시간
10점	3분 / 전체 80분

[정답]

$f(x)$의 역함수는 $g(x)-\log_2(x-k)+1$

$g(5)=2$이므로, $k=3$

$g(35)=\log_2(35-3)+1=6$

[채점 기준]

답안	배점	예상 소요 시간
$f(x)$의 역함수는 $g(x)=\log_2(x-k)+1$	4점	
$g(5)=2$이므로, $k=3$	3점	3분 / 전체 80분
$g(35)=\log_2(35-3)+1$ $=6$	3점	

06

배점(총점)	예상 소요 시간
10점	5분 / 전체 80분

[정답]

실근을 갖기 위한 이차방정식의 판별식 $D\geq0$,

따라서 $3\sin^2\theta-4\left(\cos\theta-\dfrac{1}{4}\right)\geq0$

이는 $(3\cos\theta-2)(\cos\theta+2)\leq0$이고,

이를 풀면 $-2\leq\cos\theta\leq\dfrac{2}{3}$이다.

항상 $\cos\theta\geq-1$이므로, $\cos\theta\leq\dfrac{2}{3}$

$\cos\alpha=\cos\beta=\dfrac{2}{3}$, α는 1사분면, β는 4사분면

$\tan\alpha=\dfrac{\sqrt{5}}{2}$, $\tan\beta=-\dfrac{\sqrt{5}}{2}$ $\therefore \sqrt{5}$

[채점 기준]

답안	배점	예상 소요 시간
실근을 갖기 위한 이차방정식 의 판별식 $D\geq0$. 따라서 $3\sin^2\theta-4\left(\cos\theta-\dfrac{1}{4}\right)\geq0$	3점	
이는 $(3\cos\theta-2)(\cos\theta+2)\leq0$ 이고, 이를 풀면 $-2\leq\cos\theta\leq\dfrac{2}{3}$이다.	2점	
항상 $\cos\theta\geq-1$이므로, $\cos\theta\leq\dfrac{2}{3}$ $\cos\alpha=\cos\beta=\dfrac{2}{3}$, α는 1사분면, β는 4사분면	2점	5분 / 전체 80분
$\tan\alpha=\dfrac{\sqrt{5}}{2}$, $\tan\beta=-\dfrac{\sqrt{5}}{2}$ $\therefore \sqrt{5}$	3점	

07

배점(총점)	예상 소요 시간
10점	5분 / 전체 80분

[정답]

근과 계수와의 관계에 의해 $\alpha_n+\beta_n=-25$,

$\alpha_n\beta_n=-(2n-1)(2n+1)$이고,

식에 대입하면 $\displaystyle\sum_{n=1}^{m}\left(\dfrac{1}{\alpha_n}+\dfrac{1}{\beta_n}\right)=\sum_{n=1}^{m}\dfrac{\alpha_n+\beta_n}{\alpha_n\beta_n}$

$=\displaystyle\sum_{n=1}^{m}\dfrac{25}{(2n-1)(2n+1)}$이다.

따라서 $\displaystyle\sum_{n=1}^{m}\dfrac{25}{(2n-1)(2n+1)}$

$=\dfrac{25}{2}\displaystyle\sum_{n=1}^{m}\left(\dfrac{1}{2n-1}-\dfrac{1}{2n+1}\right)$이고

$=\dfrac{25}{2}\left(1-\dfrac{1}{3}+\dfrac{1}{3}-\dfrac{1}{5}+\cdots-\dfrac{1}{2m+1}\right)=\dfrac{25m}{2m+1}$

$25m=12(2m+1)$이므로 $m=120$이다.

[채점 기준]

답안	배점	예상 소요 시간
근과 계수와의 관계에 의해 $\alpha_n+\beta_n=-25$, $\alpha_n\beta_n=-(2n-1)(2n+1)$	2점	
$\displaystyle\sum_{n=1}^{m}\left(\dfrac{1}{\alpha_n}+\dfrac{1}{\beta_n}\right)=\sum_{n=1}^{m}\dfrac{\alpha_n+\beta_n}{\alpha_n\beta_n}$ $=\displaystyle\sum_{n=1}^{m}\dfrac{25}{(2n-1)(2n+1)}$	2점	
$\displaystyle\sum_{n=1}^{m}\dfrac{25}{(2n-1)(2n+1)}$ $=\dfrac{25}{2}\displaystyle\sum_{n=1}^{m}\left(\dfrac{1}{2n-1}\right.$ $\left.-\dfrac{1}{2n+1}\right)$ $=\dfrac{25}{2}\left(1-\dfrac{1}{3}+\dfrac{1}{3}-\dfrac{1}{5}+\right.$ $\left.\cdots-\dfrac{1}{2m+1}\right)=\dfrac{25m}{2m+1}$	4점	5분 / 전체 80분
따라서 $25m=12(2m+1)$ 이므로 $m=120$이다.	2점	

08

배점(총점)	예상 소요 시간
10점	5분 / 전체 80분

[정답]

(가)로부터 $f(x)=\displaystyle\int f'(x)dx=\int(3x^2-2x+1)dx$

$=x^3-x^2+x+c$

$f'(1)=2$이므로 곡선 $y=f(x)$ 위의 점 $(1,f(1))$에서의

접선의 방정식은 $y=2(x-1)+f(1)$이다.

접선의 x절편이 -1이므로

$0=2(-1-1)+(1-1+1+c)$, 따라서 $c=3$

결국, $f(x)=x^3-x^2+x+3$

[채점 기준]

답안	배점	예상 소요 시간
(가)로부터 $f(x)=\int f'(x)dx$ $=\int(3x^2-2x+1)dx$ $=x^3-x^2+x+c$	3점	
$f'(1)=2$이므로 곡선 $y=f(x)$ 위의 점 $(1, f(1))$에서의 접선의 방정식은 $y=2(x-1)+f(1)$이다.	3점	5분 / 전체 80분
접선의 x절편이 -1이므로 $0=2(-1-1)+$ $(1-1+1+c)$, 따라서 $c=3$	2점	
결국, $f(x)=x^3-x^2+x+3$	2점	

실전모의고사 [인문계열]

제1회 실전모의고사

국어[인문]

01 [모범답안]
① 그런데, 되었습니다
② 저는, 있습니다

[바른해설]
① 1문단에서 '그런데 □□강과 ~ 지원하게 되었습니다.'라는 내용 등을 통해 사랑군 홍보 봉사단에 지원한 동기가 반영되었음을 확인할 수 있다.
② 3문단에서 '저는 성격이 ~ 의사소통을 할 수 있습니다.'라는 내용을 통해 사랑군 홍보 봉사단에 어울리는 학생의 성격이 반영되었음을 확인할 수 있다.

[채점기준]

답안	배점	예상 소요 시간
① 그런데, 되었습니다	5점	3분 / 전체 80분
② 저는, 있습니다	5점	

02 [모범답안]
㉠ 열거 / ㉡ 접속 / ㉢ 대용 / ㉣ 예시

[바른해설]
㉠: 앞에서 언급한 네 가지의 행동 요령을 '열거'한다는 것을 나타내는 적절한 담화 표지로, 텍스트의 응집성을 높이고 있다.
㉡: 앞에서 언급한 마스크를 착용해야 한다는 것과 상반되는 내용이 뒤에 이어짐을 알려 주는 적절한 '접속' 표현으로, 텍스트의 응집성을 높이고 있다.
㉢: 앞에서 언급한 도로변이나 공사장 주변 등을 의미하는 적절한 '대용' 표현으로, 텍스트의 응집성을 높이고 있다.
㉣: 앞에서 언급한 내용의 '예시'가 이어짐을 알려 주는 적절한 담화 표지로, 텍스트의 응집성을 높이고 있다.

[채점기준]

답안	배점	예상 소요 시간
㉠ 열거	2점	4분 / 전체 80분
㉡ 접속	3점	
㉢ 대용	3점	
㉣ 예시	2점	

03 [모범답안]
① 통일성
② 응집성
③ 의도성

[바른해설]
① ⓐ의 첫 번째 문장은 비유적인 표현이 담긴 문장으로 이 문장만으로는 문장에 담긴 의도를 파악하기 어렵다. 하지만 제목과 두 번째 문장을 통해 첫 번째 문장에 담긴 의도를 파악할 수 있고 일관된 주제를 전달하므로 '통일성'이 잘 드러나는 텍스트라고 할 수 있다.
② ⓑ는 문맥상 어울리지 않는 단어 사용으로 인해 문장 간의 연결이 어색하므로 텍스트의 하위 내용들이 표면상 긴밀하고 자연스럽게 연결되지 못하여 '응집성'이 결여된 텍스트라고 할 수 있다.
③ ⓐ는 텍스트의 목적과 내용이 제목을 통해 드러나고 있으므로 텍스트가 특정한 목적을 지녀야 하는 특성인 '의도성'이 잘 드러나 있지만, ⓑ는 제목이 텍스트의 내용과 관련성이 떨어지고 텍스트의 목적과 핵심 내용을 파악하기가 어려워 '의도성'이 결여된 텍스트라고 할 수 있다.

[채점기준]

답안	배점	예상 소요 시간
① 통일성	3점	4분 / 전체 80분
② 응집성	3점	
③ 의도성	4점	

04 **[모범답안]**

학습을 위한 독서

[바른해설]

제시문에서 서술자는 학습을 위한 독서를 잘하기 위해서는 다양한 독서 전략의 활용이 필요하다며 '예측하기', '시연하기', '회상하기' 전략을 제시하고 각 전략에 관해 구체적으로 설명하고 있다. 그러므로 제시문의 내용을 대표하는 주제는 '학습을 위한 독서'가 적절하다.

[채점기준]

답안	배점	예상 소요 시간
학습을 위한 독서	10점	3분 / 전체 80분

05 **[모범답안]**

① 시연하기

② 회상하기

[바른해설]

① 〈보기1〉의 2단계에서 핵심어와 중심 내용을 왼쪽에 위계적으로 정리하는 것은 윗글에 제시된 독서 전략 중 '시연하기'에서 학습자가 정보 간의 관계를 생각해 보는 것과 관련이 있다.

② 〈보기1〉의 3단계에서 메모를 점검하고 통합하여 중심 내용을 정리하는 것은 윗글에 제시된 독서 전략 중 글을 읽으면서 표시한 메모나 밑줄 등을 다시 보면서 중심 내용을 떠올리는 '회상하기'와 관련이 있다.

[채점기준]

답안	배점	예상 소요 시간
① 시연하기	5점	4분 / 전체 80분
② 회상하기	5점	

06 **[모범답안]**

① 공자

② 혜강

③ 노자

[바른해설]

① '공자'는 즐거움이 외부적 사건에서 올 수도 있지만 진정한 즐거움은 도를 알고 실천하는 데서 오는 즐거움이라고 하였으므로, 행복이 외부에서 오는 것이라는 말에 전적으로 동의하지는 않을 것이다.

② '혜강'은 자연법칙을 거스르지 않고 조용한 가운데 마음을 비우고 태평함을 얻어야 한다고 하였으므로, 세속적 일에 흔들리지 않는 정신적 경지에 이르렀을 때 진정으로 행복해질 수 있다는 말에 동의할 것이다.

③ '노자'는 행복을 위해서 사사로움을 줄이고 욕심을 적게 가져야 한다고 하였으므로, 인간이 불행해지는 이유는 만족함을 모르고 더 많은 쾌락을 얻으려고 하기 때문이라는 말에 동의할 것이다.

[채점기준]

답안	배점	예상 소요 시간
① 공자	3점	
② 혜강	4점	5분 / 전체 80분
③ 노자	3점	

07 **[모범답안]**

시간이, 있다

[바른해설]

(가)의 5연에서 '시간이 똘똘 배암의 또아리를 틀고 있다'는 시구는 '시간'이라는 눈으로 볼 수 없는 추상적인 관념을 '배암의 또아리'를 튼 모습으로 형상화함으로써 위험한 상태에 놓인 상황에 대한 긴장감을 조성하고 있다.

[채점기준]

답안	배점	예상 소요 시간
시간이	5점	4분 / 전체 80분
있다	5점	

08 **[모범답안]**

① 거울때문에나는거울속의나를만져보지못하는구료마는

② 나는거울속의나를근심하고진찰(診察)할수없으니퍽섭섭하오

[바른해설]

① (나)의 '거울때문에나는거울속의나를만져보지못하는구료마는'에서 '거울'로 인해 직접 만날 수 없는 본질적 자아와 현실적 자아의 상황은 본질 탐색의 어려움을 드러낸 것이라 볼 수 있다.

② (나)의 '나는거울속의나를근심하고진찰(診察)할수없으니퍽섭섭하오'에서 '거울속의나'를 '근심하고진찰할수없으니퍽섭섭하'다고 한 것은 성찰을 통해 분열을 극복하기가 쉽지 않음을 드러낸 것으로 볼 수 있다.

[채점기준]

답안	배점	예상 소요 시간
① 거울때문에나는거울속의나를만져보지못하는구료마는	5점	
② 나는거울속의나를근심하고진찰(診察)할수없으니퍽섭섭하오	5점	4분 / 전체 80분

09 [모범답안]

ⓐ 감사

ⓑ 오유란

ⓒ 이생

[바른해설]

감사가 별당에서 책만 읽으며 지내는 이생을 위해 벌인 잔치에서 이생이 화를 내며 돌아가 버리자 ⓐ감사는 기녀인 오유란을 불러 이생의 훼절을 지시하였다. 이에 ⓑ오유란은 이생을 유혹하고 계략을 꾸며 훼절을 수행하였다. 그제야 자신이 속은 것을 깨달은 ⓒ이생은 공부에 매진하고 장원 급제하여 암행어사가 되었고, 이후 오유란에게 죄를 물었지만 사건의 전말이 밝혀진 후 그녀를 용서하게 된다.

[채점기준]

답안	배점	예상 소요 시간
ⓐ 감사	3점	
ⓑ 오유란	4점	5분 / 전체 80분
ⓒ 이생	3점	

수학[인문]

10 [모범답안]

함수 $f(x)$가 실수 전체의 집합에서 연속이므로 $x=1$에서도 연속이다. 즉, $\lim\limits_{x \to 1} f(x) = f(1)$이어야 하므로

$$\lim_{x \to 1} \frac{x^2 + 3x - a}{x - 1} = b \qquad \cdots\cdots \text{㉠}$$

㉠에서 $x \to 1$일 때 (분모) $\to 0$이고 극한값이 존재하므로 (분자) $\to 0$이어야 한다.

즉, $\lim\limits_{x \to 1}(x^2 + 3x - a) = 1 + 3 - a = 0$이므로 $a = 4$

$a = 4$를 ㉠의 좌변에 대입하면

$$\lim_{x \to 1} \frac{x^2 + 3x - 4}{x - 1} = \lim_{x \to 1} \frac{(x+4)(x-1)}{x-1}$$
$$= \lim_{x \to 1}(x+4) = 5$$

이므로 $b = 5$

따라서 $2a - b = 8 - 5 = 3$

[채점기준]

답안	배점	예상 소요 시간
$\lim\limits_{x \to 1} \dfrac{x^2 + 3x - a}{x - 1} = b$	2점	
$\lim\limits_{x \to 1}(x^2 + 3x - a) = 0$이므로 $a = 4$	3점	3분 / 전체 80분
$\lim\limits_{x \to 1} \dfrac{x^2 + 3x - 4}{x - 1} = 5$이므로 $b = 5$	3점	
$2a - b = 3$	2점	

11 [모범답안]

$$\tan^2\theta - \tan^2\theta\sin^2\theta = \tan^2\theta(1 - \sin^2\theta)$$
$$= \tan^2\theta \times \cos^2\theta = \frac{\sin^2\theta}{\cos^2\theta} \times \cos^2\theta = \sin^2\theta$$

$\tan^2\theta - \tan^2\theta\sin^2\theta = \dfrac{4}{5}$에서 $\sin^2\theta = \dfrac{4}{5}$

$\pi < \theta < \dfrac{3}{2}\pi$에서 $\sin\theta < 0$, $\cos\theta < 0$이므로

$$\sin\theta = -\frac{2\sqrt{5}}{5}, \cos\theta = -\sqrt{1 - \frac{4}{5}} = -\frac{\sqrt{5}}{5}$$

$$\tan\theta = \frac{\sin\theta}{\cos\theta} = \frac{-\dfrac{2\sqrt{5}}{5}}{-\dfrac{\sqrt{5}}{5}} = 2$$

따라서 $\cos^2\theta + \tan\theta = \left(-\dfrac{\sqrt{5}}{5}\right)^2 + 2 = \dfrac{1}{5} + 2 = \dfrac{11}{5}$

[채점기준]

답안	배점	예상 소요 시간
$\tan^2\theta - \tan^2\theta\sin^2\theta = \sin^2\theta$	3점	
$\sin^2\theta = \dfrac{4}{5}$	2점	
$\sin\theta = -\dfrac{2\sqrt{5}}{5}$, $\cos\theta = -\dfrac{\sqrt{5}}{5}$, $\tan\theta = 2$	3점	3분 / 전체 80분
$\dfrac{11}{5}$	2점	

12 [모범답안]

등차수열 $\{a_n\}$의 공차를 d라 하면 $a_4 = a_2 + 2d$

$a_2 = 5$, $a_4 = 11$이므로 $11 + 5 + 2d$에서 $d = 3$

$a_1 = a_2 - d = 5 - 3 = 2$

그러므로 등차수열 $\{an\}$의 일반항은

$a_n = 2 + (n-1)d \times 3 = 3n - 1$

이때

$$\sum_{k=1}^{m} \frac{1}{a_k a_{k+1}} = \sum_{k=1}^{m} \frac{1}{(3k-1)(3k+2)}$$

$$= \frac{1}{3} \sum_{k=1}^{m} \left(\frac{1}{3k-1} - \frac{1}{3k+2} \right)$$

$$= \frac{1}{3} \left\{ \left(\frac{1}{2} - \frac{1}{5} \right) + \left(\frac{1}{5} - \frac{1}{8} \right) + \left(\frac{1}{8} - \frac{1}{11} \right) + \cdots \right.$$

$$\left. + \left(\frac{1}{3m-1} \right) - \left(\frac{1}{3m+2} \right) \right\}$$

$\frac{1}{3} \left(\frac{1}{2} - \frac{1}{3m+2} \right)$ 이므로

$\frac{1}{3} \left(\frac{1}{2} - \frac{1}{3m+2} \right) > \frac{4}{25}$ 에서

$$\frac{1}{2} - \frac{1}{3m+2} > \frac{12}{25}, \ \frac{1}{3m+2} < \frac{1}{50}$$

$3m+2 > 50, \ m > 16$

따라서 자연수 m의 최솟값은 17이다.

[채점기준]

답안	배점	예상 소요 시간
$a_n = 3n - 1$	3점	
$\sum_{k=1}^{m} \dfrac{1}{a_k a_{k+1}}$ $= \dfrac{1}{3} \left(\dfrac{1}{2} - \dfrac{1}{3m+2} \right)$	4점	4분 / 전체 80분
$m > 16$	2점	
17	1점	

13 [모범답안]

시각 $t=a$에서 두 점 P, Q의 속도가 같으므로

$a^2 - 4a + a = 2a - b$

$a^2 - 5a = -b \qquad \cdots\cdots \text{㉠}$

또 시각 $t=0$에서 $t=a$까지 두 점 P, Q의 위치의 변화량은 각각

$$\int_0^a (t^2 - 4t + a)\,dt \left[\frac{1}{3}t^3 - 2t^2 + at \right]_0^a = \frac{1}{3}a^3 - a^2,$$

$$\int_0^a (2t - b)\,dt = \left[t^2 - bt \right]_0^a = a^2 - ab$$

이고 시각 $t=0$에서 $t=a$까지 두 점 P, Q의 위치의 변화량이 같으므로

$$\frac{1}{3}a^3 - a^2 = a^2 - ab, \ \frac{1}{3}a^3 - 2a^2 = -ab$$

$a > 0$이므로 양변을 a로 나누면

$\frac{1}{3}a^2 - 2a = -b \qquad \cdots\cdots \text{㉡}$

㉠, ㉡에서

$a^2 - 5a = \frac{1}{3}a^2 - 2a, \ \frac{2}{3}a^2 = 3a$

$a > 0$이므로 양변을 a로 나누면 $\frac{2}{3}a = 3, \ a = \frac{9}{2}$

$a = \frac{9}{2}$를 ㉠에 대입하면 $\frac{81}{4} - \frac{45}{2} = -b, \ b = \frac{9}{4}$

따라서 $a - 2b = \frac{9}{2} - 2\cdot\frac{9}{4} = 0$

[채점기준]

답안	배점	예상 소요 시간
$a^2 - 5a = -b$	2점	
$\int_0^a (t^2 - 4t + a)\,dt$ $= \frac{1}{3}a^3 - a^2$	3점	4분 / 전체 80분
$\int_0^a (2t - b)\,dt = a^2 - ab$	3점	
$a = \frac{9}{2}, \ b = \frac{9}{4}$ $a - 2b = 0$	2점	

14 [모범답안]

$f(x) = \frac{1}{3}x^3 + x^2 - 3x + a$ 에서

$f'(x) = x^2 + 2x - 3 = (x+3)(x-1)$

$f'(x) = 0$에서 $x = -3$ 또는 $x = 1$

함수 $f(x)$의 증가와 감소를 표로 나타내면 다음과 같다.

x	$\cdots$	-3	$\cdots$	1	$\cdots$
$f'(x)$	$+$	0	$-$	0	$+$
$f(x)$	↗	극대	↘	극소	↗

함수 $f(x)$는 $x=1$에서 극솟값 $\frac{10}{3}$을 가지므로 $b=1$이고

$f(1) = \frac{1}{3} + 1 - 3 + a = \frac{10}{3}$에서 $a = 5$

따라서 $a - 2b = 5 - 2 = 3$

[채점기준]

답안	배점	예상 소요 시간
① $x^2 + 2x - 3$	2점	
② $x = 1$	4점	4분 / 전체 80분
③ $b = 1$	3점	
④ 3	1점	

15 [모범답안]

함수 $f(x)$는 최고차항의 계수가 1인 삼차함수이므로

$f(x) = x^3 + ax^2 + bx + c$ (a, b, c는 상수)라 하면

$f'(x) = 3x^2 + 2ax + b$

함수 $y = f(x)$의 그래프 위의 점 $(t, f(t))$에서의 접선의 방정식은 $y - f(t) = f'(t)(x - t)$,

즉 $y = f'(t)x + f(t) - tf'(t)$이므로

$g(t) = f(t) - tf'(t)$

$= (t^3 + at^2 + bt + c) - t(3t^2 + 2at + b)$

$= -2t^3 - at^2 + c$

한편, $g(t)-g(0)=-2t^3-at^2=-t^2(2t+a)$이므로

$g(t)-g(0)=0$에서 $t=0$ 또는 $t=-\dfrac{a}{2}$

조건 (나)에 의하여 함수 $|g(t)-g(0)|$은 $t=1$에서만 미분 가능하지 않으므로

$-\dfrac{a}{2}=1$, $a=-2$

$g(t)=-2t^3+2t^2+c$에서

$g'(t)=-6t^2+4t=-2t(3t-2)$

$g'(t)=0$에서 $t=0$ 또는 $t=\dfrac{2}{3}$

함수 $g(t)$의 증가와 감소를 표로 나타내면 다음과 같다.

t	$\cdots$	0	$\cdots$	$\dfrac{2}{3}$	$\cdots$
$g'(t)$	$-$	0	$+$	0	$-$
$g(t)$	$\searrow$	극소	$\nearrow$	극대	$\searrow$

함수 $g(t)$는 $t=\dfrac{2}{3}$에서 극댓값 $\dfrac{35}{27}$를 가지므로

$g\left(\dfrac{2}{3}\right)=-2\times\dfrac{8}{27}+2\times\dfrac{4}{9}+c=\dfrac{8}{27}+c=\dfrac{35}{27}$에서

$c=1$

따라서 $g(t)=-2t^3+2t^2+1$이므로

$g(-3)=54+18+1=73$

[채점기준]

답안	배점	예상 소요 시간
$f'(x)=3x^2+2ax+b$	2점	
$g(t)=f(t)-tf'(t)$ $=-2t^3-at^2+c$	2점	
함수 $g(t)$는 $t=\dfrac{2}{3}$에서 극댓 값 $\dfrac{35}{27}$를 가지므로 $g\left(\dfrac{2}{3}\right)=\dfrac{35}{27}$에서 $c=1$	4점	5분 / 전체 80분
$g(t)=-2t^3+2t^2+1$이므로 $g(-3)=73$	2점	

제2회 실전모의고사

국어[인문]

01 [모범답안]
ⓐ 현상 유지 성향 / ⓑ 손실 회피 성향

[바른해설]
ⓐ 사촌 형이 더 이상 읽지 않는 잡지의 정기 구독을 귀찮아서 취소하지 않은 것은 소비자의 심리 성향 중 합리적 이유 없이 현 상태를 변화 없이 유지하려는 '현상 유지 성향'과 관련된 사례이다.
ⓑ 한 자산가가 수익성이 높은 은행 A(연이율 5%, 안전도 50%)가 아닌 안전성이 높은 은행 B(연이율 2.5%, 안전도 100%)에 자신의 예금을 맡긴 것은 소비자의 심리 성향 중 이익보다 손실에 더 민감하게 반응하는 손실 회피 성향과 관련된 사례이다.

[채점기준]

답안	배점	예상 소요 시간
ⓐ 현상 유지 성향	5점	2분 / 전체 80분
② 손실 회피 성향	5점	

02 [모범답안]
① 가시성 / ② 비가시성

[바른해설]
① 일망 감시 감옥은 중앙의 탑에 감시자를 배치함으로써 '가시성'의 특성을 확보한다. 이러한 가시성의 특성으로 인해 수감자는 지속적이고 의식적으로 감시에 노출되고, 감시의 시선을 수감자 스스로 내면화함으로써 권력 구조가 유지되는 효과가 발생한다.
② 원형 건물의 분할된 부분들과 완전히 분리된 독방은 일망 감시 감옥의 '비가시성'의 특성을 보여준다. 이러한 비가시성의 특성은 군중과 집단을 해체함으로써 질서를 보장하고 감시자가 개인을 쉽게 통제할 수 있으며 수감자는 타인과 격리되어 주시의 대상으로 고립되는 효과가 발생한다.

[채점기준]

답안	배점	예상 소요 시간
① 가시성	5점	4분 / 전체 80분
② 비가시성	5점	

03 [모범답안]
ⓐ 수감자의 감금

ⓑ 충분한 빛 제공, 수감자의 노출

[바른해설]
제시문의 두 번째 단락에서 일망 감시 감옥은 지하 감옥의 세 가지 기능, 즉 감금하고, 빛을 차단하고, 숨겨 두는 기능 중에서 첫 번째만 남겨 놓고 뒤의 두 가지를 없애 버린 형태라고 서술하고 있다. 그러므로 일망 감시 감옥과 지하 감옥의 공통적인 기능은 '수감자의 감금'이고, 차이점은 '충분한 빛 제공'과 '수감자의 노출'이다.

[채점기준]

답안	배점	예상 소요 시간
ⓐ 수감자의 감금	2점	5분 / 전체 80분
ⓑ 충분한 빛 제공, 수감자의 노출 [각 4점]	8점	

04 [모범답안]
① ⓐ여러
② ⓓ어업
③ ⓔ식문화의
④ ⓑ심각한 / ⓒ모인

[바른해설]
ⓐ의 '여러'는 관형사로 뒤에 오는 '바닷물고기'를 수식하고 있으므로 관형사가 관형어 역할을 한 예이다.
ⓑ의 '심각한'은 형용사 어간 '심각하-'에 관형사형 어미 '-ㄴ'이 결합된 형태로 형용사의 활용형이 관형어 역할을 한 예이다.
ⓒ의 '모인'은 동사 어간 '모이-'에 관형사형 어미 '-ㄴ'이 결합된 형태로 동사의 활용형이 관형어 역할을 한 예이다.
ⓓ의 '어업'은 체언이 그대로 관형어로 쓰인 예이다.
ⓔ의 '식문화의'는 체언에 관형격 조사 '의'가 결합하여 관형어로 쓰인 예이다.

[채점기준]

답안	배점	예상 소요 시간
① ⓐ여러	2점	2분 / 전체 80분
② ⓓ어업	2점	
③ ⓔ식문화의	2점	
④ ⓑ심각한 / ⓒ모인 [각 2점]	4점	

05 [모범답안]
① 입증
② 무관한

③ 반입증

[바른해설]
① '백조이고 흰 대상'은 H1의 전건과 후건을 모두 만족하는 사례이므로 H1의 '입증' 사례이다.
② '백조가 아니고 흰 대상'은 H1의 전건을 만족하지 않는 사례이므로 H1과 '무관한' 사례이다.
③ '백조이고 희지 않은 대상'은 H1의 전건은 만족하지만 후건은 만족하지 않는 사례이므로 '반입증' 사례이다.

[채점기준]

답안	배점	예상 소요 시간
① 입증	3점	
② 무관한	4점	3분 / 전체 80분
③ 반입증	3점	

06 [모범답안]
입증의 역설

[바른해설]
제시문의 주제는 헴펠의 입증 이론과 입증의 역설 탐구이다. 즉, 헴펠의 '입증의 역설'을 통해 과학적 가설의 입증 문제를 다루고 있는데, '입증'은 '어떤 증거가 가설이 참이라는 것을 뒷받침하는 것'을 의미하며, '역설'은 '일반적으로 모순을 야기하지 아니하나 특정한 경우에는 논리적 모순을 일으키는 논증'을 의미한다.

[채점기준]

답안	배점	예상 소요 시간
입증의 역설	10점	3분 / 전체 80분

[07~08]

갈래	단편 소설, 심리 소설	특징	• 현대인의 진실하지 못한 관계를 초현실주의적 기법으로 그림
성격	상징적, 비판적, 환상적		
배경	• 시간: 1970년대 • 공간: 도시의 어느 한 아파트		• 인간적 유대가 없는 현대 사회의 모습을 아파트라는 상징적 공간을 통해 나타내고 있음
주제	현대인의 소외감과 불안 의식		

07 [모범답안]
스위치

[바른해설]
작품 속 '그'가 스위치를 켜는 행위는 사물들이 살아 움직이는 환상에서 벗어나려는 '그'의 반발 의식이 내재된 행위이며,

'그'가 스위치를 끄는 행위는 '그'를 다시 환상의 세계로 인도하여 '그'가 주체성을 잃고 점차 사물화되어 가는 행위이다. 이러한 스위치를 켜고 끄는 행위의 반복은 현대인의 불안 의식을 반영하고 있다. 즉, 작품 속 '스위치'가 현대인의 불안 의식을 표현하는 도구로 사용되고 있다.

[채점기준]

답안	배점	예상 소요 시간
스위치	10점	2분 / 전체 80분

08 [모범답안]
그는 마치 부활하는 것처럼 보였다.

[바른해설]
『타인의 방』은 상상력의 확장을 통해 점차 사물화되어 가는 신체를 '부활'로 받아들임으로써, 정체성을 상실하고 있는 현대인의 실존 문제를 상징적으로 비판하고 있다. 위 작품의 마지막 문장인 '그는 마치 부활하는 것처럼 보였다.'에서 '그'가 사물로 변하여 마침내 주체성을 상실하게 된다.

[채점기준]

답안	배점	예상 소요 시간
그는 마치 부활하는 것처럼 보였다.	10점	5분 / 전체 80분

09

갈래	자유시, 서정시		해제	이 작품은 매미를 의인화하여 시인의 삶과의 유사성을 드러내며 시인으로서 갖춰야 할 태도를 표현하고 있다. 긴 세월 음지에서 보내다 매미가 되어 나무를 올라가 우는 목청은 새로운 생명을 주기 위한 것이고, 시인의 삶이란 매매처럼 의미 있는 노래를 하기 위해 인고의 세월을 거쳐야 함을 드러내고 있다.
제제	매미			
주제	매미의 울음과 시인의 삶			
구성	• 1연: 목숨이 다할 때까지 우는 매미 • 2연: 흙 속에서 인고의 세월을 거친 매미의 등반 • 3연: 매미가 나무를 오르는 것에 대한 궁금증 • 4연: 매매의 울음과 새로운 생명의 탄생			

[모범답안]
[A] 마지막 허물을 벗기 위하여
[B] 새로운 애벌레들의 행진

[바른해설]

[A]의 '마지막 허물을 벗기 위하여' 나무를 오르게 된 것일지도 모른다는 예상은, [B]에서 매미가 나무를 오르는 것이 다른 매미들을 모아 '새로운 애벌레들의 행진' 즉, 새로운 애벌레를 탄생시키기 위한 것임이 드러나면서 예상과는 다른 이유가 있었음이 밝혀지고 있다.

[채점기준]

답안	배점	예상 소요 시간
[A] 마지막 허물을 벗기 위하여	5점	4분 / 전체 80분
[B] 새로운 애벌레들의 행진	5점	

수학[인문]

10 [모범답안]

$y'=3x^2$이므로 점 $P(t, t^3)$에서 접선의 기울기는 $3t^2$

따라서 점 $P(t, t^3)$에서 접선의 방정식은

$y=3t^2(x-t)+t^3=3t^2x-2t^3$

한편, 위의 접선은 $(2, 0)$을 지나므로

$0=6t^2-2t^3=2t^2(3-t)$

점 $P(t, t^3)$는 원점이 아니므로, $t=3$

$\therefore$ 접선의 기울기는 $3t^2=27$

[채점기준]

답안	배점	예상 소요 시간
① $y=3t^2(x-t)+t^3$ $\quad =3t^2x-2t^3$	5점	4분 / 전체 80분
② $t=3$	3점	
③ $3t^2=27$	2점	

11 [모범답안]

$\sin\theta+2\cos\theta=0$에서 $2\cos\theta=-\sin\theta$

즉, $4\cos^2\theta=\sin^2\theta$이므로 $\sin^2\theta+\cos^2\theta=1$에서

$4\cos^2\theta+\cos^2\theta=1, 5\cos^2\theta=1$

$\cos^2\theta=\dfrac{1}{5}$

$\dfrac{\pi}{2}<\theta<\pi$일 때, $\cos\theta<0$이므로 $\cos\theta=-\dfrac{1}{\sqrt{5}}$

$\sin\theta=-2\cos\theta=\dfrac{2}{\sqrt{5}}$

따라서

$\sin\theta-2\cos\theta=\dfrac{2}{\sqrt{5}}-2\left(-\dfrac{1}{\sqrt{5}}\right)=\dfrac{4}{\sqrt{5}}=\dfrac{4\sqrt{5}}{5}$

[채점기준]

답안	배점	예상 소요 시간
$\cos^2=\dfrac{1}{5}$	3점	3분 / 전체 80분
$\dfrac{\pi}{2}<\theta<\pi$일 때, $\cos\theta<0$이므로 $\cos\theta=-\dfrac{1}{\sqrt{5}}$	3점	
$\sin\theta=-2\cos\theta=\dfrac{2}{\sqrt{5}}$	2점	
$\sin\theta-2\cos\theta=\dfrac{4\sqrt{5}}{5}$	2점	

12 [모범답안]

조건 (가)에서

$\dfrac{\log a+\log b}{5}=\dfrac{\log a-\log b}{3}=k$ (k는 실수)라 하면

$\log a+\log b=5k, \log a-\log b=3k$이므로

$\log a=4k, \log b=k$

조건 (나)에서

$a^{-1+\log b}=\log 1000$

$(-1+\log b)\times\log a=3$

$(-1+k)\times 4k=3$

$4k^2-4k-3=0, (2k+1)(2k-3)=0$

a, b가 모두 1보다 큰 실수이므로

$k>0$에서 $k=\dfrac{3}{2}$

따라서 $\log a=4k=6, \log b=k=\dfrac{3}{2}$이므로

$\log a-2\log b=6-2\times\dfrac{3}{2}=3$

[채점기준]

답안	배점	예상 소요 시간
조건 (가)에서 $\log a=4k, \log b=k$	2점	3분 / 전체 80분
조건 (나)에서 $k>0$에서 $k=\dfrac{3}{2}$	3점	
$\log a=4k=6,$ $\log b=k=\dfrac{3}{2}$	2점	
$\log a-2\log b=3$	2점	

13 [모범답안]

$x-a=t$라고 하면 $\displaystyle\lim_{x\to a}\dfrac{f(x-a)}{x-a}=2$에서 $\displaystyle\lim_{t\to 0}\dfrac{f(t)}{t}=2$

$\displaystyle\lim_{x\to 0}\left\{\dfrac{6f(x)}{2x+f(x)}\right\}$의 분모와 분자를 x로 나누면

$$\lim_{x \to 0} \frac{6 \times \dfrac{f(x)}{x}}{2 + \dfrac{f(x)}{x}} = \frac{6 \times 2}{2 + 2} = 3$$

[채점기준]

답안	배점	예상 소요 시간
$\lim\limits_{t \to 0} \dfrac{f(t)}{t} = 2$ (단, $x-a$를 다른 미지수로 치환한 경우에도 인정함)	5점	4분 / 전체 80분
$\lim\limits_{x \to 0} \dfrac{6 \times \dfrac{f(x)}{x}}{2 + \dfrac{f(x)}{x}} = 3$	5점	

14 [모범답안]

$$f(x) = \int f'(x)\,dx = x^3 - 2x^2 + x + C \ (\text{단, } C \text{는 적분상수})$$

점 $(2, f(2))$에서의 접선의 방정식은

$$y = f'(2)(x-2) + f(2)$$

$f'(2) = 5$이므로 $y = 5x - 10 + f(2)$

이때, 접선의 x절편은 $\dfrac{10 - f(2)}{5}$

조건 (나)에 의하여 $\dfrac{10 - f(2)}{5} = -1$, $f(2) = 15$

$f(2) = 15 = 8 - 8 + 2 + C = 2 + C$, $C = 13$

$\therefore f(x) = x^3 - 2x^2 + x + 13$

[채점기준]

답안	배점	예상 소요 시간
$f(x) = \int f'(x)\,dx$ $= x^3 - 2x^2 + x + C$ (단, C는 적분상수)	2점	4분 / 전체 80분
접선의 방정식은 $y = f'(2)(x-2) + f(2)$ x절편은 $\dfrac{10 - f(2)}{5}$	3점	
$f(2) = 15 = 8 - 8 + 2 + C$ $= 2 + C$, $C = 13$	3점	
$f(x) = x^3 - 2x^2 + x + 13$	2점	

15 [모범답안]

등차수열 $\{a_n\}$의 첫째항을 a, 공차를 d라 하자.

$a_2 = 2a_1$에서 $a + d = 2a$이므로 $a = d$

$a_n = a + (n-1)d = a + (n-1)a = an$이므로

$$S_n = \sum_{k=1}^{n} a_k = \sum_{k=1}^{n} ak = \frac{an(n+1)}{2}$$

$$\sum_{k=1}^{5} \frac{1}{S_k} = \sum_{k=1}^{5} \frac{2}{ak(k+1)} = \frac{2}{a} \sum_{k=1}^{5} \left(\frac{1}{k} - \frac{1}{k+1} \right)$$

$$= \frac{2}{a} \left\{ \left(1 - \frac{1}{2}\right) + \left(\frac{1}{2} - \frac{1}{3}\right) + \cdots + \left(\frac{1}{5} - \frac{1}{6}\right) \right\}$$

$$= \frac{2}{a} \left(1 - \frac{1}{6}\right) = \frac{5}{3a}$$

$\dfrac{5}{3a} = 5$에서 $a = \dfrac{1}{3}$

따라서 $S_n = \dfrac{n(n+1)}{6} n$이므로

$$\sum_{k=1}^{12} \frac{a_{k+1}}{S_k S_{k+1}} = \sum_{k=1}^{12} \frac{S_{k+1} - S_k}{S_k S_{k+1}} = \sum_{k=1}^{12} \left(\frac{1}{S_k} - \frac{1}{S_{k+1}} \right)$$

$$= \left(\frac{1}{S_1} - \frac{1}{S_2} \right) + \left(\frac{1}{S_2} - \frac{1}{S_3} \right) + \cdots + \left(\frac{1}{S_{12}} - \frac{1}{S_{13}} \right)$$

$$= \frac{1}{S_1} - \frac{1}{S_{13}}$$

$$= \frac{6}{1 \times 2} - \frac{6}{13 \times 14} = 3 - \frac{3}{91} = \frac{270}{91}$$

[채점기준]

답안	배점	예상 소요 시간
$a = d$, $a_n = a_n$이므로 $S_n = \dfrac{an(n+1)}{2}$	2점	4분 / 전체 80분
$\sum\limits_{k=1}^{5} \dfrac{1}{S_k} = \sum\limits_{k=1}^{5} \dfrac{2}{ak(k+1)}$ $= \dfrac{2}{a} \sum\limits_{k=1}^{5} \left(\dfrac{1}{k} - \dfrac{1}{k+1} \right) = \dfrac{5}{3a}$	3점	
$\dfrac{5}{3a} = 5$에서 $a = \dfrac{1}{3}$ 따라서 $S_n = \dfrac{n(n+1)}{6}$	2점	
$\sum\limits_{k=1}^{12} \dfrac{a_{k+1}}{S_k S_{k+1}} = \dfrac{1}{S_1} - \dfrac{1}{S_{13}}$ $= \dfrac{270}{91}$	3점	

제3회 실전모의고사

국어[인문]

01 [모범답안]

ⓐ 긍정적 / ⓑ 긍정적 / ⓒ 부정적 / ⓓ 긍정적 / ⓔ 부정적

[바른해설]

ⓐ [A]에서 학생 2가 '우리가 문학 시간에 한국 소설사에서 큰 의미가 있는 작품이라고 배웠던 작품이어서 소개할 만한 가치가 있을 것 같은데.'라고 말한 부분을 통해 자신의 제안을 '긍정적'으로 평가하고 있음을 알 수 있다.

ⓑ [A]에서 학생 3이 '다른 모둠이 다루지 않는 분야의 책이라 참신하고'라고 말한 부분을 통해 자신의 제안을 '긍정적'으로 평가하고 있음을 알 수 있다.

ⓒ [A]에서 학생 3이 '다른 모둠들이 ~ 차별성이 부족할 것 같아.'라고 말한 부분을 통해 학생 2의 제안을 부정적으로 평가하고 있음을 알 수 있다.

ⓓ [B]에서 학생 3이 '우리 동영상에 면담 장면을 넣으면 ~ 생생한 느낌도 줄 수 있어서 좋을 것 같아.'라고 말한 부분을 통해 자신의 제안을 긍정적으로 평가하고 있음을 알 수 있다.

ⓔ [B]에서 학생 2가 '현실적으로 어렵지 않을까? ~ 실례일 텐데.'라고 말한 부분을 통해 학생 3의 제안을 부정적으로 평가하고 있음을 알 수 있다.

[채점기준]

답안	배점	예상 소요 시간
ⓐ 긍정적	2점	
ⓑ 긍정적	2점	
ⓒ 부정적	2점	3분 / 전체 80분
ⓓ 긍정적	2점	
ⓔ 부정적	2점	

02 [모범답안]

① 아리스토텔레스

② 버얼리

③ 오컴

[바른해설]

① (가)의 1문단에서 아리스토텔레스는 범주론에서 세상에 존재하는 대상의 존재론적 지위에 대해 논하며, 존재하는 대상의 본질을 10개의 범주로 설명하고자 하였다고 서술되어 있다.

② (가)의 2문단에서 버얼리는 실재의 다의성을 인정하며 실재를 '스스로 존재하는 것'과 '다른 것에 의하여 존재하는 것'으로 나누었다고 하였다.

③ (나)의 1문단에서 오컴은 초월 범주인 실재는 일의어로 서술된다고 보았다고 하였다. 하지만 이것이 서로 다른 범주가 동일한 특성을 가지며 존재한다고 말하는 것은 아니라고 하였다.

[채점기준]

답안	배점	예상 소요 시간
① 아리스토텔레스	2점	
② 버얼리	4점	3분 / 전체 80분
③ 오컴	4점	

03 [모범답안]

㉠ 리 / ㉡ 기 / ㉢ 리 / ㉣ 리

[바른해설]

㉠ (가)의 버얼리는 영혼의 외부에 실체적 공통 본성이 존재할 것이라고 보았다. 〈보기 1〉의 성리학에서도 모든 사물의 존재 및 생성과 관련된 법칙·원리인 '리'가 있다고 하였다. '리'는 개별적 사물이 존재할 수 있게 하는 보편적인 속성을 나타내는 것으로 보았다.

㉡ (가)에서 '무엇임'과 관련된 성질과 '무엇임'을 이루는 양의 결합으로 우유에 의한 순수한 집합체가 생긴다고 하였다. '성질'과 '양'의 범주가 〈보기 1〉의 성리학에서는 사물을 이루는 질료, 즉 '리'에 근거하여 개별적 사물의 구체적 성질과 특성을 드러내는 '기'와 유사하다고 볼 것이다.

㉢ (가)에서 버얼리가 주장하는 우유에 의한 순수한 집합체는 '무엇임'과 관련된 성질과 '무엇임'을 이루는 양의 합성으로 생긴 실재로 개별적 사물의 특성을 나타낸 것이다. 하지만 우유에 의한 순수한 집합체는 보편적 실체 혹은 실체적 공통 본성을 지니지 못해 단일성을 지닌 개별적 실체로 볼 수 없다고 하였다. 〈보기 1〉에 따르면, 성리학에서 '리'는 개별적 사물이 존재할 수 있게 하는 보편적인 속성을 나타낸 것이다. 즉 〈보기 1〉의 성리학에서는 보편적 실체 혹은 실체적 공통 본성을 지니지 못한 우유에 의한 순수한 집합체는 개별적 사물이 존재할 수 있게 하는 보편적인 속성인 '리'가 없다고 볼 것이다.

㉣ (나)의 오컴은 하나의 '개체'와 그의 공통 본성, 즉 본질의 영역인 '보편'이 서로 구분되지 않는다고 생각하고, '보편'은 영혼 내부의 개념으로 여럿에 대하여 서술되는 술어, 즉 언어일뿐이라고 보았다. 이로 보아 〈보기〉의 성리학에서는 오컴이 제시한 일의어는 사물에 내재하는 불변의 법칙인

'리'를 간과하고 있다고 볼 것이다.

[채점기준]

답안	배점	예상 소요 시간
㉠ 리	2점	
㉡ 기	2점	4분 / 전체 80분
㉢ 리	3점	
㉣ 리	3점	

04 [모범답안]

ⓐ 아녜요

ⓑ 볼펜이어요

ⓒ 수도여요

ⓓ 코끼리예요

ⓔ 아녀요

[바른해설]

① '아니＋에요'는 '아니에요'가 되고, 이것의 준말은 '아녜요'이다.

② '볼펜+이＋어요'는 '볼펜이어요'가 되지만, '볼펜'은 자음으로 끝나는 말이기 때문에 '볼펜여요'로 발음되지 않으므로 그것의 준말을 적을 수 없다.

③ '수도+이＋어요'는 '수도이어요'가 되고, 이것의 준말은 '수도여요'이다.

④ '코끼리+이＋에요'는 '코끼리이에요'가 되고, 이것의 준말은 '코끼리예요'이다.

⑤ '아니＋어요'는 '아니어요'가 되고, 이것의 준말은 '아녀요'이다.

[채점기준]

답안	배점	예상 소요 시간
ⓐ 아녜요	2점	
ⓑ 볼펜이어요	2점	
ⓒ 수도여요	2점	3분 / 전체 80분
ⓓ 코끼리예요	2점	
ⓔ 아녀요	2점	

05 [모범답안]

ⓐ 텍스트 중심 독서

ⓑ 독자 중심 독서

ⓒ 사회적 상호 작용 중심 독서

[바른해설]

ⓐ에서 '친구'는 필자의 의도와 생각이 정리된 자료를 제시해 주고 있으므로, '나'가 텍스트에 담긴 정확한 정보를 얻을 수 있도록 필요한 정보를 제공한 것이라고 볼 수 있다. 이는 필자의 의도와 사상을 알고 이를 활용하는 '텍스 중심 독서' 유형

에 해당된다.

ⓑ에서 '나'는 우리 지역의 경제 위기가 인구 감소와 관련이 있다는 보고서를 작성해 보았던 경험을 통해 필자가 서술한 저출생 문제의 경제적 측면의 심각성을 다시 생각해 볼 수 있었다고 하였다. 이는 '나'가 주관적 경험을 바탕으로 텍스트의 의미를 주체적으로 구성하는 '독자 중심 독서' 유형에 해당된다.

ⓒ는 글을 읽고, 글에 대해 반응함으로써 사회에 영향을 주는 행위를 보여 주는 것이다. 이는 사회 구성주의에 바탕을 둔 '사회적 상호 작용 중심의 독서' 유형에 해당된다.

[채점기준]

답안	배점	예상 소요 시간
ⓐ 텍스트 중심 독서	4점	
ⓑ 독자 중심 독서	4점	4분 / 전체 80분
ⓒ 사회적 상호 작용 중심 독서	2점	

[06~07]

(가) 황진이, 『어져 내 일이야』

갈래	평시조	특징	• 감탄사와 영탄적 어조를 활용해 화자의 정서를 표현함 • 도치법 혹은 행간 걸침을 통해 다양한 의미로 해석이 가능함
성격	애상적, 감상적		
제재	임과의 이별		
주제	이별의 안타까움과 임에 대한 그리움		

(나) 윤선도, 『만흥』

갈래	연시조, 강호 한정가	특징	• 강호가의 성격과 충신연주지사의 성격을 동시게 가짐 • 중국의 고사를 활용하여 자연과 함께하는 삶에 대한 만족감을 드러냄
성격	자연 친화적, 풍류적		
제재	자연과 함께 지내는 삶		
주제	자연 속의 삶에 대한 만족과 임금의 은혜에 대한 감사		

(다) 작자 미상, 『일신(一身)이 ᄉᆞ쟈 ᄒᆞ엿더니』

갈래	사설시조	특징	• 열거법, 비유법을 활용하여 주제 의식을 부각함 • 백성을 착취하는 무리들을 물것에 빗대어 비판 · 풍자함
성격	풍자작, 비판적, 해학적		
제재	물 것(인간에게 해로운 존재들)		
주제	세상살이의 고단함과 탐관오리에 대한 비판		

06 [모범답안]

ⓐ 영탄법 / ⓑ 설의법 / ⓒ 비유법 / ⓓ 열거법

[바른해설]

ⓐ 작품 (가)에서는 "어져 내 일이야 그릴 줄을 모로ᄃᆞ냐"에서 영탄적 표현을 통해 그리움의 심리를 드러내고 있다.

ⓑ 작품 (나)에서는 "누고셔 삼공(三公)도곤 낫다 ᄒᆞ더니 만승(萬乘)이 이만ᄒᆞ랴"에서 설의법을 통해 삶에 대한 화자의 만족감을 드러내고 있다.

ⓒ 작품 (다)에서는 비유법을 통해 화자를 괴롭히는 대상을 '물ㄱ것'에 비유하고 있다.

ⓓ 작품 (다)에서는 열거법을 통해 '물ㄱ것'들을 나열함으로써 백성을 수탈하는 탐관오리에 대한 비판 의식을 강조하고 있다.

[채점기준]

답안	배점	예상 소요 시간
ⓐ 영탄법	3점	4분 / 전체 80분
ⓑ 설의법	3점	
ⓒ 비유법 또는 ⓓ 열거법	2점	
ⓓ 열거법 또는 ⓒ 비유법	2점	

07 [모범답안]

ⓐ 이심전신

ⓑ 안분지족

ⓒ 천석고황

ⓓ 백골난망

[바른해설]

• 〈제3수〉의 '말ᄉᆞᆷ도 우움도 아녀도 몯내 됴하ᄒᆞ노라'는 산이 말하거나 웃지 않아도 마음으로 알 수 있다는 것이므로, 마음에서 마음으로 전한다는 뜻의 한자성어 '이심전심(以心傳心)'과 관련이 있다.

• 〈제4수〉의 '만승(萬乘)이 이만ᄒᆞ랴'는 자연 속에서 살아가는 즐거움에 만족하고 있다는 의미이므로, 자기 분수에 만족하여 다른 데 마음을 두지 않는다는 뜻의 한자성어 '안분지족

(安分知足)'과 관련이 있다.

• 〈제4수〉의 '임천한흥(林泉閑興)을 비길 곳이 업세라'는 자연에 묻혀 산수를 사랑하는 태도가 드러나므로, 산수나 풍경을 좋아함을 일컫는 사자성어 '천석고황(泉石膏肓)'과 관련이 있다.

• 〈제6수〉의 '님군 은혜(恩惠)'는 자신이 누리는 즐거움이 임금의 은덕에서 비롯되었음을 나타내는 것이므로, 죽어도 잊지 못할 큰 은혜라는 의미의 사자성어 '백골난망(白骨難忘)'과 관련이 있다.

[채점기준]

답안	배점	예상 소요 시간
ⓐ 이심전심	2점	5분 / 전체 80분
ⓑ 안분지족	2점	
ⓒ 천석고황	3점	
ⓓ 백골난망	3점	

[08~09]

갈래	현대 소설, 단편 소설	특징	• 공간의 이동을 통해 사건이 전개됨 • 서술자의 개입이 절제되고 등장인물의 행동과 묘사에 치중함 • '합장'이라는 상징적 소재를 활용하여 전쟁으로 파괴된 개인의 삶의 내력을 후대에 전함
성격	사실적, 비판적, 상징적		
제재	합장		
주제	전쟁으로 인해 훼손된 개별적 삶의 한(恨)		

08 [모범답안]

합장

[바른해설]

윗글에서 청년은 돌아가신 어머니의 유언에 따라 유골함을 들고 아버지와의 '합장'을 위해 노인을 방문하였고, 이때 노인으로부터 아버지의 죽음과 관련된 얘기를 전해 듣는다. 즉, '합장'은 전쟁으로 파괴된 개인(아버지)의 삶의 내력을 후대(아들)에 전하는 상징적 소재로 사용되었다.

[채점기준]

답안	배점	예상 소요 시간
합장	10점	3분 / 전체 80분

09 [모범답안]

ⓐ 개인의 삶

ⓑ 역사

[바른해설]

윗글 [A]의 청년의 꿈에서 수많은 먼지를 일으키며 끝없이 달려가는 동적인 말들의 모습은 '개인의 삶'을 의미하고, 반면에 사방 어디에나 똑같은 산천과 인기척 없는 들판의 정적인 모습은 끝없이 이어지는 '역사'를 의미한다. 결국 다시 말이 달려가고, 들판이 보이고 하는 장면을 거듭 꿈꾸는 것은 개인의 삶과 역사적 사건이 연관되어 반복됨을 형상화한 것이라고 볼 수 있다.

[채점기준]

답안	배점	예상 소요 시간
개인의 삶	5점	4분 / 전체 80분
역사	5점	

수학[인문]

10 [모범답안]

$$\lim_{x \to \infty} f(x) = \infty \text{에서 } \lim_{x \to \infty}\left\{\frac{1}{f(x)}\right\} = 0$$

$$\lim_{x \to \infty}\{2f(x) - g(x)\} \times \lim_{x \to \infty}\left\{\frac{1}{f(x)}\right\}$$

$$= \lim_{x \to \infty}\left\{2 - \frac{g(x)}{f(x)}\right\} = 5 \times 0 = 0$$

$$\therefore \lim_{x \to \infty}\left\{\frac{g(x)}{f(x)}\right\} = 2$$

$$\lim_{x \to \infty}\left\{\frac{f(x)^2 + 3g(x)^2}{f(x)^2}\right\}$$

$$= \lim_{x \to \infty} 1 + 3\left\{\frac{g(x)}{f(x)}\right\}^2 = 1 + 3 \times 2^2 = 13$$

[채점기준]

답안	배점	예상 소요 시간
① $\lim\limits_{x \to \infty}\left\{\dfrac{1}{f(x)}\right\} = 0$	3점	
② $\lim\limits_{x \to \infty}\left\{\dfrac{g(x)}{f(x)}\right\} = 2$	4점	4분 / 전체 80분
③ $\lim\limits_{x \to \infty}\left\{\dfrac{f(x)^2 + 3g(x)^2}{f(x)^2}\right\}$ $= \lim\limits_{x \to \infty} 1 + 3\left\{\dfrac{g(x)}{f(x)}\right\}^2$ $= 1 + 3 \times 2^2 = 13$	3점	

11 [모범답안]

$\dfrac{x-\pi}{3} = \theta$라 하면 $x = 3\theta + \pi$이므로

$$\frac{2x+\pi}{6} = \frac{2(3\theta+\pi)+\pi}{6} = \theta + \frac{\pi}{2}\text{이고,}$$

$$0 \leq x < 2\pi \text{에서 } -\frac{\pi}{3} \leq \theta < \frac{\pi}{3} \qquad \cdots\cdots \text{㉠}$$

x에 대한 부등식 $2\sin^2\dfrac{x-\pi}{3} - 3\cos\dfrac{2x+\pi}{6} \leq 2$를 θ에 대한 부등식으로 바꾸면

$$2\sin^2\theta - 3\cos\left(\theta + \frac{\pi}{2}\right) \leq 2$$

$$2\sin^2\theta + 3\sin\theta - 2 \leq 0$$

$$(\sin\theta + 2)(2\sin\theta - 1) \leq 0$$

$$\sin\theta + 2 > 0 \text{이므로 } \sin\theta \leq \frac{1}{2} \qquad \cdots\cdots \text{㉡}$$

$\sin\dfrac{\pi}{6} = \dfrac{1}{2}$이므로 부등식 ㉠, ㉡을 모두 만족시키는 θ의 값의 범위는 $-\dfrac{\pi}{3} \leq \theta \leq \dfrac{\pi}{6}$

즉, $-\dfrac{\pi}{3} \leq \dfrac{x-\pi}{3} \leq \dfrac{\pi}{6}$이므로

$$-\pi \leq x - \pi \leq \frac{\pi}{2}, \ 0 \leq x \leq \frac{3}{2}\pi$$

따라서 $\alpha = 0$, $\beta = \dfrac{3}{2}\pi$이므로

$$\cos\frac{\beta - \alpha}{3} = \cos\frac{1}{2}\pi = 0$$

[채점기준]

답안	배점	예상 소요 시간
$0 \leq x < 2\pi$에서 $-\dfrac{\pi}{3} \leq \theta < \dfrac{\pi}{3}$ …… ㉠	3점	
$\sin\theta + 2 > 0$이므로 $\sin\theta \leq \dfrac{1}{2}$ …… ㉡	3점	4분 / 전체 80분
$-\dfrac{\pi}{3} \leq \theta \leq \dfrac{\pi}{6}$	2점	
$\alpha = 0$, $\beta = \dfrac{3}{2}\pi$ $\cos\dfrac{\beta-\alpha}{3} = 0$	2점	

12 [모범답안]

$f'(x) = 12x^2 - 8x$이므로 곡선 $y = f(x)$ 위의 점 $(1, f(1))$에서의 접선의 기울기는 $f'(1) = 12 - 8 = 4$이고, 접선의 방정식은

$y - f(1) = 4(x-1)$, 즉 $y = 4x - 4 + f(1)$

이 접선의 y절편이 3이므로

$-4 + f(1) = 3$에서 $f(1) = 7$

$$f(x) = \int f'(x)dx = \int (12x^2 - 8x)dx$$

$$= 4x^3 - 4x^2 + C \text{ (단, } C\text{는 적분상수)}$$

$f(1) = 4 - 4 + C = 7$이므로 $C = 7$

따라서 $f(x)=4x^3-4x^2+7$이므로
$f(2)=32-16+7=23$

[채점기준]

답안	배점	예상 소요 시간
$y=4x-4+f(1)$	3점	
$f(1)=7,\ C=7$	3점	3분 / 전체 80분
$f(x)=4x^3-4x^2+7$	2점	
$f(2)=23$	2점	

13   [모범답안]

$y=5+\log_3(x-2)$의 그래프를 x축의 방향으로 -3만큼, y축의 방향으로 2만큼 평행이동하면

$y-2=5+\log_3(x-2+3)$

$\therefore y=7+\log_3(x+1)$

이를 $y=x$에 대해 대칭이동하면

$x=7+\log_3(y+1),\ x-7=\log_3(y+1),\ 3^{x-7}=y+1$

$\therefore y=3^{x-7}-1$

따라서 $f(x)=3^{x-7}-1$이므로

$f(7)=3^{7-7}-1=0$

[채점기준]

답안	배점	예상 소요 시간
x는 -3만큼, y는 2만큼 평행 이동한 그래프는 $\therefore y=7+\log_3(x+1)$	3점	
$y=x$에 대해 대칭이동시킨 그 래프는 $\therefore f(x)=3^{x-7}-1$	4점	3분 / 전체 80분
$f(7)=0$	3점	

14   [모범답안]

두 점 $P,\ Q$의 시각 t에서의 위치가 각각 $x_1(t),\ x_2(t)$이고, $x_1(0)=1,\ x_2(0)=5$이므로

$x_1(t)=1+\displaystyle\int_0^t (4s^2-9s+3)ds=\frac{4}{3}t^3-\frac{9}{2}t^2+3t+1$

$x_2(t)=5+\displaystyle\int_0^t (s^2-3s+12)ds=\frac{1}{3}t^3-\frac{3}{2}t^2+12t+5$

시각 t에서의 두 점 $P,\ Q$ 사이의 거리는 $|x_1(t)-x_2(t)|$ 이다.

이때

$h(t)=\left(\frac{4}{3}t^3-\frac{9}{2}t^2+3t+1\right)-\left(\frac{1}{3}t^3-\frac{3}{2}t^2+12t+5\right)$
$=t^3-3t^2-9t-4$

$h'(t)=3t^2-6t-9=3(t+1)(t-3)$

$h'(t)=0$에서 $t=-1$ 또는 $t=3$

$t\geq 0$에서 함수 $h(t)$의 증가와 감소를 표로 나타내면 다음과 같다.

t	0	$\cdots$	3	$\cdots$
$h'(t)$		$-$	0	$+$
$h(t)$	-4	$\searrow$	극소	$\nearrow$

$h(3)=27-27-27-4=-31$
이므로 $t\geq 0$에서 함수 $y=h(t)$의 그래프는 그림과 같다.

$x_1(t)\leq x_2(t)$, 즉 $h(t)\leq 0$일 때, 시각 t에서의 두 점 $P,\ Q$ 사이의 거리 $|h(t)|$는 시각 $t=3$일 때 최대 이고, $|h(3)|=|-31|=31$

따라서 $a=3,\ M=31$이므로

$M-a=31-3=28$

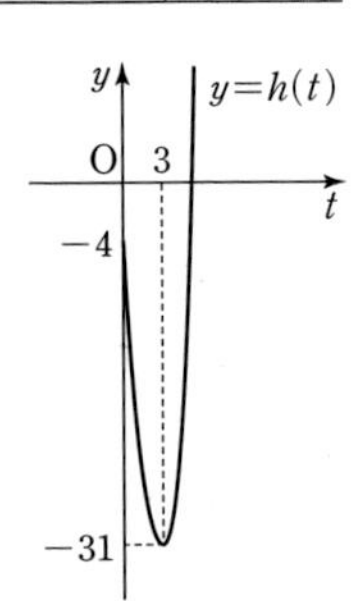

[채점기준]

답안	배점	예상 소요 시간
$x_1(t)=\frac{4}{3}t^3-\frac{9}{2}t^2+3t+1$	3점	
$x_2(t)=\frac{1}{3}t^3-\frac{3}{2}t^2+12t+5$	3점	4분 / 전체 80분
$t=-1$ 또는 $t=3$	2점	
$a=3,\ M=31$		2점
$M-a=28$		

15   [모범답안]

$a_{k-1}+a_{k+1}=36$에서

$a_k=\dfrac{a_{k-1}+a_{k+1}}{2}=\dfrac{36}{2}$

$\therefore a_k=18$

한편, $S_{k+1}-S_{k-1}=a_{k+1}+a_k$이므로 $S_{k+1}=60,\ S_{k-1}=18$ 에서

$60-18=a_{k+1}+18$

$\therefore a_{k+1}=24$

등차수열 $\{a_n\}$은 첫째항이 a_1이고 공차가 d이므로

$a_{k+1}=24,\ a_k=18$에서

$a_{k+1}-a_k=24-18=d$

$\therefore d=6$

따라서 등차수열 $\{a_n\}$의 일반항은 $a_k=a_1+(k-1)\times 6$이 다.

한편, $S_{k+1}=\dfrac{(k+1)(a_1+a_{k+1})}{2}$이므로

$a_k=a_1+(k-1)\times 6$에서 k의 값에 $k+1$을 대입하면

$a_{k+1}=a_1+6k=24,\ a_1=24-6k$

$S_{k+1}=\dfrac{(k+1)(a_1+a_{k+1})}{2}=\dfrac{(k+1)(24-6k+24)}{2}$

$=60$

이를 정리하면

$k^2-7k+12=0,\ (k-3)(k-4)=0$

k값은 4보다 작은 자연수이므로 $\therefore k=3$

따라서 $a_1=6$

[채점기준]

답안	배점	예상 소요 시간
$a_k=\dfrac{a_{k-1}+a_{k+1}}{2}=\dfrac{36}{2}=18$	2점	
$S_{k+1}-S_{k-1}=a_{k+1}+a_k$이므로 $a_{k+1}=24$	2점	
$a_{k+1}-a_k=24-18=d$이므로 $d=6$	2점	5분 / 전체 80분
$S_{k+1}=\dfrac{(k+1)(a_1+a_{k+1})}{2}$ $=\dfrac{(k+1)(24-6k+24)}{2}$ $=60$	2점	
$k=3$이므로 $a_1=6$	2점	

제4회 실전모의고사

국어[인문]

01 [모범답안]

① 지원자 1 > 지원자 2

② 지원자 1 < 지원자 2

③ 지원자 1 = 지원자 2

[바른해설]

① '지원자 1'의 세 번째 발화에 따르면, '지원자 1'은 고등학교에서의 탐구 활동을 주제로 신입생들의 고등학교 탐구 활동에 대한 이해도를 높이려 하고 있다. '지원자 2'의 세 번째 발화에 따르면, '지원자 2'는 자기 주도적 학습 방법을 주제로 선정하여 신입생들의 성공적인 적응을 도우려 하고 있다. 〈보기〉에서 알 수 있는 멘토링 프로그램의 운영 목적을 고려하였을 때, '지원자 2'가 선정한 주제는 고등학교의 다양한 활동을 궁금해하는 신입생들의 이해를 높이는 것과 관련이 없기 때문에, 면접관은 '지원자 1'이 '지원자 2'보다 프로그램의 목적에 부합하는 활동 주제를 선정해 답변하였다고 평가할 수 있다.

② '지원자 1'의 다섯 번째 발화를 보면, '지원자 1'은 신입생들이 관계 형성에서 겪는 구체적인 어려움이 무엇인지 밝히고 있지 않다. 반면 '지원자 2'는 다섯 번째 발화에서 신입생들이 낯선 환경으로 인한 고민과 어려움을 누군가에게 선뜻 이야기하지 못한다며 신입생들이 겪는 구체적인 어려움을 밝히고 있다.

③ '지원자 1'과 '지원자 2'는 각각 세 번째 발화에서 자신의 경험을 토대로 본인이 신청한 활동 주제의 기대 효과를 제시하고 있다.

[채점기준]

딥인	배점	예상 소요 시간
① 지원자 1 > 지원자 2	4점	
② 지원자 1 < 지원자 2	4점	4분 / 전체 80분
③ 지원자 1 = 지원자 2	2점	

02 [모범답안]

ⓐ 유토피아

ⓑ 헤테로토피아

[바른해설]

ⓐ 위 제시문의 3문단에서 푸코는 유토피아를 실제 공간이 없는 배치로서 비현실적인 공간으로 보았다고 했다. 그러므로 사이버 스페이스의 공간이 현실 세계에 존재하지 않는다는 점은 그러한 '유토피아'의 특성으로 설명할 수 있다.

ⓑ 위 제시문의 5문단에서 푸코는 헤테로토피아를 지금의 구성된 현실에 어울리지 않는, 정상성을 벗어난 이질적 공간이라고 하였다. 그러므로 사이버 스페이스가 지금의 현실 또는 일상과는 다른 공간의 경험을 제공한다는 점에서 '헤테로토피아'의 특성을 지녔다고 볼 수 있다.

[채점기준]

답안	배점	예상 소요 시간
ⓐ 유토피아	5점	4분 / 전체 80분
ⓑ 헤테로토피아	5점	

03 [모범답안]

㉠ 반영된 곳

㉡ 실제화한 곳

[바른해설]

제시문에서 푸코는 거울을 바라보고 있는 실재적인 존재인 나와 거울에 비친 나를 통해 유토피아와 헤테로토피아를 설명하고 있다. 거울은 나 자신에게 가시성을 제공하고 나를 주시하게끔 하지만 그 공간에 나는 부재하므로 그 거울은 헤테로토피아가 반영된 곳, 즉 유토피아가 된다. 또한 거울 속의 비실재적인 공간과의 관계 속에서 나의 실재가 배치된다는 점에서 그 거울은 유토피아가 실제화한 곳, 즉 헤테로토피아가 된다. 그러므로 헤테로토피아가 '반영된 곳'이 유토피아이고 유토피아가 '실제화한 곳'이 헤테로토피아가 된다.

[채점기준]

답안	배점	예상 소요 시간
㉠ 반영된 곳	3점	4분 / 전체 80분
㉡ 실제화한 곳	5점	

04 [모범답안]

마음이 제 역할을 하지 않았기 때문이다.

[바른해설]

제시문의 [A]에 따르면 언뜻 보기에 각 개인이 저지르는 악은 감각 기관의 활동으로 발생하는 것처럼 보이지만, 실제로는 마음이 제 역할을 하지 않았기 때문에 생겨난다고 설명하고 있다. 그러므로 맹자의 관점에서 인간이 악을 저지르게 되는 실제적인 이유는 마음이 제 역할을 하지 않았기 때문이다.

[채점기준]

답안	배점	예상 소요 시간
마음이 제 역할을 하지 않았기 때문이다.	10점	5분 / 전체 80분

05 [모범답안]

ⓐ 마음의 뜻

ⓑ 감각적 욕망

[바른해설]

ⓐ 제시문에 따르면 '큰 사람'은 '큰 몸[大體]'을 따르는 사람이며, '큰 몸'은 마음에 대응된다고 하였다. 또한 마음은 외부에 추동되는 것이 아니라 하늘이 부여한 인간의 본성에 근거를 두고 활동하며, '마음의 뜻(지향)'을 붙잡는 일이 수양에서 중요한 과제가 된다고 하였다. 그러므로 '큰 사람'은 하늘이 부여한 인간 본성에 근거를 두고 '마음의 뜻(지향)'에 따라 옳은 일을 해 나가는 사람을 의미한다.

ⓑ 제시문에 따르면 '작은 사람'은 '작은 몸[小體]'을 따르는 사람이며, '작은 몸'은 감각 기관에 대응된다고 하였다. 또한 '작은 몸'인 감각 기관이 외부 대상에 끌려가 무절제하게 욕망에 탐닉하게 되는 경우 그 책임은 마음에 있다고 하였다. 그러므로 '작은 사람'은 마음의 뜻을 저버리고 감각 기관이 외부 대상에 끌려가, '감각적 욕망'의 충족만을 추구하는 사람을 의미한다.

[채점기준]

답안	배점	예상 소요 시간
ⓐ 마음의 뜻	5점	4분 / 전체 80분
ⓑ 감각적 욕망	5점	

[06~07]

(가) 작자 미상, 「소춘향가」

갈래	잡가		
성격	애상적, 과정적		·감정이입과 자연물을 의인화하여 표현함
표현	대구법, 대조법, 은유법, 과장법, 의인법	특징	·과장된 표현을 통해 인물의 처지를 부각함 ·인물의 말을 직접 제시하여 정서를 드러냄
주제	춘향과 이몽룡의 만남과 이몽룡에 대한 춘향의 그리움		·대구적 표현과 대조의 어휘를 사용함

(나) 작자 미상, 「임 그려 깊이 든 병을」

갈래	사설시조		
성격	애상적, 서정적, 소망적, 해학적		·설의적 표현으로 화자의 정서를 효과적으로 드러냄
표현	설의법, 영탄법, 가정법, 대구법, 대조법	특징	·부정적 상황에서 벗어나기 위한 상황을 당시 사회와 풍습 등을 소재로 하여 제시함
주제	이별한 임에 대한 그리움과 재회의 소망		

(다) 정지상, 「송인」

갈래	한시, 서정시		
성격	송별시, 이별시		·시적 이미지를 선명하게 제시하고 함축적 언어를 사용
제제	임과의 이별	특징	·인간사와 자연사를 대비하여 주제를 효과적으로 드러냄
주제	이별의 정한		·도치법, 과장법, 설의법을 활용하여 주제를 강조

06 [모범답안]

가노, 일월무정

[바른해설]

(가)는 내용 전개상 이몽룡이 춘향에 대해 연정을 드러낸 장면과 이몽룡이 한양으로 떠난 후 춘향의 괴로운 내면을 노래한 장면 사이에 춘향이 이몽룡과 이별하는 장면이 제시되어야 하는데, 관련된 장면이 없다. 즉, '오동야월(梧桐夜月) 달 밝은데 밤은 어이 쉽게 가노'와 '일월무정(日月無情) 덧없도다 옥빈홍안(玉鬢紅顔)이 공로(空老)로다' 사이에 춘향이 이몽룡과 이별하는 장면이 들어가야 한다. 따라서 〈보기〉의 ⓐ가 들어갈 전(前) 시행의 마지막 어절은 '가노'이고 후(後) 시행의 첫 어절은 '일월무정'이다.

[채점기준]

답안	배점	예상 소요 시간
가노	5점	4분 / 전체 80분
일월무정	5점	

07 [모범답안]

(나) 이 모진 병이 낫겠느냐

(다) 언제 마를 건가

[바른해설]

(나)에서는 '이 모진 병이 낫겠느냐', (다)에서는 '언제 마를 건가'라는 설의적 표현을 통해 화자가 느끼는 이별의 정한과 슬픔, 괴로움을 강조하고 있다.

[채점기준]

답안	배점	예상 소요 시간
(나) 이 모진 병이 낫겠느냐	5점	4분 / 전체 80분
(다) 언제 마를 건가	5점	

[08~09]

갈래	희곡, 역사극, 장막극	특징	• 영월에 유배된 단종(노산군)의 상황을 제재로 한 일종의 역할 놀이극 • 과거와 현재를 넘나드는 이중적 시간 구조 • 무대의 인물이 또 다른 극을 보여주는 극중극 형식
성격	• 장소: 현대–조당전의 집 / 과거–영월 • 시간: 현대 / 오백년 전		
제재	영월에 유배된 단종의 상황		
주제	진정한 자유에 대한 갈망과 좌절		

08 [모범답안]

ⓐ 염문지 / ⓑ 이동기 / ⓒ 부천필 / ⓓ 조당전

[바른해설]

ⓐ "경들은 들으라! 영월로 다시 사람을 보내 노산군의 표정을 살펴 오도록 하라!"고 말하며 『해안지록』에서 세조의 마지막 발언을 찾아 읽은 사람은 염문지이다. 또한 의결권을 가진 회장으로서 손바닥으로 원탁을 세 번 두드린 인물도 염문지이다.

ⓑ "과거와 현재를 혼동하지 마! 과거는 과거의 시각으로 봐야지, 현재의 시각으로 보면 오류만 생겨!"라고 말하며 현재의 시각에서 과거의 역사를 바라보는 것에 반대하는 사람은 이동기이다.

ⓒ 내부 극에서 한명회 역할을 맡은 이동기와 고서적 연구에 대해 논쟁을 하고 있는 사람은 신숙주 역할을 맡은 부천필이다.

ⓓ 『영월행 일기』에 관하여 『세조실록』의 기록만으로는 부족하다는 이동기의 지적에, 당시 대사헌이었던 양성지의 『해안지록』에서 그 구체적인 기록을 찾은 사람은 조당전이다.

[채점기준]

답안	배점	예상 소요 시간
ⓐ 염문지	2점	5분 / 전체 80분
ⓑ 이동기	3점	
ⓒ 부천필	2점	
ⓓ 조당전	3점	

09 [모범답안]

ⓐ 외부 극 / ⓑ 현재

ⓒ 내부 극 / ⓓ 과거

[바른해설]

『영월행 일기』는 외부 극 속에 또 다른 내부 극이 삽입되어 있는 '극중극' 형식의 작품이다. 외부 극의 공간은 배우들의 공연을 관객이 관람하는 무대 공간으로 시간상으로 현재에 해당한다. 반면 내부 극은 배우들의 공연을 통해 관객들의 머릿속에 형성되는 500년 전 과거 시점에 해당하는 가상의 공간이다.

[채점기준]

답안	배점	예상 소요 시간
ⓐ 외부 극	3점	4분 / 전체 80분
ⓑ 현재	2점	
ⓒ 내부 극	3점	
ⓓ 과거	2점	

수학[인문]

10 [모범답안]

$g(x)$는 $f(x)=a^x$의 역함수이므로 $g(x)=\log_a x$
또한 $f(x)$와 $g(x)$는 x좌표가 1보다 큰 점에서 만나므로
$a>1$이다.
한편 $\{f(1)-g(a^2)\}^2=4$에서
$(a^1-\log_a a^2)^2=4$, $(a-2)^2=4$, $a^2-4a+4-4=0$
$\therefore a(a-4)=0$
따라서 $a=4$이므로
$4a=4\times4=16$

[채점기준]

답안	배점	예상 소요 시간
① $g(x)=\log_a x$	2점	2분 / 전체 80분
② $(a^1-\log_a a^2)^2=4$	2점	
③ $a=4$	3점	
④ $4a=16$	3점	

11 [모범답안]

함수 $f(x)$가 실수 전체이 집합에서 연속이므로 $x=b-2$와 $x=b+2$에서도 연속이다.

즉, $\lim\limits_{x \to (b-2)-} f(x) = \lim\limits_{x \to (b-2)+} f(x) = f(b-2)$이고

$\lim\limits_{x \to (b+2)-} f(x) = \lim\limits_{x \to (b+2)+} f(x) = f(b+2)$이어야 한다.

이때

$\lim\limits_{x \to (b-2)-} f(x) = \lim\limits_{x \to (b-2)-} x = b-2$,

$\lim\limits_{x \to (b-2)+} f(x) = \lim\limits_{x \to (b-2)+} (x^2-5x+a)$

$= (b-2)^2 - 5(b-2) + a$,

$f(b-2) = (b-2)^2 - 5(b-2) + a$이므로

$(b-2)^2 - 5(b-2) + a = b-2$에서

$(b-2)^2 - 6(b-2) = -a$ ......㉠

또한

$\lim\limits_{x \to (b+2)-} f(x) = \lim\limits_{x \to (b+2)-} (x^2-5x+a)$

$= (b+2)^2 - 5(b+2) + a$,

$\lim\limits_{x \to (b+2)+} f(x) = \lim\limits_{x \to (b+2)+} x = b+2$,

$f(b+2) = (b+2)^2 - 5(b+2) + a$이므로

$(b+2)^2 - 5(b+2) + a = b+2$에서

$(b+2)^2 - 6(b+2) = -a$ ......㉡

㉠, ㉡에서

$(b-2)^2 - 6(b-2) = (b+2)^2 - 6(b+2)$

$-8b = -24$, $b=3$

$b=3$을 ㉠에 대입하면

$1-6 = -a$, $a=5$

따라서 $2b-a = 6-5 = 1$

[채점기준]

답안	배점	예상 소요 시간
$(b-2)^2 - 6(b-2) = -a$ ······ ㉠	3점	
$(b+2)^2 - 6(b+2) = -a$ ······ ㉡	3점	
㉠, ㉡에서 $b=3$, $a=5$	2점	4분 / 전체 80분
$2b-a=1$	2점	

12 [모범답안]

수열 $\{a_n\}$은 $a_1=-9$이고 공차가 d인 등차수열이므로

$$S_n = \frac{n\{-18+(n-1)d\}}{2} = \frac{d}{2}\left(n^2 - \frac{18+d}{d}n\right)$$

이때 이차함수 $y = \frac{d}{2}\left(x^2 - \frac{18+d}{d}x\right)$의 그래프의 대칭축

은 직선 $x = \frac{18+d}{2d}$이므로 $S_p = S_q$가 성립하려면

$\frac{p+q}{2} = \frac{18+d}{2d}$이어야 한다.

따라서 $S_p = S_q$를 만족시키는 서로 다른 두 자연수 p, $q(p<q)$의 모든 순서쌍 (p, q)의 개수가 4이기 위해서는

$S_1=S_8, S_2=S_7, S_3=S_6, S_4=S_5$

또는

$S_1=S_9, S_2=S_8, S_3=S_7, S_4=S_6$이어야 한다.

(i) $S_1=S_8, S_2=S_7, S_3=S_6, S_4=S_5$일 때

$S_4=S_5$에서 $S_5-S_4=0$

즉, $a_5=0$이므로

$-9+4d=0$, $d=\frac{9}{4}$

(ii) $S_1=S_9, S_2=S_8, S_3=S_7, S_4=S_6$일 때

$S_4=S_6$에서 $S_6-S_4=0$

즉, $a_5+a_6=0$이므로

$(-9+4d)+(-9+5d)=0$, $d=2$

(i), (ii)에서 조건을 만족시키는 모든 실수 d의 곱은

$\frac{9}{4} \times 2 = \frac{9}{2}$

[채점기준]

답안	배점	예상 소요 시간
$S_n = \frac{d}{2}\left(n^2 - \frac{18+d}{d}n\right)$	2점	
(i) $S_1=S_8, S_2=S_7, S_3=S_6,$ $S_4=S_5$일 때, $d=\frac{9}{4}$	3점	
(ii) $S_1=S_9, S_2=S_8, S_3=S_7,$ $S_4=S_6$일 때, $d=2$	3점	4분 / 전체 80분
모든 실수 d의 곱은 $\frac{9}{4} \times 2 = \frac{9}{2}$	2점	

13 [모범답안]

$$\int_0^a (3x^2-6x-1)dx = \left[x^3-3x^2-x\right]_0^a$$

$$= a^3 - 3a^2 - a = -3$$

이때, $a^3-3a^2-a+3 = (a-1)(a+1)(a-3) = 0$이므로

$a=1$ 또는 $a=-1$ 또는 $a=3$

$\therefore (-1)+1+3 = 3$

[채점기준]

답안	배점	예상 소요 시간
$\displaystyle\int_0^a(3x^2-6x-1)dx$ $=a^3-3a^2-a=-3$	2점	
a^3-3a^2-a+3 $=(a-1)(a+1)(a-3)$ $=0$	3점	3분 / 전체 80분
$a=1$ 또는 $a=-1$ 또는 $a=3$	3점	
$(-1)+1+3=3$	2점	

14 [모범답안]

이차방정식 $3x^2+2\sqrt{3}x\sin\theta-\dfrac{1}{2}\sin\theta=0$의 실근이 존재

하지 않으므로 판별식 D가 $D<0$의 조건을 만족해야 한다.

$\dfrac{D}{4}=3\sin^2\theta+\dfrac{3}{2}\sin\theta<0,\ 3\sin\theta\left(\sin\theta+\dfrac{1}{2}\right)<0$

$\therefore -\dfrac{1}{2}<\sin\theta<0$

따라서 $-\dfrac{1}{2}<\sin\theta<0$의 영역은 $y=\sin\theta$의 그래프에서

x축보다 아래쪽에 있고, 직선 $y=-\dfrac{1}{2}$보다 위쪽에 있는 부

분이므로 이를 만족시키는 θ값의 범위는

$\therefore \pi<\theta<\dfrac{7}{6}\pi$ 또는 $\dfrac{11}{6}\pi<\theta<2\pi$

[채점기준]

답안	배점	예상 소요 시간
$D<0$의 조건에서 $3\sin\theta\left(\sin\theta+\dfrac{1}{2}\right)<0$	3점	
$-\dfrac{1}{2}<\sin\theta<0$	3점	3분 / 전체 80분
$\pi<\theta<\dfrac{7}{6}\pi,\ \dfrac{11}{6}\pi<\theta<2\pi$	4점	

15 [모범답안]

점 P의 시각 t에서의 속도를 v라 하면

$x=t^4+pt^3+qt^2$에서

$v=\dfrac{dx}{dt}=4t^3+3pt^2+2qt=t(4t^2+3pt+2q)$

점 P가 시각 $t=1$과 $t=2$에서 운동 방향을 바꾸므로 이 시

각에서의 속도가 0이다.

즉, $t=1,\ t=2$는 이차방정식 $4t^2+3pt+2q=0$의 두 실근

이므로

이차방정식의 근과 계수의 관계에 의하여

$-\dfrac{3p}{4}=3,\ \dfrac{2p}{4}=2$

$p=-4,\ q=4$

따라서 $x=t^4-4t^3+4t^2,\ v=4t^3-12t^2+8t$이고

점 P의 시각 t에서의 가속도를 a라 하면

$a=\dfrac{dv}{dt}=12t^2-24t+8$이므로

시각 $t=5$에서의 점 P의 가속도는

$12\times5^2-24\times5+8=188$

[채점기준]

답안	배점	예상 소요 시간
$v=t(4t^2+3pt+2q)$	3점	
$p=-4,\ q=4$	2점	
$a=12t^2-24t+8$	3점	4분 / 전체 80분
시각 $t=5$에서의 점 P의 가속 도는 188	2점	

제5회 실전모의고사

국어[인문]

01 [모범답안]

현재는

같습니다

[바른해설]

초고의 4문단에 심화 과목 개설 시 학생들의 불만족이 더 높아질 것이라는 단점이 제시되어 있으므로 〈보기〉를 활용해 실제 수업을 수강할 수 있는 사람이 소수라는 추가적인 단점을 제시할 수 있다. 그러므로 〈보기〉의 자료를 활용해 위의 초고에서 보완할 수 있는 단락은 4문단으로, 첫 어절은 '현재는'이고 마지막 어절은 '같습니다'이다.

[채점기준]

답안	배점	예상 소요 시간
현재는	5점	3분 / 전체 80분
같습니다	5점	

02 [모범답안]

㉠ 화재로 전소된 자동차를 처분할 수 있는 권리

㉡ 보험 사고를 일으킨 사람에 대한 손해 배상 청구권

[바른해설]

㉠의 '잔존물 전체에 대한 권리'는 목적물의 가치가 멸실된 잔존물에 대한 소유권이므로, '화재로 전소된 자동차를 처분할 수 있는 권리'로 바꾸어 쓸 수 있다.

㉡의 '제3자에 대한 권리'는 제3자에 대해 손해 배상을 청구할 권리이므로 '보험 사고를 일으킨 사람에 대한 손해 배상 청구권'으로 바꾸어 쓸 수 있다.

[채점기준]

답안	배점	예상 소요 시간
㉠ 화재로 전소된 자동차를 처분할 수 있는 권리	5점	5분 / 전체 80분
㉡ 보험 사고를 일으킨 사람에 대한 손해 배상 청구권	5점	

03 [모범답안]

ⓐ 1억 / ⓑ 4천만 / ⓒ 0(없다)

[바른해설]

ⓐ 제시문에 따르면 '절대설'은 보험자가 상법의 조항을 문자 그대로 해석한 것으로, 보험자는 지급 금액의 한도 내에서 우선적으로 배정을 받고 나머지가 있을 때에만 피보험자에게 주어야 한다는 견해이다. 그러므로 〈보기〉의 사건에서 보험사 A는 2억 원의 범위 내에서 청구권을 행사할 수 있고, 을이 배상할 수 있는 경제적 능력이 1억 원이므로 을로부터 1억 원을 배상받을 수 있다.

ⓑ 제시문에 따르면 '상대설'은 제3자의 배상액을 부보 비율에 따라 분배해야 한다는 견해이다. 〈보기〉의 사건에서 부보 비율이 2/50이므로 을이 배상할 수 있는 1억 중 보험사 A는 4천만 원을 가지게 되고, 피보험자 갑은 6천만 원을 가지게 된다.

ⓒ '차액설'은 피보험자가 제3자로부터 우선적으로 손해를 배상받고 나머지가 있으면 보험자가 이를 대위할 수 있다는 견해이다. 그러므로 〈보기〉의 사건에서 을이 배상할 수 있는 1억 원으로 피보험자인 갑의 손해를 모두 메울 수 없기 때문에 1억 원을 갑이 모두 가져가게 된다. 따라서 보험사 A가 대위를 통해 을로부터 받을 수 있는 금액은 없다.

[채점기준]

답안	배점	예상 소요 시간
ⓐ 1억	3점	5분 / 전체 80분
ⓑ 4천만	4점	
ⓒ 0(없다)	4점	

04 [모범답안]

① 'ㄴ' 첨가 / 유음화

② 된소리되기 / 자음군 단순화

③ 거센소리되기 / 구개음화

④ 'ㄴ' 첨가 / 비음화

⑤ 거센소리되기

[바른해설]

① '물약[물략]'에서는 'ㄴ'이 첨가된 후, 그 'ㄴ'이 앞의 'ㄹ'의 영향을 받아 'ㄹ'로 바뀌는 유음화가 일어났다.

② '밝다[박따]'에서는 음절 말 자음군 'ㄺ'의 'ㄱ'으로 인한 된소리되기와 음절 말 자음군 'ㄺ'에서 'ㄹ'이 탈락하는 자음군 단순화가 일어났다.

③ '닫히다[다치다]'에서는 'ㄷ'과 'ㅎ'이 합쳐져 'ㅌ'으로 거센소리되기가 일어난 후, 'ㅌ'이 모음 'ㅣ' 앞에서 'ㅊ'으로 바뀌는 구개음화가 일어났다.

④ '색연필[생년필]'에서는 'ㄴ'이 첨가된 후, 그 'ㄴ'의 영향을 받아 앞의 'ㄱ'이 'ㅇ'으로 바뀌는 비음화가 일어났다.

⑤ '않고[안코]'에서는 'ㅎ'과 'ㄱ'이 합쳐져 'ㅋ'으로 되는 거센소리되기가 일어났다.

[채점기준]

답안	배점	예상 소요 시간
① 'ㄴ' 첨가 / 유음화 [각 1점]	2점	
② 된소리되기 / 자음군 단순화 [각 1점]	2점	
③ 거센소리되기 / 구개음화 [각 1점]	2점	5분 / 전체 80분
④ 'ㄴ' 첨가 / 비음화 [각 1점]	2점	
⑤ 거센소리되기	2점	

05 [모범답안]

① 모

② 임, 방

③ 임, 방

[바른해설]

① 4문단에서 '모'로 모사된 것은 원본을 사진으로 찍은 것처럼 똑같아 조선 시대에는 원본을 대신할 수 있는 작품을 수집하려는 목적으로 활용되었다고 하였다.

② 4문단에서 원작을 투사하여 그리는 '모'와 달리 '임'과 '방'은 원작을 보고 따라 그려야 하기 때문에 '임'과 '방'은 모두 학습의 의미를 지닌다고 하였다.

③ 4문단에서 '임'은 원화에 구속되지 않아 그림을 그리는 사람의 개성이 드러난다고 하였고, '방'은 화가의 생각과 개성이 표현되는 방법으로 재창조의 의미를 지니고 있다고 하였다.

[채점기준]

답안	배점	예상 소요 시간
① 모	2점	
② 임, 방	4점	4분 / 전체 80분
③ 임, 방	4점	

06 [모범답안]

① 있다 / ② 있다 / ③ 없다 / ④ 있다

[바른해설]

① 5문단에서 이미 그려진 작품을 보고 이를 베껴 그리는 모사는 실상의 묘사라는 측면에서 볼 때, 묘사의 오류와 물상의 왜곡이 거듭 발생할 수밖에 없다고 하였다. 〈보기 1〉의 강세황 역시 '무이산'과 '도산서원'이 그려진 다른 그림을 구해 이를 모사하여 「무이산도」, 「도산도」를 그렸으므로, 묘사의 오류와 물상의 왜곡이 발생했을 것으로 짐작할 수 있다. 따라서 강세황의 「무이산도」, 「도산도」의 '무이산'과 '도산서원'은 실재하는 대상의 모습과 다를 수 있다.

② 5문단에서 조선 시대 회화에 머리에 꼬리털을 단 공작과

같이 비현실적인 왜곡이 나타나는 것은 화려한 화면을 요구하는 시대적 분위기 속에서 화가의 창의적 측면이 더하여진 문화 현상으로 볼 수 있다. 〈보기 1〉에서도 강세황의 모사 제작이 그림을 보고자 하는 향유자의 욕망을 충족시켜 주려는 시대적 분위기 속에서 발생했다고 언급하고 있다. 따라서 강세황의 「도산도」는 그림을 향유하던 사람들이 욕망했던 이미지를 문화 현상의 측면에서 논의하도록 하는 예가 될 수 있음을 짐작할 수 있다.

③ 5문단에서 이미 그려진 작품을 보고 이를 베껴 그리는 모사는 실상의 묘사라는 측면에서 볼 때, 묘사의 오류와 물상의 왜곡이 거듭 발생할 수밖에 없다고 하였다. 실상을 실재로 관찰하지 않았기 때문에, 이미 그려진 그림의 오류가 수정될 수 없었다. 〈보기 1〉의 강세황은 「무이산도」와 「도산도」를 '무이산'과 '도산서원'이 그려진 다른 그림을 보고 모사했고, 따라서 모사를 통한 묘사의 오류와 물상의 왜곡이 거듭 발생하게 된다고 짐작할 수 있지만 오류가 수정된다고 볼 수는 없다.

④ 5문단에서 모사본의 무수한 제작 속에서 지적된 모사 작업의 문제로 개성적 창작이 근본적으로 미흡하다는 점을 언급하였다. 〈보기 1〉의 강세황 역시 '무이산'과 '도산서원'이 그려진 다른 그림을 구해 이를 모사하여 「무이산도」, 「도산도」를 그렸으므로, 강세황에 대해 창작의 개성적 측면이 부족하다는 비판이 제기될 수 있음을 짐작할 수 있다.

[채점기준]

답안	배점	예상 소요 시간
① 있다	2점	
② 있다	3점	4분 / 전체 80분
③ 없다	3점	
④ 있다	2점	

[07~08]

갈래	단편 소설, 풍자 소설, 세태 소설	특징	• 판소리 사설체를 사용함
배경	• 시간: 8·15 광복 직후 • 공간: 서울		• 당대 현실에 대한 비판적 의식을 드러냄
제재	전지적 작가 시점		• 풍자와 비판의 대상이 되는 인물의 행적을 사실적으로 드러냄
주제	권력을 좇아 자신의 이익을 추구하는 당시의 세태와 인간상 비판		

07 [모범답안]

쥐 상호의 대추씨만 한 얼굴

[바른해설]

'쥐 상호의 대추씨만 한 얼굴'과 같은 비유적인 표현을 통해 작은 얼굴에 쥐를 닮은 백 주사의 외양을 묘사하고 있다.

[채점기준]

답안	배점	예상 소요 시간
쥐 상호의 대추씨만 한 얼굴	10점	4분 / 전체 80분

08 [모범답안]

일제 치하의 조선

[바른해설]

윗글 ⓐ의 '좋은 세상'은 백 주사가 그리워하는 좋은 세상으로, 자신이 권세를 누렸던 '일제 치하의 조선'을 의미한다. 특히 '원수의 독립'이라는 구절을 통해 이것이 곧 독립 이전의 일제 치하 조선이었음을 알 수 있다.

[채점기준]

답안	배점	예상 소요 시간
일제 치하의 조선	10점	4분 / 전체 80분

09

갈래	자유시, 서정시	특징	· 설의적 표현을 통해 화자 자신에 대한 반성적인 태도를 드러냄 · 시적 대상을 의인화하여 화자가 추구하는 가치를 드러냄 · 특정한 보조사(–도)를 반복적으로 사용하여 부정적 상황을 총체적으로 제시함
성격	상징적, 비판적, 반성적, 자조적		
제제	부도덕한 현실과 지식인의 죽은 영혼		
주제	부정적인 현실에 대한 비판과 자기반성		

[모범답안]

그대의, 않어라

[바른해설]

4연에서 '그대의 정의도 우리들의 섬세도'와 같이 화자와 청자가 가진 특성을 제시하고, 이에 대해 '어제도 오늘도 내일도 마음에 들지 않어라'를 통해 모든 시간을 아우르는 부정적인 인식을 드러내고 있다.

[채점기준]

답안	배점	예상 소요 시간
그대의	5점	2분 / 전체 80분
않어라	5점	

10 [모범답안]

이차방정식 $3x^2-5x+7=0$에서 두 근이 a, b이므로 근과 계수의 관계를 이용하면

$$a+b=\frac{5}{3}, ab=\frac{7}{3}$$

한편, $3\sum_{k=1}^{5}(k-a)(k-b)$

$$=3\sum_{k=1}^{5}\{k^2-(a+b)k+ab\}$$이므로

$$3\sum_{k=1}^{5}\{k^2-(a+b)k+ab\}=3\sum_{k=1}^{5}\left(k^2-\frac{5}{3}k+\frac{7}{3}\right)$$

$$=\sum_{k=1}^{5}3k^2-\sum_{k=1}^{5}5k+\sum_{k=1}^{5}7$$

$$=3\times\frac{5\times6\times11}{6}-5\times\frac{5\times6}{2}+35=125$$

[채점기준]

답안	배점	예상 소요 시간
① $a+b=\frac{5}{3}$	2점	
② $ab=\frac{7}{3}$	2점	3분 / 전체 80분
③ $3\sum_{k=1}^{5}\left(k^2-\frac{5}{3}k+\frac{7}{3}\right)$	3점	
④ $\therefore 125$	3점	

11 [모범답안]

x값의 범위 $0\leq x\leq\frac{\pi}{2}$에서 $\frac{\pi}{2}\leq x+\frac{\pi}{2}\leq\pi$이므로

$$2\leq 5\sin\left(x+\frac{\pi}{2}\right)+2\leq 7$$

따라서 $2\leq f(x)\leq 7$이다.

한편, $f(x)=t$라고 하면 t값의 범위는 $2\leq t\leq 7$이고, 합성함수 $(g\circ f)(x)$는 $g(t)$이므로

$$g(t)=t^2-6t+15=(t-3)^2+6$$

따라서 $g(t)$는 $t=3$일 때 최솟값 $N=6$, $t=7$일 때 최댓값 $M=22$를 갖는다.

$$\therefore M+N=28$$

[채점기준]

답안	배점	예상 소요 시간
$2\le 5\sin\left(x+\dfrac{\pi}{2}\right)+2\le 7$	3점	
$g(f(x))=\{f(x)-3\}^2+6$ 또는 $g(t)=(t-3)^2+6$ (단, $f(x)$를 t 이외의 다른 미지수로 치환한 경우에도 인정함.)	3점	3분 / 전체 80분
$\therefore M+N=28$	4점	

12 [모범답안]

등비수열 $\{a_n\}$의 공비를 $r\,(r>0)$이라 하자.

$\dfrac{a_1\times a_4}{a_2}=3$에서

$\dfrac{a_1\times a_4}{a_2}=\dfrac{a_1\times a_1 r^3}{a_1 r}=a_1 r^2$

$a_1 r^2=3$ $\qquad\cdots\cdots\bigcirc$

$a_3+a_5=15$에서

$a_3+a_5=a_1 r^2+a_1 r^4=a_1 r^2(1+r^2)$

$a_1 r^2(1+r^2)=15$ $\qquad\cdots\cdots\bigcirc\!\bigcirc$

$\bigcirc$을 $\bigcirc\!\bigcirc$에 대입하면

$3(1+r^2)=15,\ r^2=4$

$r>0$이므로 $r=2$

$r=2$를 $\bigcirc$에 대입하면

$a_1\times 4=3,\ a_1=\dfrac{3}{4}$

따라서 $a_5=a_1 r^4=\dfrac{3}{4}\times 2^4=12$

[채점기준]

답안	배점	예상 소요 시간
$a_1 r^2=3\ \cdots\cdots\bigcirc$	3점	
$a_1 r^2(1+r^2)=15\ \cdots\cdots\bigcirc\!\bigcirc$	3점	
$r=2,\ a_1=\dfrac{3}{4}$	2점	3분 / 전체 80분
$a_5=a_1 r^4=12$	2점	

13 [모범답안]

함수 $f(x)$가 $x=2$에서 연속이므로

$\displaystyle\lim_{x\to 2-}f(x)=\lim_{x\to 2+}f(x)=f(2)$

한편, 조건 (가)에서

$\displaystyle\lim_{x\to 2-}g(x)=\lim_{x\to 2-}\{(x^3+2)-f(x)\}=10-f(2)$

$\displaystyle\lim_{x\to 2+}g(x)=\lim_{x\to 2+}\{(2x^2+1)f(x)\}=9f(2)$

따라서 조건 (나)에 의해

$\displaystyle\lim_{x\to 2-}g(x)-\lim_{x\to 2+}g(x)$

$=(10-f(2))-9f(2)=10-10f(2)$

$\displaystyle\lim_{x\to 2-}g(x)-\lim_{x\to 2+}g(x)=-10$이므로

$\therefore f(2)=2$

[채점기준]

답안	배점	예상 소요 시간
$\displaystyle\lim_{x\to 2-}g(x)=\lim_{x\to 2-}\{(x^3+2)-f(x)\}=10-f(2)$	3점	
$\displaystyle\lim_{x\to 2+}g(x)=\lim_{x\to 2+}\{(2x^2+1)f(x)\}=9f(2)$	3점	4분 / 전체 80분
$\displaystyle\lim_{x\to 2-}g(x)-\lim_{x\to 2+}g(x)=(10-f(2))-9f(2)=-10$	2점	
$\therefore f(2)=2$	2점	

14 [모범답안]

삼차함수 $f(x)$는 최고차항의 계수가 1이고 곡선 $y=f(x)$가 점 $(1,0)$을 지나므로

$f(x)=(x-1)(x^2+ax+b)$ (a,b는 상수)라 하면

$f'(x)=(x^2+ax+b)+(x-1)(2x+a)$

곡선 $y=f(x)$ 위의 점 $(1,0)$에서의 접선의 기울기가 1이므로

$f'(1)=1$

즉, $f'(1)=1+a+b=1$에서 $a+b=0$ $\qquad\cdots\cdots\bigcirc$

$g(x)=(x-2)f(x)$라 하면

$g'(x)=f(x)+(x-2)f'(x)$

곡선 $y=g(x)$ 위의 점 $(2,0)$에서의 접선의 기울기가 4이므로 $g'(2)=4$

즉, $g'(2)=f(2)+0=4$에서

$f(2)=4+2a+b=4,\ 2a+b=0$ $\qquad\cdots\cdots\bigcirc\!\bigcirc$

$\bigcirc,\ \bigcirc\!\bigcirc$을 연립하여 풀면 $a=0,\ b=0$

따라서 $f(x)=x^3-x^2$이므로 $f(-2)=-8-4=-12$

[채점기준]

답안	배점	예상 소요 시간
$f(1)=1+a+b=1$에서 $a+b=0$ ······ ㉠	3점	
$f(2)=4+2a+b=4$, $2a+b=0$ ······ ㉡	3점	4분 / 전체 80분
$f(x)=x^3-x^2$	2점	
$f(-2)=-12$	2점	

15 [모범답안]

곡선 $y=x^2-4$와 직선 $y=a^2-4$가 만나는 점의 x좌표를 구하면

$x^2-4=a^2-4$에서 $(x+a)(x-a)=0$

$x=-a$ 또는 $x=a$

곡선 $y=x^2-4$와 x축이 만나는 점의 x좌표를 구하면

$x^2-4=0$에서 $(x+2)(x-2)=0$

$x=-2$ 또는 $x=2$

곡선 $y=x^2-4$와 직선 $y=a^2-4$로 둘러싸인 부분의 넓이가 x축에 의하여 이등분되고, 곡선 $y=x^2-4$와 직선 $y=a^2-4$가 모두 y축에 대하여 대칭이므로

$$\int_0^a \{(a^2-4)-(x^2-4)\}dx=2\int_0^2 (-x^2+4)dx$$

이때

$$\int_0^a \{(a^2-4)-(x^2-4)\}dx=\int_0^a (-x^2+a^2)dx$$

$$=\left[-\frac{1}{3}x^3+a^2x\right]_0^a=-\frac{1}{3}a^3+a^3=\frac{2}{3}a^3$$

$$\int_0^2 (-x^2+4)dx=\left[-\frac{1}{3}x^3+4x\right]_0^2=-\frac{8}{3}+8=\frac{16}{3}$$

따라서 $\dfrac{2}{3}a^3=2\times\dfrac{16}{3}$이므로 $a^3=16$, $\dfrac{a^3}{2}=8$

[채점기준]

답안	배점	예상 소요 시간
곡선 $y=x^2-4$와 직선 $y=a^2-4$가 만나는 점의 x좌표를 구하면 $x=-a$ 또는 $x=a$	2점	
곡선 $y=x^2-4$와 x축이 만나는 점의 x좌표를 구하면 $x=-2$ 또는 $x=2$	2점	4분 / 전체 80분
$\displaystyle\int_0^a \{(a^2-4)-(x^2-4)\}dx$ $=2\displaystyle\int_0^a (-x^2+4)dx$	4점	
$a^3=16$, $\dfrac{a^3}{2}=8$	2점